上 海
1970s
四 川

1970

上海 — 金堂

孙春梅 ＞著

华东师范大学出版社
· 上海 ·

图书在版编目（CIP）数据

1970：上海—金堂 / 孙春梅著. -- 上海 ：华东师
范大学出版社，2025. -- ISBN 978-7-5760-5959-5

Ⅰ. I247.5

中国国家版本馆 CIP 数据核字第 2025KM8670 号

1970：上海—金堂

著　　者	孙春梅	
责任编辑	梁慧敏	
责任校对	时东明	
装帧设计	卢晓红	

出版发行　华东师范大学出版社
社　　址　上海市中山北路 3663 号　邮编 200062
网　　址　www.ecnupress.com.cn
电　　话　021 - 60821666　行政传真 021 - 62572105
客服电话　021 - 62865537　门市(邮购)电话 021 - 62869887
地　　址　上海市中山北路 3663 号华东师范大学校内先锋路口
网　　店　http://hdsdcbs.tmall.com

印 刷 者　上海中华商务联合印刷有限公司
开　　本　890 毫米×1240 毫米　1/32
印　　张　15.25
插　　页　2
字　　数　435 千字
版　　次　2025 年 8 月第 1 版
印　　次　2025 年 8 月第 1 次
书　　号　ISBN 978 - 7 - 5760 - 5959 - 5
定　　价　58.00 元

出 版 人　王 焰

（如发现本版图书有印订质量问题，请寄回本社客服中心调换或电话 021 - 62865537 联系）

金堂"花果山" ｜ 陈道云

谨将此书献给

1966—1970

"老五届"的大学毕业生！

目　录

序 / 寿涌 / 1

前言 / 1

楔子 / 1

第一章　告别上海 / 3

一、最后的大学生活 / 5

二、毕业分配方案落地 / 11

三、往事回忆 / 31

四、离沪前夕 / 38

第二章　再分配 / 57

一、在去成都的火车上 / 59

二、温江严参谋 / 70

三、"走马"金堂县 / 76

四、亮丽清纯"小三峡" / 84

五、"蓬草"落地 / 91

第三章　白果街上的人和事 / 101

一、小面馆　牛粪　打赌揭晓 / 103

二、黄桷树和小披屋 / 109

三、生活中的"低音部" / 117

四、未来的同事们 / 131

五、生活七彩板 / 136

六、我们结婚了 / 148

第四章　乡村校园逸事 / 157

一、登上杏坛 / 159

二、学校大厨吴师傅 / 162

三、大蒜　苞谷粉　鲫鱼汤 / 164

四、朝鲜电影《卖花姑娘》 / 169

五、沱江岸边的学生娃 / 174

六、惊魂一日 / 180

第五章　别有滋味的乡村
生活 / 189

一、江水　落日　纤夫 / 191

二、农家婚宴 / 197

三、白果乡的女知青 / 204

四、养鸡的快乐与悲哀 / 210

五、冬天里的烦心事 / 216

六、除夕夜　寂寞夜 / 220

七、有朋自远方来 / 233

第六章　凡人凡事 / 243

一、世上还是好人多 / 245

二、添"丁"的喜悦 / 252

三、直快列车上的两日两夜 / 260

四、回家路上两遇"险情" / 263

五、竹圃　尿片　照相　冬浴 / 269

六、划粥断齑　读书补课 / 281

七、跑地震 / 285

八、"回炉"与"进修" / 292

九、都江堰工程之一瞥 / 301

第七章　难忘淮口镇 / 307

一、走进淮口中学 / 309

二、扁担　家具　手表及其他 / 314

三、淮口帆布厂的大学生们 / 325

四、淮口镇上的那个上海小囡 / 328

五、"玉米粉"＋"一勺水" / 331

六、幼儿园的编外生 / 335

七、生活中的苦与乐 / 346

八、买书读书　人生"至乐" / 363

九、"惠子相梁"的故事 / 368

第八章　在赵镇中学的
那些年 / 373

一、沱江源头第一中 / 375

二、鸡蛋风波 / 379

三、小川的童年 / 383

四、曙光再现 / 388

五、小茜奋击铩羽归 / 393

六、失之东隅　收之桑榆 / 405

七、再一次辉煌 / 413

八、回家之路跌宕起伏 / 415

第九章　尾声——金堂县的
华丽转身 / 419

一、重返金堂县 / 421

二、赵镇，我们回来了！ / 424

三、白果乡奇遇 / 447

跋 / 468

序

寿　涌

　　近几年来，好像有一个小小的文学浪潮涌动起来了，即描写和反映二十世纪六十年代后期"老五届"的文学作品不断出现：学校生活、毕业分配、农场劳动、社会磨炼。其中有回忆录，有私人日记，还有长篇小说，内容丰富，色彩斑斓。这个文学浪潮的执笔人和推动人，不是传统的作家们，也不是新锐的网络写手们，而是当年"老五届"学生们自己！他们虽然已年届八十左右，但他们的文字很有新鲜感，且手法朴实，风格雄浑，稳稳地填补了当代文学的一个重要空白地带。

一

　　放在我们面前的这部长篇小说，描写的就是"老五届"的末届，即1970届的两个大学生，从学校分配到四川农村中学工作的故事。小说带有浓厚的自传色彩。小说中的一对青年男女，毕业于上海江夏师范大学的中文系。为了追求自己的美满爱情，为了实现自己的工作理想，他们服从国家分配，共同奔赴五千里之外的、太阳比东部地区晚两个小时升起的成都东北山区。两人从繁华的上海本土出发，关关力争，加上各级分配干部的关心和照顾，终于一起顺利地"空降"到川西一个山区乡镇的公社中学。他们在乡镇、区镇、县城的中学先后工作了十多年，逐步适应了那里的生活方式，并为当地的中学教育事业作出了应有的贡献。这期间，在他们自己的生活和工作里，发生过不少有趣的小故事。同时，他们在社会上也遇到过一些令人啼笑皆非的人和事。这些大大小小的民间故事串联在一起，没有那个年代主流社会常见的红旗挥舞、集会雄辩，而多有民国期间"城南旧事"式的里巷寂寥、人间烟火。生活常态是闲看山花流水，工作之余是笑谈风云变幻。小说韵味深深，情意浓浓，其间当然也烙有五十年之前的川西乡镇生活的天然特色，都是很有意思的。今天的年轻人看到这些故事，或许会以为是天方夜谭。自然，小说里的人物，全都隐去了真实姓名。然而小说里的故事，绝对是作者亲身经历的，全无刻意捏造。所以这部小说亦可以说是一部自传体小说，当然里面有提炼，有融合，也有艺术虚构的努力。

不过，现在的年轻人阅读这部长篇小说，首先还是要弄清楚：什么叫做"老五届"？这也是小说里许多人反复询问男女主人公的一个老问题：你们怎么会从大上海跑到这个小乡镇来的？但是，主人公能说得清楚吗？说不清楚。根本上，这还要从"老五届"的非凡毕业分配说起。

所谓"老五届"，是指"文革"时期开始的1966年在校的五届大学生。那时国家每年招收约13万到15万的大学生，故这一群体的总量大约有72万人。如果按照人口比例计算，这些学生都是当年"百里挑一"选拔出来的。按照国家原来规定的大学学制，他们应该分别准时在1966年、1967年、1968年、1969年、1970年这五个年份的暑期毕业。可是因为发生了"文革"，所以他们在分配离校时，命运发生了前所未有的改变。

一方面，在校时因为要参加运动，他们错失了课堂学习的机会。这当中，除了1966、1967两届以外，后面的三届均未能正常完成或基本完成全部课程的学习任务。另一方面，他们的分配又因此而被打压，被降格。大学生们基本未能及时分配到对口的单位和对口的专业岗位。这样，在当时这极为异常的社会背景下，就衍生出了种种稀奇古怪的、令后人瞠目结舌的分配故事。

"老五届"的毕业分配，是我国高等教育史上的乱象。因为这五届大学生的毕业分配，没有从国家的经济文化建设出发，尽量做到人尽其才，让每一个毕业生在他对口的专业岗位上，报效祖国，为社会作出应有的贡献。而是从一时的政治斗争需要出发，把他们分配到专业没法对口的边远山区、三线厂矿，以及县以下的基层单位。当然，这并不是说，这五届大学生到了这些地方，便一点也没有用武之地，但许多毕业生"学非所用"，废弃专业，这毕竟是对人才使用的极大浪费！众所周知："贪污和浪费是极大的犯罪。"在国家还很贫穷的情况下，这样无视专业废弃人才，实际上便是无法无天的经济上的无端挥霍和极大浪费，是一种极大的历史罪过。"四人帮"及其附和势力对此一点也不感到心疼。七十年代初期，教育部曾经有过一个"回炉"的设想，即从最后两届（1969、1970）毕业生里，通过考试选拔一批优秀学生回校重新学习，然后再分配到国家紧急需要的建设岗位上，以解燃眉之急。这无疑是在纠偏了。但是在那个年代的政治气氛里，在"四人帮"的破坏下，就连这一点点的合理的措施最后也未能实现。

二

对"老五届"的乱象分配之怪状，这里稍微列举一些当年司空见惯的普通例子，即可使今天的年轻人目瞪口呆。《告别未名湖——北大老五届行迹》一书里有文章透露：1970年毕业之前，学校里曾经有过一场关于分配方针的争论。有同学提出："分配应该考虑专业对口。"结果这一基本常识却在全校大会上被工宣队领导人公开批判说："什么专业对口？就是要枪口对炮口，一切专业只对阶级斗争这个口！"这就是当年"四人帮"附和势力对待专业分配的狂妄无知的言论。甚至，在当年的派遣证上，还有让理工科大学生当工人的，让中文系大学生当牧民的。这实在令人咋舌：既然如此，何必还要去读五年大学？这一极左的分配指导思想遍及全国，就算许多进入军垦农场，接受了一两年繁重的超负荷的体力劳动，然后再得到分配的那些大学生，绝大多数也仍然逃脱不了同样的命运。由此分配的结果便是乱象丛生。

大批学生在短时期里一股脑地压向边远地区和偏僻小县城，并无合适的单位接受。这令学生愕然，也令地方政府愕然。1970年春夏，北京大学就有1 000多人去了西南贵州，1 000多人去了东北辽宁，500多人去了安徽军垦农场。上海华东师大也有500多人到了安徽军垦农场。有人介绍说，浙江常山县接收的"老五届"大学生非常多。那三四年里分配到常山的就有200多人，光是学外语的就有英、法、德、意、西班牙等多个语种，基本可以组个国际翻译团了。哈军工的毕业生分到江西彭泽县六机部214工程处的，一下子就有学子140人，另外还有上海交大、哈工大、浙江大学等8个学校的，共500多人。其中有个学生因家庭出身不好没资格进保密厂，竟然被一下子甩出去，扔到四川自贡井盐厂，当了名盐工，天天到车间熬盐。另有一县，所属地区不明，1970年当年分配有200余名老五届大学生，相当于之前十七年分配的大学生的数倍。毕业的学校不乏北大、清华、复旦、哈军工、武大、华东工学院等校，专业涉及理科、电子、机械、医疗、教育诸门类。地方上为此发愁：无法派遣。学医的和师范类的好办，直接派到公社卫生院和公社中学去。其他的，比如清华大学热动力专业，好像和烧锅炉沾点边，去工厂当锅炉工。赵先生清华无线电系毕业，到供销社维修点修收音机去。邱先生北大哲学系毕业主攻美国哲学，去区办公室刻钢板。史先生南京航空学院毕业，这里没有飞机可造，只好到公社农机站修拖拉机。最精彩的，是上海华东纺织工学院的一位娇小的上海姑娘，被派到小镇上一家商店去卖布，形成了轰动效应。那是真正的门庭若市，观者如堵，但民众涌来只是为了瞻仰一下上海姑娘的风采，并非买布。黑龙江安达县一下子到了300多学生，县委组织科只能这样分配：大连工学院造船系的到县废品供销管理站，大连工学院无线电系的到县酱缸厂，吉林大学中文系的到城郊工农兵小学。至于宾县的就更绝了：两位吉林大学经济系毕业的，一位到第二副食品商店烟酒部卖烟酒，一位到第二百货商店鞋帽组卖鞋帽。贵州正安县只有十几万人口，几天时间就来了外省的60

名大学生，接着又涌来了不少本省的。专业五花八门，本地人闻所未闻。于是两名无锡轻工业学院油脂化工专业毕业的，就分到了粮食局下属的城关粮站油库，北京大学地球物理专业的，被分到县农业局的"农业学大寨"的样板村，名正言顺地去"修地球"，上海交通大学潜水艇专业的，实在找不到对口专业，只好分到县水电局去修水利工程。

三

但是，"老五届"大学生的学术生命是压不垮的，他们自有强大的生存能力，毕竟春风在，野火烧不尽。"四人帮"的附和势力以为，把他们赶到社会底层去，他们就不消自灭了。他们想错了。"老五届"毕竟是新中国自己培养起来的新一代青年知识分子，他们系统地接受了文明的科学的健康的思想教育，系统地学习了小学、中学以及一部分的大学科技文化知识。这十五六年的严格培训，让他们养成了高度的道德品格自律意识，练就了强大的专业自学能力。尽管有"左"倾思潮的干扰，然而他们中间的绝大多数人都能顶住不利的社会压力，在不顺畅的环境里，苦学成才，顽强成长。一方面是由于政治上的歪打正着，让他们走出都市，沉入社会底层，看到了国家的真实现状和民众的贫困生活，辨识出了那种脱离社会实际的乌托邦理论的虚无和苍白，去掉了不少书生气，思想上得以迅速成熟。另一方面，他们不忘初心，不忘自己以知识为荣的传家宝，彻底反对读书无用论，时刻不忘专业学习，不仅追求专而深，还要追求一专多能。他们深深懂得：知识和能力是需要自己练就的，机遇和机会是需要社会赐予的；如若二者一旦悄然相逢，命运便会迸发春花无数。

果然，一朝春雷隆隆滚过中国大地之后，气象更新，万物复苏。国家的发展走上了正轨，嚣张一时的愚昧文化和以无知为荣的错误思潮被清除被唾弃，"四人帮"的附和势力被一扫而光，教育和科学文化的发展迅速变成了领头羊。"老五届"们此刻正当时，他们一跃而变成了攻占科技高地的生力军。1978年全国第一次公开考试招收研究生，蛰伏多年的"老五届"们热烈响应，他们纷纷突破重围，焕发生机，再上考场。这一年全国报考人数是 63 500 名，录取数是 10 708 名。这么多学科的尖子人才能在短时间内立即涌现出来，这就是"老五届"强大学术生命力的明证。还有更多的学子，在社会底层想方设法归口上岗：或自学钻研，或入校进修，或往来访学，或出国留洋，个个奋发图强，人人勤勉上进。最后，"老五届"的许多学子终于在各自不同的专业领域内奋斗成功，获得高级职称，成名成家，著书立说，或为业内教授，或为学界泰斗。此外，在社会各行各业里，还涌现出许许多多的新型领导人物和企业家，成就了自己一生的事业。

这就是整体的"老五届"，这就是从逆境中走出来的"老五届"。明白了这个复杂的社会大背景，再来阅读这部小说，读者的感受就会深刻一些、细腻一些了。两位主人公的努力，有似逆水行舟慢慢摇。没有什么豪言壮语，没有什么惊人举动，一切均如晨风轻吹树叶，明月静照溪水，细微，静谧。

四

至于如何具体欣赏这部长篇小说，这里提出以下四个角度供读者参考。

第一，关注主人公命运的巨大变化，以及他们在这种落差里的心理感受。要知道，这样的地理位置和时空变化，虽然从时代因素看来，是不可避免的，但对人物心灵的冲击，却是巨大而且富有刺激性的。大学毕业生只能上山下乡，融入社会底层，而不能对口专业工作。再高深的什么理论，也无法解释这种社会现象，这种人生价值的人为落差。社会现实的冰冷无情，最能伤害年轻人的纯真心灵和真诚信仰。须知这不是在观光旅游，不是十天半月的看山戏水，这将是一辈子的户口、粮油、工作，以及后代子女的螺丝钉式的系统定位！你到了这里，将来你的子女也就在这里，或许子女的后代也将永远在这里。在那个所谓"继续革命"理论满天飞的荒唐年代里，你"空降"后的定点位置将是一辈子无法获得逆转的，特别是处在社会最底层的弱势群体。小说中白果公社中学的秦老师和申老师等人，他们大学毕业后，分配到乡镇公社中学，基本上就在那里工作了一辈子。至于浦、石二人就地成家，他们心里明白，这辈子他们是不可能离开金堂县了。

第二，欣赏这对年轻人"空降"到有着巨大落差的生活环境里的乐观心态。他们处于剧变之际，虽然有惊奇，有慨叹，但是没有恐慌，哪怕是一丝丝的恐慌，那是因为他们抱定了开创未来美好新生活的坚定信心。两个二十三四岁的刚刚离开都市大学的毕业生，没有任何独立生活的具体经验。但他们能从身边简陋的吃住处境出发，摸索柴米油盐酱醋茶的生活之道，自然地融入到当地民众的日常生活里去。看到他们喜滋滋地背上山区农民特有的竹皮编就的小背篼，在江边赶场的人群里地摊前逛来逛去，挑选购买那些新鲜的蔬菜和活鸡活鱼，然后自己洋相百出地杀鸡宰鱼下面条，你不也觉得趣味十足吗？年轻人创造自己的新生活，从来都是如此，永远是一道亮丽的风景线。不论是半个世纪前从大城市到小山村，还是现在改革开放从小山村到大城市，都是如此，只不过是环境条件有了改变，表现形式有所不同而已。两位主人公在这里就地扬长避短，日子过得非常平静舒畅。扬此地之长，是说充分享受自然的山水之美，呼吸乡野的清新空气。避时局之短，是说离开了政治喧嚣的是非之地，告别了从早到晚的形式主义。这些不都是一种天人合一的心灵快乐吗？君不见，1970 年夏秋之际，再次发生"政治地震"。而小说里的这两位主人公却在这大江边优哉游哉，什么也不知道，过着世外桃源一般的日子。其实，他们也真的用不着去知道什么了，这些都与他们无关了。

第三，品味他们对专业知识的自我要求，对创业精神的不倦追求。两位主人公虽然身不由己地"空降"到山区乡村公社中学，生活在社会的底层，但是他们并未放弃对理想的追求。面对那些满教室渴望文化知识的一双双明亮的大眼睛，他们深感肩上责任重大，有义务把自己已经学到的文化知识完美地传授给学生们。山区农民的孩子，穿着破旧，饭菜粗劣，要改变他们的生活现状，只有有效提高他们的文化程度，引导他们不断地刻苦学习，并努力让他们多方面了解大山外面的广阔世界，他们才有可能拥有光辉的未来，进而从根本上改变山区家乡和自己家庭的穷困面貌。他们知道，守在这儿的教室里，就是要当好这些孩子的托举人。他们的文化知识和讲课艺术，赢得了历届学生由衷的欢迎和喜爱。然而他们甚有自知之明，知道自身也有不足，自己并没有学完应该学习的所有课程，还不能算是合格的中文系毕业生。所以他们想方设法自修提高，白天给学生上课，夜晚给自己补课，找书借书，看书抄书，为自己的专业方向树立起应有的标杆，并向着这个标杆切实努力前进。在小说里，主人公浦青松借着给学生评讲《艳阳天》的好机会，硬是逼着自己完成了一篇自觉补写的近二万字的大学毕业论文，说是必须要对自己作出一个"交代"。这在那个文化不吃香的年代，是很有正能量的典型意义的。他们在专业上的不断自我完善，不仅为他俩在以后的高中教学阶段打下了坚实的基础，而且在以后的高考教学中，甚至在考研的过程中，都起了很大的作用。山区农村，不重视女孩子的教育，但在孩子们的眼里，他们就是她们心目中的标杆。在他们的学生里，有一批女弟子的学术成就十分耀眼。她们走出校门，就成了知青，经过二三年的下乡劳动，终于在 1977 年不仅分别考取了各人心仪的大学，还分别成长为大学的地矿教授、药学教授、美术教授、四川省的公路桥梁总工程师。这或许也是一种潜在的榜样的力量吧！石小茜在调动工作离开金堂县之前，连续当过两届文科班的班主任。她与各位任课老师同心合力，刷新了金堂县此前所有的高考纪录，把这穷乡僻壤的许多学生送进了各个名牌大学：北大中文系，复旦新闻系，川大中文系，川大经济系，南开大学，兰州大学，上海外国语学院，广州外国语学院，等等。这就更是有力的证明。小说在这方面的描述非常详细非常精彩，很值得一读。

　　第四，小说的《尾声》也很重要，请读者不要忽视了。这部分内容，仍然紧扣着作品的主题做文章。作者在今昔对比中，有意识地对小说的主题作出了深入一层的点化。祖国内地的经济建设，虽然晚了一步，但太阳升起后，照样光芒万丈！

在小说里的两位主人公的命运发生变动离开金堂县之后，三十多年里，金堂县的山山水水，以及城乡民众生活，全都发生了翻天覆地的巨大变化。当石小茜和浦青松在三十多年之后重访金堂县时，他们的历届学生真是乐开了花，从四面八方涌来，连日宴请不断。师生团聚温友情，欢声笑语满堂飞。

在《尾声》里，作品的视点之一，是引导我们共赏当地改革开放的丰硕成果，展示内地人民新时代的新生活：当年的穷山白水，竟然变成了今日的金山丽水！当然，对这方面的内容，读者是很容易就看得到的。

而作品的视点之二，一般读者就不太会注意到了。那就是小说悄悄地告诉了我们一个真理：作为一名教师，他所获得的最大的职业快乐，应当是在退休之后，是在晚年。为什么？因为到了这个时候，学生们也都渐渐老了，大家会带着人生的感悟，带着事业的光环，一起来看望你，一起来与你共享。此刻你就可以深深地体会到，当年的殷切关心和辛勤教学，所有的尽心付出，全都得到了甜蜜的回报。而在这个时候，你才能够真正感觉到：你获得了世界上最大的快乐！

所以，一个当老师的人，你对职业快乐的期待要有足够的耐心喔！

二〇二四年五月六日至十一日初稿

二〇二四年六月二十三日改定

（本文作者为文学教授，上海市作家协会会员）

前　言

　　社会的发展就像道路的延伸，弯弯曲曲。有的弯曲像蛇行，起伏不大，社会发展较为平稳；有的像龙抬头，社会突飞猛进，有一段飞速发展的辉煌；有的弯曲像黄河的河套，上下落差幅度太大，整个社会一旦出乱，就要停滞几年、十几年甚至更长！毋庸置疑的是，不管怎么弯曲，社会最终仍然会拨正航向，向着正确的科学的方向前行。

　　这是一个特殊的年代。新中国自己培养的、在五星红旗下成长起来的"老五届"大学生，毕业分配时遭遇到了一个史无前例的举措。

　　被称为"老五届"的大学毕业生，是 1961 年—1965 年进大学的。他们在长身体时，经历了三年困难时期，在缺衣少食、生活极其困难时，饿着肚子啃书本。他们听党的话，心中都有一个梦想：要为人民大众占领上层建筑，要为富国强兵去攻克科学堡垒！

　　然而，一场风暴，改变了他们的人生轨迹。五年的大学生活结束后，他们却不被允许留在县以上的大中城市，不管专业需要与否，被大批分配至贫瘠、落后的大西北、大西南去，到新疆、青海、甘肃、内蒙古、云南、贵州、四川等这些交通不便、信息闭塞的山区去，到农村去，到农场去。

　　这批大学生的去向，对于大片贫瘠地区的群众，对于闭塞山区的孩子，对于最基层的农村来说，无疑是一项利好。无形中，他们给贫穷落后地区的人们，送去了科学文化知识，带去了都市现代文明的新气息，给那些地区的年轻人，打开了一扇了解外面世界的窗口，让那些原本懵懂、从无奢望的年轻人，心中萌生了向往现代文明的隐隐的冲动，有了改变自身、改变现状、改变家乡的理想憧憬。那些从来没有出过大山的孩子，能够在大山里面获得了良好的基础教育。那些贫困山区的农民，家门口走来了医学院毕业的正规医生。某些山区的果林，由于农学院毕业生的到来，也融进了科学研究的元素……

对这些青年学子本身而言，这样的经历是一种难得的人生磨砺，一种无奈的意外人生收获。他们远离了城市生活，直插社会的最底层，直面中国最底层社会的生存状态。底层生活的艰难，磨练了他们的生存能力，以及面对逆境少有的坚强和刚毅。他们就像蒲公英的种子，飞洒到贫瘠的泥土中，顽强地开出了绚烂的小花，体现出了自身应有的价值！

但是，对于整个国家的发展和建设来说，教训是深刻的，经济、文化以及人才的浪费是巨大的，损失是惨痛的！相信这段历史不会是空白的，也不应该让它成为空白。

1978年，党的十一届三中全会在北京召开。会议作出决定，把党的工作重心，从搞阶级斗争转移到经济建设上来，各项政策都逐渐回归到正确的轨道上，并且果断实行改革开放的伟大决策，中国终于敞开了她久闭的大门。经过三十多年的拼搏奋斗，社会发生了翻天覆地的变化，中国的建设速度，令世界发达国家瞠目结舌。三十多年的建设成就，超过了西方国家一百年的积累！

这里叙述的是一个真实的故事，本故事的主人公，是这一跨度最大、变化最神奇的特定时代的亲历者和见证者。他们在困惑、迷惘中，去到了祖国的大西南，从春风十里南京路，直接跌落到偏僻落后的川西小山村。他们努力地脱胎换骨，去融入当地的环境，去接受生活的考验；他们努力地工作，力争在有限的范围内，去体现自身的价值。十多年的努力和坚持，有艰辛，有苦涩，有委屈，但更多的是获得！他们的付出，得到了当地百姓的认可！

当社会回归正常运行的轨道后，他们带着他们的憧憬，离开了那片留下他们青春岁月的热土地……三十年后，当他们再次回到那个魂牵梦绕的第二故乡时，原本贫穷落后的小山村，早已靓丽转身！青山绿水，美丽如画，百姓生活安逸幸福，现代化的生活水平直追国内大都市！这真是一个创造奇迹的时代！中国的改革开放，中国的崛起，给百姓带来了实实在在的福祉！

笔者想把这个真实的故事告诉大家，是为了让读者对那个特殊年代的青年知识分子的生存轨迹有一个感性的认识，也是为了让当今的青年知识分子，了解那个年代大学生被荒废了学业的隐痛和学非所用的困惑，能把今天优裕的学习环境和生活条件，与当年两相对照，更好地珍惜今天得来不易的校园生活，自觉地用所学的知识和技能，更好地服务于人民，更好地服务于社会。

只有经历过这场灾难的人，或了解了这段灾难史的人，才会更懂得拥有一个稳定、和谐社会的重要性，才会更加珍惜当下的生活和工作的环境，才会意识到平稳安定生活的弥足珍贵。

本小说是根据作者自身的经历，运用小说的艺术手法加工而成。故事中的人物是虚构的，但是故事情节反映了那个时代的真实。希望广大读者能够喜欢这部小说。

楔　子

　　四川是我国西部地区的一个大省。"四川"这个名字，也挺有意思的。记得初中地理课上，一位年过半百、中等个子、鼻梁上架着一副无框眼镜、花白头发梳理得一丝不苟、身材瘦削的老先生，朝后微仰着身躯，挺着腹部，拉长声调说，为什么这块土地叫"四川"呢？因为有四条大江从境内流过，这"川"，是"河流"，是"大江"的意思。哪四条大江呢？它们是：嘉陵江、岷江、金沙江、大渡河。但有人否定了这种说法。历史学家指出：宋朝初期，四川盆地一带的行政区域称为川峡路。"路"，是指某一个大的行政区域。"川"，是指山间或高原间的地势平坦而低的地块，是"平原"。川峡路后来分为西川路和峡西路。后又再分为益州路、梓州路、利州路、夔州路，整个合称为"川峡四路"。宋朝为这四个路设立过四川安抚使、制置使、四川宣抚使等官职，四川便由此得名。这样说来，四川是划分出来的四个行政区的一个合称。

　　四川省的地形，像一个巨大的洗澡盆。它的四周都是高大的山脉和高原。东有巫山，西有横断山脉，南有云贵高原，北有秦岭、大巴山，中间一块低洼地就是"四川"。由此知道，在那个没有汽车，没有火车，没有飞机，靠着骑马或走路通行在"天梯石阶"的蜀道上，有多艰难！难怪唐代大诗人李白要高声叹息："噫吁嚱，危乎高哉！蜀道之难，难于上青天！"

　　而在这块"巨大的洗澡盆"里，有一颗璀璨的明珠，就是成都平原。在这块土地上，流传着许多脍炙人口的故事。比如关于蜀王杜宇的神话故事；李冰父子修建大型水利工程都江堰，造福后世的真实故事；罗贯中根据史料编撰的《三国演义》中，刘、关、张联吴抗曹的历史故事；巴金在小说《家》《春》《秋》中描写成都的现代青年冲破封建牢笼追求革命真理的故事……总之，这是一个有故事的地方。

新的时代，新的主人公，新的故事在延续……

第一章

告别上海

江夏师大教学楼

上海南京路

上海外滩海关钟楼

一、最后的大学生活

一九七〇年的春末夏初，几辆敞篷大卡车驶进上海江夏师范大学的校园，敞篷大卡车上满载着中文系即将毕业的大学生，他们刚从上海郊区的农村"战备疏散"返回学校。

卡车一进校园，迎面而来的是大道两旁红布白字的大标语："面向农村、面向边疆、面向工矿、面向基层。"这是中央制定的"四个面向"的毕业分配政策。

一九六九年的秋天，国际关系紧张，中苏关系紧张。内部通知：为预防不测，大城市有关干部和师生必须进行紧急战备疏散，分流到农村中去。江夏师范大学全校师生即在六九年冬天，奉命下乡，全部疏散到市郊的各个人民公社。中文系一九六九届和一九七〇届两个年级总共二百八十多人，也就在此时迅速地消融在北郊的陆家公社里了。

敞篷卡车在第一学生宿舍大楼门前停下，背着挎包或提着小件行李的学生纷纷从卡车上跳下来。先跳下来的是男生，接下来是女生。胆小的女生小声尖叫着，借助别人的帮忙，才敢从卡车上跳下来……男女同学身上，穿的还是下乡时的"劳动服"，许多人的上衣和裤子膝盖处都打有补丁；也有穿着洗得泛白的旧军装，那是当年"最时髦"的装束了。

下车后，大家仍然站在宿舍大楼前，没有散去，在等待着后面的装铺盖行李卷的卡车。同年级的人虽然被疏散在同一个陆家公社，但由于是分散在各个大队和生产队，很多人已半年没见面了。一下卡车，看到久违的同学，便热烈地打起招呼，开着玩笑，嘻嘻哈哈，欢欣雀跃。顿时，宿舍大楼前洋溢着满满的青春气息。

与眼前这热烈气氛很不对称的是校园的景象。五月底，这座美丽的高等学府，本该是花开蝶飞，绿荫绕道，处处撒着欢声笑语的地方，现在却给人一种萧条的感觉。各大楼的外墙上，早先贴上的形形色色的大字报，经历了无数次风雨的洗刷，残缺破损，在风中唰唰地摇曳作响。加长版的报栏上没有报纸，五颜六色的大字报和标语横七竖八，残破不堪，显然很久无人打理。以前最受学生青睐的美丽的小河边，野草也长有一尺多高。河边的凉亭柱子上，原来的红漆已多处剥落。

校园里冷冷清清。因为从一九六六年夏季开始，大学已经五年没有招生了。在校的学生，走一届就少一届。六六届的大学毕业生，未能准时分配，拖延了一年多，与六七届的学生一起，在一九六七年的年底被分配走了。六八届的学生，在一九六八年的秋季准时被分配离校。六九届的，拖延到了一九七〇年春末夏初，准备与七〇届的毕业生一起分配。一般大学是四年制的，就只剩下了六九届的学生。只有高教部部属大学（重点大学）是五年制的，才有七〇届。江夏师范大学是五年制的部属大学，所以还有两届学生在等待毕业分配。要不是这两届学生从农村完成了战备疏散回来，走在校园里，见不到几个人影。

这两届学生总算回来了，顿时给学校增添了一股勃勃生机。不过，他们回校，不是回来读书的，而是等待着毕业分配。

因为不需要上课，教学大楼、资料室、图书馆都不再开放，寝室几乎成了学生们唯一的容身之地。中文系两届学生都挤在宿舍大楼狭窄的寝室里，无所事事。在这段时间里，进驻学校的"工宣队"（"工人阶级毛泽东思想宣传队"的简称）发挥了重要作用，领导大家学《毛选》，酝酿着毕业分配的思想动员。

学生寝室，面积本来就小，是大约二十平方米的一个长方形房间。寝室门正对着窗户，在窗户的两边，紧贴着墙壁，头尾相接分别放着两张上下铺的大木床，剩下到门边的距离也就可以放一只上下六七层的脸盆架。四张上下铺，八个床位住七个学生，一张空床位留给同学们放些装衣物的箱子和一些例如雨伞之类的杂物。在两两相对的上下铺之间，紧贴着窗口，竖着并排挤进两张旧办公桌。办公桌的另一头，再横向拼上一张旧办公桌，形成一个长方形的台面。这样，三张办公桌，六只抽屉，就有一个同学是没有抽屉的，须跟别人合用一个抽屉。这就是学生宿舍的基本格局。

宿舍里住的人多，地方太狭窄，在正规上课的年代，课余看书、写东西，同学们都会去教学大楼。每到晚上，教学大楼内，灯火通明。各个教室都有许多学生，静静地阅读，或埋头书写，基本没人在寝室看书。偶尔在寝室看点闲书，也是各人坐在自己的床铺上。想在寝室里写个家信什么的，就得坐在下铺同学的床边上。爱整洁的上海女生，不太喜欢别人坐在自己的床单上，弄脏自己的床单。所以，"寝室"，名副其实，只有午休和晚上睡觉的功能。不到晚自习结束，寝室里基本上是没有灯光的。

如今的夜晚，教学大楼不再有灯光，整个教学大楼像个无声的巨人，黑魆魆地矗立在宿舍大楼的西边。而寝室，这个狭小的空间，就有了它的第二功能，成了大家学习的场所。每天学习时间一到，十多个人就挤坐在下层的床沿上，人与人紧紧挨着。自然而然地，四张床的下铺就成了大家的坐席，没人觉得坐别人的床铺有什么不礼貌，也没有人讨厌别人坐自己的床位了，人的适应性真的很强！每间寝室最多也只能坐下十五六个人，所以，每个班级三十多人又分成两组，被安排在两间寝室里学习。一间是在楼上女生寝室，一间是在楼下男生寝室。为了便于领导，每个班级派有两个工宣队员，代替了原来政治辅导员的职责。

小组学习由工宣队员主持，学习《愚公移山》《为人民服务》《纪念白求恩》，大家习惯称之为"老三篇"。开始由工宣队员读，有的工宣队员文化程度不高，小学水平，读起来吃力，就由工宣队员指定一个人读。如果是读报纸上的长篇大论，一人读累了，就换一个人读，反正用不着翻书，也用不着做笔记，只要带着耳朵听。一般情况，每天先读一篇文章，或读几段"毛主席语录"，然后大家讨论，如何"斗私批修"，如何端正思想，怎么做"一个纯粹的人，一个高尚的人，一个脱离了低级趣味的人"，怎么做一个一心为公、没有私心杂念的人。大家轮流发言，一个上午很快就过去了。

有时是学习报纸上的社论，中央"文革"小组某些重要成员写的重要文章，大家紧跟形势，讨论、发言、表态。最后，由工宣队员作总结，对大家进行一番思想教育，要大家走与工农相结合的道路，做一颗永不生锈的螺丝钉；批判白专道路，批判成名成家思想。

刚被"解放"了的老教授、还没被"解放"的"反动学术权威"、靠边站的原来的政治辅导员老师，也都分别被"下放"到各个班级，参加学生们的学习，每个班分到两三个或三四个。这些老教授、"反动"权威们，有当年被鲁迅骂过的"洋场恶少"，有全国闻名的"大右派"，有在"人性论"的讨论中被革命群众批判得体无完肤的"资产阶级知识分子"，有研究古典文学的专家，被称为"在故纸堆里讨生活"的"封建余孽"。他们低着头，面无表情地听学生们读报纸念文件，除了偶尔作一些自我批评外，不多说一句话。这些上了年纪的老知识分子，在"小将"们面前（当年的大、中、小学生都被誉为"革命小将"），很是小心谨慎。有趣的是，本来寝室就小，加上这些教师，寝室的床沿肯定坐不下。于是有的老师就从家里自带小板凳，坐在两张床之间的空当处，低着头，真像是犯了错误的小学生。这是每天的学习状况。

不知是从哪里刮起的一阵风，要向最高统帅"早请示，晚汇报"。每间学生寝室都贴有毛主席像，有的同学在属于自己空间的墙上或床头，也贴上毛主席像。每天早晨起床，按要求，先要早请示，即高举毛主席语录，口中念念有词："敬祝……祝……"刚开始大家比较严肃，穿好衣服，洗完脸，出寝室门前，在毛主席画像前挥动语录。后来慢慢就没那么认真了，睁开眼睛，坐在床上，挥挥红色语录，口中念念有词："敬祝……祝……"念完了，就起床洗漱，出去吃早饭。开始的虔诚，慢慢就流于形式。

一日三餐，每顿吃饭前，也要念"敬……""祝……"。走进食堂，挡在面前的是一幅两米多高的毛主席去安源的画像。开始，大家还集中几个人一起，在主席像前，排成行，举起手中的"红宝书"，声音朗朗道："敬祝……祝……"后来零零落落的，谁进来，谁就去挥挥红宝书，嘀咕几句，匆匆忙忙就去吃饭，一切就又流于形式。

晚上临睡前，要"晚汇报"。汇报什么？没人知晓，也不需要人知晓，一个人默默地面对主席像，静默几分钟，最后也就落实到挥挥手中的"红宝书"，说："敬祝……祝……"再后来，有的人就盘腿坐在床上，念叨几句，"敬……""祝……"，晚汇报就算结束。没有人监督，但也没有人偷懒，这个形式是要走一下的，因为谁也不知道会不会有人去打个小报告。似乎人人都得了恐惧症。

下午，三点半之后，是文体活动时间，在教学大楼前的空地上，由工宣队员带领大家集体学跳"忠字舞"。有的工宣队员一辈子也没跳过舞，四五十岁的半老头儿，半老太婆，蹩手蹩脚的，洋相百出。但这是政治任务，尽管丑态百出，还是忠诚地天天定时定点招集各班学生集体跳"忠字舞"，以表忠心……

有时候，半夜三更，甚至凌晨三点左右，突然走廊哨声响起，让大家赶紧起来，到宿舍大楼前集合，最新指示来了，宣传贯彻最高指示不过夜，大家要上街游行！开始大家热情很高，一路高喊口号，游行队伍走出校门，到社会上造声势！后来次数多了，特别是凌晨，许多熬夜的人还刚睡下不久，睡梦中爬起来，有点倦乏，大家就在校园里走一圈，表示积极拥护的态度，就算到位了。

回校一个月之后，中文系迎来了正式的毕业分配。大学毕业了，不需要学生写"毕业论文"，只要求大家写毕业前的"自我鉴定"，即总结自己在"文化大革命"中的表现。写完了必须在全班同学面前宣读，如果大家认同你的鉴定，就算通过了。

寝室里坐不下三十多个人，怎么办？好在三层楼的宿舍大楼里，已经走了三届学生，原本热热闹闹的宿舍大楼空出五分之三，空房间有的是！也没有征得任何人的同意，其实也没人来管这些"鸡毛蒜皮"的小事，每个班级就自作主张，去占用一两间空着的寝室，作为班级活动场所。把原本已经不用的空床搬出去，这样房间就大了。开会时，大家围坐在四张拼拢的简易课桌周围，一圈、二圈……宣读自己的"自我鉴定"。有的班级就在宿舍大楼的周边空地上选择一个阴凉处，大家围坐在一起，一个人读，大家认真地听，个个一副严肃的表情，因为这是要装进档案袋，带到将来的工作岗位上去的，关乎到每个人的前途。

大多数同学，比较客观地总结了自己在"文革"中的表现，得到大家的认可，就算通过了，交给班级领导小组签字后，就交给工宣队。只有个别同学极力地吹嘘自己，好像在"文革"中只有他才是最革命的，而且是一贯正确的。也有个别曾经置身于运动之外，被称为"逍遥派"的，这时也把自己打扮成"革命派"，诉说自己一直是紧跟党中央，紧跟毛主席闹革命的……这些人努力地往自己的脸上"贴金"，引起别人的不爽，觉得他们是"投机分子"，在"捞取政治资本"，于是不免屡屡发生争执。有的本来就是不同派别的，怨气还在，就字字计较，扣住一两个词，抓住不放，吵得面红耳赤！五年的同窗学友，将在这样的氛围下，准备着分道扬镳！

石小茜的父亲是市粮食局系统下一个粮店的公方经理，属于最基层的领导干部，在"文革"初期批判走资本主义道路的当权派时，也受到过冲击和批判。由于她父亲的出身成分比较"高"，又属于"走资派"，石小茜对政治运动有一种出于本能的敬畏之心，或许"畏"的成分更大些。哪想越胆小谨慎越会半夜碰到鬼！一次政治辅导员问班级一位女同学："石小茜也是红卫兵吗？"女同学悄悄把话传给她，吓得她有生以来第一次通宵失眠了："除了少数几个人保了系里'走资派'，落得个'保皇派'的'罪名'，其他人都是红卫兵。我没参加'保皇派'，指导员为什么要问这样的问题？难道爸爸单位来人了？爷爷是地主，辅导员找我谈过话，问为什么表格上没有填写爷爷身份。我已向辅导员'坦白'了，爷爷没跟我们一起生活，他在镇江老家，而且爷爷在解放初期的一九五三年就去世了，那时我还在幼儿园，没到上小学年龄，上学后表格中就没有出现过爷爷。爷爷至今已去世十多年了！难道是因为这个？"她一晚上翻来覆去地想，天亮了，也没想出结果。所以，她特别地小心谨慎，生怕稍有不慎，给自己惹来麻烦。但有些过左的行为，她看不惯，她不参加。她小心把握着一定的底线——积极参与运动，但不过左，不激进。由于父亲被批判的阴影一直缠绕在心头，故她对于批判老教授之类的会议，参加而不发言。毕业鉴定时，她客观地叙述自己在"文革"中的表现，把自己定位于既不是最革命的，也不是不革命的。这样一来，同学们反倒觉得她把自己的鉴定写得太谦虚了。大家认为，作为一个班委会的干部，她为班级做了许多的实事，应该写进鉴定去。特别是外地来上海的男同学，对她的印象特别好，他们说："石小茜关心每一个外地同学，每月月底我们的饭票不够吃了，她总是及时给我们以帮助，把自己多余的饭票和其他女同学吃不完的饭票收集起来，一一分给我们。"但石小茜认为这些是小事，是她分内该做的事，坚持不肯写进鉴定去——她的鉴定全票通过。

二、毕业分配方案落地

到了六月下旬，中文系两届学生的分配方案终于公布了，红纸黑字，张贴在宿舍大楼门口的报栏处。那上面标明着哪些地方需要多少名大学生。楼里的男女同学好多人簇拥着，围在那里看分配方案。

好一点的去处，是上海附近的江苏、浙江的军垦农场，名额很少。安徽、湖南、江西、山东的军垦农场，名额稍多。更多的是云南、贵州、四川等大西南地区，有些地名非常陌生。更有几个地区，是让人看上一眼，就不容易忘记的：新疆、青海、甘肃、四川凉山……

上下左右看来看去，上海一个名额都没有！同学们围在布告栏前小声议论着："这是什么分配方案啊？都是去边远山区、农场或军垦农场，这几年我们劳动得还不够啊？""咦，怎么上海一个名额都没有？""唉！中学生已经全部赶出去了，大学生也要全部赶出去？真的不要我们了？读书无用，扫马路总可以吧？"

自从六八届分配离校、撒向天南地北之后，大家的心中就惶惶然，情绪十分低落，百无聊赖地等待着，急切地盼望着能赶快看到属于自己的分配方案。现在方案出来了，但心也凉透了！学校高考招生时，明明说了培养作家、记者、编辑以及大学师资，而现在的去处，却是三线厂矿（少数）、军垦农场、偏僻地县，甚至连个像样的城市都看不到！有人指着方案说："这哪是重点大学毕业分配？这是变相的上山下乡运动嘛！"有人小声嘀咕说："都是偏远角落和极度贫困地区，我怎么觉得有点像'发配'啊！""嗨！不要乱说，马上要分配了，不要惹出事来！"胆小的赶紧发出警告。"就六六届的分配还稍好些，六七、六八届的分配也不好，去向跟我们现在的分配方案差不多，重点都在大西南！"一个声音说："听说，中央是有精神的，北京的大学生主要面向大西北，上海的大学生主要面向大西南。""哦……"

看完分配方案，一些人沮丧地离开了。一些人还留在报栏前议论纷纷。有个六九届的男同学说："其他大学昨天也公布方案了，跟我们差不多。听说整个上海高校的分配方案都不行，基本上是上海不留人，大城市没名额！"一个山东籍的瘦高个男生不知生谁的气，操着山东口音愤愤地说："我听说哈，是上海的红卫兵得罪了"四人帮"核心人物，贴了他的大字报，说他是叛徒！这下报复来了：扫地出门！统统滚出上海！"另一个湖南小个子男生叹息一声，阴阳怪气地发表高论："不都说我们是'末代大学生'嘛！'末代'，就有两个含义。其一，从六六年至今，大学就没有招过生，我们是最后一批大学生，当然是'末代'。其二，重点在'末代'上，即'末代皇帝'的'末代'，前途渺茫，悲情可掬。"

一个安徽女生提高声音反驳说："我看没你说的那么悲观！你们看到吗？这两天，报纸上称我们是'七十年代第一批大学生'！很有生命力的嘛！"湖南小个子男生说："你就天真吧！还信这文字游戏？什么时候才能有'七十年代第二批大学生'？我们六四年进校，至今已经五六年了，从六六年起，就未见再有'新人'进来！"他顿了一下，气呼呼地说："这是哄小孩呢，你都信？我对这些文字游戏都听腻烦了！当然，这也有可能是某些人的'好意'哈，免得你们走得灰溜溜的！"安徽女生眨巴着眼睛，看着他，说不出话来。

另一个江苏男生说:"这样看来,以后大学还要不要办? 报纸上曾热烈地讨论过一阵子,最后到底要不要办,没人知道!"一个带着宁波口音的人说:"还办什么大学啊? 知识越多越反动! 看来'高等教育'这棵大树要被砍掉了!"六九届"最革命"的造反派人士,常常上蹿下跳最来劲的卓某人,又发高论了:"一九五八年国家就搞教育大革命,定下的教育方针就是'教育为无产阶级政治服务,教育与生产劳动相结合'! 现在不就充分体现出这教育方针的正确性了吗? 要不要办大学,就看无产阶级政治需不需要! 现在让你们下乡务农,就是体现了'与生产劳动相结合嘛'!"山东男生反驳说:"教育就是教育,就像科学研究一样,我认为教育本身没有什么阶级性的,是教育出来的人为谁服务,才带阶级性的! 你看,就算黄埔军校出来的人,都会带兵打仗,可有的为国民党卖命,有的成了我们共产党的优秀将领! 一个国家不能没有高等教育嘛,没必要给教育强加什么政治使命!""你这话有问题哦! ……"卓同学颈部的青筋要暴出来了,没等他说完,安徽女生抢着说:"唉唉! 都什么时候了,还有兴趣争论? 想点实际问题吧!"湖南男生虽个子小,但中气足,开口嚷道:"说什么梦话呢! 不办大学,中国社会将倒退几十年! 帝国主义国家、资本主义国家都在培养高端人才,我们不培养? 要想赶上西方发达社会,光靠镰刀、锄头那样的原始操作,行吗? 先进的工农业生产、先进的国防科技,哪一项不需要高端的知识分子?"他从鼻子里哼了一声,"教育荒废了! 不怕八国联军卷土重来啊?"湖南小个子一向讲话爱激动,安徽女生回头两边看了看说:"你讲话注意影响哦!""那有什么! 毛主席说过的:'落后就要挨打'嘛!"

石小茜不喜欢那些"语不惊人死不休"的争论场面,看他们要起争执了,觉得没意思,就走开了。但她心里也在犯嘀咕:"小学六年,中学六年,大学五年,十七年的苦读,完了还得去边远地区、偏僻山乡接受再教育,那还不如初中毕业直接进工厂,接受工人阶级再教育!"她边走边想:"这么多知识分子被打倒了,许多权威、专家还在'牛棚'里,知识分子到底哪点不好呢?"她找不到答案,也不敢深想,她知道这些想法是很危险的。自己出身又不是"纯正"的红五类（"红五类"是指家庭成分为工人、贫农、下中农、革命军人、革命干部这几类人），对一些现象、一些看不明白的人和事，她不敢乱发表意见，不想因言得祸，一些同学的痛苦教训她是承受不起的……

她想起了班上几个被批判的同学，真有点让人不寒而栗！

大冬天的晚上，班上有个男生上完厕所回寝室，因为太冷，就边跑边学着电影里的台词："共军来了！共军来了！"那段时间，经常反复放映一些解放战争的革命影片，影片里的台词耳熟能详！这本来是喊着玩的一句话，结果被定为"反动学生"，受到批判。

另一同学爱读书，爱哲学，在寝室里谈论黑格尔。他与同学辩论，振振有词地说："'条条大路通罗马'，无论是去南京路还是去淮海路，只要能买到你想要的衣服就行，何必计较是走哪条路？"他因为这句话受到批判。他是一个书呆子，并没意识到问题的严重性。

石小茜班上，三十多人，就有四个"祸从口出"的实例。这个比例可不算小，居然超过了百分之十！

石小茜天天提心吊胆的，觉得周围好像有无数只眼睛盯着你，稍有不慎，就会招来灭顶之灾。不敢乱说，但不等于她内心不敢乱想。

以前听前辈说到大学同窗时，那种油然而起的真挚的情感，真是如同手足。而现在一个班级四分五裂：保守派、造反派、逍遥派，派中还有派。临毕业了，都没法坐到一起好好开个会，一个个"乌鸡眼"似的。最终连一张最为神圣的大学毕业照都没拍！眼看马上大学毕业了，也没人给发张毕业证书，因为校领导班子早就瘫痪了。大学已经不是学习科学文化知识的地方，变成了阶级斗争的前沿阵地，是"战场"而非"学府"，学校各级领导几乎都是受冲击的对象。系里的领导班子也统统未能幸免。你让谁来给你发毕业证？似乎一切都是乱糟糟的。许多问题在石小茜的脑海里打转，找不到答案，也不敢跟任何人交流，只能埋在心底。

眼下摆在面前的现实问题是："工宣队会把我分配到哪里去？"这些天

来，刚回校时的喜悦从同学们的脸上消失了。一个个灰溜溜的，对前途充满忧虑、焦躁。对未来的迷惘情绪，笼罩着这座宿舍大楼，石小茜也不例外。

这天一大早，班级"文革"小组组长来通知大家："今天上午在学生食堂开毕业分配动员大会，每个人都要参加！"

八点整，动员大会正式开始，先由系里的革委会负责人讲话，之后由学生代表发言。工宣队事先安排好，先由六九届学生代表发言。这是一位老革命的后代，"文革"中积极响应毛主席的号召，早早起来造反，在系里很有影响。这次毕业分配，他写了"血书"，坚决要求去青海高原插队！他情绪激动，振臂高呼："到祖国最需要的地方去！"插队?青海高原插队? 也就是说到青海高原当农民? 还写了"血书"? 一连串的问号在小茜脑海里回荡。大家都真心佩服他的勇气，觉得他是一名真正的雄鹰，用敬佩的眼光向他行注目礼！另一名七〇届的代表，正在争取"火线入团"，也发表了激情洋溢的讲话。他坚决要求分配去最艰苦的地方，贡献自己的青春！

接着，系里工宣队负责人讲话，高度赞扬了这两名要求去最艰苦地方插队和工作的学生，并宣布：分配工作从明天开始。至于怎么分配，没有说，让各人等待通知。整个会议没有掌声，没有反应，会场气氛有点沉闷。工宣队宣布散会。

毕业分配在悄悄地进行。六月底的一天吃晚饭时，学生食堂里闹哄哄的。浦青松已经吃完饭，准备去洗碗。他看到石小茜正跟同寝室的几位女生一起进食堂吃饭，就走过去，对石小茜说："你晚饭后到教学楼前来一下，我有话对你说。""好的。"石小茜点点头。女同学们逗笑道："什么悄悄话，这儿不能说?""一会儿让石小茜告诉你们。"浦青松应付了一下，就走了。

石小茜吃完饭，急匆匆来到教学楼前，看到浦青松已经在楼前的台阶上站着等她了。浦青松望着天空，在想着什么。神情凝重，好像有心事。

落日的余晖斜照着教学大楼。台阶上方，教学大楼的门紧闭着。自从一九六六年停课闹革命，学校没有了"教"的任务，学生也不用"学"了，大家整天忙于集会、游行、搞批斗！紧跟革命形势，成了学校的常态。教学楼失去了它原本的功能，失去了它往昔的辉煌，失去了它应有的价值，一把大锁把它锁在了寂寞里。

上海是海洋性气候，初夏的傍晚，凉风习习，甚是宜人。石小茜此时似乎心情很好，她远远地向浦青松摇摇手，表示我来了！浦青松从台阶上走下来。石小茜走到他面前问："你有事找我？"浦青松点点头，犹豫着，不知从何处说起。他用手在头颈背部搓了两下，开口了："我俩的分配有方向了。""真的？"石小茜急于知道，"分到哪里？"浦青松在下面的一级台阶上坐下，招呼石小茜也坐下。

浦青松徐徐地说："今天上午，工宣队的徐队长让我到他寝室去一下。我以为有班级工作要布置，就赶紧去了。一进寝室，队长就很客气地说：'小浦，坐，你坐！'我就在办公桌对面的空床铺上坐下。队长在我对面的床上坐下。"讲到这儿，浦青松停了下来，眼睛漫无目的地看着前方，石小茜静静地等待他的下文。停了一会儿，浦青松开始缓缓转述徐队长与他的谈话过程。

徐队长点燃一支烟，慢条斯理地说："小浦，我们工宣队对你还是蛮了解的……"浦青松笑着说："那当然了，朝夕相处也近一年了嘛。"队长笑了笑说："你是我们中文系的才子哦！"浦青松有点好奇，睁大眼睛看着对方，觉得今天有点不同寻常。徐队长继续慢条斯理地说："刚进大学不久，你就在《江夏师大学报》上发表文章了，对吧？"浦青松点点头。"'文革'初期，你和同学合写的一篇重量级的长篇理论批判文章，要不是有关领导阻挠，就公开发表在《解放日报》上了。"徐队长竖起了大拇指。浦青松有点吃惊了，这是 1966 年 5 月底的事，《解放日报》已经通知了学校，准备采用那篇文章。系总支书记都找他谈了话，还一起讨论修改样稿，说过几天登报，但后来上海市委有关领导觉得这篇文章事关重大，要再审核一下，就把这篇文章扣下来了。没几天，北京广播了类似的文章，就把这篇文章冲掉了，没有再发表，工宣队怎么知道？徐队长看到浦青松有点吃惊的眼神，笑了笑，端起杯子喝了口茶，慢条斯理地说："后来《光明日报》又转载过你登在校报上的文章……"浦青松心中猜测："徐师傅这么夸我，是不是想要我帮他写篇发言稿或者什么总结？"徐队长吸了一口烟，慢慢吐着游丝般的青烟，继续慢条斯理地说，"你在'文革'前和整党后都是担任班上的团支部书记，在同学中威信蛮高，运动中的分寸把握得比较好，整个班级没有出现什么大问题。"浦青松心想："今天怎么啦？老徐是想让我帮着写篇稿子吧？怎么又扯上班级工作啦？"徐队长顿了顿，在烟灰缸上弹了下烟灰，眼睛正视着浦青松说："你在系里蛮有影响的，大家对你的印象都很好。"浦青松疑惑地看着队长，心里想："今天把我叫来是要表扬我啊？是不是与毕业鉴定有什么关系？为什么这么吞吞吐吐的？"只见队长又说："这一两年，你还担任学校《新师大战报》的主要编辑，在系里也编写过《鲁迅战报》，你蛮有名气的。"工宣队长笑了笑。徐队长文化水平不高，但人很正直，待人也挺诚恳的，浦青松平时对他的印象不错。但今天这个豪爽的山东汉子东一榔头西一棒，这么直白地夸自己，浦青松有点不好意思了。他也猜不透队长作了这么长的铺垫，究竟想说什么。

队长站起身来，拿着一只用红漆印着"106厂"字样的白色搪瓷杯，倒满开水。并顺便拿了一只玻璃杯，给浦青松也倒了一杯白开水，走过来，坐在浦青松的旁边。徐师傅友好地拍了拍他的肩膀，温和地说："你是班上的团支部书记，这次毕业分配，要你们干部带个头哦。"这一来，浦青松总算明白了：今天这长长的铺叙，原来是分配工作的开场白，看来自己的分配去向不容乐观。不过，工宣队能为这次分配，认真去做调查工作，没有草率行事，心里还是挺佩服的。

"我知道，干部带头嘛，我有思想准备的。"浦青松说，"系里准备分配我到哪里呢？"徐队长说："这次分配方案中，四川省温江地委有两个分配名额，要求是'文笔要好'，估计是做文秘工作的。我们讨论了一下，你是笔杆子，分配你去比较合适。"浦青松恍然大悟，是要分配他去大西南！

"大西南"，在上海人眼里，是一个很遥远、很落后的穷地方。顾不上这些，浦青松想知道的是"谁与他同行"！"两个名额？另外一个名额是给谁啊？"浦青松赶紧问。"还有一个名额想给四班的石小茜。听同学们反映，你与石小茜关系很好，是一对吧？石小茜也是他们班的才女，文章也写得好，文笔不错。分配你们俩去四川温江，比较合适，你看怎么样？"

太突然了，浦青松一时没有反应过来，眼睛看着徐队长。见浦青松没有马上表态，队长加重语气说："路是远了点，但工作很适合你们。再说，温江地区是四川省的'粮仓'，盛产稻米，有米吃。山东虽近，但是以地瓜面和窝窝头为主食，你嘛，不见得习惯。"徐队长侧头看了看浦青松。

浦青松知道，这次毕业分配有个不成文的规定，两个人要求分配在一起，就必须去边远的地方或者条件差的地区。工宣队把他与石小茜分在一起，让他们去四川温江，既给班级的分配工作开个头——书记带头去大西南！也适当地考虑了他的专长，他觉得工宣队的分配是合情合理的。其实浦青松早有心理准备，自己是班上的主要干部，肯定要带个头的，不然工宣队的工作不好做。再说，想与石小茜分在一起，去边远山区、去边疆，是大概率的事情。靠近上海的地方，比如江苏、浙江，想都不要去想。浦青松是一个坚定的主张积极心理学的乐观主义者，他内心的想法，只要靠近铁路线，再远的地方，都没关系。路再远，火车轮子一滚，就算新疆，五六天也就到了！当然，他也有担心的：一是石小茜会同意不？她是家里的长女，她爸爸的贴心"小棉袄"，去那么远，家里会有阻力不？另外，浦青松也怕万一分配到大山深处，交通不便，步行几十里路才有汽车，坐了汽车坐轮船，下了轮船再坐火车，折腾了十天半月才能到上海，也不是没有可能！六七届的沈有力去年回母校，在他们寝室神侃他的分配经历：分到重庆，心里美滋滋的，结果到了重庆，再往下分，说到黔江下面两河地区的一个小学当老师。他说："我从上海出发，坐上长江的大轮船，航行到涪陵八天，晚上再换乘小型机动船，第二天天不亮开船，傍晚到彭水县城，找个旅馆住一宿，第十天早上坐长途车，经过九道十八弯，下午到黔江，再住一宿，第十一天到达目的地。"沈有力苦笑着说："从这个行程就可以看出，这是一个什么样的深山老林了！那里是偏远地区，当地人从来没见过火车，更别说飞机了。我这次回上海，来回一次就得个把月，以后什么时候再回上海就不好说了！"当时听的人都很沉闷，全寝室的人都对他报以同情。

所以，当工宣队徐队长告诉他，分配他去四川温江，靠近成都，并且是产稻米的地方，有米吃，浦青松觉得很满足了，没有征求石小茜的意见，就点头表示同意。徐队长看到浦青松没说一句讨价还价的话，这么爽气地就答应了，非常高兴。他再次拍了拍浦青松的肩头，表示赞许！

几十秒的时间，浦青松一点头，他与石小茜两人的分配工作就结束了。浦青松的心情在这一刹那间有点儿庆幸，也有点儿悲壮。庆幸的是：工宣队把他与石小茜分了一起；虽然路途遥远，进入了四川盆地，但靠近成都，就意味着离铁路线不会很远！略感悲壮的是，终于要离开这生活了二十四年的熟悉的上海滩，离开这听惯了高低不一的轮船汽笛声的黄浦江！"风萧萧兮易水寒，壮士一去兮不复还！"他从此以后不再是"上海人"了！此时此刻，他一下子觉得自己变得坚强了，他要以男子汉大丈夫的姿态，顶天立地去面对未来的世界！他想赶紧把分配的结果告诉石小茜，却又有点犹豫，猜想着，石小茜听到这个分配结果，会是一个什么样的心情呢？犹豫归犹豫，"丑媳妇总要见公婆"，所以晚饭时分，他叫住了石小茜。

石小茜一听蒙了！她以为，七〇届的毕业分配是按班级顺序进行的。只听说工宣队已经找过一班的同学谈话了，石小茜的班级排在后面，所以她还不着急，她想工宣队一定会找她谈话，听听她的诉求。听浦青松这么一说，她像遭到电击似的！她惊讶地看着浦青松："什么？去四川？大西南啊？我还在等工宣队找我谈话呢，怎么一下子就去四川了？"浦青松小声说："我觉得工宣队对我们的分配还是合情合理的，就没与你商量，点头同意了。我想你也一定会同意的。"

"我为什么一定会同意啊？我想争取分配到江苏、浙江，不行的话，安徽？山东？湖南？湖北？真没考虑过要去大西南！"石小茜很不情愿地说，"谁都知道蜀道难，你不知道吗？要翻越秦岭，交通极不方便，离上海几千里路，以后回一次家多么不容易！"见浦青松诧异地看着自己，石小茜又补了一句："我不想去四川！"

这下轮到浦青松愣住了，他想到可能会要给石小茜做一点工作，但没想到石小茜的反应会这么强烈！大家沉默着。见浦青松闷住没作声，石小茜觉得自己是不是讲话太冲了，有点过意不去，于是补充了一句："我对西南有一种莫名的恐惧。""为什么？"浦青松小声问。石小茜不想说，闷着头，不作声。浦青松见她不作声，有点急了，再问："怎么会有恐惧感？说来听听？"石小茜眼前浮现出一个多月前的一次偶然的聊天场景，见浦青松一再追问，她只得勉强告诉浦青松。

也就是刚从郊县农村回来没几天，六七届一位分配到大西南的女生回上海探亲，来母校看看，顺便到女生宿舍来玩。以前大家住在一个楼层，都比较熟悉。见学姐回来，大家都热心地围过来，听她讲西南见闻。这位学姐讲了许多趣事，都是闻所未闻的。

她说："我们那个山区，男人女人都抽烟，都是用长竹竿做成的烟杆儿，吧嗒吧嗒地吸烟，抽几口，就'呸'的一声，吐一下口水。坐在那儿抽烟，口水吐了一地……抽卷烟就更有意思，是用一张旧书或旧报纸上裁下的纸片，把自己家种的烟叶往里一裹，用口水把纸粘上，就是香烟了……"

她说："那边的人，不管男人女人，出恭是不用草纸的，用竹片或小树枝。常常就地取材，在旁边树上掰一根小树枝，刮一刮，茅坑边上都是丢弃的小竹片、小树棍子……"

石小茜说，她在她们寝室里边说边表演，她们满寝室的女生笑得前俯后仰。玩了一会儿，她起身要走了，大家觉得没听够，不过瘾，一再挽留她："再玩会儿嘛，还有什么奇闻啊？再讲讲，再讲讲！"她想了想，故作神秘地说："我听到这么一个故事，不要把你们吓死哦！"大家赶紧竖起耳朵，想知道是什么惊险恐怖的故事。她说："某医学院的一位女同学，分配到偏远地区，住在一个农民家里。一天从地里劳动收工回来，坐在堂前的门边洗脚。一个青年农民走过，朝她笑笑。出于礼貌，她也朝他笑笑。第二天，媒人就上门提亲来了。这位女大学生不同意，村里人闹得很厉害，说：你已经同意了，就不能反悔了，不能破坏我们的习俗。事情闹到了地区政府。政府领导表示，要尊重当地的风俗习惯……"

"啊？真的假的？这也太惊悚了吧？"有人急切地问，"结果怎么啦？""我也是听人说的，结果如何，就不得而知了。""这是天方夜谭吧？都什么年代了，还有这等事？"女同学们面面相觑，不相信世上会有这样的事，又怕世上真有这样的事！

学姐半认真半开玩笑地说："真的假的我不知道，我也是听来的。不过，你们女孩子，到了那些穷乡僻壤，不要轻易对陌生人笑，当心被抢了亲！"她笑着起身，临出门，撂下一句话："快了，你们马上就要去经风雨见世面了！女生嘛，多带点肥皂和草纸，这是真的！""带肥皂、草纸啊？"有人问。"那当然，不是跟你们说了吗？西南农村的人大解用小树枝擦屁股，你行吗？那里没有草纸卖的。肥皂也很难买到。那边的肥皂质量差，洗衣服搓不出泡沫来，这我可是有体会的！"学姐说完带上门走了，留给大家一片想象的空间。

寝室里沉闷了好大一会儿。有人说："真没想到，西南地区就那么不开化啊？"有人说："西南地区少数民族多，少数民族的风俗习惯有的就是很怪异的。秦怡主演的《摩雅傣》的故事就是一例！"大家在寝室里还很认真地议论了一会儿，但毕竟与自己无关，很快就把这些谈资抛在一边了。

现在却真的要去大西南了！一想到这些奇特的习俗和那些不开化的故事，石小茜心里直发怵，她还是坚持说："我不想去西南！"见浦青松沉默着，石小茜缓和了一下语气，说："能不能稍微近点？你家的情况有特殊性：你爸爸支援外地建设，长年在外照顾不了家。妈妈工厂下马，没有了工作。大妹妹今年初中毕业了，马上得去黑龙江插队。小妹妹在读初中，家中就剩下你妈妈和一个十二三岁的初中生。这样的状况是可以要求照顾的呀!"

浦青松没有接话,眼睛无目的地望着前面的大草坪,似乎在思考什么,过了一会儿,他叹口气说:"远点近点都是出上海,大家的眼睛都盯着上海附近,都想离上海近点。我是团支部书记,能跟别人抢名额吗?我们俩要想分在一起,当然只有去远的地方。现在分我们去西南,不是最差的,起码比我想象的要好些。如果分配我们到青海、新疆,还能不去?"浦青松想了想,又说:"其实,我就是看中这个'远'!四川温江,与上海相隔两千多公里,还要翻越秦岭。据说火车到成都得开两天两夜,还得再转长途汽车,确实路又远又麻烦。但是,正因为这样,没人乐意去,当然也就没人跟我们抢了。"他笑了笑说:"不就是想我们两个人能分在一起吗?江苏、浙江是不可能的,这些是属于照顾性质的地方。山东、安徽近是近些,但也是贫困地区,而且都是去农场或军垦农场,你吃得消吗?"浦青松看着石小茜,等待她的回答。

石小茜说:"去农场好啊,许多同学一起去,互相有照应。""你想去农场?"浦青松满脸不屑地说,"去农场,在那里得待多久?一年?两年?三年?这是一个未知数!我去农场可以,你不行的!你忘记啦?六六年春天……"

石小茜当然记得!那是进大学的第一年,新生要去乡下体验社教生活,当时吃住都在农民家里。劳动量不大,但农家伙食每顿主菜都是草头。"草头"是一种肥田的植物,农民种它,是为了春耕时把它翻到地下沤烂了作肥料。刚长出嫩叶时,农民常把它当新鲜蔬菜炒着吃,或腌制成咸菜。这种咸菜特别香,农民把它装在罐子里,一年到头,作为佐餐,慢慢吃。可是这草头纤维较硬,很难消化,石小茜的胃消化不了这种硬性的长纤维,再加上吃了一两次忆苦思甜的粗糠窝窝头,导致她胃出血了。这可把带队的老师吓坏了,赶紧派人把她送进医院……之后让她回家休养了一个多月。

浦青松看石小茜没有作声,就说:"那时你还是住在上海郊区的农民家里哦，各方面的条件要比农场强多啦。到现在你的胃病都还没有完全好，稍不注意就胃疼。农场劳动，可就不是松松土那么简单省力的事了！再说，你平时体质又那么差，整天脸色苍白，排队献个血还被医生从队伍里剔除出去。就这样的身体，你还想去农场？在农场，割麦，挑担，翻土，挖河泥，插秧，都需要体力的，你承受得了吗？"说着说着，浦青松有点激动了："高中下乡参加三秋劳动，在高桥东乡公社，你们女同学在地里摘摘棉花，说说笑笑，回到宿舍还累得直不起腰。我们男同学，可是实打实地劳动过！第一次挑稻子，上肩就是五六十斤。几个来回，肩膀上磨出血泡，疼得要命，只好咬着牙坚持。好长时间，两边的肩膀疼得都不能碰。你们女同学没有吃过这种苦！"

石小茜吃惊地看着他："没听你说过嘛！"浦青松说："那是劳动锻炼，就是磨练吃苦耐劳精神的，有苦有痛自己消化，有什么好说的？六八年元旦，我作为红卫兵连长，有机会到崇明军垦农场学军，与士兵们住在一起，同吃同睡，体验生活。冬天，岛上寒风凛冽，我们几个大学生，同士兵们一起，一早出操、植树，下午士兵们赤脚下到结冰的河里去挖河泥……那个劳动强度，至今我都记忆犹新！因为我们是学生，士兵们都照顾我们，只让我们在岸边帮着把河泥运到大田去。假如真的分配去了军垦农场，高强度的劳动，谁照顾谁啊？还有一次，我们几个下连队锻炼的大学生，与战士们一起到大田去抬稻草，两人一组，运到营区来沤肥，上下午几个来回，一天要走七八十里路。我们的腿都累得像灌了铅似的，提都提不起来，可战士们笑着说：'今天这是最轻松的劳动了！'这样的劳动，你挺得住一年，还是两年？"浦青松白了她一眼，又说道："你以为农场生活就像电影里的镜头，坐在马车上，鞭子一甩：'得儿驾！'前面是美丽的草原，雪白的羊群，那么浪漫，那么富有诗意？"经浦青松这么一说，石小茜蔫儿了，浦青松所说的军垦农场劳动，震慑了她。

两个人沉默着，都一副若有所思的样子。隔了一会儿，浦青松似乎又想起了什么，问小茜："我们系六七届有个男生，细高个儿、白白净净的，大家都叫他'小开'（上海话里指有钱人家的公子），你还有印象吧？"石小茜说："名字不记得了，印象蛮深的，说话微微有点结巴，大概家里经济条件比较好吧？是个少爷型的人。他们年级的人都叫他'小开'。""是的，他叫林鸣，曾跟我一起在《鲁迅战报》待过，六七年分配到江苏的红旗军垦农场。今年年初，他也回来过，约我们几个一起办过战报的同学见个面。他讲起在军垦农场的故事，我们听得一愣一愣的。要不是林兄亲自对我们说，我们真不敢相信这是真的。"见石小茜在认真听着，浦青松就打开了他的话匣子。

林鸣说，毕业分配时，他被分到江苏红旗军垦农场，心里喜滋滋的，这是离上海最近的地方了，自以为捡了个大便宜。红旗军垦农场在长江北岸，属于苏北地区。其实那里交通也不方便，进场部报到那天，被告知，要坐船，靠人工划船进去。当时他们很开心，觉得划船进去，很浪漫哦！两只大木船，一只放行李，一只坐满分配去的各地大学生。大家唱着歌，划着船，进到了红旗军垦农场，成了一名军垦战士。到农场的当天，放下行李，没有休息，下午就让集合参加劳动了，军垦战士嘛，就得有战士的样子！可能看他太瘦了，一个白面书生，就把他分在炊事班。

林鸣说，别以为炊事班是什么好差事，炊事班很艰苦啊。全连几百人吃饭，他们起早摸黑，整天在大厨房里，与卷心菜、土豆、红薯打交道，挑水、砍柴，忙得不亦乐乎！每天要挑多少水啊，腰都压弯了。肩膀红肿着，还得去挑呀。大厨房人手不多，每个人都忙得团团转！四人一班轮流烧早饭，天不亮就要到河里去淘米。硕大的淘箩，需要臂力。刚开始几天，晚上双臂酸疼得没处放，彻夜难眠。冬天河里结了冰，要先用铁镐敲开冰，在冰冷的水里淘米，十指冷得钻心。洗菜、切菜，觉得手指都要结成冰棍了。几个月之后，场部一位师长带着人下来视察，看到场部食堂怎么有个戴眼镜的？认为不合适，就又把他调去大田班。

林鸣说，秋收刚过，冬闲没让休息。大田班要在寒冬腊月挖河泥。他们天天卷着裤腿赤脚下河挖泥，冻得两脚失去知觉。也算他倒霉，河底居然有竖着的细竹签,别人没事,他踩到了,但浑然不知。等到劳动结束上岸时,有人看到走过的路上有血迹,就问:是谁的脚戳破了?大家检查脚底,才发现是林鸣!林鸣说,他一点儿都不觉得疼啊,原来是脚底没有一点知觉了。有人赶紧叫来军医,把他搀扶到旁边的水渠,清洗伤口,才发现还有竹签断在脚底里。人们七手八脚把他送回营房的医务室,清理创口,取出竹签,消毒打针。第二天,为了争表现,他仍然坚持去劳动,说是轻伤不下火线。年底评选先进人物时,他得到了场部的嘉奖,算是小小得意了一番。

林鸣告诉我们说,这不算最苦的。五月中旬,下田插秧才更够受。他们学生没有经验,弯着腰插秧赶进度,不停息,当真要直起腰的时候,腰却似乎断掉了,疼得直不起来。中午大太阳,晒得人要蜕去一层皮。个别女同学手臂上晒出了水泡!不过这也没什么,下水田可怕的还不是太阳。可怕的是裤腿卷得高高的,腿上常常要爬上好几只蚂蟥来。林鸣问我们:"你们见过蚂蟥吗?滑滑的,扁圆扁圆的,灰绿色。我第一次看到腿上爬上了好几只蚂蟥,心都在发抖!"林鸣自嘲似的笑了笑,接着介绍起经验来:"蚂蟥口内有半圆形的颚片,当它吸在你腿上时,用此颚片钻进你的皮肤,吸你的血。这蚂蟥吸力极强,紧紧地叮在你的腿上,可不能用手强扯下来哦,你用力一扯,蚂蟥的吸盘就断在伤口里面,会引流流血不止的。怎么办?要用手慢慢拍,让它的吸盘松下来,松下来之后它就会自动掉下来了。或者在蚂蟥身上撒点盐,十分钟左右,它会自行退出!被蚂蟥咬伤的地方一定要涂搽消炎药,防止皮肤感染。"浦青松说:"我们当时听得头皮都有点发麻。"

石小茜听了更是有点紧张,赶忙插嘴问:"女同学也下水田插秧吗?"浦青松说:"当然啦。农村插秧大多数是女社员啊!男社员负责挑秧苗,犁地,干重体力活。军垦农场,不分男女生,不仅男生要下水田,女生也要下水田,都是军垦战士嘛!"

浦青松说,那天,林鸣算是找到了叙述的对象了,不用别人插话,他一茬接一茬地说，好像有倒不完的豆子。他说，军垦农场的老职工倒是劝他们要注意，双腿在水中浸泡时间久了，特别是冬天，在冰冷的河水中，膝关节会受不了，容易得风湿性关节炎。林鸣说，当时他们哪里懂这些？也顾不了这些，都在积极争表现，希望得到上级领导的表扬！离开学校也就两年多的时间，现在他的膝关节疼，走路都很艰难，特别是走下坡的路，关节疼得不行。这次请假回来，就是看腿的，拍了片子，医生说，湿气入侵，诱发了风湿性关节炎，再不注意保暖，病情发展下去，甚至会导致膝关节变形！

林鸣说："我不是吓唬你们，我们系里这两届分到各个农场的好几个同学都整出毛病了。有的军垦农场，是临时创建的，根本没有住房，大批学生来了，只得临时睡在野外帐篷里。接着要自己挖泥制成土坯造房子。还要上山砍毛竹、割茅草盖房顶。"林鸣神秘兮兮地说："可怜的是女同学，下水田劳动没注意保暖，有几个已经得了妇科病……"

看石小茜听得入神，浦青松说："这个林鸣，真让我们佩服！他家经济条件好，妈妈是上海市蛮有名气的儿科医生，据他自己说，初中一年级他就骑自行车上学了，生活条件比别人优越得多，所以他的外号叫'小开'，是从中学叫起的。这样的一个人，能这么吃苦耐劳，积极、开朗，我们几个都给他竖起了大拇指！"这一下，轮到石小茜掂量自己了。

见石小茜木然坐着，没有作声，浦青松怕吓着她了，想轻松一下气氛，就打趣说："当然，这样的事情毕竟是很少的，千分之一、万分之一吧，但生活关还是要过的。""什么生活关？"石小茜转头看着浦青松。

"离开上海和江浙地区，长江以北，基本上是吃面粉、红薯和杂粮，很少有大米吃，你要有思想准备。你要是去了江北、安徽等地的农场，大概只有你发胃病了，才可以吃到病号伙食——白米粥！"浦青松笑了起来。石小茜说："别吓唬人！有那么夸张吗？"浦青松说："哎，我一点不夸张的。我前年搞外调的时候，去过那些地方。县委书记接待我们调查时，一手端着一只装有红薯的粗糙的大碗，一手抓着红薯，两只脚往凳子上一蹲，就侃侃而谈了!"浦青松边说边学着县委书记的样子蹲在台阶上,逗得石小茜开心地笑起来。

浦青松看石小茜情绪好点了,又转入正题:"西南虽远,毕竟我们俩分在了一起,相互有个照顾。又是在地委工作,你就避开了农场的插秧挑担和一系列的重体力劳动。"浦青松转过头,看着石小茜说:"你知道的,十五年来,我父母长期两地分居,不单单是造成经济状况比人家差,精神生活也有欠缺。为了我们能够在上海接受好的教育,爸爸孤身一人在外,长期住集体宿舍,生病了,没有家人在跟前嘘寒问暖。妈妈独自带着三个孩子不仅要操持家务,还得孤寂一人应对内外,受气受委屈,也只能一个人忍着。我们兄妹也长期得不到应有的父爱!夏天天热,各家都是把桌子搬到外面露天吃晚饭,看到人家爸爸妈妈跟孩子们围成一桌,有说有笑,好羡慕啊!我爸爸回家探亲,假期一年只能两个星期,这还要扣掉路上两天的来回时间,真正的聚少离多!所以我切身体会,我们决不能再过这样的生活!两个人出去,就一定要争取在一起,离家远近不应该是问题!"

浦青松定定地望着石小茜,等待她的回答。石小茜被浦青松的一番说辞打动,觉得他分析得有道理,就轻声说:"好吧,那就一起去西南吧!"

浦青松见石小茜终于同意了,吁了一口气,好像放下了一个沉重的包袱,开玩笑似的补充道:"你们班的团支部书记听说我同意两个人一起去四川,还取笑我说:'你就那么有把握?石小茜会跟你一起去西南?'我跟他说:'我有把握!'怎么样?"浦青松露出得意的笑容。

作出决定了,石小茜也似乎轻松了许多。浦青松换了语调,关心地说:"不过,毕竟是大西南,可不比上海,你我都要做好吃苦的准备哦。""你都同意了,再苦我也得扛下来呀!"石小茜白了他一眼,坦率地说,"其实,我都做好了被分配去新疆的准备!""啊?大西南你都不肯去,还去新疆?"浦青松忍不住嘲讽她。"是啊,新疆我不怕的!那里上海人多,我们弄堂里有好几个女孩子都去支援新疆。她们回来探亲时说,新疆的乌鲁木齐是个蛮现代化的城市,有'小上海'之称。那里水果也多,哈密瓜、西瓜、葡萄……”石小茜掰着手指数着。

浦青松忍不住笑出声来：“小茜同学，你是不是太幼稚了！宁可去新疆也不去西南？新疆有多远，你知道吗？火车得开上五天五夜！”小茜辩解道：“那边上海人多啊！从五十年代末到现在，上海就去了几十万知青了。”浦青松正色道：“这当然是实情。但你别忘了，上海知青去新疆，是到军垦农场大田里进行体力劳动，不是到乌鲁木齐那个‘小上海’去坐办公室的！我们高中同班同学张茵，高二时响应号召主动去支疆，割稻子昏倒在地里，这你是知道的吧？她的身体可比你强多了！”石小茜没有反驳。“文革”前张茵给班级来信是这么说的，好像她还评上什么先进，写信来报喜的。“文革”开始以后就再也没有收到她的来信了。

夜幕早就降临，两个人有说不完的话。浦青松政治上成熟些，也理智些，他嘱咐道：“这场运动究竟什么时候能结束，大家心里都没底。各级干部倒下一批又一批，上了台的马上又倒下，走马灯似的。我们到了地方上，坚决不参与地方上的任何派性组织，不和地方上的任何势力搅和在一起，我们就努力搞好自己的本职工作。地方上的情况复杂得多，跟学校完全不一样。我们已不是学生了，身份发生了根本性的转变，要对自己的政治生命负责！”石小茜连连点头说：“我同意！”于是，两个人去大西南的事情就这么敲定了。

晚上回到寝室，听到大家正在兴致勃勃地交流八卦消息。王溪云说：“你们知道吧？大潘与方芳分到一起了。大潘个子那么高大，方芳个子那么瘦小，有点不太般配哈！”曾萱说：“那有什么！以前有一个国民党军官，叫什么来着，高大帅气，女的娇小玲珑。他两口子要出去看戏，老爷子封建，不同意，守在门口，说女人不能去戏园子。结果，这个军官用穿着的军大衣一裹，就把老婆带出去了。你想想，这老婆有多娇小！”引起一片笑声。

王溪云消息渠道多：“章小兰与韩和平也分配到一起了。平时看他们没什么交集的嘛！难道是‘地下工作’？我们一点都没发现。”曾萱说：“不可能吧？章小兰平时很清高的。"王溪云说："已经成事实了，我听一班的同学讲，他们两人一起去找工宣队的。"李燕说："有可能的！我与章小兰是中学同学，她的父亲有点历史问题，好像是国民党起义军官，'文革'中殃及到她。她还被变相地'押送'回里弄，要她在父亲的批斗会上揭发她父亲。她曾跟我说过，像她这样的出身，只有忍气吞声！她成绩虽好，工作能力也强，但从某个角度讲，她是有自卑感的。"李燕轻轻咳嗽了一声又说："她也没有找错人啊，韩和平同学，为人厚道，平时不大作声，但有内涵。"徐晓丽接话说："类似章小兰这种情况和想法的人，我知道的就有好几个。突然的分配方案，去向又是这么糟糕，为了不至于孤孤单单，一个人去偏僻而又陌生的地方，都希望有个了解自己的人一起走。大家知根知底的，会省去很多麻烦。"

曾萱认为徐晓丽说得对，她爆出一个更加冷门的消息："听一班同学说，陈晓晓与曹挺好了！""啊——？"大家都很惊讶。陈晓晓是一班的团支部委员，原来深得老师的信任。六六年秋天去北京接受最高统帅接见时，整个天安门广场人山人海，红旗如潮，场面非常壮观。大家都激动得高呼、跳跃，甚至不少人激动得泪流满面，还有激动得晕倒的。接见回来后，陈晓晓跟几个人聊天时，不合时宜地冒出一句话："他们真的都那么激动啊？我看不见得！我就不激动！"结果被人告发，受到批判！一句话改变了命运，成了"有问题的学生"。而曹挺性格古怪又孤僻，怪话多，是辅导员眼中的落后群众，班上很少有人跟他谈得来。这两个人，原本就像火车的两根铁轨，根本不可能交叉在一起的。可是，特殊环境下，他们竟然走到了一起。原因很简单，就是陈晓晓怕将来到了社会上，这个问题说不清楚！而曹挺了解她，同情她，知道她是什么原因被批判的。徐晓丽说："我觉得陈晓晓的做法是明智的，她有'小辫子'，社会上有些人的极左思想很严重，再有什么政治运动，档案中烙下的'有问题学生'，到时候说不清楚，有个同班同学护着她，总要好些！再说，曹挺性格怪些，但人挺正直的！"

路萍发感慨说："临到毕业分配了，才急急忙忙地'找朋友'！好多人临时'拉郎配'，或'乱点鸳鸯谱'！我不想这么草率地决定个人问题，决定单打一！"大家都被她的"豪言壮语"逗得大笑！

寝室里，大家传递着目前分配中的"最新消息"，发着感慨，也夹杂着牢骚。石小茜因为心情不爽，回来就悄悄地躺在床上，没有兴趣凑这份热闹。见大家聊得也差不多了，就说："时间不早了，还八卦啊？睡觉吧！"寝室里女同学就又兴奋起来："浦青松的分配方向定了吗？""哎哎！你跟浦青松一起走吗？""别担心！工宣队肯定会把你们分在一起的！""在工宣队眼里，你们就是天生的一对！"同学们善意地开着玩笑，调侃石小茜。石小茜知道她们这样开玩笑是事出有因的。

那是前年深秋，全年级在乡下劳动，石小茜班上的女同学正在地里摘棉花。最近新来的工宣队员是个女的，姓柳，某工厂的工人。她中等个子，黑黑的皮肤，瘦瘦的，说话的声音有点嘶哑，三十出头了，还没结婚。这在工厂里，算是个老姑娘了。她性格开朗，大大咧咧，爱说爱笑爱打听。这天她也到地里与大家一起摘棉花，远远地就可以听到她的说笑声。说着说着就转到男生女生上，兴趣很浓。她说："你们班里谁与谁是一对啊？"大家笑笑，没人回答，这些私密的问题，怎么能在这儿乱说？她再三让大家说说，有同学就顺着她的话说："你看看哪些人可以成一对啊？"她爽快地说："我看你们班的石小茜与二班的浦青松最般配……"话没讲完，引起大家一片哄笑声。大家急切地问："为什么？为什么？"柳师傅说："有人告诉过我，说他们俩关系蛮好的。我来乡下前，在学校的宿舍楼走廊里见到过浦青松，他正在跟我们队长讲话。队长跟我介绍说：'他叫浦青松，在校报编辑部审理稿件，所以没下乡。'我看他，一米七几的高个子，老帅咯，很有气质！昨天我到你们班，看到石小茜。一眼见到她，就觉得与浦青松真的好般配哦！"哈哈哈……棉花地里大家笑成一片，柳师傅看大家笑成这样，有点尴尬，赶紧说："我是瞎说的，你们可不要告诉石小茜哈！"旷野风大，李燕也大声告诉她："柳师傅，石小茜在厨房帮厨呢，她听不到的，你放心！"大家嘻嘻哈哈，夸赞柳师傅有眼力，反倒让她不好意思起来。

石小茜与浦青松是初中、高中六年的同班同学。大学又在同系同年级同学了五年。浦青松属于严肃型男生，不苟言笑，而石小茜性格较随和。可能是少年时期的同窗好友吧，也可能是价值观相似？两人虽然性格不同，但很谈得来。看到他们两人有时在一起说话，同学们也爱跟他们开个玩笑，戏称他们是"青梅竹马"。

说到石小茜与浦青松，寝室里大家就来劲了，石小茜赶紧跟大家说："睡吧睡吧，工宣队明天要找你们谈话了，想想你们自己可能分配到哪里吧。"讲到这儿，大家才安静下来。曾萱想起了什么，问："浦青松找你干什么？""没什么，明天再说吧。"觉得石小茜似乎心情不太好，大家也就没再追问了。

三、往 事 回 忆

躺在床上，石小茜却无法入睡。想到高考前的满腔热情，想到自己从幼儿园、小学、中学直到大学，读了二十年的书，现在要离开上海，离开父母，去大西南，去到一个自己做梦都没有想到过的陌生之地，实在有点沮丧。高考前夕填写志愿的往事慢慢浮现在眼前。

时间倒转到一九六五年六月。毕业考试结束了，晚上吃饭时，石小茜看看妈妈，又转头看看爸爸，问："爸，你们觉得我考什么专业好啊？"小茜爸爸说："考医学院吧，将来当个医生。上次你们班主任来家访时，我问过他，他说你的数理化成绩都不错，应该有把握。你舅舅也希望你考医科，家里有个医生，将来我们都老了，也好有个照顾。""我不喜欢当医生！"小茜直截了当说，"医生整天跟病人打交道，没劲！医学院的学生要上解剖学，解剖尸体，太吓人了，我害怕的。"小茜皱了皱眉，不很乐意似的。妈妈接口说："医生要倒三班，蛮辛苦的。女孩子当老师最好，工作稳当，有寒暑假。"小茜好像也不喜欢："当老师，整天跟一帮孩子在一起。一辈子就是备课、改作业，备课、改作业，几十年在这个圈子里转，转到头发白了，牙齿掉了……"没等她讲完，爸爸问："那你想干什么呢？""我还没想好！"小茜还真没考虑过想干什么，她只埋头读书，喜欢考试。因为成绩拔尖，读书、考试是她的一种享受。曾经闪过一个念头，最好一直读书读下去。至于读书是为了干什么，她没考虑过。她读书早，比同班同学小一二岁，明显的头脑要简单些。

爸爸笑着说："你妈妈的话也有一定道理，现在社会上，女孩子的最好职业，就是要么做医生，要么当老师，我看都不错！我们只是提建议，主意你自己拿。现在认真考虑，做到以后不后悔就行。"小茜爸爸历来比较开明，加上工作忙，儿女的事他不多管的，最多提提建议，供他们参考。

二十世纪五六十年代，高中不分文科、理科，统一毕业考试后，学生就不再来校上课了，各自回家复习功课备考。要考理科的，准备理科考试内容；要考文科的，准备文科考试内容。除了少数人有明确的高考目标，大多数同学是高三毕业考试以后，填志愿之前，才考虑报考文、理科的事情。石小茜自己没有明确的方向，最终选择报考中文系，有一定的偶然性。

石小茜因为作文常被语文老师拿出来当范文宣读，对她的作文评价较高，因而对写作文饶有兴趣。特别是一九六五年，《青年报》上开展了关于青年理想的大讨论，语文课上，老师也布置了这个题目。有一次，语文老师指着《青年报》上的一篇文章对人说：这哪有我们班石小茜同学的文章写得好啊！此话传到石小茜的耳朵里，曾经像打火石一样，点燃了她心中隐隐的作家梦。但这个想法，也只是一闪而过。

浦青松也爱好写作，曾在班上组织了一个文学小组。小组邀请了五位同学，两个女生（石小茜是其中之一），三个男生，加上浦青松是六个人，由浦青松负责。该小组两周活动一次，地点在高小飞家，每人每月至少交出一篇稿子，形式不论。稿件由大家轮流用钢笔把自己的习作抄写在同一本练习簿上，由浦青松和强强两人负责排版和插图，并每月出版一期刊物，取名《新萌芽》。

在高三毕业前的最后一次文学小组活动会上，浦青松说："今天是我们文学小组的最后一次活动了，文学小组已经完成了它的历史使命。进入大学以后，如有时间、有兴趣，以后也可以每个月活动一次，地点暂定在我家，我真希望我们的《新萌芽》还能继续茁壮成长！"大家对文学小组都有点依依不舍，同意以后如有可能，还要继续办这份刊物。浦青松说："这次文学小组活动，不再讨论出版刊物的问题了，大家随意谈谈未来的打算吧。"

强强问浦青松："听说语文老师建议你考北大中文系？"浦青松说："是的。但我不可能考北大的。""为什么？"大家都看着浦青松，希望听到答案，因为大家都觉得他考北大是很有希望的。浦青松皱了皱眉头说："我家里的经济条件不允许。"强强笑着说："考北大要什么经济条件啊，只要成绩好！你的外语那么好，全年级无人企及，那就要沾很大的光！"浦青松说："我跟你们不一样。我爸在外地工作，每月五十多元工资，寄回家就只有三十元左右。我们三兄妹加上妈妈，四个人，就靠老爸的这点收入，吃饭都勉强，哪来的钱供我去北大读书？""嗯？"大家微微显出一点吃惊。

五六十年代，"艰苦朴素"是学校的校训之一。大家平时衣着都非常朴素，衣裤破了，打上补丁，这是平常事。浦青松的衣服，偶有补丁，由于他妈妈手巧，针线活好，都补得平平整整，很熨帖，不给人一种破旧的感觉。比较明显的，是浦青松的长裤，几乎都有拼接出的一截，因为他是家中唯一的男孩，人长高了，一下子蹿到一米七几，裤腿明显短了，妈妈给他拼接上一截；裤子屁股上磨破了，补上一块，色差太大，妈妈就几分钱买来一包黑色染料，染一下，裤子就完成了蜕变，像新的一样，不在意的话，根本不觉得这是一条接上一截、屁股上有着大补丁的旧裤子。加上浦青松平时一副清高脱俗、自信满满的样子，没人觉得他家经济会困难到这种程度。今天经他这么一说，大家顿时沉默了。

浦青松坦率地说："十五岁的妹妹，是家中的小当家。豆腐票、鱼票、肉票……反正都是计划供应，我妈就给她二三角钱，让她去买。一次，她告诉我说，抽屉里出现了一张十元大票子，当时她心里不知道有多开心！"

浦青松笑着说，"每到月底，我妈就眼巴巴地等爸爸的工资寄过来。稍慢几天，就得去借钱，等爸爸工资寄来了，再去还人家。你们想一想，每月三十元，扣除水、电、煤和房租，剩下的也就二十元出头，是四个人的生活费！家中不能有任何额外的支出，要缴学费啦，外婆来住一二天啦，或突然插进来什么事要付钱啦，家中'财政'马上就捉襟见肘！这样的经济状况，我一旦去北京，每年来去的车费到哪里去筹措？到了北京，每个月的日常生活费又怎么办？五十多元钱分三处开销，家里肯定是供不起的！"浦青松坚定地说："我不想再增加家庭的负担了。"

大家听了都不作声了。其实一般工人家庭的经济状况都差不多，家中没有多余的钱，没有多余的粮。治家的窍门，是人们经常挂在嘴上的一句话："新三年，旧三年，缝缝补补又三年。"不同的是，浦青松的爸爸五十年代被调往浙江工作，一家人分居两地，水电煤加上房租，就得双份，除去探亲往返的路上开销不说，一年回家一次，总得多多少少给家人买点什么吧？这就使得他们家的境况比别人家困难得多。见大家都不作声，还是浦青松打破沉默："我想报考本市的江夏师范大学中文系。我看了师大中文系的招生简章，是培养作家、记者、编辑等，最后一项，是大学教师，大学老师有什么不好啊？既可在高等学府的讲台上传授中华文化的精髓，又可搞我一心向往的文学研究，所以我觉得都挺不错的。而且学校就在本市，省去了每年往返的几十元车费。再说我喜欢文学，上哪所大学的中文系都是一样的，修行在自身嘛！关键是师范大学吃饭不要钱，这对我、对我们家，都是极大的好事。"

看来浦青松对这一切早就深思熟虑了。文学小组的另一位女生小勤动心了，她本来准备报考上海理工科类的，已经在复习理科考试的内容了。听浦青松这么一分析，连忙说："对呀！考师范大学吃饭不要钱，我们文学小组一起去考师大中文系吧！"

强强一脸深沉，说："我爸爸让我考浙大的机械系。学点社会用得着的专业，不管什么时候都能有饭吃！"小飞若有所思地点点头："我赞成强强的观点，我也准备报考理工科，业余时间可以耍耍笔杆子嘛!"为民性格随和，志向高远，笑嘻嘻地说："我也想报考中文系，但不想在上海读书。'天高任鸟飞，海阔凭鱼跃'，我想出去见见世面。嘿嘿嘿……"

犹豫不决的石小茜说："考中文系，做个报社的记者或文学编辑都好，但我不喜欢当老师!"浦青松说："当老师有当老师的好处呀! 生活稳定，还有两个月的寒暑假，可以读读书搞搞研究。到你老了，满头白发时，又桃李满天下，这有什么不好啊?"浦青松半开玩笑地说："就你们两个女生，一米六都不到的个子，手无缚鸡之力，拿拿笔还可以，去拿扳钳? 拿榔头? 戴个柳条安全帽，拿着设计图纸去工地? 或者每天跟油腻腻的机器打交道?"后面几句，明显地带有嘲讽的意味。气氛一下子活跃起来。小飞说："小松不愧为当过学生会宣传部长的，真能做思想工作，一席话，你们几个就都想去中文系了? 嗯——我还得考虑考虑，是中文系还是机械系!"

石小茜越想越没有睡意了，眼前又浮现出五年前接到大学录取通知书的情景。

那是高考后的八月十一日，太阳热辣辣的，大家按照通知，在下午赶到学校，去礼堂参加高三年级的毕业典礼。之后回到各班教室，由班主任向每个同学颁发了毕业证书，拍了班级毕业照。然后班主任宣布："点到名字的同学，明天上午八时整，来学校开会。事情重要，请务必准时出席。记住：哪怕是大风大雨也要来!"石小茜听到了自己的名字，也有浦青松和《新萌芽》小组的小勤和强强……会是什么事，这么重要? 大家猜测着，老师故作严肃地走出教室，把猜想的空间留给了同学。

第二天上午，八点钟，班主任准时走进教室，手里捏着一叠信件。他把信件摊在讲桌上，一脸的灿烂，用他平时的男中音，颇为激动地宣布："同学们，你们好啊! 我热烈地祝贺你们，你们考上大学了! 请听到名字的同学上讲台来领取高考录取通知书!"大家一下子都喜晕了，互相你看我，我看你，也都一脸的灿烂!

忘记了谁是第一个上讲台的，也忘记了自己是第几个上讲台的，石小茜听到了自己的名字。她站起来快步走上讲台，从班主任手里接过了那封印有江夏师范大学校名的牛皮纸信封。回到座位，坐下来以后，她小心翼翼地撕开封口，终于明明白白地看到了通知书上的几行大字，钢笔字加上印刷体："石小茜同学：你好！你已经被录取为江夏师范大学中文系汉语言文学专业（本科五年制）的学生，请你带好本通知书以及相关的生活用品，于8月28日到学校来办理报到手续。"石小茜很高兴，因为这是她的第一志愿，也是妈妈希望的师范大学。

石小茜欣喜地环顾着四周。就听到大家在互相问："嗨！你是哪个学校？""复旦！""你是哪个学校？""上海交大！"有人说："好家伙，我们班有四个江夏师大的！三个中文系，一个物理系！"有人问强强，"你是哪里？"强强挤眉弄眼地说："浙江大学，机械系，西湖边上。"邵大力，凭借他的数学实力，考进了赫赫有名的中国科技大学数学系！还有上海第一医学院的，西安第四军医大学的，哈军工的……遗憾的是，这次班上没有北大和清华的。想到这里，石小茜不免可惜地瞟了一眼浦青松。凭他的实力，考取北大中文系是很有把握的，然而……只见浦青松笑吟吟的，在跟几个男生侃大山，好像他对这个结果十分满意。是的，他确实不必再为上学去筹措路费和饭钱……

班主任等大家热烈地议论了一阵之后，再次高声宣布：请同学们暂停讨论，今天宣布的只是第一批，过几天还会有第二批、第三批来，学校会陆续通知大家的，今天就这样，散会吧。于是大家在嘻嘻哈哈中，兴高采烈地冲出教室，回家报喜去了。

石小茜一进石库门弄堂，碰到5号的张阿姨，张阿姨看到小茜急匆匆往家走，就顺便问："小茜，大学录取通知书来了没有？""来了！"小茜开心地扬了扬手中的信封。小茜考取江夏师范大学中文系的消息，便立即在这个石库门的弄堂里荡漾开了！

这座石库门的弄堂，据说是日本人时期建造的，应该是三十年代后期的建筑。两层楼，南面是前门，进门是客厅，楼上是房间。穿过客厅和楼梯间，北面是宽敞的厨房和后门。解放后，石小茜父亲调到此地工作，单位帮他家租下楼上的房间，与楼下的温家合用一个厨房间，每月租金3元2角。一个门里住着两家人，在上海是常情。温家住楼下，从前门出入，石小茜家住楼上，从后门进入厨房，上楼的木楼梯在厨房与温家的房间之间。

石库门弄堂，一般邻居之间的交往，都是在后面弄堂的厨房间门口。拎着菜篮子的阿姨、妈妈们，走过厨房门口，常会拉几句家常："今天你家买了什么菜啊？""你家的亲戚走了吗？""昨天你家孩子犯什么错？挨打啦？"等等。

石库门弄堂的特点——任何消息几乎都是共享的。小茜在厨房帮妈妈拣菜，得知小茜被江夏师范大学中文系录取了，邻居们都来表示祝贺。

"江夏师范大学？是全国重点大学呀！"右隔壁的史家爸爸竖起大拇指说，"小茜，你是我们这个石库门里第一个大学生，前程似锦啊！"左隔壁是小学教务处工作的瞿老师，他站在小茜家门口夸赞说："小茜妈妈，你晓得吧，报纸上说，今年高考升学率是百分之一，真正的百里挑一！不容易的。小茜将来前途无量！"施家姆妈是见过世面的人，走到小茜家厨房门口，略带夸张地说："小茜，中文系好！以后你大学毕业了，到报社当个大记者，或者留在大学当个老师，可以拿高工资。轿车进进出出，神气哦！"小茜望着施家姆妈，笑笑，心里想："你也太夸张了吧？到时候，我能买辆自行车上下班，不用挤公交车，就不错了，还轿车进进出出？真有想象力！"弄堂里一下子热闹起来。二十世纪六十年代，大学生很少，是个稀罕物种。小茜被他们夸得不好意思了，赶紧低下头，继续帮妈妈拣菜，但心里甜滋滋的。

小茜家楼上分前房间和后房间，前房间是爸爸妈妈的房间，后房间是小茜与弟弟妹妹们的房间。将要去学校报到了，在前房间，小茜妈妈说："下个月，茜茜要去上大学了，被子是现成的，但单人床单、单人蚊帐、脸盆之类的都要重新买的，要添置的零零碎碎的东西也不少，这个月的伙食费就有点紧了。"小茜爸爸说:"没关系,该添的就添。我到工会借点钱,以后每个月逐步从工资里扣就是了。"这是上海一般家庭的常事。大家工资都不高,有什么困难要用钱,就找工会组织借,计划好每个月从工资里扣多少,几个月后还清。这样,既解决了职工的家庭临时困难,又不影响生活开支。小茜爸爸自豪地说:"小茜爱读书,成绩好。只要她能读上去,我们总要尽力培养她的。"妈妈也乐滋滋地说:"下面几个小的,希望他们都能像姐姐一样,考个好大学……"

谁曾想到,进大学刚一年,风云突变,"文革"开始,停课闹革命,一直闹到现在。想到这儿,小茜心里不免烦躁,想睡也睡不着了。

"文革"中的许多事情刻骨铭心,可能永远也没法从记忆里抹去。现在,没人再去做什么作家梦、专家梦了,大学教授的日子也够惨的。现在只盼着能够早点分配出去,有个安稳的工作岗位,每个月能够领到工资,就谢天谢地很不错了!

四、离 沪 前 夕

决定去大西南了,家中爸妈还不知道。石小茜要赶紧抽空回去,把消息告诉家里。

早就过了吃晚饭的时间了,楼梯声响,小茜爸爸略显疲惫地回到家里。妈妈赶紧到楼下厨房去热饭菜,小茜站起身来迎上去问:"今天又开批判会啦?"小茜爸爸点点头:"每天都要开的,但今天不是为我。"小茜爸爸已不像五年前那样和蔼地与石小茜聊天,问长问短。他几乎没什么话说。在那些不断受审查的日子里,小茜爸爸每天的"功课"就是写检讨。但每次送到造反派的办公室里,都会被说:"不深刻!"到底哪里不深刻?没人指点。只好忍气吞声,回来再写,一遍又一遍,没完没了!谁敢得罪这些掌握着生杀予夺大权的造反派?以前是一个个备受尊敬的单位领导,现在已经没人考虑你的人格尊严了。那些以前工作吊儿郎当的人,一造反,就成了革命的化身，神气活现，想怎么训斥你就怎么训斥你！

石小茜看到爸爸疲惫的面容，萎靡不振的精神状态，就安慰他："你这样的基层干部，廉洁奉公，一切都是按照上面的指示办事，你走什么资本主义道路啊？不用怕的！"石小茜想安慰爸爸，又找不出恰当的词。想了想，补充道："爸，你忍着点，一切都会过去的。"此刻倒是爸爸奇怪地看了她一眼，问道："今天你怎么回来啦？还没到星期天啊。"

小茜说："我们开始毕业分配了。""啊？你分到哪里？"爸爸立即睁大眼睛问。"四川。""四川？"爸爸有点吃惊，"这么远？""近的地方轮不到我，而且近的地方都是国营农场或军垦农场，劳动强度大，可能我身体也吃不消。"爸爸问："远的地方就可以不去农场？"小茜说："从分配方案上看，只有分到云南、贵州、四川这些内地贫困地区，有一小部分人可以直接参加工作，大部分同学还是得去农场。"小茜爸爸在椅子上坐下来，神情显得更加疲惫。小茜去给爸爸倒了一杯水，递到他手里，搬过一只方凳坐到爸爸旁边，尽量把自己的分配说得好一些。她轻轻地告诉爸爸："我是分到四川省温江专区地委。工宣队说，可能是到温江地委做文秘工作，不用去农场。"见爸爸没有作声，小茜又说："我们班有个同学还分到了四川凉山，条件肯定比温江差多了……六九届的一个干部子弟，还主动要求去青海农村插队当农民呢。"小茜东一句西一句，无非想告诉爸爸，她的分配算好的。

爸爸坐在椅子上，沉默不语，心事重重的。自己寄予诸多希望的女儿，从学校刚毕业，突然一下子被分配到千里之外的大西南去工作，他完全没有心理准备。不大一会儿，妈妈把热好的饭菜放在桌上，把筷子递到小茜爸爸手中。听小茜说分配到四川，看了她爸爸一眼，也没有作声，就坐到一边去纳鞋底。大家都沉默着，能说什么呢？在上海人眼里，大西南是极其贫困落后的地方。一个女孩子冒冒然地独闯大西南，他们很不放心。但是，有什么办法呢，"国家分配"，只有"服从"这一条路！

沉闷了好久，妈妈抬起头，叹口气说："当初要是不考大学，或者没有考取大学就好了！你们那届高中毕业没有考取大学的，好像都分配在工厂里。厂里的工人大多文化水平不高，来了个高中生，厂里当宝贝似的，把他们分在宣传科，或在工会做干事，在财务室当会计。就算当工人，五年下来，也是个老工人了，已经可以带徒弟了。"妈妈把针在头上刮了两下，继续纳着鞋底，低声发着牢骚说："不读大学，户口还可以在上海，这下好了，成为'外地人'了！"

上海人心中，上海的户口是最最珍贵的，是千金万金也买不到的。一旦户口迁出上海，这辈子连同将来的子女，就都是"外地人"了。"外地人"三个字，在上海人心中，是很沉重的，是与贫穷、落后连在一起的。特别是"文革"中，上海的初、高中毕业生去外地插队落户，家长们目睹了贫困地区老百姓缺衣少食的苦日子。加上这些城市里的孩子没有干过农活，特别是初中生，根本养活不了自己，家长们只得从自己的牙缝里节省出钞票和粮票，不断地去接济他们，自此也就背上了沉重的经济包袱。所以上海的家长们一听到孩子要分配到外地去工作，做"外地人"，心就揪紧了。"外地人"这个词，在他们的心灵深处打上了痛楚的烙印。

石小茜装作不以为意的样子说："做个外地人也没什么可怕的，上海的大学生都分配出去了，都去做'外地人'了，又不是我一个！"妈妈看了她一眼说："外地的情况你不知道。去年，前弄堂'小辫子'的儿子初中毕业去了安徽插队，过年的时候，'小辫子'去看望儿子。回来后一把眼泪一把鼻涕地说：就是留在上海做清洁工，扫马路，也比去外地农村插队当知青强！"小茜安慰妈妈说："你不用担心，我们跟知青不一样，我们是国家干部，有正规单位，有工资。"小茜想了想，又说："我不后悔考大学哦！我宁肯去外地工作，也不想在上海扫马路。今后的生活肯定会艰苦些，但路是人自己走出来的，我都二十多岁了，你们要相信我的生存能力。"小茜尽量把话说得乐观些，"西南不过就是远一些罢了，有探亲假，一年之后就可以回来看你们了，你们尽管放心吧！"见爸爸端着碗默默地吃着，小茜又对爸爸说："爸爸，你不用担心的，四川温江专区，我查了地图，是紧靠成都的一块平原。地理书上说，温江是成都的粮仓。工宣队徐队长也说，那里有大米吃，不会太苦。说到底，就是路远一点。"爸爸问小茜："是温江专区还是温江县？"小茜愣了一下："是温江专区吧？我也不太清楚。工宣队说，是去温江地委报到。"爸爸说："到温江地委报到，不等于将来的工作就在温江县城。温江专区很大的，有平原，有丘陵，也有山区。我以前出差去过那里，丘陵地区和大山里的交通是极其不方便的！"石小茜突然脑子一转弯说："工宣队说，是地委办公室要两名文秘，地委肯定是在温江县城啊。""就你一个人去温江？"爸爸停下筷子问。"我们年级是两个名额，浦青松与我一起分在温江地委。"小茜看着爸爸说。小茜爸爸睁大了眼睛："啊？小松跟你一起去四川温江？""是啊，我就是赶回来告诉你们这件事，是工宣队分配的。我问过浦青松，为什么你不争取近一点？他说：一是不可能，他是班上的团支部书记，要带头；二是想跟我分在一起。他说近处都是国营农场和军垦农场，那繁重的体力劳动，说我吃不消。"小茜说完，看着爸爸，只见爸爸的眉头舒展了许多。

小茜爸爸与浦青松很熟悉，可以说是看着他长大的。小茜与浦青松从初中到高中，六年同班同学。因为两家住得近，在一个地块，所以从初一年级开始，直至高三，寒暑假的地段小组活动，他们都是分在同一个地段小组的。小组活动每周一次，有时在浦青松家，有时也会在小茜家或其他同学家。地段小组里几个同学的名字，小茜爸爸都叫得出来。说起浦青松，小茜爸爸眼前立即浮现出几个镜头。

镜头一：小茜考取师大，准备去学校报到了。星期天上午，小茜妈妈刚买菜回来，浦青松兴高采烈，提着一只网兜和一卷席子来到石小茜家，约小茜一起去大学报到。小茜妈妈说："小松！你就带这么一点东西啊？"浦青松说："带了几本书、盥洗用品，还有就是枕头、席子、一条被单，嗯——还有两件换洗衣服，就这些。"石小茜高兴地对浦青松："爸爸说他今天有空，可以送我去学校。"浦青松说："这点东西还要你爸爸送啊？自己拿吧！我们一起去，你拿不下的我帮你拿！"小茜妈妈夸奖浦青松说：

"男孩子就是能干些！小茜，让小松在我们家吃了午饭走，我今天正好买了河鱼。"

上海人家平常是吃黄鱼、带鱼，这些海鱼比较便宜，1角5分钱就可以烧一大碗了。只有过节，或有客人来了，才会去买河鱼，河鱼比海鱼贵得多，不要鱼票。今天小茜要到大学报到了，妈妈高兴，特地去买了河鱼。小茜妈妈说："你们班不是还有一个女同学跟你们一起考取师大中文系的嘛，那同学呢？跟你们一起走吗？叫她也过来吃午饭。"小茜说："约她了，她离我们远，不顺路。她爸爸今天送她去。"石小茜看了看浦青松，问："怎么样？吃了午饭走？"浦青松说："好的。"饭桌上，两个大孩子有说有笑，对于家长的问话，浦青松有问必答……这场景还历历在目！看到站在眼前的小茜，爸爸叹了一口气。那时候十八九岁的两个孩子，多天真啊，一晃眼，他们就长大了，要飞了！

镜头二：大概是大学三年级，浦青松背了个军用帆布背包，来到小茜家。进门，看到小茜爸爸，就笑着说："伯伯今天休息？正好，我给你送一件东西来。"小茜爸爸说："哦，什么东西？送我的？"浦青松说："学校让我们下工厂战高温劳动锻炼，发给了伙食费，大热天，工厂还有几元钱的高温补贴。我就节约点，两个月下来，攒了点零花钱，去寄卖商店，淘了一些半导体收音机的零件。晚上在学校没有什么事，就在寝室里按照说明书，学着组装收音机。寄卖商店的零件便宜，但不能一只一只地买，要买就是一小包。丢了可惜，我就选出一些好点的零件，组装了三台半导体收音机。一台给爸爸带到杭州去了，他一个人在外地，一天劳动下来很累的，让收音机陪陪他。一台给妈妈，她喜欢听越剧。还有一台就送给你。小茜说，你喜欢看《参考消息》，这台收音机就给你听听新闻吧。"

镜头三：圆桌前，小茜正在帮爸爸修改检讨稿。浦青松来约小茜一起回学校。小茜妈妈在厨房，看到浦青松来了，就在楼梯口喊小茜："小茜！小松来约你回学校了！"小茜在房间里回答："知道了！叫他上来！"浦青松上楼，看到小茜与她爸爸正在讨论着什么。浦青松叫了声"伯伯好"，就笑着问:"你们在讨论什么呢?"小茜说:"你来看看,这份检讨我觉得写得已经蛮深刻了!不是他的责任,他也拉在身上,代人受过。这已经很过分了,还要说他写得不深刻,没有触及灵魂!我都不知道该怎么写了!"浦青松看完检讨稿,对小茜爸爸说:"理论分析,我帮你写几句。不是你的责任不要拉到自己身上。不管你怎么深刻批判自己,造反派不会夸奖你写得深刻的,这是套路。由他们说吧,你听着就是了,别往心里去!……"小茜爸爸觉得这孩子很有头脑。

小茜看爸爸虽然沉默不言,但情绪似乎好些了,就说:"我和浦青松一起去西南,分在一个单位,我们决定确定关系了,这样在外地各方面要方便些。但暂时不结婚,工作一二年后再说。"小茜爸爸垂下眼帘,沉思了一会儿说:"小松这小伙子人不错!有他一起去我也放心。你们这样考虑很好。"

妈妈有点担心,说:"你没跟我们商量一下,就确定关系了?浦青松是家中独子,大人有点宠,恐怕脾气不大好吧?"小茜说:"还好,没见他发过什么脾气,就是有时有点桀骜不驯的样子。"爸爸:"男孩子总会有点脾气的。我看他不是桀骜不驯,是比较有头脑、有主见,我喜欢他的性格。"一家人关于浦青松的性格与脾气讨论了一会儿,妈妈还是有点不放心。爸爸说:"茜茜没有出过远门,没有社会经验,身边有个靠得住的人,相互照应着,我们也可以放心些。小松毕竟原来是校学生会干部(小茜爸爸对中学里的浦青松比较了解,大学里的情况就全然不知道了),处理事情比茜茜要老练些。"妈妈想想也是,就让小茜星期天把浦青松叫来。

星期天,石小茜把浦青松叫到家里来。本来,浦青松家距离小茜家也就几分钟的路程。一路上,浦青松心中有点忐忑,不知道小茜妈妈要讲什么。两人上到楼上,见小茜爸爸在看报纸,旁边放着一杯茶。浦青松心想,很久没见老爷子这般悠闲了。小茜爸爸见浦青松来了,微笑着点了点头。小茜妈妈在缝纫机前,正在给小茜缝制衬衣。

"小松来啦,进来坐!"小茜妈妈热情地招呼浦青松,"小茜要工作了,我在给小茜缝件的确良衬衣。"浦青松看着石小茜，笑着说："你大概是我们年级第一个穿的确良衬衣的人了吧？"石小茜马上说："不是的，我们寝室的吴苏也做了一件。她大概马上要结婚了，男朋友是中国科大毕业的高材生，搞计算机的，比她大几岁。"东拉西扯说了一会儿无关紧要的话，渐渐转入正题。

小茜妈妈从数落小茜开始："小茜是我们家的老大，但她做点家务事，还不及妹妹！除了读书好，其他都不行。做事没头脑，早上让她生个炉子吧，她要把生炉子的旧报纸看完，哪怕只剩一个角，都要翻来覆去地看，结果耽误了时间，上班、上学的人来不及吃早饭，让人急得跳脚。"妈妈把缝纫机上的衣服收起来，不再干活了，继续她的抱怨："这个姑娘，从小就不像个干家务活的人，家务事一点都不上心！煤球炉上烧饭，让她守着点，她却悄悄在厨房看书，饭煳了也不知道！我在楼上闻到焦煳味了，大声喊她，她才如梦初醒！"妈妈用眼睛扫了小茜一眼："这也不是一次两次了，没冤枉你吧？"浦青松笑着说："煳掉的就给她吃呀！"小茜妈妈说："那是读中学，不懂事。后来长大了，进大学了，住在学校里，更是什么家务都不做了，只知道读书！"浦青松说："小茜是她们班上的生活委员，班上的事情管得蛮好的嘛。"小茜妈妈笑着说："她还管班级的生活？自己都管不好自己！"浦青松幸灾乐祸似的笑了起来。

"今天我叫你来，是想叮嘱你们几句。"小茜妈妈顿了顿，好像在寻找恰当的词语，"小茜读书早，从小奶奶惯着，不会做家务……"小茜妈妈的话还没讲完，浦青松就接口说："没关系，我会做的。"可能想想不真实吧，马上又补充一句："可以学的，不难。"小茜妈妈又说："我家小茜，总体来说，性格还是不错的，比较温和，偶尔也会有点犟脾气，你就顺着点她噢……"浦青松点点头说："知道了。"小茜爸爸插话说："两人在外，要多互相照顾。小茜交给你，我放心的。"浦青松没想到两人的事情就这么简单地解决了，赶紧说："你们尽管放心，我会照顾好她的。"

特殊的年代，简单的对话，就算尽了为人父、为人母的责任，他们就这样把女儿石小茜托付给了浦青松。其实这个时候，两个大人自己还生活在提心吊胆之中，特别是小茜爸爸，单位里的造反派这阵子正忙着抄家，他唯恐自己哪一句话、哪一件事没有对，就会引来抄家的灾祸。妈妈操心的事更多，家中已有一个女儿去镇江插队了，马上还有一个儿子跟着要初中毕业，又得上山下乡，还不知道会分配去哪里。现在老大分到外地工作，因为有个从小一起长大的同学相伴，大家知根知底，父母也就放心了许多。

家里的气氛开始活跃起来，小茜爸爸似乎忘却了心中的不快，夸赞起工宣队的分配很人性化。浦青松说："今年的最大亮点，就是照顾有了'朋友'的学生。"石小茜说："还不是托周总理的福！上一次六八届的分配，工宣队做得可绝了！私下暗访，知道某某两人是'朋友'关系，就特意把两人拆开，一个分到西南，另一个就分到西北，让他们见不到面。这简直是历史上少有的恶作剧！我们系六八届本来有两个人都分在西川了，后来听说是'朋友'关系，立马改判：一个分到西川，另一个改分到湖北！女同学哭得很厉害，再三要求，只要分在一起，去哪儿都行！工宣队就是不答应！不只是我们学校，全国都如此。工宣队这种无理的做法，激怒了大学生们，当时落实分配方案时，闹得很厉害，一些高干子弟告状告到周恩来总理处。传说总理批评了这种极端做法。总理说：'如果确是男女朋友的，应该照顾，尽量分配到一处，免得以后探亲增加铁路运输的负担啊，浪费国家的财力、物力！'所以今年政策才有了改变，才有了人性化的分配。"浦青松说："我还听到另一个版本的传说呢！据说毛主席老人家听到了周总理关于大学生告状的汇报后，曾幽默地说了一句：'红娘（《西厢记》里的人物）还是要的么，拆散人家干什么？'"小茜爸爸笑着说："知错就改，善莫大焉！"

浦青松说："说是工宣队，那里面什么样的人都有。就像我们系的那个丁队长，有点不三不四。师生三秋下乡劳动期间，他们一伙小兄弟，居然一直躲在系办公室里打扑克！还有个别男工宣队员在暗中活动，物色对象，死缠烂打地追求女同学。六八届有学生指责他们分配时故意拆散恋人是错误做法。丁某人便勃然大怒，下令召开全系大会，气势汹汹、不可一世的样子，瞪大眼睛吼叫：'一定要照顾你们红卫兵的恋爱关系吗？中央有专门的这一条规定吗？我们可以到毛主席塑像下去辩论！'一副蛮不讲理的腔调，真是小人得志，众人侧目！这样的人，怎么配当工宣队的队长！"浦青松还在为六八届的学生鸣不平。爸爸问："姓丁的后来怎么样啦？"浦青松说："众怒难犯，系里师生不断把他们的所作所为上告到校级领导班子，校级领导班子也觉得头疼！不久之后，这个家伙及其一帮小兄弟就离开了。没有开欢送会，我们也不知道内情，说是轮换也好，说是调回去也好，反正是灰头土脸地悄悄走了。第二批来的工宣队师傅们就比较好，素质比较高。有几个可能原本就是干部，做事有分寸。这从交谈、讲话、处理问题上都看得出来。他们来了以后，师生和工宣队的关系慢慢得到改进。"浦青松笑着说："还是我们六九、七〇届的运气比较好！"

石小茜说："今年又好得过了头了！不是一对的也硬要把人家凑成一对。"浦青松问："谁呀？""六九届的胡小玲。听她们班的人说，胡小玲与史东辉根本就不是一对，胡小玲是团支部书记，史东辉不是团员，团支部分配的任务：一帮一，一对红。胡小玲帮助的对象是史东辉。胡小玲就经常找他谈话，走得比较近。结果，工宣队'看出'他俩是'一对'，把他们分到新疆最北面的一个军垦农场，据说与苏联一河之隔，在地里劳动都可以看得见对岸的苏联人。胡小玲找了工宣队，跟他们说不是那么一回事，她可以一个人去新疆，别把史东辉扯进去！但是没用，工宣队说已经分配完了，不能变动了……"

小茜爸爸好像不想再谈这个话题，打断了他们："你们好好考虑一下，马上就要离开家、离开上海了，该做点准备工作。看看需要带点什么东西，自己列个清单，别到时候丢三落四的。我们做家长的能满足你们的总会尽量满足你们！"

石小茜说："没什么要你们操心的，我们把学校里的生活用品带上就行了。"妈妈说："那怎么行？该准备的还是要准备！四川一去几千里，不比在学校，缺什么可以回家拿。"浦青松说："好的，我们认真想一想，列个清单。你们放心，我们是大人了，会照顾好自己的。"

时间紧迫，两家开始忙起来了。浦青松家，因为爸爸在外地，为他操持的只有妈妈了。那天，浦青松妈妈把他的衣服，一件一件叠好，放在一只木箱子里，跟他说："小松，这是我用家里的两只旧肥皂箱，请人打的一个箱子，给你装衣物的。"看着那个漆了赭红色漆的木箱子，浦青松才知道，妈妈知道大学生都要出上海，就在为他悄悄地做着准备了。小松妈妈有点歉然地说："这件球衣还是初三那年给你买的，买得大了些，想可以多穿几年。你穿了近十年了，颜色都褪掉了，袖子也短了，但还能穿，也还保暖，你就带着吧。你大学毕业了，都没有穿过毛衣，按理说，应该给你买一件新的毛衣，但家里实在拿不出钱来。等你拿了工资，自己去买件毛线衣吧。这件蓝色中山装，颜色败得太厉害了，我买了包染料给染成黑色的，看上去像新的，也给你放在箱子里。被子，就只有你在学校盖的那床。妈妈知道那床被子年代久了，棉胎很硬，不暖和了，但我手头既没有棉花票，也没有钱，你就只能将就着用了……"

浦青松见妈妈絮絮叨叨地讲着，表示着歉意，也流露出些许心酸，就安慰妈妈说："没有毛线衣有什么关系？我们班上没有毛线衣的人很多的，那些湖南、山东来的农村同学，像我这样的球衣都没有的。大冷天一件黑色老棉袄一裹，里面是空空的几件单衣服，我比他们强多了。这件球衣好在当时买得大，虽然颜色褪掉点，但厚实，小一点紧身，穿着蛮暖和的。"

小松妈妈说："你爸爸这个月寄来的三十元钱，已经用得所剩无几了。你和小茜一起去外地安家，总是要花钱的，我标了一个会，凑了六十元钱给你带走。"六十元？六十元对他们家来说，是个不小的数字了，妈妈去哪里凑了六十元钱？浦青松赶紧问她："标了个什么会？我怎么听不懂？"妈妈悄悄说："这是老百姓私下搞的，不能让里弄干部知道的。"妈妈就把情况一五一十地告诉小松。

事情是这样的：因为工厂里的工资比较低，一般青年工人三年满师了，每月工资才三十多元，街道工厂集体性质的工人，每月工资只有二十多元。只有老工人，每月工资才有四五十元。平时没事，生活还可对付，一旦有个什么事情，马上捉襟见肘。这几年一直没有加过工资，可是孩子慢慢长大了，上山下乡要钱；小青年到了结婚年龄，结婚要钱；老人生病住院了……这些都是计划外的开支，一旦家里有急事，没有钱，怎么办？真是急死人！后面院子的陆阿姨，想出了一个点子，约了要好的小姐妹，十二个人参加，每人每月交五元钱，这样每个月可凑成六十元钱。这就叫做"标会"。这笔钱先给急需用钱的人家，救个急。之后轮流到各家。不急需用钱的人家，到年底再拿，相当于是零存整取，年底可以买一些大件的东西。这是没有办法的办法，也是邻里之间的互相帮忙。浦青松说："哦，这相当于民间的互助会呀。"妈妈说："这是无奈之举！不是急需用钱，谁去搞这个！"妈妈接着说："我跟几个小姐妹商量了，这次先给我用。这六十元钱，就算是给你们的安家费了，妈妈也只有这点能耐。"说着，妈妈垂下了眼帘。浦青松说："我八月份就可以拿工资了，这个钱由我来还。"妈妈说："不用还，不用还，这是我与你爸爸商量好的，是给你们的安家费。以后你们结婚用钱，我就不管了。"爸爸不在家，一切都是妈妈操心，浦青松知道妈妈的不易，就跟妈妈说："你不用操那么多的心，现在我工作了，以后家里的经济条件会好起来的！"

石小茜家里也忙开了。小茜妈妈说："小茜啊，这下要走了，离家千里，一定要照顾好自己。我昨天去布店买了一块花布，给你赶做了一条裙子。喏，在缝纫机上，你试一下，看看喜欢不。"小茜开心地穿上裙子，在镜子前左看、右看。淡淡的灰色底上是黑色的图案，花纹色调素净和谐。小茜连连说："妈妈，腰围正好，长短也好，我喜欢！"小茜妈妈一边帮小茜整理着衣服，一边说："家里的那只航空皮箱，是你爸以前出差用的，也有近二十年的历史了。这是个旧皮箱，你爸爸说现在反正他也不用了，给你带走。家里的情况你是知道的，你爸现在还在接受审查，每月只发生活费。银行里虽然有点存款，现在也冻结了，取不出来。妹妹已经插队在乡下，常要接济点。明年弟弟初中毕业，也要上山下乡了。我想了想，这样吧，小松家给他六十元安家费，我向隔壁的刘阿姨借了二十元，你爸也向单位工会借了三十元，再加上家里生活费中抽出的十元，也凑成六十元，给你带在路上用。也算给你们的安家费吧。"

小茜说："家里的生活费就不要动了，给五十元就够了。我们赶在八月十五日之前到单位，就能拿到八月份的全月工资了。"妈妈说："出门处处难，去到那么远的地方，一路上都要用钱。俗话说'一分钱难倒英雄汉'！家里没关系，可以克服一下的。"小茜妈妈又拿出三条肥皂和几刀草纸，放在航空皮箱里，说："家里积攒的两条肥皂给你带去，还有一条是借隔壁刘阿姨的肥皂票买的，下个月发肥皂票时再还她。"小茜知道，上海的肥皂是计划供应，要凭票买的，大户（即人口五人以上的）是每家每月一条（即两块）固本肥皂，小户（即四人及以下的）是每家每月一块（半条）固本肥皂。小茜家是八口人，一个月一条肥皂，平时洗衣服都要省着用。听妈妈把家里积攒下的两条肥皂全给了她。还向刘阿姨借了两张肥皂票，就说："上海的肥皂也很紧张的，路上带着也重，就算了吧，到了外地再想办法。我想，外地人也要过日子，也要洗衣服的。人家能过，我们一定也能过！"妈妈说："就这么点，带上吧，我已经给你准备好了。以后的事，就要你们自己解决了。"刘阿姨是纱厂老工人，工资高，丈夫早年去世，就一个儿子，所以经济条件比较好，邻居们临时有点急事，常找她帮个忙，救救急。她有什么事，大家也乐意帮助她，邻里关系处得很好。

很快就要告别上海了，应该再回学校去看一眼，和几个还没有离开上海的外地同学作最后的告别。石小茜来到自己的寝室，寝室里凌乱不堪，不要的东西丢得一地，人去室空，状况真的如"鸟兽散"！

浦青松班还有几个外地同学暂时未走，见到浦青松来，像久违的亲人，热情有加。不知谁突然起了一个念头，说学校没给我们拍毕业照，快要分别了，我们约上几个同学，一起到外滩留个影，做个纪念。浦青松说："好啊！好主意！就这么定了！"

外滩，北起外白渡桥，南抵金陵东路，全长约三四里路。东面挨着黄浦江，西面是一排风格各异的异国大厦。外滩闻名于世，可能要"归功"于这些被称为"万国建筑博览"的外滩建筑群了。被誉为"万国建筑"，可见这不是出自同一个国家、同一个建筑师之手，其实它们也并非建于同一时期，但它们的建筑色调、轮廓线条是那样地协调和谐。从远处看过来，建筑群刚健雄浑、雍容华贵。这儿有中国银行大楼，和平饭店，海关大楼以及汇丰银行大楼……"外滩"，成了上海的代名词，是上海的一张名片，在那个地方拍照留影，有意义！

浦青松跟大苏等人说好，约在下个星期天下午，一起到外滩去合影留念。浦青松因为曾是校报编辑，就说照相机由他去编辑部借，大家都很高兴。浦青松又说："尘埃落定了。大苏与小欣一对分到贵州天安县，李天明与小英一对分到山东军垦农场，江长生与小舒分到江西军垦农场。大家都凑成对了，干脆，就八个人一起去外滩。这既是毕业留念，也是我们大家确定关系的见证。"这个建议得到了大苏等人的一致赞同。

星期天下午三点钟，浦青松带着借来的照相机，买了一卷120型号的胶卷，与石小茜两人提前来到外滩钟楼前，倚靠着黄浦江边的防汛墙，边聊边等着他们。一会儿，其他六个人都到了。八人在外滩广场选择不同的角度摄影留念。一卷胶卷总共十六张，有两两合影的；有以黄浦江、万国建筑群为背景混搭的；有八人的集体照——以海关钟楼为背景，男同学在前面蹲着，女同学在后面站着，呈上仰角度。照片上人人笑望远方，洋溢着指点江山的青春气息。照片是请一位过路的游客帮忙拍摄的，没想到，选对人了，从拍摄技巧上看，人物的站位、取景角度都很专业！

照完相，大家要分手了，浦青松说，他去洗底片，要赶在大家离沪前印好照片发给大家，约好时间去他寝室拿。这是这八个人在校期间第一次也是最后一次的集体活动。大家在口袋里掏钱，想凑足印照片的钱，浦青松说："算了，这次算我请客，以后哪年哪月再能在这黄浦江边聚首，就不得而知了。"

与各位告别之后，浦青松带着石小茜逛到福州路。浦青松从初二开始就喜欢到福州路旧书店乱逛，翻旧书，淘旧书，或者花一两角钱买一本数学、几何解题的参考书，所以他对这一带的书店、路名了如指掌。先找到一家照相馆去冲胶卷，印照片。然后浦青松提议到一家小吃店吃鲜肉小馄饨，当作晚餐。这是他俩第一次两人进餐馆，或许是作为"定亲"后的一次自我庆祝吧。小吃店店面很小，四张对坐小桌，但是比较干净。碗内加的是肉汤，很是鲜美，两个人高高兴兴吃了三碗，总共3角6分钱。然后，又从广东路逛到南京路、四川北路，想在傍晚再绕到外滩，离沪前再次看看外滩的灯火。一见到"四川北路"的路牌，石小茜指着路牌说："嗨！四川路！"浦青松和石小茜不约而同地相视一笑，一切尽在不言中！

　　他俩很快就越过中山东路，跨上了外滩的滨江大道。他们的家就在江对面，与外滩只是一江之隔，逢年过节，站在江对岸，就可以欣赏外滩的烟花和霓虹灯。这里是他们的出生地，二十多年没有离开过，现在却要连根拔起，迁出户口远去四川，怎不让人生出几丝惆怅！两个人站在江堤边，任凭江风吹拂着脸庞，深情地注视着江中来往的船只。落日的余晖洒在江面上，像童话故事里"太阳山"上的金子一般，闪着光亮。两个人默默不语，好像被眼前的景色所陶醉，又好像有万般心事却说不清楚。一艘奶黄色的万吨巨轮，似乎是卸掉了货物，缓缓地驶过眼前，开向吴淞港。它那高耸的巨大烟囱的上方，拉响了雄浑低沉的汽笛声，似乎悲壮地在与两人告别！巨轮划出的波浪一层一层地推涌过来，直至防汛墙下，使得停靠在长长码头旁边的大小船只轻轻地摇晃起来。万吨巨轮驶过，在它的尾部，一群白色的海鸥，上下飞翔，追逐着螺旋桨打起的浪花。这本是江上常见的景象，今天却是这样的迷人。浦青松情不自禁地叹道："真美！……何日咱再来？"

　　江风带来了一丝凉意，石小茜突然想起了什么，对浦青松说："夏天的衣服我们都是现成的，秋冬天的衣物也要准备一些。我妈妈正在抓紧时间给我赶制一件新棉袄，她说我的棉袄穿了六七年，棉絮已经不暖和了。我看你的衣箱里，衣物太少，秋冬天就是两条长裤，你也应该添置些厚实的衣裤吧？你冬天穿的那件短的棉大衣，是进大学时"接管"你爸爸的吧？我看你穿它时，就已经褪色了，但式样很好，大翻领看上去有点气派。算算它也为你服务了五年了，这次就不要带走了，也买一件新的吧，就算大学毕业给自己的一件礼物。"

浦青松被石小茜的话逗笑了，不过他说："我不怕冷，我冬天就是一条老球裤过冬的，这次还是带着它。我们身边的这点钱不能随便动，虽然去四川的火车票学校已经给我们解决了，但一路上要用钱的地方会很多。到了四川，安顿下来，还不知道要添置些什么东西。人生地不熟的，到时不够了，都找不到人借！"小茜说："这个我知道。我已经向我的小学同学借了六十元。"浦青松诧异地看着小茜说："借这么多钱不好吧？两边家里已经为我们借了这么多了！这些钱，应该由我们自己还，你再借这么多，一下子还起来有难度。"小茜说："我们拿到工资先还家里的借款。我这个同学，小学毕业就去工厂当工人，十多年的老工人了，有点积蓄。这是她准备结婚用的款子。我跟她说好了，几个月后就还她，绝不耽误她的婚期。她说没关系的，半年之内不考虑结婚。明年'五一'节前还她就行了。"

石小茜跟浦青松算了一笔账："我们两人每月工资加起来，就有八十多元，节约一点，三个月就可以把家里的借款还清了。明年的一二月份，就可以把借同学的钱也还清。"浦青松说："你妈妈知道你借钱了吗？"石小茜说："不知道。我瞒着妈妈的，不愿意让妈妈再操心。我想，我们最多半年，就可以还清这些借款，达到经济的自由了。"石小茜转头看了看江边涌动的江水，避开浦青松的眼睛小声说："从同学处借来的六十元我已经用掉三分之一了！""啊？派什么用处啦？"浦青松有点吃惊。"给你买了一件米色羊毛衫！23 元 2 角。"浦青松一时语塞，不知道说什么好，想了想说："还是为你自己买点什么吧，我们男生不讲究这些的！"

夜幕降临，路灯亮起来，万国建筑群的景观灯也亮起来了，外滩的夜晚更加显得美丽而庄重。这时外滩防汛墙边，人影逐渐多了起来。这儿的防汛墙，是用钢筋水泥建造起来的，有一米多高，上海人戏称它为"情人墙"。因为上海普通人家的住房都比较小，人口多，男女青年谈朋友不方便，所以下班后的青年人约会，总喜欢到这儿来。一对紧挨着一对，面对黄浦江，伏着防汛墙，说着悄悄话。尽管两对恋人之间有时几乎是零距离，但不妨碍他们各自的情感交流，这是上海特殊环境下的一道"独特的风景线"。

两人不想凑这个热闹，离开防汛墙，沿着江岸，并肩走着。他们想在离开上海前，多看几眼这个留下他们青春脚步的外滩。他们找了个石凳子坐了下来。两人没有心思去关注什么"情人墙"，他们有他们的悄悄话。小茜说："我怎么像做梦似的，考取大学的快乐好像还在眼前，左胸前别着白底银灰字样的校徽，在校徽上方再别上团徽，走到哪里都很有底气！"她无声地笑了一下，"谁能想到，命运这么捉弄人！五年大学生活稀里糊涂，现在又这么莫名其妙地被扔了出去！五年前我们是被羡慕的人，现在变成了被同情的人！就在几天之前，邻居们听说我被分配到外地，还是大西南，都情不自禁地说：'哦，去外地啦？'并报以一个同情的眼神。"

浦青松说："别去想那么多，我们要是属于被同情的，那要去同情的人就太多了！你看学校里那些扫厕所的，扫马路的，哪个是清洁工？只不过让我感到遗憾的是，这五年进了高等学府的门，却没能好好学点东西，充实自己。"浦青松显出惋惜的神情，转而又说："不过，有失也有得，我们提前接触了社会，看到了某些人性的善恶，了解了社会的复杂性。否则，学校出来，愣头青一个，一头扎进复杂的社会，不知道会不会碰个青头包！"石小茜点点头，表示赞同。

浦青松说："其实，我们算是很幸运的！"石小茜没听懂他这话的意思，看着他，等他的下文。"你想，'文革'开始，我们还只是十八九岁的大学一年级的学生，不懂政治，只是在浅水区扑腾，呛点水也正常，没在政治漩涡中陷得很深。我们晚出生了七八年，1957 年，我们刚十岁左右，是四年级的小学生，政治运动与我们无关，又躲过了一遭！你看资料室那个戴眼镜的年轻老师，姓查，你知道吧？比我们大不了几岁，现在也就三十多岁吧。写得一手好字，文笔也好，是年级里公认的才子。1957年大学三年级时，在报上发表文章，参与什么大讨论。才子嘛，喜欢写文章，发表意见。结果后期被划成'右派'。念他出身贫苦，小时候是个孤儿，读的是翻身书，毕业后留在资料室，管管资料，但不能上讲台。"浦青松自嘲道："如果我们当年也在大学，说不定也会去写文章，露一手，就卷进去了！"石小茜说："这很有可能。'文革'初期，你与李同学合写的那六千多字的理论文章，差一点儿被《解放日报》发表了。幸亏稿件被拦下来了，否则，一时扬名天下知，但你们两人也就被卷进政治漩涡了！"浦青松听完，笑了笑，显得那么轻松。

　　两个人没有再说话了，就这么静静地坐在外滩的石凳上，静静地享受着这江边上习习的凉风。这时，海关大楼的钟声响起来了，《东方红》悠扬的乐曲声在黄浦江上空荡漾着，接着又当当当地沉重有力地响了八下，晚上八点了。平时听惯了海关钟楼的钟声，不觉得有什么特别。今天听着，却是十分亲切。石小茜无限感慨地说："以后哪年哪月再来江边闲坐，听这洪亮的、响着《东方红》乐曲的钟声呢？"听着石小茜话语里，情绪有点低落，浦青松就把话引开了："记得初中的一次春游吧？老师带领我们全班同学来外滩参观，就介绍过海关钟楼和外白渡桥。记得那时候你梳着长长的辫子，很可爱的。"石小茜笑着说："记得，是初二下学期，班主任陶老师带我们来的。那时班上女生大多数都是小辫子，可爱的不是我一个。"浦青松有点不好意思，说："嗯嗯，剪短发的没几个，都是长长短短的小辫子。那时候，你坐在我前面，我一抬眼，首先看到的就是你的长辫子，之后才是老师和黑板。"浦青松想为自己解围，跟小茜开个玩笑，发觉反而把自己套进去了，马上转换话题："印象最深的，是老师介绍这口大钟，他张开双臂，比画着说：'这钟的直径约6米，重6吨多！'大家惊叹说：'哇！好大好重啊！'陶老师还特别强调，这是英国人设计、制造，后来用大木箱装着运到上海，吊装在七十多米高的海关大楼的顶部。大家顺着老师的手指，昂着头看大楼顶部，有人惊叹说：'哇！好高啊！帽子要掉了！怎么吊上去的?'听到钟声响起，陶老师说，这口钟每隔十五分钟就响一次，奏的是英国古典名曲。当时听了老师的讲解，觉得英国人真了不起！"石小茜说："我也记得！我还记得陶老师说，解放前，我国没有统一的时间，上海时间比北京时间早一个小时，上海人八点钟上班了，北京人才七点正在吃早饭呢！一九四九年上海解放了，才把海关大钟拨慢一个小时，自此宣告了'北京时间'的到来。"浦青松说："你记性不错，有的我已经忘记了。"石小茜说："唉！这钟声哪一年从英国古典名曲改为《东方红》的?""这个我印象深刻！"浦青松说，"一九六六年！一九六六年中国第一颗人造卫星上天，把《东方红》乐曲带上了宇宙空间，报纸上登载了这个消息，我们寝室里的同学，大家都很兴奋，几个外地同学还闹着要去放鞭炮呢！就在那一年，海关大钟就改奏《东方红》乐曲了。""哦，一九六六年卫星上天这个大事我印象深刻的，海关大钟改奏《东方红》我就没在意具体时间了。"

　　两个人正兴致很浓地回忆着往事，几个头戴柳藤帽，手臂上箍着"联防队"红袖章的人，从面前走过。这几个人手里个个拿着一根一尺多长的木棍。石小茜说："天黑了，我们走吧，当心这些联防队员无事生非！"

　　关于联防队员的传闻还真不少！传说外滩有些联防队员不怀好意，专门在天黑之后，到情人墙边来转悠，看到比较亲热的两个人，就上前盘问：哪个单位的？叫什么名字？有些人不买账，不回答，或者别的什么原因，不肯说出单位，他就说你是"流氓""阿飞"（上海话的"阿飞"指的是不良年轻人），不管三七二十一，抓起来送联防所。

　　石小茜恨恨地说："这种人就是心里阴暗，名义上是来维护社会治安，其实是来捣乱的，是破坏社会治安！把这个执法当成好玩，当成他们耍威风的场地！"为免惹祸，两人保持一定距离走下台阶，避开了联防队。"还有更荒唐的呢！"小茜愤愤不平，"据说人家两个恋人在苏州河畔的林荫小道上挽着手走着，突然冲出两个'联防队员'，从中间把他们分开，说他们有伤风化，是'流氓'行为。人家辩解几句，起了争执，他们就打伤了人家，还莫名其妙地把两人抓进联防所，这简直就是无法无天！以前没这个'联防队'，社会治安好好的！"说到这儿，小茜轻轻叹息一声："唉——我真怀念'文革'前那种悠闲、舒适、温文尔雅的上海！"

浦青松说："有什么办法呢？现在到处打倒'走资派'，许多机构瘫痪了，谁来维持社会治安？没有了纪律的约束，没有了法律制度的约束，有些人内在的邪恶就充分暴露出来了！我在工厂体验生活的时候，听厂里的工人说，有一伙很无聊的人，上班时间不干活，专门拿一根皮尺，站在马路边，拦住女孩子量裤腿，小于六寸的一律剪掉！厂里一个小青工，上班的路上被人拦住，说她裤子包住屁股了，裤腿太小，是'阿飞'，拿起剪刀就把她的裤腿给剪开，开叉到大腿部。小青工万般无奈，也不敢言。这股邪风刮起来，据说后来爱穿紧身裤的女孩子吓得不敢出门，出门就换上妈妈大裤腿的裤子。"

两人一边走一边小声议论着，小茜突然说："他们又过来了。"只见又一批联防队员三三两两晃过来，把棍子扛在肩上，从他们面前神气活现地走过去。小茜还真有点胆颤，拉了拉浦青松说："我们走快点，离他们远一些！跟这种人有理说不清！"他们就这样悻悻然地告别了外滩。外滩啊，外滩，你真的变了！

过了几天，两人到学校去，想把印好的照片交给大苏他们，结果一个没碰上，都在忙着办理各种手续，浦青松只得把照片放在传达室阿姨处，跟阿姨聊了几句，就去领路费。去成都的路费是一笔大数字：每人45元，共计90元。数着票子，石小茜说："这么多啊？"浦青松说："领的钱越多，说明去的地方越远。去新疆的同学，每个人领了50多呢！"石小茜说："我们班的工宣队师傅跟我讲，希望我们领了路费就抓紧起程，8月15日之前赶到目的地报到，就可以领到全月的工资。过了15日，就只能领半个月的工资了。"浦青松说："7月底、8月初出发，应该没有问题。"

第二章

再分配

老式蒸汽火车头

手绘白果、淮口
交通示意图

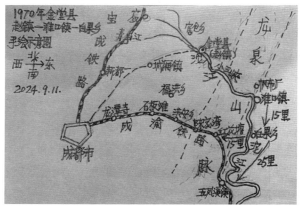

沱江"小三峡"

一、在去成都的火车上

离开上海的日子终于定下来了，两人提前三天，赶到北京东路230号售票大厅排队买票。整个大厅里人挤得满满的，每个售票的窗口都排有两排长长的队伍，像长龙似的，大家都汗淋淋的，浦青松对石小茜说："你到大厅外面去等我，一个人可以买两张票，我在这儿排队就行了。"石小茜从大厅里挤出来，一身汗味儿，赶紧站到阴凉处，在大厅外面等浦青松。一个多小时后，浦青松把票买到了：1970年8月8日，上海到成都，81次快车，11号硬座车厢，双人座位，票价34元2角，16点整发车，第三天的13点35分到达目的地。全程2353公里，路上将近两天两夜，要坐45个小时。

浦青松说："我们离开上海时，不要让家长送行！"小茜不解，问："为什么？"浦青松说："家长一送，情绪就不一样了！中学生去插队，年龄小，特别是初中生，去那么遥远的地方，家长不放心，能够理解。不过告别的那一刻，站台上，据说汽笛一响，车要开动了，车里车外哭成一片，简直就是一场生离死别，不忍目睹！我们不同，我们是出去工作，是一件开心的事情。走的那天，你可不许哭！"石小茜笑了笑说："我不会哭的！"

小茜爸爸还是坚持来送他们。他说："你们第一次出远门，我还是想送送你们。我买一张站台票，5分钱，帮小茜提个行李，可以一直送进车厢。"

上海到成都的绿色铁皮车已经停在站台上。站台开始放行。旅客们个个手上提着、背上背着、腋下夹着大大小小的旅行袋、包裹，像逃难似的，直奔自己的车厢，去抢行李架。浦青松往年搞外调，坐火车，见过这场面。看到别人都在跑，他也加快步子。但石小茜背着铺盖卷，提着网兜，很狼狈地落在后面。她爸爸帮她提着箱子，也走不快。浦青松想等他们，但不行，再慢，可能行李架上就没有位置了。他大声对后面的石小茜说："小茜！你和爸爸慢慢走，不着急，我先上去占个位子放行李，再下来接你！"

石小茜挥挥手，也大声回答他："好的！"旅客们从小茜身边匆匆而过，小茜努力地小步跑着往前赶。小茜爸爸紧紧跟着小茜，想从小茜手上接过网兜，小茜见他已经有点气喘吁吁了，就对爸爸说："反正我们也跑不快，干脆就慢慢走吧！你提箱子已经够重的了，网兜还是我自己拿。"

硬座车厢内，夏天的铁皮车厢被烤得又闷又热。浦青松放好行李走下车厢，已是满头大汗。他对小茜爸爸说："车厢里人多，太挤了，您就别上车了。"小茜爸爸本来准备送他们到车上，临别前再聊上几句。看到车厢里确实人太挤了，经浦青松这么说，小茜爸爸就在车厢门口停下来，把东西交给了浦青松。接过小茜爸爸手里的箱子和小茜手里的网兜，浦青松再次走进车厢，不断给别人打着招呼："对不起，让一让！"身子往前挤，石小茜就紧跟在他身后。

列车即将开动，两人放好行李，来到窗口与小茜爸爸挥手告别。小茜心里很难过，但浦青松说了，要表现出高兴的样子，千万不要出现那种因离别而伤感的场面，那样家长会更难过的。所以，小茜忍住了，没有落泪。终于，火车拉响了长长的汽笛，车轮滚动起来，开始缓缓向前。小茜爸爸仍然站在站台上，默默注视着列车。两人把头、手伸出窗外，频频向小茜爸爸挥手告别。小茜爸爸只微微颔首，目送着列车渐渐离去。

火车开出站台之后，小茜的泪水还是忍不住地簌簌地落下来！那年小茜二十三岁，浦青松二十四岁。两张长途火车票，便把他们从上海送到几千里外的成都，开启他们人生的另一段里程。那里虽非异国，但毕竟是他乡！等待他们的将是什么样的前景呢？

车厢内的过道上挤满了人，像插蜡烛一样，一个紧挨着一个地站着。有几个人可能经常跑火车，有经验，硬挤出点空当，蜷着腿席地坐下，抱着自己的行李，背靠着座位靠背的边上，比站着的人舒服多了。来晚了的人，没有抢到行李架，只能把大包小包堆在脚边。人与物，把过道塞得满满的。车厢的接头处早已挤满了人，给人的感觉，活脱脱的就像外国小说里描写的"金枪鱼罐头"。

有座位的人也不容易，头顶上的行李架塞得满满的，真担心这行李架会不会塌下来。浦青松和石小茜的脚边也是塞满的行李，他俩勉强把脚插在两件行李之间。

火车开动后，列车员要经过，得一路大声吆喝着："让一让！让一让！"抬腿跨过重重障碍，艰难而行。从车厢的这头挤到那头，估计十分钟都不够。那种拥挤啊，似乎要把人体内的水分都挤出来，所有的人都汗涔涔的！

因为是烧煤的蒸汽机火车头，颗粒状的浓黑的煤烟不时会随风飘进车厢，所以车厢的窗子不能大开，只能留一条缝隙透透气。这样，车厢里就更加闷热了。浦青松脱掉外面的短袖衬衣，只穿一件汗背心，把随身带来的报纸折叠起来，当扇子用力地扇着。可能是他多次外调积累的经验，每当外出办事，他都喜欢随身带一叠看过了的旧报纸。他说："旧报纸的作用可大了，比如：累了，想坐一会儿，报纸一垫，就可以坐下了；哪里脏了，废报纸随手一擦，解决问题；闲着没事，还可以再翻翻看看……"

他们虽然买的是双人座，但车厢太挤，一位旅客背对着他们，把半个屁股放在他们的座位上。小茜见状，干脆往里挤了挤，给他让出点位子，旅客赶紧回头，连说"谢谢！"这下，双人座就成了挤得很紧的三人座了。见小茜也热，浦青松给她扇了几下，就把报纸递给了小茜，自己拿着毛巾擦汗。环境的拥堵、闷热，对浦青松和石小茜来说，都没放在心上，看着窗外滑过的田野、房舍和飞速往后退去的电线杆，他们对未来充满着憧憬。这一对在大学里没时间也没条件谈恋爱，甚至连讲话都要避人耳目、免得引起同窗不必要猜忌的年轻人，现在能这么大大方方地肩挨肩地坐在一起，作一次长途的旅行，对他们来说，太珍贵了。

很快，夜幕降临。除了沿途电线杆上的路灯，闪着微弱的光，不时从身旁掠过，外面基本一片漆黑。火车的车轮碾过铁轨，发出单调而有节奏的响声。车厢微微地晃动，两个人没有言语，默默地享受着这幸福的时光。小茜渐渐感到有点不适，觉得脑袋有点晕乎乎的，但被幸福笼罩着，这点不适就克服了。她把头靠着浦青松的肩膀，渐渐迷迷糊糊地睡着了。

第一次与女生这么紧紧相依，浦青松心头顿时一热。他毫无睡意，幸福感笼罩着他，他看着靠着他肩膀睡着了的石小茜，突然觉得肩上的担子重了。教学大楼前石小茜决定跟着他去大西南时的眼神，外滩情人墙前无言的伫立，小茜爸妈临行前对他的嘱托……一幕一幕，不断在他眼前浮现！他决定要照顾好小茜，要给她一个幸福的未来……他在心里默默地念叨着："偌大的一个上海，却没有我们的立锥之地。就这么被甩出了上海？命运暂且如此吧。将来总有一天，我们要创造条件，重新打回上海……"

车厢里的广播响了，传来播音员轻柔甜美的声音："旅客们，南京长江大桥到了！南京长江大桥是我国自行设计、自行施工、采用国产材料建造的特大型铁路、公路双层两用桥梁……它是一九六〇年一月十八日正式动工，一九六八年十二月二十九日全面建成通车……开创了中国人民依靠自己的力量建设大型桥梁的新纪元！"播音员饱含深情的介绍，让浦青松的思绪回到了一九六六年。

一九六六年九月十一日，江夏师大的全体同学，有幸坐火车去北京，接受伟大领袖毛主席的检阅。那天夜里半夜时分，火车停在南京长江岸边的下关渡口，排队等待大型轮渡船把它摆渡过江。长长的十二节车厢被分成三截，之后一截一截被牵引到巨大而平坦、铺有多条铁轨的摆渡船上。平时风驰电掣、呼啸疾驰的火车，此刻却像三只小龙虾似的，乖乖地趴在船台上，一动也不动。渡船从下关渡江，慢慢开到长江北岸的浦口轮渡站，然后再由新的火车头从摆渡船上把火车牵引上浦口铁路站，拼接成长龙。整个过程复杂而缓慢，前后花了两三个小时。不过浦青松第一次看到火车坐轮渡过江，大开了眼界！

而现在，浦青松看了下表，从上桥开始，到现在，总共只花了几分钟时间，火车就已经奔驰在江淮大地上了。"铁路建设发展得真快，这巨型的钢梁钢柱的长江大桥，横跨长江，节省了多少时间！还是我国自行设计、自己建造的双层两用大桥！"浦青松深感自豪，微微地挺了挺胸，不敢动作太大，怕惊醒了靠着他的小茜。火车继续前行，单调的节奏声催人入眠，浦青松也慢慢合眼迷迷糊糊地睡了。

一早，天蒙蒙亮，车上的人大多还睡着，浦青松醒了，见石小茜睁着眼睛，就对她说："车上人多，趁现在大家还在睡，我们赶紧去洗漱。"小茜点点头。他俩轻轻地小心翼翼地跨过地上坐着的人和行李，深一脚浅一脚地向盥洗的方向慢慢挪动着。

厕所的门被堵着，浦青松轻轻拍了拍靠在厕所门上睡着的农民大爷，大爷也就浅睡着，见有人要进厕所，赶紧挪开身体。厕所门一打开，厕所的一股臭味儿就朝石小茜扑面而来，她赶紧捂住嘴鼻，胃里顿感一阵不适。浦青松让她先进去，她强忍住，侧身挤进那狭小潮湿的空间。

从厕所出来，小茜又踮着脚跨过坐在地上挡住去路的腿，还好没几步，洗漱间就在厕所的斜对面，浦青松把漱口杯递给她，转身进了厕所。石小茜接上水，准备刷牙。刚喝了一口清水，就忍不住接连干呕了好几下。挤上牙膏，刷了几下，又一声接一声地干呕，那力度，好像要把胃壁翻个个儿似的。一会儿浦青松从厕所出来，听到她的干呕声，就问她："你不舒服了？"石小茜勉强答道："还好！"浦青松说："能控制住不呕吐，就尽量不要呕吐，喝点儿热水或许会好些。"小茜点点头。洗漱完，两人一前一后再跨过重重障碍，回到座位上。见缝插针的一位中年人，马上站了起来，把位子还给了他们。

早餐时，广播里说，早饭的送餐车没法过来，想要用餐的旅客，请到七号车厢用餐。这么拥挤，怎么走啊？好在车厢里的旅客大多都有准备，各自掏出自带的干粮。浦青松站到座位上，从网兜里拿出热水瓶，说到车厢顶头去打开水。大约过了半小时才回来，说打开水的人排着长队，等了很久！浦青松再站到座位上，从网兜里掏出一只搪瓷茶缸和一只毛巾包，里面有几只撒有芝麻的酥油大饼。浦青松说："这是妈妈在大饼摊'定制'的，这个大饼摊的老板，很会做生意，只要加两分钱，就给你多加些酥油和葱末。妈妈说，虽然贵了点，但大饼松软许多，又香又脆，让我们带在路上吃。"浦青松往茶缸里倒上开水，拿出一只大饼递给小茜，小茜道：

"你妈妈想得真周到！不过这大饼有点大，我吃不了这么多。"她笑了笑，掰下小半只。浦青松接过剩下的大半只。两人就着开水，开始早餐。车厢里站着的旅客，有些是短途的，他们基本不吃早饭，等待下车。也有人是等火车到了下一站，去站台买吃的。人太多，挤出去不容易，大部分的旅客都是从窗口伸手出去，从提篮的小贩那儿买些当地的小吃。硬座车厢基本没什么人会挤到七号车厢去吃早点。

近中午，气温大概超出 37 度了吧？大太阳把绿皮车厢烤得很热，蒸得人难受。坐在浦青松对面的旅客，想打开车窗吹吹风，刚拉到一半，火车头喷出的黑灰伴着热风，从半开着的窗子猛地一下灌进车厢，直扑他的脸上，只得赶紧又关上，留下一点点缝隙。站在一边的旅客笑着用四川话说："这窗没法开，不然，一会儿就得把你的鼻孔都熏黑了。"

中午的餐车仍然没法推送过来，服务员用托盘托着饭盒进来叫卖。浦青松买了两盒。打开一看，是卷心菜、土豆丝里拌了几根肉丝和咸菜。浦青松明显饿了，递过一盒给小茜，自己就开始吃起来。小茜闻到那煮熟的卷心菜散出的丝丝甜味儿，心里就更不舒服，不想吃！浦青松看她没动筷子，就说："抓紧吃点，洋山芋丝（土豆丝）的味道还不错！"看着浦青松催促的眼神，石小茜勉强拿起了筷子。

车厢内闷热得厉害，空气极度浑浊。汗味、身味、各种排泄的气味，茶几上堆放的吃剩的各种食物渣的味儿，种种气味混杂着，再加上车厢里实在太挤了，列车员没法打扫，也就不来打扫了，脚下、茶几上、座位下都是扔的垃圾！石小茜总是觉得胃里难受，她努力克制住自己，不想让浦青松担心。可是现在实在坚持不了，浑身直冒冷汗！额头上的汗珠大颗大颗地往下淌，睫毛已挡不住汗水，眼睛里也进汗了，衣服湿掉一大片。她不停地擦着脸上的汗，人家晕汽车，她却晕火车了。

浦青松的眼睛就没离开过车窗，他对火车情有独钟，特别是火车迎面开过来的那种排山倒海的霸气！现在他坐在火车上，看到窗外飞驰而过的蓝天白云、绵延的群山，兴奋无比！他还在指指点点说着什么，火车又一次进入了山洞，车厢里马上就像夜晚一样，只有车顶上亮着微弱的光。

这时小茜耳朵里嗡嗡作响，周围的声音似乎越来越远，渐渐什么也听不到了。胃里似乎在翻江倒海，她拼命地忍着，不让自己吐出来。但她晕车的感觉越来越厉害，吃了几口午饭后更觉得心里不舒服。她似乎觉得只要一张开嘴巴，马上就会吐出来。她努力闭上眼睛，想尽量减轻晕车给她带来的不适感。

一会儿，火车出了山洞，阳光刺激着石小茜，这一下，石小茜就再也克制不住了，要吐，赶紧拨开浦青松，去拉窗子。对面的旅客其实一直在观察着石小茜，此时见状，迅速帮她打开车窗。石小茜赶紧把头伸出窗外，狂吐起来。

浦青松这才发现石小茜脸色苍白！他赶紧让开座，让小茜靠到车厢边，石小茜吐啊，吐啊，直吐到苦水都吐完了，还在干呕不止，浦青松在一旁不知如何是好。有人提醒说："给她倒杯热水喝！"浦青松赶紧拿起热水瓶往茶缸里倒上水，试了一下，水温不高，便把水递给小茜，让小茜漱漱口，漱完口，小茜把头缩回窗内，想坐下歇一会儿。浦青松又倒了点热水，让小茜喝上几口，希望能止住呕吐。哪知小茜刚喝了几口水，又把头伸出窗口，大口吐起来。不仅把刚才喝的水吐完了，胃里的黄水也吐出来。浦青松简直慌了手脚，他一手抓住小茜的胳膊，一手想帮小茜拍拍背，才发现小茜的背上，整个衣服都湿透了！他一面轻轻地拍着小茜，一面问："好点了吗，好点了吗？尽量忍住，尽量忍住！"小茜吐得再无可吐，终于把头缩回窗内。浦青松让她把头靠在椅背上，叫她闭上眼睛歇一会儿，自己开始忙碌起来。先赶紧把车窗放下，阻挡住煤灰飘进来。接着站到座位上，从行李架上抽出一只脸盆，艰难地挪到盥洗处，打来冷水，让石小茜洗了个冷水脸。石小茜似乎略略好些，但是要吐的感觉并未消失，头像炸开了似的，眩晕得厉害，坐不住了，想躺下。本来是石小茜他们两个人的位子，挤了三个人，那人见石小茜如此不堪，也赶紧站起来让出位子，石小茜就蜷曲着躺下了。

看着这么受罪的石小茜，浦青松手足无措，刚才的兴奋劲戛然而止。是的，当石小茜靠在他的肩头睡着了的时候，他心里感到很欣慰，在"哐当哐当"的火车有节奏的车轮声中，他有一种浪漫旅行的快乐感。谁会想到满心欢喜的浪漫旅行，会让石小茜如此地受罪，如此地狼狈不堪！浦青松再没兴趣看外景了。

石小茜躺了一会儿，睁开眼睛时，看到浦青松满脸愁苦的样子看着她，就安慰他说："没事了，我躺下之后，感觉舒服多了。"浦青松让她闭上眼睛，别说话，好好休息。石小茜躺下后，确实舒服多了，随着车厢的微微晃动，渐渐睡着了。

81次快车小站不停，只停大站。列车经过徐州之后，就一直西行在陇海线上。这一路上也没什么特别的景致，比较单调。该吃晚饭了，小茜说，晚饭她就不吃了，免得胃里难受。浦青松就不再勉强她，自己也不再买晚饭了，把中午小茜剩下的饭菜一起吃完。他看着小茜苍白的脸，束手无策！石小茜脸朝着椅背，在车身的晃动中，迷迷糊糊、昏昏沉沉地又睡了。

天黑之后，外面什么也看不到。一天下来，浦青松也累了。座位给石小茜躺着，过道里没有他的立足之地，他就只能勉强靠着茶几站着，伸腿的地方都没有。晚上，对面座位的乘客把脚稍稍抬起来，又把面前行李往座位底下使劲塞一塞，脚往座位处缩一点，给浦青松腾出点空间，示意他坐下。浦青松赶紧微笑着点头表示谢意。他把白天做扇子的两张报纸，垫在地上，靠着茶几，蜷曲着身体像做体操似的，抱着双腿，把头放在膝盖上，勉强打个盹。半夜，石小茜醒来，看到浦青松这么受罪，心里很过意不去，坐起来，想给浦青松让个位子。浦青松说："没关系，你尽管躺着，只要不吐就好。"石小茜坚持让浦青松坐上来，浦青松笑着小声安慰小茜说："现在比大串联的时候要好多了，那时，行李架上都躺着人，车厢里站不下了，厕所里也挤满了人……我去广州，就在行李架上睡了一天一夜！那个滋味……我还学会了金鸡独立，一只脚站着打瞌睡！"浦青松看着石小茜那副羸弱的样子，还想要照顾他，怜惜地说："我身体好，你不用管，再坚持一下，到了成都就一切都好了。"石小茜本想再坚持让浦青松到座位上坐一会儿，可她一坐起来，又要吐了，只得再躺下。

夜半时分，列车似乎也跑累了，疲惫地停在了宝鸡站，车头呼哧呼哧地喘着大气。浦青松从茶几下站起来，打开车窗，探头眯眼向外面观看。夜已深，车站上没什么人，寥寥几个工作人员，在跑来跑去。不知为什么，车子停了很久很久。突然，车身猛地"哐当"震动了一下。有人说："火车换车头了！"没过几分钟，列车悄悄地滑行起来了。接着，越来越快，越来越快，就像人休息之后，又来了精神。

清晨，天大亮，浦青松发现，果然火车头换了！不再是冒着浓浓黑烟的黑黢黢的蒸汽车头，而是换成了跟车身一样墨绿色的电气车头。巨大功率的电力发动机，牵引着列车向前飞进。浦青松明白了：宝鸡到成都的这一段盘山铁路线，要翻越高耸险峻的秦岭山脉，沿线的海拔落差大，蒸汽机火车头没有这样大的功率，于是铁道部在此开通了第一条电气化的铁路线。好多年前，报上曾登过这条消息。

天大亮，已是 8 月 10 日。车厢里已没有昨天那么拥挤了，服务员可以推着窄窄的、长方形的小车子，喊着"让一让，让一让"，送来稀饭馒头。浦青松对石小茜说："一晚上过来了，你喝点稀饭，或许会胃里好受些。"石小茜确实也饿了，坐起来，端过稀饭，慢慢喝着。

浦青松靠窗坐着，快速喝完稀饭，啃着馒头，饶有兴趣地看着窗外。突然，他发现了一个奇景。列车在一个大坡慢慢转弯的时候，他看到长龙似的车厢的前头，有一个车头，车厢的尾部还有一个车头！他欣喜地打开车窗，招呼石小茜："嗨，你快看！火车爬山多有劲：一个机头在前面拉，一个机头在后面顶……"浦青松兴致勃勃地，眼睛盯着车窗外看。"快看快看，前面的机头带着几节车厢已经钻出隧道了，我们后面的几节车厢还没进山洞呢！"没见石小茜有反应，浦青松又喊："快看，快看，我们要进山洞了！"原本话语不多的浦青松，这会儿像个孩子似的，一个劲儿唠叨着，见小茜没有反应，扭头一看，小茜已经又蜷曲着腿躺下了。小茜喝了几口稀饭，胃里又不舒服了，赶紧再躺下。这一躺，不吃不喝，一直躺到成都北站。两天两夜，四十五个小时的火车，总算熬过来了。

81次快车缓缓地靠着月台停了下来。列车员打开车门，人们按照顺序，扛着行李，拎着大包小包，牵着孩子，慢慢地走下火车。浦青松示意小茜不用着急，他说："我们行李多，等人家先走。"他从行李架上一一取下行李，排在下车队伍的最后。

走上月台。浦青松特意望了一下那只大电钟。时钟指向下午1点25分，基本准点。尽管有点乏力，石小茜也不得不提起精神。浦青松双肩背了一床被子，把一卷席子斜挎在肩上，两手各提着一只箱子。小茜说："你这太重了，还是各人提各人的箱子吧。"浦青松说："没什么，几步路就出站了，不重！你背上被子，提上两只网兜就行了。"石小茜双肩背上被子，两手各提一只网兜，跟着浦青松往出口处走去。

成都，三国时期蜀汉的都城，西南的重镇，地理书上说的"天府之国"。石小茜想象这座城市，一定是个非常不简单的地方。即使不能像上海那样繁华，高楼大厦、车水马龙，起码也应该像南京、西安那样，有点皇城的气势？或者，像杭州、苏州那样，十里铺面，典雅精致？

出了火车站，回过头一看，这西南重镇的火车站就这么简易？像一个大棚子。火车上下来那么多的人，一会儿就不见踪影。火车站门口，没有公交车、三轮车，没有川流不息的人群。西南重镇，就这么冷冷清清的像个乡下？站在人行道旁的台阶上，石小茜好奇地审视着这座闻名全国的西南大都市。周边的房屋建筑，不如上海五十年代郊县的平房，柏油马路狭窄且多裂痕。这么重要的火车站旁，居然找不到公交车的站点，找不到一辆在上海随处可见的三轮车！

见有寥寥几辆靠人力拉的平板车，停在十多米开外的路边。再看这车夫，觉得跟鲁迅笔下的绍兴乡下撑乌篷船的农民的打扮有点类似，只是没有戴绍兴人的乌毡帽。石小茜觉得好奇，打量着他们：上身穿着无袖无领的破旧的已经不怎么白的短褂子，个个敞着胸。一个正用衣襟擦着汗，一个用褂子的下摆扇着风，一个蹲在台阶上用长烟杆抽着烟，一个坐在板车上休息。沾满灰尘的中式黑裤子，裤脚吊得老高，裤腰在胸前折叠一下，用一根宽宽的白布带子捆着，白布腰带早被汗渍浸得发黄；脚上都是一双破旧的胶鞋，有的已露出大脚趾……就这么三四个人。石小茜用疑惑的眼神看着他们，似乎又觉得他们像电影里上海三十年代的人力车夫，只是他们拉的不是黄包车，而是那种装载货物的平板车。这种平板车比上海的"劳动车"要宽些，也长些，适合拉更多的东西。环视周围，找不到一点大城市的气息。

石小茜轻声对浦青松说："嗨，上海街上的大标语'十五年赶超英美！'你看看这儿的状况，五十年能赶上吗？"见浦青松没反应，石小茜嘀咕道："还好，我们不是分在这个破地方！"

浦青松也仔细环视周围，然后说："这儿是火车站，可能是在城外，市中心不会这么落后的！"浦青松把行李放在台阶上，跟石小茜说："你也把行李放下，在这儿看着，我去找人问问。"

浦青松走到一位平板车师傅面前，刚聊了几句，另外几个师傅也走拢来，几个人说着，比画着。一会儿，浦青松就带着一位师傅走过来，把所有的行李搬上板车。他跟石小茜说："我们现在直接去长途汽车站，赶乘长途汽车，到温江去。"石小茜说："好的。"她还没来得及多看几眼成都，就急匆匆地跟着板车师傅，去长途汽车站了。她盼望着温江能好一点。

长途汽车站不远，里面人也不多。板车师傅卸下行李，接过浦青松给的钱走了。石小茜看住行李，浦青松去窗口买票，就几个人排队，一会儿就买好了车票。他俩把行李搬到去温江的汽车边等待上车。这是一部老式汽车，应该有点年头了，车身很旧，车头是长长的突出在前的那种。很快，汽车要开了，汽车司机与车上的售票员过来，把他俩的大件行李装上车顶。两人刚登上长途车，车子就开始发动了。车上的人不多，基本都有位子，比火车舒服。

汽车在颠簸的土路上扭来扭去，人也随着车身左右晃动，车子发出

"咔咔"的响声，就像随时要散架似的，人也几乎要被晃得散架了。还好，车窗开着，空气流通，小茜虽然不太舒服，倒是没有呕吐。经过一路颠簸，晃了大约两个小时，终于到了温江。他们在车站上又找了个板车师傅，请他帮忙把行李拉到温江地委。

板车师傅步子大，小茜跟在后面，不时就得跑几步跟上。一路上看到的都是农舍和大片的农田。浦青松在前面与师傅搭讪着，板车师傅问他："你们从哪里来的哦？"浦青松说："上海。"师傅看看他："上海人跑到这儿来做啥子？"浦青松笑笑说："工作。"他问师傅："地委在哪里？"师傅说："地委不在街上，在城边上。我们走小路，可以快些。"简单的对话，都听得懂。车子由小路拐上大路，不一会儿，到了一个矮旧的围墙边，板车师傅说，地委到了。

二、温江严参谋

这就是地委所在地？像个农家大院！围墙是一人多高的土坯墙，土坯与土坯之间的缝隙里，有些还长了一两撮青青的小草。另有几根瘦瘦的丝瓜藤，开着黄花，爬在围墙上。应该是农民在围墙脚下种上的。一条两三米宽的黄土路，高低不平，是雨天留下的自行车或板车的深深的车辙印。路的两旁长着杂草，看来这里是没有机动车辆来往的。围墙上，刷有大标语："农业学大寨！""抓革命促生产！"见鬼！比起成都来，这儿更像乡下！"这是地委所在地？远远不如上海郊县的一个县城！"石小茜皱着眉头说，心里的落差更大了！浦青松温和的眼神看着她说："这里是大西南，要有思想准备，不能处处与上海比，否则你的心态会变坏的，我们要面对现实！"

地委大院的门大大开着，板车夫把两人的东西搬进地委院子，收了钱，走了。没有门卫，也没有人接待。进了大门，环视这个大院子，里面就像一所农村小学，房子是砖瓦结构的，比较高，不像外面的农舍那么低矮，但明显的墙体显得很单薄。院子里不见有人，可能是夏天，太热，人都在屋子里吧。院子中间的空地也是高低不平的泥地，下雨天踩上去肯定一脚泥。

浦青松见院子里有七八间砖瓦房，每间房门口挂有牌子，是办公室，浦青松说他过去看看。一会儿，过来招呼小茜，说："对面那一间是分配办公室，里面有人在讲话。"两个人搬起行李去到对面办公室，办公室的房间有外间和里间，用木板隔了一下，外间和里间的门设在正中间。他俩把行李放在外间的一个角落里，跨过门槛，走进里间。

里间靠左边有一张大办公桌，十来个二十出头的年轻人，叽叽喳喳地围在大办公桌前，桌后坐着一个穿白衬衫的中年男人。右边靠后一点，有一张小办公桌，桌后坐着一位年轻的女同志，一个人悄无声息地低头在写着什么。浦青松和石小茜走到右边女同志桌前："同志，我们是来报到的，通知单交给谁？"女同志抬了抬下巴，说："交给严参谋。"哦，穿白衬衣的是管分配的军代表。围着的人，应该是分来的大学生了。

浦青松和石小茜站在圈外，听那些人七嘴八舌地都抢着跟军代表讲话，一口一个"严参谋"。这严参谋恐怕得四十出头吧，黑黑的脸庞，结实的身板。大热天的，在白衬衫前面摇着蒲扇，挺直了身板，一脸严肃地坐着，任由她们叽叽喳喳地诉说着，也不吭声。浦青松暗忖：这般年纪当参谋，肯定是本地温江军分区的参谋了。

叽叽喳喳的声音中，能辨出好几种方言：有的说话卷着舌头，一听就知道是北方人。有的说着扬州话，这种语言在上海常能听到，比较熟悉，上海人称他们是"苏北人"。有的操着夹生的四川话，就不知道是哪里人了……看上去，好像有几对，属于照顾关系，两人同时分配来的，看来周总理的指示贯彻到了全国各高校。也有几个好像是"单干户"。浦青松诙谐地对石小茜说："看到了吧？来建设大西南的，不只是我们上海人！"

有人好像对温江比较熟悉，说自己身体不好，经常要到成都看病，要求分到成都边上的某县。有人说自己亲戚在某某县，要求分他们到某某县，好有个照顾……还有人像"数来宝"似的，居然知道"金温江，银什么县"，要求留在这些地方……女生的声音清脆响亮，男生插话都不太容易。军代表的头大概都得被她们吵晕了！

浦青松也往前挤了挤，拿出两人报到的通知单，递给严参谋。严参谋接过通知单，略略审视了一下，就在通知书上签字说："女同学去皮县教育局，男同学去……"一听好像要把两个人分开，浦青松赶紧说："我们是照顾关系一起分配来的。"严参谋提着笔，顿了一下，说："那你们一起去金堂县教育局报到吧！"简略写了几个字，就把通知单交还给了浦青松。

浦青松心里一喜："还好！周总理的指示也贯彻到了各个地方上的分配机构了。"转而一想："咦？不是说我们是分到温江地委的吗？怎么'一起去金堂县教育局'？"浦青松回头看了一下身后的石小茜，小茜也看着他，两人面面相觑。浦青松略一思考，疑惑地问："严参谋，不是说我们俩是分到地委办公室的吗？"严参谋用眼角扫了浦青松一眼，板着脸，没有作声，好像说，我已经把你俩分在一个县了，还想怎么的？浦青松被他的这种眼神伤着了，看着严参谋板着的脸，不愿再问，转过身对石小茜说："金堂县教育局。"石小茜还没搞明白怎么回事，跟着浦青松走出那个"包围圈"。

身后的几个女同学又开始纠缠着严参谋，苦兮兮地诉说着自己的困难，要求去她们点名的地方。她们嗲声嗲气地诉说着，可怜兮兮地求着，在严参谋面前发着嗲……在这个地方还能见到这副众生相，浦青松和石小茜都觉得有点不屑！觉得有失斯文！一个大学毕业生，分配个工作单位，这副模样！

办公室外间的墙上，有一张温江专区的地图，进门时就看见了。浦青松叫上石小茜来到地图前。石小茜问："怎么回事？不是分配到地委办公室啊？"浦青松说："不是的！"停了一下，浦青松赌气似的说："我看不惯那种有点权势就盛气凌人的腔调！他说让我们到金堂县呢，我们看看，金堂县在哪里。"两人查看了一下：温江县在成都的西面，金堂县就在成都的东北面，成都好像是两个县的中心轴。看到浦青松不高兴的样子，石小茜宽慰他说："金堂县就金堂县！都是温江专区，离成都也蛮近的！"

两个人又走进里间，来到那位女同志面前，浦青松问她："同志，去金堂县怎么走?"女同志抬起头，望着他们两人，说:"今天晚了，没有去金堂的车子了，只有等明天。明天早上八点，这儿有长途汽车直达金堂。"女同志还挺和气，可能看到他们办事爽快，没有跟那帮人一样软磨硬缠的，就主动说:"我们这儿有专为你们安排的招待所，你们今天就在我们招待所住一晚上吧。"女同志放下笔，站起身来，带他们走出办公室，指着对面的一排房子说:"对面就是招待所，不收费，你们自己去看看。"

对面的房子有三四间，两个人提着行李去到对面，最先跃入眼帘的，是门上贴着的"女生宿舍"四个字。"男生宿舍"隔开一间，在这排房子的另一头。石小茜说:"这就是招待所了。"先去女生宿舍。门虚掩着，推门进去，里面没有人，但在靠窗的床上有人放了行李，好像已经有人住了。房间很大，类似一间空教室，放了七八张上下铺的简易床，床上都铺了草席，草席下垫着稻草。旁边桌上放了几只农村用的草席包裹着的枕头和几条类似医院用的白色床单，显然是给住宿的人用的。房间中央吊了一只灯泡。看来毕分办(毕业生分配办公室)想得还是挺周到的，专门为来报到的学生准备了简易住宿。

石小茜选好床铺，浦青松帮她把草席子下的稻草铺平，小茜在桌上选了一只枕头和一条床单，放到自己床上。浦青松说:"除了盥洗的，其他就不打开了。行李放在你这儿，我稍稍坐一会儿，歇一歇，就去男生宿舍看一下。估计跟这儿也差不多。"

正歇着，进来了一对大学生，女生黑黑胖胖的，有点粗壮，剪着齐耳短发;男生不胖，高个儿，脸上的皮肤更黑些，比较粗糙。两个人像是农村学生。见到石小茜她们，男生问:"你们是哪里分来的?"小茜答:"我们是上海江夏师大的。你们呢?"女生答:"我们是天津纺织工学院的。"大家在床沿上面对面坐下。闲聊了几句，看得出，天津的两个人很气恼，石小茜就问他们，"你们分到哪里啊?"男生说:"学校里明明说分我们到温江县，我们查了地图，温江县是平原，是粮仓，觉得还可以。没想到，这儿又把我们分到邛崃县!那里是大山里边，坐汽车到成都绕来绕去至少三四个小时，我们不想去！"天津女生发牢骚说："我们在这儿已经住了三天了，就在看他们如何分配！许多人是做足了功课的，知道哪里好，哪里不好，编出许多理由来与严参谋讨价还价，要去这里，要去那里……我们什么都不懂，就把我们往大山里一扔！"男生说："等这边分配工作差不多了，我要去与他'谈谈'！"看样子，气不打一处出！天津女生气呼呼地说："我们就准备'赖'在温江，等待'秋后'处理……最差也就到邛崃呗！"天津男生缓了一下情绪，看着浦青松说："我们了解了一下，虽说都属温江专区，但地理形势复杂，好的地方与差的地方差别可大了！贫富很悬殊！邛崃县交通极不方便，到成都去，长途汽车要半天的时间，上上下下绕好几个山头！"说完，一脸的无奈。看到他们两个人如此地愤愤不平，石小茜她们也不知道该怎么去安慰他们。

天津女生问："你们分到哪里？"石小茜说："金堂县教育局。""嗯？金堂县？你们没打听一下？"天津男生瞪大眼睛，"金堂县其实已经到了温江专区的最东边了，就在龙泉山脉的脚下。地图上看，离成都并不远，但公路是绕着山走的，交通也是极不方便！"石小茜轻声问："你怎么知道的？"天津男生说："金堂县也有纺织厂的，昨天，我特地找人打听情况，把温江专区各个县的情况都大致了解了一下。据说金堂县是温江专区最穷的一个县，所以我们也不愿意去那边。"浦青松说："我们刚到这儿，也不了解这里的情况。严参谋拿了我们的通知单就签了字，容不得我们思考，还没到两分钟呢，就解决了我们！"天津男生可能觉得这两个上海人太好打发了，就对他们说："爱哭的孩子有奶吃！你们就这么简单地被打发了？你们没看到那个'严参谋'，很有名堂的！"天津的两个同学叫他们也留下，别忙走，看看最后怎么处理！浦青松为难地说："军代表已经在我们的报到通知单上签了字了。""签了字又怎么啦？可以改签嘛！"天津男生看上去是农村人，可处理事情很老练。天津女生略带同情地说："金堂那个地方真的很穷，没人肯去的！"

浦青松听两个天津同学这么一说，有点蒙，默默地坐着，没有吭声。

石小茜对天津同学说："学校工宣队是说分我们到温江地委办公室的，可是军代表提都没提这件事，直接把我们分到金堂县了！"突然，石小茜脑子来了个急转弯，她问浦青松："会不会是工宣队骗我们，说温江地委要两名文秘？"浦青松摇摇头说："不会的！徐队长的为人我是知道的，他只可能搞错，不至于来骗我们。徐队长说要'文笔好的'，肯定是地委提的条件！徐队长没必要编这个瞎话！"

四个人都沉默着。浦青松想了想，说："算了算了，开弓没有回头箭！已经千里迢迢到了这里，军代表的字也签好了，说什么也没有用了。干脆省点心，就去金堂县！"

在石小茜眼里，浦青松中学担任学生会干部，大学里担任了五年团支部书记，比自己老练多了。但现在，跟这两位天津同学比，特别是天津的那位男同学，他就显得非常地稚嫩了。石小茜清楚，让他再去找军代表改签，他的自尊心决定了他是不会去的，他抹不下这个面子，也不会去碰这个钉子。

抬手看看手表，已经是下午六点多了。小茜问："这儿还有人来住吗？"天津女生说："这两天就我一个人住这儿，他们男生宿舍有两个人。"天津男生问："你们吃晚饭了吗？"浦青松说："还没想到这个问题。你们呢？"男生答："我们吃过了，这儿有食堂的，不过现在早就下班了。这附近没有店家，得去街上，有一段路！"浦青松问石小茜："我们晚饭怎么解决？"小茜说："我不饿，不想吃，就想喝水！"天津女生说："食堂门口有开水桶，现在一定还是热的，你们可以用热水瓶装点来。"小茜说："那我先去打点热水来！"浦青松说："你歇着吧，这两天也够累的，我去打水。妈妈买的大饼还剩两只，车上没吃完，今天正好当晚饭。"看到他们两个人要吃晚饭了，天津男生说："那你们吃饭吧，我们出去走走。"临出门，天津女生又关照说："这儿没地方洗澡，那头厕所里有水龙头，可以端个盆去擦擦身。"石小茜赶紧说："好的，谢谢你！"她太想洗澡了，火车上的这两天两夜，不知道出了多少汗！

浦青松去打来了一瓶热水，小茜咕咚咕咚喝了小半杯，好像胃口开了点，稍稍歇了一会儿，吃了大半个酥油大饼，觉得还挺香的。浦青松吃了一个多，把上海带来的酥油大饼全解决了。喝了几口热水，就对石小茜说："我在这儿守着，趁天还没黑，你先去冲个冷水澡。你洗完了来换我。"两个人洗完澡，天已将黑，天津的两个人还没有回来。浦青松因为在火车上两个晚上没好好睡，打着哈欠对小茜说："我去那边了，你也早点休息吧。"临走顺手把房间里的灯开了，把门拉上。

石小茜躺在床上，可能火车上迷迷糊糊睡得太多了，还没什么睡意，脑海里突然冒出一句哪部京剧里的台词："落叶随风，本是无奈之举！"自己现在不就是那片落叶？命运之舟由不得自己掌控啊！她翻了个身，又为天津的两位同学担心了：他们的胆子太大了，不去邛崃，选择留下来"秋后"处理，严参谋会不会给他们套个"不服从分配"的帽子？"不服从分配"就会退回原学校，那这个月的工资怎么办？迁出来的户口又怎么办？没有工作单位，就没有地方落户口，那下个月的粮票、油票到哪里去领？没有工资，没有粮票，没有油票……什么配给都没有了，怎么活？……小茜轻轻叹了口气，脑袋里乱哄哄的。想想算了，去为别人瞎操什么心，自己的事情还不知道怎么样呢！"金堂县"，这名字听起来挺富贵的嘛，究竟会穷成什么样子？为什么大家都不愿意去金堂？石小茜又烦躁地翻了个身，想着想着，疲劳袭来，渐渐进入梦乡。

三、"走马"金堂县

第二天一早起来，天津的女生已经出去了。他们不甘心去邛崃县，仍然在活动。

浦青松、石小茜两人草草洗漱完毕，到大院食堂吃早饭。一碗稀饭半两粮票，一分钱；小馒头，一两粮票两只，四分钱。炊事员收了他们的全国粮票，找给他们四川省粮票，说没有零碎的全国粮票。石小茜说，没关系，反正在四川还是要用的。早饭后，浦青松让石小茜在宿舍等着，他去找板车。院子门口就停有一辆板车，可能知道会有人去汽车站。浦青松请师傅再把行李拉到长途汽车站。

到汽车站后，浦青松去售票处看了一下运营时刻表，去金堂县的车，每天两班，一班是上午 8 点开车，11 点 45 分到，另一班是下午 1 点开车，4 点 45 分到。于是他们立即买票，再次坐上长途汽车，去金堂县报到。司机、售票员再次把他们的行李搬上车顶。八点整，车子摇摇晃晃开出停车场。

长途车上的人，看到这两个年轻人带着这么多行李，衣着、举止明显与大家不同，一看就是外省来的，大家都投来好奇的眼光。邻座老头试探性地问他们："是来出差的吗？到哪里下车？""不是，是分到这儿来工作的。到金堂县。"石小茜礼貌性地作了回答。"到这个地方来工作？"老头惊讶地看了看石小茜，又与那些回头行"注目礼"的老乡传递着眼神。有了开始，就有继续，在一问一答之间，石小茜听明白了，金堂县确实是温江专区东北最边上的一个穷县，在龙泉山脉的脚边，龙泉山脉从中间穿过，把它分成两截，形成上面五个区和下面五个区。上面五个区稍好些，下面五个区就是丘陵和山区了。老汉摇摇头说："那个地方穷哦！没得人肯到那个穷地方去。"天津同学没有说错！

路况随着地区级别的下降而下降。汽车在土路上颠簸，车身摇晃得厉害，时而还会弹跳一下，人也从椅子上弹起来，再落下。土路两边，是大片的庄稼地，视野开阔，从车窗看出去，满眼葱茏，心情还不错。石小茜想起教科书上介绍过，因为李冰父子开凿了都江堰，川西平原旱涝保收！汽车再往前开，出现了山峦，但在很远处。车子摇晃得厉害，小茜警惕地抓住前面椅背上的横杠，防止车子弹跳起来人被重重落下。浦青松眯缝着眼睛，像在沉思……

一路经过几个县，不断有人下车，但上车的人不多。颠簸了将近四个小时，近中午 12 点，终于到了终点站——金堂县的县政府所在地——赵镇。到终点站时，车上已经没有几个人了。下了长途汽车，几个当地人匆匆走了，剩下他们俩。司机从汽车后面的小梯子爬上车顶，从车顶上帮他们卸下行李，司机、售票员也就进站休息了。这儿没有停车场，汽车就停在车站的门外。

石小茜放眼四顾，车站门外，就这一条他们来时的黄土公路，应该是这儿的主干道，但并不怎么平坦，大卡车的车辙印很明显。主干道外侧，车站的正前方，一大片空地，荒着，长着稀稀拉拉的贴着地面的野草。车站周围没有住家，就只有这孤孤单单的车站立于此地！车站与公路之间有一条约二尺宽的窄窄的水沟，沟边长满长长的杂草，几乎盖住了水沟。沟边垃圾随处可见，应该是乘客随手丢弃的。石小茜对浦青松说："这儿就是县城了吗？怎么像个荒郊野外？"浦青松调侃道："老同学，你要有点常识哦，长途汽车站一般都在城边上，不会在城中心的。"说得小茜不好意思了，就问："怎么车站边上连个拉板车的都没有？"浦青松说："可能平时这儿根本就没有生意。""那怎么办？""我进去问问。"浦青松说。

浦青松走进汽车站，里面有两个窗口，是卖票的地方，现在中午休息。有一只小窗口开着，一位年轻妇女在里面端着饭盒吃午饭。几个赤脚、裤腿卷得高高的青年农民，正在等着买票，应该是下午一点的车。他们肩上扛着扁担，扁担的一头挑着用绳子捆着的空麻袋，大概是出去找活干的。车站大堂里凌乱地摆着十几条长凳，墙壁上大字报、标语横七竖八，乱糟糟的，残缺不全。几个可能已经买好票的农民，敞着怀躺在长凳上休息，等待上车。车站内的简易、破旧是在想象中的。

浦青松走到卖票的窗口前问："同志！县教育局怎么走？"售票员拿着筷子的手一指："前面过了大桥，沿石子街往前！""远吗？""不远，没得几步路，就在前头。"浦青松听售票员讲的四川话，吐字缓慢悠长，还蛮亲切的，听得懂。浦青松说了声谢谢，就出来，对石小茜说："难怪没有板车，县城就在前面，过了这座桥就到了。"

车站离大桥几百米的距离，浦青松仍然背着背包外加一卷席子，两手提两只箱子。石小茜背着背包，两手分别提着两只网袋，往前面的大桥走去。正是中午时分，太阳当头，两个人汗淋淋的，路上没碰见一个人。走出一二百米，一辆大卡车呼啸着从他们身边飞驰而过，几乎是贴着人开过去的，把石小茜吓了一大跳！车子还能这么开啊？与行人贴得这么近，速度这么快，多危险啊！她觉得心都揪紧了！大卡车扬起的灰尘遮住视线，两人情不自禁地眯上眼睛，侧过身去躲避这扬起的尘土。石小茜大声跟走在前面的浦青松说："嗨！我们像不像电影里三十年代黄土高坡那些逃难的人啊？跟在大卡车扬起的尘土后面跟跄前行？"想笑，结果被尘土呛着，连咳了几声。浦青松屏住气，提着两只箱子在前面走，紧闭着嘴巴没吭声。

还好，车子很少，十多分钟里就开过了这么一辆卡车。两人走走，歇歇。从汽车站到大桥，大约一里路的样子，不算远。过了这座长长的桥，就是石子路。城里城外，大概就是以这座桥为界了。又走了几十米，就到了赵镇街上了。

县城的老街是窄窄的碎石子路，街面比较整洁。刚开始，两旁的民房也都极其简易，破旧得就像马上要拆除的危房。慢慢地出现了砖瓦房，出现了店铺，像个县城了。店铺的墙边都叠放着铺板，这在上海老城区也见过。看来中国传统的商店店面都是用铺板的，早晨由店员一块板一块板卸下来，叠着靠在外面的墙脚边；晚上打烊，再一块板一块板装上去。这儿商店的店面都不大，窄窄的一家挨着一家。可能是大中午的，天热，街上没什么人。

县政府很好找，踏上正街，走了约二十分钟就到了。刚要进县政府，从县政府小门出来个推着自行车的干部模样的人，与他们正面相遇，看了他们两眼，问："找哪过（找哪一个）？"浦青松说："我们是刚分配来这儿工作的大学生，到教育局报到。"那人一手扶着自行车，一手腾出来指了指旁边说："你们先去隔壁招待所找个房间放好行李，休息一下吧，中午教育局也没人的，下午 3 点上班。"说完就骑上车走了。他们俩听了呆在原地，3 点才上班？想想也只能如此了。两人转过身，拖着行李到县政府旁边的县招待所去。

两人进了招待所，说明情况，门房看了他俩的报到通知，给他们登记好房间，就把钥匙给了他们。他们到房间放下行李，石小茜一屁股坐在床沿上，累得不想动弹。浦青松说："你先歇着，我去门房要点开水来。"小茜说："好的，我真的要渴死了！"

歇了一阵，浦青松说："我们到外面馆子里随便吃点什么，解决一下肚子的问题。"石小茜懒洋洋地站起来，说："我真的不想动了！"浦青松说："越歇越累！你还是振作点，拿出点红军过草地的精神来！"逗得石小茜忍不住笑了起来。

招待所对面就是两家小馆子，一家是饭店，一家是面馆。浦青松说："吃面吧，简单。"石小茜说："好的。"走进面馆，小茜到柜台去，说："要两碗二两的面条。"付了钱和粮票，就走到浦青松坐的桌前。厨房里的师傅可能看出他们是外地人，就大声问："要不要熟油辣子？"石小茜一听到"辣"字，赶紧摇摇头说："不要辣的！"面端来了，小茜把面挑了点给浦青松，说自己吃不下这么多。跟厨房师傅说了不要辣的，但还是有点辣，两个人吃得浑身直冒汗。浦青松说："也好，把汗出透了，回去洗个澡，舒舒服服睡个午觉。"

县招待所是为干部来县里开会或办事准备的，简单而干净。可能这两天没有会议，石小茜和浦青松的房间里都没住人，他们都享受了单人独间的待遇。

下午两点半过，浦青松来敲门。他们带好通知单，又来到县政府，政府大门开着，教育局设在县政府院内。刚进门，传达室走出一个五十上下、头发花白、戴着一副老花镜的瘦瘦的男子，中等个儿，微微驼着背，站在传达室门口招呼浦青松："有啥子事？"浦青松说："我们是分配来的大学生，到县教育局报到。"传达室老师傅指了指大门正对着的一排黑瓦房说："到那边人事科。"黑瓦房是一排相连的几间办公室，门前都挂着小牌子。于是他俩就走过去，找到人事科办公室。

办公室里只有两名工作人员，没有旁人。一位姓韩的剪短发的中年女同志接待了他们，同样很简单，韩同志接过他们的通知书，说："女同学到城厢，男同学到淮口……"正准备签字盖章，浦青松赶紧说："我们是照顾关系来的，希望分在一起。"韩同志说："哦……那你们一起到淮口区吧，淮口区白果中学。""啊？这还不是终点啊？到淮口区？淮口区在哪里啊？"石小茜有点慌了，"不能留在县城吗？"韩同志说："县城不需要人。"石小茜觉得，这么重大的事情，怎么都是分分秒秒就给解决了？她心里像堵了一块石头！

浦青松在地委看过地图，金堂县的地形，长长的，像一只放大了的红薯，淮口区好像在金堂县的半中间。都说金堂县又穷又落后，现在亲临县城，看到这个县城的状况，觉得还能将就嘛。现在听说还要再往下分，浦青松心里也不是滋味儿，就以商讨的口吻说："还要再分下去吗？不能留在县中？"韩同志说"现在没有县中，县中老师都下放到各个公社去了。""哦——"浦青松默然。

石小茜问："淮口离这儿有多远啊？""二十五公里。""还有二十五公里啊？"石小茜真有点儿走怕了，"白果中学在淮口镇吗？"韩同志笑着说："你们先到淮口镇办好手续，区文教干事会告诉你们的。淮口镇离这儿不远，顺大江下去就行。淮口区是下面五个区中最好的一个区哦。"浦青松问："有电吗？"浦青松最关心的是电。韩同志说："有电，而且是工业用电！电压很稳定，一般不会停电。"浦青松又试探着问："有米吃吗？"韩同志可能觉得这个大学生有点孩子气，笑着回答他道："不仅有米吃，靠着大江还有鱼吃！那里以前是一个重要渡口，是个古镇，有山有水，不错的！"这下浦青松稍稍放心了，他想，有电的地方应该不会太差吧！还有米吃，有鱼吃，他心里稍稍踏实了些。

石小茜像个小孩似的嘟着嘴，侧过身怯懦地对浦青松说："还有二十五公里哦！"浦青松说："整个身子都掉进泥淖中去了，还在乎两只耳朵？我们从上海到四川，是两千多公里，这二十多公里就忽略不计了！"浦青松永远都那么乐观，看到石小茜很委屈的样子，就故作开心的样子说："淮口区有电，还有米吃，有鱼吃，鱼米之乡哦，应该是不错的。"他轻轻用上海话对小茜说："只要把我们两个人分在一起，远就远点吧！千里迢迢，不就是为了两个人分在一起吗！"小茜觉得也是，就不再作声了。

究竟淮口区是个什么样的地方，也不去探讨了，两人准备买车票去淮口。韩同志说："到淮口还没有通公共汽车，你们有行李，只有坐船去。一天有两班船。上午一班，下午一班。今天下午的船已开走，你们只有在这儿住一晚上，明天走。"浦青松点点头，说："好的。"正准备走出人事科，韩同志说："你们住在县招待所吧？"浦青松说："是的，一堆行李已经放在那儿了。"韩同志说："我给你们写个条子，交到招待所门房，住一晚上，你们不需要缴住宿费。招待所有食堂，你们要用餐，在招待所门房登记一下。那里流动人口多，按照门房登记的人数做饭，不登记就没饭吃的。"她又回头招呼后面的那个小姑娘："小吴，你一会儿出去指给他们看一下去码头的路。"小姑娘说："要得！"

出了县政府大门，小吴指着前面的一条与正街成丁字形的小石子路说："从那条小路下去，一直走到江边，往右手方向走，大约一里路，就看到临江的一个木屋，就是卖船票的地方。早上一班船比较早，八点就要开的，你们早一点去。"小吴姑娘说完，腼腆地朝他俩笑笑。两个人都点点头，说："好的。"告别小吴，再回隔壁招待所，把韩同志的字条交给门房，门房把盖了章的字条放进抽屉，在他们房号旁作了记号。他们又在门房的另一个本子上登记了晚饭和明天的早餐。门房关照说，食堂五点半开饭，不要去得太晚。浦青松点点头说："好的。"

太阳还高挂着，下午五点半，招待所食堂就开饭了。食堂里吃饭的人寥寥。浦青松说："我太想吃米饭了！"石小茜说："我也是！"到食堂窗口一看，有米饭！还有烧茄子，泡豇豆。就两个菜。"泡豇豆"应该是咸菜吧，浦青松要了三两饭，一个烧茄子，一个泡豇豆。石小茜要了二两饭，一个泡豇豆。她说："口中淡淡的，想吃咸菜。"饭是一分钱一两，烧茄子五分钱，泡豇豆二分钱。付了钱和粮票，两人端了饭菜在靠墙边的座位上坐下。石小茜说："二两饭我吃不下！"浦青松说："你先吃着，吃不下有我呢！"石小茜打了点开水泡着饭，就着泡豇豆吃晚饭了。泡豇豆有点辣，开始小茜"嘶嘶"地吸着凉气，一会儿，就觉得这泡豇豆有一种特殊的鲜味儿，越吃越觉得好吃，特别下饭，一口气，石小茜居然把满满的一碗泡饭吃完了！浦青松也来劲了，又去添了一两饭，都夸赞这四川的泡豇豆太好吃了，比上海的咸菜好吃！

吃完晚饭，浦青松提议出去走走，探探路，看看码头在什么地方，免得明天走冤枉路。两人逛出招待所。

街上人多起来，六点多了，店铺还没有关门。临街的人家，很多在街边上摆上一张小桌子，一家人围着小桌子吃晚饭。走过他们身旁，两人眼光扫过桌子，好像都有着泡豇豆，泡萝卜，丰富的还有一两种炒的绿叶菜，主食大多是稀饭，也有吃米饭的。奇怪的是有些人碗里，稀饭是黄色的。听他们喝稀饭的"嗦嗦"声，看他们这张桌与那张桌，说说笑笑，谈笑风生的样子，让人觉得，尽管生活都很简朴，但日子过得有滋有味的。

从小路走到大江边，很近，没用几分钟。大江边上摆桌子吃饭的人家更多，凉风习习，挺惬意的。江边的路也挺好走的。按照小吴姑娘的指点，往右手走了一段路，远远就看到了那个木屋。到了木屋前，售票处的窗口关着，工作人员下班了。看到贴的告示："上午七点半售票，八点开船。下午十二点半售票，一点开船。当日买票，不预售。"石小茜说："奇怪吧？为什么'不预售'？"浦青松说："可能票不紧张，随到随买。也可能哪天船不开，就不卖票了，免得被动。可能……"浦青松想了想说："嗨，管它呢，不用猜，不预售就不预售，明天我们早上七点出门，七点半左右到这儿就行了，现在回去吧！"

两人沿着江岸散步，欣赏起这江水来。正是八月的洪汛季节，江面好宽啊，目测有二三百米，水量充沛，水流湍急汹涌，冲击着岸边脚下防洪的大石堆，哗哗哗地冲上斜坡又退了回去。不时溅起四飞的浪花和水珠。驻足看着这宽阔的江面和涌动的潮水，心境开阔了许多。小茜说："能在这儿工作也蛮不错的，穷就穷点，工作之余，到这江边来散散步，似乎又回到黄浦江边了。"浦青松微微一笑说："孔老夫子说：'唯女子与小人为难养也！'我看老夫子的观点有问题！怎么把'女子'与'小人'联系在一起！应该把'女子'与'浪漫'联系在一起才对！"石小茜白了他一眼。浦青松说："我这是夸你呢！爱浪漫是好事，说明对生活有追求嘛！"两人轻轻笑着，边"斗"着嘴，边继续沿着江边欣赏着江景，黄浦江边长大的两个人，对大江大河有着一种特殊的感情。他们边走边聊，呼吸着带有一点泥腥味儿的潮潮的空气，心情逐渐平静了下来，一切焦虑和杂念在那一刻似乎都已烟消云散了。

石小茜忽有联想，她说："千百年来，钱塘江潮不知倾倒了多少游人看客，赢得赞美的诗句用斗量，是因为它占据了天时地利与人和，有文人为它挥毫泼墨！你看这儿的江潮也很有气势，也很壮美，却无人识得，无人吟诵，只为它生在这偏僻之处，'养在深闺人未识'！"浦青松赞许地点点头说："此话深含哲理！细细想来，人生也如此！但《长恨歌》中还有这么两句：'一朝选在君王侧……六宫粉黛无颜色'！"哈哈哈，浦青松仰头笑了起来，石小茜不一定知道他笑什么，但受他感染，也笑了起来。江边吃饭的本地人，好奇地投以注目礼，他们两人却像入无人之境，全然不顾周围的目光，两人自顾自地聊着天，精神放松了许多，觉得在这儿也挺自在的，可惜只能待一个晚上。

回到招待所，洗漱完毕，也不早了，各人回房休息。第二天一早起来，去食堂吃早饭：稀饭、馒头、泡菜。吃完早饭，赶紧去房间搬行李。

四、亮丽清纯"小三峡"

两人仍然是带好"全部家当"，去门房退了房间，提前在七点半前赶到了码头。果然没多少乘客。买好票，就有船工上前，帮着把行李搬上船，安放好。两人则踩着跳板跟着上了船。

船很准时，八点就发动了。这是一艘烧柴油的机动大船，开起来"噗噗噗"声响很大。它的主要任务是运货。船舱前面放几排木板凳，给乘客坐。船舱中间和船尾堆货物。这天船上没有几个人，木板凳空出许多，有些货物也就堆在前舱了。

　　机动船开出不久，江岸渐渐高起来，又似乎是河床渐渐沉下去，大江两边的山峦不一会儿就扑面而来了。进大山了？一问，才知道，从县城去淮口镇的水路，沿途都是大山，绵延起伏。船上运货的小伙子告诉他们说："到淮口镇五十里，运货、运客主要靠水路。沿江有一条机耕道，是从山脚强行开凿出来的，很窄，人可以步行，自行车也可以，但路面高低起伏，骑车的人上坡时要下车推着走。"浦青松看这小伙子还健谈，就跟他接上话："公交车、货车不能过吗？""哦，那不行哦！"小伙子赶紧噘起嘴，连连摇头说，"只有'啵啵车'还可以，但是要错车就麻烦！"石小茜问："什么叫'啵啵车'啊？"小伙子笑了，说："就是发出'啵啵'响声的小型手扶拖拉机，"小伙子边说边做出开手扶拖拉机的动作，"我们叫它'啵啵车'。机耕道很窄，两辆'啵啵车'迎面对开要错车就很危险，稍不留神，车子就要翻到江里！这儿出过事故的。卡车、长途汽车肯定没法通过！"说话之间，见到岸上有手扶拖拉机开过，发出"啵啵"的声响，给它起这个名字还真的很贴切！"这些啵啵车就是这儿农民在这条机耕道上的主要运输工具。"小伙子向他俩介绍道。

　　柴油机的声音太响了，说话的人很吃力，加上小伙子生硬别扭的当地普通话，听他说话也累，于是他俩不再说话。为稍稍避开船舱中柴油机的轰鸣声，他们移步到船头的栏杆处去观赏江景。

　　客观地说，沿江的景色非常壮美。绵延的山脉像绿色的屏障，深深浅浅的绿色，如锦缎上的暗花。蓝天，白云，江风，江水，一切都呈动态状，是一个多么惬意的大自然！开阔，亮丽，洁净！如果是偶然路过此地，或者是特意来旅游，那一定会欢呼雀跃，每人都有一个好心情！可是现在，石小茜实在没有这个雅兴，一路的分配再分配，短短的几天时间里，命运就把他们从最繁华的大城市，一下子甩到这深山旮旯里，景色是美了，可现实生活会是怎样呢？石小茜心里很茫然，都说这儿"穷"，究竟穷成什么样子？心里没有底。她对浦青松说："此情此景，让我想起了南宋辛弃疾谪居江西时作的《贺新郎》：'甚矣吾衰矣。怅平生，交游零落，只今余几！'我就改为：怅如今，同窗零落，只今唯你！"浦青松嘲笑说："石小茜，你怎么成了一个悲观主义者了，可别望风落泪呀！我跟你的感觉不一样，我现在欣赏的是这首词上阕的最后两句：'我见青山多妩媚，料青山见我应如是。'"小茜接了下句："'情与貌，略相似'！"浦青松说："你是觉得我们现在与辛弃疾当时的情与貌'略相似'吗？其实不一样！辛弃疾是谪居，是贬官，是他年纪大了而政治理想没法实现的慨叹，是人生的轨迹如同抛物线的后半截，往下走了。我们不一样，我们是刚刚走向社会，这儿是起点，是我们新生活的开始！我相信我们一定会越来越好的！""是抛物线的上半截？"小茜侧头看着浦青松，两人同时忍不住笑了起来。

船继续航行，再往前，仰头望见的全是连绵不断的高大群山，山势险峻，夹江逼水，江水奔涌，速度很快。木船顺流而下，柴油机的"噗噗噗"声，回荡在空旷的江面上，回荡在寂静的山谷间。浦青松情不自禁地赞道："嗨，真有点小三峡的味道！"石小茜说："微型！虽也是'高江急峡'却未见'古木苍藤日月昏'！"浦青松说："是的，这段龙泉山脉的大小群峰远不及长江三峡大小群峰的高峻险要，山体植被也不及三峡两岸的苍莽多姿，但在这里能看到这样的景象，生出这样的意境，也足以让人满足了！"浦青松乐观的情绪感染了小茜，两人似乎完全沉浸到情景一体的文学意境里去了，船工和乘客全都与他俩无关。

大约一个小时之后，机动船顺着江水，不紧不慢地驶出了"小三峡"。群山在悄悄地慢慢地往后退去，空间在渐渐地扩大。出了山口，在湛蓝的天空下，这一段的水面就又显得如此地开阔大气。江水平稳，流速减慢，似乎变成了一个宽大平静的湖面。在阳光的照射下，碧波万顷，波光潋滟。江面的开阔，使得机动船的"噗噗"声也变得轻了许多。石小茜情不自禁地说："这景色真美！如果是夜晚，一定也会呈现出'星垂平野阔，月涌大江流'的壮阔景象！杜甫这位现实主义诗人，写景自有他独到之处，现在想起这两句诗，我就有一种想去拥抱大自然的冲动！"这时正好下游开过来一艘小火轮，见到木船，拉响了汽笛，打破了这大江两岸广袤大地的宁静。机动船稍稍放慢速度，也回应了一声，像在互相打个招呼。小火轮上的烟囱冒着黑烟，像一条长长的带子，慢慢向后飘去，渐渐散开，越散越淡。简直就是一幅水墨画！

江的左岸，山体还在绵延。右岸的山体已离岸而去，越去越远，渐渐出现了大片种有绿色庄稼的开阔平地。绿色平地也渐渐向极远处延伸。石小茜说："只看大江右岸，倒有点类似江南了！"

机动船又开了半个多小时，船的左侧山体也渐渐矮了下去，越来越低，越来越低，成了小山坡。前面出现一个大镇，整个镇子傍着山坡而建，由下而上，一片山城景象。船工大声地吆喝起来："淮口到了！要下船的做好准备！"石小茜转头对浦青松说："嗨！到了，到了！准备下船！"

船终于慢慢地靠拢了江岸。这里没有专门的停船码头。江边有一些凌乱的石堆。船头将要抵达岸边的滩地，还有丈把距离时，就停了下来。看来是随机选择停船的地方，只要方便就行。随后船工抽出一块长长的窄窄的跳板，搭在船帮和河滩上，给乘客下船。船与跳板大约呈三十度角吧，略有点陡。

这一站没几个人下船，大家也没什么大的行李，一下船，就径直上岸了。浦青松先带着一只箱子下船，船工帮着把其他行李搬下船，堆在稍高一点的河滩上。然后石小茜跟着下船，看着面前长长窄窄的跳板，跳板下流动的江水，石小茜有点紧张。她小心翼翼地、颤巍巍地从长长的跳板上走下来。可能是这几天一路的车船劳顿，太疲乏了，也可能是船身将要靠岸时晃得厉害，石小茜有点头晕。船工见她脚步不稳，赶紧上前去扶了一把。浦青松见了也连忙快步上前，拉着小茜的手平安着地。船工见乘客下完了，麻利地收起跳板，又大声吆喝一声："走啰！"机动船就又"噗噗噗"

地开走了，继续向下游的五凤镇开去。

河滩很宽，有三十多米吧？站在河滩上，抬头往上一看，石小茜傻眼了！河岸很高，这么高的河岸，却没有像样的上岸的台阶。只有一条碎石头垒成的粗糙的小石阶，一级一级，窄窄的，一只脚的宽度，长也就二三尺吧，七歪八斜地通往岸上。小茜想，为什么不把这上岸的台阶修修好呢？眼光落在岸上靠江边的一排房子上，大多是用乱石块垒墙、油毛毡盖顶的低矮的小屋，似乎都在风雨飘摇中。岸边一棵大树，斜斜地伸向河滩，树枝上还稀稀拉拉地挂有稻草、破布条一类的垃圾。石小茜感到奇怪，这杂乱的稻草、破布之类怎么会爬到这大树上去？难道发大水，洪水淹没过这大树？那是多大的水势啊？太吓人了！

这时，有个中年汉子从岸上下来，身上的衣着就像成都火车站的板车夫，一件很旧的无袖无领的白色短褂子敞开着，卷着高高的裤腿。不同的是，腰里用绳子一捆，头上箍着一圈已经很脏的白布，像少数民族装束。他光着脚，挑着两只晃悠悠的水桶从石阶上下来担水。石小茜心里一紧："从这么高的坡上下来担水，是吃，还是用？镇上没有自来水？那我们以后也得这么挑水吗？"石小茜心里凉凉的，觉得自己就像颗小石子，被无形的大手随意那么一扔，莫名其妙地就被甩到了这么个穷乡僻壤，真是做梦都梦不到这儿啊！

浦青松也在四面张望。见那挑水的汉子下来了，就走过去："请问，到区政府怎么走啊？"那挑水的人愣愣地看着他，好像听不懂他的话。浦青松放慢语速，再问一次，那人侧身指了指最高处。浦青松点头，说："好，谢谢！"

区政府在山坡上，这坡像三叠泉似的，站在河滩上，就看到一个坡，两个坡，三个坡……小茜说："祖祖辈辈住在这里的人，天天都得爬坡练脚劲，真够辛苦的！"浦青松笑笑，没有接话。上坡的石阶倒是很规范，用长条的石块砌成。石小茜实在没有力气也没有勇气再往上走，就对浦青松说："我不想走了。这么高的陡坡，这么多行李，两个人也没法搬。我就在这儿看着行李，你去办手续。决定我们分到哪个学校了，再把行李搬上岸。

不过得找人帮忙哦，提这么多行李爬坡，我恐怕不行。"浦青松说："好吧，你在这儿看行李，我到区上办手续，快去快回。"于是两人把行李挪到树荫下，浦青松急急地上坡而去。行前他看了一下左手腕上的那只旧表，还好，未到11点。

机动船已经开远了。挑水的农民沿着来时的台阶又一步一步上了岸，看着他赤着的脚，石小茜心里想，这小石子难道不硌脚吗？挑水人走了，整个河滩上就剩下石小茜一个人。她心里空落落的，现在才真正体会到了什么叫"万般无奈"，她甚至有一种叫天天不应、叫地地不灵的绝望。脑子里又浮现出当年的大学招生简章。五年一梦！算了算了，什么都不去想了！石小茜坐在木箱上，默默望着流淌着的江水。

大约一个小时不到，浦青松回来了，右手还紧攥着一个大纸袋。小茜远远地就大声问他："分到哪里啊？"浦青松没有作声，走到小茜面前，把手上拿着的纸袋递给小茜，说："买了两只大饼，他们叫'锅盔'。""问你呢，分到哪里？"浦青松说："不在这儿，是下面白果公社的中学。""还有多远？"石小茜急急地问。"十五里。"浦青松语气平和地说。显然他是怕石小茜有情绪，故意显得若无其事的样子。马上掉转话题，对石小茜说，"我在街上买了两个锅盔大饼，还是热的，当午饭吧。"浦青松扬了扬大纸包。石小茜心里虽然很梗，见浦青松轻描淡写的，自己也不好再说什么，就顺着浦青松的话说："这饼好大啊，我吃半个就够了。"浦青松说："我要吃一个，多香啊！"他闻了闻饼，笑着跟石小茜说："你随意！最好多吃点，晚饭还不知道在哪儿吃呢！"两个人无言地在树荫下，一个坐木箱，一个坐石块，啃起锅盔来。还好这次浦青松随身带的一只绿色军用水壶派上用场了，在招待所装了满满一壶开水。石小茜想拿出那只搪瓷杯来倒水，浦青松说："别讲究了，共享吧！特殊时期，特殊处理！"石小茜微微笑了一下，算默认了。江上微风吹过来，倒也凉快。吃了几口锅盔，小茜还是忍不住问道："下面怎么办？我们怎么走？"浦青松说："不急嘛，吃了再说！"想想，还是告诉石小茜："下午有一只船经过的，还是搭船，到白果乡。"

一直等到下午三点多钟了，终于听到远处传来了"突突突"的声音，来了一艘小汽轮。这是中午从赵镇开下来的班船，也要在淮口镇停一下的，下人，上人。小汽轮比机动木船要小一些，像机动木船一样，主要也是运货，也带人。同样，船工把长跳板抽出来搭在河滩上，让乘客下船。下来了三五个镇上人，他们两个赶紧提上行李，准备上船。船工见状，从跳板上下来，帮他俩提上箱子。船舱里也堆满了一包一包的货物，已经有七八个人坐在船舱里了，看上去都是本地农民，男男女女，有的坐在货物包上，有的坐在两头搁在货物包上的扁担上。见两个外乡人上船，都偷偷地用眼角余光扫他们一下，然后立刻就把视线转向别处，似乎是在故意避开他们的目光。

　　一个小伙子走过来，是卖票的，问："到哪里？""白果场。"浦青松说，拿出一张一元的人民币递给卖票员。卖票员说："两角一个，找你钱！"就低头在票袋里找零钱。几个妇女窃窃私语。突然听到一个男人的声音："肯定是大城市来的嘛！"石小茜循声看去，售票员背后一个老头儿抽着烟袋，摇摇头。一个半老的妇女接茬："两个好年轻哦，不像是知青，咋个会到这个乡坝头来？待得下去啊？"这简短的对话，石小茜听懂了个大概，知道在说他俩。本想跟老乡们打个招呼，但没有人正眼看他们。一路上，也没有一个人跟他们搭话。或许是农村人不善于跟陌生人打交道。

　　小汽轮慢慢加速，开向江中心，他俩看看没人正眼看他们，这么小的地方，对坐着，有点尴尬。浦青松对石小茜说："船舱里有点闷，我们到外面去吹吹风，舒服些。"两人就移步到船尾，在靠近船尾的搁板上坐下。石小茜忧心忡忡地说："当年王维的《使至塞上》有一句诗：'征蓬出汉塞，归雁入胡天。'我觉得自己现在就像随风飘转的蓬草，怎么稀里糊涂地就飘到这个角落里来了。"浦青松笑笑，看着石小茜说："怎么啦？又多愁善感了？什么时候才能改掉你的小资情调？"石小茜说："什么呀！还小资情调呢！你没有这种感觉吗？"浦青松说："王勃《滕王阁序》里说过：'时运不济，命途多舛。'这是国家分配，由不得自己的！你愁也如此，忧也如此，要面对现实！"石小茜不想再说什么，头扭向一边去想心事。听着船上的"突突"声，看着小汽轮尾部被犁出的长长水波，两个人都沉默着。白果场，白果公社中学，这又会是一个什么样的地方呢？

五、"蓬草"落地

从淮口的镇子到白果场，这一段水上路程比较短，十五里，顺水行舟，也就个把小时。只听得船上那个卖票的年轻人大声喊道："白果场到了！要下船的做准备！"浦青松问年轻人："白果公社中学是这儿吗？"那人回答："对头！是这儿。"

也没有码头，船靠近东岸的浅滩，船工架起长跳板，帮他们把行李搬下船。只有他俩下船，其他人都是到下面五凤镇的。放下他俩，小汽轮就又"突突"地开走了。

这儿江边的滩地很宽，比淮口镇的宽多了。堤岸不高，缓缓地斜斜地就可以走到岸上，用不着像淮口镇的江边要爬高坡。看上去，这儿应该是出了横亘着的龙泉山脉，来到浅丘了。江边有两个中年农民坐在岸上一块凸起的岩石上歇凉，看到他们搬下这么多行李，两个农民就走过来，指着行李，用当地土话问："这些东西要搬到哪里？"浦青松回答："白果中学。"农民说："白果小学吗？"浦青松说："不，白果公社中学。"另一个农民捅了捅他的搭档，说："就是那里，现在改为中学了。"那农民说："我们帮你们搬到学校。"石小茜心头一热，四五天来，走了这么多路，第一次有人这么热情主动上来打招呼帮忙。浦青松见有人帮忙，连连说："好的，好的，谢谢！"农民说："一角钱一件。"浦青松见要价不高，看着石小茜疲惫无力的样子，赶紧说："行，行的！"两个农民背起被子，提起箱子和网兜，准备上岸。看到还有一卷席子，浦青松拿着，一个农民很客气地说："我来拿！我来拿！"浦青松本来是可以自己拿的，但那个农民很客气地坚持着要帮着拿，就给了他。

他们一行上了岸，一二十米后，就拐上一个斜坡，微微三十度的斜坡路，也就一百多米的距离，就来到了学校的门口。原来学校离江边这么近，上岸朝北转个弯就到了，浦青松笑着用上海话对石小茜说："早晓得嘎一点点路，阿拉就自己拿了！"石小茜也笑着用上海话说："啥人晓得呢！"

站在校门口，看到的是，红漆几乎剥落完的木质双开大门敞开着，旁边还没有挂上中学的牌子。两人跟着农民和行李跨进了这所公社中学。放下行李，农民说："七角钱！"浦青松付了钱，两个农民走了。浦青松看了一下石小茜，诙谐地一摊手说："侬看，一眨眼，二天的伙食费没了！"石小茜忍不住轻声笑了起来。

学校规模不大，像个大四合院。进门就是一个大院子，呈倒过来的"凹"字形，开口的地方就是大门。凹字形的底部，是一间敞开的大房子，有屋顶，但正面没有墙，完全敞开着。一眼就看到，这敞开房子的一头，有个水泥砌的高台子，另一头堆放着一大堆的课桌和长板凳，可能是从别处运来准备开学用的。石小茜猜想，这应该是学校开大会用的"礼堂"，那水泥台子是个"主席台"。凹字形的两边是两排教室，教室虽然破旧，但毕竟还是瓦房，墙体也是砖石结构，还算结实。

有意思的是在左右两排教室的前面，靠近"礼堂"边，各有两间连体的木板房。这四间木板房两两相连，而且没有地基，是用石块碎砖垒了一个约一尺高的平台，之后把这木板屋垛上去。左手边的木板房门前，是一只简易乒乓台，下面也是用乱石堆好，上面放了两块拼起来的石板。乒乓台不高，适合小学生玩。右手边，木板房前，是一口大井，可能为安全考虑，井有高高的井台，约四五十公分高。要踏上一级台阶才上到井台。井台呈正方形，面积较宽，周围可以容两三个人在上面洗东西。井台上的井栏也高，约有六七十公分。井栏旁有一架打水用的辘轳，这在电影里看到过，没想到在这白果中学院子里，也有这玩意儿。辘轳上缠绕着又粗又长的绳子，显示着这口井有点深。左右两边的教室，门锁着，窗格上糊的纸全破碎了。用不着靠近，就可以从窗格里看到教室里面较杂乱地摆放着的课桌椅，是那种四根木棍上钉一块板的最简易的课桌和板凳。教室里和教室门口的走廊，都是凹凸不平的泥巴地。没说的，乡镇小学嘛，有这样的格局和规模，也算不错了。院子里就这点内容，一目了然。

大院里空荡荡的，只有几个男孩子在屋檐下玩耍。孩子们对他们疑惑地注视了一阵，看他们带着一堆东西，又东张西望的，其中一个最大的男孩，十四五岁，圆圆脸，长得很敦实，显得有点腼腆，走过来轻声问："你们找谁？"浦青松说："我们是新分来的老师。"石小茜问："这学校里的老师呢？"顿了一下又问："校长办公室在哪里？"男孩说："老师们都集中到区上学习去了，还没有回来。"他笑了笑，"校长现在没有办公室。"石小茜问："这是一所新学校？"男孩说："不是新学校。这里以前是公社小学，几年没有招生了。今年开始办初中，老师们刚调齐。现在放暑假，都在区上集中学习呢。"

整个学校没有一个大人，就只有眼前的四个孩子。两人不知道接下来该怎么办，就站在屋檐下，与几个孩子聊天。知道他们姓叶，四个男孩是兄弟四人，都是这所中学校长的儿子。他们也是刚搬来不到一个月。大的叫叶鹏，下面差不多相隔两三岁一个，就是二娃、三娃、四娃。

聊了一会儿，叶鹏友好地说："你们的行李可以放到我们家里，还有两三天老师们学习就结束了，马上要回来准备开学的。"这孩子比城里同年龄的孩子显得成熟些，很憨厚，很懂事。浦青松说："好的，那就谢谢你啦！"他彬彬有礼地回答："不用谢！"叶鹏帮着拎起网兜，在前面带路，叶家老二、老三两人抬着席子卷。老四有五六岁的样子，快乐地跟在哥哥们后面。浦青松、石小茜每人背着被子，各提一只箱子，跟在孩子们的后面，穿过左手边这排教室中间的过道，来到后面的一个小院子。原来这儿还"别有洞天"！

小院子里有一个狭长的东西走向的小天井，围着天井的东头和南侧是教室，形状像个阿拉伯数字"7"。"7"字竖着的一边即天井的南边是四间教室，与大院子里的教室背靠背。横着的一边，即天井的东头，有一间教室。教室的门都是朝着天井开的。校长家就住在天井顶端东头的教室里，即"7"字的上面一横。

　　走进校长的家，放下行李，小茜直起腰，环视着这个教室改成的家。房间面积很大，进门右手边靠南墙摆了一张挂着蚊帐的简易床，床的席子下垫的稻草赫然入目。顶着东墙也有一张床，两张床摆成直角状。两床的夹角处，稍隐蔽一点的地方，三张学生简易课桌拼在一起成长方桌，上有几只纸箱子，装着满满的衣物，桌上还堆放着杂七杂八的物品，满满一桌子。进门左手边的窗户底下，两张学生用的简易课桌拼成长条，桌上堆了些书和杂七杂八的瓶瓶罐罐之类的东西，北面靠墙边一溜摆放着好几只大大小小的坛子，可能是装米、面以及四川人做泡菜的坛子。整个房间，除了两张床和五张课桌、两条长凳外（应该都是公家财物），没有其他木器家具。因为原先是教室，房间很大，所以也不显得凌乱。

　　看到只有两张床，小茜问："你们全家都住在这儿吗?"叶鹏说："这是我爸爸妈妈的房间，四娃跟爸爸妈妈住这儿。我们住在隔壁。"在孩子们的带领下，走进隔壁属于孩子们的房间。这房间在"7"字一竖的顶端，与父母的房间形成直角。房间里也放了两张挂着蚊帐的床，蚊帐已经有了补丁。也是在两床的夹角处摆了三张学生课桌，在学生课桌上堆了很多东西，几只纸箱装着衣物，冬天用的被子也堆在桌上，还有孩子们玩的篮球之类。

　　可能因为校长家孩子多，占了两间教室，教室的屋檐宽宽地延伸出去，形成教室门口的内走廊，这种房子的结构很科学，下雨天学生就有了在教室门口玩耍的场所。可能校长特意选了这个夹角处，房门口就形成了一块有屋顶的面积稍大的开放性空间，做了"厨房"兼"饭厅"。校长夫妇寝室的房门外窗下靠墙边，摆放着一张大方桌，周围三张长板凳，是吃饭的餐桌，桌子靠墙的一边摆放着一些装油、盐、酱油、醋的瓶瓶罐罐。铝锅、碗、筷、锅铲等也散放在桌子上。桌子旁边的墙上挂着罩篮和草帽。在两屋檐交叉处，靠外一点，架了个手工自制的烧柴的小炉灶，搁在用砖砌成的砖台上，柴灶上放着一口铁锅，说明这柴灶专门用来炒菜的。柴灶旁边还有一只烧煤饼的炉子，炉子上放着一口直径与炉子一样大小的大铝锅，可能是蒸饭用的。炉子旁边是码得整整齐齐的煤饼。煤饼旁有捆好的两捆劈好的木材。隔开一只方凳的距离，有一只大水缸，满满的一缸水，上有一只大的木盖子，敞开了一角，便于舀水。看来，校长家烧饭、炒菜就在这块开放性的厨房里了。

两人站在孩子们的房间门口，打量着这个有天井的小院子。除了校长家住的两间教室外，与孩子们的房间连着的，还有三间教室。叶鹏介绍说，这三间教室已经一隔为二，准备给马上调来的老师住的，一间教室可以住两家人家。浦青松明白了，这是一个规划中的未来的教师住宿区。

距离天井另一条长边约三米远处，还有两间空教室，估计也是教师宿舍了。这两间教室的后面，是一块空地。空地上还有一口小水井，就靠着两间教室的背面，这口井有点像江南的水井，没有井台。石头凿的井栏，有一尺多高。井口较小。水井周围用水泥抹了一圈约三尺宽的平地，可以供打井水、洗东西的人立脚。空地的其他地方，长满野草，草不高，但地上非常潮湿，像沼泽地。这块沼泽地的面积还不小呢！

从校长家门口的过道往前走，是一条碎石块铺成的狭窄小路，两人对面走过，要侧身让一下的。小路不很平整，走路可能会有点硌脚。小路的左边就是那块"沼泽地"，右边也是一排空教室。石小茜问叶鹏："这一排都是教室吗？"叶鹏说："嗯！顶头是厕所。"石小茜正想上厕所，就沿着这小路往前走，过了三间教室，紧挨着有一间大屋子，比教室宽，没有装门，不知为什么，这屋子里的地面低于路面约一尺。小茜觉得好奇，问跟在后面的叶鹏，为什么这房间的地面比外面低那么多？叶鹏说："我也不知道。这间也是教工宿舍，里面隔成三间，准备给调来的老师住的。"小茜探头张望了一下，心里想，会不会安排我们住在这儿？叶鹏说："进去看看嘛。"探脚下去，屋里很暗，叶鹏弟弟三娃拉了一下开关线，灯亮了。里面横竖隔成三间，都装了门，外加一处公用地块，每间的面积应该都很小，大概是给将要调来此处的单身教师住的吧？石小茜一抬头，突然发现公用间的墙上横七竖八多条裂缝，吓了一跳，说："这房子有这么多的裂缝，会倒塌吧？"叶鹏笑着说："这是刚改建好的崭新的房间，用黄泥新糊的墙壁，干了，就会有裂缝，不要紧的。这房子冬暖夏凉。""嗯，是有股子凉气！"石小茜点点头，经叶鹏这么一说，心里踏实了。

这大房子的旁边，即路的尽头，是砌了半截墙的猪圈，因为几年都没有招生了，也就没有养猪，猪圈是空的，打扫得干干净净。厕所设在猪圈最里面，是个大粪坑，粪坑上架着两块固定好的较宽的木板，供如厕的人蹲的。厕所门是半截木板门，门上有插销。不分男女，谁进去就插上门。猪圈内用砖砌了约八十公分高的半截墙，留出一条让人进厕所的过道。猪圈有点深，加上外有宽宽的屋檐，所以里面光线较暗，在厕所门口与猪圈之间的过道处，吊着一只灯泡，叶鹏说："这个地方，除了大晴天，阴天和下雨天白天也得开着灯。"抬头一看，灯泡与墙壁之间，都是蜘蛛结的网，网上满是灰尘。看来，打扫的人只扫了地面，没有管上面的蜘蛛网。石小茜说："你们去天井处等我吧，我一会儿就过来。"

从上海出来，一路颠簸，而且是节节败退，一站不如一站。经过这一番折腾之后，现在终于尘埃落定。这儿是学校，房舍比他们沿途看到的江边的民房要好得多，心里稍稍宽慰些。能够在这儿安顿下来，也行。

两人轮流上完厕所，到天井这边，在叶鹏家"厨房"的长凳上坐下休息。四个孩子也略带好奇地在他们自家门口陪着两位新来的老师。歇了几分钟，浦青松说："叶鹏，能带我们到学校别的地方转转吗？""好嘛。"叶鹏很乐意。二娃、三娃、四娃始终笑嘻嘻地看着这两位新来的老师，脚前脚后地跟着，浦青松和石小茜感到一种家的温暖。

走出这个小院，又到进门时的中间大院子。叶鹏说："这个院子是学生课间活动的地方，可以打乒乓，踢毽子，跳绳……"粗略估算一下，这院子大概能容得下一个班级四十多人在此做操。作为学生们课间活动的空地，还是不错的。地面就是普通的黄泥地。院子刚打扫过，干干净净。叶鹏指着院子顶头，正对着学校大门的敞开式的"礼堂"说："这儿是学生集体开大会的地方。"石小茜猜的没错。小茜指着那四间木板房问："这四间木板房是干什么的?"叶鹏说："以前是老师的办公室。现在三间空着,乒乓台后面靠里面的一间,有一个小学退休老教师住着。她是一个孤老太,学校停办后,她没地方去,就一直住在这儿。"叶鹏指了指右手边说："那边还有一个小院子的,要不要去看看?""啊?还有一个小院子?"浦青松说,"走,去看看!"

进门右手边这排教室中间,也有个过道,通往另一个小院子。过道的上方,用粗粗的铁丝吊着一块长二尺左右、宽约一尺的黑乎乎的钢板。浦青松问："这儿过道里吊一块钢板干什么?"孩子们抢着说："这是'钟',上下课敲的'钟'。"叶鹏从墙脚根捡起一块砖,说："上下课时间一到,工友就捡起这块砖敲几下钢板。"浦青松接过砖头,敲一下钢板,"当"的一声,声音很响亮,还有余音。两人感到很新奇,又敲了一下,再敲一下。孩子们看着这两个大孩子似的新老师,这么有意思,也跟着快乐起来,一扫初次见面的拘束和陌生感。

六个人穿过吊着"钟"的过道进去,进入南面的另一个小院。说它是小院子,其实面积并不小,也有百多平方米,不亚于正院,但地势有坡度,中间微微凸起,长着半人多高的杂草。叶鹏说："这个地方草长得很高,平时都没有人到这儿来的。"石小茜笑道："这学校有意思,看上去就是一个简简单单的'凹'字形结构,没想到两边都有一个小院子,像学校的两只耳朵!"说得四个孩子都"呵呵"地笑了起来。

小院子的东头,也有一个猪圈,这个猪圈的外墙还没有半人高,饲养员站在墙外边,就可以把饲料舀进食槽。因为没有养猪,里面堆满了一捆一捆的干树枝,满满一屋子,几乎到屋顶,放得整整齐齐。石小茜问："这些干树枝堆在这儿干什么用?"叶鹏说："厨房烧火用的。"

大家再往前走了几步,就转到猪圈背后,这儿是学生用的厕所。两间厕所没有门,在距离厕所门口二米左右的地方建了一堵约一人高、三米宽的土墙,挡在两间厕所的门前。叶鹏说："这边厕所都是小娃娃用,就不装门。这堵墙挡着，外面的人看不见里面，这样里面的光线也好些。"

大家重新回转身来往西走，注意到过道一进来的右手边，贴着教室后墙，有两间小披屋，是借着教室后墙搭出来的。叶鹏说："这两间披屋是学校特地搭出来堆放杂物的。"小披屋薄薄的木板门裂缝明显。小茜好奇地贴近门缝往里瞧，房间很狭窄，大约宽三米，长四米。可以看到学校堆放的断胳膊缺腿的课桌和长凳子，坏掉的竹扫把等。叶鹏说："另一间堆放着农具，这个学校做过几个月的农校，后来农校也不办了。"

草地的西头，是大门口延伸进来的另一排教室，在草地与教室之间，有一条二尺宽的明沟。学校的地势有点儿东北高西南低，这片草地更加明显。大雨天，学校的积水顺势就流入了这明沟。草地的水也顺着微微的斜坡，注入这条沟中。水从这明沟流到校外去。

沿水沟往南走二十米左右，就是学校的最南面的围墙和边门。围墙是用黄土砌成的，一人多高。与进校门前看到的外部围墙是一体的。边门是简易的木质双开门，从里面用木头门闩拴着。木质门板的缝隙很宽，站在门板前，就可以清楚地看到围墙的外面，又是一块面积很大的空地。空地东面就是紧贴学校背后绵延出去的高坡子。叶鹏说："以前小学全校集体做广播操就到这儿，东面三尺高的那个土墩子就是司令台。平时的体育课也在这儿上。"这下明白了，整个学校就建在这高高的土坡的脚下。边门外原先就是土坡，人工铲出这一块空地，作为学校的外操场。操场上有一副摇摇欲坠的篮球架，应该是学校停办后，多年无人去理睬它了。

学校的校园范围就到这儿为止了。参观完毕，六个人说笑着往回走，刚走进学校中间的大院，看到一个老婆婆，正扶着乒乓台往里走。见到他们六人，就站住了，眼睛直盯盯地看着他们。叶鹏悄悄地说："她就是那个住在木板房里的退休老师。"老人白发稀疏，背微微弓着，行动缓慢，看上去有八十多岁了。叶鹏悄悄说："这个老师脾气有点古怪，平时不与人搭话的，独来独往。她耳朵不好，跟她说话要大声，但视力很好……"

"叶鹏！这两过人是拉过？（这两个人是谁？）"叶鹏话还没讲完，老人突然用本地话大声喊住叶鹏，询问这两个陌生的年轻人是谁。"上海来的新老师！"叶鹏也大声回答。浦青松与石小茜赶紧上前，浦青松凑到她面前，大声自我介绍："我们是刚从上海分配来这儿当老师的。""大学生啊？"老人疑惑地问。"嗯，是的。"浦青松点点头。"欢迎欢迎哦！"老教师说，"你们咋个分到这儿，不留在县上？""县上不需要人。"石小茜轻声回答。"啊——"老教师声音很响亮，中气蛮足，但显然没听见。浦青松赶紧再靠近她耳朵，提高声音补充说："县上不需要教师！"

老人家沉吟片刻，叶鹏以为她不讲话了，正拉了拉浦青松的袖子，准备走开，老人又说话了："你们不晓得，这个地方交通非常地不方便。"浦青松说："知道知道！我们来时已经体会到了！"老人家又说："这儿是山区，生活条件差，经常吃红薯、玉米，你们受不了！赶快回上海去！"浦青松笑着说："回不去了，我们分配到这儿工作，户口都迁过来了，已经是这儿白果场的人了！"

老人家的表情有点沉重，站着没说话，可能是出于对这两个外乡人的同情吧。叶家老四拉着石小茜的衣袖说："走了，走了！"浦青松与小茜微笑着跟老人家摇摇手，表示告别。老人家点点头，可能她还没有弄明白：两个上海大学生，怎么会大老远地跑到这个乡下的公社中学来当老师？

在回北面小院的路上，石小茜正想问点什么，叶鹏已经开口说话了："这个老老师在这儿退休好多年了，就一直住在学校里。她没有孩子，孤身一人，没有地方去。现在学校升为中学，马上又要开学了，听我爸说，公社已经找到她的一个远房侄儿，把她接过去养老。远房侄儿也来过了，约好就这两天来把她接过去。她有点舍不得离开这儿，但还是顾全大局，同意跟远房侄儿回农村养老。"

来到小天井，太阳仍然高挂着，浦青松突然觉得有点饿了，抬手看了看表，已经近七点了！浦青松问叶鹏："都马上七点了，太阳还这么高，什么时候天黑啊？""九点多吧。"叶鹏认真地说。"哦，"浦青松说，"难怪我的肚子有点饿了，在上海的话，大概已吃过晚饭，到了乘凉的时候了！"

第三章

白果街上的人和事

背篼

黄桷树

初进白果场

一、小面馆　牛粪　打赌揭晓

午餐的锅盔早已经消化完了。从一路颠簸，到现在蓬草落地，情绪一放松，浦青松明显觉得肚子饿了。他问叶鹏："这儿街上有饭店吗？"叶鹏说："有！有一家面馆。另外一家饭店，只有赶场天才营业。"石小茜问："有馄饨吗？"叶鹏说："街上面馆有馄饨，这儿叫'抄手'。"石小茜笑起来了，把两手一抄，说，叫"抄手"好像更贴切！浦青松说："走，我们去看看！"

小伙伴们拥着他俩来到校门口。白果场就这么一条窄窄的南北走向的小街，学校就在街的最南端。再往南下斜坡，就是他们来时的江边。叶鹏用手指了指北边说："你们走过去不远，就可以看到这面馆了，专卖面条和抄手。""几点打烊？"浦青松问。"现在肯定开着，应该是八点打烊吧，我也不清楚。"叶鹏说。石小茜很想吃小馄饨，于是两个人就高高兴兴地去街上吃馄饨了。

白果场的小街，是一条碎石板加小石子铺就的路。两边的房子是用篾片编的墙，外边再用泥巴糊上一层，刷上石灰。年岁久远，墙面的石灰和泥巴已经部分脱落，显得斑驳陆离，并露出大块大块的篾片。门轴似乎不都是垂直的，给人的感觉有点东倒西歪的样子。虽然房子挨着房子，但很不整齐。零零落落的几家小店铺夹在居民的住房之间，大多数柜台上都是空空的，好像没有什么东西可卖。

街上冷冷清清，没有什么人。一家农村供销社，是白果场最大的国营商店，临街的铺面用的是老旧得发黑的门板。尽管很旧了，但区别于其他泥巴墙，算是比较气派的了。走了百把米，就到了街中心。一个小饭店，店门口挂着一块招牌，只有几样面条，中午才供应"抄手"。走了一个来回，确实没发现其他饮食店，就只能将就了。

跨进店的门槛，门边靠墙就是卖筹子的柜台。柜台蛮高，柜台里坐着一个人，可能没顾客，他在打盹，只看到他的头顶，头上裹着一圈很旧的脏兮兮的白布帕子。这是石小茜第二次看到这个打扮了，第一次就是中午在淮口镇江边，那个担水的农民。

石小茜走到柜台前轻声说："师傅，来两碗面。"没有反应，她用镍币轻轻敲着柜台。连喊两遍"师傅"，那人慢腾腾地抬起头，着实吓了她一跳！长长的脸，只有一层皮裹着，瘦骨嶙峋。脸色蜡一样黄，伸手出来接钱和粮票。手指又细又长，干瘦干瘦，露出指骨节，再加上长长的指甲，哇！这个人是不是有病？简直就像从棺材里爬出来的！小茜还算镇定，不露声色，点了两碗面。两个人赶紧找个离柜台远点的位子坐下，店里就他们两个顾客。

等着面上来，闲着，环顾四周。店的开面不大，但店堂较深，有五六张桌子。面前的这张桌上放着一只醋瓶和鲜红的辣椒酱，醋瓶周围一圈趴着一些黑点的小飞虫。辣椒酱瓶口敞开着，剩下不多，被挖得乱七八糟。看着这些脏兮兮的调料，石小茜心想，反正我不吃这些调料的，眼睛不看就是了，眼不见为净嘛！

店在小街的左边，坐西朝东，尽管外面还亮着，但店堂里光线有点暗。煮面条的大灶就在店堂的深处。石小茜正东张西望，突然发现头顶上方有一张硕大的蜘蛛网，蜘蛛正忙着爬上爬下的，石小茜又吓了一跳，赶紧悄悄拍了一下浦青松，示意换张桌子。但浦青松小声说："这儿对着门，亮敞些。别的桌子在里面，光线更暗，不见得没有蜘蛛网，或许还有别的小虫子呢！"他眨了眨眼说："蜘蛛吃苍蝇、蚊子，不咬人，是益虫！"石小茜已不想吃面了，想离开面店，但是钱和粮票已经付了，只得硬着头皮等着。

面条很快就端来了。天呐，一只黑乎乎油腻腻的土碗，面汤上浮着一层红彤彤的辣油。小茜本来一路疲惫，就没有多大的胃口。此时看到这只土碗和面条，一点胃口都没有了，心里像被什么东西堵着似的。她推开碗，不想吃。浦青松劝道："晚饭不能不吃。这一路过来，吃饭有一顿没一顿的。你胃不好，这个时候可千万不能饿出毛病，否则医院在哪里都不知道！"没办法，小茜只得硬着头皮吃了几口，赶紧出来。离开面店，深深吸了口气。浦青松快速地吃完了他的那份，也出来了，嘴里"嘘嘘"地吸着气，额头冒着汗，说："嗯，有点辣!"

两人往回走，石小茜的恶心感还没有消失，那个醋瓶、辣椒酱瓶，那个头顶硕大的蜘蛛网，那个黑乎乎油腻腻的土碗……她觉得胃里不舒服，愁眉苦脸地对浦青松说："怎么会有这么脏的馆子? 不是亲眼见到，谁告诉我都不会相信的!"浦青松说："乡下嘛，不讲究的，农村就这条件。过两天开学就好了，学校食堂肯定干净!"

正说着话，突然石小茜觉得脚下软乎乎的不对劲，低头一看，一只脚已插在牛粪里了。这一下，真正把石小茜吓呆了! 她站在那里，不知所措! 浦青松也一愣，怎么回事? 怎么走到牛粪里去了? 街上还有这么大堆的牛粪? 来时好像没看见有啊?

石小茜望着他。浦青松很快回过神来，忍住笑，说："走路也不看地面，以为在上海大马路上啊!""谁会想到路中间会有牛粪?"石小茜本来心里就不爽，见浦青松责备她，就有点委屈了! 浦青松赶紧说："没关系、没关系，别管鞋了，你先把脚抽出来。"石小茜抽出脚，单脚跳到路边，靠着墙站着。浦青松从牛粪里拔出那只鞋，已经面目全非了!

这双鞋，是六七十年代，上海女学生最时髦的鞋了: 白的塑料底、白的滚边，黑直贡呢鞋面，方口搭绊鞋。这是今年七月底准备离开上海时，浦青松陪她去买的，还没穿几天呢，就这么不见本来面目了。

看着这么恶心的鞋，石小茜苦着脸说："算了! 这鞋不能要了，扔了吧!"虽然舍不得，但也没办法了。浦青松不置可否。好在学校就在前面，浦青松让小茜抓着他的手臂，单脚跳到学校门口，坐在学校的门槛上等他。他说去处理一下。十多分钟，浦青松提着一只干净的鞋回来了。石小茜挺意外的，没想到这鞋还能回来。"你去洗鞋啦? 脏不脏啊! 我不是说丢掉吗?"嘴上这么说，心里还是挺感激的。

浦青松是家中唯一的儿子，本来就宝贝得什么似的。读书了，成绩好，小学就是三条杠——大队墙报委员; 中学又是重点中学学生会的宣传部长; 大学当了五年的团支部书记。他就是他妈妈的骄傲，在家里什么家务活都不让他干的。小茜妈妈就是担心他在家被大人宠惯了，不会照顾人。从上海出来的一路上，浦青松处处照顾着她，她已经很感激了。没想到在这种窘境下，他居然"临危不惧"，不声不响地把这么脏的鞋洗干净了！

"新鞋子，丢掉太可惜了！再说，还是我陪你一起去买的，有纪念意义哦！"浦青松淡淡地说。"你到哪里去洗的呢？"石小茜不好意思地问。"学校南墙旁边就是抽水的沟渠，活水，去冲一冲，不就好了吗。"石小茜此时的心情由阴转晴，觉得好奇："没有肥皂和刷子，这鞋怎么洗啊？""路边干草堆上抓了一把草，几下就刷干净了。"浦青松很能干的样子，笑了笑说，"刚刚沾上的，不难洗。"接着又说，"牛粪不臭的，西藏人把牛粪晒干了当柴烧，烧饭、炒菜、熏蚊子都用它！""不臭，但恶心呀！"石小茜苦笑了一下，"总归是粪便嘛！""不讨论了，回去吧。"浦青松把一只湿鞋放在小茜的脚边，让她穿上。

石小茜一只脚穿着干鞋，一只脚穿着湿鞋，走进了学校。太阳此刻即将落山了，满天晚霞，绚烂无比！到后院，看到四兄弟已经吃过晚饭，碗也洗了，正蹲在地上，玩着什么。石小茜进到房间，从箱子里重新拿出一双干净的鞋子换上，天也渐渐暗下来了。

学校里没地方洗澡，四个男孩子在家门口的天井边，从水缸里舀水冲一冲就了事了。前两天住在招待所，还可以在厕所里就着水龙头，冲洗一番。这儿连这个条件也没有了！无奈，小茜从网兜里拿出脸盆，用桌上舀水的瓢，从叶鹏家的水缸里舀了水，端到房间里抹澡。好在天黑了，浦青松也学着孩子们的样，在门口的天井边，舀水冲澡。听到浦青松问孩子们："这缸里的水用完了怎么办？"叶鹏说："爸爸跟工友说好的，让他每天早上来给我们担两桶水。其实我们平时一缸水可以用二三天的。"

洗漱完毕，已经很晚了，两人各自把换下的衣服简单搓洗了一下。晾在哪里呢？叶鹏看到小茜在张望，指了指教室门前较高处，屋檐下的一根不起眼的粗铅丝，说："那上面可以晾衣服的。"铅丝较高，浦青松说他人高，由他来晾衣服。

106

衣服晾好后，两人都没有睡意，就又来到院子里。月色不错，照得院子里一片通明。浦青松走到乒乓台前，坐下，招呼小茜道："乒乓台凉快，像外滩的石凳，蛮舒服的！"石小茜走过去。孩子们也跟出来，都坐在乒乓台周边，四娃爬上乒乓台，坐在大家的中间。虽然才半天时间，但大家已经像很亲密的好朋友了。浦青松、石小茜说着普通话，四个孩子说着生硬的四川官话，交流得很开心。叶鹏看着浦青松说："浦老师，今天你们就住我家。三娃、四娃跟石老师睡在我爸妈的房间里，那儿有两张床，石老师一张床，三娃、四娃他们两人一张床。你、我、二娃睡在隔壁房间，你单独一张床，我和二娃一张床。"浦青松正在发愁："今夜睡哪里呢？街上没有招待所，要不睡教室？"听到叶鹏这么说，浦青松笑着拍了拍叶鹏的肩膀说，"太好了！不然，我们只有在这儿坐到天亮啦！"四个孩子一起嘻嘻地笑起来。

渐渐地，三娃、四娃有点困了，打着哈欠。石小茜说："叶鹏，弟弟们很困了，你带他们先去睡吧，我们再坐一会儿。"叶鹏很懂事，带着几个弟弟回去睡觉了。

院子里虽然没有路灯，但皓月当空，十分明亮。两人抱着膝盖坐在乒乓台上，抬头望着天空，恍若隔世。月亮还是那个月亮，但地方已不是原来的地方了！一星期之前，还在上海繁华的南京路上购物。一个星期之后就到了这个一整天连自行车都没看到一辆的地方！黄浦江畔，他们已经成了过客，而在这儿，他们才是永久居民！两人久久没有说一句话。还是石小茜打破沉默："嗨，你说，现在上海那边，家里人在干什么？"浦青松说："乘凉呗！——也可能在掰着手指算我们走了几天了？到单位报到了没有……"接着又是沉默。乡下的月光格外地清凉如水，周围一片寂静，偶尔街上传来一两声狗叫。

浦青松突然打破沉默，神秘地对石小茜说："你听，这是一只老蟋蟀的叫声。"听了一会儿，他又说："你再仔细听，那个叫声是纺织娘……"石小茜觉得很奇怪："你还能分辨出蟋蟀和纺织娘的叫声？""那当然了！读小学时，我养过蟋蟀，妈妈还给我买过一只扁圆的养蟋蟀的盆子。长大一点，还跟着弄堂里的大人去北蔡乡下捉过蟋蟀。早就会辨别蟋蟀和纺织娘的不同叫声了！"浦青松有点得意地说。"我怎么没见过你养蟋蟀？"石小茜疑惑地看着他。"那是小学的事情，考进中学，知道要好好读书，就不玩这个了。就在那个暑假，我把蟋蟀连同蟋蟀盆一起送给我表弟，告别童年了！"石小茜看了他一眼说："你还挺自律的！"

浦青松没接话，两手抱着膝盖，似乎还沉浸在小时候温馨的回忆中。石小茜逗他说："嗨，现在别谈什么蟋蟀、纺织娘了，你知道吧？你的工资已经都输给我了！"浦青松故作惊讶地说："怎么可能呢？"石小茜说："咦，你忘了临行前我俩的打赌了？"浦青松说："没忘啊！""那你不是输了吗？"石小茜瞪了他一眼。

浦青松当然记得那天坐在外滩石凳上打赌的事。石小茜愁绪满面："都说大西南很落后，不知道有没有电灯自来水？我在担心，如果没有电灯没有自来水怎么办？"浦青松很自信地说："你没听广播啊？大山里都架起了电线杆！四川是天府之国，富庶之地，还会没有电灯自来水？笑话！""那是歌，与现实是有距离的！"石小茜说，"听六七届的同学回来说，他们军垦农场点煤油灯，吃、用的水都要到河里去挑。""我知道，那是新建的一个军垦农场！刚去时，那里是一片空旷的荒野地，天当被子地当床，什么都没有，当然也就没有电灯自来水了。是他们去了之后，解放军和他们一起盖的简易房。我们不同，是到地委工作，地委怎么会没有电灯自来水？"浦青松自信满满地说。想想也是，地委怎么会没有电灯自来水！不过石小茜还是打趣地说："如果没有，你的工资可就输给我哦！"浦青松也开玩笑地说："行啊，打赌啊？如果有，那你的工资就要归我哦！"

见浦青松没有吭声，石小茜指了指前面的那口井，提醒他："自来水在哪里啊？你输了呗！这个月你就不用领工资了，由我代劳！"浦青松可不示弱："那也是平手啊！""怎么平手呢？""没有自来水，但有电灯啊！我们各输一半，不就扯平了！"浦青松露出得意的神色。小茜很不屑地说："这也算有电灯！你看，那么大的房间里，也就吊着个 15 瓦的灯泡！院子里里外外，连只路灯都没有！"所以我带了手电筒啊！"浦青松故作严肃地说。"你带手电筒啦？怎么没听你说过？""这还用说？那天在外滩石凳上，你说军垦农场点煤油灯，就提醒了我。再说，多少次下乡劳动，走夜路，这个基本常识还不懂？买只手电筒，有备无患嘛！离开上海时就带上了，加上四节电池。"浦青松不声不响买了手电筒，大概就是想看到石小茜惊喜的样子。石小茜真有点激动了，她说："这儿太需要手电筒了！走夜路、去厕所……"

已经下半夜了，两人睡意上来了，不再讨论打赌输赢的事，准备去睡觉。浦青松悄悄走进房间，孩子们已经睡得很熟了。他轻手轻脚从背包里取出手电，两人一起，沿着那条窄窄的高低不平的碎石子路，一前一后，结伴去厕所。好在猪圈内的厕所门前有一只高高吊着的灯泡，大白天没觉得它存在的价值，现在，黑暗中显得格外亮堂！石小茜上完厕所，在猪圈门外等着浦青松。因为路太窄了，两人只能一前一后地走。浦青松在前面照着路，石小茜紧跟在后面。到了房间门口，浦青松关了手电筒，把手电筒给了石小茜，自己就去了隔壁，石小茜去校长夫妇的房间，轻手轻脚地在一张空床上和衣躺下。周围绝对地安静，也特别地凉爽，一会儿石小茜就睡着了。

二、黄桷树和小披屋

第二天醒来，已经七点多了，天还刚亮，相当于上海早晨五点多钟。这是八号那天从上海出发，折腾至今睡的第一个安稳觉。周围一片寂静，孩子们睡得正香。听见浦青松轻轻的一声咳嗽，石小茜赶紧走了出来。两人简单洗漱了一下，准备出去吃早饭。石小茜说："好想吃点稀饭！"浦青松说："这个要求不高！我们去街上看看。"两人悄悄走出天井。

校门虚掩着，好像是叶鹏临睡前来关的门，门没有上闩。两人开门出来，抬头一看，学校对门就是一间铺子，上着铺板。铺板上贴着一张小告示："上旬肉票可以用到月底，不过期！"是卖肉的铺子！肉铺紧挨着的是公社卫生院。再旁边，好像是住家了。石小茜惊喜地说："昨天怎么没有发现，对面就是肉铺和卫生院？这下吃肉、看病都方便了！"浦青松说："方便是方便，但买肉要肉票的。卫生院虽然就在对面，但最好不要生病！"

两个人顺着小街往前走，没有一家店开门的，太早了。浦青松突然想起来了，自嘲似的说："搞糊涂了！这儿是农村，用不着赶点上班，恐怕没有一早到餐馆来吃早饭的习惯吧？"石小茜也忍不住笑了："恐怕根本就没有早点卖！"他们只得顺着街往回走，街上也太静了，好像整个小镇还在睡梦中。怎么办？再回去睡觉？走着走着，就下坡了。

从校门口下坡，往南走二三十米，再向西转弯就到了江边的黄土公路上。说它是"公路"，其实就是机耕道。这路比小街要低得多，落差约有五六米——两层楼高。也就是说，学校和小街，都是建在土坡上的。一扭头，他俩看到离江岸那块巨石不远，靠着土坡，有一棵高大、粗壮、枝繁叶茂的大树矗立在土公路的边上。"哇！好高大的一棵树啊！昨天怎么没在意？"石小茜惊叹道。"昨天跟在两个农民后面，上了岸，就走上斜坡，百把米路，没来得及扭头就进了学校。"浦青松回道。石小茜说："这是什么树啊？以前没见过。"浦青松说，"这是大榕树，就是佛经里常提到的菩提树！地方上的老百姓叫它黄桷树。""你怎么知道这是大榕树？我们那边好像没有这种树。"石小茜疑惑地看着浦青松。"那年夏天与生物系的一个同学去福建外调，在招待所住了一个星期，招待所大门外，就有一棵大榕树。晚上没事，我们两个就去大榕树下歇凉。生物系同学告诉我，这大榕树就是佛经里说的菩提树，当时很是肃然起敬呢！"浦青松说，"不过那棵树没有这棵树这么高、这么粗壮！"

两人往榕树前走了走，站在这伟岸、神圣的大榕树下，确实油然而生敬意！两人驻足仰视，这树高有十来米吧？它不像上海梧桐树那般细皮嫩肉，主干上的树皮呈黑褐色，由下而上一块一块皲裂着，像战场上正气凛然的将军的铠甲。树干的下端，树皮裂开一个大的豁口子，犹如端坐在军帐中威风凛凛的将军战袍的下摆。树干之粗，七八个人张开双臂也不见得能围得住它。论树龄，估计不止一个百岁！树枝上还有许多粗细不一的长长的绳索一样的东西垂下来，随风微微荡着秋千。石小茜说："这树怎么长这么多'胡子'？"浦青松说："这是气根，作用是吸收空气中的水分。不少植物都会在根部缺水后，生长出气根，吸收空气中的水分以自救。"石小茜有点不好意思地说："哦，我还是第一次听说树有'气根'，孤陋寡闻了！"浦青松说："我也是听生物系同学说的。跟他一起外调了一个多月，认识了好多种植物和花卉呢！"

审视这棵大树，虽经百年沧桑，却一点都不像"老人"，枝丫密集、粗壮的枝干遒劲四伸，小枝旁斜虬曲，叶片茂密、油绿光亮，树冠就像一把巨大的伞，生机盎然。更让人惊叹的，是这树的根部，那么多树根突出地面。隆起的树根，犹如老人手上的青筋暴起，悬根露爪，呈现出一种粗犷的美。旁斜的根爪，像八爪鱼似的，在地面上向四面伸展，有的插入小山坡的石缝中，紧紧地抱住石块，有的遒劲有力地插进泥土深处，抓紧坚实的大地。石小茜说："可以想象，它的主根又是如何地强壮！我猜想，这树有多高，它的根就必定有多深，不然怎么能在狂风暴雨的恶劣环境下屹立百年而不倒？"浦青松说："或许比它地面的高度更深！在这贫瘠的土地上，除了阳光雨露，就是它们深深扎在地底下的发达的根系，赐予了它们如此顽强的生命力！"石小茜看着浦青松，眨巴着眼睛说："黄桷树的这形象，这倔强劲，是不是象征着生活在这丘壑贫瘠之地的老农？"浦青松点点头，认真地说："茅盾笔下的白杨，象征了北方的农民，质朴、坚强、力求上进！那么，我觉得这经历过风刀霜剑、万钧雷霆洗礼的黄桷树，象征着吃苦耐劳、百折不回的川西农民！他们向大地索取的极少，却把生命的顽强彰显无遗！来到川西，一路经历，我深深为川西农民在这么艰苦的环境中，活出自我、活出顽强而深深折服。这黄桷树是一种精神的象征！"

两人注视着这棵俯视着大地的黄桷树，都觉得像是受到了一次精神的洗礼。它那坚忍不拔的雄姿，自信旺盛的生命力，使他俩深深感到了一种蓬蓬勃勃的生机，正从自己的脚底向头顶升腾。浦青松说："这大榕树还是吉祥物，许多影视作品中的榕树都是美好爱情的见证者！"小茜说："好吧，也是我们的见证者！"说完，羞涩地拉着浦青松去江边。

江边的空气清新得让人心醉，还有那青草和树叶的香味儿，沁人心脾。两人转过身来，看到朝霞已布满天边。他们走下江岸，来到江滩上。小茜兴奋地伸展双臂，深深地吸了口气，任凉快的江风吹拂着脸庞，感到格外地惬意。看着这江水自由顺畅地往下游欢快地流去，石小茜情不自禁地吟道："子曰：'逝者如斯夫，不舍昼夜！'"浦青松正捡起一小片鹅卵石，试着想打个水漂，鹅卵石只在水面滑了一下就沉下去了，他不甘心，再弯腰去寻找更合适的鹅卵石。石小茜找到了一片很薄的青石片，递给浦青松……两个人像孩子一样在江边快乐地玩耍。

浦青松突然像发现新大陆似的，招呼小茜说："嗨！小茜，你看！这大江像不像棋盘上的楚河汉界啊？江这边，是黄褐色的突然隆起的丘陵地貌，不留一点平地；江对岸，却是大片的平原，一望无边！只在极远处，才隐约可见朦胧的绵延起伏的山峦！怎么会这么泾渭分明啊！"石小茜点头说："这地貌真的很有特色，有山，有水，有平原，有丘陵，而且都在我们的视野中！黄褐色的丘陵，淡青色的江水，绿色的平原，黛色的山峦，红彤彤的初升的骄阳，如果画成一幅油画，该多美啊！"

两人轻松地漫步在这异乡的土地上，突然有一种进入另一个世界的感觉：没有高楼大厦，没有车水马龙，没有清晨嘈杂的叫卖声，没有红袖章，没有大字报，没有标语口号……天地开阔，云淡风轻，一片宁静。两人贪婪地呼吸着这带着负离子的新鲜空气，享受着这突如其来的梦寐以求的静谧和安详。这么好的天气，这么长的江岸，这么宁静的环境，那种远离家乡的惆怅感，顿时一扫而光，突然觉得自己是很幸运的。

浦青松对身边的石小茜说："上海人心中的大西南，就是贫穷落后不开化的代名词。没想到的是，大西南也有它的魅力和独特的景致！"他有点得意地说，"就像敦煌沙漠有'月牙泉'，昆仑山上有'瑶池'，这贫瘠的小山区有……""有什么呀?"见浦青松哼了好久都没有下文,石小茜就说:"有青纱帐呗!"说完哈哈大笑!浦青松本想说"有一位上海姑娘……",没好意思启齿,见小茜这么一说,看着江对面大片的甘蔗地,也忍不住笑了。

浦青松说:"上海的长风公园,闻名上海,是因为它有铁臂山、银锄湖。'银锄湖'是人工开挖的,'铁臂山'就一个挖湖的泥土堆成的大土堆,却是我们中学时代春游、秋游的向往之地了。现在看看眼前的山和水,铁臂山就是'小巫'之中的'小巫'!那'银锄湖'就更不要说了吧?你看这儿,开阔的江面,滔滔不息的江水;远处绵延起伏的山峦,隐约如骏马奔驰……这画面多么大气!多么豪放!所以,长风公园的山与水,就只能用上'精致'二字了!"石小茜说:"怎么?有诗兴啊?""在这儿作诗,也得像曹操那样有着千丈豪气的人,站在高高的碣石上,骑着高头大马,捋着胡须,横槊赋诗,才不负这白果乡的豪迈景色!"他一下子把声音降低了八度,眉毛一挑,说:"我哪儿行啊?"石小茜被他难得的调皮和幽默逗乐了。

看着这大江,石小茜不无遗憾地说:"这儿景色是美的,但从我们看到的实况,老百姓是真穷!按说,有山有水有丘陵,还有平原,物产应该是丰富的,为什么仍然是人人摇头的穷乡僻壤呢?"浦青松说:"我看啊,穷的主要根源,是大山把这儿与外界隔绝了!山高路陡,交通不便,连起码的公交车都没有!没有物质和文化的交流,怎会不穷呢!"浦青松感慨地说,"哪一天国家经济建设的重拳砸到了这儿,打通龙泉山脉,修上公路,有条件再修上铁路,那这儿老百姓的日子,就会像爆竹上天,'啪'!炸开了花!"浦青松伸展双臂,做了个姿势,像真的看到了爆竹炸开了花似的!石小茜说:"谈何容易!五八年提出'跑步进入社会主义',想搞经济建设的,结果……"浦青松说:"'跑步'不妥,经济建设还是要一步一个脚印的。老子曰:'治大国如烹小鲜',需要谨慎加小心……"两个人面对着眼前的"客观现实",津津有味地谈论着。

太阳已经大放光芒,八点多,快九点了,他们饿着肚子,揣着快乐,回到学校。刚进校门,叶鹏就跑过来对他们说,稀饭煮好了,你们一起过来吃稀饭吧。并且告诉他们："施校长来过了，让人给你们腾出两间房间。""哪个施校长？校长不是你爸爸吗？"浦青松疑惑地问。叶鹏说："施校长是原来这所农中——也是前小学的校长，因为他曾经支持过造反派，现在造反派有几个头头出问题了，不过跟他没有关系……这个学期，他被调到大队小学去任校长了。"叶鹏微微一笑说："现在这儿的校长，还是暂由他代理。你们来了，区上让他来给你们安排住宿。等这次集体学习完了，我爸才是这儿的正式校长。""哦……施校长在哪里？"石小茜问。"他布置完事情还要到区上去学习，刚走没多久，可能他都看到你们了！"没见到这位施校长，两人都感到有点儿遗憾。石小茜说："这下我明白了，你爸是白果公社中学的校长，施校长是这儿停办多年的白果公社小学的校长。——嗯，这大概是他调离这所学校前做的最后一件事情了。"

昨天刚到，今天这么快就有了自己的房间，浦青松与石小茜非常开心。石小茜急切地问："房间在哪里？"叶鹏说："你们先吃早饭吧，给你们凉好了，吃完早饭带你们去看，就在那边院子里。""那边院子有房间吗？不会住在猪圈里吧？"石小茜心里有点儿忐忑，因为那边除了猪圈和堆满杂物的小披屋，好像没有看到什么房间啊！他俩匆匆忙忙几口把稀饭喝了，就跟着叶鹏去看房子。那三兄弟蹦蹦跳跳地在前面带路。

还好，不是猪圈，是靠着教室后墙搭出去的小披屋，正好两间。东面这间，昨天还堆满杂物，现在杂物已全部搬出，扔进斜对面的猪圈里了。小披屋里已经放进了一张铺着竹笆的简易单人床、一张简易的学生用课桌、一条长板凳、一只放脸盆的架子，床边还竖着四根细竹竿。家具尽管极其粗糙，也没油漆，但生活设施基本齐全了。地面是凹凸不平的泥地，但已被打扫得干干净净。

"是谁这么快就把房子给我们腾出来了？"石小茜很惊讶，才去河边转悠了两个小时，就有人这么神速地把房子清理出来，而且打扫得这么干净。"雷烧火。"二娃小声说。二娃就是叶家老二，哥哥、弟弟都这么叫他。二娃稍瘦，白净的脸庞，像个小书生。他一开口，脸就红了，比他哥哥腼腆多了。三娃也抢着说:"他就是把屋里乱七八糟的东西往猪圈一扔,再扫个地。他扫地动作很快的!"四娃摸着床边的细竹竿,指着床沿上的一小把细绳子说:"这是给你们挂帐子的,这儿蚊子多!"

"雷烧火是谁啊?想得挺周到的!"石小茜笑着问。"学校打杂的,姓雷,没人知道他叫什么名字。因为他以前专门为学校烧开水,给带饭的学生烧火蒸饭,大家就叫他'雷烧火'。"叶鹏解释道,"学校里扫地,挑水,烧火,干杂活,都是他。现在学校还没开学,事情少,所以他一早来干完活就走了。"

石小茜笑着对浦青松说。"难怪,学校还没开学,到处都打扫得干干净净的,原来有个'雷烧火'!"浦青松也说:"看来还是个很有责任心的人哦!"这引得四个小子怪怪地笑。石小茜问:"你们笑什么呀?"三娃说:"他很有意思的,他不懂数,你问他:'你有几个娃儿?'他就会很开心地告诉你:'咯么多,咯么多!'意思就是'这么多,这么多!'到底几个,他不懂数,说不清楚。可能有五六个。再问他:'你娃儿多大啦?'他会用手比划着,慢慢抬高,说'咯么高,咯么高!'意思就是有这么高的,有这么高的,讲完了他就憨憨地笑。"叶鹏也笑着说:"雷烧火平时不笑的,也从不主动与人讲话,只是闷声干活。领导和老师吩咐他干什么,他就应答:'是哦,是哦。'干活很卖力。只有你问到他家娃娃的时候,他脸上才会有笑容,露出他的黄牙。"

说起这个"雷烧火",孩子们七嘴八舌很热闹,讲了很多他的趣事。叶鹏说:"他除了干杂活:每天打扫院子,担水,生火给老师和同学们蒸饭;还负责学校上下课的打钟。他不识钟,不识数,但打钟还可以,相差个三五分钟不算什么。偶尔下课误时没打钟,就会有老师自己出来喊一嗓子——'下课啰!'大家也就下课,没人计较他。"原来叶鹏是个"老土地",在这儿读的小学,知道很多事情。从孩子们的嘴里,知道这"雷烧火"是一个极其老实巴交的人:没文化,不懂数,但勤劳肯干。石小茜想,这倒有点像鲁迅笔下的"闰土"了:朴实、憨厚、木讷寡言,也善良。

石小茜与浦青松看着他们的新家:两间披屋是连体的,其实是贴着教室的墙壁砌成的一间长形的放杂物的空间，因为这杂物间太长，取、放东西都不方便，所以就从中间稍稍隔了一下，并在披屋的东、西两头各开了一扇门，就变成了两间披屋了。隔墙也有那么高，但是没有隔到顶。两间披屋的南面墙上都开有一扇窗，但没有窗玻璃，是用木条钉的一个窗框嵌在墙里，窗框后面安上一块木板，要开窗，就用一根细木棍把木板斜撑起来，因为窗框很大，房间狭窄，光线还不错。看完东头这一间，准备再去看西头的那间。临出门，浦青松指着隔墙上方打趣地说："石老师，你在这边打个喷嚏，我那边都听得见！"石小茜笑着说："那好，如果我有什么事情叫你，你可不能装着没听见！"惹得四个小朋友都笑了起来。西头的屋里，原来堆放的农具也给清走了，摆放的家具与东边的一模一样，但门前被一排教室和它伸出的屋檐挡住了，下午的光线会稍暗些。

叶鹏突然想起了什么，急忙告诉两位老师："施校长说，这房间里没电灯，明天会有人来帮你们拖线装上电灯的。""啊？那今天晚上怎么办？"石小茜有点蒙。叶鹏说："石老师，煤油灯行吗？我们家有两盏煤油灯，现在不用，一会儿给你们拿过来？"浦青松乐了起来，"这真是太好啦！谢谢你们！今天晚上我们就可以搬到自己家里来住了！"小茜想了想说："我们再去'礼堂'搬四张学生课桌来，每个房间放两张，拼成方桌，像叶鹏家那样，可以放箱子和杂物。"学校里有的是课桌，说干就干，浦青松与石小茜就去搬桌子。

叶鹏带着他的几个弟弟，在学校围墙边，即那片杂草丛的边上转悠，像在寻找什么。石小茜与浦青松搬了课桌过来，看见他们捡了一只没有底的洗脸盆。石小茜笑着问："叶鹏！捡这个没底的破脸盆干什么用啊？"他不好意思地笑笑，没说什么，走了。

每个房间两张旧课桌，放在床脚边，拼好，两人看看还挺满意的。石小茜对浦青松说："我们去借个桶，打点水来，把床、桌子和板凳抹一抹。"来到校长家，刚才还在眼前的四个小家伙都不在家，去哪儿啦？喊了几声，不见人。浦青松就从他的网兜里拿出他的脚盆和洗脚布，对小茜说："没有抹布，只得牺牲洗脚布了！"又在校长家门口拿了一只打水的小木桶，与小茜一起去井边打水。

来到井台上。石小茜探头往井里一看，哇，好深啊！看着就心惊肉跳的，赶紧往后退了一步，心怦怦地跳。浦青松用绳子系好木桶，摇着辘轳放绳子，大约有一丈深。浦青松抓住绳子，摇晃，可摇了好多回，桶就是不沉，装不进水去。石小茜站在一旁，不敢往井下看。浦青松倒很有耐心，再摇，再晃。终于装进水了。石小茜就抓住辘轳柄，学着电影里的样子，一脚前、一脚后地摆开阵势，摇起来。第一次这么打水，手脚不知如何摆放，觉得很别扭，也有点不好意思，觉得自己就像个村妇，好在没人看到。总算两人合力，把水打上来了，一看，只有半桶，可能没有经验，摇辘轳时用力不均，桶晃得厉害，洒了一半。

两人配合着，后来又提了好几桶水。石小茜搞清洁卫生是一把好手，很快就把两间房间里简易的家具抹干净了。这才想起来，把窗子上的木板用棍子撑起来，这下，房间里一下就亮堂起来。浦青松说："晚上关窗，把这根木棍拿下来后，要插上木闩，不然，风一吹，木板打着窗子，深更半夜会把你吓醒的。"小茜说："知道了！"

浦青松与石小茜把水桶送回去，仍不见四个小家伙，就径直把行李搬了过来。东头的一间，给了石小茜。西头的一间，靠近水沟，环境稍差些，浦青松说他住这儿。

两人先把四根细竹子绑在床脚上，这下就可以挂蚊帐了。两床单人蚊帐是进大学时买的，虽然已经用了五年了，看上去仍然较新。挂好蚊帐，铺好草席，把网兜里的洗漱用品一一安放好……忙乎了一阵，"家"总算安顿好了。

三、生活中的"低音部"

一上午忙下来，两个人都有点累了，坐下来休息。石小茜突然想到什么，她说："校长家的房门大白天就这么敞开着，孩子出去了也不锁门，不怕小偷啊?"浦青松说:"你就别操心了,偷什么呢? 最值钱的就是几件旧衣服和几只坛坛罐罐。"石小茜认真地说:"我有点担心,你看学校里就这么几个孩子,大白天校门是敞开的,晚上也是虚掩着,没有门卫,会不会不安全?"浦青松笑了,说:"你们女生就是芝麻大的胆子!这学校除了这些简单的旧桌凳,什么都没有,要偷要抢,也不会来这儿吧!"正说着,叶家三娃、四娃蹦蹦跳跳地过来了,看上去特别开心,后面跟着他们的两个哥哥。叶鹏双手吃力地端着一只糊了黄泥的脸盆,二娃手里拿了两块砖头。四娃说:"哥哥给你们糊了一只小炉灶!"

"哇!是给我们糊的炉灶啊?"石小茜惊喜地问。走近一看,那只没有底的脸盆面貌全新。脸盆的里面,糊上一圈厚厚的黄泥,抹得很光滑。盆子底下横放了几根铁条做炉膛,炉子的上方,嵌了几个小的石子,烧饭时可以撑着锅底。这小炉子糊得还真不赖!叶鹏说,只要下面支起两块砖,放上这小炉子,就可以用了。二娃说:"砖头也拿来了!"他把两块砖头支撑起来,叶鹏把炉子放上去,就是一只像模像样的烧柴的小炉灶了!

浦青松像在欣赏一件艺术品似的,端详着这只小炉灶,对叶鹏说:"你的手艺不错!有两下子!"石小茜想起刚才的话题,问叶鹏说:"刚才你们去哪里糊炉子啦?家里没人,门也不锁,东西偷了怎么办?""不会有人来偷的,贼娃子对老师不感兴趣。"二娃细声细气地说。叶鹏也笑着说:"老师太穷了,有啥子好偷的嘛!听我妈说,有个小学老师,工作很认真,公社党委书记就鼓励她:你好好干,将来提拔你当营业员!老师是最没有花头的。"石小茜听不懂这天方夜谭:"怎么教师表现好了,就'提拔'当营业员了?"叶鹏说:"营业员的福利、收入肯定比教师好嘛!"教师收入不如一个营业员,难怪小偷不惦记!

几个孩子把糊好的炉灶给了两位老师,高高兴兴地走了。已是下午一点多了,早饭吃得晚,还不怎么觉得饿。街上的那家面馆是再也不想去了。浦青松说:"有炉灶了,我去街上粮店买点米或面条来自己煮吧。"不多一会儿,浦青松回来了,说街上没有粮站,要自己到淮口镇上去买,不过赶场的日子，区上粮店会运粮下来卖的。唯一的面馆现在也不营业，一点钟后就午休了，要到下午四点半才营业，没地方吃饭。浦青松说，他也没有白跑，带回来盐和酱油。油和糖要票证，没法买。

石小茜说："干脆，你去跟叶鹏借点面条来，过两天我们买到了就还他们。"浦青松去了，借了一把干面条，还提了一小桶干净的水过来。浦青松说："叶鹏给我看了，他家纸箱里起码装有十多斤面条，他捧了一捧给我，没有称过，你就记住个大概，还的时候多抓一把！"

两个人就准备用这小炉子生火下面条了。浦青松的脸盆是铝盆，就用它做锅，石小茜的脸盆是搪瓷的，做锅盖。浦青松去猪圈里抓了几把枯树枝，拿旧报纸点上火，准备下面条。树枝点着了，又熄了，再点，再熄！怎么回事？树枝很干燥的！小茜急得汗流满面。两个人轮流地用旧报纸拼命地扇炉子，满屋子的浓烟熏得他俩眼泪鼻涕直流。终于，火点着了，虽然还是满屋子的烟，但干树枝已经轰轰烈烈地燃烧了起来，两个人舒了口气。揭开锅盖，水蒸气直往上冲，加上浓烟还未散尽，看不清楚。石小茜边扇炉子边喊："看看水开了没有？开了就放面条！"浦青松答应着，赶紧手忙脚乱地抓了一把面条丢进锅里。石小茜不停地给炉子添柴，唯恐熄掉。整个屋子烟雾弥漫，几乎看不见人。石小茜的眼睛被烟熏得生疼，赌气说："这猪圈里的柴怎么会这么大的烟？是不是欺生啊？"浦青松说："人家农村老太太烧个火，得心应手的，你自己笨呗！""啊？你聪明，你来吧！"两个人抹着眼泪在斗嘴。

叶鹏四兄弟大概吃完午饭了，兜了一圈，又过来看他们，这学校里目前也就他们六个人。看到满屋子的烟，叶鹏小声说："炉子是湿的，才晒了两个多小时，暂时还不能用。""啊，我看到已经干了嘛。"石小茜不好意思地笑笑，用毛巾擦着熏红了的眼睛。叶鹏说："太阳大，表面很快晒干了，里面是湿的。""哦，哦……反正现在烘也让我烘干了！"石小茜说。

"锅开了，锅开了！"三娃喊。锅里的水往外溢出，差点儿把上面作锅盖的脸盆掀到地上。浦青松赶紧抓过洗脸毛巾，包着把锅盖揭开，大家都傻了——没有面条，只有一锅面糊糊！看着这一锅的糨糊，两人面面相觑，无言以对。一个中午的努力都白费了！

叶鹏小声说："你们没等水开就下面了啊？"浦青松一脸的疑惑："好像开了嘛。我看见热气直冒，就下面了。"看着浦青松一脸憨态、笨手笨脚的样子，大家都忍不住笑了。浦青松正要说什么，看到四个小朋友窃窃地笑，他就把话咽回去了。屋里的浓烟还没有散尽，两个人的眼睛都被烟熏得红红的，四娃也在擦眼睛。浦青松赶紧跟叶鹏说："烟太大了，你们还是出去玩吧，免得熏疼了眼睛！"小朋友们嬉笑着，赶紧退了出去。

两个人看着这一锅糨糊，不知道该怎么办。早晨的稀饭早就消化掉了，忙了四五个小时，浦青松实在饿了，就对石小茜说："把这糊糊加一点酱油搅一下，也可以吃，临时充个饥。自然灾害期间，我在家里就吃过酱油拌粥的。"石小茜说："你吃吧，我可不吃！吃了这糨糊，恐怕要糊涂一辈子！"浦青松说："那怎么办呢？一顿不吃饿得慌，你不吃，就要饿一天！去街上面馆也得四点半之后。当心你的胃病哦！"

浦青松拿出一只搪瓷盘子来，用调羹舀了几勺糊糊，倒了点酱油，搅了几下，尝一尝，说："嗯，好吃，不信你试试！"石小茜苦笑着，没吭声，心里正犹豫着，要不要试试？四个孩子端了两碗面过来，四娃首先跑进来报告说："你们的面好了！"报告声还未落地，叶鹏和二娃已经端着面进门了。碗里的面条、熟油加葱花的香味儿，特别特别地诱人。饥肠辘辘的两个人顿时眉宇展开，赶紧接过碗，浦青松开心地说："好香啊！"

叶鹏突然注意到那只装糊糊的盘子，好奇地问："你们上海人吃面条也用盘子吗？"浦青松笑着说："不是的，我们吃面条也用碗的。我们带的搪瓷的盘子、铝调羹，是在大学里吃饭用的，搪瓷的餐具不容易摔坏。我们压根儿就没有想到会要自己烧饭，以为工作单位总归有食堂的。""只有调羹，没带筷子来？"叶鹏问。浦青松笑笑说："在学校食堂吃饭，我们只用调羹的。"四娃说："我去拿筷子！"乐颠颠地跑了出去。

吃完面条，叶鹏把碗筷收起来。石小茜连忙说："碗我们自己来洗！"

叶鹏腼腆地一笑说："这儿洗碗不方便。"端着碗出门，三个弟弟像尾巴一样，都笑嘻嘻地跟着出门了。出门没几步，叶鹏回头说，我们晚饭吃红苕（红薯，上海人叫"山芋"），给你们也送些过来。两个人没有拒绝，这两天只有在他们家"搭伙"了。

石小茜的房间里，满地都是树枝、树叶、炉灰。两人把炉膛里的暗火彻底灭了，把小炉灶搬到一边，手忙脚乱地收拾一阵。石小茜说："总不能一直在房间里烧炉灶吧？灰大，烟大，我的帐子都要被熏黑了，要想个办法！""想什么办法呢？放在门外？"浦青松自言自语地说。

出门转了一下，浦青松看到与石小茜房间紧挨着的，还有一间很不起眼的小小杂物间。那杂物间面积很小，大约一米宽，二米长，宽度只有小茜房间的三分之一。也是挨着教室后墙搭出来的，因为太小，开始两人都没太在意。看上去是随便搭的小棚子，好让一些杂物不至于堆放在露天。里面堆放着的是坏掉的脸盆架，厨房里扔掉的坏了的大铁锅的锅盖，坏了的用细竹条扎的扫院子的大扫把，断掉了的锄头柄等杂物。有门，但门是坏的，关不拢，其实也不需要关。浦青松与石小茜马上看中了这块地方，两人合力，把那间迷你型的杂物间整理了一下，把杂物尽量往里面堆，往高处堆，在门口边上挤出一块不足一米见方的空间，这就可以放下那只泥糊的小炉灶了！一个多小时的劳动，有了他们的"小厨房"，两个人很开心，这东边的小院，成了他们的独立王国。

"现在要自己烧饭了，锅、碗是少不了的。还得买个水桶，不能总是去叶鹏家借！"石小茜说，"我看到街上供销社里有铝锅和碗卖，我们一会儿去看看，买一只小一点的铝锅，买几只碗，再买一只提水的桶。"浦青松表示赞同，两人就拉上门，到供销社去买锅碗和水桶。

还没到供销社，看到一家很窄的修理铺子，就一扇门宽，大概是小街上的居民做小生意的。门内贴着门槛，放着一只小柜子，柜子上乱七八糟地堆了些铁丝、螺丝、钳子、布条，柜子前面挂着一串钥匙。好像主修雨伞、门锁之类。浦青松看到有个头上箍着帕子蹲在地上埋头修什么物件的老年男子，就问："师傅，有没有门锁卖？"老年男子缓缓抬起头来，看着浦青松。其实这人不算太老，五十出头吧，就是皱纹多，满脸的褶子。浦青松指了指那串钥匙，比画了一下。他看了一眼浦青松，又看了一眼石小茜，缓缓地说："有！"就蹲在原地，伸手从修理柜的小抽屉里拿出两把锁，一大一小，半新旧，浦青松说："两把都要了！"石小茜说："旧锁啊？"浦青松说："能锁门就行！"那人伸出两根手指，示意两角钱。浦青松付了钱，把两把锁放进裤兜里。

再走几家门面，就到供销社了。供销社的店堂开间比较大，柜台只占店堂门面的三分之一。柜台是传统的曲尺形大柜台，当街的一面木质柜台装有玻璃橱窗，可以看到里面的货品。货品不多，一边放有几包香烟的样品，一边放了几瓶酒的样品。柜台直角的另一边，是长长的木质柜台，没有玻璃，柜台上放着几只小型的坛子，可能是装散装酒、酱油、醋一类的东西，上面都有用红布包着的布垫子盖在上面。柜台下是好几个大坛子，有一只大铁皮桶，显然是装煤油的，煤油的味道很大。柜台里面的货架上，三分之一的地方稀疏地摆放着少量的香烟和瓶装酒，三分之二的地方摆着大大小小型号的碗、铝锅、脸盆等生活用品。柜台上的醒目处，放着一块牌子，标明"凭票证购买"。除了柜台这边，店堂的大部分地方堆放着各种农具、扁担、挑水用的大木桶、大捆的绳子。墙角堆着几只麻袋，不知装的是何物……

一个三十岁左右的年轻妇女站在柜台外，背对着门。她背着个吃奶的孩子，用襁褓兜着，在店堂里边走边颠地哄孩子，一面手上纳着鞋底，一面不时地侧头瞟一眼正在挑选农具的两个农民。那两个中年农民头上也包着帕子，衣衫敞开，正在专心地挑选农具。浦青松与石小茜两人走进店里，年轻妇女转过头，用眼角扫了他们一眼，没理会，仍然边走边颠边纳着鞋底。浦青松说："这应该是个营业员。"

石小茜走到妇女身旁，指了指货架，微笑着轻声说："我想买那只小号的铝锅。"营业员停了下来，诧异地看看石小茜，又看看浦青松，好像没有听懂她的话。石小茜又重复了一下。营业员指了指柜台上的牌子，示意要票证。石小茜马上明白了，因为上海买铝制品，也要工业券的。她点点头，表示明白了，微微提高点声音改口说："那我买四只碗。"石小茜伸出四根手指。两个挑农具的中年农民听到外地口音，停下手里的活，转头好奇地看着他俩。可能这镇上从来没有来过说普通话的外地人，感到很新鲜。女营业员用四川话问道："买碗哈？有证明不？""什么证明啊？"石小茜问。她有点不明白，疑惑地看着她。心里纳闷：没听说过买碗还要开证明啊。转头问浦青松："上海买碗要证明吧？"浦青松说："不知道啊。我又没买过碗！我只知道买铝锅是要工业券的，买缝衣服的线要线票的。"两人嘀咕道："没有证明不能买！"营业员很干脆，头也不抬，又边走边颠继续纳她的鞋底。石小茜赶紧解释："我们是昨天刚分配到这儿来的老师，学校领导都在区上学习呢，没人给我们开证明。"营业员低着头纳了两针鞋底，抬起头看着这两个外省人。两个人也看着她，在等她的回答。

营业员突然说："卖几只给你们。"转身进到柜台后面的小房间去，两分钟光景，拿了四只碗出来。石小茜很高兴，悄悄用上海话跟浦青松说："同意卖给我们了！"

营业员把四只碗放在柜台上，一看，这四只碗怎么是扁的？碗瓷虽然是白色，但白中带点灰色，很粗糙，像出土文物似的。石小茜睁大眼睛看着营业员，顿时明白了点什么：这里卖的碗，大概是地方上小土窑自己烧制的。这几只碗是窑里烧坏了的废品。仔细看这几只碗，两只稍扁，形状不好，还可以用；还有两只不仅扁，碗底在桌子上还放不平，像个元宝似的两头翘着，这盛汤盛粥不就要淌出来了吗？石小茜心里嘀咕着：这样的碗还能拿出来卖？营业员看到他们迟疑不语，就说："你们要就要，不要就算了。这个不要证明，是照顾你们的。"边说边把四只碗叠起来，准备收进去。浦青松忙说："要的要的，我们要的。"石小茜有点不高兴，侧头看着浦青松，轻轻用上海话说："你是不是脑子坏掉了？这碗怎么用啊？"浦青松也低声用上海话回答说："有总比没有强！"他看了一眼营业员，继续用上海话给石小茜解释说："略扁的两只碗盛汤、盛菜，怕汤漫出来，少盛一点不就行了？不能平放的碗，盛饭。不然怎么办？先将就着再说吧。"石小茜尽管心里不情愿，但也没有办法，只好勉强同意，让浦青松付钱。

营业员听不懂他俩的话，用眼神看看这个，又看看那个，等待他们的回答。"多少钱一只？"浦青松问。"原价。"营业员用手指了指柜台里货架上的价格牌：8分/只。浦青松笑笑，对石小茜说："能卖给我们就不错了。"付完钱，浦青松又问营业员："能卖只提水的桶给我们吗？"营业员似乎对他们有了些许好感，声音柔和了许多，没有刚开始时那般生硬了。她指了指墙角，说："那只铁桶可以，你自己去看。"

那是一只装涂料的小铁桶，漆成绿色，底部和桶的外面稍稍有点生锈。石小茜试着提了一下："太重了，装上水恐怕提不动。"石小茜看到旁边有一只铝制的小桶，试探着问，"能不能把那只铝桶卖给我们啊？""不行的，那也要凭票证供应的。"营业员说。浦青松爽快地说："铁桶好，打井水时，容易沉下去。"想起上午打水的艰难，石小茜不作声。付了一元三角钱，把碗放在铁桶里，浦青松提着，两人走出供销社，石小茜叹口气说："我们怎么像拾荒的人似的，净捡些人家不要的废品！"浦青松说："这不眼下急需嘛。总不能老是找小朋友们借这借那的！"石小茜想想也是！浦青松说："老同学，不要唉声叹气，生活才刚刚开始！首要的是先得学会适应环境！"

傍晚，石小茜要去北边小院子上厕所。浦青松说："这边猪圈后面就是厕所，你还往那边跑干吗？"石小茜说："这边的厕所没有门。""学校里都没有人，谁会跑到这边厕所来？"浦青松不屑地说，"那边小院子的厕所又远，光线又暗，这边三十米不到，又亮敞，干吗舍近求远呢？再说，你晚上也跑那么远啊？深更半夜，黑黢黢的，路又不好走，你动动脑子好吧？"怕石小茜生气，浦青松又自告奋勇当警卫，"厕所没有门，我去给你放哨呀！"石小茜觉得浦青松讲的有道理，两人就一起向厕所走去，浦青松在矮墙外面站岗。

石小茜刚进了厕所，哪想到"嘀嗒"一秒钟，就从厕所里冲了出来，把浦青松吓了一大跳："怎么啦？怎么啦？"石小茜一言不发，捂着嘴，头也不掉地快步往回走。浦青松摸不着头脑，跟在后面问："到底怎么啦？"还没到家门口，石小茜就打着干呕只想吐！浦青松见状，着急地问："究竟怎么啦？""蛆！满地都是蛆！成团成团地滚在一起的蛆！太吓人了！"石小茜用手蒙着眼睛，好像去了一下厕所，脏了她的眼睛似的。

"蛆有什么可怕的？下乡劳动没见过蛆啊？"浦青松故意做出一副无所谓的样子。"快不要说了，我想到那个样子就要发抖！"石小茜倍感恶心，"下乡劳动只见过粪坑里有蛆，眼睛移开就行了。这儿是成团成团地裹在一起，满地爬的都是蛆！刚一进门，脚下就'啪啪'地响！没有下脚的地方！真要蹲下去，那蛆还不爬到你脚背上？"这一来，连浦青松也感到有点恶心了，想了想，说"那你还是去那边院子的厕所吧，多走几分钟的路罢了。"

北边的厕所。虽然也是猪圈内的粪坑，但坑深，相当于农村的茅坑。在坑的上方，高于地面一尺的距离，有固定好的踩脚的木板，不会受到威胁。加上光线暗，也看不到什么。而这边的厕所，虽然同样也是建在猪圈的粪坑上，但墙那边一大半是猪圈的粪坑，墙这边一小半才是学生们使用的厕所。因为是给小学生用的，所以用水泥砌了个斜坡，坑很浅，目的是防止学生掉进坑里。不养猪了，粪坑还留着，蛆就沿着斜坡爬上来了。长期没人管，这恐怖的情形就可想而知了！

但刚才浦青松的话提醒了石小茜：白天去那边的厕所是没有问题的，那晚上呢？昨天第一个晚上，去的就是北边的厕所。因为人多，虽然是四个孩子，毕竟有人气，加上距离近，又有浦青松打着手电筒陪着，没有想到害怕。今天要住在这边小披屋了，这个长满杂草的小院子，就他们孤零零的两个人，白天都觉荒凉。晚上出去，还得穿过中间的大院子，进入那边的小院子，再绕过天井，还有一段高低不平的小路，没有路灯，深一脚浅一脚的，一个人进到那个猪圈？也很吓人的哦！想到这儿，石小茜开始有点害怕了。毕业分配时，石小茜认为自己在女生中，属于内心比较强大的那一类，揣着一身的勇气，认为别人能生活的地方，自己就能生活！没想到才第二天，就被这糟心的事难倒了，不，应该说"吓瘫"了！

浦青松还没意识到问题的严重性，对小茜说："走吧，我陪你过去！"石小茜越想越犯难了："现在你陪我过去，一旦半夜里怎么办？我来喊你吗？这一折腾，大家还睡不睡？再说，又不是一天两天的！"浦青松觉得石小茜的话也有道理，这不是一天两天的事。看到石小茜满脸愁云，也没了主意。想了一会儿，浦青松说："要不这样，我捐出我的洗脚盆，晚上你就在盆里小便得了。明天早晨我去那边厕所倒掉。"石小茜一下子觉得脸发烧："这怎么行啊！让你每天端着个尿盆从学校这边走到那边？'游行'啊？……大便怎么办？"浦青松想开个玩笑，轻松一下气氛，就说："大便你就到那草丛中，反正这后面荒凉地，没人看见你！"这下石小茜急眼了："你瞎说什么呀！亏你想得出！你以为是一只狗啊，可以随地大小便？你也太恶心我了！亏你还有心思开玩笑！"

浦青松赶紧转换话题："不讨论了，不讨论了！先把眼前的问题解决了，以后的事再想办法吧。"浦青松见石小茜真的生气了，赶紧去隔壁他的房间，拿来他的洗脚盆递给石小茜。石小茜不好意思接，浦青松说："别想那么多了，趁天还没有黑，你赶紧去解决了，我去厕所倒。""那多不好啊！"石小茜有点为难。"没什么不好的。是我把你带出来的，就一定要对你负责！"浦青松似在宽慰她，又像在告诫自己，轻轻地但又很坚定地说，"以后我再争取把你带回上海！""做梦吧！户口都迁出来了，还能回去？"石小茜瞋了他一眼，但心里却是倍感温暖的。"别啰嗦，别啰嗦，就这么解决，我走了。"浦青松把脚盆放在地上，走了。

后院虽然没有人，但还是怕万一，怕被人撞见，一直等到天黑，浦青松一手端着洗脚盆，一手拿着手电筒照路，石小茜跟在他后面。两个人像做贼似的，向厕所走去。从男厕所出来，浦青松龇牙咧嘴着说，蹲坑边还真有不少像从竹扫把上拗下来的小枝条呢！小茜说："快别说了，太恶心了！"进屋前，石小茜让浦青松把鞋底搓干净，浦青松就在杂草边的一块石头上，左搓右搓，觉得差不多了，才停下来，问石小茜："可以进屋了吗？"

石小茜被他的认真劲逗笑了。

　　坐下来商量，两人终于想到了一个解决问题的好办法：去买一只痰盂罐！在上海，两三口人的小家庭，一般总喜欢备个有盖子的痰盂罐，清洁起来比用马桶方便。第二天他们去供销社买痰盂，营业员搞不明白。等解释清楚了，她说这儿没有，要到成都去买。去成都？两人犯难了，这么远的路，没有公交，怎么走啊？坐船，没有码头，到哪里找船？但不去，又没办法解决这个棘手的问题。目前对他们两人来说，悠悠万事，唯此为大！浦青松下定决心，去成都走一趟。

　　浦青松去问叶鹏，知道去成都的路怎么走吗？叶鹏说："知道啊！坐船到县城，再坐长途汽车到成都，就是你们来的路线。当天没法回来的，要在成都住一晚上。""怎么坐船呢？"浦青松问。"等在江边，见有船来了，就招手，大声叫喊，船会停的。"叶鹏看着浦青松说，"还有一条路，就是到红花塘车站乘火车去成都，时间短，可以当天来回，但要走十五里山路。"浦青松问："山很高吗？"叶鹏说："不算很高，就是一直缓缓地爬山，到了山顶，离车站也就不远了。"浦青松说："行！那我坐火车去。红花塘怎么走？"叶鹏说："你出校门到江边，就可以看到不远处，大约一里路，有一只渡船，那是公社专为摆渡用的，不收钱。如果船在对岸，你只要挥挥手，高声喊他，他就会过来。你过了江，问一下船老大，他会告诉你，有一条山路，直通红花塘。这儿的人去成都，都走这条路。既方便，又省时省钱。"浦青松决定去红花塘坐火车，当天来回。他把情况告诉石小茜，石小茜想跟他一起去。浦青松说："你就算了吧，十五里山路，当天来回就是三十里，你走不动的，我一个人快去快回。"

　　第二天一早，六点刚过，天还蒙蒙亮，石小茜把昨天晚上叶鹏送来的红薯热了一下，浦青松吃了一个，又拿了一个红薯带在身边，背上他的大书包就出发了。

　　浦青松一走，石小茜心里空落落的，坐也不是，站也不是，好像魂跟着浦青松走了似的！天大亮了，小茜想，反正也没事，到江边去看看那只渡船在哪里。刚下土坡，看到大路旁边那棵巨大的黄桷树下，有几个农村妇女蹲在那儿卖蔬菜和鸡蛋。走近一问，鸡蛋一角钱一个。小茜很欣喜！上海的鸡蛋是要按照大户小户凭票供应的，这儿一角钱一个，不要票证。小茜灵机一动，就买了两个鸡蛋和一小把韭菜，准备回家包饺子，犒劳一下浦青松。

　　石小茜包饺子的手艺，源自初中。六十年代初的困难时期，物质高度匮乏，特别是粮食非常紧张，定量供应，而且不能全部买米，要搭配一定数量的面粉，这一定数量的面粉里还要再搭配一部分从社会主义阵营的兄弟国家进口的外来面粉。这外国进口的面粉，不筋道，只能做面疙瘩吃，这面疙瘩下锅还容易散，稍不当心就成糊糊，大家都不爱吃这面食。最不受欢迎的是，空心菜的叶子烧菜汤，芡上这种面粉，成浆糊状！几个读小学的弟妹，中午放学回来，一看到这面疙瘩汤，盖上锅盖就走了——不吃午饭。家里弟妹多，都是长身体的时候，为了让孩子们能吃饱，也为了解决这些搭配的面粉，妈妈动足了脑筋！曾经烙饼，但费油，全家一个月就那么点油，行不通。做面疙瘩汤，大家又不爱吃，最后妈妈就想出办法，把我们中国的面粉与少量的外国进口的面粉掺和到一起，包饺子，大家都挺喜欢的。怎么解决菜馅？菜场的蔬菜，有的运来的时间太长了，叶子蔫得厉害，要抓紧处理掉，凭蔬菜供应证就可以多买些。这种菜炒着吃有点老了，妈妈就把它们用开水烫一下，剁碎，加点炒菜的菜油做成素饺子，有时还可以炒一两个鸡蛋剁碎拌在馅子里。平时妈妈要上班，没空忙这些。要到星期天，妈妈休息日，小茜给妈妈打下手，剁馅，擀饺子皮，帮着捏饺子，由此，学到了包饺子的手艺！想着这些往事，觉得现在眼前的日子也不算太差！

　　白果街没有粮站，石小茜只得又去找叶鹏，向孩子们借了一瓢面粉，说好等赶场天买到了面条和面粉，一并还他们。同时还借了一把切菜刀。

　　先和面，和好的面团用半湿的毛巾盖着。接下来拣韭菜，洗干净晾着。没有油，没有铁锅，怎么炒鸡蛋呢？小茜灵机一动，就把铝盆烧热，盆底倒一点点水，把搅和好的鸡蛋液均匀地倒进去烫一下，之后，用调羹把蛋皮刮下捣碎。把简易课桌抹干净当案板，把韭菜切细，用少许盐拌一下，倒掉渗出的水，与捣碎的蛋皮拌好，馅子做好了。再在桌面上撒上干面粉，把和好的面团放在案板上揉啊揉，揉好后，摘成一个一个小面团，用碗的侧面做擀面杖，擀成手掌心那么大的一小张一小张面皮，做成了六十二个像乒乓球大小的很袖珍的素饺子。忙了几个小时，看着排得整整齐齐的饺子，像一个个艺术品，心里美滋滋的，等着浦青松回来分享。

中午已过，还不见浦青松回来。石小茜去渡口接了两次，希望能在渡口接到浦青松，给他一个惊喜。可是站得脚都酸了，就是不见人影！看看表，已经三点多了。她觉得很饿了，有一种前胸贴住了后背的感觉，只得回来。但看着那一排排的饺子，舍不得吃，舍不得打乱这饺子的排列阵仗，破坏这整齐的美，总觉得浦青松会突然来到面前，来欣赏她的这些艺术品。她把早上剩下的最后一只红薯吃了，浦青松还是没有回来。

已是下午六点多钟！就在她坐立不安的等待中，浦青松终于回来了！浦青松一屁股坐在长凳上。小茜说："怎么这么晚才回来？"浦青松说："你不知道，这儿上午有一班车去成都，下午也只有一班车回来！""哦！买到了吗？"石小茜赶紧问，又补了一句："很累了吧？""买到了！还好，不很累。"浦青松擦了擦脸上的汗，"上午去成都，十五里山坡路，要翻过几个小山头。我走得快，到红花塘等了一会儿，便赶上去成都的那趟慢车。到了成都，一出火车站，目标明确，找公交车站，乘汽车到市中心找商店。可是去了几家商店，都没有带盖子的痰盂罐。有人提示说：这种稀罕物，只有大型百货商店才有得卖。经人指点，找到大型百货商店，其实就是大一点的百货店。买好痰盂，立即坐公交车，赶到成都火车北站，去乘下午的这趟列车。怕误点，没敢去馆子吃饭，幸好带着那只红薯，边走边吃，解决了点问题。到了红花塘车站，那里没有吃饭的地方。知道你会等得着急，就急急忙忙赶回来了。"浦青松一口气汇报完，并从大书包里拿出新买的痰盂罐。

那是一只白色有盖的罐子，形状像个炖锅，一边还有个把手。石小茜接过这只痰盂罐，左看右看，白色的搪瓷发出洁白的光泽。痰盂口和盖子的边沿是一圈蓝色，干净漂亮。石小茜非常喜欢："你的审美能力还真不差！有眼光！多少钱？""四元五角。"最头疼的问题解决了，小茜特别开心。

　　看到浦青松风尘仆仆的疲惫样，石小茜说："饿了吧？"浦青松点点头："有点饿了！""我这就去下饺子！"石小茜不再多说，赶紧去小厨房给他下饺子。临走，还不忘表扬一下浦青松："一天来回三十里山路，真行！在你二十四年的简史上，创造奇迹了吧！"同时，暗暗为自己准备了这么多的饺子感到高兴。

　　生火，烧水，下饺子。怕饺子多了，不容易煮好，先下一半。大约二十分钟，第一锅饺子下好了，端给浦青松。浦青松狼吞虎咽，一口一个。一会儿工夫，他头也没抬，三十二只饺子就不见了。石小茜看他吃得津津有味，很是开心："味道还好吧？"石小茜想，这有盐没油的饺子，看来他还喜欢！"嗯，味道不错，什么馅？""啊，你一碗都吃完了，还不知道什么馅？"浦青松说："知道的，知道的，是韭菜饺子吧？""还有鸡蛋！没吃出来啊？""没在意。这饺子太小了，我一口一个，没嚼几下就吞下去了！""真是的，饿成这样！"石小茜有点心疼他。想想也是，一个大小伙子，一天火车来回两百多里路，再加上三十里的山路，饿成这样，哪里还有心思去细细品味？更不可能来欣赏什么艺术品了！

　　浦青松说："成都市中心到北站，还有点路程，就只有这一趟慢车到红花塘停站的。火车不等人，怕误点，哪顾得上吃饭？东西买到了，就直奔火车站。等上了火车了，心才定下来。"浦青松喝了一口饺子汤说，"稍差一点点，赶不上火车，就得在成都过夜。联系不上我，不把你急得半死？"

　　石小茜说："赶回来好！赶回来好！"赶紧去下第二锅。哪里知道，他居然头也不抬，一改平时的斯文相，一口气把第二锅的三十个饺子也吃光了！边擦嘴巴边说："这韭菜饺子好吃！"石小茜怎么也没有想到他能吃下六十二只饺子！这饺子太袖珍了！看他饿成这样，石小茜心里有点过意不去！看他吃饱了，就说："你赶紧去休息一下吧！"浦青松说："好吧，我去躺一会儿。"站起身来回他房间休息去了。可能是红薯耐饥，也可能是兴奋，石小茜一点都不觉得饿，她端着那只变形的碗，喝了一碗饺子汤，心里暖暖的。

想起了曾经的音乐老师教他们欣赏音乐，让他们注意低音区，说："低音区，是乐曲中非常重要的部分，没有好的低音，音乐是不完整的，甚至是单调的。"现在想起来，音乐老师的话语还在耳边萦响，她在想，我们人生是不是就像一首乐曲，也有低音区？老天安排我们到这儿，接受生活的磨练，或许也是我们人生的重要部分，没有这"低音区"，怎能体会"高音部"的畅快和嘹亮？有了这雄浑有力的低音部分，有了生活的磨练，生活之音就会厚重许多！

她站起身来，又去舀了一碗饺子汤，慢慢品着，觉得这饺子汤香香的……

四、未来的同事们

白果中学的教师们回来了。半个月的集中政治学习终于结束，学校里一下子来了十多位教师，他们基本上都住在北边小院子的天井周围。大院里，老老师还没有搬走，空着的三间木板房，住着带小小孩的三位女老师，其中一位正在喂奶。石小茜与浦青松仍然住在东边小院子里，虽然有点偏僻，但也清静。

第一次召开教师大会。在敞开的礼堂里，摆了十多条长板凳。叶校长拿起墙角的那块砖，敲了几下"钟"，招呼大家来开会。这钟声意味着叶校长正式走马上任。

叶校长个子不高，一米六五的样子，黑黑瘦瘦的，身子较单薄，估计体重不上九十斤。按照孩子的年龄来推算，至多也就四十。说着一口四川官话。虽然近视，却不戴眼镜，看人眯缝着眼。一张平静瘦削的脸，话语不多，说话时，句子很短，声音较细，看不出他的喜怒哀乐。

老师们随便坐着，校长也没有上"主席台"，他站在最前面，面对着大家。今天他戴着眼镜，手里拿着一张纸，用四川官话传达区上的指令。石小茜与浦青松拣最后排的两张凳子坐下。校长说话较快，句子短，说着说着，又夹杂着当地的土话，石小茜没怎么听懂，好像也不需要她听懂。校长明显是对前面几个老师讲的开学安排。她转头看看坐在旁边另一条板凳上的浦青松，浦青松微微仰着头，像在思考什么，似听非听的。可能他也听不清楚校长在讲什么。

安排讲完了，开始介绍各科老师：政治老师……语文老师……数学老师……英语老师……物理老师……音乐老师……体育老师……地理老师……学校财务……最后，叶校长提高声音，用四川官话介绍说："我们学校分来了两位上海老师，他们刚从师范大学毕业，从上海来到我们这个山区……"话没讲完，大家齐刷刷地转头把目光投向了浦青松、石小茜。两人赶紧站起来向大家致意，在质疑的眼神和稀稀拉拉的掌声中坐下。约半个小时后，校长讲完话，散会！

散会后，男老师们都跟他俩友好地礼貌性地点点头，微笑着走了，两位五十岁左右的女老师，走过来与石小茜、浦青松打招呼。她们自我介绍。一个姓秦，教英语的，一个姓申，教地理的。秦老师问浦青松："你们到这儿来，生活上还习惯不？"浦青松说："还行！这儿有山有水，环境很好……"话没讲完，申老师说："环境好有啥子用？要看老百姓的日子过得咋样！"申老师看来是个直性子，大嗓门，说话毫不顾忌。秦老师说："你们刚来，不晓得这儿的情况。申老师直性子，她很了解这儿。"秦老师讲话轻柔，一看就是个好脾气。看到申老师说话太直白了，帮她打个圆场。石小茜说："是的，我们是大前天下午才到的，正儿八经才待了三天，对这儿的情况不了解。"石小茜不想第一次见面就让人家觉得她娇气，没有说他们遇到的难堪。"学校开学就好了，看到这么多老师，我们心里就踏实了。"石小茜补充道。

申老师问："你们咋个会大老远地分到这儿来呢？"小茜说："国家高校分配原则，是上海大学生基本面向大西南，分配到云、贵、川，也有新疆、青海……"还没有讲完，申老师说："相比较而言，这几个地方，还是我们四川要好些。"小茜连连点头。几天的时间，已经改变了她对"大西南"的看法。这儿没有师姐说得那么可怕，特别是这几天跟孩子们的友好相处，处处得到他们的帮助和照顾，小茜情不自禁地冒出一句："这儿的人也好！"申老师哈哈大笑说："四川人精得很，都说我们四川人是'四川猴子'！"话是这么说，看得出来，申老师听小茜这么说，还是挺开心的。"四川人的特点，心直口快，你们慢慢会适应的。"秦老师说，"我们这个白果场离成都近，节假日你们去成都玩很方便！"浦青松说："是的，我昨天刚去了成都。从红花塘坐火车来回。"秦老师很惊喜地说："真的？年轻人头脑就是灵活！不过，这条路不是很安全，最好有人结伴。特别是一早一晚不宜单独行动。"这把石小茜吓了一跳，问："为什么呢？""问题也不大。前不久有过一桩偶发事件。下面山里头一个农民，出山说要去成都替生产队买东西，在底下招待所认识了一个人，两人结伴一起去成都。一大早出发，天还不是很亮，这条路走的人少，一个起了歹念，以为那农民一定身上有钱，就把那农民打死了，结果抢走了他身上的六元五角钱！"申老师摇摇头，恨恨地说，"愚昧！愚昧比贫穷更害人啊！"秦老师说："山路嘛，总要当心点。没关系，我们这个学校，家在成都的老师有好几个。一般星期六没课的都要回成都的。你们想去成都，可以约着一起走。"

闲聊中才知道，这儿有五个老师都是成都人，而且还都是正规的老大学毕业生。他们原来都是淮口镇完中的高中老师，因为"教育革命"，区上中学没有了，就全被下放到淮口区的六个公社，和原来的初中、小学老师们一起，在公社戴帽子初中（即小学校里增加一两个初中班）任教。因为白果场离成都最近，到红花塘车站坐火车又快又方便，甚至当天都可以来回，所以家住成都的老师，都想争取到白果公社中学来。教育局首先照顾女老师，五个之中，四个是女的。石小茜心中暗想："老天！原来这不起眼的白果公社中学，还是个炙手可热的好地方！区上对我们还是给予照顾的。"

从这两位老师的口中，他俩知道了学校另外还有六个是当地原来的小学老师。还有三个是民办教师。另有一个是从下面大队抽调来搞后勤、搞基建的，他没有教过书，不是教师编制。他们在一起学习了十多天，都比较熟悉了。

秦老师说："这儿是丘陵地带，适宜种红薯和玉米。在职干部口粮不能全买米，要搭配一部分玉米粉，这个可能你们不适应。不过玉米粉可以跟农民换米的，两斤玉米粉换一斤米。"申老师说："玉米粉可以做馍馍，可以搅烤烤。"看小茜他们听不懂，秦老师解释说："烤烤就是糊糊，可以搅成玉米糊糊，放点糖，吃甜的。也可以煮稀饭的时候直接把玉米粉搅在稀饭里，我们都是这么吃的。"在两位老教师眼里，他们就是两个大孩子，初来乍到，缺乏生活经验，所以她们如慈母般殷殷叮嘱，小茜倍感温暖。

看到浦青松坐在旁边没有作声，申老师对他说："其实你们应该争取留在县城，县城条件好，就没有搭配粗粮的事！"浦青松说："教育局说县城没有学校，教师都下放了……"申老师说："咋个会没有学校呢？县中已经在招生了！都要办初中的嘛！县城和上面几个区的交通条件、生活状况，都比我们下面的几个区要好得多！"秦老师插话说："他们刚分配来，人生地不熟，哪里会知道这儿的具体情况，还不是由教育局说了算！"

说着说着，两位老教师的牢骚就上来了。申老师说："县城的这些当官的，眼睛朝上。你们刚来，没有社会关系，还不把你们打发到下面来！"秦老师小声说："到了这下面，再想调动工作到上面平坝地区去，那就是非常非常难的事了，没有特殊门路，基本上就一辈子不能动，像一颗螺丝钉那样铆在这山里。"申老师哼了一声说："就因为地势优越，小小的县城里，老百姓就像皇城根下的北京人似的，很有优越感哦！"听得出来，她们两人对自己所处的现状很无奈，但没有办法。快到吃午饭的时候，两位老师告辞，各自回家去搞午饭。

回到小披屋，石小茜对浦青松说："第一次见面，她们就告诉我们这么多，四川人真的很直率！"浦青松说："你看不出来吗？这叫同病相怜！她们也是大学生，也是城里人。看到我们从上海一下子空降到这儿，有点同情我们。其实我觉得这儿还行，比去军垦农场的条件好多了！"小茜也很感慨地说："没想到这偏僻的小乡镇，还有一些老大学生下放到这里！我们还是新生代！"

浦青松又从猪圈里抽了点干树枝，烧水下面条。面条下好了，浦青松端着只有酱油没有油的面条，对石小茜说："再将就一两天，等我们把粮本和油票拿到了，我就去淮口镇买米买油……"没等浦青松讲完，石小茜打趣说："知道了，知道了！'苦不苦，想想长征二万五'！"两人不约而同地笑了起来。

刚刚勉强把面条送下肚子，教语文的黄老师吃完午饭过来看他们。黄老师三十出头，苗条的身材，扎两条马尾辫，戴着眼镜，看上去很年轻。见他们用铝面盆烧水，赶紧转身回去拿来一只铝锅，说："你们先用着，明天白果场赶场，有铁锅、铲子等炊具卖，农民自制的，粗糙些，但能用。"想了想，又说："你们总要备些炊具，这儿没有食堂，要自己烧饭的。""唔？没有食堂？"石小茜的心一沉！"要自己烧饭啊？"石小茜问。"那当然！街上馆子太脏，没法吃！"黄老师不屑地说。小茜点点头。

刚才开会时，看到她跟几个男老师开着玩笑，就知道她性格开朗，很健谈。一会儿工夫，就从她那儿知道了许多情况。她先自我介绍说，她和丈夫都是川西师范学院中文系毕业的，丈夫是大学老师，去五七干校劳动了。她是淮口中学的老师，去年被下放到这里大队戴帽中学教初中。成都家中没有人，她只能把三岁的儿子带到这儿来。教英语的秦老师原本和她是一起的，秦老师的爱人有点历史问题，在接受审查，所以她也把两个女儿带到这儿来。大女儿正好可以在这儿上初中，小女儿在大队小学上三年级。教地理的申老师，爱人是成都一个研究所的，也在干校劳动。她的女儿生下来的时候只有三斤多，体质差，现在十二三岁了，读初一，常生病。这儿医疗条件差，只好放在成都，交给孩子的奶奶照顾。

正说着，叶鹏妈妈也来看望他们。叶鹏妈妈的个子也不高，微胖，白皙的皮肤，圆脸上挂着微笑，说话轻言细语，小学教师，教音乐的，姓宋。

四个儿子簇拥着她，看得出来，这是一个幸福的女人。石小茜、浦青松连连表示感谢，说这两天多亏了叶鹏四兄弟的照顾，宋老师说："不用客气，以后生活上有什么不方便的，尽管找我。"她说，开学后，她每天早出晚归，带着三个孩子去附近的大队小学。三个孩子都在她的学校读书，一个一年级，一个三年级，一个五年级。叶鹏升初三了，明年要考高中。这儿没有初三，开学后叶鹏要到他奶奶家去读书。那边是城厢地区，学校教学条件比这儿好，再说奶奶一个人，身边也要有个人做伴。叶鹏还是那么憨憨地微笑着，一边听妈妈讲着话，一边看看石小茜，看看浦青松，眼神中透着真诚和淳朴，城里的孩子很少见到这样的眼神，石小茜特别喜欢他。

白果中学没有教师的办公室，反正大家都住在学校里，有什么事，校长直接到老师家告知。校长虽然话不多，但平易近人，没有一点儿校长的架子。

开学前教师还要进行几天的学习，学习新的办学精神，每个老师自己带个竹椅或小板凳，到那个敞开的"礼堂"随意坐着。可以纳鞋底、做针线，可以带孩子，老师也可以随意地进进出出，有点像上海夏天晚上的纳凉。校长很宽容，只要大家不大声讲话就行。一般内容都是上级布置好的，读哪份报纸，或学哪篇社论。校长指派某个老师读一段，之后再换一个人，大家轮流读，好像政治学习的常态都这样。值得庆幸的是，学校里的政治气氛比较平和，因为都来自不同的大队，不同的学校，基本是新组建的单位，没有派性，不会乌鸡眼似的你盯着我，我盯着你。

五、生活七彩板

白果场是五天赶一次场。所谓赶场，就是集市贸易，农民从四面八方聚到这儿来，进行农产品交易。这一天，原本行人稀少的小街上，熙熙攘攘挤满了人。去供销社买东西的，去馆子吃饭的，去理发的，或者摆地摊卖些手工制品：布鞋、小孩的玩具、竹子编的背篼和一些家常日用的小物件……街上也有卖菜的，但数量少。毕竟这么一条街，又短又窄。绝大多数卖菜的农民，把挑子都摆放在相对较宽的大路边和宽阔的江边滩地上（当地人称"河滩"上）。

浦青松、石小茜两人没见过这么大场面的集市，如孩子般地兴奋。他们先在小街的地摊上买了一只背篓，小茜说她来背，学着当地人的样子，像背双肩包一样背上背篓，就兴致勃勃地去大路边、河滩上逛集贸市场了。

大路边摆满了各种蔬菜，品种真多啊！莴苣、萝卜、莲花白（即上海的卷心菜）、芹菜、韭菜、各色辣椒（红的、黄的、绿的）、红薯、土豆等。除了常规蔬菜外，还有他们没有见过的品种，什么苤蓝、苦瓜、折耳根……这儿的莴苣、芹菜，个头比上海的大多了，一根莴苣大概都有两三斤重！不仅长得高大粗壮，还都是一早从地里刚挖来的。那叶子翠绿翠绿的，又嫩又新鲜！石小茜开心地说："这么新鲜的莴苣，我真恨不得现在就上去咬一口！"浦青松虽然嘲笑她的天真，不过也说："能够理解！这些蔬菜半小时前或许都还在地里站着呢。"

上海的蔬菜大多是从外地运进来的，运到上海后，先要送到蔬菜公司，再由蔬菜公司批发到各个菜市场。过程有点麻烦，兜兜转转的，时间长了，就不新鲜了，叶子蔫蔫的。还有那大众化的青菜，不仅干，每棵青菜外面几乎都有一两片黄叶。买菜时有人想去掉黄叶，菜场营业员就会大声呵斥："不许剥！"黄叶也卖成青菜的价钱。有什么办法呢？物质匮乏，卖家就是"上帝"了。

上海的菜市场，有过一段人人皆知的过去，石小茜是有感性认识的，那段时间，妈妈身体不好，就派她每天一早去菜场买菜。那时候买菜很简单，因为一切都是配给，规定好的，没有选择的余地，不需要动脑筋。一大早，五点多钟，马路上的路灯还亮着，妈妈给她一角钱，一张供应证，去菜场买菜。尽管天未大亮，菜场已经人声鼎沸，热闹得很了。豆制品摊、鱼摊前已经排了长长的队伍。有的是晚上就来排队了。大多是放几块砖头，或者坏掉的小凳子，充当人头，几家人派一个半大的孩子（多数是小姑娘）守着。开秤前，大人就来把她换回去。

蔬菜摊那儿的队伍排得更长。蔬菜是一天一供应，它不像鱼票、豆制品票，分上旬、中旬、下旬，十天内有效。买鸡蛋、鸭蛋的蛋票是一个月内有效。蔬菜供应证上，印着一个月的全部日期，每天买一次就划掉一天，一旦蔬菜卖完了，今天的计划没买到，就作废了，所以大家都抢着早早去排队。小茜记得，菜摊上每天就那么三四个品种，很单调的。蔬菜就是"光荣菜"（卷心菜外面的长长的粗大的叶子，以前是喂猪的），蔫了吧唧的青菜、小菠菜、空心菜。营业员按照规定出售，大户可以买多少，小户可以买多少，绝不会多称半斤给你。小户、大户的蔬菜供应，也就是三分钱、五分钱的标准，一般可以选到两个品种。称好一个人，收了钱，再把供应证拿去划一下，这家人家一天的蔬菜就算买完了，不能再买了。再到豆腐摊排队，买一块豆腐4分钱，或者三块豆腐干5分钱，就完成任务，可以打道回府了。那样的物质高度匮乏的状况，维持了两年多。三年之后，生活稍好一点，但供应仍然很紧张，继续维持着计划供应。庆幸的是"光荣菜"不见了，卷心菜代替了"光荣菜"。但"豆腐渣"仍有。（豆腐渣就是黄豆榨汁后的豆渣，以前也是喂猪的，三年困难时期算豆制品，给人吃。买回家后，用一点点油炒一炒，放点盐，撒几片大蒜叶，闻着很香，但吃的时候，满嘴都是这渣滓，咽不下去！）

看到这么多品种的蔬菜，又如此地新鲜，两个人倒像外地人逛上海南京路一样，欣喜兴奋之情溢于言表。突然，浦青松看到一筐土豆，黄亮黄亮的，煞是可爱。上海的土豆一般都是皮皱皱的，小个，泥土色，没有光泽。这土豆简直可以用"漂亮"二字来形容。浦青松指着土豆问农民："这土豆多少钱一斤？"一开口，就暴露出外地人的身份。（其实，不开口，明摆着的也是个外地人）那年轻的农民先是一愣，好像没听懂，用诧异的眼神看着浦青松，就像上海人看老外一样，然后说："一角钱一斤。"浦青松看到那筐里的土豆，有大有小，大大小小混在一起，迟疑了一下，就对那农民说："我给你多加一分钱，你让我挑，可以吗？"那年轻农民重复了他的话说："多加一分钱，让你挑？可以可以！"浦青松挑大个的、颜色黄亮可爱的、个头整齐的，选了十个，农民又给添了一个小的，说："正好三

138

斤！"付了钱，浦青松像买到了艺术品似的，喜滋滋地把它们放进背篼里。

他又选了两根莴苣、两根又粗又高的芹菜，统统放进背篼里。石小茜说："太多了吧?"浦青松说："不多，要吃五天呢！好几天没吃青叶菜了，再买一点青菜去。"找了一大圈，就是没有青菜。问了好几个人，他们说这儿没有这种菜。上海的小青菜是石小茜的最爱，吃了二十来年，就这么突然消失了，不免稍稍有点遗憾。她说："十来天没吃青菜了，很想它！下次回上海，第一件事，就是炒一碗青菜来过过瘾！"浦青松笑她像个幼儿园的小朋友，尽说些很幼稚的话！

菜摊的旁边就是禽蛋类，农民自觉地物以类聚。看到满地摆放的有好多种蛋，鸡蛋、鸭蛋、鹌鹑蛋……有一种蛋跟小茜的拳头差不多大，小茜从没见过，很惊讶！问价钱，鸡蛋一角钱一个。"哦，对了，这儿的蛋是论个卖的。"她想了一下：上海的鸡蛋七角多钱一斤，有八九个，平均 8 分钱一个吧，这儿略贵些，但这儿的鸡蛋肯定新鲜。再问，鸭蛋一角二分钱一个。石小茜指着那拳头般大的蛋问："这是什么蛋？怎么卖?""鹅蛋，一角五分钱一个。"见她是个外乡人，农民就很热情地介绍说："一角五分钱一个，可以炒一小碗！加点生姜末一起炒，很香！"两个人商量了一下，买了十只鸡蛋、两只鹅蛋，小心翼翼地把它们放进背篼里。石小茜一再叮嘱："当心，别把蛋碰破了！"浦青松说："放心吧，不会的！"

上海的鸡蛋凭票供应，一个月才一斤。在小茜的印象里，能一个人吃一个鸡蛋，那太奢侈了！记得是上高中时，有次爸爸出差回来，早上起床，妈妈犒劳他，煮了两个荷包蛋给他，爸爸自己吃了半个，还有一个半，分成六份，给六个孩子一人一份！小茜不好意思，把自己的那份硬塞给妈妈，自己喝煮荷包蛋的水，那煮荷包蛋的水中有着淡淡的盐味和鸡蛋的香味，已是一种享受了！不过，不是每个月都有新鲜鸡蛋供应的，有时候新鲜鸡蛋断供，只能买"冰蛋"，即去了蛋壳，把蛋黄蛋清冰在一个小纸盒子里，这种蛋不新鲜，只能炒了吃。

没走几步，突然，石小茜眼睛一亮，看到一个十三四岁的小姑娘蹲在江边卖炒花生。她用背篓装着，面上盖了一块旧的棉垫子，垫子上放了一杆盘秤，盘秤里放了一小把炒花生。小姑娘轻声地在叫卖："炒花生——，炒花生——"石小茜拉拉浦青松的衣角，指着小姑娘的背篓，惊喜地说："哎，哎，卖炒花生！"浦青松也兴奋起来。

上海人现在一年只能见到一次炒花生，那是每年作为过年的年货配给的，还要分大户和小户。大户可以配到一斤花生，小户就只能配给半斤。全用纸袋装好，小户一袋，大户两袋。因而过年了，每人能分到的炒花生也就一小把，解解馋而已。浦青松说，因为学军和外调，两年没回家过年了。记忆里，好几年都没有看过花生了。这儿居然不要票证，随便买！

浦青松走过去，蹲在小姑娘的背篓前，问："多少钱一斤？"小姑娘怯怯地答："一角二分钱一斤。"浦青松好像没听懂，再问一遍："多少钱一斤？"小姑娘伸了一下手指，回答："一角二分钱一斤。"浦青松看看石小茜，用上海话说："嘎便宜？（这么便宜？）"又问小姑娘："这背篓里总共有多少斤啊？""大概四五斤吧，秤了就知道了。"小姑娘轻声说。浦青松说："好吧，给秤一下！"蹲在地上的小姑娘似乎有点不敢相信。因为别人买炒花生，都是说买几两，哪有买几斤的？她昂起头，直视着浦青松，伸出一只巴掌，强调了一下："有四五斤哦。""对，全买了。"浦青松说。大概看到石小茜的那副馋相，一向节约的浦青松突然慷慨大方起来。六角七分钱，买了小半背篓的炒花生。没东西装，小茜说："这样吧，干脆，你把买的蔬菜和蛋送回去，让小姑娘跟着你，把花生也给我们送回去。我在这儿逛逛，等你！"浦青松点点头说："好的！"浦青松就带着小女孩一起把买好的东西送回家。要补充说明的是，炒花生买得太多了，两人吃了好久。最后，因为时间长了，花生回软，吃得倒了胃口。从此以后，两人好像再没买过炒花生了。

不一会儿，浦青松背着背篓回来了，背篓里放了两只脸盆。石小茜问："你带脸盆来干吗？"浦青松说："刚才申老师告诉我，今天淮口粮站有船下来，在河滩那头卖米卖面，我们抓紧时间，一会儿先去把米、面条、面粉买了，趁叶鹏还在家，把借的面条和面粉还掉。"

两个人继续往前逛。集市上鱼也多，大江里捕捞的，活蹦乱跳，有鲫鱼、乌鱼、草鱼、鲢鱼……吃惯了冰冻的带鱼、黄鱼的两个人，好像在杭州西湖边的花港观鱼似的，兴趣很浓，边走边看，指指点点。小茜感叹着："靠山吃山，靠水吃水，真是一方水土养一方人啊！"浦青松问："那上海靠什么呢？"石小茜想了想，调皮地说："靠着棉纺厂，所以上海人穿得光鲜，但吃的真的不如这儿呢！"石小茜又忽发奇想："能把这儿的蔬菜、水果运到上海就好了！上海人拿着钱也买不到这么新鲜的东西！"浦青松朝她笑笑："群山盘踞，大山阻隔，卡车不能进来，别说上海，就是运往成都，靠拖拉机，运那么一点点去，柴油费都不够！靠机动船运，走了水路还得走陆路。搬上搬下，反复倒腾，运期一长，半路要烂掉多少啊！损耗太大，明摆着的赔本买卖，所以供销社是不敢做这生意的。农民一家一户的，更没有这个能力！"两人为这儿农民的劳动价值没能得到体现而惋惜！想去买点猪肉，没有。一问，猪肉是统购统销的，农民不能随便卖，只有国家定点的肉铺才有资格，但要凭肉票供应。

两人来到粮站的供应点，看到一张大竹席铺在地上，竹席上堆了一堆米。竹席边上还堆有几袋米、几袋面粉，两只大竹筐里装的是干面条。除了米、面粉、面条外，还有一只大油桶搁在一边。浦青松上前问："我们用全国粮票买米，退不退油票？"粮站工作人员说："买够十三斤米面，可以退二两油票。"两人喜出望外，这下有油了！当初把上海粮票换成全国粮票时，除了要开证明外，规定换25斤全国粮票，还得上交个人一个月的油票。半个月是二两油！石小茜问："我现在没有装油的瓶子，先买米和面条，过一会儿再来买油可以吗？"粮站人说，没得问题，他们要在这儿卖一天，下午五点钟收摊。浦青松拿出十三斤全国粮票，买了十斤米，两斤干面条，一斤面粉。米放在脸盆里，面条和面粉分别用报纸包好，搁在米的上面，一起放进背篓。

因为要自己烧饭做菜，两个人又去农民的地摊上买了铁锅、锅铲、切菜刀、砍柴刀……虽然质量很差，地道的"小高炉"产品，式样很土，但都是必备的用具。地摊上买了一只木质的锅盖，木工的手艺还不错。

最后去买柴。在江边的滩地上，还剩七八捆木柴。一个中年汉子主动上前问："买柴禾不？"浦青松点点头说："嗯。"中年汉子说："我就剩这一捆了，卖掉好早点回去。你们要，便宜点，我给你们送到家里。"第一次买柴，见人家主动迎上来，热情地要给送到家里，还有点不好意思。但浦青松背着背篼，提着铁锅，石小茜也拿不动这一捆柴，就说："那就买他的吧。"因为只是一捆，没法挑，中年汉子扛起这捆柴，给他们一直送到了厨房门口。两个人赶紧付了钱，连声说："谢谢！"中年汉子收了钱走了。

浦青松对石小茜说："你先休息一下，我去把油买回来。"小茜说："好的，拿什么去装？"浦青松说："我拿两只碗去装，二两油，没多少的。"他腿长，没一会儿，就回来了。石小茜站在厨房门口，看到浦青松两手各端着一只碗，那个小心谨慎的走路样，忍住笑，赶紧上去接过一只碗，问他："没打翻吧？""没有！"浦青松说，"刚才在门口碰到三娃了，他说他们家有空的油瓶，可以给我们一只！"正说着，三娃已经把瓶子送来了。还没来得及说谢谢，他已经笑嘻嘻地跑掉，一转弯不见人影了。

浦青松去还面条和面粉，顺便谢谢三娃送来的瓶子。叶鹏妈妈很客气地说："没得事，不着急还嘛！空瓶子还有，需要就过来拿！"浦青松再三表示感谢。回到家，两人小心翼翼地把油倒进瓶里，腾出了两只碗。

从上海出来，两个人的钱就合在一起了。一百多块钱，是个大数字，石小茜说，她不会管钱，让浦青松管。浦青松说，两个人一起管吧，买什么东西记个账，钱去哪儿了，大家心里明白就行。

今天买了那么多东西，开始"落实政策"——记账！每一样几角几分，都一一加以详细登记。这是浦青松的建议。他说，从八月份开始，我们财务自主了，但还没有到财务自由的时候，我们从现在开始记生活账，每月收支情况要做到心里有数。

两人商量好，从九月份开始，每月各人分别寄出20元钱回去还债。离沪前，父母明确表示，借的钱是给他们的安家费。但他们不忍心再让父母为他们背债。浦青松强调："妈妈借的是邻居'标会'的钱，我必须赶在年底前给还上。"石小茜点头说："应该的！——我家的钱，我也还掉。"浦青松说："那当然！所以我们必须省着用，节省每一个'铜板'，尽量为家里多分担些。"两个人想到了一起，同心协力地精打细算，甚至给家里、给同学寄信，8分钱的邮票钱，都统统登记在册。

准备做午饭了，浦青松、石小茜一起去井边提水，一个摇辘轳放吊桶，一个要在井边把水桶装进水去。碰到刚进校门的体育老师。韩老师笑着问他们："你们买土豆啦？""嗯。"浦青松、石小茜几乎是同时回答。以为是韩老师随口一问，没介意。韩老师说："多少钱一斤啊？"没等石小茜回答，又说，"听说你们还给人家每斤加了一分钱？""嗯！我们想自己挑几个均匀的。"石小茜回答，心里疑惑："他们怎么知道的？"井边正在打水的两位老师笑了起来。

原来，一般土豆六七分钱一斤，质量好的，最多八分钱一斤，可以讨价还价。聪明的"农二哥"（四川人称呼农民为"农二哥"，可能是从工人阶级是"老大哥"这儿延伸过来的吧）一看就知道是两个外省来的城里人，就加价喊成一角钱一斤。没想到买主不仅不还价，还主动加价。白果场就这么点地方，突然来了两个外地人，本来就引人注目，买东西又这么傻（至少不精明！），立即作为笑话传开了。回到家，放下水桶，石小茜笑他说："被人看成戆大（上海话读：gǎng du，即'傻瓜'）了吧？不领行情乱给价。"浦青松说："那有什么，三斤土豆，也就贵了几分钱。你看我这土豆多整齐、多漂亮！人家农民种地也不容易嘛!"石小茜说："话不能这么说，你可是把市价抬高了百分之五十！"浦青松故作严肃地说："生活经验是要慢慢积累的嘛，几分钱，买个经验，便宜吧？学会生活，总要付学费的！"石小茜笑着说："你就是个'常有理'（赵树理《三里湾》中的人物)!"

开始做午饭了。中午的菜是凉拌莴苣，再蒸个蛋，莴苣叶子烧汤。小茜说，先烧饭，饭好了，盛出，再用锅蒸蛋，这样比较合理。劳动分工，石小茜把淘好的米交给浦青松，浦青松就在小厨房里生火做饭。石小茜洗好莴苣，在房间的桌子上削皮切丝，准备做凉拌菜。一刻钟的工夫，只见浓烟从小厨房的宽宽的门缝里往外涌，浦青松在里面呛得直咳嗽。怎么回事？石小茜赶紧放下手中的活，去推小厨房的门，因为地方太小，小炉灶就在门背后，门只能推开三分之一。石小茜看见浦青松坐在炉子前用两块砖头叠起的"凳子"上，正用报纸作扇子使劲地扇着炉子，炉子里浓烟大于火势。浦青松正准备往炉子里添柴。见门打开，他猛然醒悟似的，一个箭步跳出门外，边咳嗽边擦着熏出来的眼泪水。"你怎么回事啊！弄得满屋子烟，呛着了都不知道跑出来！"石小茜略带埋怨地说。浦青松站在小厨房外感叹道："这柴不知道怎么的，很难烧着！"石小茜一回头，才发现，浦青松的额头和颧骨边有两处的皮蹭破了，有点血迹！"怎么啦？怎么脸上的皮给蹭破了？"小茜着急地问。浦青松说："我看这木柴是不是大了点，烧不着，想用柴刀把它劈小一点，没想到碎片一飞，蹦到脸上了。""你太不小心嘛！"看他那副狼狈相，石小茜不知道该同情他还是该埋怨他。

刚好教数学的汪老师踱步到小院子来看他们（大家对这新来的两个年轻人蛮感兴趣，时不时地就有人踱步过来"侦察"一下他们在干什么）。听到两个人的对话，看到门口散在地上的木柴，再看到浦青松的狼狈相，赶紧对石小茜摇摇手说："这不能怪他。你们没有经验，买了人家的树疙瘩！这种柴，纹路不直，歪歪扭扭的，不好劈，一般都是大厨房整块丢进炉膛里去烧的——还好没有蹦到眼睛上！"汪老师用四川人特有的慢声调说："这龟儿子心眼儿坏，看出你们不懂，让你们上当了。这种树疙瘩本身就重，又不容易晒干，所以价钱比一般的柴便宜。"他看了一眼地上散乱的木柴说："这捆柴还不是很干，很难烧着，摊开再晒晒吧。"看到他们手忙脚乱的样子，知趣地准备离开，临走，又关照了一句："猪圈里的干树枝可以烧嘛！"汪老师一走，石小茜赶紧从带来的"自救包"里拿出紫药水，给浦青松涂上。额头上一小块，颧骨处一小块，这一下，浦青松的白脸变成了花脸。拿镜子一照，两人相视哈哈大笑！

暂时只能再从猪圈里抱了点干树枝来，七手八脚，终于把饭煮好了。米饭的香味儿飘了出来，石小茜揭开锅盖准备盛饭。咦！这饭怎么是黑的？石小茜问浦青松："这饭怎么是黑的？你没洗锅啊？"浦青松说："洗啦，你看到我洗的嘛！我还用抹布反复擦洗了呢！""那怎么会这样？这饭怎么吃啊？"石小茜苦笑着看着浦青松。浦青松说："我明白了，我们这铁锅是新锅，比较粗糙，可能就是我没有洗干净，怪我！——这饭不能吃了，虽然可惜，也只能倒掉。我再重新洗锅，好好地刷一下，下一锅一定是白花花的米饭了！"石小茜说："不忙不忙，等我去问一下其他老师，看看该怎么处理。别再烧出一锅黑饭来！"浦青松说："别去问了，给人笑话，我再洗一洗，我不信，一只锅我洗不干净！"突然他想出一个主意："蒸饭！用碗放适量的米和水，这下一定不会是黑饭了。"石小茜也觉得这个办法好。又折腾了好久，蒸饭蒸蛋，凉拌莴苣。莴苣叶不敢烧汤了，怕那汤也是黑的，就用锅里的开水焯一下，捞出来挤干水凉拌。午饭总算做好了！桌上，白的米饭，黄的蒸蛋，两只黄色的搪瓷盘子里，分别装着淡青色的拌莴苣、深绿色的拌莴苣叶，色彩诱人！但桌上的四只碗，确实有点滑稽可笑，不过，用浦青松的话来说，"有总比没有强"！

因为学校教师属于集体户口，油票、粮本要在学校里领。浦青松去问校长，校长说："现在还没法，管财务那摊子的黄老师不在。再过两天吧！他会到区上，帮你们办好粮本本，并把你们八月份的工资一并领回来。"

小厨房的杂物堆里，有个坏掉的大锅盖，可能是原来食堂废弃不要了的。直径有二尺多长，浦青松"慧眼识宝"，把它拎了出来，拿到井台上使劲反复擦洗，小茜说："洗这个破锅盖干什么？"浦青松说："等它干了，可以做个小圆桌。"小茜说："这怎么做啊？光有桌面，没有桌腿！"浦青松说："我在想办法。"他从小厨房的杂物堆里又找到一块丢弃的小木板，从上面撬下四颗钉子，再把他房间里的脸盆架拿过来，把锅盖反过来，钉在脸盆架的四根柱子上，用柴刀作锤子，敲敲打打，一会儿工夫，一张像模像样的、小巧玲珑的小圆桌就做好了！石小茜对之大加赞赏，并把来时包行李的一块蓝色的塑料布裁下一块，盖在小圆桌上。这一下，小圆桌不仅实用，而且还美观，小披屋里终于有了色彩！

浦青松想在开学前理个发。这儿没有正规的理发店，只有赶场天才有理发的师傅来。赶场天的理发生意还不错，接二连三的，理发师傅几乎没有停歇的时间。看到有好几个农民在等着理发，浦青松决定等下午将要散场时再去。

等到下午，赶场的农民差不多回去了，浦青松就去理发。理发师傅是一个有手艺的农民，住在乡下，赶场天来。他在街边人家门口放上一只凳子，一只脸盆架，架上放一只洗脸盆，旁边搭一条干毛巾。另外再在门口的墙上挂一面书本那么大的镜子。师傅很热情，跟浦青松聊这聊那，但本地话实在听不懂，师傅也就不说了。剪完发，师傅要给他掏耳朵，刮胡子，洗头，他都拒绝了。付钱，师傅伸出三个手指：三分钱。

理发回来后，石小茜笑了很久，想想，又笑一阵！好好的一头大波浪卷发，理得像个马桶盖似的。浦青松心态好，他说："没关系，过几天头发就长出来了。"看到石小茜还在笑，他说："别笑了，以后你就习惯我的新发型了！总不能等回上海再理发吧？"石小茜忍住笑说："好在我留着辫子，否则还不知道剪成什么样！"浦青松说："那有什么，'到什么山上唱什么歌'，大家都是同一个发型，谁也不会笑话谁！"边说边得意地去照镜子，看到镜子里的自己，也忍不住哈哈大笑了！

时间过得真快，一眨眼，一个星期就过去了。一天的中午，外面开始刮大风，两人正吃着午饭，石小茜觉得有什么东西落在头顶上，好像是沙子。浦青松说："不会吧？哪来的沙子？"刚刨了几口饭，外面又一阵风过，这下浦青松也明显地觉得有灰尘、沙子落下来。咦，怎么回事？抬头仔细观察，发现这房子的屋顶，只是用单层的瓦简单盖了一下，可能瓦片与瓦片之间有缝隙！来了这么几天，还没刮过这么大的风。今天的风有点儿大，屋顶上的灰尘、沙子，从瓦缝里挤进来，像撒胡椒面似的，偶尔还会飘下一两片树叶。这下两人傻眼了。浦青松说："我明白了，这披屋是堆杂物的，没考虑要住人，所以就是单片瓦简单地覆盖了一下。"

又是一阵风，浦青松赶紧拿报纸盖在饭、菜的碗上。石小茜说："盖住碗怎么吃饭呢？这总不是办法吧？"正愁着，浦青松突然想出了一个好办法：把饭菜端到帐子里去吃。两人动手，先在帐子顶上盖上另一块用来包被子的大塑料布，再搬一条长板凳放在床上做饭桌。把饭菜搬进帐子里，放下帐门，两人盘腿对坐在帐子里吃午饭。浦青松说："这下好了，'任凭风浪起，稳坐钓鱼台'！"石小茜也开心起来。两人在帐子里边吃饭，边说笑，像小孩子扮家家。哈哈哈！这本来是件十分尴尬的事，一个令人不愉快的小插曲，这么一来，倒显得有点浪漫了。

还有浪漫的呢！白天好好的大晴天，到了晚上十点多，小茜刚躺上床，突然屋顶上沙沙作响。仔细一听，好像下雨了！石小茜大声对隔壁的浦青松说："嗨，小松，好像外面下雨了！"那边浦青松正在灯下看书，听到后大声回答说："是的，这就是'巴山夜雨'！""你在干吗？""我在看书！"石小茜听他说在看书，就不再打扰他，知道他有夜读的习惯，曾笑他是猫头鹰型！小茜躺在床上，静静地听着这小雨的沙沙声，那么轻，那么柔，飘飘的，一阵接一阵，似乎是在给人的精神做着按摩，小茜的内心有一种特别宁静的感觉。在这"沙沙"声中，她睡着了，这一晚，她睡得很香。

第二天一早，天又放晴了。开门出来，见地上像洒水车刚刚经过似的，地面微湿，尘土不扬。晨曦中，门外那片杂草的叶片上，无数的露珠在阳光下一闪一闪的，晶莹剔透。空气清新而且带有丝丝青草的香味儿，石小茜真正体会到"神清气爽"的惬意！见浦青松已经漱完口，一手拿着杯子，一手拿着牙刷，对着那草地，似在缓缓做深呼吸。看到石小茜也起来了，浦青松招呼她说："晚上睡得好吗？昨晚的巴山夜雨，沙沙作响，一波刚停一波又起，'沙沙沙沙'，觉得很有诗意吧？"石小茜调皮地说："我睡着了，没觉得诗意！"浦青松轻松得意地吟道："君问归期未有期，巴山夜雨涨秋池……"石小茜笑他说："你这表情不对！李商隐孤身一人在异乡，思念亲人而不得相见，作此诗来抒发他的孤独寂寞之情，哪有你这般轻松自在，洋洋得意!"浦青松说:"我这是古为今用啊!我吟的是李商隐的诗,但抒发的是我自己的情嘛!我们虽然也在异乡,"他停顿了一下,故意眯着眼睛望了小茜一眼,"我好像没有什么孤独寂寞之感,反倒觉得这'巴山夜雨'的沙沙声,蛮有情调的!"石小茜报以一个微笑。

洗漱完毕,两人一起去准备早饭,一个淘米,一个生火,开始新的一天。他们到白果乡虽然只有十多天,但好像已经过了很久很久,上海的生活也好像离他们很远很远了。这儿一切都那么平静,山清水秀,远离快节奏的喧闹的城市生活,世外桃源似的,比他们想象中的西南好多了!从原来的恐惧、抱怨、气馁,到现在反倒很享受这儿的一切!

六、我们结婚了

后天就要正式开学了,他俩的教学任务始终未分配下来。石小茜说:"要不要问一下?"浦青松说:"不急,反正是教初一的语文。"

早饭后,叶校长来小院送教材,在他们小厨房的门前,叶校长拿了两本书和一叠比黄泥巴颜色还要黑一点的稿纸。他眯缝着眼睛,微笑着看着他们两人说:"浦老师教初一(3)班、初一(4)班两个班的语文。石老师教初一(1)班、初一(2)班两个班的数学。""啊?我教数学?我们两个都是中文系的!"石小茜以为是叶校长搞错了,微笑着提醒叶校长。叶校长很和蔼地说:"语文老师太多,大队上来的老师好几个都要求教语文,就这么几个班,我排来排去,缺数学老师,只好从你们两人中抽出一人来教数学。"石小茜觉得好奇怪,怎么会这么多人都要求教语文?但她还是点点头,说:"哦,好的。"叶校长把教材分发给他们两个人,一人还发给了一本泥巴色的粗劣的备课纸,满意地走了。

石小茜对浦青松说:"好怪呀,怎么会有这么多人自告奋勇来教语文?"浦青松说:"石同学,只要识字,就能够教语文,这个你就不懂了吧?但并不是每个人都能教数学的,有些人公式都看不懂,怎么教?"石小茜笑了:

"今天我才明白，只要识字，就能教语文。我们五年的中文系算白读了！"不过她转而一想，"那也该你去教数学呀，凭什么要叫我去？""女生好说话些……哈！也可能叶校长掐指一算，知道你在中学时曾经参加过数学竞赛！"浦青松笑着说。"嗯？也对呀！"石小茜显然有点高兴。石小茜确实参加过上海市的数学竞赛，但那是初中。高中几年，没听说有数学竞赛。即使有，也轮不到自己了。数学成绩虽好，但兴趣已转到文学方面。听浦青松这么一说，她得意起来："那好吧，看来命中我就与数学有缘！"叶校长走后，两人各自拿着书，准备去自己房间备课。浦青松说："给了备课纸，总要写个教案，今天午饭就简单下个面条，丢点莴苣叶进去，菜汤面，你看怎么样？"小茜说："好的。"

白天热得有点不正常，晚上下起了瓢泼大雨。电闪雷鸣，来势凶猛！雨从瓦缝里渗进来，屋顶漏得厉害。隔着墙浦青松大声问："你那边漏雨吗？""漏啊！好多处！你那边呢？"石小茜在这边大声回答。"也漏！"浦青松在那边吼着。"怎么办？"石小茜在这边再大声问，那边没有回答，雨声太大，盖过了石小茜的声音，两边说话已听不见了。

深夜，风更大，雨更猛了！闪电更是威力无比，那惨白、刺眼、令人生畏的闪电，像一把把利剑，不断划破夜空，就像要把这天空劈成两半似的！炸雷从天上猛砸下来，像要炸死万物！石小茜有点害怕了——天哪！空旷少人的乡下，闪电和炸雷的威力与城里的简直不是同一个级别！这个小院子只有他们两个人。简易门是几块木板钉起来的，风从门缝里灌进来。门被风吹得"嚯嚯"地响，像有人在撞门！窗户虽然关上了，但有什么用啊！雨水顺着窗板往下淌，墙壁湿了，挨着墙的桌子湿了，窗户的响声不亚于门板，像一只大手在用力地捶着窗板！闪电从多条板缝里挤进来，刺激着眼睛。从屋顶吊下来的15瓦的电灯，被风吹得晃动得厉害，屋内像多条黑影在晃动。石小茜顾不上这些，赶紧把书和备课纸丢到床上，忙着用脸盆、脚盆、水桶去接水。眼看两个盆子里的水都积满了往外溢，也不敢开门去倒，这么大的风，怕开了门关不起来。

突然又停电了！屋里一片漆黑。大雨发怒般地狂泻下来，风大、雨大，浦青松肯定没法过来，石小茜在漆黑的小屋里，不知道该怎么办！不断闪现的惨白的闪电和恐怖的炸雷，她感到心脏都要被炸裂了，人生第一次感到这么恐惧！"小松那边不知道怎么样了？"想喊话，但喊话声肯定听不见！想过去看看，这么大的风雨，根本不敢走出门！万般无奈下，石小茜干脆不管了，她缩回帐子里，紧紧地抱着膝盖坐在床上，听凭风雨雷电去逞威吧，她觉得这样要安全些。好在床的位置在窗子对面靠墙的角落里，有教室给挡风遮雨，总算此处没有漏雨。恐惧使她没有一点睡意，眼睁睁地看着时间分分秒秒地过去，她木讷地盯着被暴风雨裹挟着的小屋里的黑暗……

不知道过了多久，风声雨声终于渐渐变小，闪电、打雷没那么密集了，烈度也大大减弱。看趋势，可能要停下来了。石小茜收紧的心慢慢松弛下来，紧张过度的她，开始有点倦意了，准备躺下睡觉。

突然，看到门缝里透进一道光，接着听见敲门声，石小茜吓了一跳："谁啊？""我，开门！"听出是浦青松的声音，石小茜激动地赶紧跳下床去开门。浦青松拿着手电撑着伞过来了。"我来看看你这边的'受灾'情况！"浦青松开着玩笑，他把两只盆子里满满的积水端到门口倒掉。"你害怕啦？"浦青松问。"还好。"石小茜不想露怯，但那回答的声音暴露了实情！

浦青松用手电筒照了照地面，虽然很湿，但没有积水，惊讶地说："咦，你这边居然没有积水，水呢？"他用手电筒仔细照了一遍，断定墙与地面有缝隙！水从墙下的缝里流出去了！他说："我那边不行，虽然倒了好多盆水，房间中央仍有好几块低洼处都积了水！"黑暗中，浦青松安慰小茜说："不要害怕，我在隔壁。看样子，雷暴雨过去了，现在三点刚过，你抓紧时间还可以睡几个小时。我过去处理一下积水。"石小茜问："要我过去帮忙吗？"浦青松说："不用！你睡吧，睡吧！"转身拉上门，让石小茜插上门闩，走了。雨渐渐小下来，浦青松来过后，石小茜心里踏实多了，赶紧抓过床单搭在身上，倒头睡下。

大自然好像是故意恶作剧，天亮了，蓝天白云托着晨曦，清晨的太阳还是那么柔和，粒粒水珠像钻石似的闪闪发亮，除了野草被大雨打得集体趴下，屋外一切恢复正常。大量的雨水已经顺着水沟流出，地面上只有低洼处略有点积水。浦青松房门口的水沟起了大作用。石小茜赶紧把窗子撑起来，把门敞开着，让湿漉漉的地面和湿透了的书桌好干得快些！

早上，浦青松清理完自己的房间，过来检查厨房。锅盖是湿的，铁锅里积了满满一锅水。地上是湿的，但没有积水，水都从墙下的缝里面流出去了。这小厨房的墙与地面的缝隙就更明显，一眼就看得见。浦青松说："好好好！不用排水了！"

清理完毕，两人坐下来休息。说起昨晚的倾盆大雨、火蛇似的闪电、心惊肉跳的炸雷，石小茜仍心有余悸！浦青松想了想，提个建议说："算了，这样吧，我们还是去领个证，结婚吧。这么别别扭扭地坚持一年，没多大意思。唯一的好处，也不过就是可以报销一次探亲的火车票。"石小茜犹犹豫豫地说："还没跟家里说呢。"浦青松说："现在说也一样。"接着，浦青松开玩笑说："'将在外，军令有所不受'！我们'远征在外'，自己的事情，就自己决定了！"小茜说："也好，你准备选择哪一天去领证？"浦青松说："就明天，9月1日，开学日，有纪念意义，也好记！""行。"石小茜点点头。石小茜原本很想报销一次探亲的车旅费的，现在只能作罢了。

9月1日是星期二，上午八点，开学第一天，学生到校，在礼堂举行开学典礼。石小茜问浦青松："怎么没人来通知我们开会？我们要不要去参加开学典礼啊？"浦青松说："我也不知道，我们出去看看。"

两人走了几步就到了挂着那块钢板的过道里，礼堂全貌展现在眼前。仔细看，礼堂里坐了初一四个班的新生，礼堂边上，站着四位班主任，叶校长已准备讲话。除了叶校长，好像没有其他领导同志参加，大概领导班子还没有配齐。也没见其他任课教师。这时，听叶校长说："首先，我们请贫下中农毛泽东思想宣传队的傅队长讲话，大家欢迎！"傅队长是刚刚从部队复员回乡的一位年轻人，虽然没戴领章帽徽，但一身绿色军装，还戴了军帽，挺帅气的。浦青松悄悄地向石小茜调侃道："哎！从大学到中学，身份从学生到教师，我们已经接触了三种宣传队：工宣队，军宣队。现在又是贫下中农宣传队，全了！"石小茜悄悄抿嘴一笑："工农商学兵，学生也有毛泽东思想宣传队的，就缺商人了！"浦青松说："工商联应该也有！"两人悄悄地说着话，想等等，看有没有其他老师来参加开学典礼。

确定没有任课教师参加，两人就悄悄溜出大门，今天有重要事情——去公社领结婚证！公社办公处就在小街上，几百米的距离。进门一个院子，院子不大，但院子里的一棵黄桷树长得很高大，主干一个人是抱不住的。正对着大门的办公室里，一位三十岁左右的女同志，背上背着一个三四个月大的吃奶的孩子。女同志白皙的皮肤，丰腴的身材，可能刚坐月子回来，还不知道白果乡的小街上来了两个外乡人。见两人进来，有点诧异，问："有啥子事？"浦青松迎上去说："我们来领结婚证——是这儿吗？""领结婚证？是这儿！"女同志睁大眼睛问，"你们是哪个单位的？"紧接着又加了一句："你们是从哪里来的？"浦青松答："我们是白果中学的老师，从上海来的。""白果小学吗？""不，白果中学。"显然她还没改过口来，石小茜纠正道。"哦，好嘛。单位证明。"女子伸手要接证明。"唔？单位证明？"两个人稀里糊涂，马大哈似的，还不知道结婚要单位证明，以为这是两个人的事，两个人到了就可以了。

"就这么十来天的时间，这个单位能证明我们什么呀？"石小茜心里想。"哦，明白了，证明我们是这个学校的人！是白果乡的公民！这还会冒充？"突然内心就有点伤感起来。这半个月发生了多大的变化，真没有好好想过，只是一路追逐着命运。现在沉静下来，特别是今天要领结婚证了，才终于清醒地意识到，自己再也不是上海人了，也不是值得骄傲的什么重点大学的大学生了，就这半个月，身份、角色都发生了根本性的变化。已经扎根在这块土地上，成了金堂县白果乡白果公社中学的一名乡村教师了！

浦青松肯定也有失落感，不过他很快反应过来，说："好吧，我去学校开证明。"女同志指了指旁边的长凳，对石小茜说："你坐嘛。"石小茜就在长凳子上坐下，走神似的，一言不发。女办事员仍然背着她的孩子在办公室里走动着，偶尔拿眼角瞟一下石小茜，也没有说话。不到半个小时，浦青松拿着学校的证明来了。没有盖章，是校长手笔，落款是校长签的名，证明他们是白果中学的老师，希望准予开结婚证。办事员简单问了几句，拉开抽屉，取出一本结婚证，递给浦青松，同时递过一支笔，让浦青松填写。浦青松认真地填好姓名、籍贯、年龄、结婚年月日，递给办事员。办事员盖了骑缝章，撕下像墙上贴的奖状似的一张纸，递给他们，整个过程就结束了。这么庄重的仪式，办事员一直走动着，哄着孩子，没有坐下来过，可能背着孩子不方便坐。接过结婚证书，两人转身走了，女办事员就这么呆呆地看着他们，没说一句话。她可能始终没有弄明白：这两个上海人怎么跑到这儿来结婚了。

走出公社大门，石小茜问："我们这样就算结婚了？""当然！我们结婚了！"浦青松回答。两个人很平静，好像就是开了一个普普通通的证明罢了，没有太大的喜悦，也没有什么激动，一切就是如此平淡。石小茜轻声说："还好，这儿没有太大的形式主义，居然没有让我们背诵语录。其实我都想好了，要背，我就背'下定决心，不怕牺牲，排除万难，去争取胜利！'"还做了一个宣传毛泽东思想小分队的舞蹈动作。浦青松说："要背的话还不简单？我就背'我们都是来自五湖四海，为了一个共同的目标，走到一起来了。'这句语录比你的那句好！""那还是背主席诗词好，'天若有情天亦老，人间正道是沧桑。'你觉得怎么样？""都行，都行！反正只要是毛主席诗词都行，没人来追究是什么意思的！"两个人都笑了起来，这下气氛才活跃起来。

回到简易的家中，在那张简易的课桌上，浦青松庄重地给石小茜父母写出了第一封信，抬头是："岳父岳母大人"。并写信给在杭州的爸爸、上海的妈妈和大学时的好友，把这重大的事情——"我们领了结婚证了"——一一告知亲朋好友。

没有结婚纪念品——因为是临时决定的。没有结婚照——因为小街上没有照相馆。没有发糖果——因为小街上根本没有糖果卖，因而也没人向他们讨喜糖。毕竟大家认识才几天，好几个人都还没有打过招呼。知道的也就几个人，见面微微一笑，算是祝贺了。浦青松搬到石小茜房里，因为这儿光线好些，离厨房也近，下雨天，两三步就跨进小厨房了。浦青松的房间就成了他们的储藏室。一切都平平常常，波澜不惊。石小茜说："我们是真正的革命婚礼，比当年延安的革命婚礼还要革命！延安婚礼，还请个证婚人，还邀上几个好友一起聚个餐，以示庆贺！可我们到哪里去找证婚人？哪里去找好友跟我们聚餐庆贺？一切都省了，做一个真正的彻底的无产阶级的革命派！"浦青松却幽默地说："你这样说，体现了'革命精神'，但不浪漫！其实，踏上开往成都的 81 次快车，就是我们的盛大婚礼的开始！我们那节车厢里，天南地北，各族人民的代表，就是我们的证婚人！——你看，这多浪漫啊！"他轻轻抱了抱石小茜，深情地说："我们不要那些世俗的繁文缛节，只要两个人真好就行。"石小茜眼含热泪看着他。

开学一个多星期后，小茜爸爸来信了，编号为 001，是怕到这么远的山区，信件会丢失。信中说，知道你们领证了，心中甚是宽慰。叮嘱浦青松一定要照顾好小茜。也嘱咐小茜不能太任性，有什么事两个人多商量。并告诉他们，妈妈把家里保存的一条绿色印花的缎子被面从邮局寄出了，虽不是新买的，但是妈妈的心爱之物，从未舍得用，现在寄给你们，作为结婚纪念！小茜捧着爸爸的信，反复看了好几遍，千里之外的牵挂，让她流下了眼泪。

浦青松的爸爸也从杭州寄信来祝贺。说："路远，没法来看望你们，寄来枕巾一对，望查收。希望你们互敬互爱，白头偕老。"浦青松的妈妈也从上海来信，千叮咛万嘱咐，两人在外，组建了小家庭，不能吵架，家务事要多商量。

分配在山东军垦农场的老同学，寄来了一床枣红色的毛革（化纤）被面（七元多钱一床），以示祝贺。这便是最贵重的礼物了。

分配到甘肃永武县一家水泥厂子弟校的老同学，工工整整地录写了唐代李商隐的《无题》诗一首寄过来："相见时难别亦难，东风无力百花残。春蚕到死丝方尽，蜡炬成灰泪始干。晓镜但愁云鬓改，夜吟应觉月光寒。蓬山此去无多路，青鸟殷勤为探看。"并在最后两句诗句下打上粗粗的横线。来信除了表达他对老同学的思念，也羡慕他们这对青梅竹马终于爱恋成正果。他说他们单位的福利还可以，但空气不好，粉尘飞扬，且人地生疏，孤身一人，甚觉无边的孤单和寂寞，非常想念老同学！

也收到几个从别处得到消息的同学的贺信，传递了一些额外的消息。某某同学离沪前，双方父母都很不放心，怕去了外地又被分开，思考再三，就在上海里弄开个证明，在上海先把婚结了，再到外地领证。某某同学在校时，信誓旦旦说，暂不找对象，工作二三年后，有点积余了，再考虑婚姻大事，结果单身没几个月，很快找了个从上海别的学校分配去的女大学生结婚了，他的观点是，凑合着也比独身一人忍受着那份孤独寂寞强！有个分在农场的同学，来信说，结婚当天，还在地里干活，一身泥，一身水的——因为场部不同意请假！云云。能两个人分配在一起，知足吧！什么都不说了，环境的艰苦，精神上的孤寂，生活的无奈……原来，结婚的原因，还可以如此地相似！

不时有贺信飞来，两人一一传着看，被亲情、友情感染着，沉浸在幸福之中。信中的话语，不时激起他俩的无忧无虑的笑声。小披屋里充满了快乐。

第四章

乡村校园逸事

当年的水井

小街民居

公社中学和学生

一、登 上 杏 坛

开学第一天，听完校长和贫宣队长的讲话后，没有上课，是班主任带领本班同学大扫除。

九月二日，正式上课。八点一到，搞后勤的老师敲打着钢板，"当——当——"，钟声响起，石小茜拿着三角尺和粉笔，轻快地走进教室。在班长的"起立"声中，同学们"嚯"的一下站了起来。"敬礼!"——师生互相鞠躬。"坐下!"同学们坐了下去。

石小茜面对着满满一教室的学生，有点不知所措了! 这倒不是怯场，而是感到有点儿意外：教室里是初一的新生，应该都是十三四岁的稚嫩的少年，可是，明显地，这些学生的年龄、身高，跨度有点大。有的还是个小不点儿，矮矮的，一张稚嫩的娃娃脸，坐在前排。有的年龄偏大，看上去有十五六岁，像初三的学生。最后一排坐的几个学生，看上去应该是十七八岁了，标准的小伙子体型，乍一看，好像是小学实习老师来听课的!

石小茜听老师们说过，因为停课闹革命，许多学生小学早就毕业了，闲散在家，帮着家里干农活。现在恢复初中教育了，教育断层后停学在家的小学生，只要自己申请，大队、公社同意，给盖了章，就能来上学。但是面对现状，她还是有点惊讶! 同一教室的学生，年龄相差有这么大! 十七八岁的大孩子，本来应该是高三学生了!

山区农家的孩子，经济条件差，石小茜是有思想准备的，衣服有补丁，衣、袖短一截，衣服纽扣绷得紧紧的，明显嫌小……但料想不到的是，座位底下伸出来的脚，男生呢，大多是打赤脚。女生则光脚穿布鞋，几乎没见有人穿袜子……这开学的第一课，首先是现实给她上了一课! 我们国家穷——城里人穷，乡下人穷。没想到，同一个"穷"字，城乡之间的差距竟如此之大! 她的心头着实不太好受。要改变乡村孩子的穷苦日子，读书是捷径! 她暗暗对自己说："我一定要认认真真、全身心地教好他们!"

站在讲台前，石小茜抿着嘴，深深地吸了一口气，来放松自己的心情。她先做自我介绍，姓什么，叫什么名字，哪里来的。在孩子们新奇的眼光下，石小茜开始了她的教书生涯。

她用了两分钟的时间，讲了数学的重要性：从大处来说，"数学是一切科学的基础"；从小处来说，生活中处处离不开数学……接着，让学生翻开书的第一章，先讲定理，板书公式，接下来给学生们讲解例题，在黑板上写着演算的步骤。转过身来，从孩子们的眼神中去获得信息：他们听懂了没有？之后请三位同学同时到黑板上来做题。当场评讲为什么这位同学是对的，那位同学是错的。课堂里秩序井然，学生们的注意力非常集中，全神贯注地听着石老师的每一句话。评讲完毕，布置课堂练习，她在课桌间走动着，弯下腰来，做个别辅导，看看学生做得对不对。她轻声询问一个女孩："搞懂了吗？"女孩站起来，点点头。她微笑着示意女生坐下。又走到后排，跟后排的大同学交流，查看他们做题的情况。大同学反倒比前排的小同学更显得拘谨。石小茜鼓励他们不懂就问，不用紧张。看到这些山里的孩子们，单纯、忠厚、淳朴，她油然而生一种特殊的情感。

可能是新鲜感，来了位外省老师，年轻漂亮又洋气。也可能是第一次听到老师用普通话教授数学课，觉得特别有吸引力，因而个个专心致志，学得特别认真。整堂课，教与学的气氛特别地和谐。

下课了，石小茜走出教室，发现叶校长站在教室外的走廊上听课。可能是特意在等她，看见石小茜走出教室，校长满意地朝她点点头，报以一个微笑，说："你上课，与平时完全是两个人。"石小茜感到奇怪，为什么说"与平时完全是两个人"呢？她回到家里，告诉浦青松。浦青松说："肯定是平时看到你讲话轻言细语，腼腆亲和。没想到上课时，声音清晰响亮，自信满满，一扫平日的柔弱模样了！"浦青松笑笑又说："才接触了几天时间，他还不了解你。"接着打趣说："人不可貌相，从中学到大学，近十年的班委干部，我们石老师还是很有魄力的！"说得石小茜不好意思了。

叶校长上午也去听了浦青松初一（4）班的语文课。他是讲毛主席的词

《清平乐·会昌》。讲过以后，让同学们自己朗读、背诵，然后再给几分钟时间默写。校长听了课后，非常满意，给他的评价是："浦老师普通话标准，朗读很有气质。知识面广，讲课风趣生动，非常吸引学生，不愧是大城市来的高材生，是我们学生的福气哦！"

几天下来，学生们跟两位上海老师越来越亲近。一天中午的午饭过后，几个男生靠着墙根，你推我，我推你，渐渐往小披屋靠近。浦青松正坐在长凳上看书，听到孩子们的"嘻嘻"声，扭头看到五六个他班上的学生，明显是想来找他却又不好意思过来，他马上站起身，对学生说："找我吗？有什么问题进来说。"学生说，没什么问题，就是想来玩玩。离上课的时间还早，浦青松说："来吧，来吧！"石小茜也热情地说："大家进来玩！没有凳子，床边随便坐！"浦青松与他们闲聊起来：家住哪里啊，有几个兄弟姐妹啊，有什么爱好，有什么特长……同学们慢慢放松了，不那么拘谨了。有一个学生说："浦老师，能不能教我们一句上海话？"浦青松说："当然可以！不过上海话比较难懂，对你们来说，发音也有难度。"在孩子们一再要求下，浦青松说："我讲一句上海话，你们猜猜什么意思！"几个人一起说，好的好的！浦青松："明遭鹅要到嘎拉厢气。"学生们便猜起谜语来，你说，我说，但怎么也猜不出是个什么意思：明早？鹅肉？拉箱子？有气？……浦青松哈哈大笑，石小茜更是笑得直不起腰！只好请老师给出答案。浦青松说："用普通话说出来很简单的：明天我要到街上去。"几个学生听了，笑成一团，有人说："一点也听不懂，上海话就像外国话！"玩了一阵，浦青松说："你们应该去准备上课了，下次有时间，欢迎你们再来玩！"

两位刚刚大学毕业踏上杏坛的年轻人，由此开始了乡村教师的生涯。客观地说，这两个出于无奈的青年知识分子，突然闯入这个贫穷、落后、闭塞的小山区，对这些孩子们产生的深远影响，远远超过"教书"这件事情本身。他们的言行举止，成了孩子们仿效的对象。在孩子们的眼前，似乎突然出现了一个新的世界。

二、学校大厨吴师傅

开学一段时间后，区上同意给学校配备教师食堂。于是学校请来一位厨师，姓吴，大家叫他吴师傅。吴师傅其实就是一个会炒菜的农民，五短身材，矮矮胖胖的，有点像连环画里的"武大郎"。他整天笑嘻嘻的，嘴上总是叼着根几寸长的短烟杆儿。石小茜想，大概他心态好，所以胖！

食堂设在原浦青松房间斜对面的一间空教室里。教室的中央，几张旧课桌拼成一张长方形的大桌子，桌上摆着装有油盐酱醋以及辣椒酱等的瓶瓶罐罐。桌子旁边放置一只像做大饼、烤馕的大炉子，上面再摆上一口炒菜的大铁锅。整个"食堂"的人事配备，就吴师傅一个人。周一至周六，上班时间给老师们做中午、晚上两顿菜。老师们的饭则是与学生们一起，用铝饭盒淘好米，拿去由"雷烧火"在大蒸格里一起蒸。

看到马上要下课了，吴师傅就用大火炒菜，炒好的菜分成十二三份，摆在桌上。大家用预先买好的菜票去买菜，买好菜端回家去吃，没人在"食堂"里吃饭。吃饭的人数比较固定，就这么十来个人。浦青松、石小茜是忠实的成员，还有几个家眷不在学校的单身老师，也在食堂买菜。其他带有家小或者孩子多的老师，偶尔也会去食堂买菜，但不固定。

厨房每天基本上是一荤两素，荤菜主要是红烧鱼块，吴师傅的鱼烧得特别有味道，但份额不多，一般一条大点的河鱼就解决问题了。因为买的人少，有家小的老师这么一小份不够吃，多买几份从价钱上来说，又划不来，不如自己家里烧。大江里的鱼便宜，这儿家庭主事的，几乎个个都是烧鱼的一把好手。要吃鱼了，就自己做，用上泡海椒、花椒，色香味俱全，一烧一大锅，一家人可以美美地吃上好几顿，算下来要比厨房卖的便宜得多。小学教师、民办教师工资低，每月二十几元，十几元。代课老师更低，每月只有几元钱，他们就很难得在学校食堂买鱼吃了，常常是自带泡菜，再蒸个饭。

吴师傅不仅鱼烧得好，还有拿手的绝活："熬锅肉"（即回锅肉）。把肉煮成五六成熟，捞出来，切成很薄的薄片。再倒进铁锅翻炒，熬出肥油，肉片就成了透明的燕窝状。这时加花椒、泡海椒，再放一大把大蒜叶子进去，于是远远地就可以闻到肉与大蒜的混合香味。煮肉的汤里放进少量菜叶子，盛进碗里时，一碗汤上飘几片绿色的菜叶，更是让人增添几分食欲。所以只要有"熬锅肉"，厨房里就充满笑声。人也多，总有七八个人围着锅台。这时候的吴师傅，也就特别地有成就感。嘴里叼着那根短短的烟杆，均匀地把"熬锅肉"分在各个土碗里。凡是来买"熬锅肉"的人，每人免费送一碗汤。有些老师把汤端回去后，再添些水，烧开，加点菜叶，全家就能喝到美味的肉汤了。熬锅肉不常有，一个月能有个四五次就很不错了。因为这是区上照顾有伙食团的单位，每月供应一定数量的猪肉给伙食团，不收肉票。学校的伙食团虽然很小，但总归算是有了伙食团，故而沾了光。

最让人馋涎欲滴的是每周一次的"剔骨肉"。学校对面肉铺里每天剔下的肉骨头，是只供应国家单位的。白果街上，这样的单位只有四家：中学、卫生院、供销社、公社机关。学校老师虽然只有十多人，但已是个大单位了。各个单位轮流供应，一个星期基本可以轮到一次。吴师傅与对面肉铺卖肉的师傅关系不错，经常会到对面的肉铺坐坐，聊聊天，也会丢一根装在口袋里已经压扁的皱巴巴的香烟给店里的负责人。凭着这层关系，便常常可得到"照顾"，多买一点肉骨头。吴师傅把买来的肉骨头用大火熬汤，之后仔细地把骨头缝里的碎肉一点一点剔出来，炒大蒜，炒青椒，那个香啊……经过油炒的"剔骨肉"，可以说胜过了"熬锅肉"，是石小茜的最爱了！"剔骨肉"既香嫩，又没有肥肉！给老师们做"剔骨肉"吃，这大概是吴师傅的一大发明！因为肉是骨头缝里剔出来的，属额外收获，所以价钱便宜，一角钱一份，极受欢迎，家家都爱买。因为数量有限，吴师傅就规定每家只能买一份，老少无欺，也算是一种校内配给制吧。骨头熬成的汤，加进莴笋或苤蓝之类，那可以随便买。在肉类供应奇缺的年代，吴师傅的这点小聪明，很受老师们的赏识和赞誉。加上他脾气好，整天笑嘻嘻的，也爱帮忙，随便哪个老师请他帮个忙，他都乐呵呵地答应道："要得！"因而与老师们相处得很好，有些年轻老师还常和他勾肩搭背，说说笑笑，把他看成朋友。

吴师傅曾经遭受过一次暗算。事情是这样的：有一次，一条狗跑到学校里来觅食，不知是谁的主意，关门打狗，吃狗肉！那年头，没油水，嘴馋，几个年轻老师和学生，约上吴师傅，悄悄把学校前后门统统关上，一番追赶棒杀，把狗打死了，让吴师傅烧火煮狗肉吃。吴师傅是不吃狗肉的，烧好后，几个参与打狗的教师、学生，兴高采烈地搞来一瓶红苕酒（当地用红薯干片酿的酒），像梁山好汉似的，聚在一起，把狗肉吃了。结果，账被算到了吴师傅的头上。晚上他在回家的路上被三个人围住，挨了一顿狠揍！第二天上班来的时候，脸上青一块紫一块的，眼角处肿得老高。大家关心地问他，是谁打的？不像话！他只是咧嘴笑笑，什么也没说。这让几位惹事的年轻教师很过意不去，他们觉得吴师傅讲义气，但也不能让他一个人受这么大委屈，应该补偿他一下，起码应该慰问他一下，于是凑钱买了一条飞马牌香烟送给吴师傅。吴师傅开始不肯接受，在大家一再坚持下，"估到（本地土话，强迫的意思）他收"，他才很不好意思地收下了。

三、大蒜　苞谷粉　鲫鱼汤

小厨房门口，紧贴墙根，有一条两寸来宽的浅浅的凹槽，被泥土灰尘填没了。有一次，浦青松买了一把大蒜回来，一共八棵。他把上面的蒜叶切下来炒肉丝，留下了一寸左右的根部。起初纯粹是好玩，就把它们栽种到那窄窄的凹槽里。想了想，怕石小茜不在意踩到它们，又去找了几块碎瓦片来把这条凹槽围了一下，形成了一条约两尺来长、两寸宽的"自留地"。种下之后，浇了点淘米水。第二天，这些大蒜残根还真冒出了一点点细细的一根线那么宽的新叶子，第三天又冒出点，第四天……叶子嫩嫩的，油亮油亮的。浦青松这下有点来劲了，天天观察它们，像种花一样，精心呵护着这几棵大蒜。每天的淘米水，献给这块"自留地"，这些大蒜苗就更加"天天向上"了。嫩绿的大蒜叶子，也吸引了石小茜，两人每天早晨起来在门口漱口刷牙后，都要蹲在这几棵大蒜苗前，欣赏一番，感到特别开心。大蒜苗的生长给他们带来一天的好心情！长着长着，这大蒜苗很快就有一尺多高了，粗壮碧绿！看到自己亲手栽种的大蒜长得如此好，两人就像城里人欣赏盆景似的，看不够！

然而有一天早晨起来刷牙时，咦，大蒜不见了！只剩下了几个黑洞洞。居然会有人看中这几根大蒜，还连根拔走了？这实在是令人气愤！石小茜心里特别懊丧，跺脚说："怎么会这样啊，太可恶了！"

学校大门白天是敞开的，晚上也不上门，没有守门人，任何人都可以随意进进出出。街上的人，或附近生产队的农民，跑进学校里，寻找他们家到处游走的鸡、鸭、小猪什么的，也是常事。常有陌生人，有事没事，走进学校逛上一圈，就出去了，谁也不知道他们想干什么。所以到底是谁拔走了他们的大蒜，只有天晓得！

浦青松虽然也心疼，但看到石小茜气恼的样子，就逗她说："啊呀，上海大小姐，不就吃了你几根大蒜吗？这么小气！明天我买一捆还给你！"石小茜气呼呼地说："去去去！你不心疼吗？好不容易养这么大！"浦青松嘲笑她："你又不喜欢吃大蒜的，说吃了嘴臭，污染空气。这不正好吗？丢了就丢了，空气清新了呗！"石小茜嘟着的嘴，被他逗得咧开笑了。两人嘻嘻哈哈一阵，不愉快也就化为乌有了。

石小茜不喜欢吃大蒜，也不喜欢吃这儿的大米。上海人吃的米，分为大米和籼米（上海话叫"洋籼米"）。大米颗粒大些圆些，米的表面看上去油亮亮的，做出的饭很香，即使饭冷了，饭粒仍然比较软，用开水一泡就能吃，很爽口，因而上海人爱吃泡饭是出了名的。洋籼米的颗粒细长些，米的表面看上去干乎乎的，做出的饭吃在嘴里比较粗糙。饭冷了，米粒就很硬，用开水泡了还是硬硬的，吃了容易胃痛，必须在炉子上煮一下，这就增加了许多麻烦。你想，早上，生炉子，烧泡饭，待它冷却……上班的人赶时间，早上七点左右要出门的，因而一般条件稍稍好一点的人家，都爱买大米而不买洋籼米。三年困难时期，粮站有规定，买大米要搭配一定的洋籼米和面粉，这就是搭配粗粮。而这儿人说的"大米"，其实就是上海的"洋籼米"。淮口区粮站搭配的粗粮是玉米粉，本地人叫苞谷粉。浦青松的适应能力较强，籼米就籼米，苞谷粉就苞谷粉，无所谓。石小茜的胃不好，稍一留神，就胃疼！吃籼米胃疼，吃苞谷粉也胃疼，浦青松真是有点"头疼"了！

说到吃苞谷粉，石小茜出过一次洋相。老师们教他俩，先把水烧开了，再用冷水把苞谷粉搅均匀倒进开水中，用筷子不停地搅动，做成"烤烤"，吃甜的、吃咸的都行。第一次看到搅好的苞谷烤烤，金灿灿的，色泽诱人，很有食欲。稍加一点儿糖，吃在嘴里有一股玉米的香味儿，又甜又香，口感不错！石小茜端起碗来就喝，一会儿，一小碗玉米烤烤就下肚了。可是不到十分钟，就觉得胃里很重，沉甸甸地往下坠，没过一会儿，就开始胃痛！站立不起来，只得捂着胸口窝到床上去了……

石小茜的胃承受不了这黄澄澄诱人的玉米粉，这可怎么办？不买吧，这粮食计划就浪费了，有点可惜。要知道，八月份他们来四川之前，是学生定量，每月三十三斤。九月份到白果公社中学报上户口后，是国家工作人员了，定量就只有二十三斤，一下子每人削减了十斤。浦青松一米七六的个子，二十三斤，这点定量勉强够。小茜饭量小，每顿吃得很少，口粮略有剩余。想起秦老师说过，农民愿意用大米（洋籼米）换苞谷粉的，两斤苞谷粉可以换一斤大米。稍加考虑，他们决定这样，把小茜的一份苞谷粉跟农民换大米，浦青松吃"烤烤"，就给石小茜熬点稀饭。

看到小茜进川后，胃病频发，浦青松忧心忡忡，但又找不到解决的办法，只得宽慰小茜说："人的适应能力是很强的，我们慢慢来。我曾经看到过一篇文章，是那些长年坐办公室的老知识分子谈体会。他们说刚去'五七干校'劳动时，非常痛苦，手不能提，肩不能扛，一天下来，累得爬不起来！这个病，那个病，吃药吃一把！后来慢慢适应了，身体反倒长好了，长壮实了！不仅能肩挑背扛，长期以来的失眠症消失了，晚上上床一会儿就呼呼大睡！胃疼的毛病也不治而愈了！——你看，我们比起这些老知识分子来，要年轻得多，适应能力更强！要乐观，精神因素很重要，相信你慢慢适应这儿的生活了，胃病就会好的。"石小茜眨巴着眼睛看着他，半信半疑。不信又能咋办？无奈，也只能慢慢去适应了。

星期天，学校厨房不开伙，正好遇上赶集，浦青松说："今天改善一下生活，一起去看看买点什么？"小茜说："两个人分下工吧，我在家洗衣服，你备完课就去赶场买菜，随便你买什么都行。"快近中午，浦青松兴冲冲地提了两条用稻草串着嘴巴、不断甩着尾巴的鲫鱼回来了，看上去每条约有六七两重。浦青松把鱼提到了小茜的面前晃着说，"看！生命力有多旺盛！今天中午吃鲫鱼汤！""好呀！"石小茜高兴地说。

上海菜场偶尔也有鲫鱼卖的，但供应量大，都是用箩筐装。鲫鱼长时间脱离了水，又那么多的鱼堆压在箩筐里，缺水又缺氧，到了顾客手里，基本都是死了的。妈妈的经验，买鱼时，要检查鱼鳃是否新鲜。如果鲜红的，就是刚死。鱼鳃颜色变得暗红了，说明已经不新鲜了。

小茜正在晾衣服，她立即停下手中的活，接过鱼，把串鱼的稻草抽了，放在脸盆里，再舀了勺水倒进去，鲫鱼居然就欢快地游起来了。石小茜看到鱼欢快地游着，自己也好开心，给脸盆里再加了半盆水，继续去晾衣服。

晾好衣服后，准备做午饭。浦青松说："我去生炉子烧水，你去剖鱼。"小茜点点头说："好的。"因为小厨房里只能放一只小炉子和一捧柴，地方太小，所以，烧饭做菜的一切准备工作，都在房间里的那张简易课桌上进行。石小茜准备好砧板和菜刀，围上围裙，伸手去抓鱼，鱼噗嗤一下，从她手边溜走了。这倒把她吓了一跳，缩回了手。看到鱼在游，那么地有活力，引发她的恻隐之心，她心里想："这也是一条生命啊！"但慈悲归慈悲，恻隐之心解决不了问题，鱼还是要吃的。宰杀活鱼，石小茜这是头一回，心里特别紧张，也有点于心不忍，下不了手。浦青松已经去生火烧水了，容不得她多想，硬着头皮，终于抓到了一条。她把鱼放在砧板上，左手按住鱼，右手拿刀去刮鱼鳞。刚下刀刮鱼鳞，没料到这鱼肚子一挺，突然从砧板上一蹦老高，水溅了石小茜一脸！她"啊"地大叫一声，吓得不轻。石小茜还没回过神来，鲫鱼已经重重地跌落在地上，噼里啪啦地在地上乱蹦！

浦青松不知道发生了什么，听到石小茜大叫一声，赶紧从厨房里冲过来，连声问道："怎么啦怎么啦？"石小茜指指地上还在蹦跶的鱼，再指指自己脸上、身上的水，苦着脸说："这鱼哪来的这么大的劲啊！"浦青松看着石小茜的狼狈样，叹了口气："本来就不该你来剖鱼的，你还是去烧水吧，这儿我来。"石小茜长长地吐了口气，赶紧去烧水。她边烧水边大声问："你行吗？"浦青松也大声回答："有什么不行啊，用点力气按住就行了！"

水烧开了，浦青松的鱼也剖好洗净了。揭开锅盖，浦青松把鱼丢进沸水中，放进葱姜。小茜说："舀两调羹菜油进去，妈妈说过，菜油可以去腥味儿。"大约一刻钟，她揭开锅盖，像牛奶似的乳白色的鲫鱼汤呈现在眼前！"哇！好白的鱼汤啊！"石小茜开心得叫起来。突然她又想起来："你放盐了没有？"浦青松说："现在放啊？盐应该放在锅里还是在喝汤时放在碗里？""当然放在锅里了！"石小茜说，"少放些，不够再加。千万别放多了，太咸了没法喝！""对对对！"浦青松拿来盐罐子，稍稍放进一些盐。

中午，两个人喝着自己第一次亲手做的鲫鱼汤，味道确实特别鲜美！小茜说："我还是在小时候，看到妈妈坐月子时，保姆给妈妈做的鲫鱼汤下奶，也是这么白！"浦青松打趣说："十多年了，还记得，那时一定很馋吧？"小茜不好意思地笑笑说："不记得了，只是那又白又浓的鱼汤，确实给我留下了深刻的印象。"

吃鱼时，石小茜突然紧皱起眉头说："哇！这鱼的肉怎么这么苦啊？"浦青松说："不可能吧？我怎么没觉得苦？"小茜说："你尝尝这条！"果然，这条鱼腹部的肉是苦的。略一思索，小茜说："大概你剖鱼的时候没在意，把鱼的苦胆搞破了？"浦青松道："啊？有可能！我没在意保护苦胆。那这

168

苦的一块我吃，算作惩戒吧。"石小茜说："算了，扔掉吧，这么苦！"浦青松说："还好，我可以吃！"石小茜说："不会有毒吧？"浦青松扬起眉毛回答："你放心，没听说吃鲫鱼牺牲了的！"引得石小茜喷饭！

四、朝鲜电影《卖花姑娘》

已经一个月过去了，石小茜还是忘不了那个"国庆节"。九月三十日，成都的老师们都急不可耐地回成都，去与家人团聚了。家在农村的老师们，也都回乡下老家了。叶校长一家也回老城厢去看望老人和大儿子。就连那位白发苍苍的退休女教师，也被她乡下的侄儿接走了，不再回来。学校里只剩下了浦青松、石小茜。这是他们来到四川的第一个国庆节，也是有生以来最寂寞的一个国庆节。以往国庆节，在上海，总有庆祝活动，外加黄浦江边的烟花，外滩的景观灯，南京路的霓虹灯和川流不息的人群……在学校时，参加国庆游行，手举着鲜花走过人民广场的观礼台……

国庆节当天，除了中午简单地蒸了个饭，还在蒸饭的蒸格边上同时蒸了两只茄子和两只土豆。懒人懒办法：倒上点酱油和麻油，茄子、土豆蘸着吃。其他整段时间，两个人就在家看书。傍晚，放下书本，两人准备到江边去走走，散散步。走出校门，听到斜对面医院门口，有人大声地传播着一个好消息：今天晚上，淮口帆布厂放映朝鲜彩色宽银幕电影《卖花姑娘》！石小茜很惊讶："这儿还会放外国电影？"问浦青松："我们去不去看？"浦青松简洁明了："去！很久都没看外国电影了。"两人转身返回学校，把中午的剩饭倒进锅里，烧成泡饭。六点多钟，他们吃完晚饭，就匆匆出门。浦青松没忘记带上他的大书包，放入手电筒和几张旧报纸。

淮口帆布厂，是一个军工单位，生产军用帆布。当时因战备需要，军工厂都是建在山里的。淮口帆布厂建在距离淮口镇三里多地的龙泉山脉东侧山脚下的沱江边上，属于三线工厂，享受地市级待遇，因而职工的生活条件比较好，各方面都有特殊的照顾。为了丰富职工生活，厂部常常在星期天或节假日放映露天电影。当然周边的老百姓也就沾光了。若不是有这个军工厂，在这偏僻的小山区里，老百姓是很难看到电影的，因为整个淮口镇，不，整个淮口区，没有一座电影院。所以，只要帆布厂放电影，这通往淮口镇的机耕道上就不寂寞。

不过，平时看的大多是反反复复的几个黑白老片子：《地道战》《地雷战》《铁道游击队》《渡江侦察记》。孩子们玩耍时，都能学着电影里的八路军，端着枪，流畅地讲着电影里的台词。后来增加了几部拍成电影的样板戏：《智取威虎山》《红灯记》《沙家浜》《海港》《红色娘子军》。文化生活就丰富多了。

今天放映外国电影，并且还是彩色宽银幕，影片的名字也吸引人——《卖花姑娘》！各处的村民，像过年赶集似的往帆布厂赶去。这也难怪，看多了国产片、战争片，而且大多电影里的主要人物，不管男女，都是冒着阳刚之气的英雄！现在有外国电影，而且片名是那么地具有青春魅力，真正吊足了大家的胃口！

从白果街到淮口镇，十五里人工开凿的机耕道，看上去有点"险峻"。左边是水流湍急的大江，没有护栏；右边就是红褐色泥土与山石混杂而成的高坡。路窄，又随山势高低起伏，所以路上没有交通工具，连自行车都没有，全靠步行。但村民们的兴致极高，他们才不在乎这十五里路呢！傍晚的机耕道上，络绎不绝的人群，有的妇女还用背篓背着个孩子，一起去看电影。他们走路快，嘻嘻哈哈，说说笑笑，很快就把浦青松他们俩甩在了后边。

开始，浦青松他们也边走边说着话，紧跟着大家，脚步轻松，心情超好。走着走着，路上渐渐只剩下他们两个人了。石小茜有点走不动了，皱着眉头说："还没到啊？"浦青松说："有一半了吧。"石小茜睁大眼睛："才一半啊？"浦青松忙改口说："大概还有三分之一吧？"石小茜心中没有"里"的概念，只有"站"的概念。在上海，出门如果说有三四"站"路，就觉得路比较远，得坐公共汽车。其实那只有三四里路。如果今天明确说要走十多"站"路，石小茜恐怕要打退堂鼓，没这个勇气来了。但说十五"里"路，她好像没多大的概念，因而轻易就作出决定：去看电影！现在已经走了这么远了，怎么说也得坚持啊！两人只能走走歇歇，到了淮口镇，已是晚上近八点了。

再绕行了三里多小山坡路，总算走到了帆布厂。这边是家属区，好几个篮球场那么大的空地上早就坐满了人，白色的幕布已经拉好了。银幕的正面，人已坐到了围墙边。帆布厂的职工家属早早地放上了各种小凳子、小竹椅、长板凳，在场地中央占据了有利地形——他们是主人，当然有这点特权。而远近来看电影的各方农民，就在"主人"的外围，形成了一个包围圈。社员们总要比厂里的职工多得多。他们的坐法也很简单：有的捡两块地上的破砖，垫着坐下；有的随手哪里捡来的小木板，放在屁股底下；还有的就席地而坐，这地上总比田埂上干净……

银幕的背面，人也不少，都是些忙完农活，收拾好家务，来得比较晚的人。整个场地上热闹非凡：大人们有说有笑，呼朋唤友，远远地打着招呼；孩子们可开心了，嬉戏追逐，在人堆里穿来穿去……浦青松两人到了帆布厂，天色已暗。银幕背面都已经坐了很多人。虽然是从反面看电影，但也有优点，可以距离银幕近些。浦青松就在银幕背面的墙边找了个地方，他从书包里掏出折叠着的两张旧报纸，一人一张。石小茜垫上报纸坐下，伸直两条腿，拍打着，算给两条酸胀的腿做个按摩，悠闲地等待电影的开场。

等了很久，没见动静，说在跑片，就是要等前面一个单位放完一盘，马上由摩托车送到下一个单位放映，农村放露天电影常常是这样。那就再等吧！夜幕完全落下，周围已经一片漆黑，场上两盏高高的汽灯也亮起来了。为看这部外国彩色电影，大家有的是耐心，所有的人都兴致很高。

不知道又过了多久，有人说，来了！来了！果然，摩托车送片来了。场上渐渐安静下来，放映机的声音吱吱地响起来。银幕上出现了片名：《地雷战》！怎么是《地雷战》？没人解释！整个场地骚动了起来，孩子们调皮地喊着："尼尼雷响了！""尼尼雷响了！"有些人站起身，走了。但走的人不多，是厂里的一些职工，他们看过很多遍了。周围来看电影的农民，喧嚣了一阵之后，看到中间有地方空出来了，赶紧往里挤，占个好位置。这部抗日战争的经典影片，正能量满满的，故事情节引人入胜，也常会引起观众的开怀大笑，很有点"百看不厌"的味道。再说，农村黑灯瞎火的，回去干什么呢？来都来了，权当纳凉，尽管心里不爽，大家还是基本安静下来看《地雷战》了。浦青松、石小茜很是懊丧，特别是石小茜，拖着疲乏酸软的双腿，只为看这《地雷战》？前前后后，这《地雷战》不知道看过多少遍了。但有什么办法呢？走得够累的，马上再走回去，腿力不行，懒得动，就只能再复习一遍这《地雷战》了。

夜里十一点多，电影散场了，上千人涌出去。浦青松、石小茜跟着大家，一起走出厂区。没走惯夜路的两个人，高一脚低一脚，跟着人群走出那段小山坡路。今天晚上，天特别地黑，伸手不见五指。镇上的人都回家了，走惯夜路的当地人，也很快就消失在黑暗中，又孤零零地剩下他们俩。

出了淮口镇，有一段路修得比较好。虽是土路，但很平坦，有五六米宽。两旁种着高高的笔直的桉树。来的时候，觉得这两排桉树整齐，高大，挺拔，很威风，像哨兵。与城里的大马路比起来，又是另一番情趣：乡间气息很浓，很幽静，是个写生的好地方。可这会儿，这两排桉树的黑影，阴森森的怪瘆人的。周围安静极了，只剩下他们俩急促的脚步声。在这空旷的野外，脚步声似乎还有回音，总觉得后面有人跟着。石小茜不由自主地不时回头看看，她心里很紧张，怕遇上坏人。路两旁的地里不时扑刺刺一声，也吓人一跳。越走心越虚，石小茜对浦青松小声说："小松，我好害怕，你怕不怕？"浦青松说："没什么可怕的，照直走就是了。"他步子大，石小茜走两步，跑一步，走走，跑跑，才能跟上，有点气喘吁吁的了，就又说："我好怕！"浦青松回过头来，抓住小茜的手，顺带拽着她，小声并短促地说："不要怕！别出声！"石小茜的神经都绷紧了，总觉得后面好像有人跟上来，总想偷偷回头看，浦青松拽着她，她只得小碎步地紧紧地跟着他。其实浦青松也害怕，他没想到会是这样：天这么黑，人溜得这么快，路又这么远！浦青松警惕地看着前面，边走边竖起耳朵倾听着，时不时地闪亮一下手电筒。黑暗中，两人闷头往前赶路。

石小茜的心都提到嗓子眼了！究竟怕什么？怕鬼，还是怕人？都怕！确切地说，还是怕人！如果这时有人突然钻出来，会被吓死的！浦青松始终不出一声，只是把小茜的手捏得紧紧的。小茜也紧紧地捏着他的手，给自己壮胆！黑暗中，谁也看不见谁，只有两手紧紧捏着。石小茜知道他也害怕，只是为了稳住"军心"，故作镇定，不说而已。

石小茜不再出声，只有两人轻微的脚步声在空气中单调地回响着。有时路边会出现一堆堆的黑影，那是草垛。石小茜警觉地注视着，生怕草垛后面闪出一个人来！两个人快速地、机械地迈着步子，谁也不出声。这十五里路啊，似乎没有尽头！……好不容易走出了淮口镇的区域范围，来到江边的机耕道上，这条路有一个好处，就是只有这一条路直通白果场，没有岔路，绝不会迷路！两人努力地往前走，石小茜什么都不想，跟着浦青松专心地、机械地迈着腿。

渐渐地，大江潺潺的流水声越来越大，盖住了他们的脚步声。这时浦青松突然开口说："你听！漩水湾到了！"听教地理的申老师介绍过，出了白果场的场口，有个"漩水湾"，大江的水冲出那个"小山峡"，流到这个地方，在西侧和正面碰到一个巨大的石体大山坡，于是只能偏向东侧，打出一个巨大的水圈儿，再次冲往下游。路人走到这里，就会听到哗哗哗的大漩涡的猛烈流水声，当地百姓称这里为"漩水湾"。"漩水湾"，是从淮口镇出来，走进白果场的标志性地块，只要走过了漩水湾，就到了白果场的地界，离学校也就不远了，也就是二三里地光景。眼看胜利在望，他们脚下的步子更快了，浑身的筋也都绷紧了，恨不得一步就跨过漩水湾！

他们聚精会神地往前赶路，刚过了漩水湾，突然听到前面隐约有孩子们的呼喊声："石老师——浦老师——"唔！是叶鹏他们四兄弟的声音！石小茜心里一下子热乎乎的，激动不已，紧绷的神经突然松弛下来，腿脚一软，迈不开步了！她赶紧抓住浦青松的臂膀，说："不行，我的脚迈不开了！"浦青松一边大声问：“是叶鹏吗？”一边扶住小茜，怕她腿一软跪了下去！石小茜拉着浦青松的胳膊，小声说：“不忙走，不忙走，我的脚不听使唤了！”

一会儿工夫，孩子们来到了面前，果然是四兄弟，一个没少！叶鹏说：“我们是今天下午回来的，天黑前到家，看到小披屋门锁着，猜想你们一定是去看电影了。”四娃说：“这么晚了，我们在校门口等你们。街上看电影的人早就回来了，你们还不回来，哥哥就带我们来接你们了。”几个小子抢着说：“我们听到有脚步声了，就猜到是你们！”石小茜问他们：“这么晚了，你们出来，爸爸妈妈知道吗？”叶鹏说：“他们今天忙活了一整天，很累了，早就睡着了。我们在学校大院子里歇凉，看到那些看电影的人都回来了，你们还不回来，有点担心，就来接你们了！”

七八分钟后，石小茜发软的腿脚才渐渐有所恢复。她一手搀着四娃的手，一手轻轻拍着自己的胸口说：“吓死我了！从来没有走过这么长、这么黑的夜路！”四娃“嘿嘿”地笑着。两个大朋友和四个小朋友兴奋地聊着，好像久违了的朋友突然见面！浦青松兴奋并自豪地说：“我们今天创造了一个奇迹，来回三十里，摸着黑，走夜路……”故作神秘地停顿了一下，“看了一部黑白电影——《地雷战》！”哈哈哈！听浦青松说只是看了场《地雷战》，再加上石老师对一路惊险的描述，几个孩子笑得前俯后仰。天真无邪的笑声，在深夜寂静的机耕道上，洒下了一连串快乐的音符。

五、沱江岸边的学生娃

国庆节一晃就过完了，10月3日下午，老师、学生纷纷回来，学校顿时又热闹起来。叶校长来找石小茜，递过来一本历史书，说历史老师的孩子生病了，要请假，问她能不能再兼几节历史课。石小茜愣了一下，但爽快地答应了。文史不分家，何况是初一的历史！工作量也不大，每个班级一周一节课，四个班，每周增加四节课时罢了。

上午上完两个班级的数学课，下午就去上历史课。薄薄的一本历史书，都是纲要式的，内容很枯燥。为了让学生们能喜欢上历史课，石小茜尽量把她所知道的历史事件、与之相关的历史人物及其励志的历史小故事等掺和其中。她的目的，是要提振学生们学习历史的兴趣，丰富孩子们的历史知识，有意识地培养孩子们的正义感和爱国热情。由于故事性强了，学生们凝神屏气，听得非常认真，眼里满是对历史知识的渴望。他们这种超乎寻常的求知欲，反过来也深深地感动着石小茜。石小茜觉得，兼了每周四节历史课，也为自己增添了一份乐趣。

下课了，石小茜刚走出教室，有个学生拿着上午布置的数学作业本来问习题。石小茜一低头，看到这个学生赤着的两只脚，皮肤黝黑、粗糙，脚丫子叉开，明显地变形了，就心疼地轻声问他："你这么光着脚走路，脚不疼吗？小石子硌脚了咋办？"学生腼腆地笑笑，拘谨地搓着双脚，低声回答："不会的，我们这里大多是土路。""家离学校远吗？"石小茜问。"不远，就七八里路，翻过那个小山梁就到了。"学生很有礼貌地站着。石小茜有点吃惊："你每天上学，来回要走十多里路？刮风下雨也如此？"旁边一位老师走过，笑着插话说："他们习惯了。刮风下雨算个啥子，大冬天打赤脚的都有。你看看他们那双脚，脚上的老茧有多厚！"石小茜想，城市里的孩子哪里吃过这种苦？跟他们比较起来，城里的孩子简直就是生活在蜜罐里了！

一天中午，石小茜吃完午饭，就到教室里去走走，想更好地熟悉一下学生。走进教室，一股蒸红薯的味道扑鼻而来。同学们见老师来了，纷纷站起来，怯怯地说："老师好！"石小茜立即回答："同学们好！——大家不用客气，你们坐下吃饭吧！我就是来看看，你们中午吃些什么呀？"学生们毕恭毕敬地一口一个"老师"地叫着，石小茜还不太习惯，她也是刚刚摘掉"学生"帽子的人。

她在教室里走了一圈，看到男女同学，几乎都是单一的蒸红薯！只有个别同学用小瓶子带了一点自制的泡菜。"我看你们都吃红薯，没人吃米饭？"石小茜疑惑地问。"老师，那是细粮。""我们是丘陵，不产水稻，红

175

薯、苞谷、土豆是主粮。""家中的米是给老人熬稀饭补营养的。"学生们七嘴八舌地轻声抢着回答。

她走到一个女同学面前问:"光吃红薯,没带菜啊?"女同学红着脸说:"老师,吃红薯不用菜的。"看到教室墙角边一个小同学默默地在吃饭,石小茜走过去,看到他的红薯,是像手指那么粗的细长红薯,与别人的不一样,就好奇地问:"你的红薯怎么这么细?"他还没回答,另一个同学就抢先说:"这是咪咪红薯。""什么叫咪咪红薯?"石小茜问。"就是很细很小的那种!这种红薯卖不出去,只能留在家里自己吃或者喂猪。"学生回答。石小茜怕伤着孩子的自尊心,就停止了这个话题,问问同学们作业有什么困难,帮几个学生解了几道数学题,就出来了。

在小乒乓台前,碰到了学校大队辅导员魏老师。魏老师三十出头,身体健壮,看上去就是那种挑起担子就能迈步走的人,剪着短发,做事风风火火的。丈夫在邻县一个小学当教导主任。她身边带着个奶娃子。给学生开会,孩子没人看管,她就用一块特备的大包袱布把孩子背在背上,一边颠着孩子,一边给学生讲话。她的习惯性动作是:用五指插在头发里,抓抓头,说:"嗨!我搞忘了搞忘了!"她是农村人,出身好,在国家困难时期读的中等师范学校,年龄已经偏大。可能基础差一些,表现为记性不大好,上主课不行,就安排她给每个班一周上一节时事政治课,随便讲点革命大道理,主要工作是大队辅导员。记得有一次给学生作报告,有人听见她把江青与叶群搞错了,这可是政治问题!石小茜为她捏了一把汗!还好,可能学生也没搞明白,加上平时她为人还不错,有点马大哈,没什么心计,大家也就当笑话,悄悄传了一下,归结到她水平太差,就把此事盖住,不再提了。要是换一个环境,在别的单位,这事肯定要上纲上线的,那可是不得了的大问题!

她正急急忙忙往教室去,说要通知各班少先队干部放学后去礼堂开会。石小茜叫住了她:"魏老师,我刚从(2)班出来,唐小刚同学家里经济条件是不是很差呀?我看他蒸的红薯,是那种很细很小的,学生说叫什么

'咪咪红薯'的。"魏老师不以为意："这有啥子嘛，这些娃儿家里都穷！"刚走出几步路，又站住了，回头对石小茜说："唐小刚因为家里弟弟妹妹多，他是老大，家里缺乏强劳力，家境是要差一些！""有什么办法帮帮他吗？"石小茜用忧虑的眼神看着魏老师。魏老师抓抓头，笑着说："这些学生家境都差不多，唐小刚家还不是最差的。"说完，又抓了抓头，走了。

星期六下午，老师们坐在一起学习。辅导员魏老师特意拿了只小板凳，坐在石小茜旁边，跟石小茜聊聊学生的情况。她说："昨天我急急忙忙去通知学生开会，来不及跟你细说。"魏老师歉然地笑笑，"很多学生的家庭情况，我们都了解。就拿（2）班的学生来说吧，坐在前面的那个瘦瘦小小的女娃儿……"石小茜说："张小小吗？""嗯嗯！张小小家，就更苦了！小小半岁时妈妈去世，爸爸身体不好，不能干农活。他们姊妹兄弟七个，她是最小的。是稍大一点的哥哥姐姐把她带大的。她姐姐那时也十四五岁，整天用块布兜着，把她背在背上去打猪草。她家与我家一个村子，我跟她姐姐常在一起干活，常常看到小小在她姐姐背上睡着了，口水把她姐姐的后背浸湿一大片！小小在小的时候，严重营养不良，两岁了，头颈都立不起来。她直到五六岁，都没有鞋子穿，都是拖着哥哥姐姐们穿坏了不要了的鞋，不是鞋帮破了洞，露出脚趾，就是鞋的后跟彻底磨穿了，甚至前面露出脚趾、后面露出脚后跟的鞋子，小小也要捡来穿。没得妈的孩子怪造孽的（四川话：很可怜的）！小小上小学了，都从来没有过自己的新衣服。你看，她现在读初一了，买不起书包，是用一块布包着书，夹在夹窝（腋窝）里来上学的。家里穷得叮当响。一年到头，能够吃饱就不错了。"

魏老师看了石小茜一眼，"咪咪红薯算什么，我读书的时候，也是常年吃这种红薯。这里产红薯，一年到头主食就是红薯，有时吃得嘴里直流清口水！那有什么办法？"魏老师很健谈，她一口气往下说："你看教室后排那个个子有点高，颧骨突出的姜放同学，学校蒸饭要一分钱。他到哪里去找这一分钱啊？家里没有钱给他蒸饭，他就没有午饭吃！实在没有办法，他哥哥就想出一个点子：去'偷'！生产队有一个榨甘蔗制红糖的作坊，熬成的糖水面上有一层泡沫。他哥约着几个'费头子'（当地话指调皮孩子），到生产队的榨糖作坊，偷偷地舀出一些泡沫。回家兑上水，再加一丁点儿肥皂粉，摇均匀后，装在小的空酒瓶子里，冒充自制米酒，藏在衣袖里，到街上去偷偷地卖给人家，一角钱一瓶。卖掉一瓶，就有了十天蒸饭的钱。才卖掉三瓶，这事就被生产队的队长知道了，把几个人喊去训了一顿！生产队也没有办法帮他们啊，只是叫他们以后不要再去搞了，把肥皂粉给人吃要不得！"辅导员两手一摊："这些情况，我们都知道，这么多的困难学生，怎么帮啊？要说困难，家家都有哦！"石小茜听得傻眼了。平时看她做事，一脑门子糨糊似的，没想到魏老师对学生的情况了解得这么清楚！

通过两三个月的接触，石小茜发现，农村的孩子表面上给人的感觉往往是"憨厚""老实"，但只要稍加接触，你就会发现，其实他们的内心世界是非常丰富的。他们刻苦好学，求知欲强，有些学生还挺有灵性的。就拿（1）班的汪小林同学来说吧，第一印象，这小伙子老实本分，见人总是微笑着，很可爱。说他是小伙子，因为他年龄比同班同学大几岁，个子也比同班同学高些。这小子可有天分了！

1966年，小学毕业后没读了，停学在家。十二三岁的男孩子，年龄太小，生产队的重活干不了。闲在家里没事做，就跟着同村几个喜欢吹拉弹唱的人一起玩。缺个敲敲打打的，他就补上，慢慢地学会了好几种乐器：吹笛子，拉二胡，弹秦琴……生产队里要在农家院子的墙上画宣传画，有时让他帮着提个颜料桶、扛扛梯子，当个小打杂的。慢慢地，他也学着画画。没几个月，也画得有模有样了。后来生产队要搞宣传画，干脆就叫他去。他一个人扛着梯子，提个颜料桶，就在墙上画起来……停学在家三四年，没人逼着他去学什么，但他自己想学习，爱钻研，还真学出了点名堂。老师们跟他开玩笑，说他也算生产队里排得上号的能写、能画、能拉、能唱的"大知识分子"了。

老师们觉得他特别懂事，办事稳重妥帖，青年教师与他就像哥们。有什么要跑腿的事，喊一声："汪小林——"，接下"任务"，他就乐颠乐颠地出校门了，一会儿就把事情给办得妥妥的。学校几个青年教师组成一个小乐队，也吸纳几个学生参加，汪小林就在其中。星期天，常常师生聚在一起，在"礼堂"上，弹弹唱唱。哪里搞文娱演出，他们也常常会去凑个热闹。汪小林也爱打球，他是学校篮球队的主力队员。校与校之间的篮球比赛，是少不了他的。

在这偏僻的乡村公社中学，懂事、干练、求知欲强的孩子，远不止他一个。这些孩子，比城里的孩子成熟早，生存能力强。这不禁让人想起了《圣经》里的一句话："当上帝关了这扇门，一定会为你打开一扇窗。"我们可以套用一下，把它改为：生活如果给你关上了这扇门，一定会为你开启一扇窗！这些"乡坝头的学生"，物质生活是匮乏的，生活环境是极其清贫的，但他们如同石缝中的小草，具有顽强的生命力！艰苦的环境磨练了他们的意志，养成了他们吃苦耐劳的本色，培养了他们自强自立的性格！在他们身上，看到的是他们乐观向上的精神风貌！石小茜想，毋庸置疑，这样的孩子，将来一定是生活的强者！在他们身上，还看到了中国几千年传承的良好风气——尊敬老师，尊重知识！

晚上，15 瓦的电灯下，石小茜在改数学作业，浦青松在改作文。浦青松的工作量很大，他几乎每天都要批改两小时左右的作文本。两个班的学生，一百多人。每一篇作文，他都认真地圈出一个个错别字，修改标点符号，用红线画出病句，篇末写下批语。他们俩都有一个强烈的心愿：希望这些孩子们能通过读书，来改变自己的命运！

期中考试后，叶校长再次反馈意见："学生们很喜欢上你们的课。我看了浦老师批改的作文本，非常认真，孩子们的福气啊！"这是叶校长第二次说"孩子们的福气"了。叶校长对石小茜说："学生不光喜欢上你的数学课，也非常喜欢上你的历史课呢！"叶校长诚恳地说，"不要看他们都是些乡坝头的娃儿，他们知好歹，懂感恩！"

一次教师学习会上，叶校长高调表扬了他们，临结束，还风趣地说：

"我们四川老师上课,讲的是四川方言或者是四川普通话,人家浦老师、石老师,讲的是正宗普通话!学生跟人家提起老师,就会说:'我们老师是上海人,讲普通话的!'很自豪!我们这些四川老师,也要努力学讲普通话哦!"下面大家哈哈大笑,有人说:"叶校长,你讲的也是四川普通话哦!"叶校长说:"是啊是啊,从我开始!"

六、惊 魂 一 日

星期天,又是一个赶场的日子。逛农贸集市,已是浦青松、石小茜生活中的一部分了!

上海没有农贸市场,市区的居民买菜,是到国营的菜市场。城市规定,道路两旁、居民居住地,绝对不允许自由买卖。政府要严厉打击二道贩子、三道贩子。农民自留地的农产品也不允许摆摊,这是"资本主义的尾巴",要割掉。个别农村老太太用一只竹篮,提一点自留地里的青菜、菠菜,偷偷摸摸到城里街边角落去卖,想换点活钱,就像做贼似的。一旦被巡视的纠察抓到,就要把秤拗断,把东西没收掉。不听训斥的,甚至会被拉拉扯扯送到城管办去。可是国营菜市场里,除了葱姜,一切要凭证,都是计划供应。计划,计划,还是计划……即使你有钱,也买不到计划以外的东西。这儿就不同了,自由贸易!农副产品非常丰富,让人目不暇接!

浦青松背上背篓,问石小茜:"今天赶场买什么呢?""随你便,听你的!"石小茜说。在生活方面,石小茜没有什么高的要求,也想不出什么点子来,常常就是浦青松提议,石小茜附和。浦青松想了一下:"我们也改善一下伙食,今天买只母鸡来炖汤吃,怎么样?""好的。"石小茜说。临出门,浦青松对石小茜说:"带点粮票,换点鸡蛋回来。"这儿的粮票是有价证券,可以换鸡蛋,换小凳子,换凉席……什么都可以换。石小茜不爱吃鱼、吃肉,喜欢吃鸡蛋。所以,他们把每个月少量积余的粮票,攒起来换些鸡蛋。

来到集市，河岸上一排都是卖水果的。品种繁多，但最多的还是橘子、橙子、柚子、苹果这几种。有的是自家院子里的果树上采摘的，数量少，就用一块布垫着，摆放在地上。多一点的就用背篼装着。量大些的果农，就用架子车拉来，满满一车……他们看得心痒痒的。水果非常便宜，红毛橘子个头小一些的，五分钱一斤，大些的也就八分钱一斤。又大又黄的橙子一角钱一斤。柚子论个卖，一角五分钱左右一个，可以讨价还价。

石小茜看到有一种橙子，色泽非常漂亮，黄中带点红，个头比一般橙子大些，下方还有个肚脐眼，一角二分钱一斤。浦青松问："为什么这个橙子要贵些?""好吃嘛!"农民说，并热情地介绍道："橙子性能好，是凉性，不像橘子吃多了燥火。"旁边一个正在选橙子的老乡，觉得他没说到点子上，就主动帮他介绍说："这橙子叫'脐橙'! 是我们这儿的特产，味道特别好，鲜甜鲜甜的! 据说省里的干部到北京开会，还要带上我们这里的脐橙去送给中央首长呢!"老乡脸上露出自豪的神态。卖脐橙的农民赶紧递过一瓣，让尝尝。浦青松尝后点点头，夸奖说："味道真的不错! 又甜又鲜，水分也足。"问石小茜："买多少?"小茜说："选十个吧。"两人挑了十个大的，一称，"五斤八两（那时还是一斤十六两制），六角六分钱。"农民憨厚地笑笑，说："好吃下次再来买哈!"

两人开开心心拿上水果，放进背篼。浦青松说："我读高中三年，好像就没有吃过几回水果，上海的水果贵，吃不起! 5分钱买一片西瓜，还要跟妹妹三人分，一个夏天，也就买一两次罢了。"石小茜说："是的! 我们家要妈妈高兴了，偶尔会买一只小一点的西瓜，先切下小半只给爸爸留着，可以让他用调羹挖着吃，之后六个孩子，一人分一小块，大家就都很满足了，买几只橘子回来，也是一只橘子两三个人分，不可能一人一只的。上海橘子五角左右一斤，是这儿的六七倍呢!"石小茜笑着告诉浦青松，"听魏老师说，如果你到果园去，橘子可以想吃多少吃多少，不收费，只要你把橘子皮、橘子核和橘子上的橘络留下，这些都是中药材，可以卖给药材商的。橘子瓤肉，管你吃饱吃够!"

两人边走边聊着。到了卖家禽的地块，见到一排有七八个人在卖鸡，公鸡、母鸡，白鸡、黑鸡、黄鸡、芦花鸡……有人过来，那些鸡的眼珠子骨碌碌地转着，还会侧过头来盯着你，好可爱呀！在上海，根本就见不到活鸡的影子，要等过年过节按照户口本，每家发一张购买家禽的票，凭票供应，才能吃上鸡，而且还是冷冻的。听说上海的农村，包括郊区，都不允许自家养鸡养鸭搞副业，因为那也是资本主义的"尾巴"，要割掉的。

卖鸡的农民有的蹲着，有的站着，见有人来，都用一种热切、期盼的眼神看着你，等待你的问价和选择。一两个年轻人，显然不常来卖鸡，不大懂生意经，面前放着一两只鸡，见有人走到面前了，才闷声闷气地问一声："鸡要不？"这鸡显然是他们自家养的，可能临时需要钱，才来卖的。一般人面前都有个三五只。也有两个农民，可能是专门在赶场天做家禽买卖的，他们有经验，懂窍门，用箩筐一挑十多只。见到有人走过，就会迎上来，很热情地招呼你，追着你问："老乡，买鸡不？——买鸡不？"

这儿鸡的价钱并不贵，一元至一元二角一斤。一只鸡一般二斤半至三斤，也就三元左右一只。虽然卖的鸡多，但人们的购买力很低。吃鸡是高消费，没有多少人能经常买鸡吃的。白果街上也就白果中学有几个老大学生"高"工资，在当地人看来，是"赚大钱"的主。政府部门大多数人的工资是20多元。农村就更不好说了。听学生说过，效益好的生产队（"坝坝头的"，即处在平坝地块的生产队），青壮年男劳力，辛苦劳动一天，算十个工分，挣一角三分钱，每一个工分不到二分钱。全勤，一个月三十天，一天不缺，能挣到三元多钱。效益差点的生产队，一天十个工分，只有五六分钱，就是说，一个工分一分钱都不到。更差的（山里的）据说一天只有二分钱。而这儿妇女劳动力，一天不能算十个工分，要打折。所以，当时流传甚广的一个笑话说：一个农民早上去出工，出门绊了一跤，捡到了一个五分钱的硬币，他就不去出工了，因为劳动一天，也不一定挣到这么多！

浦青松与石小茜走走看看，想选一只适中的。几个会做生意的卖鸡人，

182

看到这两个"外乡人"想买鸡，就赶紧跟着他们，热情介绍，争着夸自己的鸡如何如何好，一个说，我的鸡很肥，不信，你摸摸看。一个说，我的鸡嗉子里食少，不信，你摸摸看。一个说，我的鸡是生蛋鸡，明天就要生蛋，不信，你摸摸看……两个人什么都不懂，被他们的热情弄得很不好意思，一个中年农民，几乎把他面前的几只鸡都提起来夸了一遍。石小茜看到一只芦花鸡，长得很漂亮，羽毛黑白花纹，鸡冠红红的，特别是那鸡的眼睛很有神，骨碌碌转着瞅着他们，一副精神抖擞的样子。石小茜心动了，问："这鸡有多重？"农民说："三斤左右，可以称一下。"边说边钩起鸡脚上绑着的绳子。农民称了一下说："三斤四两，三元九角。"小茜觉得大小合适，就说："就选这只吧！"他们付了钱，顺带着在旁边的地摊上用十斤粮票换了十只鸡蛋。如果是全国粮票，十斤就可以换到十二只。

　　把芦花鸡抱回家，看着这么漂亮的一只鸡，真不忍心杀。但不杀就没有鸡汤喝。怎么杀？从来没有杀过鸡，又不好意思去请别人帮忙。踌躇间，浦青松说："有什么难的，我来杀，你帮忙抓住鸡的双腿，别让它乱蹬就行。"浦青松指挥小茜："拿一只碗来，放上点盐，加一点点水，搅拌一下。"石小茜问："为什么要加盐啊？"浦青松说："我以前看邻居家杀鸡，就是这么操作的。说加了盐，鸡血就会凝结成块。鸡血是好东西，可以做汤。"浦青松把刀在门口的砖上刮了两下。准备工作做好了，石小茜两手分别用力紧紧抓住鸡的两只脚，闭上眼睛，扭过头去，她紧张极了，不敢看。浦青松把鸡脖子上的毛拔了一点，露出可以下刀的部位，下刀了！鸡猛地一挺身，紧跟着腿一阵乱蹬，石小茜没想到这鸡会有这么大的劲，吓了一跳，手一松，浦青松一把没抓住，鸡就飞出去了！盛鸡血的碗打翻了，鸡血洒了一地。更可怕的是，这只鸡居然还活着，像发了疯似的满地跑，飞快地跑，拼了命地跑，吓得两人赶紧退到墙根，贴着墙站着，听凭这只挨了一刀的鸡满场子转着圈子地跑。最终，血流完了，这只鸡终于倒下了。浦青松也吓坏了：明明已经放血了，怎么这鸡还会满场跑呢？想了好一会儿，不好意思地说："大概割错地方了？"

赶紧烧开水，烫鸡，那股鸡屎味儿太难闻了！没有办法，石小茜把头扭向一边。水太烫，石小茜用根小树棍子按住鸡，在开水里翻滚着，差不多了，就开始拔毛。完成了拔毛的第一道工序。冲洗干净后，接下来要剖腹。"这个我不会。"石小茜为难地说。浦青松又很有信心地说："解剖还不会啊！拿把剪刀来，我来剖！"浦青松像上解剖学课似的，边解剖，边讲解说：这是鸡心，这是鸡胗，这是鸡肝，这是鸡肺，这是鸡的蛋肠吧？里面还有个蛋呢！……杀鸡、煺毛、解剖，折腾了近一个上午，总算告一段落。把鸡肠等废物扔掉，冲洗干净后，已是中午，来不及享用了。决定忍一忍，中午将就一下，随便吃点，晚上喝鸡汤。舀米蒸饭时，发现罐子里的米不多了。浦青松说，下午要去买点米，否则等不到下一个赶场日。

吃完午饭，把厨房门口的满地鸡血冲洗干净，已是下午三点多钟，两个人赶紧背着背篼去买米。集市基本已散，农民挑着空筐子，三三两两往回走了。江边滩地上一张大的竹席上，还堆着一小堆没卖完的米。周边已没几个人了，粮店的几个营业员在忙着收拾摊子，把席子上剩余的米用簸箕抄上逐一装袋。

浦青松拿着购粮本对营业员说："买五斤米！"把购粮本交给粮店营业员后，在一边看着粮店人在粮本上扣除定量，又在一张粮店的登记卡上作了登记，准备付钱。这边工作人员称好米，石小茜从背篼里拿出袋子，打开袋子口，弯腰去接米。突然，她"哎哟"一声，浦青松眼疾手快，大吼一声："不要动！"跨步上前，抓住了秤钩。

原来，卖粮的秤钩，像手写体的英文字母 x 的下半截，秤钩分别在两边往上翘起。粮站称米的人称完米，把秤钩从称米的簸箕上退出来，石小茜在他的右手边弯下腰去接米，靠得太近了，秤钩恰好钩住了石小茜左眼的上眼皮。石小茜一声叫，称米的工作人员也一下子愣住了！在场的人都愣住了！不知道这秤钩到底钩住了眼睛的哪里。这惊险的一幕，让空气凝固了一般，谁都不敢动！

浦青松抓住秤钩，蹲下去，仔细察看，发现秤钩把石小茜的眼皮钩上去约一厘米深，几乎碰到了眉骨，没见出血。浦青松小心翼翼地、一点一点地、慢慢地把秤钩往外退、往外退。退出来以后，石小茜木然地站在原地，不知所措，左眼睁不开，泪水不停地往外溢。浦青松轻声问她："疼吗？"石小茜说："有点疼，眼睛直流眼泪水，眼皮睁不开。"浦青松用两根手指轻轻地揭开她的眼皮，才发现，秤钩是贴着左眼球往上钩的，侥幸眼球没伤着，好险啊！石小茜还愣愣地站在那里，没有回过神来，眼泪仍然还是直往外溢。浦青松再次小心翼翼地检查石小茜的眼睛，还好，因为秤钩的头上是圆的，不是尖的，因而没有刺穿眼皮。尽管眼泪在溢出，但确实没有伤到眼球，这才吐了一口气。全场的人也松了一口气，没有人吱声，可能都在后怕不已！工作人员殷勤地拿过一只凳子来让石小茜坐。浦青松抓着石小茜的手臂，把她搀扶到凳子边坐下，叮嘱她，先不用急于睁眼，闭目休息一会儿。好一会儿，眼泪水慢慢止住了，可以睁开眼睛了，看到左眼皮有点红肿，眼球没受伤，视力没受影响。大家都在感慨："万幸，真是万幸！"

浦青松把米袋装进背篓，把背篓背起来，跟工作人员摆了摆手，示意再见。路上，浦青松轻轻地但咬牙切齿地说："你真是笨！平时看你蛮灵活的，怎么装个米差点出这么大的事？""我哪里知道还有秤钩向两面翘的？"石小茜很委屈，"上海粮店买米，用的是磅秤。就算这种杆秤，也只有一个钩子，从没见过这样两头翘的秤！"看着惊魂未定的石小茜，浦青松不忍心再说她，但还是再三叮嘱她，以后做事千万要小心！

两人一路走着，石小茜不再吱声。她知道浦青松埋怨她，是因为他吓坏了。她自己既后怕，也愧疚，觉得自己的反应确实太迟钝了！在学校读书时自信满满的石小茜，走上社会，这才感到自己的生活能力有点差。夕阳照着这两个刚走出校门的大学生，把他们的身影拉得长长的，似乎在温和地提醒：人生的道路还很长很长，光学点儿书本知识是远远不够的，生活应该是多方位的。

回到家，浦青松去生火炖鸡汤，对石小茜说："虚惊一场，你先去歇一会儿，闭上眼睛，安安神。鸡汤炖好了，我叫你！"一个多小时，鸡汤炖好了，香气扑鼻，汤上浮起一层黄黄的鸡油，好诱人啊！绝对不同于上海清汤寡水的冷冻鸡的鸡汤。两人急不可耐地直接把锅端上桌子，同时动起了筷子。这层喜悦，不仅仅是鸡汤的美味，这也是他们有生以来第一次亲自买鸡、杀鸡、炖鸡，感觉好极了！

两人开始用筷子拆鸡肉。筷子一挑一挑："咦？怎么会有谷子浮出汤面？没洗干净吗？"石小茜望着浦青松。"不会的！"浦青松说，"我反复洗了的。"继续有谷子浮出汤面，石小茜觉得不对头，浦青松也感到有点奇怪。两个人几乎同时站起身来，观察这锅鸡汤：到底是怎么回事？

石小茜把鸡捞出来，放在盘子里仔细检查，追根溯源，这才发现，他们压根儿就不知道，在鸡脖子的下方，胸骨的上方，那里还有个装谷物的鸡嗉子，大概是个临时储存食物的"仓库"。浦青松剖鸡的时候，把胸腔里的东西彻底清洗干净了，没有想到胸腔外还有这么个"粮库"，结果在炖汤的时候，这个鸡嗉子也一起被炖得烂熟。两人在拆鸡肉时，无意中把鸡嗉子戳破了！看到汤上漂浮着的谷物，那个恶心劲就别提了。

石小茜紧蹙眉头，连连说："倒掉！倒掉！"食欲彻底被浇灭。浦青松看着这只鸡，不知如何是好。"我只是把鸡的内脏都清理干净了，没想到胸骨上方还藏着这个东西。"想了想说，"忙了一天，一口还没吃，就倒掉了，你不觉得太可惜了？""不倒掉又怎么办？"看着鸡汤面上浮着的粒粒谷物，石小茜沮丧地说，"反正我是不吃了！"

围着桌子，两人都用无奈的目光看着对方。最后浦青松想出来一个"好办法"：把鸡汤倒掉，鸡嗉子拿掉，用冷开水把鸡再好好洗一下，重新下锅加水再炖！虽然很失望，很窝火，但也只能如此，全部倒掉确实是可惜了，别说忙碌了这么一天，一只鸡的价钱还是他们平时一个星期的生活费呢！再炖了一次，浦青松对石小茜微微一笑说："还是有点儿鸡汤味道的！"石小茜实在没有胃口，说不想吃，浦青松劝她说："鸡胸脯的肉绝对干净，吃点吧。"石小茜勉强吃了几筷子，为的是让浦青松不至于太内疚。

不过她也没忘了嘲笑浦青松："上午还是解剖专家呢，结果都不知道鸡有鸡嗉子！"浦青松反唇相讥："唉——大哥别笑二哥，你也不知道鸡有这么个东西！"石小茜愣了一下，两个人同时笑了起来。浦青松为自己解围道："第一次，第一次，难免的。以后再不会有这蠢事了！"

第五章

别有滋味的乡村生活

摆渡船

打渔船

赶场所见

一、江水 落日 纤夫

一晃就到了冬天，洗衣服是件麻烦事。在上海，洗衣服是用搓衣板的，石小茜得心应手，借助搓板，洗衣服轻松自如。这儿没人用搓衣板，都是用手搓，或用刷子刷。夏天好办，几件单衣服，穿一天，并不很脏，有点汗水而已，轻轻一搓，解决问题。冬天的衣服就不一样了，特别是浦青松的衣服，又厚又大，浸水之后，提都提不动。两个人的衣服，一换就是好几件。石小茜把要洗的衣服浸泡在两只脸盆里，一件一件用手搓。搓得多了，手掌内侧大拇指下方的皮都破了，很疼。洗被单、床单，就更辛苦了。她对浦青松说："记住了，下次回上海，我们一定要带一块搓衣板回来。"

那天是元旦，是他们来到四川过的第一个元旦。学校里又剩下他们两个人了。上午时间短，七点多才勉强天亮，吃完早饭，赶场买菜搞午饭。午饭后天气暖和些，石小茜就把换下来的衣服，以及拆下来要洗的被单（以前是不用被套的，包被子的被里与被面是分开来的），一起浸泡在两只脸盆里。被单的体积大，脸盆里没法搓洗，浦青松的卡其布的罩衣又大又硬，实在搓不动，就都拿到乒乓台上去用刷子刷。

石小茜把湿被单摊开在乒乓桌上，抹上肥皂，一手按住被单，一手用刷子从左往右，大幅度地连续摆动，可怜手臂从来没有这么辛苦过，不一会儿，就刷得她右臂又酸又痛。改用左手，左手没刷几下，刷不动了，又改用右手……当时最大的心愿，就是梦想着什么时候，能有人发明个洗大件衣物的机器就好了。

刷完了被单和衣服，还要端到大江边去清洗。因为吊井水，一桶又一桶，要吊多少桶啊？太麻烦！没有大的盆子，被单也展不开，很难洗干净。去大江清洗，干净又利索。再说，江水洗的衣服、被单，也容易晒干。这儿老师们除了小物件，洗大件衣物，或洗的衣服多了，都会端到江边去清洗。衣物和被单装了两大脸盆，两人各端一盆。小茜正面端盆臂力不行，就学着电影里村姑端盆的姿势，把盆放在左边，借助胯部之力，左手挽着，右手帮衬着，省力多了。她对浦青松说："你也像我这样端，可以省力些！"浦青松回头看到石小茜端盆的姿势，忍不住笑了起来："你那是老太太端盆子的姿势，我们哪用得着这么别扭！"说得石小茜有点不好意思了。

来到江边，放下脸盆，先舒展一下腰肢和双臂。眼睛扫着水面，想找个地方准备下水洗衣物。这儿的江边不像江南水乡。小桥、流水、河边码头。这儿没有码头，没有桥。可能是江水太任性！据老师们说，夏天涨大水，这儿的江面就会很宽，有时要宽到一二百米以上，许多民房都要被淹，对岸平坝地势低，年年遭水灾。白果街这儿在坡上，地势高，淹不到。到了冬天枯水季节，水流量要小很多，有时江面就只有三五十米宽。每年水涨水落，落差太大，大概就是这儿没法架桥没法筑码头的原因吧。

石小茜看中了左前方十多米处的一汪天然小水池。说它是"水池"，是因为那儿有好多块如鞍马大小被水磨得很光滑的石头躺在那儿，围成有几个浴缸大的一圈，圈底下是许许多多鹅卵石垫着底。看上去，一汪静水，好像不受江水主流的干扰。水色呈现出难得见到的淡青色，清澈见底。"就到那个地方去漂洗！"石小茜指挥道。两人在河滩上脱了鞋，挽起裤腿，探探脚，慢慢踩入江水中，端着脸盆蹚水走了过去。

他们原以为江水一定是冰冷的，但两脚刚插入水中，便感触到江水的暖意。柔和的江水缓缓地从脚趾间、脚背上流过，温暖而舒适。石小茜惊喜地说："水是暖和的！"浦青松说："今天大太阳，晒了一上午啦。""小松，你试试，踩在光滑的鹅卵石上，像在给脚底做按摩似的，好舒服！"浦青松赶紧关照她："小心！不要滑倒！——当心脚下小石头戳脚！"石小茜说："知道啦，知道啦！你怎么像个老太太，嘴碎！"两人一边说着话，一边端着脸盆继续往水深处蹚去。到了"池子"边上，水已没过石小茜的小腿肚，到了膝盖，石小茜说，这里可以清洗了。

水中有一块微微高出水面，面积有小圆桌那般大小的光滑的扁平石头，两人把脸盆放在上面。直起腰，眺望远方，小茜感慨地说："这江水多美啊！"浦青松也直起身子愉快地欣赏着这美丽的江景：下午三点多，太阳高挂天空，阳光洒在江面上，波光粼粼，像无数的小星星，一闪一闪，很是耀眼！近处，碧波荡漾，江水是那么温情脉脉地流淌着，脚下光洁圆滑的鹅卵石清晰可见。小茜把裤腿高高卷过膝盖，感觉到了流水绕过小腿的温柔。微风轻轻拂过面颊，此情此景，小茜真有点陶醉了。虽然是在黄浦江边长大，却从未这么亲切地接触过水，那种惬意，无法用语言来形容。她呆呆站着，望着远处，似乎融入了这大自然中，进入了一种无我之境界！突然听到浦青松的一声命令："该干活啦！"小茜才回过神来，余兴未尽地说："吓我一跳！那么大声干？破坏了我的好心情！"浦青松说："我看你痴痴呆呆的样子，不大点声行吗？"说完，哈哈大笑！江边只有他们两个人，笑声洒向江面，没有第三者，怎么放肆都行！

先清洗被单。他俩分别抓住被单的两只角，在江水里漂洗，拧干，再展开，漂洗，再拧干。浦青松这时像个调皮的大男孩，到了水里特别兴奋，他开始恶作剧，拧被单时故意用力拧过头。小茜本来就手臂酸痛，疲乏无力，这下差点双手就要抓不住了。再加上水的浮力，人也差一点站不稳要倒下去。见浦青松恶作剧，石小茜故作生气的样子，装着要把被单甩给他，说："你力气大，你一个人去拧吧！""我一个人哪能来三？（沪语，怎么行）"浦青松赶紧笑着说，"好好好，我道歉，我道歉！我用力轻点，用力轻点。"清洗完被单，再清洗衣物。他们一边漂洗，一边开心地说笑着，享受着这冬日阳光下的温馨和惬意。

不知不觉中，原先光芒四射的太阳，渐渐收敛起她耀眼的光芒，变得又大又红，不再刺眼。石小茜说："这太阳好美啊！江水都给映红了！"浦青松说："美的是景，还有诗句：'一道残阳铺水中，半江瑟瑟半江红。'"石小茜高声接着："可怜九月初三夜，露似真珠月似弓。"哈哈哈……，两人像个快乐的大孩子，你一句，我一句，调皮着，玩笑着，开怀地大笑着。

石小茜把清洗完的衣服一件一件丢向脸盆，看到浦青松在专注地挑拣水中的鹅卵石，就大声地对他说："嗨！浦先生，水中的感觉很好吧？这就难怪孩子们都喜欢玩水了！我看你就是个淘气的大男孩！"浦青松侧过头回答道："今天应该是冬天里最舒适的日子了。等到天再冷些，寒风凛冽，温度很低，就没这么好玩了！"石小茜笑着说："那你就好好享受当下吧！难得有这样的好天气，难得有这样的好心情！"

被单和衣服都清洗完了，两人端起脸盆，蹚着水，走到江滩上，擦干了脚，穿上鞋袜，准备回家。石小茜像来时那样，靠胯骨的帮助，端起了脸盆，可能天气助兴，心情特好，她轻轻哼起了当时最流行的歌曲《打靶归来》："日落西山红霞飞，战士打靶把营归把营归……"浦青松也跟着唱起来，两个人快乐得像个小学生。广阔的天地间，长长的河滩地，就他们两个人。离开了喧嚣的城市中心，离开了紧张的政治漩涡，他们一身轻松，自由自在地放飞心情，尽情地享受着这两人空间。大自然太有爱意了，让他们彻底敞开心扉，回归自然，就如浦青松所说，他们才发现，自己的青春远没有丢失！

端着脸盆上了岸，浦青松说："我们到那块大岩石上歇一会儿吧，裤腿有点湿了，吹吹干。""嗯，好的。"石小茜点头表示同意。两人把脸盆放在身旁，坐在岸上公路边凸起的巨石上休息。这块大石头，就是他们第一天来时，两个帮他们搬行李的农民坐的地方。石小茜说："那两个农民真会找地方，这儿简直就是个瞭望台。居高临下，壮阔的美景一览无余！今天傍晚的景色真是太迷人了！"

面对着流淌的江水，放眼远眺，可以看到江对岸极目处的龙泉山脉的轮廓。一轮红红的又大又圆的太阳好像有意驻足，在距离江面一二丈高处，对着这两个外乡人，似乎"相看两不厌"！浦青松感慨地说："以前钦佩唐代王维的名句：'大漠孤烟直，长河落日圆。'觉得大有吞吐日月的宏伟气势。现在的眼前，展现的不就是'长河落日圆'的图景嘛！如不是眼前这片庄稼地，还真仿佛置身于大漠的奇景中呢！"从小生长在上海弄堂里的两个人，虽然见过黄浦江的宽阔，南京路的热闹，但何曾独对过这般壮美宁静的自然景观？两人深深陶醉在这大自然的乡野之美中。

静默几分钟后，石小茜若有所思地说："有句名言：'入芝兰之室，久而不闻其香，即与之化矣。'那么，套用一下，身处大自然的美景之中，时间久了，是不是也就不觉其美了呢?"浦青松没弄明白她的意思，还没有作答，石小茜又自言自语道："按理说，这儿应该诞生出伟大的画家和诗人!就我们面前的景色把她画成油画，可以挂在人民大会堂!"浦青松笑她说："说你幼稚吧，你还又来了!这里虽然景美，但人们贫困有余，文化不足。成天为柴米油盐而忙，终日为养家糊口而愁，哪有心思来欣赏什么美景，哪有闲情来吟诗作画?"浦青松的现实主义理论，一下子把石小茜美好的念想给砸碎了。她也懒得辩解，两手撑着下巴远眺前方。一处水鸟飞起，引走了他们的视线。

突然，石小茜指着下游方向说："小松，快看!"一艘大木船从下游缓慢地驶上来了。"刚才怎么没有看见?是远处拐弯处的土坡给遮挡住了吗?"浦青松说："我早就看见了!"只见十来个强壮的汉子，前后间隔着一定距离，右肩斜挎着长长的纤绳，脸、胸前倾，左手向后拉着纤绳，右手几乎要撑到地面，一步一步地往前挪动。看不到他们的脸，只看到他们的头顶和头上裹着的帕子。有的人上身赤膊，有的人穿一件无袖无领的布褂子，敞着怀。他们的裤腿都卷到近膝盖处，光着脚，吃力地前行。石小茜情不自禁地拍了拍浦青松的臂膀："看，纤夫!沱江上的纤夫!"

渐渐地，已经能隐隐约约听到他们的号子声了!慢慢地，渐行渐近。已经可以看到他们斜挎在肩上的纤绳下，都垫着一块垫肩。号子声也越来越清晰，一人起头，众人呼应：哼嗨嚯哟，往前走哟。哼嗨嚯哟，不停步哟。哼嗨嚯哟，齐用力哟。哼嗨嚯哟，加油拉哟。哼嗨嚯哟，哼嗨嚯哟，……乡音声重，川语声浓。纤夫们拼尽全身力气，一步一步地往他们这边走来。

小茜说："这里怎么会有纤夫来拉船?"浦青松说："冬天水量小，你看这水位，都要缩到江中心了。这里又是逆水上行，这只货船航行吃力，船上的搬运工就下来拉纤了!"小茜说："曾在电影里看到过嘉陵江上的纤夫，听到过嘉陵江上的号子，没想到今天我们在这儿，亲临其境，亲眼看到了沱江上的纤夫，听到了他们的号子声。而且挨得这么近，就在我们眼前！"浦青松说："性质不一样了！解放前的纤夫，是生活所迫，出卖苦力，是没有社会地位的。现在的纤夫是人民公社的社员，是贫下中农的生力军，有了社会地位！"石小茜说："真不愧是支部书记，随时都给人上政治课！地位不同，但艰辛是一样的，对吧？""那当然！劳动都很艰辛的，但劳动创造世界！"浦青松有点得意地说。石小茜说："书上说，由劳动者的号子而产生音乐，所以我觉得，这音乐就是用劳动者的艰辛和汗水凝固而成的！"浦青松乐呵呵笑着说："看样子，这儿早晚要产生一位女诗人了！"石小茜捡起一粒小石子，向江中扔去，一语双关地说："去！"

纤夫们拉着纤，擦着汗，从大岩石前的河滩上艰难经过。浦青松目送着木船缓缓前进，低声感叹道："纤夫们拉着船赤着脚走几十里路，至少要拉到淮口镇吧？设身处地，让我们空手走一趟也够呛！"他换了一种语气说："确实应该尊重劳动，尊重劳动人民！"小茜看着他，笑了笑说："给我上团课啊？"浦青松说："我这是发自内心的。"

看着货船和纤夫们渐渐远去，无限感慨的两个人，端起盆子，一前一后走上斜坡回学校。到了家里，他们便把当初打背包的背包绳拴在教室前面长廊的柱子上，把洗好的被单、衣服一一晾好。尽管小茜已经累得腰都直不起来了，特别是手臂，疼痛难忍，简直就抬不起来。但看到这些晾出去的衣服、被单等，还是觉得很有成就感的，确实，劳动给人以快乐！

该搞晚饭了。浦青松说："小茜，你累了，休息一下，我来准备晚饭。"石小茜笑他："以前'油瓶倒了都不扶一下'的人，现在变成厨娘了！"浦青松说："以前与现在，境况、身份都不同了！以前是学生，现在是'落花生'，接地气了，自己不动手怎么行？"石小茜也实在不想动了，就坐下休息，由浦青松去忙活。等到晚饭上桌，石小茜的手臂肌肉和肩关节，酸痛得连端碗都困难。刷洗衣物，能累成这样，是小茜没有想到的。越歇越酸疼，今天算领教了！

二、农 家 婚 宴

时间过得真快，元旦过后，很快就要到春节了。平时忙着备课、上课，天天跟学生混在一起，过得充实而快乐。现在学校放寒假了，老师们都要忙着回家准备过年，学校一下子又冷清了下来，浦青松和石小茜似乎已经习惯了这种生活。

寒假时间长，他们就有了自己的安排。上午、下午、晚上，三个整块的时间看书学习，中午午睡片刻，起来稍稍活动一下，或打打羽毛球（是一种简易的羽毛球运动，球拍是乒乓板，羽毛球是彩色的三根毛的那种，学生玩的。放假了，向体育组借来的），或跳一会儿绳（也是学校体育教研组的），之后再坐下来看书。三顿饭简单处理：蒸饭，炖汤！除了鱼汤是单独炖的，如果是肉汤，里面就加些莴苣、萝卜，或土豆、白菜……反正尽量都一锅煮，不炒菜。当然，最多的还是鸡蛋汤，煎一个鸡蛋，加上水，之后把胡萝卜、土豆、莴苣一起下锅。浦青松说，这样方便，营养也不差。蒸饭时多蒸一点，剩下来没吃完的饭就是第二天的早饭——泡饭。

这天，午睡起来，两人在小披屋门口打羽毛球，你一板，我一板……一位胖胖的姑娘过来找他们。她正面对着石小茜，就在五六米开外很神秘地向石小茜招招手，让她过去。石小茜不认识她，看她是在招呼自己，就跟浦青松打了个招呼，放下羽毛球拍走了过去。

石小茜打量着这个姑娘，似乎在哪里见过。姑娘说一口白果乡的土话，一米六左右的个子，在附近的女性中，算偏高型的。胖胖的圆脸，一件红花小棉袄裹着粗圆的腰身，黑红粗糙的皮肤，两条细细的不算太长的小辫子放在胸前。看年龄，二十岁左右，属于长得比较老相的那种，但一开口讲话，却显得天真、单纯，是个大孩子。

"你不认识我啦？"那姑娘扭了扭腰，很亲热地伸过手来拉着石小茜的手，"我是胡家坝小学的民办老师，我姓胡。那次公社在你们学校召开'白果公社全体教师大会'，我就坐在你后面。"她看石小茜没有反应过来，又说："我还叫你下放到我们大队，你忘掉啦?"哦，石小茜想起来了，是有那么回事。

那是一个周六的下午，是老师们政治学习的时间，公社毛书记来学校召集公社全体老师开会。来的人很多，整个公社的公办教师和民办教师都来了。教室里坐满了人。石小茜还是第一次看到毛书记。五十开外，小个子，黑黑瘦瘦，穿件旧的黑棉袄，敞着怀，既像农民，又有点干部模样。与他一起来的公社年轻的干事示意大家安静，毛书记要讲话。待会场安静下来了，毛书记清了清嗓子，用四川话开讲。大意是说，上面有精神，所有的老师都要下放到各大队、各生产队劳动，像民办教师一样，拿工分。要大家有个思想准备。

毛书记还在讲话，会场上已经像开了锅似的，叽叽喳喳，议论起来。许多老师提出疑问，刚刚恢复学校教育，怎么又要下放? 公社书记说，这是上面的精神，没有什么讨价还价的。大家提出这样那样的困难，书记没法回答，也没准备回答，只是再三强调，这是上面的精神! 整个会场乱哄哄的。

毛书记讲话结束，主持会议的干事，拿出表格发给大家，要求大家填报意向，希望去哪个大队或哪个生产队，之后决定权在公社。于是大家似乎在讨论去哪里。有的老师就直接到干事面前，填报要去的大队，这主要是民办教师，他们没有更多的思考，就去自己本大队。有的老师聚在一起议论，对上面突然下达的这个政策有点搞不懂，满脸的疑惑。家在成都的老师似乎很有意见，很激动，他们聚在一起发牢骚。会场上群情激动，声音嘈杂，说得又快，浦青松、石小茜听不懂他们讲的方言，也不知道该去什么大队。浦青松说："我们反正也不知道该去哪里，没有意向，随他们去，分到哪里就去哪里吧。"两个人傻傻地坐了一会儿，见没他们的事，就回小院了。

浦青松拿出砍刀和几根木柴，在小厨房门口劈柴。明天是星期天，要自己烧火做饭的。浦青松一边劈柴一边皱着眉头对石小茜讲："我觉得这事有些蹊跷，不可能再搞这样的政策了吧？所有教师去拿工分？是不是头脑发昏啊？刚办的初中，几百个学生，又退回生产队？这不是朝令夕改吗？"想了想又说："如果硬要这么搞，我没有问题，随便哪个大队都可以。你最好能在附近的大队，晚上可以回家睡觉……"正说着，一个人从过道走出来，背着手，向猪圈那边走了几步，又折身走了过来，经过他们身边。

石小茜转头一看，咦，公社毛书记！出于礼貌，石小茜招呼他："毛书记！"毛书记背着手，低着头，从他们身边走过，没有要停下来的意思。石小茜以为他没听见，傻傻地又大声问了一句："毛书记，我们分到哪个大队啊？"毛书记扭过头来，用四川话赌气似的对石小茜说："你能分到哪个大队嘛？你去了，人家还得养活你！"石小茜愣了一下，似乎没听懂他的意思，觉得这书记讲话很冲，架子好大，问他话，脚步都不停一下，态度那么生硬！小茜心里很窝火，愣在那里，还没回过神来，毛书记已经绕过小披屋，从前面的过道转弯，去了学校大院，不见了。

浦青松看石小茜愣在那里，拉拉她的袖子，说："听明白了没有？人家不要你！""不要我？那我怎么办？"石小茜望着浦青松问。浦青松倒似乎一块石头落了地，他便又开玩笑地说："以后我挣工分回来养你！"他把臂肘一弯，表示秀肌肉，说："我肯定是个全劳力，你就在家烧饭、洗衣服，等我回来吃饭！"石小茜："当家庭妇女了？""那当然啦！"浦青松有点"幸灾乐祸"，挺开心的。石小茜还是没有弄明白，公社书记这话是什么意思？浦青松说："我的理解，书记可能是好心，你这个样子，农村干活的不行！或许安排你去公社抄抄写写，做个秘书什么的，不用去大队劳动了！"说完又哈哈大笑。石小茜正心里不爽，看他还那么高兴，忍不住骂他："你笑什么鬼？疯了吗？"

大家都在等待着"上面"的安排，可是过了一阵子，没有下文，听说上面的上面没有批准，老师们也都没有下放到公社去挣工分，学校照常上课。

"哦，我想起来了，那天你坐在我后面。"石小茜赶忙说，"你找我有事吗？"小胡老师说："我二哥明天结婚，想请你们俩明天去参加我二哥的婚礼。""这太突兀了，怎么就请我们参加她二哥的婚礼了呢？一面之交都谈不上呀！"石小茜心里觉得有点怪，就说，"我不认识你二哥啊。""没关系，你认识我就行了嘛！"小胡老师摇晃着石小茜的手恳求道。

石小茜犹豫道："明天结婚？我没有准备礼物啊！""你送两包'大前门'香烟就行！""买香烟要香烟票的，我们没有烟票。"（烟票只发给抽烟的老师）石小茜有点为难。"'大前门'不要票的，'大前门'以下的香烟才要票证！"小胡老师神秘地说。"哦，那好吧！"石小茜不好意思回绝她，就勉强答应了。"那我明天来接你们哈！"小胡老师很高兴，笑得脸更圆了。临走，跟小茜挥挥手说："明天我来接你们！"

石小茜皱着眉头略带抱怨地说："这算怎么回事？我都不认识她二哥，去参加什么婚礼！"浦青松说："人家诚心来邀请了，就去吧。农村的老师很淳朴，她有你这个上海老师做朋友，觉得很有面子。""哦，好吧。那么两包香烟会不会太少了？"石小茜问。"差不多吧，听说上海现在结婚送礼也就送两元钱。"浦青松补充道，"觉得少了，就一人送两包吧。"石小茜与浦青松收拾起球拍，就到街上供销社去买香烟。果真，与上海不同，这儿的'大前门'，属于高档香烟，三角五分钱一包，不要烟票。可能这牌子价钱高，抽的人少，销路不好！二角八分的'飞马牌'，以及这以下牌子的香烟就要烟票了。

第二天上午，已是十点多了，小胡老师才来接他们去吃喜酒。她上身换了一件新的棉袄罩衣，满脸的喜气。小胡老师解释说，来的人多，她忙里忙外地招呼，来晚了。石小茜赶紧把四包'大前门'烟递给了小胡老师，小胡老师没有客气，没有推辞，高高兴兴地收下了。

小胡老师说她家离白果中学不远，就在学校后面，翻过一个小山坡就到了。一路上，小胡老师介绍着她家的情况。她爸是生产队长，她有两个哥哥，大哥是公社干部，二哥在大队任会计，妈妈很能干，养猪、养鸡、操持家务。她自己小学毕业，就没读书了，去年到大队小学当小学老师。石小茜心里暗暗想："哦，干部子弟，红五类。"疑惑地问："你教小学行吗？""行的！我教小学一年级，学生很喜欢我的！我教他们语文、数学、体育。"小胡老师一手捏着胸前的一条小辫子，一边忸怩地笑了。小胡老师说，在整个生产队里，他们家是经济条件比较好的人家。她大伯家条件也好……小胡老师津津乐道地介绍着她家和隔壁大伯的情况，有点自豪，有点天真，显得很可爱。

前面就是小胡老师家了，双开的大门上贴着一对大大的"囍"字，门口满地散落着燃放后的鞭炮的灰烬，说明新媳妇已经进门了。走进院子，看到一个很大的院坝，和直角形的朝东、朝南两排新房子。院子里喜气洋洋，各扇门上、窗上都贴着大大的红"囍"字。院子里人很多，热热闹闹的，摆了十多张桌子。石小茜说："哇！场面不小啊！"小胡老师说："隔壁伯伯家院子大，还摆了二十多桌呢！"

院子里的亲朋好友们，应该已经来了一段时间了。大家嗑着瓜子，边磕边丢，瓜子壳像仙女散花似的已经丢了一地，这大概也是一种喜庆的表示吧。人们开心地说着，笑着，大声地聊着天，男孩女孩绕着桌子嬉戏打闹，过节的气氛甚浓。这样的场景，在上海是见不到的。小胡老师挽着石小茜的手臂，拨开院子里闹哄哄的人群，带他们到了一间厢房里。房间不大，没什么摆设，泥巴地，像刚建好的新房子还未装修。一张大圆桌。一桌人已经差不多到齐了，都是壮年男子。

谈得正欢的一屋子人，见着两个陌生人进来，突然一下子就没有声音了。小胡老师让他俩在桌边长凳上坐下，向大家介绍说："这是上海来的两位老师！白果中学的，我朋友。"之后又给浦青松、石小茜一一介绍在座的各位："这是我们大队党支部书记，这是大队革委会主任，这是我们大队的民兵连长……"都是他们大队有头有脸的人物。"难怪安排在'包间'里！"小茜心里暗想。安顿好他俩，小胡就出去招呼别人去了。今天她够忙的，那么多的贺喜的人要她去招呼。石小茜感叹道："农村人家结婚真热闹啊！"

浦青松悄悄说："不是每家人家都能如此热闹的！"

　　桌上已经开始上菜了。第一道菜，就看见桌子中央放上来一只大碗，有人喊："甜烧白来了！甜甜蜜蜜！"石小茜一看，这"甜烧白"，上面盖着几片大肥肉，那肥肉薄薄的，薄得透明，但面积大，有巴掌那么大，下面是糯米饭。这么大的肥肉片把石小茜怔住了，第一次见到这么大一片的肥肉，简直要倒吸一口冷气！她看看浦青松，似乎在问："这怎么办啊？"浦青松微笑着轻声用上海话说："侬紧张点啥？勿见得轮得上侬！"石小茜想想也对，农村平时一年都吃不上几次肉的，她放下心来。有人给浦青松递过一支烟来，不知道什么牌子的，浦青松很客气地接过烟，民兵连长马上擦了火柴给他送上火来，浦青松连说谢谢！吸了一口，有点呛，他就夹在手指间，由它燃烧。一屋子的人又开始兴高采烈地谈论起来。大家满足地抽着烟，说着话。一会儿工夫，屋子里便烟雾缭绕起来。众人说的都是当地的土话，他们几乎都听不懂，但他俩谁说话就看着谁，似乎很认真也很有兴趣地听着。

　　一会儿，酒来了，哇！用塑料桶装的，这桶有小学生书包那么大！好家伙，这起码也有五六斤吧！提酒来的人说："红苕酒，管够！""什么酒？"石小茜没有听懂，她在上海听得比较多的是"绍兴黄酒"。"一种用红薯发酵酿造的酒。这酒虽不上档次，但农民都很喜欢这酒。"浦青松悄悄介绍道。石小茜点点头："好像听到过。"整个桌上没有酒杯，只有一只粗糙的大碗。石小茜感到很奇怪，开玩笑地对浦青松说："不会是共用这一只大碗喝酒吧？"浦青松笑笑说："你很聪明，就是用这只大碗喝酒！轮流转，一人一口，叫'转转酒'，以示团结和亲密。"石小茜嘲讽他："你怎么什么都知道啊！"浦青松点点头说："嗯！"

　　浦青松分到白果中学，教了三个多月的课，就被派去辅导大队民办教师。没有教材，要浦青松自编教材。公社提供蜡纸、钢板和纸张，所有的教材都要浦青松自己刻钢板，自己油印，自己装订。石小茜笑他，虽然换了个地方，仍然是干油印小报的！在大学里，他就是刻钢板、搞油印的快手。浦青松是个一根筋的人，干什么都特别认真。他把油墨、油印机都搬到家里，每天晚上，自己一个人刻钢板，一个人油印。学校又从公社给他借来了一部旧自行车，他每天早出晚归，去各大队给民办教师上辅导课，忙活了一个多月，也了解了一些当地的风土人情，见到过这场面。

他们两人轻轻地说着上海话，也没人关心他们说什么。壮汉们可能平时也难得有这闲空坐在一起聊天，今天有机会碰到一起，都使劲地大着嗓门讲话，争着发表着自己的看法，没人顾及到这两个初出茅庐的年轻老师。

很快菜就上得差不多了。菜肴极为丰富：大块的肥到极点的红烧肉，红烧鹅、红烧肥肠，红烧鱼，大炒、小炒，卤鸡，卤鸭，卤鸡蛋……开宴了。果真，一个人提起那装有红苕酒的塑料桶，倒满一大碗酒，从年龄最大的人开始，一人一口，转过来喝。很快就轮到石小茜了，石小茜长这么大从来没喝过酒，更不要说每人一口的"转转酒"了！她红着脸轻声说："我不会喝酒。"大家就起哄，说什么听不懂，但意思是明白的：今天这酒不一样，是必须要喝的。浦青松轻声劝着小茜："意思一下，抿一口吧，不然人家以为你是嫌弃了。"于是石小茜只好接过碗，碰一下碗边，表示喝过了。大家其实也知道石小茜没有喝酒，但并不计较，对这么远道而来的两位年轻老师，还是带点尊重和包容的，民心淳朴。大碗酒就这么一圈一圈地转着，完了再加，完了再加。

石小茜、浦青松都还没有完全适应这满桌子的川菜，几乎所有的菜肴都是辣的，连红烧肉里都有红辣椒。石小茜没吃几口菜，就觉得又麻又辣，就连红烧鱼也比学校吴师傅烧的鱼辣多了。浦青松大颗大颗的汗珠从毛孔里直往外钻，额头尽是汗珠，他又辣椒过敏了，显得非常狼狈。

开始大概因为有陌生人在座，那些壮汉们还比较斯文。喝着喝着，有人就抬起一条腿，把脚搁到凳子上了。还没喝上几圈，有几个人就脸红脖子粗，接着粗话连篇，接着划拳开始！看到这个场面，石小茜心中暗暗好笑："这倒真像电影里的山寨枭雄聚会，大碗喝酒，大口吃肉！"

两个多小时过去了，小胡老师忙得再也没有照过面，也没看到新郎新娘来敬酒，几十桌客人，还不知道敬到什么时候。趁大家都在兴致勃勃地看两个人划拳，浦青松托词不胜酒力，要早点回去休息，便向众人告辞。诸位忙于酣战，也不强留，客气了两句。于是他俩悄悄地穿过热闹杂乱的大院，走上回校的小路。一路感叹道：还是农村生活有烟火气，这在上海，可能又要跟什么"四旧"之类挂上钩，遭到批判了！

三、白果乡的女知青

白果街上的牛很有灵气，傍晚回家，不需要主人牵着，也没有牧童骑在牛背上，当晚霞几乎散尽，黑幕尚未落下时，它们自觉地沿着江边的机耕道回家，两只大眼睛淡定地望着前方，四只蹄子不紧不慢地交替着踏着路面，步履稳健、气定神闲，时而扇一下耳朵，一副悠闲自得的模样。有时是一头，有时是二三头排着队，仍然不紧不慢地淡定着，没有一点儿超道前去的意思。偶尔有一只小牛跟着，紧挨着妈妈，疾步相依相随，好可爱的小牛，多么温馨的画面！

小茜与浦青松晚饭后出来散步，常能看到江边的这一幕，觉得既有诗情又有画意。她说："看到牛，我就想到了牧童，想到了杏花村！"浦青松说："看到了牛，我就想到了农民，敦厚、朴实，任劳任怨，再苦再累的生活，都默默地承受着！"小茜略带嘲讽道："矫情！你的境界总是要显得比我高一点！"浦青松笑着说："我没这个意思。我这是言由心生。我承认，这眼前的一幕，让人联想到田园牧歌，确实挺有诗意的！"

与丽丽的相遇相识也挺有诗意的。那天放学后，老规矩，两人出校门，到江边去走一走，这是他们每天的保留节目。刚走下斜坡，不知谁的一顶草帽被风吹落，滚落到石小茜的脚边。小茜赶紧弯腰去捡，刚直起身，一个姑娘已到她面前，有点不好意思地笑笑，说："谢谢石老师！"石小茜微微一笑，算作回礼，把草帽递给她。姑娘给人的第一感觉就是"明丽"，两根粗细适中的大辫子拖在身后，白白净净的皮肤，唇红齿白，眼睛并不是很大，笑起来很妩媚，甜甜的微笑很容易跟人拉近距离，一眼看去，就是那种性格很阳光的姑娘。这相貌在这农村乡下很少见。姑娘接过草帽说："你们喜欢在这江边散步哈，这儿没得地方耍的。（四川话：这儿没有可玩的地方）"小茜道："这江边视野开阔，出来调节一下视力。"出于礼貌，浦青松也点头打个招呼，用手指了指街上说："你不是这街上的人吧？我好像以前没有看到过你。"姑娘笑着说："嗯，我是淮口镇人。"又补充了一句，"我是插队到这儿的。"刚要抬脚走开的石小茜有点吃惊，开玩笑说："啊？你是知青？你好像没怎么晒过太阳……"石小茜是想夸她长得白净，可姑娘却认真地说："我当了三四年的知青了！农村大田里的农活我都干过！"见到小茜有点疑惑的眼神，她又补充道："不过后来公社招八大员（二十世纪七十年代，在人民公社里担任重要职务的八类办事员：会计、出纳员、卫生员、统计员、食堂管理员、仓库保管员、畜牧技术员、农业技术员。需要说明的是各地区的'八大员'大同小异，并不完全一致），培训学习时，我成绩最好，公社安排我到菌厂干了一年多，这一年倒是很少晒到太阳！"她甜甜地笑了笑，说："'文革'前读了一年高中，'文革'开始后，不读书了，我们街上的学生娃儿都分派到各公社插队，我是到这儿白果乡插队当知青的。"她扬了扬手中的草帽说："最近公社派我到农技站管财务，财务没多少事，很清闲，我就帮农技站做点实事，到街顶头那个农技站的面粉加工点，帮着打谷子，磨面粉。面粉厂都是粉灰，我就顶个草帽！"仔细看这姑娘，六五年读高一，今年应该有二十岁，比小茜小二三岁吧。她跟小茜说："石老师，有空到我们面粉加工点来耍嘛，就在前头。"石小茜说："好的。"她们就这样认识了。

因为这小街上确实没有任何娱乐的地方，丽丽又不是白果场的人，下班后没地方可去。自从认识石小茜后，常会到学校石小茜这儿来玩。小茜与浦青松偶尔也去街顶头的农技站面粉加工点看看她，约她一起出来散步。

有一天，丽丽带了两个小姑娘到小茜家来玩，介绍说："这是我妹妹小卉，这是同小卉一起插队的陈小妹，她们两个都是公社宣传队里跳舞的。"

哇，这么青春有活力的两个小姑娘，长得挺水灵的，长腿细腰长胳膊，标准的舞蹈身材！小卉活泼些，小妹腼腆些。小茜招呼她们坐下，问："多大啦？"陈小妹轻声愉快地说："我刚满十七岁，小卉比我小几个月。""今天怎么有空到你们丽丽姐姐这儿来玩啊？"丽丽抢先说："小妹被温江专区文工团选中了，到公社来办手续。""哦，小妹被选中了，小卉呢？"小茜问。小卉说："公社只有一个名额，我走不了！"毕竟是孩子，小卉没有一点儿愁滋味，高高兴兴地说。看到这么漂亮的两个女孩，小茜好喜欢她们。聊到开心时，丽丽说："石老师那么喜欢你们，你们每人为石老师跳一小段舞，让石老师帮你们评点一下嘛！"两个小姑娘大大方方地答应了。小妹跳了一小节藏族舞蹈《洗衣舞》，小卉跳了一小节新疆舞蹈。尽管房间小，动作施展不开，但她们跳得很认真，抬手投足都非常到位，特别是她们的大长腿，轻轻一抬就过头顶……小茜真没想到，在这小山村里还真有"金凤凰"！小茜为小卉没能被选进专区文工团感到惋惜，看着这么一个活泼可爱、略带点调皮的小卉，忍不住想：她还得在这乡下待多久？她的伯乐在哪里？她的人生舞台又在哪里呢？

人生如若有缘，哪怕相隔万里，也会登上同一条船。一天上午，石小茜上完课回来，看到有位十八九岁的姑娘，背着一只空背篼，站在她家门口。小姑娘个子不高，身板有点宽，扎着齐肩的两条小辫子。当两人对视时，石小茜看到对方，挺直的鼻梁，大大的眼睛似乎略略透出点忧郁，抿成一线的嘴唇微笑着，给人一种自信的感觉。这姑娘眉清目秀，脸颊处原本白皙的皮肤被山风吹得红扑扑的，显出一种让人悦目的健康色。石小茜暗想，这姑娘如果个子再高一点，就是标准的美女了！从服装的样式上看，绝不是当地人。小茜打量着她微笑着问："你找谁啊？""石老师，我找您！"女青年说着标准的普通话。"唔？找我吗？"石小茜觉得有点奇怪，问："什么事？"姑娘欲言又止，小茜开了门，招呼她说："进来吧，进来坐！"把她让进屋里。

石小茜拉过长凳，说："坐吧！"并给她倒上一杯白开水。自己则坐在她对面的床沿上。姑娘双手捧着杯子，环视了一下小茜极其简陋的小披屋，腼腆地自我介绍说："我姓刘，石老师，您叫我嘉嘉吧。"嘉嘉说："早就听说我们白果街上来了两位上海大学生，就想过来看看你们，我们生产队离这儿不远，就七八里地。但是杂事太多，抽不开身，趁今天赶场，就特意过来了。其实没什么事，就是想看看你们！"石小茜赶紧说："哦，谢谢，谢谢！"两人对望着，一时不知道该说什么。停了停，还是石小茜打破沉默，问嘉嘉："你不是本地人吧？普通话说得这么标准！"这么久了，满耳都是四川话，一下子听到这么标准的普通话，石小茜觉得简直就是一种听觉享受了。嘉嘉笑了笑，自我介绍说，她是北京七中六八届初中毕业生，十五岁就来这儿插队了，在水湾大队。父母都在北京某研究所工作。小茜说："你是北京人，怎么会到这儿插队？按照对口，应该去内蒙古吧？"她说，父亲原籍是白果乡本地人。她本该去内蒙古插队的，因为年龄小，家里不放心她去内蒙古，就与老家联系，让她插队到老家来了。她说："其实我爸出去早，老家早就没有人了，要说有亲戚，也是一些竹根亲。"石小茜没听说过"竹根亲"这个词，很好奇，就问她："啊？什么是'竹根亲'？"她解释，就是亲戚的亲戚，甚至更远的盘根错节的关系。哦，石小茜明白了。

嘉嘉比小茜他们小六七岁，插队来此却比小茜他们早两年，看上去，比实际年龄略大些。谈吐中，能感觉到这个初中毕业生的单纯和本不该有的老练。闲聊了一阵，很快大家就成"熟人"了。嘉嘉说："你们比我好多了，两个人一起来到这儿，不孤单。我刚到这儿时，特别地孤独，别人讲话我听不懂；我讲话，他们也不大懂。有一次，几个生产队里的女孩子在我屋里玩，大家玩得很开心，我觉得她们特别有趣，就说：'你们好逗哦！'她们就生气了！我不明白，一再追问，原来这儿说'逗'是小气、吝啬的意思！"小茜笑了起来："北京方言与四川方言，音同义不同，产生误会了！"她喝了一口水，沉默了一会儿，告诉小茜，刚开始，老乡们对她的生活习惯和许多方面都看不惯，觉得她很异类，现在好多了。她举了个例子说："我小学开始学游泳，是学校游泳队的。这儿没有游泳池，好久都没有游泳了。春末夏初，也是我到这儿的第一个初夏，天气很好，我就做好准备，把泳衣穿在衣服里面，到大江边浅水区去游泳。江边水不深，水流也不急，真是天然游泳池啊，好久没有这么舒畅地游泳了！我一个人自由自在地在江边浅水区游泳，蛙泳，仰泳，自由泳，好开心！开始，岸上来了一两个人看我游泳，我没太在意。一会儿岸边就围了很多人，指指点点，还大声呼朋唤友：'快来看女娃子游水'！我当时的感觉，就像老北京人看耍猴，我就是那只众目睽睽下的猴子，搞得我都不敢上岸了。"说到这儿，她仍然很气恼！

嘉嘉从小学开始学弹钢琴。她伸出手来给小茜看，打趣地用本地土话说："现在这双手已经不再弹琴了，改成拿锄头修理地球了。"引得小茜哈哈地笑出声来！还别说，她的本地土话说得很地道了。只是她突然从标准的普通话改为四川话，让人觉得特别风趣！

她说，临行前，爸爸再三叮嘱她：要认真参加劳动，与社员搞好关系。她说，她都努力地去做。物质生活的清贫，劳动的艰苦，她都能克服，但精神上很孤独。"你现在有'朋友'了吗？"石小茜轻声问嘉嘉。"我年龄还小，刚十八岁，没考虑个人问题。爸爸说不要在这儿谈朋友，还是要争取回北京的。"她又吐槽说，"老乡们劳动休息时，打打闹闹，满嘴脏话，乱开玩笑，太无聊了，我觉得是在浪费时间，浪费生命！我看不惯，就自己带了一本《毛主席语录》，坐在一边学。后来公社树典型，我就被评上了'学毛选积极分子'，还去温江专区参加了'学毛选积极分子大会'。开完会回来，公社就让我去各大队、各单位做报告。这样，我下地干活的时间就少了。加上爸爸一再叮嘱，再忙，每天晚上必须抓紧时间复习功课，读语文，做数学题，背外语单词，所以时间安排很紧！这么一来，与生产队里的小姐妹们渐渐有点疏远，就听到有人说我矫情、虚伪、装积极……我心里特别地难受，有时想想真没劲！"嘉嘉一个劲儿地说，石小茜认真地听，以此表示对她的理解和同情。

嘉嘉又说："你们有工资，好幸福！不用天天下地劳动挣工分，我好羡慕你们!"她说,她每天一早与老乡一起下地,为了得到老乡的肯定,拼命地干活。整整一年,她几乎是出满勤。除了下雨或节假日,天天下地干活。男劳力一天十个工分,她辛辛苦苦劳动一天,只能算半个劳动力,五个工分。这儿偏僻、闭塞,重男轻女,喜欢男知青。她说:"我可是与男劳力一样拼着命地干活的。到了分口粮的时候,分到的粮食也只能基本够吃!""啊?劳动一年,还只是口粮基本够吃?"小茜惊讶地问。她笑着说:"你还嫌少啊?我们公社有平坝,跟其他公社比,收入算好的。有的公社土地贫瘠,山多平坝少,累死累活,一天下来男劳力十个工分才挣四五分钱,因此那些公社的知青,劳动一年挣来的工分,就不够称口粮,还得要家里帮忙汇点钱来才能把全年的口粮称回来。我可从来没要家里汇钱。"她稍稍有点小得意地说:"我爸爸要求我到了农村要戒骄戒躁,要能养活自己,我做到了!经济上我没要家里接济!"

浦青松下课回来,一进门,嘉嘉就站起来,礼貌地说:"浦老师好!"浦青松微笑着回答:"你好你好!"石小茜介绍说:"这是我们白果乡的北京知青,爸妈在北京某研究所工作。爸爸老家是这儿,她就插队到这儿来了。"浦青松说:"哦,不容易,从一个物质生活、精神生活都很优裕的知识分子家庭,一下子空降到了这儿,落差有点大哦!"嘉嘉说:"我本来应该到内蒙古的,爸爸就是觉得到那儿落差更大,就让我回老家来了!"

小茜对浦青松说:"我真心佩服她,才十五岁,就一个人从北京来到这个偏僻的农村自食其力了,而且一个人在乡下,住在生产队保管室给她隔出来的一个小房间里。精神上的压力也不小,受了不少委屈……"听着小茜的简略介绍,浦青松说,他能够理解一个北京女孩子,这么小的年龄,就离开家庭,独自一人来到这个陌生环境,遇到的困难肯定不少!浦青松给嘉嘉杯子添上水,夸奖她说:"北京的生活习惯、气候条件与这儿的差异都很大,你这么快就适应了当地生活,还做出了成绩,很不容易哦!"并安慰她说:"这里的老乡还是比较淳朴的,对你的生活习惯不理解,这是城乡生活理念上的差别,别介意。相信他们以后会慢慢理解你的!"嘉嘉说:

"是的，我明白！现在好多了。"嘉嘉今天特别开心，有人能理解她，欣赏她，于是把闷在心里的话，一股脑儿都倒了出来。

一个上午，两位女生似乎有了许多共同的语言。很快地，她们就像久未谋面的老朋友似的，聊得很投机了。临近中午，石小茜与浦青松都真诚地留她吃午饭，她也很爽气地接受了。浦青松宽慰她，欢迎她经常来玩，对她说：不用管别人的闲言碎语，一定要坚持学习，除了《毛选》外，语数外理化生等各门功课都要认真复习。她说，是的，爸爸也一直写信叮嘱她，叫她不要荒废了学业，给她寄来高中课本，让她自学。浦青松跟她说，如果学习上遇到了什么问题，可以过来一起讨论。

以后她来过几次，都是赶场买东西，背着背篼，顺便过来坐一会儿，来也匆匆，去也匆匆。她很忙，她是公社"宣讲团"成员，除了劳动，还要到处宣传毛泽东思想，时间真的不够用！

1972年上半年，淮口帆布厂招工，她被公社推荐，进了淮口帆布厂当了工人，离小茜他们的白果场远了，之后几乎就没有联系了。嘉嘉后来的故事，都是听别人说的了。她脱离了拿锄头的生活，到厂部检修组当了一名学徒工。在检修组，嘉嘉遇上了一位清华大学机械系毕业的大学生，也在车间做检修工。检修工与机器、机油打交道，常常脸上、手上满是黑色的油污。稍不小心，有时也容易碰着伤着自己。清华的大学生比她年长许多，可能看她是个小姑娘吧，很照顾她。有时北京来人带上什么好吃的，也叫上嘉嘉，把她当成小妹妹似的。都是北京人，有共同语言，嘉嘉对他很有好感。但清华大学生明确表示：他不想在这儿干一辈子，所以不考虑个人问题。她很苦闷，一度情绪比较低沉。后来听说她回北京探亲，生病住院，好像是查出肺部有阴影，怀疑肺结核，就一直请病假，在北京治病。

四、养鸡的快乐与悲哀

来到四川已经四个多月了，石小茜仍然水土不服，老是生病。而且身体越来越不好。她原本白皙少红润的脸色，就更加苍白，常常感到人没有力气，没胃口，不想吃东西。而且动辄胃病发作，胃疼得厉害。那天下午上完课，浦青松就劝石小茜到对面公社医院去看看。

这是一家属于公社级别的卫生院，是白果公社最"顶级"的医院了。医院是设在原来一家"大户人家"的宅院里（在这白果街上，算"大户人家"了），稍稍作了一定的改建，规模很小。进门就是一间大堂，大堂里放着四张桌子，每张桌子后面坐着一位中医。没有穿白大褂，就是平常衣服。进门右手边是配中药的柜台，柜台里就一个六十多岁的抓药师。柜台后面靠墙是一长排一长排的中药柜子，一个个的小抽屉上都贴着中草药的名称。

大堂屏风后面，隔着一条窄窄的一线天似的天井，有三间并排的小房间。一间是西医，有两个医生。一个医生据说原是成都正规医院的年轻医生，中专毕业，因为与病人谈恋爱，被处罚回老家，就到这家公社医院当医生了，他是这家医院里西医水平最高的。另一个是他的徒弟。

一间是妇产科，没有正规医生，是一个有着丰富接生经验的接生婆做产科医生。此人年纪四十多岁，个子不高，身体比较壮实，中气十足。她的气色特别好，尽管晒得黑黑的，但脸色红扑扑的，有点类似西藏的高原红，有人说，产科医生最有福，去哪家接生，就跟着哪家的产妇一样吃，营养超好！这位产科女医生剪着四川农村妇女常见的齐耳短发，嗓门大，饭量大，经常看到她端着个大海碗，随意地坐在医院大门的门槛上，一大碗面条随着"嗦嗦"的响声，一会儿就没有了。她虽然没有多少文化，但经验相当丰富，很有威望。她也很忙，很辛苦，没有什么上班下班。即使在吃晚饭，一旦有人找她接生，立马放下碗就走。深更半夜，有人来敲门，也得马上披上衣服就跟着走！远近十多里要生孩子的人家都找她。

还有一间挂着白布帘子，是打针室。就在今年，打针室出过一个事故。一个年轻农民来赶场，因为感冒有点发烧，赶完场就顺便到公社医院看医生。医生开了一支青霉素。他打完针后，可能觉得不大舒服，就在大堂长椅子上躺下。大家以为他赶完场累了，要躺着休息一会儿，就没人在意他。

之后他就再也没醒过来，死了。这应当属于医疗事故，大概是青霉素过敏吧。家属来哭闹了一阵子，后来就没有下文了，不知如何解决的。

坐堂的医生主要是"土"中医。为什么说"土"呢？因为都是师傅带徒弟带出来的，或者是家传，没有受过高等教育，不是医学院毕业的大学生。

赶场天看病的人很多，今天不是赶场天，而且已经是下午了，整个大堂里就只有两个医生坐诊。一进门，靠大门最近的吴医生，就点点头，朝他俩打招呼。两人也就不再挑选，直接走到吴医生面前。这是一位老中医。说他老，是从医时间长，实际年龄也就四十七八吧。吴医生垂下眼帘号脉，抬起眼睛看舌苔。然后说："石老师，你的体质太差了，脾虚、肾虚、六脉虚弱，而且严重贫血。先给你开几副中药汤剂，一天一帖，一帖熬两次，早晚各服一次。再开两盒 B_{12} 针剂，每天一针。"

此后石小茜每天下午上完课，就跨出校门，走上几步路，进入医院大门，到打针室打针。浦青松则开始了每天熬药的活儿，按照医嘱，每天早晚两次。服药、打针一个多月后，石小茜觉得精气神好些了。两人很高兴，觉得中医有道理。

可是没过多久，小茜的老毛病又犯了。胃里不舒服，人浑身软软的没劲，人更瘦，吃什么吐什么。那天上完课，石小茜又去对门医院看中医，见吴医生不在，就换个医生，到陈医生处看病。号脉、看舌苔后，陈医生说："妊娠反应。""我怀孕了吗？"石小茜问医生。"你不知道吗？已经两个多月了。"陈医生说。

石小茜一向体质差，例假原来就不准，有时一停就半年多。大学读书时在上海中医院治疗，吃了一段时间的"益母膏"，才恢复正常。来到四川后，第一次看病，医生说"水土不服"。她也就先入为主，一直以为是"水土不服"，从没往那方面想。陈医生这么一说，石小茜有点蒙了："啊？两个多月了？"陈医生说："你的体质太差，脾虚、肾虚，六脉虚弱，又怀上孩子，要当心身体。我给你开几帖药，好好调理一下。B_{12} 针剂还要继续打。""怀孕了，吃中药会有副作用吗？""不会的，你放心，吴医生开的也都是补药，对胎儿没有影响。"陈医生宽慰她。

回到家，她把这消息告诉了浦青松。浦青松也感到突然。刚来工作，还在努力地适应环境，确实还没有做好思想准备。但现实就是现实，浦青松说："也好，既然有孩子了，就做有孩子的准备。从现在开始，你就不要再做重体力活了，不要再赤脚去河里洗衣服，洗被子，不要再……"石小茜打断他的话："我没那么娇气！"浦青松严肃地说："身体这么差，我们就要好好调养。这不是开玩笑的。怀了孩子，就不要任性了，不能干的事情就不要硬来，有我呢！"这一下，石小茜成了保护对象，除了上课，就什么活也不用干了。

水土不服，加上妊娠反应，石小茜脸色苍白，嘴唇无血色，整天病恹恹的。想洗几件衣服，想着想着就累了，做不动了。几次看医生，医生都说石老师体质太弱，要好好调养身体，每天补充适当的营养，细水长流，不然生孩子有困难。

怎么适当调养、细水长流呢？浦青松犯难了！买肉，要肉票，配给的量少得可怜。况且石小茜平时就像个素食主义者，自小就不爱吃肉，现在更是看到肥肉就要吐。这儿鱼多，但小茜也不爱吃鱼，觉得鱼有鱼腥味……反正，她挑食，不吃的东西太多！当地没有牛奶，没有奶粉。求助于上海，上海也买不到奶粉，要有婴儿出生证才能配给。她的最爱是上海的小青菜，这儿没有。除了鸡蛋，别的荤菜都不想吃。浦青松说："这样不行，你现在不仅要对自己负责，还要对肚子里的胎儿负责！这样吧，就地取材，还是炖鸡汤吧！你怕油腻，我就把面上的鸡油舀到一边，你喝下面的清汤，适量吃些鸡胸脯肉，这样行吗？"石小茜想到上次杀鸡惊心动魄的一幕，有点害怕，说："你行吗？"浦青松说："有什么不行的？上次没经验么！人是会进步的，何况是我？"石小茜无奈地说："那好吧！再试试！"

乡下赶场，就像上海人逛城隍庙，挤挤攘攘。两人从人流中挤到江边买鸡的地方。没走几步，就看到一只纯黑色的鸡，浑身羽毛乌黑油亮，竖着大红冠子，两只眼睛骨碌碌地看着面前经过的行人。说它是公鸡吧，它

213

没有公鸡高高翘起的尾巴，说它是母鸡吧，那鸡冠就像公鸡，特别大，而且很红很红，一般母鸡是没有的。石小茜觉得它太漂亮了，很喜欢，蹲下来端详着这只鸡，问卖家："这鸡是公鸡还是母鸡？"农民给了她一个睥睨的眼神回答："当然是母鸡啦！"浦青松问："怎么卖啊？""一块五一斤。"农民回答。石小茜诧异地看着那个农民："人家的鸡都才一元二角一斤。""这是只生蛋鸡，肚子里还有一只蛋，明天就要生。"农民看着这两个外省人，把"生蛋鸡"三个字说得重重的。石小茜因为太喜欢这只漂亮的黑母鸡了，就说："稍微便宜一点吧，一块三一斤。""一分钱都不能少。"农民两手交叉在胸前，态度很坚决。不买吧，舍不得，买吧，确实贵了些，石小茜在犹豫。浦青松看石小茜那么喜欢，蹲在那里不想走，心想，不就贵了几角钱，满足一下她吧，正准备让那农民称一下，学校教政治的钟老师也来赶场，见到他们俩就打招呼："浦老师，买鸡啊？"浦青松说："嗯。""多少钱一斤啊？"钟老师随口问了一句。"一块五！"浦青松答。钟老师惊讶地对卖鸡的人说："你也太贵了，哪有这个价？"石小茜说："我给他一块三，他不卖！""一块三卖得了！"钟老师对农民说。农民寸步不让。钟老师示意："走吧，下次再买。"他也不便多说，见两位老师没表态，就自己去买菜了。石小茜不舍得离开，生怕一离开，这只鸡就被别人买走了。浦青松在旁边看着，没有作声。石小茜站起来，不好意思地对浦青松说："这鸡太漂亮了，我好喜欢，想买回家养着！"见石小茜这么舍不得离开，又听说这只鸡明天就要生蛋，浦青松果断地说"那就买吧！"农民称了一下："三斤二两，四元七角。"付完钱，两个人高高兴兴地把鸡提回了家。在小厨房的杂物下面，放上一把干草，算作鸡窝。第二天这只黑母鸡果真生了一只蛋，石小茜赶忙抓了一小把米犒劳它，看着这只黑母鸡红红的脸蛋，啄几口米就抬起头来看看她，好像跟她很亲似的，开心极了！

　　过了两天，石小茜觉得一只鸡太孤单了，就对浦青松说："轮到赶场天，我们再去买一只鸡来陪陪它。也不再拿玉米粉换大米了，就买玉米粒喂鸡，你说好吗？"浦青松表示同意，下一次赶场天，两人就又买了一只黄母鸡。每当下课回来，抓一把玉米粒撒在小厨房前，两只母鸡飞快地奔过来，欢快地啄着地上的玉米粒。没多久，黄母鸡也生蛋了，两个人像孩子一般地开心。喂鸡，成了他们调剂生活的一件很有趣味的事情。看书时间长了，或改作业累了，就站起身来，抓一把玉米粒去喂鸡。两只鸡很乖，很听话，只要你一呼，它们就奔过来，在你的脚前脚后转，等你喂它们。你想抓它们，它就马上张开两只翅膀蹲下来，由你摸着它的羽毛玩，这给他们两人的生活带来了莫大的快乐！

反正玉米粒有很多，后来碰到价钱合适，就又陆续买了两只母鸡。可是好景不长，刚买来的一只白色羽毛的母鸡，大白天在打瞌睡。石小茜就去叫来陆老师，让她看看什么原因。陆老师原本是大队小学教高年级数学的，胖胖的，很能干，很自信，讲话大大咧咧的，性格很豪爽，学生们喜欢叫她胖老师，她也高高兴兴地答应着，不觉得有什么"犯上"。她曾告诉石小茜，说在大队小学里，她养了一群鸡，每天的蛋都吃不完。石小茜知道她有经验，请她来帮着诊断一下。陆老师跟着石小茜过来，边走边说，大概这鸡害瘟了！到了后院，浦青松正在用苞谷粒喂鸡，那鸡蹲在那儿不吃。陆老师一见，就大惊小怪地说："你没看见它头颈的羽毛下挂着一粒樟脑丸？这是瘟鸡！"陆老师咧着嘴笑道，"农民很狡猾的，就骗你们这些不懂的人。""啊？还有这样的事？"石小茜看到鸡脖子下面是挂了一个用白布包着的小圆球，白色羽毛盖着，不显眼，她也没多想。这下傻眼了，疑惑地望着陆老师问："这怎么办？"陆老师说："可以喂一颗感冒药。我家有。"石小茜就跟着陆老师回家去拿感冒药。

回到后院，石小茜对浦青松说："真没想到农民还有这智慧，用樟脑丸给病鸡提神！"浦青松说："这符合毛泽东思想呀：'卑贱者最聪明，高贵者最愚蠢。'"石小茜白了他一眼说："别贫嘴了，赶紧喂它一颗感冒药，救救它！"浦青松蹲下去，两手抱着鸡，石小茜捏着鸡的尖尖嘴，给它喂了一颗感冒药，用水灌下去。第二天起来，这只鸡就死了，石小茜很心疼。她看着这只死去的鸡，无精打采地对浦青松说："找个地方埋掉吧。"浦青松叹了口气说:"埋掉可惜了。"石小茜说:"那怎么办?"浦青松想了想说:"鸡肉应该可以吃吧?"石小茜说:"我可不敢吃哦!"浦青松说:"这样,把鸡头、鸡颈脖子、内脏全丢掉,只留鸡胸脯、鸡腿、鸡翅膀,放葱、姜、酒,红烧!"石小茜说:"那就试试吧。"两人合伙把鸡红烧了,居然味道还不错。

没两天,又一只鸡精神萎靡了,觉得不对劲,赶紧杀了红烧。谁知,灾难接二连三,最后连那只可爱的黑母鸡也遭殃了。四只鸡就在这么短短的几天时间里结束了生命,这实在是始料未及的!两人非常沮丧,特别是石小茜,本来买这些鸡的目的,是陪伴那只黑母鸡,结果却害了它!石小茜又伤心,又后悔!早知这样,后面的两只鸡不买就好了。又恨起那个农民来,好可恶!鸡头颈下挂樟脑丸,也太绝了,亏他想得出来!又觉得自己怎么那么笨,为什么看到那颗小白球,就没有问个为什么?……石小茜很是自责,觉得黑母鸡的死纯粹是自己的过错,觉得很对不起那只可爱的黑母鸡,心里难过了好久。自此之后,再不养鸡了!

五、冬天里的烦心事

冬天里,最伤脑筋的是洗澡。不知道这儿的人是怎么洗澡的,反正这儿没有公共浴室,学校里没有,街上也没有,只能在家洗澡。小披屋里透风,在里面洗澡,只能说比露天要好些,那真叫个冷啊!

每周要洗澡了,好像要打仗似的,先得有个思想准备,调动浑身的激情。之后开始做各种具体的准备工作:先得在小厨房烧好两瓶开水,备用。再准备好两脸盆热水,一盆放在脸盆架上,一盆放在脸盆架旁边的课桌上,旁边再备一桶冷水。洗澡人站在脸盆架旁,先用热水把身体打湿,擦上肥皂搓洗,以短跑冲刺的速度,快节奏地上下舞动着双臂。风从门缝里吹进来,冻得直打哆嗦。搓完之后,用第一只脸盆里的水清洗掉身上的肥皂。然后,在第二只脸盆里舀水把身体清一遍。脸盆里的水太少,水也冷得快,要不断把热水瓶里的水逐步加进去,烫了再添冷水,交替进行,动作要快！就这样仍然冻得瑟瑟发抖，洗澡水溅得满地都是。好在墙脚有缝，边洗，水边直接流淌到外面去了。最后，坐在床边，在脚盆里把脚洗了，擦干身子穿上衣服，整个洗澡过程就结束了。洗完澡，嘴唇都是乌紫的。在这样的条件下洗澡，真正是考验人的意志！

洗头与洗澡是分开的。因为井水是硬水，洗完头后，头发会粘在一起，一点不蓬松。因此，必须到江边去打水。铁桶本来就比较重，装了水更重。一人提不动，只能两人合作，各提一边，沿着斜坡走到岸上，提回学校。一路泼泼洒洒，要歇好多回，有时会弄得两个人的鞋都打湿了，到家也就剩下大半桶。烧好热水，开始洗头。一个人蹲在屋外的台阶上，另一个人在台阶上站着，从盆里舀水往他（她）的头发上浇，让水流到台阶下去。这样便可以避免把自己的鞋打湿。两个人沐、浴完毕，基本得要半天时间。

洗澡之后，石小茜先用手把衣服搓洗干净，之后两人一起端着盆子到大江边，由浦青松赤脚拿到江水里去清洗。浦青松两脚冻得红红的。石小茜问他：“冷不冷啊？”浦青松说：“不冷！江水好像比脚还暖和些！”石小茜也不知道他说的是真是假，反正现在怀着孩子，浦青松是怎么都不会让她下水漂洗衣服了。

冬天的夜晚又是另外一种烦恼。这里的冬天十分阴冷，“蜀犬吠日”，少见太阳，虽然说得夸张了一些，但连绵阴天，潮湿寒冷，那是一点也不过分的。冷风会从简易门的门缝里不断地灌进来。他们的被子都很旧了，特别是浦青松的被子，棉胎硬硬的。优点是折叠被子时，有棱有角，看上去很舒服，但盖在身上确实不暖和，就把它做了垫被。石小茜的那床被子，带它进大学时，已经用过几年，但还不算太旧，大学又用了五年，到现在也将有十年了吧。严冬季节，下半夜，腿脚有时要冷得抽筋。怎么办？浦青松想出一个好主意：让石小茜把毛衣套在脚上御寒，他自己就把那件旧的球衣套在脚上，还说效果一定会比石小茜的毛衣好。两个人背贴着背取暖，还真解决问题。

石小茜给家里写信时，把这当作笑话讲给家里人听。小茜妈妈知道了，心疼他们，就把家里五十年代初买的一只黄铜"汤婆子"，用一只木盒装好寄过来。所谓"汤婆子"，是江南一带寒冬取暖的特殊器具，黄铜制成，扁圆似荸荠的形状，顶部有小口，可以用旋转的盖子加以密封。往里灌进热水后，密封好，供人取暖。如果嫌烫，还可以用旧布或毛巾做个套子。白天抱着它放在怀里，可以暖手。夜里放在被窝里，可以暖脚。有了这"汤婆子"，两人夜晚就没有再脚抽筋了。

进入冬天之后，石小茜身体一直不大好，一天两次，天天要熬药，烧柴灶很不方便，费时费力。有老师看到浦青松这么累，就建议他去淮口镇，设法买点蜂窝煤来，熬药、煮个稀饭就方便多了，浦青松觉得有道理。浦青松还有个小算盘：石小茜怕冷，有了蜂窝煤，烧热水方便，可以给小茜冲个汤婆子暖暖手，免得她一直说"冷"。

这一天是星期天，他正好要去淮口镇邮局给两家寄钱，决定到镇上煤厂去碰碰运气，看能不能买到二十个蜂窝煤。他想，反正每个月都得去镇上给家里寄钱，能够每次带上点蜂窝煤回来，也不错。他背上背篓，步行一个多小时，到了淮口镇。邮局在正街上，每次来寄钱是不需要爬坡的，基本上在正街邮局寄完钱，再到书店逛一下，就回来了。但这次浦青松要找煤厂，经人指点，从这边上坡，那边下坡，再拐弯，爬上另一个坡……上坡下坡，七拐八弯，找到了蜂窝煤厂。

所谓的煤厂，就一间大屋子，堆了大半屋子接近屋顶的做蜂窝煤的煤灰，靠门前敞亮处有几台人工操作的敲蜂窝煤的机器，一个人操作一台，敲好一只，取出，码在一边，加料，再敲，非常原始。煤厂厂长也没有什么办公室，就在煤堆旁边放了一张办公桌。浦青松找到他，详细说了自己的困难，希望能够买点蜂窝煤，厂长说买煤要证明。"到哪里去开证明呢？"浦青松问。旁边在敲蜂窝煤的工人听到浦青松诉说的困难，看他是个外省人，就给他出主意说：你从这儿的台阶上去，往北拐，到上正街 X 号找王镇长，让他批个条子就行。

浦青松按照工人的指点，来到上正街。原来这上正街是解放前的正宗商业街，宽宽的石板街道，坐北朝南的一溜商铺，规模还在，不过这些商铺现在都已成了住家户。现在的商业街在坡下的正街。到了上正街，浦青松很快就找到了镇长的家。听到有人找他，王镇长背着手，踱着步走出来。镇长其貌不扬，小个子，小头小脸小眼睛，一个胡子拉碴的五十多岁干瘪老头儿。但一看就知道这是个精通世故、圆滑干练的"土地爷"。浦青松说明来意，希望开张证明，买点蜂窝煤。镇长用疑惑并略带藐视的眼光上下打量了浦青松一眼，面无表情地回答："不行！不是镇上的居民户口，不能买蜂窝煤。"浦青松向他诉说着初来四川，家人水土不服，经常生病，要熬药……没等浦青松讲完，镇长就不耐烦了："说不行就不行嘛！"浦青松本来还想再说几句，以博得同情，但王镇长已经极不耐烦地返身往回走了。气得浦青松站在那里愣了好大一会儿。想想算了，不就是几只蜂窝煤嘛，懒得求人，也转身走了。

浦青松从未受过这样的冷遇，有点窝火，后悔不该来碰这个钉子！回到学校，一进门，正好碰到建议他去买蜂窝煤的老师与别的老师在聊天，问及情况，浦青松怨气未消，讲了买煤经过。另一个老师问："你送礼了没有？"浦青松摇摇头，一脸懵懂地说："啊？没有啊！还要送礼吗？"两老师对笑了一下，说："他们还是刚出校门的学生娃儿，不懂社会。"回到小披屋，石小茜听完他的叙说，劝慰他："别生气，没买到也好，否则二十只蜂窝煤几十斤重，背上十几里路，也够呛。再说，也解决不了长久的问题，还是烧柴火吧，中草药烧开了有个十分钟左右就行，不用熬很久。"

又一个星期天的傍晚，浦青松在厨房生火烧开水，准备给小茜灌个汤婆子，再烧一瓶开水。然后炒菜做晚饭。水烧开了，浦青松在厨房里喊："把热水瓶拿来！"石小茜正在切菜，听到喊声，伸手去拿热水瓶。因为动作快，一伸手，居然有一根细篾片，直接刺进了她中指的指甲盖里，痛得她捏着手指蹲了下去。浦青松急着要热水瓶，以为石小茜没听见，就过来自己拿。看到小茜蹲在地上，捏着手指，连忙问道："怎么啦？怎么啦？"石小茜说："竹刺插到手指甲里了。"浦青松让她把手松开一看，中指的指甲盖里插了一根竹刺，刺得很深，直接戳到了指甲盖的顶部！这竹壳子的热水瓶，年数太久了，是浦青松进大学时从家里拿去的一只旧的竹壳热水瓶，现在又带到四川。竹壳的把手处篾片脆了，断裂开来，平时没有注意到。小茜急急忙忙伸手去拿热水瓶，就被暗算了！浦青松直摇头说："唉，毛手毛脚的，什么事都会给你碰上！"石小茜忍着眼泪，委屈地说："我没看到这竹壳把手处的篾片已经断开了！"她赌气说："这热水瓶也该'退休'了吧？竹壳的篾片都脆了！"浦青松知道这只竹壳热水瓶用的时间确实太久了，是该退休了！他仔细检查小茜的手指，用缓和的语气对小茜说："还好还好，篾片在指甲外面还留有一点儿，你忍着点，我把它轻轻拔出来。"浦青松先去厨房把火灭了，然后找出指甲钳。石小茜怕疼，用力地捏着手指。浦青松用指甲钳小心地、缓缓地、一点一点地慢慢拔出刺，还好，刺被完整地拔了出来，再给指甲的伤口涂上一点紫药水，找了块干净布把指甲包起来。浦青松说："天冷，伤口不容易好，这几天你千万不能碰水，免得感染！"石小茜说："那我烧火吧！"浦青松说："你烧火，我就没地方站了，怎么炒菜呢？你还是歇着吧，不要再闯祸了！"吃饭时，浦青松还是忍不住调侃她几句："你这才叫真正的'稳、准、狠'呐，换个别人，就是对着它，也不见得就刺得这么准，这么深，直直地刺进指甲盖的尽头！""我就这么一伸手……"石小茜本想再为自己辩解几句，确实也想不出什么理由，只能苦着脸说，"算了算了，我认倒霉吧，事情就这么巧！"浦青松见石小茜一脸的无奈，也不忍心再开玩笑了，连忙说："好了，好了，'无巧不成书'。吃饭，吃饭吧，上帝保佑，希望这个冬天不再有什么别的烦心事！"

六、除夕夜　寂寞夜

中国人过春节的传统，据说从上古尧舜时期开始，至今已有四千五百年的历史了。古代文人墨客为这个隆重的节日写的诗还真不少！北宋政治家王安石的《元日》诗最为典型！"爆竹声中一岁除，春风送暖入屠苏。千门万户瞳瞳日，总把新桃换旧符。"千家万户都沉浸在欢乐中，沉浸在全家团聚的乐融融中，沉浸在震天响的充满着火药香味的爆竹声中！除旧迎新，都盼着来年万象更新！

春节前一天，大年三十，即"除夕"，是中国人极其重视的一天！

除夕这一天，家家都很忙碌。要打扫檐尘，把家里搞得干干净净，一尘不染。贴上年画、春联，挂上灯笼，或各种寓意吉祥的装饰物，"除旧布新""消灾祈福"。各处杀猪宰羊，置办年货，添置新衣服。繁忙之中，到处一片喜气洋洋！影片《白毛女》中被地主催债逼得走投无路的杨白劳，还要给他闺女买上二尺红头绳，正体现这一习俗深入到人民大众的骨髓里。

这一天，还有一件非常重要的大事——"祭祖"！这是大年三十最隆重的事，子孙后代不能忘掉老祖宗，不能忘掉祖训，不能忘掉自己从哪里来！

这一天，也是阖家团圆的日子，散落在外地，甚至海外的游子们，千里迢迢赶回家，为的是与父母、亲人团聚，共吃"团圆饭"，给父母磕个头，以示不忘父母的养育之恩。

这一天，大家往往通宵不眠，要"守岁"。在旧的一年已尽，新的一年来临的跨年之际，鞭炮声震耳欲聋，大家互相祝愿，期许一个美好的来年。

今天是农历除夕日，老师们早都走光了，这是学校的常态，每逢过节校园必然静悄悄，两个人早已习惯了这种状况。可校园外就不一样了。从上午开始，白果街上，大路（机耕道）边，江边滩地的集市上，熙熙攘攘，买东西的，卖东西的，热闹非凡！浦青松和石小茜反正没地方去，就背上背篓上街凑热闹。浦青松说："我们这就相当于采风，去体会一下川西民间过年的盛况！"

上了街，看到供销社门口，两条长凳上搁着一块门板，门板上堆放着写好的春联、宣传画、爆竹等。那个给浦青松理发的师傅，今天生意特别好，身边聚了好多个头发乱蓬蓬、胡子拉碴的男人，两手笼在袖子里，说着笑着耐心地在等着理发，他们不只是为了干干净净迎新年，据说还有一定的象征意义：图个吉利，去掉一年的晦气，盼着来年撞个好运。小街上采办年货的人挤来挤去，大多也就买些喜庆的东西，如剪纸、对联、小孩子的虎头鞋、红红绿绿的小孩的帽子、围兜……

浦青松想买几支大爆竹，晚上放一下，刚走上前去想问价钱，石小茜阻止了，她胆小，不同意浦青松买爆竹，觉得有危险。她说："到时候家家都要放鞭炮的，不差你一个！"浦青松也不坚持，不买就不买。石小茜为了不让浦青松扫兴，就说："今天好好去办点年货，我们自己来烧一桌年夜饭！"看到小茜兴致那么高，浦青松也就凑趣道："好！看我手艺！"两人挤进人群中，去办年货，更是为了分享小街的那份热闹。

浦青松说："既然是第一次自己操办年夜饭，就要办得隆重点，鸡鸭鱼肉都办全！"小茜立刻表示赞同说："好！"转而一想，说："烧那么多菜，就两个人，吃到什么时候去？再说，盛菜的碗也不够呀！"浦青松笑了："我逗你的，你还当真了？"气得石小茜真想捶他："跟你说正经事呢，你就是会瞎三话四！（上海话：乱说！）"商量之后，觉得还是现实点，烧个一荤一素一个汤就够了。

大年三十的赶场，如潮水般来，又如潮水般去，时间很短，将近中午就散场了，大家都喜气洋洋回去准备年夜饭了。

当天晚上，两个人配合着，做了三个菜，色彩不错：红的是红烧肉（一个月的肉票全在此了），绿的是炒菠菜，黑白搭配的是鲫鱼汤。要求不高的话，味道还不错！遗憾的是小披屋里就两个人，热闹不起来。

月亮出来了。外面的世界变得静悄悄的，这小街居然没有人的欢闹声，没有鞭炮声，连狗叫的声音都听不到，一切都静静地笼罩在淡淡的月光里。石小茜觉得有点奇怪："咦，白天那么热闹，怎么到了晚上反倒这么安静？"浦青松也感觉到了，他说："好像听谁说过，这儿的除夕夜，家家户户是要早早关上门，全家人一起悄悄吃团圆饭的，不喜欢有外人来打搅，免得漏财！""哦，难怪小街这么安静！"小茜说。这儿本来就没有任何娱乐活动，各家各户又关着门快乐，只把寂寞留给了他们两个人。

在小披屋 15 瓦的灯光下，浦青松和石小茜对坐在小圆桌前，吃着年夜饭。浦青松调皮地说："我们今天也守岁，怎么样？熬过半夜一点钟，子时未过，不许睡觉！"小茜说："我没问题！"收拾好碗筷，把没有吃完的饭菜用报纸盖上。浦青松笑着说："上海家里，年夜饭必须要有剩菜剩饭，这叫'年年有余'！"

外面仍然那么静悄悄。"这里也太寂寞了！没有电影，没有电视，黑灯瞎火的，什么也没有！如果舞个龙灯，或者在高音喇叭里放放音乐，也算过年热闹了一番！"小茜抱怨说，"这儿连个高音喇叭都没有，真是的！守岁到半夜，还有好几个小时，这么长的时间干什么呢？"浦青松说："看书嘛！畅游书中，就是很好的精神享受！""书蛀虫！"小茜嘀咕了一句。

石小茜觉得很没劲，坐在那儿发呆。浦青松看她心不在焉的样子，就问她："你今天是不是忙里忙外的太累了？"石小茜摇摇头说："不是！今天是大年三十的晚上哎，有点想家了。"浦青松说："难免的，'每逢佳节倍思亲'嘛！"他沉吟了片刻，高调说："不过我倒觉得别有滋味：大年三十晚上，静静的，没有任何世俗的打搅，两个人的世界，一人一本书，尽情畅游书海！皓月当空，陪伴着我们一起看书，守岁，浪漫吧？"石小茜仍然蔫不拉几的，浦青松见没能把石小茜的积极性调动起来，就又说："嗨！今天除夕夜，你千万不要把自己的情绪搞坏了。"他看了一眼石小茜，"说真的，出上海前，我内心压力很大，不知道这个'大西南'究竟是个什么状况。现在体验下来，除了日出、日落比上海晚了两小时，环山包围，交通不便，还有就是吃的方面，辣椒、花椒多了些，其他的基本上还是如同生活在江南，远没我想象的那般艰苦，是吧？"小茜说："我不是嫌生活苦，就是突然很想家了！脑子里老是蹦出许多乱七八糟的往事来，赶都赶不走。""嚯！既然赶不走，就说来听听！"为了排解小茜的闷闷不乐的心情，浦青松故意逗她说话。

小茜说："脑海里印象最深的温馨场面，还是小时候。五十年代初期，那时我就五六岁。过年了，新衣新裤新鞋袜，从内到外。爸爸妈妈带我们走亲戚。记得每年去浦西姑姑（爸爸的堂姐）家最开心。姑姑家亲戚多，大人小孩加起来就是两桌人，亲情加友情，大家见面就别提多快活了！大人们聊得开心，不时听到他们开怀大笑！我们小孩子也玩得尽兴，小哥哥、小姐姐们带着我们玩捉迷藏，姑父家房子大，房间多，从这个房间躲到那个房间，被发现后尖叫，争辩，闹得一塌糊涂，大人从不大声呵斥，最多就是提醒一下：'轻点轻点。注意不要磕着！'"小茜偷偷笑了一下，说："据说这一天，大人是不能骂孩子的，不然，这孩子会一年到头挨骂！"浦青松说："哦，我怎么不知道，还有这规矩？"小茜说："吃饭时，大人与小小孩一桌，我们这伙半大的孩子一桌，满桌子丰盛的菜肴，哪只菜合我们胃口，大家的筷子就都像雨点似的落向那里。姑姑家的两个小姐姐有十四五岁，双胞胎，她俩比较矜持，斯斯文文的，看着我们几个小不点这样抢食，只是抿嘴笑！吃了晚饭回家，在过江轮渡上，我已经累得不行了，迷迷糊糊地直想睡觉。下了轮渡回家，妈妈抱着弟弟，爸爸牵着我的手。我边走边瞌睡，趔趔趄趄，老是差一点绊倒，爸爸几乎是提着我走路。实在不行了，就只好背上我。趴在爸爸的背上，一会儿就实实地睡着了。"小茜满脸的幸福感。

想了一下又说："有次周末，爸爸妈妈带我和弟弟一起去饭店吃饭，走楼梯时，我一只手把裙子拎起，可能拎高了，爸爸附在我耳边轻轻说：'小姑娘走路是不能拎起裙子的，那样不好看！'我赶紧放下裙子，觉得挺难为情的——这应该就是家教了。"

看到浦青松略带羡慕地看着她，小茜精神来了："记得有一次，爸爸带我和弟弟去郊外玩。已是傍晚了，天上还有红彤彤的太阳，地上是一大片绿油油的麦苗地。田埂很窄，爸爸牵着弟弟的手，走在前面，我一蹦一跳地跟在爸爸后面。爸爸说：'茜，田埂上走路，不要蹦蹦跳跳的，当心扭着脚！'这时，一个农村老妇，从田埂上向我们迎面走来，这老妇背微驼，步履倒稳健，臂弯里挎着一只竹篮，上面用一块旧的家织的蓝花粗布盖着，老妇一嘴的牙齿全脱落了，瘪着嘴来问路，样子就像连环画里画的巫婆，我有点害怕，躲在爸爸身后。老妇说的是本地土话，又没有牙齿，听不大懂，就见爸爸耐心地指给她看，告诉她应该如何走。临走，老妇连连说着谢谢，谢谢！并顺手揭开粗布，从她挎着的篮子里拿出三个烤熟的洋山芋（土豆），硬塞在爸爸的手中。我都闻到烤洋山芋的香味了，第一次知道，洋山芋是可以烤着吃，并且特别香！心想，等老妇人一走，我跟弟弟就可以吃到烤洋山芋了。可是等老妇人走远了，爸爸却使劲一扔，像甩手榴弹似的，把洋山芋扔得远远的，扔到了前面的麦地里，我睁大眼睛看着他，刚才殷殷的期盼，变成一场空，我好失望！问爸爸，为什么要扔掉呢？爸爸说：'陌生人给的东西不能吃！'这件童年小事，我一直难忘，那三只烤洋山芋的香味儿，好像至今都还没有散去！"石小茜说着，自己先笑了起来，"那时我是不是很馋啊？"浦青松微笑着，轻轻地说："嗯，小馋猫！"她若有所思地说："我很留恋童年的那几年生活，如果生活就是那样，该有多好啊！"

浦青松侧着头，饶有兴趣地听着，似乎很受感染。他羡慕地说："我没有你的这番浪漫，你是被爸妈宠大的。我十岁时，爸爸'支内'，从上海郊区被调去杭州余杭县工作，妈妈独自带着我们兄妹三人过日子。我是老大，又是男孩，她生怕我在外面有什么闪失，又怕我在外面闯祸，只要我出去玩了一会儿，几分钟没见，她就出门找我，大声地叫着我的小名，把我拽回家。我是在妈妈的严格看管下长大的。"他看了石小茜一眼说："当然也有开心的时候。记得初二那年放暑假，我们去爸爸工作的山上玩。休息天，爸爸带我到山下河塘边钓鱼，有一次我居然钓到了一条二寸多长的'小猫鱼'，开心得一蹦三尺高！妈妈还特意把这条小猫鱼煮成汤给我一个人吃，说这是我劳动得来的——那味道真鲜啊！"浦青松故意哑巴着嘴巴，逗得石小茜笑了起来！浦青松说："爸爸还带我去过一回西湖边的小饭店，'高消费'了一下，吃过一次松鼠鳜鱼，那时觉得太好吃了，'天下美味只在此'了！"

石小茜说："好在你爸爸是矿山工人，正宗的工人阶级，可以少操了许多心！"浦青松说："我们家的主要问题是父母两地分居。解放后，大家的工资都差不多，但是一家人分成两边过，无形中就打了不少折扣。你们家虽然人口多，但都生活在上海，原先又有点家底，可以有些贴补，我们家真是白纸一张，毫无积蓄，一个月接不到一个月的开销。"刚解放，爸爸年轻，刚届三十，容易接受新思想，积极报名，参加了政治学习班，经过一段'思想改造'，脱离'资方'，成了粮食局下面的一个小干部，是国家的人了。那时，粮食是国家的重要命脉之一，要思想好的人才能去粮食局！爸爸被派往粮店任公方经理，你想想，当时有多自豪！不过每月工资就只有 49 元了。爸爸原是某商行的高级职员，每月工资三百多。记得高中入团时，我曾问过爸爸，对此有什么想法，爸爸说，当然是现在好啊！过去工资虽高，但没有保障，失业是常事。到了年关，他们这些坐办公室的人，最怕的就是没接到老板'吃年夜饭'的请柬，不送请柬，说明他被辞退了，过完年就不用去上班了，精神压力大呀，就怕失业！现在再也不用担心失业了，每天开开心心地上班，工资虽低，但生活稳定有保障。有了困难，找工会，组织上会帮助你，心里踏实！"

石小茜微微叹了口气，"其实我的直觉，五七年，我在读小学四年级，生活就稍稍拐了点弯！那时候虽然什么都不懂，但有些事情印象很深刻：我们班上的数学老师，突然不让教书了，说她是右派！我们还不懂右派是什么，只是班上数学课一时间没人上了，课堂上乱糟糟的，几个男同学就在班上捣蛋，乱扔纸团。家里呢，气氛也不对头，爸爸天天晚上要政治学习，学习回来，就跟妈妈嘀嘀咕咕到深夜，神神秘秘的，似乎有什么大事要发生。后来才知道，反右运动开始，因为爸爸出身不好，害怕一个不当心被划进右派。"小茜嘴角上翘了一下说："现在想来，这是不是一种'政治忧虑症'啊？一段时间后，阴转晴，爸妈好像心情又开朗起来，可能是'运动'结束了！——五八年你还有印象不？记得要大炼钢铁，我的长辫子被剪了，说造小高炉要用！"浦青松说："记得！我们还捐过废铁，我和妹妹都盯着妈妈要废铁，妈妈说家里实在没有什么废铁，但我们要交任务啊！妈妈被我们缠得没法，就把那只装煤灰用的坏铁锅敲了，一分为二，给我和妹妹去交差。""五八年，解放妇女劳动力，动员家庭妇女出来工作，妈妈进了里弄加工厂，也忙着上班下班了。爸爸老是加班，加班，在单位搞什么发明创造。家里又添了弟弟妹妹。大家都忙啊忙，生活就没什么情调了……"石小茜苦笑了一下。浦青松白她一眼说："你那是'小资情调'哦！我们家的愿望，只要能吃饱肚子，妈妈不用为月底没钱而发愁，就觉得日子过得很开心了！我印象深刻的是三年困难时期，总是觉得吃不饱！常常稀饭吃完了，小妹妹还要把空锅周边的米汤再刮一遍！"

石小茜摇了摇头说："我们家真正感到生活极其艰难的，还不是三年困难时期。六六年下半年，爸爸开始受审查，爸爸妈妈脸上就没有了笑容，家里的气氛比较沉闷。之后，贴补家用的银行存款被冻结，生活好像比困难时期还要难些。不知什么时候开始，爸爸自觉压缩自己的开销，香烟从'大前门'改为'飞马牌'，后来改为'勇士牌'，一角三分钱一包。甚至是'生产牌'，八分钱一包，香烟越抽越差。每天一早上班，爸爸就一碗泡饭，几根萝卜干。"小茜深深叹了口气说："家里听得最多的就是'批斗会''写检讨'。有一阵子，刮起了'抄家'风，不需要任何手续，单位里的造反派随便找个理由，就可以到人家家里去抄家。妈妈天天提心吊胆，最怕的就是单位派人来抄家！爸爸有个同事，以前跟爸爸的关系很好，现在是造反派。他悄悄跟爸爸说，你家的那套红木家具太惹眼，容易肇祸，把它卖掉吧！在这'革命'热火朝天的当口，谁来买你家的全套红木家具？即使有钱，也不敢买。但爸妈都觉得这是一个忠告，最后，考虑再三，把最显眼的红木大橱廉价卖掉，这样家具就不成套了，也表明了自己想与过去划清界限的态度。红木大橱卖掉了，还是不放心。你想想，谁家没有一点儿'封''资''修'的东西啊？爸爸的家庭出身不好是个硬伤，一旦上纲上线，轻则挨打受批判，重则生命安全都不能保证。为了爸爸的安全，妈妈把家里的一些小首饰，最可惜的是祖上留下的一幅古画，让弟弟偷偷地扔进了黄浦江。妈妈说，什么值钱的东西都没有命值钱！"浦青松表示非常理解小茜妈妈的举动，赞叹道："我觉得，妈妈做事有时候还是有一点格局的，在这个年代，只要人没事就是好的！"小茜侧过头怯怯地说："妈妈可是朱熹的后代哦。""唔？真的？没听你说过嘛。"小茜说："这种事情怎么敢随便说？这可关系到我的政治生命！有了一个爷爷的成分已经令我战战兢兢了，还敢去惹这份祸？"浦青松说："朱熹的后代有什么关系？朱熹是南宋人，距今至少也该有八百年了，你怕什么！"小茜说："那孔子还是公元前的人，距今已经两千多年了呢……"浦青松打断她，说："跟我说说没关系的。"

想了想，小茜觉得也确实不该瞒着浦青松，叹了口气，说："妈妈是镇江儒里镇人。儒里，早先叫圩里（圩 wéi），听妈妈说，朱熹的第八代孙，原是山东的一个什么官员，出公差经过这儿，觉得这个地方很好，土地肥沃，气候也好，就辞官不做，围地屯田，落地生根。'圩里'就是'围地'的意思，'屯田'即招募农民来种地。后来乾隆皇帝下江南，微服私访来这里，觉得这里的人知书达理，重视教育——但我觉得更大的可能，是因为这儿是朱熹后裔的缘故吧——就赐名'儒里'。这些都是听妈妈断断续续说的。'文革'中，妈妈回老家儒里探望外婆回来，跟爸爸说，朱氏祠堂被砸得一塌糊涂了！爸爸一言不发，用眼神阻止妈妈不要再说下去。"

既然开了个头，小茜也就不再忌讳，接着说："其实外公家原本是个大户人家，外公在外面生意做得蛮大，听妈妈说，青岛、南京都有她家的资产，她小时候在青岛生活过一段时间。后来日本飞机轰炸，她家的商行一大部分遭炸了，打击不小。战乱时期，市场不景气，生意难做，看来一下子很难恢复元气，加上外公的年纪也大了，他思考再三，决定把产业处理掉，叶落归根，回老家颐养天年。在儒里街上，建了一幢很讲究的住房，四十年代，妈妈家就有阳光房。他们家的大门就像我们电影里看到的官府的大门，只不过是黑色铁皮包着（衙门的大门是红色的），上面有一颗一颗的圆钉，大门很厚很重，开门时有那种沉重的声音。外公把自己的一生积蓄分成三份，两个儿子，每人一份。让大儿子在常州开店，离家近些，好照顾到家里的老人。让小儿子去上海办厂。然而时运不济，形势发生了巨大变化，两个儿子都没做成什么事业，后来就都公私合营了。剩余的一份钱，他就在老家买了几亩地，租给人家种，自己彻底养老。《淮南子》里有一句话说：'塞翁失马，焉知非福？'这话真有道理。外公退出商界，不再费心劳力，活到九十岁，安然离世。更为幸运的是，土改时，被评了个'小土地出租'，那就不是敌我矛盾了！外婆已经九十出头了，还健在。小时候，外婆给我们讲故事，常常成语、典故一串串，有些句子诗意很浓，我们都好喜欢听她讲故事。"

　　看到浦青松听得很认真，她的心情松弛了些，笑笑说："我爷爷与外公完全是两类人。他一生看不上做生意的人，他教育我爸说：'生意人的钱，一蓬烟。有一千，用一万！你看那个"千"字，一只脚站着，怎么得稳？种田人的钱，万万年。你看那个"萬"字（"万"的繁体字），两脚着地，稳当！'他信奉传统观念，奉行耕读传家。农忙时，忙活庄稼地；农闲时，读读书，家里的书都是线装书。他读的书广而杂。四书五经，是他认为的必读之书。他读医书，认为医学能帮人解除病痛，是积德。他也看农业方面的书，研究如何选种育种，如何套种来防止病虫害，棉花长势太好要'打枝'（即剪枝）。他懂农业技术，所以一般情况下，爷爷家的年成都特别好。村里人庄稼上遇到什么问题，都爱来请教爷爷，有人也会向他借点种子什么的。爷爷是个严肃型的人，不苟言笑，整天忙碌着。但凡有人请教他生产方面的问题，他都认真传授，不作保留，甚至直接到田头去指点，所以村里人都很尊敬他。我小时候听到村里的大人们，哪怕很年长的，都叫他'老爷'（我们村里叫祖父为'老爷'，读音 lǎo yi。这是村里人为表示对他的尊敬，跟着孩子们称呼他）。""爷爷为人处事好，确实是个受人尊敬的人！"浦青松点点头。

　　"是啊，但有些事情说不清楚。小时候，听老人讲'太平军作乱'，进村抢钱，抢粮食，抢不到的话，就杀人放火。所以，老百姓认为土地最可靠，土地是抢不走的。爷爷也信奉这一条，节衣缩食，有了余钱就买地，若干年的积累，终于置了二十几亩良田。赶上解放，在南方，二十几亩良田就构成地主了，这是'硬指标'！爷爷评上地主后，有个工作组的人还说：'这个老人要不是地主的话，就是一个劳动模范，劳动技能顶呱呱！'说着还竖起了大拇指。这是爸爸最感到欣慰的一句话！爸爸仔细研究了土改政策，觉得爷爷不该被评为地主，找过工作组，没有用。"浦青松赶紧问："那你爷爷挨斗了没有？"小茜说："爷爷没挨斗，爸爸挨斗了。"浦青松大吃一惊："怎么爷爷评为地主，爸爸挨斗呢？"小茜说："工作组的人说爷爷年纪大了，可以让爸爸代他上台接受批斗。批斗那天，同台受批斗的还有村里的一个富农。结果大家的批斗矛头都对着那个富农，主要因为那个富农脾气不好，好跟人家抬杠，发脾气，可能也因为他只顾自家，不管别人，大家正好趁此把他大骂一顿！妈妈说，我们这个村是个大村，上溯几代，是同一个祖宗，其实大家都是远房亲戚，所以也没有太出格的事，没有什么深仇大恨，批斗会完了，散会之后，大家相处跟开会前也差不多，因为大家都知根知底的，谁好谁坏，心里都明白。只是按土改政策，把爷爷家的房子分掉了，土地、粮食给他们留下一小部分，大部分也分掉了。""那你爷爷奶奶住哪里呢？不会住庙里吧？"浦青松问。"住在我们家以前堆柴草的房子里。""茅草棚？"浦青松说。"不是的，说到这房子，才有意思呢，那堆柴草的房子是爷爷继承来的遗产，很有故事呢！"浦青松也来劲了，赶紧问："有什么故事，说来听听！"石小茜说："那房子清朝时期，是个大官僚的宅子，家眷住的两层楼房早在晚清太平军起义时被烧掉了，只留下厅堂和佣人住的几间房。厅堂高而宽敞，爷爷就用它堆柴草了。自家的房子分掉后，一家就搬去这堆柴的房子里住了。就这剩下的厅堂，也能看出当年这房子的讲究和气派。厅堂里的柱子有两手合抱那么粗，门槛很高，像我们四五岁的小女孩，是一下子跨不过去的，得先骑上去，坐在门槛上，之后再把另一条腿跨过去。厅堂里高高挂着一块匾，匾上三个大字：'松茂堂'，据说这个匾还是皇帝送的呢。""你见过你爷爷吗？"浦青松问。"当然见过！岂止见过，我还在老家这个'松茂堂'住过一年多，看到那块匾。那是一九五一年春节，我刚四岁，跟着爸爸妈妈和刚满一岁的弟弟回乡下去过年。过完年要回上海了，可能爷爷年纪大了，土地分掉了，没多少农活干了，看到我们要走，心里很不是滋味。他跟爸爸说，一个家里没个孩子在膝前，冷清得很。爸爸有点心疼爷爷，就把我留下，陪爷爷奶奶。别的印象不深了，有两件事至今印象深刻。一是大年三十，要祭祖了，就把厅堂里高大的屏风门关起来，上面挂上老祖宗的画像。记不大清楚了，好像有两排，每排三人端坐在太师椅上。男的都戴着顶戴花翎，衣服好像有红的有紫的，具体不怎么记得了。只记得奶奶指着画像告诉我说，那些祖宗都是朝廷命官，那位祖奶奶是诰命夫人。长长的几案上放着高高的香炉，点香，点蜡烛，我们就在蒲草垫上磕头。这些高高的香炉和一些祭器，‘大跃进’时被妈妈去乡下作为废铜烂铁卖给供销社，据说还得到政府的表扬呢。另一件事，就是那年夏天，村里突发腮腺炎（腮帮肿得厉害，乡下人就叫它大脖子病），这个病传染性很强。我家院子里一下子热闹起来，站了许多人，都是大脖子病。爷爷用研好的墨，在病人的腮边画圈圈，耐心地、一个一个地慢慢地画，好像嘴里还念念有词。我嘛，小孩好奇，站在一边看。就这么画好一个走一个。一般就这么一次，严重的也就两次，大脖子病就医好了。那时不懂，觉得很神奇，以为是爷爷念咒语起作用了，现在想来，肯定那墨里有文章。爷爷去世那年，一九五三年，我们回老家送葬，还遇到有人来找爷爷看病，说爷爷能治疗肺结核，具体的我就不知道了。”浦青松好奇地问：“收费吗？”石小茜笑他：“收什么费啊，乡里乡亲的，爷爷说，这是积德！爷爷做的好事多着呢，他还收养过一个孤儿，是哑巴，我亲眼看见爷爷打着手势，教他识字……”说到这儿，石小茜突然问浦青松：“如果你早点知道我的这些底细，你还敢跟我好吗？”浦青松奇怪地看着石小茜：“为什么不敢啊？这些都跟你没有关系嘛！出身没法选择的，许多无产阶级革命家也都出身于剥削阶级家庭，出身于官僚地主家庭。至于长大了走什么道路，那是自己选择的。”浦青松用手在她头上轻轻拍了两下，故作认真地说：“你虽然有点小资情调，但没有剥削阶级思想，属于‘可以教育好的子女’嘛!”浦青松是跟小茜说着玩的，但小茜听了，

231

还是很开心，觉得浦青松没有歧视她。

浦青松好奇心膨胀，他说："按道理，外公家与爷爷家，门不当户不对的，一个是城里做生意的大户人家，一个是农村的耕读之家，你妈妈怎么会嫁到农村来呢？"小茜说："嗨！这你就不懂了。以前人的观念跟现在不一样。解放前，爷爷家有土地，是有家产的殷实之家，知书达理，爷爷的口碑又好，十里八乡都知道他。爸爸长得帅气，而且是独子，虽有两个姐姐，均已出嫁，继承家业的是我爸。外公家这边有三个女儿，妈妈是家里最小的女儿。两个大女儿比妈妈大好几岁，都出嫁了，都是嫁的大户人家，就剩下这个小女儿还没找婆家。那时候，外公已退出商业圈，回老家养老了。当时的时局很乱，日本兵到处找花姑娘。外婆觉得姑娘大了，在家不安全，赶紧找婆家吧。爷爷家在地方上属于有名望的人家，媒人牵线后，外公没出面，是朱家大公子（妈妈的哥哥）来看的人户（即去男方进行考察，了解男方的家庭情况，也要看看男方本人）。舅舅是有学问的人，跟爷爷很谈得来。那时爸爸在上海学生意，特意回家相亲，白白净净的，城里人，有文化，舅舅看了很满意。加上时局动荡，也就不去多考虑，草率了事，让爸爸捡了个便宜！"小茜说完，自己忍不住笑了起来。浦青松说："难怪妈妈做事有魄力，她不是普通人家的姑娘！"

"万幸的是，家里没有被抄！妈妈说，主要是平时爸爸人缘好，没架子，没私心，办事公平……"说到这儿，石小茜看着浦青松说道："爸爸的脾气真的特别好，妈妈嘲笑他的一句名言是：'就你好脾气！见到一块石头都要微笑着点点头！'我们家姊妹兄弟六人，从未见他大声骂过人。弟弟们淘气了，他也就是瞪大眼睛摇摇头。反倒大家对父亲都存有敬畏之心，不敢惹他生气。"浦青松证实道："是的，你爸爸确实是个令人尊敬的人！我第一次见到他，就感觉到他的那份温文尔雅很有修养的知识分子气质。""不提了，还知识分子气质呢！有一次局里开批判大会，那是运动刚开始，场面很大，还比较'文明'，各级负责人轮流在大会上作检讨。下面口号声不断，以助声势。轮到爸爸作检讨了，在打倒石××的叫喊声中，他提心吊胆地走上台，先读检讨书，然后群众责问，喊口号。他正愣愣地站着，不知怎么回答那些乱纷纷的问题，突然，粮食局的那个姓马的造反派头头走过来，在麦克风前大声呵斥他说：'你到现在还不老实！群众提这么多问题，你就这么戆嗨嗨地站着（上海话：傻傻地站着），不做笔记？你还是不想为群众解决问题嘛！'接着拿过一只小板凳，恶狠狠地往他面前一放，扔过一本学生用的练习簿和一支笔，说：'记录！'爸爸赶紧捡起练习簿和笔，坐在小板凳上做记录。你说还有知识分子的尊严吗？简直就是斯文扫地！"

"运动期间，所有人都像着了魔似的！"浦青松叹息道。石小茜急忙解释说："爸爸说，这个造反派头头的话说得很狠，其实是帮他降温，降低调子，让他坐下接受批判。据老爸讲，这个造反派头头表面上对'走资派'的态度都很凶，其实他暗中总找些理由来护着这些所谓的'走资派'。""哦——"浦青松有点诧异，"我还以为他也是极左思潮的代表呢。"石小茜笑了笑说："这个造反派头头，原本也是单位领导，也该属于'走资派'！因为他出身好，解放前家里是雇农，赤贫，属于红五类，所以成了粮食系统的造反派头头。他在粮食系统，政策还是掌握得比较好的，至少没有发生过恶性的打人事件。""能够稳住阵脚，不把船撑到阴沟里去，实属不易！"浦青松点点头说。

两个人你一言我一语，断断续续地回忆着往事，沉浸在对家人的思念之中。胸中因寂寞而引发的郁闷释放了出来，石小茜心情好多了。两人又聊了一会儿，夜深了，睡意也渐渐上来了。正准备睡觉，外面的鞭炮声却响起来了，这是白果街上的人在辞旧迎新了！但时间不长，稀稀落落，就那么一会儿工夫，意思意思，很快就停息了，因为鞭炮也是要花钱买的。

七、有朋自远方来

周六下午放学后，两人正在小披屋里准备晚饭，公社办公室守电话的人急急忙忙来到学校，找到小披屋，送来一张纸条，说："浦老师，你有个同学来成都出差，约你见面，这是他成都旅馆的地址和房间号码。"浦青松接过纸条一看，竟然是五年同寝室的好友苏金阳！浦青松兴奋异常，他对石小茜说："苏金阳到成都来了，他约我去成都见面。今天赶不上火车了，明天一早我去成都，接他过来住几天！"石小茜也很兴奋，没想到会在这儿见到老同学！

说起这个苏金阳，实在是个很有趣的人。他出生贫苦，农家子弟。小时候，家里穷，很晚才启蒙上学，因而他比同班同学要大四五岁。性格大大咧咧，粗犷不拘小节，有时做事不免冒冒失失的，讲话爱带口头禅"他妈的"。在寝室里，他经常绘声绘色地讲，他在农村怎样下河抓鱼、抓黄鳝，上树掏鸟蛋，屋檐下抓麻雀……农村里长大的孩子，生存能力极强，在这方面，浦青松很佩服他。

石小茜曾经听浦青松讲过他的几个笑话。别的同学洗完衣服，用衣架挂起来，晾出窗外。独有大苏，洗完衣服后，不用衣架，像渔民晒网那样，把外衣内裤往窗外小冬青树上一扔，就算完事了。有人说他："你这不是白洗了？冬青树上都是灰尘！"他一撇嘴："灰尘有什么关系？阳光是杀菌的嘛！"更搞笑的是，有一次跟寝室同学打赌，竟然把一瓶香油全喝下去了！这些都不算什么，最令人诧异的，是他约了二三个农村同学，利用业余时间，竟然在宿舍楼的垃圾箱里养大了两头小猪！

事情是这样的：六八年之后，人们对运动的热情渐渐淡去。除了一些搞专案的同学，任务在身，还在忙碌着，大多数人就闲散在寝室里，有点无所事事了。这时候，大苏的生活能力就充分显示出来了。他向几个同学借了点钱（事后想想，应该算集资吧），说有用处。国庆节后的一天，这家伙借了一辆自行车，到学校附近长征人民公社一个大队的饲养场去，买来了两头小猪仔，真把大家惊掉了下巴！他说养猪很简单的，他把这小猪仔放在宿舍楼旁的垃圾箱里。这垃圾箱是用水泥构筑的，约有两个平方大，放两个小猪仔不成问题，天冷还挡风。小猪吃什么呢？他说根本用不着发愁，食堂那边有的是。他约了两个农村同学，不怕脏，每天从食堂的泔脚

234

桶里搞点剩菜剩饭来，再加上厨房里还有不少丢弃的菜叶子，就是小猪的饲料。没想到两三个月后，两个小猪居然有了肉膘，被他喂大了！春节过年时，找食堂的师傅帮忙，把猪杀了，卖给本地同学一部分，把买小猪的本钱还了，剩下的，给留校的外地同学过年！外地同学们都沾了他的光，一伙人又炖又炒，大家聚在一起，美美地饱餐了好几顿，过了一个丰盛的大年！这大概是全校独一无二的打牙祭的特例。

在班上，大苏最佩服的是浦青松，觉得浦青松学习成绩突出，文章写得好，思想深沉，性格沉稳，有头脑，有主见。尽管大苏年龄比浦青松大，但凡事都喜欢征求一下浦青松的意见，所以他们两人还很投缘。大苏是冒冒失失的性格，每当说过头话做过头事时，浦青松总会直言提醒他，或是直接批评他。用浦青松的话来说，他们之间是诤友。凡是争论或者吵架，过后大家都不存芥蒂。

毕业后，大苏一对被分配到贵州大山里的天安县县中。当时那里的运动搞得还很起劲，他被分在学校的专案组搞专案。据说案子非常复杂，被调查的对象人脉关系很广，大苏他们也就全国各地到处跑外调，利用这个机会，他顺路去看了一些老同学。这次到成都来外调，一到成都，他就想约浦青松去成都见面。白果中学没有电话，见多识广的他，就把电话打到白果公社的办公室，请他们帮着找人。但他没想到留个旅馆的电话号码，因而浦青松也就没法与他直接联系。浦青松恨恨地说道："这个大苏，就是个马大哈！给我个电话号码，不就马上可以通上话了嘛！"

苏金阳不知道从白果到成都的交通极不方便。第二天，他吃了早饭还没见浦青松到来，心想：是不是电话没有传到？万一没给传话，那就失去了这个难得的机会了！他有点坐不住了，想找机会自己去金堂。

这家伙不愧为"外交家"，活动能力真强。他看到院子里有两个人在一辆卡车前转悠，好像卡车在哪里出了点问题。他踱步上前，香烟开道，每人递上一支大前门烟，便聊了起来。说来真巧，这恰恰是金堂县淮口帆布厂的卡车。司机听说他想去白果场，就跟他说："你坐我们的车，正好同路。我们带你到淮口镇，离白果场只有十几里路，走路就个把小时。"走这点路，对大苏来说，根本不在话下。他高兴的是，能搭上便车到淮口镇，真是太好了！

一路上海阔天空胡乱神侃，司机和大苏像成了知交似的，无话不谈。尽管去帆布厂的路很不好走，卡车摇晃震颤得厉害，但有人讲话，就不寂寞，这大概也是司机乐意带人的一个小小的原因吧。经过两个多小时山路，卡车开到了淮口镇。司机说，下面的路太窄，卡车进不去，不然我就直接送你到白果场了。在司机的指点下，大苏沿着江边的机耕大道，不紧不慢地走了一个多小时，找到了白果中学。这时已经是下午了。

苏金阳突然出现在小茜面前，着实让她大吃一惊："咦！你怎么突然跑到这儿来了？浦青松已经乘早上的火车到成都找你去了！"石小茜被这突如其来的变故搞得措手不及，真不知道该怎么办！大苏却咧嘴一笑："没啥没啥，我就是特意想来看看你们的家。他找不到我，自然会回来的。"这话好像也有道理，石小茜听了，赶紧给他搞热水洗个脸。知道他还没吃午饭，就赶紧烧水下面。呼啦啦几口，吃完了鸡蛋下面，大苏让石小茜带他出去，到镇上、江边转转。石小茜说："这儿不是什么镇，只有一条小街，很短，也没什么好看的。我还是带你到江边走走，这儿自然环境还不错！"

出了校门，他们向江边走去。大苏对石小茜说："你好幸福啊，有浦青松在你身边，我都羡慕你！"他为没能够与浦青松分配在一起而遗憾。他说："以前在学校，不管遇到什么事情，跟浦青松一商量，心里就踏实了！现在碰到一些事情，想找个人商量一下也不成！"他们沿着江边往下走，看到大江边上的机耕道向远处伸展，机耕道的左边，是丘陵，种着红薯与玉米。右边是宽阔的江面，淡青色的江水让人心旷神怡。站在这边高高的江岸上，再看江水对面，近乎一马平川的庄稼地，视线可以延伸出去很远很远。大苏羡慕地说："你们这儿真好，开阔的视野，青绿的江水，感觉就像在江南！我们贵州那个天安县，出门就是山，走个亲戚都要翻山越岭一整天！老百姓生活很苦的，有几句谚语是这样真切地形容贵州的：'天无三日晴，地无三尺平，人无三分银'……"大苏一边走，一边叙说着他这半年来，在贵州的所见所闻。石小茜第一次这么真真切切地听着"贵州人"在说贵州。有了对比，她更感到自己是幸运的。同样是大西南，贵州大山区与四川盆地竟然是如此地不同！

还没走多远，这冒冒失失的大苏，似乎又等不及了。他跟石小茜说，"我在路上听司机说，白果场去成都很方便的，可以在红花塘坐火车。浦青松回来，一定是走红花塘吧？"石小茜不明白他的意思，随口应道："对！""我们去红花塘车站接他。"石小茜说："不行不行！很远的，要走十五里山路！"大苏说："没关系，十五里，要不了两个小时就到了。坐在家里也是聊天，我们边走边聊，还可以接到老浦的！"这真是"江山易改，本性难移"，这家伙冒冒失失的急性子丝毫未改！石小茜虽然能理解大苏的心情，但还是畏惧这十五里山路。看看实在拗不过他，也只得同意了。

乘上渡船，过了江，由于石小茜走得慢，两个小时左右，才走到了红花塘车站。红花塘车站很小、极简易，就一个出站口，只有慢车、货车才在此停靠。车站门口就两三个职工。大苏凑上前去，每人发了一支烟，聊了一阵话，很快就与这几个人混熟了，其中一个是站长。站长给他们一条长板凳，让他们坐着等。这站长说："我们怎么不知道这儿白果场来了两个上海大学生啊？"大苏说："我这个同学是个读书人，不爱交际……"石小茜坐在一旁看着，觉得这个大苏的公关能力实在太强了，怎么一会儿工夫，就又与站上的人混得像老熟人似的，无话不谈了！几个人聊着天，石小茜在旁听，也就不觉得时间长了。

五点多了，成都去崇阳的这班慢车开过来了，下车的人不多。但是等人都走完了，也没见着浦青松。这说明浦青松留在成都没回来！这怎么办？两人满心的希望变成失望，又没法子联系到浦青松，有点着急。站长宽慰了他们几句，但也表示无奈，因为红花塘是个荒僻之地，没有住家，没有旅馆，就只一个孤孤单单的值班室。去成都的火车要到明天上午八点才来。想来想去，两个人只得返回学校再说。大苏还在跟站长聊着什么，小茜提醒，六点了，得赶快走，不然到家太晚了。告别了站长，已是六点多了，他们又走上了来时的山路。

冬天，天黑得早，傍晚七点钟，黑幕已经完全降临。这条山路上，开始还有几个农民同路，走着走着，整个山路上就剩下他们两个人。今天月色特别好，山路也很清晰。整个山野一片寂静，只有他们两个人的影子跟随着他们前行。山路石头高高低低，石小茜高一脚低一脚跌跌撞撞地走着，不免有点怨气："这个浦青松，在成都没找着人就该回来，他待在成都算哪门子事！"大苏赶紧说："这不能怪他，是我不好，是我叫他到成都去的，结果我又跑到这儿来了！我是个冒失鬼，老浦知道！"石小茜又责备自己："我这个人就是没脑子！根本没想到会接不到他！"大苏说："是我不好，是我不好！性子太急了，急于找到老浦，没考虑周全，这根本不能怪你，更不能怪老浦！"本来石小茜对浦青松没回来，一肚子的怨气，但转而一想，再发牢骚，大苏要过意不去的，于是也就不再说什么了，两人抓紧时间赶路。

有月亮本来是好事，路看得很清楚。但石小茜又担心，这光秃秃的山坡上，一棵像样的树都没有，他们在山梁子上，别人多远都可以看到他们。万一有坏人冒出来，打死都没有人救！但她不能对大苏说这么泄气的话。她只是说："千万不要碰上坏人！"大苏说："不用怕，有我！我捡了块石头装在棉大衣的口袋里呢。"他掏出来给石小茜看，是一块墙砖大小、比墙砖稍厚的有棱角的不规则的石头。石小茜想：看来他也怕在这山路上会遇上坏人，只是没有说出来。这么看来，这大苏还是个粗中有细、很警觉的人。浦青松说他生活经验丰富，一点不假，他不声不响事先就做好了防身的准备。大苏看出石小茜已经走不动了，在坑坑洼洼的山路上绊了好几个趔趄，差点摔倒。于是他一手抓着石小茜胳膊上的棉衣，防她摔倒，一手插在口袋里，捏着那块石头，以防万一。一路上，他们谁也没有再讲话，大苏专注地看着前方。石小茜高一脚低一脚地提心吊胆地走着，警惕地关注着四周。两人只顾着紧张，走了多久也不知道了。突然，大苏开口说道："我们要到了！"你怎么知道？"石小茜觉得奇怪，大苏第一次走这条山路，他怎么就知道要到了呢？大苏说："你听，前面有大江的流水声！"

石小茜竖起耳朵仔细听，确实有极轻微的哗哗流水声。她欣喜地连连说道："太好了！太好了！"十多分钟后，他们来到江边，看到了船头挂着一盏小马灯的渡船。负责摆渡的老社员还守在船上，夜里也开船。叶鹏曾经告诉过她，这只摆渡船是属于生产队的，船老大是生产队派的活，拿工分的。他基本上是生活在船上，有时白天有事，就由他的老婆或儿子代替他。没有上下班时间，守一天一夜算十个工分。

上了船，过了江，他们提着的心总算放下来了。再走一百多米，上了斜坡就到学校了。这么晚了，也没地方去吃饭，两个人只得在小厨房里，又草草地下了碗面作为晚餐。石小茜说烧点热水给他泡泡脚，他说不用不用！大家都累得不轻，石小茜也不勉强他，安排他睡在隔壁浦青松原来的小房间里，给他一条浦青松的旧被子，说："你就不要脱棉大衣了，这床被子你半垫半盖吧，实在没有多余的被子了。"大苏说："行，行！这条被子我认识，青松的！没关系，没关系，很快就要天亮了！"石小茜也只能半垫半盖，对付一晚上。

第二天一大清早，大苏没等石小茜起床，早饭也没吃，留了张纸条，就走了。石小茜起床后，看到门缝里塞进来的纸条上写道，他相信浦青松一定是在成都的旅馆里等他。他必须要早早赶去，因为明天他与同事就得离开成都去西安了。石小茜只得无奈地笑笑，心里想："这家伙，来是风，去无影，真是一个冒失鬼！"

果然，正如大苏所言，浦青松好不容易找到了那家旅馆，找到了大苏的同事，但得知他冒冒失失地冲到白果场去了，大吃一惊！浦青松生怕再相互擦肩错过，决定"守株待兔"，就守在大苏他们的旅馆里等他，反正这家伙总归是要回旅馆的！于是，大苏与浦青松终于在成都的旅馆里见面了。两个好朋友畅谈了一天一夜，心满意足地分手告别。

第二天早上，浦青松送大苏他们上了去西安的火车，找了个小饭馆，先把肚子填饱了，下午也坐火车，走山路，回到白果中学。回来后，浦青松有点疲惫地说："两天一夜没睡觉了，好累！不过，这一趟成都行，值得！"他对石小茜说："好遗憾，你没有跟大苏一起去成都！大苏在搞外调，东跑西走的，找到一些老同学，知道了好多情况。"浦青松在床边坐下，想了想，说，"不过，几乎没有什么好消息。"石小茜说："不着急，你先泡个脚，睡一觉，慢慢说。"浦青松泡完脚，晚饭也没吃，倒头就睡，直到第二天早上醒来。

"记得一班的黎再明吧？分到新疆军垦农场。刚到农场，凭着一个学生的满腔热情，拼命地干活，三个月后，肝病复发，就去世了。三班的何倩和张昌明，分配到湖北军垦农场。到农场后，没有住房，需要分配去的全体大学生自己制砖，挑砖，建房舍。何倩因为挑砖，扭了腰，医生诊断腰椎骨受了伤，现在行动非常不便。张昌明说，农场的排长开始时对大学生态度很凶，很不友好，真像在管劳改犯！当时省军区的后勤部部长，是个三八式老革命，文化程度不高，但人很正直。有次他来场部，看到这种情况，背地里批评排长说：'这些大学生都是国家培养出来的人才，现在只是暂时落难，你们不能对他们这样粗暴。你们既要管理好，也要合理地照顾好，这也是帮助国家保护人才。'后来排长就改变了态度，不再对他们吆五喝六了。"

石小茜愣愣地听着。浦青松继续说："大苏还说到你们班的卢大海，从苏北农村考入上海的大学，很不容易，是全村的骄傲哦！分配时还算不错，分到江苏某农场。可能恋爱问题没有解决好，加上在农场劳动，现实境况又不理想，觉得自己没有出头之日了，过于纠结，精神上出了问题，投河了！"石小茜非常地诧异："怎么会呢！这是一个多么老实的同学啊，吹得一手好笛子！但他性格确实内向，平时不大吭声，有什么事往往一个人闷在心里。""老实人干傻事呀！大苏说，这卢同学单身一人，缺乏跟人沟通的能力，否则不至于落到这个结局！"

浦青松说："你们班的蔡力，是分到浙江农场的吧？""是的，他是照顾

240

对象。他父亲去世早，哥哥远在贵州工作。妈妈年纪大了，按照以往分配，他是应该照顾留上海的。"

浦青松说："大苏见到他时，一件破棉袄裹在身上，正在打扫猪圈。他住在猪圈上面放饲料的阁楼上。见到大苏，他一脸惊讶，羡慕大苏能分到学校，还搞起了专案到处跑！蔡力告诉大苏，当地农民看到农场来了一大批人，穿得破旧杂乱，以为是劳改犯。让他们奇怪的是：这批劳改犯怎么这么多戴眼镜的？蔡力说，当他两手抓着秧苗，两脚插在水田里，望着上海的方向时，心里无比地失落！后来他大病了一场，农场领导看他身子骨虚弱，照顾他，让他来养猪了。"

在白果中学的小披屋里，两人唏嘘不已。短短几个月的时间，竟然发生了这么多的事情，都是始料未及的。

第六章

凡人凡事

灌县南桥
（廊式古桥）

江水悠悠……

通往山外的小路

一、世上还是好人多

这几个月，石小茜的妊娠反应很厉害，几乎吃什么吐什么，脸色苍白，人很憔悴。她的预产期是六月底七月初，为大人和孩子的安全起见，浦青松决定送石小茜回上海生产。可是他没有请准假，学校只同意石小茜一人回沪，石小茜的历史课要由浦青松代上。浦青松考虑了一下，对石小茜说："已经五月份了，离预产期还有一个多月，你先走，晚了，路上颠簸，怕出事。我送你上火车，并给上海发个电报，让家里人到火车站接你。我这边安排好工作，就赶回来。"石小茜想想，也只能如此了。

浦青松给石小茜买了一张回上海的82次快车硬座票。上车那天，送石小茜到成都火车站，自己买了张站台票，直接送石小茜进车厢。安排好石小茜，一再叮嘱她，路上要注意安全！石小茜说："知道了，你放心，我会照顾好自己的。车上人多，又挤，你没必要待在这儿，回去吧！"在小茜的一再催促下，浦青松下了车，到站台上站着，一直等到列车开动了，他才离开。

火车开动了，旁边坐着一位中年男子，看样子有四十七八近五十岁的样子。看了看石小茜，用四川话问："外省人啊？"石小茜点点头。"刚才在站台上跟你挥手的，是你爱人？""嗯。"小茜回答。"盘问"继续着。知道石小茜是上海分配到四川来工作的大学生，现在回沪生孩子，就说："你爱人不陪你一起回去？这么长的路程他放心啊？"小茜说："学校还没有放假，他要上课，等学校放假了就回来。"中年男子点点头。

石小茜本来就对火车上浑浊的空气受不了，晕火车。现在怀孕在身，几个月的不适应，吃啥吐啥，身体更加虚弱。火车开出不远，她就开始晕车了，脸色变得苍白，开始冒冷汗。浦青松不在身边，石小茜努力克制住自己，但胃里实在太难受了，似乎总有一种往上的冲动，想吐。同座的中年旅客本来还想跟她聊聊天，看她脸色难看，一脸的痛苦相，又是孕妇，出于同情心吧，就站起身来，把位子让给她，让她躺下。她太想躺下了，又觉得不好意思。那位大哥说："我身体好，站一会儿没得关系，你太虚脱了要出事，还是安全第一，就躺下吧！"石小茜额头上的虚汗直往下流，胃里难受极了，实在坚持不了了，就赶紧谢谢这位大哥，躺在了座位上，闭上眼睛，觉得舒服多了。这位老大哥一直站在座位旁，一站一站地护着石小茜，不让别人坐。石小茜就这么不吃不喝，闭上眼睛昏沉沉地躺着。

半路上，这位大哥到郑州站要下车了，跟她友好地道别。石小茜欠了欠身，想坐起来跟这位大哥道个别，表示一下谢意，大哥连连摆手，让她别起来，自己快速提起他的小行李包下车了。

新上来的旅客都急匆匆地想找个位子坐，见石小茜躺着，一人占两个座位，就急切地问："这儿有人吗？这儿有人吗？"石小茜不好意思再躺了，就半坐起身来，准备让出座位。这时候列车长走过来了，对那位旅客说："她是孕妇，要生孩子了，需要躺着。你们另外找位子吧。"见列车长这么说，来人就迅速走开，到别处去找座位了。石小茜内心十分感激！感激列车长及时赶来帮助她，更加感激那位没留姓名的老大哥，一定是他让列车长来照顾自己的，不然，那么忙的列车长，怎么会在旅客上车的忙乱当儿，特地来到她的身边？

这以后每到一站，列车长就过来站在她的座位边，成了她的守护神！两天两夜，石小茜就这么不吃不喝不上厕所，似乎生理机能都处于休眠状态，一直昏昏沉沉地睡到了上海。到了上海站，列车长还特意在车门口与石小茜告别："大学生，再见！"石小茜轻轻回了一声："再见！"并向他挥挥手，再一次表示感谢！这边见到弟弟来接，她赶紧就随弟弟出站了。

许多年过去了，石小茜反而时常会想起此事。她很自责，怪自己当时太年轻，不懂事，怎么就没有记下他们的姓名，哪怕写封感谢信也好啊！她深感内疚，这辈子只能在心里默默祝祷："愿好人一生平安！"

回到上海一个月不到，六月初，浦青松赶了回来。浦青松给学生上完课，没参加学校监考、改卷和教师的暑假学习，请假回来了。第二天就陪石小茜到地区中心医院去做产检。医生检查后告知：胎位不正，是臀位，

246

有危险，要石小茜回去后每天做胎位纠正，即每天睡前半小时，双腿跪在床上，头、手趴在枕头上，来纠正胎位，一周后再来检查。

第二次再去产检，结果胎位还是不正。医生告知家属："要做好剖腹产的准备。"听说可能要"剖腹产"，浦青松很紧张，问医生有什么办法可以纠正胎位？医生说："回去继续做纠正胎位的动作，其他没有什么办法。实在不行，只有剖腹产。胎儿臀位是很危险的！"

做了一段时间后，石小茜觉得太累了，一跪就是半个小时，效果又不好，不愿意再做那跪趴的动作。浦青松像哄孩子似的，劝她继续锻炼，并跟石小茜说："我陪你！一起做！"他真的陪着石小茜，每天跪趴在床上半个小时。

一周之后，做最后一次产前检查了，小茜惴惴不安地躺上产检床。如果胎位还是不正，医生说，唯一的办法就是剖腹产。那时做剖腹产的人很少，听说剖腹产，简直是天大的事，产妇、家人都很紧张。这天石小茜在产检床上躺下后，进来了一位五十多岁的女医生，中等个子，瘦削的身材，穿着洗得很旧的白大褂，其实已经不太白了。进来后就戴上大口罩，只留下一双带有鱼尾纹的眼睛，小茜觉得这个医生的眼神有点冷漠，不像一般医生对孕妇很亲切，问长问短。护士给拉上布帘，女医生一声不吭，面无表情地动手给石小茜做检查。石小茜觉得，与她的冷漠表情截然不同的是，她的手势非常地轻柔，在小茜的肚子上轻轻地按着，按着……好像在估摸胎儿的大小。捏着捏着，突然，小茜的肚子被她用力地转了一下，痛得小茜禁不住"哎哟"了一声！医生轻轻地关照了一句："胎位给你拨正了。""啊？胎位拨正了？"小茜还没有回过神来，女医生已经轻轻地走了出去。

石小茜穿好衣服，从产检床的布帘后面走出来。正在帮她填写病历卡的护士悄悄跟小茜说："你运气真好，今天碰上专家了。这下你就不用做剖腹产了。"石小茜疑惑地问道："刚才那医生是专家吗？"护士说："当然啦，有名的妇产科专家！不过现在是'反动学术权威'，今天轮到在我们医院监督劳动。你的胎位有点麻烦，我们科室医生就让她来看看。你今天可是撞上大运了!"随后，小护士又叮嘱了一些细节：回去以后不要坐低矮的板凳，不要多弯腰，不要……小茜好激动，跟护士说，我应该去对她说声"谢谢"! 等石小茜拿好病历卡从产检室出来，早已不见了那位医生的踪影。小茜把这好消息告诉等在外面的小松，小松眼里满是欣喜，忍不住说了句："老天保佑!"小茜心里有点不平，为什么"专家""权威"就一定是"反动"的呢？她就这么来无声息去无影，是去扫地了？还是去打扫厕所了？这么大的医院到哪里去找她呢？没能当面说声谢谢，小茜许久都觉得很歉疚!

几天后的早上，小茜肚子隐隐地有点痛。浦青松说："会不会是要生了？要不要叫部三轮车去医院？"小茜说："没那么快吧？反正医院也不远，两站路，我们就慢慢逛过去看看。人家都说孕妇要多走动，生孩子时才顺利。"浦青松反正不懂，听小茜这么说，觉得也好，就陪她慢慢逛到医院去做检查。到了医院，医生一检查，说产期到了，不要走了，叫浦青松赶紧去办理住院手续。于是石小茜住进了待产的病房，浦青松回去取洗漱用品。小茜有点疑惑，会不会搞错？就早上微微痛了一小会儿，现在一点没事了。但她还是按照医生的嘱咐，老老实实躺到小护士指定的最靠墙的一张病床上。

待产房里已经有五六个人躺在了病床上。待产房里有点乱，一会儿是从待产病房急匆匆地把孕妇送进产房里去，一会儿又有挺着肚子被接进产房的。各人忍受力不同，表现就不同。有大声呻吟的，有哀号的，有骂人的，也有小声哼哼的。石小茜静静地躺在床上，无聊地看着周边，真没想到待产房里会是这么一个热闹的世界! 石小茜想，不就是生个孩子吗？每个女人的"必修课"，怎么就惨到这种程度？她决定咬着牙，再痛苦都不叫唤。

待产房里有一名医生、两名护士，医生护士忙忙碌碌，但忙而有序。只听见值班医生在叫：二号床已开了三指了，要注意了! 五号床要赶快，快点，快点，已开了四指了，赶紧推进产房! 两名护士小跑似的赶紧把五号床上的孕妇，抱到另一张床上送走……

将近中午时，石小茜偶尔又感到肚子痛了一会儿，时间比上午稍长些，但接着又没事了。很快，浦青松把洗漱的用品送来了，还给小茜带来了午饭。待产的病房里，家属是不允许进去的。石小茜就从床上下来，坐到病房外走廊的椅子上。小茜说："我已经吃过了，医院的午饭很早，十一点不到就推进来了，你自己吃吧。"浦青松问："情况怎么样？"小茜说："没什么啊，好好的，偶尔有一阵痛。"浦青松说："不要大意，医生都说你今天要生的，必须住院待产。也不要走动了，你还是去床上躺着吧，我就在病房外陪着你。"石小茜说："没事，跟你聊聊天。"

对面椅子上的阿婆问："你们家谁要生孩子啦？"浦青松见她问，觉得蹊跷，指指石小茜。阿婆说："看不出来她是孕妇，就要生了？"哦，明白了，一般孕妇临产前都挺着个大肚子，石小茜可能腹肌比较紧，没人家的肚子大，加上衣服比较宽松，不注意还真不容易察觉。

下午两点多钟，浦青松劝石小茜进去休息。他说："你进去躺一会儿吧，好好休息，我在外面看看书，你有什么事随时喊我。"石小茜进去了，浦青松就坐在椅子上看书。天将黑时，医院服务员来送晚饭。浦青松也买了一份。两人又坐在长椅子上，边吃边悄悄聊着天。石小茜仍然没有多大感觉，浦青松说："你大概是个奇人，要生孩子了，还那么轻松！"

晚饭之后，七点多钟，石小茜觉得肚子的阵痛有点频繁起来，而且程度加剧，她赶紧离开浦青松，说："这下恐怕真的快要生了！"躺回床上，等待着医生送她进产房。可是一阵剧痛之后，好像又没事了。

夜里十点多钟，一阵接一阵的疼痛感越来越强烈，骨头似乎要被扯开似的疼痛难忍，额头开始冒汗。她这才知道先前的准妈妈们在忍受着怎样的痛苦！她脸对着墙，强忍着不吱声，汗水已经湿透了她的后背心。产房里待产的妇女，一个接一个地被推走，又一个接一个地被送进来，好像换了好几茬。时间真难熬啊，石小茜看了一下表，是夜间十点三刻，已经在医院待了十多个小时了！

十一点一刻，石小茜的疼痛越来越剧烈，间隔的时间越来越短，她的汗水把头发都打湿了。她疼得要哼了，想到先前那些人的狼狈相，实在不好意思；忍住不哼，剧烈的疼痛，让她恨不得从床上翻到地上去，头颈上的大颗的汗珠滴下来，滴下来，把床上的白床单湿了一片。她强忍着把身体侧向另一边，但是不起作用，疼痛像巨大的蟒蛇缠住她，她想哭，但不能哭，没听说生孩子哭的，被人笑话！她疼得实在要哼了，要哼出声了，忍住，忍住，我不能出声，我不能像那些人似的，狂喊乱叫，那太没有面子了！……她一直跟自己较着劲，较着劲，跟疼痛较着劲……

　　可能该忙的活都忙得差不多了，医生来关心待产房里的最后两个人。石小茜听到一个老护士在责怪小护士："怎么搞的！这个已开四指了，快送产房！"听见小护士辩解说："这个人到现在没哼过一声，我还以为没到时间呢！"接着就有人把她抱到另一张床上，推进了产房。

　　产房里的医生护士马上围了过来，有做检查的，有做准备工作的。石小茜此时痛得紧闭着双眼。医生说："实在痛得厉害就哼几声，可以减轻疼痛的。"但石小茜想到刚才那些产妇的吼叫声，觉得太狼狈，太无尊严，咬着牙，就是不作声。医生开始让小茜配合：吸气，用劲！吸气，用劲……多次尝试，不成功。听到医生对护士说："她体质太差，使不出劲来。让她休息一下，再试试。实在不行，就帮一下。"

　　又试了几次。医生说："不行，拿剪刀来！羊水还不破，要帮忙！"石小茜已经痛得麻木了，但意识很清醒。只听得医生沉着地对护士说："划破羊水，羊水破了！——剪刀，剪刀……帮她剪一刀！"小茜除了疼痛，其他什么感觉也没有了。一会儿，又听到医生鼓劲说："吸气，用劲，死命地用劲！再用劲！好了好了，快了快了！"紧接着，传来了两声婴儿的哭声——声音虽细，但还算响亮。

　　医生大声报喜说："是个男孩儿！"百忙之中医生还不忘表扬一下："这小囡跟他妈妈一样，老清爽的！（沪语：很干净）"又听到医生对护士说："缝针，缝针！"小茜一下子就软瘫了下来！此时，她没忘记看表，时间正好是十二点整，也即零点。是闰五月的第一天。护士来报：孩子6斤8两！

等在产房门口的浦青松，听到了儿子两声哭声，再听，没了！就两声？他疑惑地朝里面问道："怎么哭了两声就没有啦？""谁说没有啊？"不知是医生，还是护士，在孩子的小屁股上"啪啪"两下，顿时，小家伙呜哇呜哇地放声哭了起来。在这静静的深夜里，大楼里这新生命的嘹亮哭声真是太美妙了！在浦青松听来，英气十足，声震屋宇，又像是一曲美妙动听的小夜曲，韵味悠悠。浦青松兴奋地在产房门口来回走着，心里美滋滋的：这是新的生命力的显示！是我们家族血脉的延续！我的儿子！我当爸爸啦！他兴奋地等待着儿子来到他的面前。听到声响，产房里有动静了，浦青松立即停下脚步，伸长头颈，看看谁先出来！

布帘一掀，首先出来的是儿子！医生把婴儿抱到产房门口展示了一下，算给家里人报喜。但是隔着护栏，大家只能远看，那么小的一个小人儿，在家人前晃了一下，就给抱进去了。小茜妈妈惊喜地说："太像了，太像了，一头长长的卷发，就像小松！"浦青松妈妈脸上乐开了花，对亲家母说："孙子，孙子，太好了，太好了！"浦青松只晃到了儿子一眼，隔着三米远，总觉得不过瘾！他知道，今天是抱不到儿子的，要等到明天。明天，还得挨过八九个小时，他真有点急不可耐了！

接着被推出产房的是小茜！小茜看到了，小松，两家的妈妈，两家的妹妹，都在产房外等着她，等着大家共同的好消息！她疲惫之极，仍不忘朝大家笑笑——她圆满地完成了人生中的一件大事，她生了个儿子！护士把小茜推进产妇病房，她实在太疲惫了，她需要休息了。

半夜十二点多钟，大家都放心地回去了，浦青松没有走。一个小时前，他看到小茜被推进产房去时的痛苦模样，他心里紧张极了，在门外默默地祷告着："愿大人孩子都平平安安，愿大人孩子都平平安安……"其他孕妇进了产房，一会儿就出来了。比小茜晚进去的那个，也出来了。小茜在产房待了将近一个小时，怎么回事？他紧张、焦急：会不会难产？会不会出事？心里一直在胡思乱想着，觉得时间特别特别地长！现在小茜总算平安、顺利地生产了，大人小孩都很好，他悬着的心终于放下了，才感到像做了什么重体力活似的，也累了。

小茜从产房推出来时的极度疲乏的模样，还在他眼前。不知道小茜现在情况怎么样。半夜，他不能进产妇病房，就在病房外面楼道里的长椅上躺下，心想：隔着一扇门，陪陪小茜也好。躺在长椅子上，前前后后的事，像影片的镜头，在眼前一个又一个晃过，想到石小茜那痛苦的神情，疲惫的样子，真有点后怕！生个孩子，大人这样痛苦，这么危险，以后不要再生了，就要一个算了！

在长椅子上躺了一会儿，听听病房里鸦雀无声，人们全都睡了，他的小茜应该也睡了吧？想着想着，他也渐渐进入梦乡。

二、添"丁"的喜悦

病房规定上午 9 点—11 点、下午 3 点—5 点是家属的探访时间。早晨醒来，探望时间未到，浦青松先回家一趟，先去洗把脸，吃个早饭。八点半，浦青松和妈妈给小茜来送早餐，是婆婆用红糖煮的鸡蛋红枣桂圆汤，满满一大罐子。小茜实在太累了，体力还未恢复，觉得没有胃口，不想吃。婆婆劝道："趁热吃点，补补体力，吃不完的留着，歇一阵再吃。"又对浦青松说："待会儿凉了，要热一下，产妇不能吃冷的！"浦青松说："知道了，医院有给产妇热饭的小炉子的，她要吃了，我就去热一下。"婆婆再次劝小茜吃一点，说一晚上也够辛苦了。小茜勉强吃了一个鸡蛋，几颗红枣和桂圆，喝了几口汤。再劝，小茜说，现在真的不想吃了！浦青松说："那就等一会儿再吃吧，妈妈可是精心给你准备的！"产房里只能一个人陪着，浦青松就对妈妈说："我在这儿陪她，你忙了一早上了，回去休息吧。"小松妈妈说："好的。"又关照了小松几句，就走了。

浦青松跟小茜耳语："给儿子起个什么名字？我想了一下，叫小川，怎么样？"浦青松得意地强调了一遍："叫小川，我们被分配到四川，孩子在四川诞生，就叫小川好！"小茜笑笑说："好的。"

他又小声对小茜说："邻居们来恭喜，对奶奶说，你家两个大学生，生了一个儿子，大学生的平方啊！'平方'是什么意思呢？就是超级聪明！都说孩子是爱情的结晶！结晶就是升华！懂吗？"小茜笑他："看你得意的！——但愿儿子将来聪明有为，超过我们！"两个人会心地笑了。

他想看看儿子，可是儿子被关在产房隔壁的婴儿室里。他走到婴儿室的门口，想趁护士们进进出出的当儿，悄悄从门边上探望一下，可是哪里找得到呢？七八张一式的小床上，都是小闹闹。哭起来像田野里的一群小青蛙，呜哇呜哇连成一片。

说也奇怪，小茜的这间产妇病房里，总共六个人，却生了五个女孩，只有小茜一人生的是儿子。对于城里人来说，生男生女关系不大，虽然也以生儿子为骄傲，但没有明显的歧视生女儿的现象。小茜旁边三号床的产妇，是上海郊县的一个农村妇女，生了个女儿，好像犯了什么大错，家里居然没有一个人来探望她，包括她的丈夫。

这个农村产妇可能平时身体好，胃口大，到现在为止还没有人给她送吃的，大概饿得不行，见小茜一再说不想吃，就怯怯地问小茜，能不能给她吃一点？小茜回头看到那产妇祈求的眼神，有点同情她，就让浦青松把鸡蛋桂圆红枣汤盛上一小碗给那妇。那是一只很大的搪瓷罐，估计婆婆是给她准备吃一天的营养品。浦青松用小碗舀了一碗放在农村产妇的床头柜上，她三口两口一下子就吃完了。看她好像还想要，小茜就对浦青松说："反正我也不想吃，冷了也不好，干脆你把搪瓷罐端给她吧。"这搪瓷罐里的鸡蛋，几乎是浦青松妈妈和妹妹一个月的计划供应，妈妈攒着的。今天一早起来，妈妈就忙着剥桂圆，洗红枣，忙了一个早上煮好给媳妇送来，她自己没舍得尝一口。现在小茜就只吃了这么一点点，要全部给人家，浦青松有点不舍得！但自己生了个儿子，天降祥云，喜悦的心情，加上对那个农妇的同情，他把搪瓷罐端给了那个农村产妇，农村产妇一口气把七个鸡蛋和桂圆红枣全吃完了！这简直太惊人了！浦青松用眼睛看了看小茜，意思说：你看人家多行！小茜看她饿成这样却无人问津，同情心膨胀，就让浦青松把昨天她妈妈送来的点心也分点给农村产妇，又叮嘱她：慢慢吃，不要噎着。农村产妇连连说："谢谢侬！谢谢侬！"感激得流下了眼泪。

十一点，护士来赶人了，中午是产妇们休息的时间。浦青松只得站起身来，他跟小茜说："你好好休息，睡一觉，下午我再来看你！"下午他又带来了小茜替换的内衣。陪小茜坐了两个小时。这一整天他都没能看到儿子。但小茜告诉他，昨天晚上给儿子喂奶，看到了儿子的调皮相："他睁一只眼，闭一只眼，还会皱眉头。吸奶时小脚一蹬一蹬的，眼睛看着我——哎？你说他看得见我吗？""这么活跃啊？"浦青松很开心，略一思索，"按理说两天的婴儿视力模糊，应该还没能力看清他妈妈！——怎么？我今天还是看不到他？""嗯，"小茜宽慰他说，"晚上七点才喂奶。明天中午你肯定可以看到他了！"

第三天上午，浦松青又带着营养汤过来了。坐坐聊聊，快中午，只见护士把儿子抱过来，儿子要吃奶了。护士小心翼翼地把襁褓放在小茜的右侧，就出去了。浦青松当时正坐在小茜病床左侧的方凳上，他连忙起身弯腰凑过去，第一次近距离地端详着儿子。"咦！这张脸怎么像个小老头啊？那么多皱纹！哇，太丑了！"儿子的头发又黑又长，脸型有点像自己，又有点像小茜，好大的一对眼睛正努力睁开着，望着妈妈。可是为什么额头上会有那么多的皱纹？这令他大为不解。小茜瞋了他一眼："你懂什么！护士讲了，每个孩子生下来都是这样的！新生儿皮下脂肪不足，就是皮皱皱的，吃奶后，慢慢长胖了，皱纹很快就会消失的。""哦！"浦青松放心了。

等小茜喂完奶，浦青松第一次轻轻地抱起小小的襁褓，在儿子的额头上轻轻地吻了一下。他还不敢去亲儿子的脸，那张脸太嫩了！一会儿小护士过来了，又把襁褓抱了回去。浦青松愉悦地目送着护士走出房间，其实是目送他心爱的儿子！他默默地许下心愿，一定要给儿子一个美好的未来！

第四天，小茜出院了。两人先去领出生证，浦青松说，他来抱儿子。小茜说，不用，你毛手毛脚的，给你抱不放心，你得在家练习几次才能抱儿子！浦青松说："行行行！听你的！"添了儿子，浦青松变得听话了许多！小茜抱着儿子，浦青松提着生活用品，一起乘电梯下楼，走出了中心医院。在医院大门外喊了一辆三轮车过来。一家三口坐在三轮车上，浦青松觉得空前地幸福！

刚把小家伙安顿好，让他睡在那张简易的小木板床上，左邻右舍和后面弄堂里的大人小孩就都来看小宝宝了！特别是那些中老年妇女们，叽叽喳喳夸个不停！都说这是个漂亮的小宝宝，高鼻梁像爸爸，大眼睛像妈妈，那小嘴巴长得多好！……石小茜在旁边听着好开心，不过，她时刻注意着，生怕别人用手碰她的宝宝。因为宝宝的皮肤太嫩了，大人的手太粗糙！

宝宝回来才第四天，就会打哈欠、打喷嚏、伸懒腰、皱眉头，甚至睡着时还会笑，不时露出一个很明显的笑容。宝宝的每一个小动作都会给两人带来惊喜！一家人都沉浸在欢乐之中。浦青松写信，向远在浙江的爷爷报告了喜讯，爷爷决定提前探亲，来看望他的小孙孙。小茜身体还很虚弱，不能爬楼，奶奶就把楼下的房间让给小茜和孙子，自己和女儿暂时搬到阁楼上去住。

浦青松开始学着当爸爸。奶奶教他怎么抱孩子，奶奶说，孩子的头颈很软，竖不起来，你抱他时要托着他的头。奶奶说，给孩子喂水时，奶瓶斜着的角度要控制好，动作要慢，不要呛着孩子。奶奶说，给孩子换尿片时，先用温水轻轻抹一下小屁股，不然的话，孩子皮肤嫩，容易生湿疹……

宝宝闹夜，一晚上醒来好几次，又哭又闹，小腿乱蹬，吵得全家都不能睡，浦青松就一次一次起来，抱着儿子，轻轻拍着他的小屁股，在小房间里边走边扭动着自己的身躯，摇啊摇，就差哼《摇篮曲》了。每当此时，儿子就安静下来，在他的臂弯里甜甜地睡着了。这时，一旁的小茜看在眼里，就有点可怜这个年轻的爸爸了，以往就是个大男孩，躺下睡觉，头碰上枕头就睡着了，一夜睡到大天亮；现在当爸爸了，这睡眠时间就由不得他自己做主了！

小家伙吃奶，喝水，一夜要换好几次尿片，浦青松早上起床的第一件事，就是洗尿片。奶奶笑他说，以前在家读书时，一早起来就读外语，现在有了儿子，一早起来就洗尿片，乾坤颠倒啊！是的，儿子的到来，改变了他的生活，他乐颠颠地忙里忙外，为了儿子，做什么都乐意！他自诩：要做一个令人羡慕的好爸爸！

夏天，在上海老房子里坐月子，特别是在这个只有一个高高的小窗户的小房间里，也够小茜受的。坐月子，老人强调不能吹风，不能出门，不能刷牙，不能洗头洗澡。这么热的天，小茜哪受得了，坚持每天洗头、洗澡、刷牙。这可把小松妈妈急坏了，说这样不行，以后上了年纪会得病的！正好小茜妈妈来送鸡汤，婆婆见管不住她，就让小茜妈妈帮忙制止。小茜妈妈知道女儿的脾气，沉默了一会儿，跟小松妈妈说："由她吧，这么热的天，她不能洗头洗澡，不能刷牙，会急出病来的。"婆婆无话可说，只得由她，小茜很开心，总算名正言顺地获得了"洗漱权"。

自从孩子诞生，他们的全部中心都是围绕着孩子。嗨！你看，第六天，奶奶把他放在大脚盆里洗澡，他舒服地享受着，安静不动。第八天，他在睡梦中微笑了，笑得那么甜，把爸爸妈妈都逗笑了！你看，他捏着小拳头打哈欠，伸懒腰，动作不断，那姿势有多可爱，就像西洋画中那个长着翅膀的小天使！奶奶说，这是在长身体！第十二天，能侧身睡，大概是想让背部凉快凉快吧。第十五天，奇迹出现了，他俯卧在大枕头上，居然能颤巍巍地抬起头颈和胸脯寻找爸爸妈妈了。第十六天，小川哭时会流眼泪水了。第十七天，能分辨出甜与淡，喂他白开水，他嘴巴发出轻微的"噗噗"声，把水吐了出来，乐得爸爸连连喊："小茜你看！这小家伙居然能品出甜、淡，有味觉了？"他这一喊，儿子手和脚都动起来，手之舞之，足之蹈之，手舞足蹈，好像在说，就是，就是，你骗不了我！第二十天，已经能咿咿呀呀地哼几声了……孩子每天、每周的细微变化，浦青松都记录在册！

有一件事，至今想起来都觉得好笑！第十天时，小川大便，尿片上出现一滩鲜红色，把小茜吓得几乎要哭出来。怎么回事？浦青松也着了慌，端着那尿片反复看，反复研究，研究不出所以然，问奶奶，奶奶也不知道怎么回事。大家急得手足无措：要不要去医院？孩子才十天，还没法吃药打针吧？正在大家像热锅上的蚂蚁团团转时，外公下班过来看望孩子。小茜带着哭腔告诉外公，宝宝大便是鲜红色！外公也大吃一惊，赶紧展开尿片来看，也吓了一跳！他反复看，反复研究，追问道："你们给宝宝吃了什么啦？"小茜说："没吃什么呀！他能吃什么？吃奶呀！"外公对小茜说，"你不要着急，孩子看上去蛮精神的，不会有什么问题，再观察观察看！"小松突然想起了什么，说："我吃西瓜的时候，看到宝宝咂着嘴巴很想吃的样子，就喂了他一些西瓜汁。"外公笑了："这么小的孩子，怎么能喂冷的西瓜汁呢！他的肠胃还没有这种消化能力。这肯定拉的是西瓜汁！"大家一下子如梦初醒，如释重负，松了口气，一场虚惊！外公再三叮嘱道："再也不能喂他冷东西了，他消化不了，会拉稀的！"浦青松和石小茜连连说："知道了！知道了！"这一次把两个人都吓得不轻，事过之后，还后怕了好几天！

七十年代初，上海人是摇着扇子过夏天的。夏天坐月子，产妇就特别地受罪了。今年的天气又特别热，几天连续 36 度以上，小茜被关在只有一扇小窗户的六七平方米的小房间里，没有电扇，又不许出门吹风，她大量出汗，把盖的一整条线毯全部打湿了，身体更加虚弱。不知怎么的，她发烧了，体温升至近 40 度，脸上也长出了几个小疖子。没有办法，尽管还没有满月，也只得穿上长袖长裤，头上包着布，由浦青松陪着，到附近的街道医院去看医生。医生配了一盒青霉素，打了几针之后，总算体温降下去了。

坐月子，产妇要补营养。小茜去医院待产，小松妈妈就托人从农村买来了一只黄母鸡，临时养在小客厅的桌子底下，准备小茜出院，熬汤给她补身体。回家的第二天，小茜妈妈送来了鸡蛋和一大钵炖好的鸡汤。天热，小茜没胃口，不想吃荤腥的东西，妈妈送来的汤，就喝了几口，再不想吃。可是，大热天，那个年代没冰箱，鸡汤放到第二天就要馊掉。小松妈妈怕浪费了，就让小松和他妹妹分了吃掉。家里的这只母鸡就没有马上杀。没想到，养了才几天，这鸡生蛋了！这下就有点不舍得杀了。婆婆征求小茜的意见，家里的这只鸡是杀了炖鸡汤，还是养着吃鸡蛋？小茜通情达理，知道婆婆有点不舍得，自己也不想吃荤菜，就说："养着吧，我现在也不想喝鸡汤。"婆婆说："这么大一只鸡，你一天也吃不完，天热，要馊掉的，那就养着，让它生蛋吧！"整整一个月，她肉不吃，蹄髈不吃，说太油了，没胃口。除了每天一只鸡蛋，偶尔催奶喝点鲫鱼汤，就没有别的营养品了。她本来就胃口小，吃得少，每天还得喂奶，人家产妇满月，胖了好多斤，石小茜满月后，瘦了一大圈。

好不容易熬到满三十天，石小茜就像犯人获得释放似的，急迫地想出去走走。浦青松能理解石小茜被关着的这三十天有多难熬，想让她开心一点，就叫来小茜大弟弟，并让他设法借来一部120照相机，三人一起去黄浦江边的公园散散心，看看江景，互相照相，让获得自由的小茜倍感快乐。浦青松还让大弟弟在相机里留下几张底片，说要给儿子拍几张满月照，留个纪念。大弟弟说："行，相机留在你们这儿，我下周来取。"

要给小川照相了，他们把大枕头放在临时的小木板床上，让儿子趴在枕头上，趁他微微抬起头来时，咔嚓一张。再调换姿势，让他仰卧着，在他自由舒展肢体时，咔嚓一张……浦青松用镜头对着小川，咔嚓咔嚓，各种不同的姿态，连拍数张。照片洗印出来以后，人人看了都爱不释手，说"有特色"！但是有一张小川仰躺的底片，"群众照相馆"的小辫子营业员不让印，说小男孩没包尿片，只在胸口搭了条纱巾，是"黄色"照片！浦青松争辩道：这是一个月的婴儿，有什么"色"不"色"的？营业员就是不让印！浦青松说她脑子是不是有点僵化！她不依了，差点吵起来。但是犟不过那"小辫子"，最终还是没能印成，浦青松感到非常地遗憾，回家后对小茜说道："真是极左思潮泛滥！婴儿的光屁股照片也叫黄色，那欧洲文艺复兴时期的照片让他们看见了，还不翻了天！真是少见多怪，没文化！"小茜劝道："算了算了，反正已经有好几张了，生气也没用！"浦青松气呼呼地说："我把这张底片留着，相信总有一天，我会把这张照片印出来！"

浦青松一直保存着这张底片，一九八〇年他回上海读研究生时，又把这张底片找了出来。还是那家"群众照相馆","小辫子"不见了，店里已经换了一个小伙子。小伙子很热情地问他："先生，就印三张？这底片蛮有趣的，您要不要放大？"浦青松终于舒了一口气说："就印三张吧，这是儿子小时候的照片，现在他都已经十岁了！"

一个小生命的诞生，给家里带来了欢乐，也带来了"经济危机"。浦青松带回来的钱已经用得差不多了。七月下旬，浦青松写信给白果中学，希望学校把他们两人暑假六、七两个月的工资寄到上海来。十天左右，收到学校来信，说九月一日学校要正式上课，教师八月二十五日必须上班，你们的工资等你们回校后再领。学校不肯寄工资来，原因很简单，怕他们留在上海不回去。那时确实有些人分配出去不能适应环境，回到上海就不再回去了。但浦青松他们不可能这样做，浦青松爸爸每月寄回来的 30 元工资，根本不可能养活他们。再说，凭他俩的"思想觉悟"，也绝不会干出这类事的。

这两个月开销太大，学校不寄工资，回去的路费已成问题。浦青松说："就我们两个人的火车票就得 70 元，路上还有两三天的生活费，还可能有预算不到的费用，至少得上百元。学校不肯寄工资，这个我没估计到，怎么办？"小茜说："你别着急，寄不寄工资我们都得回去啊！我去找妈妈商量一下，让她帮我们想想办法，一回到单位我们马上把钱寄回来。"虽然小茜觉得工作了，还让妈妈帮他们借钱，有点不好意思开口，但没有办法，除了找妈妈，没有别的路可走！让小松开口借钱，他就更加不好意思了！小茜妈妈知道后，安慰他们道："不要紧，不要紧，能想到办法的！"第二天就帮他们借到钱，还用家里的糖票跟人家换了一张奶粉票，买了一包奶粉，说路上喂奶不方便，就冲点奶粉给毛毛头喝（上海人称呼婴儿的大众叫法：毛毛头，小毛头，大概取之为胎毛未退吧）。

借到钱，浦青松立即去买了八月九日的火车票。儿子出生第四十八天，就得跟着爸爸妈妈坐火车回四川了。外公外婆再三关照，孩子太小了，坐长途列车，一路上千万要当心！

三、直快列车上的两日两夜

浦青松想到火车要开两天两夜，至少要坐 45 个小时，小茜刚满月不久，身子虚弱，又晕火车，还要带着个出生四十八天的孩子。咬咬牙，多买一张儿童票，这样就有了一张三人坐的长座位，等于买了一张"卧铺票"，小茜和孩子都可以躺着休息了！

谁知道，临到要走，小茜又发烧了！小茜妈妈实在不放心，说是不是可以晚几天走？浦青松说："不行啊，车票已经买好了，学校也已经来信催了，说本月二十五日教师要到校。早点回去，开学前小茜还可以休息几天，调养调养。"小茜妈妈说："小松，你辛苦了，要照顾大人，还要照顾孩子，你自己身体也要当心！"小松说："妈妈放心吧，路上我会照顾好小茜和孩子的。"外婆抱起小川亲了亲，依依不舍地说："这么小的孩子就坐长途火车，一路上千万千万要当心啊！"

第二天，浦青松去药房买了一点退烧药，加上一支体温表，路上带着。另外，考虑到儿子大热天坐长途火车，万一热出痱子来，会痒得难受。又去买了一只热水瓶和脸盆，在途中好洗澡。他特地挑选了一只底部有彩色大金鱼的搪瓷脸盆，大金鱼凸起，很有立体感，说儿子稍稍长大点，一定会喜欢的。

行李多，奶奶给小川准备的春夏秋冬的衣服就是一大包，尿片又是一大包。浦青松回来时，学校老师托他带的衣物，就有一旅行袋。七十年代初，上海的工业品是那个时代的骄傲。那时上海的女式服装，皮鞋，在全国都是最时髦的，女士若有一件上海买的衣服，或者皮鞋，这比现在从国外买回来的还要稀奇，还要有面子。小茜担心这么多的行李，怎么拿？浦青松说："没关系，我来当一回挑夫，买根小扁担就行。"他在竹器店买了一根两头翘起的小扁担，说这扁担好，挑东西不会滑掉。

回四川的日子到了，小川的大舅向单位请了假来送他们，小茜有点过意不去。小川大舅说："姐姐，没关系，我平时不请假的。你这次带着个小毛头，还有行李，上火车抢行李架是体力活，姐夫一个人不行的。"他拍了拍胸脯，说："你看我，有的是力气！"小茜爸爸也说要送他们，小茜怕爸爸难过，就再三叫他不要送。但小茜爸爸还是坚持把他们送到黄浦江边的轮渡上，挥着手，看着渡轮慢慢离开。当他转身离开码头回去时，不知怎么的，小茜脑海里突然冒出了朱自清先生的散文：《背影》——"可怜天下父母心"啊！

到了火车站，小茜抱着儿子，坐在行李旁守着，浦青松与小茜弟弟就去排队买站台票。一会儿排队进站了，大弟拿着站台票，和浦青松一起，大步流星，赶在前面，抢先把东西放上行李架。小茜抱着儿子随众人上车，在硬座车厢找到了他们的位子。有了弟弟的帮忙，上火车省事多了。

小茜弟弟本来还想再待一会儿，等火车要开了再下车。姐姐这一走，至少要一年才能见面。但车厢里实在太挤了，人贴人地挤来挤去，他的短袖衬衣已湿了一大片，额头上的汗往下淌。他亲了亲小外甥，就告辞下了车。本来小茜就发着烧，坐不住，弟弟一走，石小茜赶紧就躺下了。三人座位，她躺着，把腿缩起来，留出地方，让浦青松抱着儿子坐着。

跟去年一样，81 次列车 16 点又准时离开了上海站。这一次，浦青松可不像去年那般轻松了。他的全部注意力，都放在了刚刚四十八天的儿子和还在发烧的小茜身上。车厢人多，空气不洁，情况复杂，儿子又太小。两千多公里的行程，他实在是有很多的顾虑的。他告诫自己，一定要照顾好儿子和小茜，即使两天两夜不睡觉，也要挺住！

火车平稳地行进着。浦青松抱着儿子，轻轻拍着他的小屁股说"小川啊小川，你可是这趟列车上最小的乘客哦！是最娇嫩的贵客！"儿子当然听不懂，但对着他，张大着眼睛，发出轻微的"呃呃"声，似乎要与他对话，他也就逗着儿子，"啊～哦～"地与儿子讲着话，乐滋滋地享受着这父子亲情。

当天夜里还比较顺利，小茜把小川抱在臂弯里，侧身脸朝椅背躺着睡。浦青松就在座位的边沿上挤了一点地方坐着。夜深了，就伏在茶几上打盹。

时间长了，手发麻，又扭着腰，很不舒服，他想了一个办法，从包里拿出备用的报纸，摊在座位底下，自己就钻到座位底下去睡，因为是三人座的长椅子，缩着脚，勉强可以躺下。尽管钻进去空间很窄，有点狼狈，但总比扭着腰趴在茶几上睡一晚舒服！

第二天一早，儿子就哭闹起来，浦青松赶紧从座位底下钻出来，抱过孩子。小茜说："小川好像有点热度！"浦青松在儿子额头上试了试，确实有热度！拿出体温表在他腋下量了一下，38.9度！"这怎么回事？"浦青松有点不知所措！"可能车厢太闷，空气也太浑浊！"石小茜有气无力地说。浦青松着急地说："那怎么办呢？这么小的孩子，又不敢给他吃退烧药！"小茜说："你先给孩子喂点水吧，好像我没什么奶了，看看他吃不吃。"浦青松答应着，用奶瓶装了点白开水，在手背上试了试水温，不烫，就把奶嘴送进儿子的小嘴里。儿子急忙吸啊吸啊，那种急切的样子，看来他确实是渴了，很快就把水喝完了。儿子不闹了，浦青松舒了一口气。可是没过多久，孩子又哭闹起来！"是不是饿了？"浦青松问。"有可能的。要不你冲点奶粉喂喂看。"浦青松又忙着冲奶粉喂儿子。儿子没吃几口，就哇哇哭起来，浦青松说："看来不是饿的问题，他发烧，浑身不舒服。这样，我去弄盆热水来，给他洗个澡！"浦青松把儿子交给小茜，去车厢顶头打水。

他从车厢里往前挤，一路不停地说着："请让一让""对不起""谢谢"。因为端着水，挤过来不容易，一个来回走了近二十分钟，终于把热水打来了。他让孩子斜躺在脸盆里，轻轻地往他身上浇着水，孩子大概舒服了，两脚用劲一蹬，溅了浦青松一脸的水！浦青松一手托着孩子的背，一手去抹脸上的水，笑着对小茜说："你儿子脚劲蛮大耶！"在温热水中躺着，孩子果然不闹了。洗完澡，擦干身子，抱在手上，一会儿就乖乖地睡着了。看到这样有效，浦青松似乎掌握了点窍门：隔半小时，就喂孩子喝点水，让孩子多喝水，多尿尿，达到物理降温。过一二个小时，就跨过地上坐的旅客和行李，端来温热水，给儿子洗澡。并按小茜的规定，两小时左右就给儿子喂半奶瓶冲好的牛奶。石小茜吃了退烧药，体温渐渐降了下来，感觉好些了，想起来帮忙，但浑身无力，坐起来要吐，浦青松说："你不用管了，还是躺着吧，照顾好自己，我能对付。"

列车行进在陇海线上，没有山，很平稳。但是天热，车上用水紧张，老是断水，所以列车每到大站就要加水，停的时间会稍长些。掌握了这个规律，浦青松就拿着脸盆和宝宝换下的尿片，等在车厢门口。车门一开，第一个冲下车去，一路小跑，抢在别人之前，赶到站台那排水龙头前，快速地把尿片洗了，再用脸盆装上半盆干净的水，端回来，为下一次给孩子洗澡做好准备。洗干净的尿片晾在车窗上方挂毛巾处。好在天热，尿片干得快，否则，这带来的二十块尿片根本不够用！

对面座位上与浦青松他们一起上车的三个人，一个是上海人，三十多岁男同志，到成都出差。另外两个是母女，小姑娘十二三岁。妈妈是从上海内迁的某三线工厂的工人，趁孩子暑假回上海探望老人。看着这个年轻的爸爸忙上忙下，照顾着一大一小，受到感染抑或出于同情，觉得这个年轻的爸爸不容易，看他要去打水或洗尿片，就主动帮忙抱孩子。有时说坐久了，腿胀，起来站一站，就招呼浦青松到他们的座位上坐着歇一歇。二十多个小时，大家相处得很融洽，像家人似的，让漫长的旅途变得温馨，不显单调。浦青松一天的努力也终于起了作用，小川的烧好像退了下去，一量，37度，不再哭闹，也肯吃奶瓶中的牛奶了，浦青松总算稍稍放心了些。

列车照样在半夜时分停在了宝鸡站，看着儿子在小茜内侧睡着了，心情一放松，倦意袭来，他在小茜脚边坐着，打起了瞌睡，至于火车什么时候换了电气车头，什么时候开始爬秦岭，就都不知道了！

四、回家路上两遇"险情"

火车晚点六七个小时，据说要避让的车辆太多，鬼才知道究竟是什么原因！足足五十个小时出头，才到了成都北站，此时已经晚上九点了，根本没有汽车去金堂县。找旅馆过夜吧，这大晚上的，没有方向。加上这么多的行李，还带着个吃奶的孩子。就算去了旅馆，第二天早上还得再拖着这么多的行李回到火车站来，太麻烦了。两人商量了一下，觉得夜里天气凉快，不折腾了，就在车站大厅里将就一夜吧，也省了一笔开销。

很晚了，候车室里已经没什么人了，长椅子都空着。浦青松就在大厅的中央，找了两张首尾相连的长椅子，把行李堆放在两张椅子的中间。之后安排小茜和儿子在长椅的那头躺下，他自己就坐在长椅的这一头，行李搁在中间，这样就比较安全。

小茜对浦青松说："退烧药蛮管用的，我的烧彻底退了，下了火车，我人也舒服多了。你在火车上没睡好，现在你就在椅子上睡一会儿，我来看管行李。"浦青松说："不用，不用，我现在精神好得很，还是你带着孩子睡！"浦青松准备在椅子上坐着对付一夜，第二天就可以买到去红花塘的火车票回白果场了。

在火车上的两天两夜，石小茜基本上没吃什么东西，现在觉得有点饿了。浦青松从包里拿出带在身边的大饼，去车站值班室要了一杯开水，把大饼撕碎，泡在茶缸里，把随身带的调羹递给小茜舀着吃。大人问题解决了，孩子也该喂奶了，浦青松从包里翻出奶瓶、奶粉，冲泡好递给小茜。一切忙完，已经半夜了。石小茜再次对浦青松说："你忙了两天两夜了，休息一下。我现在吃饱喝足，有了精神，我来看守行李，你睡一会儿！"浦青松坚持说："你体力还没恢复，还是你带小川睡，我没事，凭我的体力，再坚持一天都没有问题！"

儿子吃饱了睡了，小茜把儿子放在椅子的凹槽里，用腿拦着，自己也就迷迷糊糊地开始入睡了。突然，听到有人粗声粗气地喊他们："这是你们的行李吗？"石小茜睁开眼一看，是车站巡逻的警察。点点头说："是的。"警察说："这么多东西，你们就敢睡觉！"石小茜抬头一看，椅子那头的浦青松也睡眼蒙眬！石小茜能够理解：他太疲倦了！在火车上，这五十多个小时累得他够呛，蜷曲在椅子底下也没能睡上几个小时的安稳觉，现在到成都了，情绪一放松，就没能坚持住，不知不觉地打起瞌睡来。浦青松揉揉眼睛，问："怎么啦?"警察说："你看看周围!"他们没看出什么，大厅里就只有三五个人在走动，其他还有几个人也像他们一样，都躺在椅子上睡觉。

突然，问话的警察一转身，朝大厅的后门跑去，不知从哪里又冒出两名警察，向着同一方向跑过去。接着，又听到几个人忙乱跑动的脚步声。两个人还没有回过神，就听到门外警察好像抓到了一个人。那人哇哇叫，是个哑巴!还听到警察在喊："两个往那边跑了，往那边跑了!"他们俩目瞪口呆，这惊险的一幕太突然了!过了一阵子，那个警察又回来了，叮嘱他们看好自己的行李。

石小茜问："他们怎么啦?"警察说："这几个贼娃子是一个团伙，专门在车站活动，趁旅客不注意偷东西。今天抓住一个，还有两个跑了。你们看，睡在那边的，还有几个，都没有行李的，他们都不是旅客!"浦青松被这突如其来的一幕彻底惊醒了，抱歉地对警察说："我们坐了三天两夜的火车，太疲倦了。谢谢你们提醒!"之后，他俩再也不敢睡了。下半夜，带着大堆行李在候车室里过夜的旅客，就他们两个大人加个孩子。他们发现，整个后半夜，有两名警察一直在前后门站着值班，石小茜心里踏实多了。甚至石小茜有一种感觉，这两个警察就是有意识地在帮着他们看护行李。她心里暖暖的，由衷地感激这些维护着城市治安的好警察!

第二天早上七点多钟，卖票的窗口还没有开始卖票，已经陆陆续续有人来排队买票了。浦青松正准备去排队，突然看到白果中学数学组的高老师和他的爱人王老师，两口子带着两岁多的儿子也来排队买票了。他们眼睛好，一进候车室就看到浦青松他们了。远远地就跟他们打招呼。还未走近，就又见会计兼保管郑老师，也背着他的三岁多的小女儿，晃悠悠地过来了。

说起郑老师，这是石小茜在学校里见过的最有趣的一个人。郑老师三十出头，一米六五左右的个子，精瘦精瘦的，上颚牙齿往前突出，嘴唇有点包不住。用尖嘴猴腮形容他一点不为过。穿着也很随意，常常一只裤腿高，一只裤腿低。说他是老师，其实更像农民。但他为人很不错，乐观开朗。他与人说话，开场白就是"这龟儿子的……"，或者是"形势一片大好……"，故而他又有"郑大好"的雅号。他是学校的保管兼会计，主要负责保管学校的教学用品（其实也就是粉笔），负责学校各项报账（最繁杂的账目就是食堂的进出开支了）。另外还要上一个班的数学课。上课时，女儿一人在教室外面玩，不离开他的视线。其他时间，这女儿总是牵着他的衣角，脚前脚后地形影不离。因为老婆是农民，要下地干活，管不了这个小的，就由他带了。相对而言，他的工作比老婆轻松多了。尽管生活很艰难，但郑老师却是个乐天派，爱说俏皮话，常引人发笑。记得有一次他的女儿在操场上小便，有老师就提醒他："女娃儿大了，随地小便不雅观。"这个郑老师居然说："管她呢！长成大姑娘了，自然就不会随地小便了！"说得大家忍不住笑起来！

见郑老师过来了，大家赶紧招呼他。三位老师看到浦青松他们带着儿子从上海回来，都特别高兴。郑老师开玩笑说："都说你们不会回来了呢，这个穷地方！"浦青松也笑着说："怎么可能呢，要养儿子的嘛！"大家互相问候，亲如家人。浦青松说："火车是下午的，你们用不着这么早来买票呀！"郑老师说："这由不得自己，我们在郊县，得根据长途汽车的班次，第一班次是太早了，但第二班次又怕不保险！"这时排队买票的人渐渐多起来，他们也赶紧去窗口排队。买好火车票，一起到检票口去等车。浦青松背上挎包，用这两头翘起的扁担挑着两只旅行包，一手提着放了孩子用品和食物的提包。小茜背着放孩子尿片的小包，抱着儿子，跟在三位老师的后面。

到红花塘的这列绿皮慢车，一天一班，上午从崇阳方向开过来，下午从成都方向开过去。这列慢车，并不是开得慢，而是每一个小站都要停，遇到快车，还得停在一边让道。列车要等到下午三点半才开。几个人就在检票口找个凉快的地方歇着。中午，大家都自带干粮，随便吃点。聊聊天，时间很快就过去了。

下午两点三刻，站台工作人员陆续到位，准备检票。要开站台门放行了，大家赶快去排队进站。看到浦青松挑担子的样子，总觉得哪里不协调。石小茜观察了一阵，悄悄跟浦青松开玩笑说："你挑担子，身板挺得很直，跟农民挑担子不一样！"浦青松说："怎么能跟农民比！人家是专业水平，我们是半路出家……"高老师看到浦青松又是挑又是提的，赶紧过来说："我两手空着的，我来帮你拿一些。"高老师背着孩子，接过了浦青松手里提着的装杂物的提包。

慢车没有座位号。浦青松挑着行李，石小茜抱着孩子，没法去占位子，想到反正是短距离，没关系。其他几位老师习惯了这种短途车，背着孩子，也没想去占位子。这趟慢车的旅客，主要是农民，背东西的空背篼，装农产品的空筐子，卖了农产品后从成都买的大大小小的物件，非常占空间，所以车上仍然挤。虽然只有一百多公里，一个多小时就到了，但看到小茜吃力地抱着孩子，站在车门口，浦青松就跟一个农民大姐商量，说小茜刚退烧，还要抱着孩子，能不能挪一点位子给小茜坐。那大姐通情达理，赶紧往里面挤挤，挪出一小块地方，石小茜就搭着一点角，抱着孩子坐了下来，连连向大姐道谢！

下了火车，已是下午五点多钟了。高老师两口子身体好，步履轻松，走在前面，仍然帮浦青松提着杂物包。浦青松挑着行李，石小茜抱着儿子，两人走在中间。郑老师背着他的小千金，晃悠悠地跟在大家后面。没走多远，王老师看石小茜抱着孩子实在吃力，就跟小茜说："石老师，我来抱孩子，你帮我背包。"她补充一句，"我包很轻的，里面就孩子的几件换洗衣服和他爸爸给他做的几个小玩具，看上去鼓鼓囊囊的。"石小茜不好意思，说："孩子有点重！"王老师说："没事，我们习惯了！"就麻利地从小茜手上接过孩子，同时从肩上退下背包，交给小茜。王老师读中专时，是学校篮球队的，1米70左右的个子，在四川妹子里高人一截，她轻轻松松地一手搂在孩子的胳膊下，一手托着孩子的屁股，让孩子的脸朝外，头和背贴在她的胸前，她这种抱法，孩子舒服多了。石小茜感激地说："好得遇上你们，不然这一路上不知道要歇多少回了！"大家一路说说笑笑，可能是照顾这两个不太会走山路的上海同事，队伍走得并不快。山路基本走完了，转过一个弯，就到了比较平缓的小坡道上，还有三五里路，就到大江边上了。夏天，天黑得晚，已经七点过了，太阳还没有下山。转弯处，郑老师让大家先走，说他女儿要撒尿。大家就在前面慢慢走，等郑老师赶上来。到了江边，郑老师还没赶上来。又等了一会儿，仍没见郑老师。王老师说：我们先过江吧，反正不远了，让他慢慢走。

回到学校，小茜已经走得脚后跟生痛。她把儿子放在床上，自己也倒在床上不想再动弹。浦青松放下行李就去井边提水。米罐子里还剩有一点点米，熬个稀饭是没问题的，烧开水也是当务之急。忙了好一阵，已经很晚了，大家都已经吃完了晚饭，郑老师还是没回来，这有点奇怪了。高老师两口子带着孩子过来说，天都黑了，怎么这老郑还没有到家？你们帮我们看好孩子，我们拿上手电筒去接接他。正说着，郑老师进了校门，大声说："我回来了！"

大家迎出去，王老师埋怨他说："怎么回事？像小脚女人似的！我们正打算去找你呢！"郑老师说："今天遇上怪事了！孩子正在尿尿，几个农民走过来，问我要钱。我说，我没钱。农民不信，说不拿钱就不放我走！"郑老师两手一摊说："我告诉他们，真的没得钱，要命有两条！我自己都穷得叮当响呢！他们不信，来把我的拎包抖开，只有小孩的几件旧衣物。又来翻我的衣裤口袋，除了几个分币，什么也没有。但他们就是不放我走。我就抱着女儿，坐在路边的田埂上，随他们的便。僵持了很长时间，他们看看我实在拿不出钱来，最后还是放我走了。"

石小茜听了大吃一惊："天还没黑，就有拦路抢劫的？"几个老师笑笑说，也不是什么拦路抢劫，就是当地农民。都穷啊，劳动一天，工分就值几分钱，手上没有一点活钱。偶尔看到单个的城里人经过，就来捞外快。

捞到了就赶紧散开，各自回家。实在没有，也就拉倒，一般也不伤人性命。小茜吓了一大跳，心想：好在我们走在中间，否则倒霉的就是我们了！石小茜问："报警了没有？"高老师说："没人报警的，报警有什么用？根本就查不出是谁，都是当地人。警察也拿他们没办法。"

郑老师说他没钱，这的确也是实情，他真的没有钱！曾经的一件小事给石小茜留下了深刻的印象。有一次石小茜去领粉笔，保管室就是郑老师的家。他正在盛稀饭，是一锅红色的稀薄的粥。石小茜感到很稀奇，就问："郑老师，怎么你的稀饭是红的？"郑老师说："我撒了一把辣椒面（即辣椒粉）在里头！"石小茜大惊："稀饭里撒辣椒面？太辣了吧？你孩子能吃？""习惯了！"郑老师笑着摇摇头说："不辣！撒一把辣椒面，就省去了下饭菜。"这奇葩的吃法让石小茜真不知道说什么才好。听说他家里还有一个半大的儿子和一个弱智的女儿，好在他有每月三十多元的工资。

五、竹匾　尿片　照相　冬浴

刚回学校没几天，一个农民上门来，说要找石老师，他随身带来一只新竹匾。这竹匾是用新竹篾编成的，青绿颜色。往常见到的一般都是老竹子编的黄色竹匾，是川西农村给出生不久的婴儿睡的。

农民自我介绍是学校某老师的亲戚，知道上海老师添了个娃儿，特意用竹篾编织了这竹匾，说夏天孩子躺在竹匾里凉快，只要给十二元钱就行了。石小茜解释说："我们不需要竹匾，家里就这点地方，没处搁放。"农民反复强调这是特意为他们家的孩子编的。小茜看着这土里土气的东西，实在不想要，价钱又贵，就婉转地说："孩子睡在床上挺好的，你看看别人家要不？"但农民就是不肯走，反复说他是特意为他们家孩子编的，语气近乎哀求。石小茜没遇见过这样的场面，不知如何是好，碍于某老师的面子，又不好意思断然拒绝，小茜很无奈。看样子不买他是不会走的，想想算了，既然是特意给她家孩子编的，就买下吧。

浦青松从街上回来，放下刚买回来的盐和酱油，一转身看到墙边竖着一只竹匾，问："小茜，哪儿来的这竹匾？"小茜就把刚才的事说了一遍。浦青松说："这明摆着不需要的东西，买它干吗？把它放在哪里？"小茜说："我是不想买的呀，可他赖着不走，我又不好意思坚决拒绝……"浦青松叹口气说："你呀……算了，买都买了，不说了！"

下午要去江边漂洗衣物，等儿子睡着了，小茜就把他放在竹匾里，身下垫了一条小毛巾毯，这样睡着舒服些。没地方搁放竹匾，只有把竹匾搁在床上。浦青松嘀咕了一句说："你看，这不是多此一举吗？宝宝睡在床上蛮好的！"小茜轻声说："别说了，买都买了，后悔也来不及了。现在宝宝刚睡，反正他还不会翻身，我们赶紧去江边把衣服和尿片洗了，快去快回。"

也就半个多小时吧，刚走进大门，就听到儿子的哭声，声嘶力竭！小茜三步并作两步，一溜小跑进了房间，赶紧抱起儿子！孩子还是哭，怎么啦？浦青松低头一看，竹匾的边框上有点血迹！赶紧看儿子，儿子左脚小脚趾边上的皮蹭掉了一小块，还在渗血！石小茜心疼得眼泪都要出来了。两人赶紧反复仔细地检查儿子，看看别的地方有没有伤，蹭破的地方有没有小竹刺留在皮肤里。仔细检查后，就只一处，浦青松赶紧去翻箱子拿紫药水。给儿子左脚趾搽上，问："要不要找块布包一下？"小茜说："这么热的天，不能包，包了皮肤容易感染！"

小茜一边哄着孩子，"哦哦哦，宝贝不哭了，宝贝不哭了……"，一边给儿子抹着眼泪，心里的气不打一处来！她先恨自己，什么毛病！明摆着不需要的东西，当时就应该咬咬牙，坚决不买！碍于面子，害得儿子受这皮肉之苦。她又想起那个农民，真是的，死皮赖脸的，哪有这样找上门做生意的！又觉得某老师太爱管闲事……想着想着，火气蹭蹭地往上升，就气冲冲地跟浦青松说："扔掉！扔掉！不要这个东西！"其实，浦青松的火气不亚于石小茜，但他克制了。听小茜这么一说，提起竹匾走出门，用劲一甩手，把这竹匾扔进斜对面的猪圈里！

儿子含着眼泪，仍在抽泣着。浦青松从小茜手里接过儿子，一手轻轻地拍着儿子的后背，一边身子扭动着，嘴里不停地说："哦哦哦，不哭了，小川不哭了……"儿子终于不哭了。看着小茜还在气鼓鼓的，浦青松说："算了算了，以后长个脑子，不要人家一说，你就不好意思拒绝了，要学会说'不'！"又自我检讨说："我不该让你跟我一起去江边的！如果留一人在家，孩子一哭，就抱起来，可能就不会有这事！以后不管去干什么，孩子身边必须留一个人！""知道了！"小茜一脸懊丧地说。

　　夜里孩子要喂奶，要换尿片。天太热，有时孩子热醒了，要哭闹，就得抱着他到小屋外，吹吹凉风，哄他睡着。有时孩子白天睡多了，夜里不肯睡，白天黑夜搞颠倒。只要孩子一有动静，两人赶紧坐起来陪着。连续几天的睡眠不足，都很疲惫。浦青松想，开学后白天要上课，夜里再"加班"，长期这样身体要拖垮的，特别是小茜，本来体质就差。他设想了一个方案，对小茜说："这样，你夜里要喂奶，要给孩子换尿片，事情多，睡眠不足，中午好好补个觉，我把孩子抱出去转转，不影响你中午休息。白天家务事，全由我来干，你只要看管好孩子。孩子睡觉，你就抓紧休息。晚上你就辛苦点，不需要我做的事，我就不起来陪着。大家争取每天能睡够五六个小时，保持实力，你觉得如何？"小茜觉得这样很好，带孩子不是一天两天的事，是要有个合理安排。

　　秋季招生，又多了一个年级的学生，也调来了一些新的老师，调来了一个教导主任，学校里的人气旺了许多。九月一日正式开学，浦青松每天两节语文课，基本在上午。石小茜每天上午两节数学课，一周内四天的下午，都有一节历史课。他们请教导主任把他们的课时错开，这样，浦青松上课时，石小茜在家里带孩子。石小茜上课时，浦青松在家里带孩子。乡镇学校两口子在一个学校任教，要带孩子，都是这样安排的，这不算特殊照顾。

　　小川才两个多月，还不会翻身。偶尔因为其他原因，两人的课时撞车了，他们就把孩子放在秦老师家的床上，秦老师改作业或备课时，在旁边看着点就行。秦老师很喜欢这个小宝宝，有空就会来逗宝宝玩，宝宝看到她就会笑。秦老师主动说："石老师，你们若有事，就把孩子放在我这儿，没关系的，不影响我备课、改作业。"

自从学校来了个外地小公民，又长得那么"乖"（四川话：长得好），大家都很喜欢，经常有老师过来逗孩子玩，帮着抱一下，给小茜换换手。小川也慢慢地与"奶奶""阿姨"们混熟了，谁抱他都乐意，见人就笑。

到了晚上，两个人就轮流抱着儿子备课、改作业，或把儿子放在床上，让他自己玩。小川躺在床上玩自己的小手、小脚，只要爸妈在床边看着点，他可以安安静静地玩好久。儿子嗯嗯呀呀的声音，是他俩心灵的按摩器。浦青松舍不得孩子哭，只要孩子躺得不耐烦了，一哭，他就赶紧把他抱起来，放在膝盖上逗他玩一会儿。把儿子逗开心了，再继续做自己的事。儿子很享受这暖爸温暖的怀抱，在他怀里玩着玩着就睡着了。两个人虽然整天忙得团团转，但内心非常踏实。一个温馨的小家庭，让他们忘掉了身在异乡的落寞。

每天清晨，一大早，浦青松就端着一盆尿片，去北边小院的那口小水井边，洗刷尿片。学校里尽管有几家都带着婴幼儿，但从未见过男老师出来洗尿片的。学校里应该没有明显的封建思想，也没见有什么大男子主义，男人上街买菜、回家做饭，是常见的事，但好像就是没见过男同志出来洗衣服，更没见过男同志洗尿片。即使万不得已，妈妈没有空，爸爸也是躲在家里偷偷洗，不让人知道，是不是给老婆洗衣服、给孩子洗尿片很没面子？自从浦青松大大方方在公开场合洗刷尿片，得到了女老师们的一致赞扬：你看人家上海人、大学生，还不是大大方方到井边来洗尿片！过了两天，就有一位男老师也勇敢地端着盆子到井边来，与浦青松结伴洗尿片了。没过几天，又有一位男老师加入了清晨洗尿片的队伍。浦青松得意地对石小茜讲："我是白果中学开男人洗尿片风气之先河者，做到了移风易俗，该嘉奖的！"石小茜笑他："谁嘉奖你啊？以后让你儿子嘉奖你吧！"浦青松凑到儿子面前问："以后嘉奖爸爸不？"小川看到爸爸凑过脸来逗他，就舞动着手，两腿像踩水车似的乱蹬，望着爸爸傻笑。

时间如"白驹过隙"，这话太形象了！一眨眼，元旦马上要到了，小川也快半岁了。浦青松说，很想给儿子拍一张半岁的照片留作纪念。但白果街上没有照相馆，私人更谈不上有照相机了。淮口镇有照相馆，因为镇上照相的人少，所以照相馆不是天天开门的，他们常常要背着相机，下乡或进山去帮人家照相，叫做便民服务。五凤镇是个大镇，人口多，有正规照相馆，每天正常营业。但去五凤镇二十五里路，当天来回要五十里！小茜肯定是走不动的。为了一张半岁照，浦青松一人要抱着孩子走五十里路，还要带上奶瓶，宝宝喝的热水，宝宝吃的米糕（即用开水调和的米糊糊），宝宝的尿片……一整天的时间，这太难了！去，还是不去？去，难度太大，不去，遗憾太大，浦青松一直在犹豫不决。

说来也巧，正在左思右想拿不定主意时，传来一则学校之间举行篮球友谊赛的消息。白果中学篮球队将与五凤镇中学篮球队进行一场友谊赛，地点：五凤镇中学。体育老师邀请浦青松一起去。他说："浦老师，你们没去过五凤镇，要不要一起去耍？"浦青松一听，好机会！马上说："好啊，我正想带儿子去拍张半岁照呢！"旁边球队的男同学们和助威的啦啦队的女同学们听了，一片欢呼雀跃："太好啦，太好啦！浦老师，我们帮你抱娃娃！"老师学生热情相邀，浦青松正中下怀，决定要带着儿子去五凤镇！

石小茜也想去，又怕走不动。浦青松说："你就不要去了，当天要来回，一旦走不动，没人背你！这么多同学一起去，有人帮忙抱小川，我就省力多了。带着小川去拍几张照片，了却一个心愿。""好吧，那我就不去了！"小茜说。但又不放心："路上一定要注意安全！当心孩子不要闪着腰……当心孩子不要摔着了……给宝宝喂的米糕要调得薄一点，最好像米汤那样……宝宝不能吃冷的，千万不能拉肚子……"浦青松打断她的话，笑她说："石老师，知道了！还没走呢，就这般婆婆妈妈的？"为让她宽心，答应道："一切照你说的做，你放心吧！"

十二月十九日，星期天，天气晴朗，吃了早饭后，篮球队步行出发。

浦青松斜背着他的大书包，里面鼓鼓囊囊的，是小川的奶糕、奶粉、半奶瓶调好的热牛奶、尿片……他高高兴兴地抱着小川，走在队伍中间，同学们前呼后拥，小川成了中心人物。这伙大孩子们（初二学生，十五六岁，暂时还不能算青年）真的是早晨七八点钟的太阳，朝气蓬勃，一路欢声笑语，开启了欢快的一天。

对于山区的孩子，二十五里路根本不在话下。一路上，女生们轮流抱着小川，就像是接力赛。男同学们簇拥着两位男老师，听他们开心地讲着自己学生时代的故事。韩老师说话风趣幽默，动作夸张，常逗得大家哈哈大笑。十点多钟便赶到了五凤镇中学，双方球队队员见面欢聚。五凤镇中学的老师想得周到，请来了照相馆的摄影师，给两个球队的队员合影留念，两个球队也分别拍照留念。白果中学篮球队的集体照里，就留下了浦青松和特殊"球员"浦小川的身影。趁此机会，浦青松寻好一块草地，请摄影师给儿子拍下三张半岁照。一张是近照，面部特写，小川胖嘟嘟的脸上笑得眯起了眼睛，好可爱。一张是独自坐在草地上的正面照（六个月，宝宝已经勉强能坐了），小川一只小手抓住自己的小脚板，笑得正欢。一张是父子合照，浦青松抱着小川，像抱着个迷你娃娃似的，他把儿子搂在怀里，一手托着儿子屁股，面对相机。为了小川的形象大些、清晰些，浦青松只拍了个上半身。

吃过午饭，休息一阵，啦啦队的女生围着小川逗他玩，这个手里传到那个手里。小川常常"嘎嘎"地笑出声来。浦青松也乐了，不过，他还是故作严肃地说："哎，请注意，这是我儿子，不是布娃娃，小心别摔着了！"引起同学们一阵哄笑。

下午，镇中的操场上，篮球友谊赛开始，浦青松抱着宝宝参加了啦啦队行列，坐在场边看球赛。宝宝像懂球赛似的，看得目不转睛。"进球了！"大家激动得鼓掌，宝宝两只小手也拍起了巴巴掌（当地土话：拍手），女同学们就更加笑声清脆、掌声热烈，既为自己球队鼓掌，也为小川的活泼可爱鼓掌！最后白果中学篮球队赢了三个球！结束的哨声响起，双方球员还没来得及擦汗，就两两紧紧握手，勾肩搭背，有说有笑。裁判走过来，跟双方领队握手，称赞说："这两个球队实力基本相当，赛出了风格，期盼着下一次的友谊赛在白果中学举行！"下午四点钟，双方球队告别，白果中学篮球队启程返回，五凤镇中学篮球队热烈欢送。

浦青松对韩老师说："这场球赛，体现了友谊第一！组织这么一场活动，还真是不容易！"韩老师笑吟吟地说："以后我们还要组织球赛的，正式邀请你为我们球队啦啦队名誉队长，下次再来助阵！"浦青松说："好的，韩老师，没问题！"回来的路上，像来时一样，女生们轮流抱宝宝，男生们也不断来逗他，大家兴高采烈，毫无倦意。一路说说笑笑，七点多钟便回到了学校。

小茜已到大门口等了好几回了，见韩老师和浦青松抱着小川回来了，赶紧迎上去！小茜问："球队队员呢？"韩老师说："他们都各自回家了。"又用手到小川脸上摸了一下，笑着说："今天我们这个球队的小队员为球队助威，立了功的！""赢球啦？"小茜笑着问，大家不由得笑了起来。小茜从浦青松手里接过宝宝，左亲右亲，宝宝也伸出他的小手臂，抱住妈妈的头颈，母子俩好像分别多日似的。一进家门，小川就往妈妈怀里钻，小茜知道宝宝饿了，赶紧拉过凳子坐下，给宝宝喂奶。浦青松累得一屁股坐在凳子上，说："好在有这些学生，一路轮流帮着抱小川，总算为宝宝留下了半岁的'光辉形象'！唯一遗憾的是妈妈没能跟宝宝合个影！"看到儿子与妈妈亲成一团，没人答理他，懒洋洋地又补了一句："这下没人要我啦！"小茜转头问："照了几张？""照了三张，每张底片印了六张。当天拿不到的，要等照相馆将底片洗印出来后再寄过来。"

石小茜天天急切地等待着，想要看到儿子的照片。几天后，照片寄来了。三张照片，果然张张出色！儿子憨态可掬，小茜看了一遍又一遍，舍不得放手。只是照片里，浦青松比起去年毕业在外滩的留影，消瘦了许多，留着个马桶盖似的发型，土里土气的，完全没有了当年的风采！不过，照片上，浦青松的精神很不错，神采奕奕！小茜端详着照片说："嗯，像个

'乡坝头'的男教师!"

两个人商量了一下，抓紧时间，元旦之前把小川的照片寄回上海，寄到杭州，聊解两家老人的思念之情。

巧的是，元旦这天，淮口镇照相馆工作人员下乡便民服务，来到了白果街！这太好了，浦青松赶紧去找摄影师，因为小茜没有跟儿子的合影，总是一大遗憾！摄影师请他俩自己选择拍摄地点。浦青松对小茜说："就以江边那棵巨大的黄桷树为背景吧，黄桷树寓意好，能保一方人平安吉祥，也是美好爱情的象征呢。有了寓意，就有纪念意义！"石小茜说："好的！"她太开心了，两人一商量，决定按小茜的意思，让摄影师给他们照了三张。一张是她抱着儿子在黄桷树下的合影；一张是她抱着儿子靠在小松身旁，一家三口在黄桷树下的合影；一张是她与小松在黄桷树下的合影。三张照片，弥补了上次没去五凤镇的遗憾。照片寄来后，对着照片，看到瘦得有点脱相的自己，小茜感叹说："有收获，就有付出！儿子白白胖胖的，再怎么辛苦也值！"看到小茜心满意足的笑容，浦青松也打心眼里开心，他说，把这三张照片再寄回上海，寄到杭州！小茜说："刚寄出三张，这三张就不要寄了，省下几张邮票！"浦青松说："要寄的，要寄的，不一样的感觉！这次就不要节省了！"

初为父母，没有经验，常常洋相百出！戏剧性的一幕，让两个人至今想起来都觉得好笑！一天晚上，先喂宝宝吃完奶，把他放在床上，为安全起见，两人把小桌子靠在床边拦着，也开始吃晚饭，边吃边聊着天，儿子在床上爬着玩。突然，浦青松发现小川有点不对劲：小家伙两次用手使劲抓住叠起的被子，满脸紧张，好像在用劲！穿着开裆裤的小屁股还有点撅起，一动不一动的。浦青松轻轻说了一声："不好！这家伙要拉屎了！"立马放下筷子转身，想去抱儿子。说时迟，那时快，小屁股一动，果真拉屎了！来不及把孩子抱下床，浦青松一个箭步上去，两手合并，迅速上前接住儿子源源下滑的黄澄澄的屁屁。一截，二截！儿子绷着一张紧张的脸还在使劲。"快拿草纸来！"浦青松轻声催促小茜，又对儿子轻轻说道："小川不要动呵，不要动！"石小茜刚才被浦青松的突如其来的动作吓了一跳，愣住了，听浦青松一说，立即飞速拿来两大张草纸，一张放在浦青松的手下面，一张准备给宝宝擦屁股。浦青松说："不要动他，让他拉完！"因为听老人说，孩子在拉屎撒尿时，受了惊吓会得病！看看宝宝确实没事了，小茜才用草纸兜住儿子的屁股，把儿子抱下床来。幸好浦青松眼疾手快，避免了一场"灾难"，床单完好无污。小茜笑看浦青松，打趣道："你这叫做'静若处子，动若脱兔'！"浦青松也为自己的敏捷行动甚为得意。不过浦青松不敢懈怠，内行地吩咐小茜："你赶紧给他把屁股擦干净，再把个尿，屎尿不分家的！"石小茜一面抱起小川把尿，一面叮嘱浦青松："好好用肥皂把手洗洗干净！哪有人用手去接屁屁的！"虽然佩服他的动作敏捷，但觉得用手去接，有伤大雅。浦青松笑着说："儿子的屎尿，不脏的！"小茜忙着给儿子把尿、洗屁股，洗完后拍着他的小屁股说道："你怎么老是在别人吃饭的时候拉屎？不文明！下次不许在妈妈床上拉屎，记住了吗？"小川吮着他的手指，莫名其妙地望着妈妈，还真不明白妈妈在说些什么。

冬季到了，阴冷难受，洗澡困难，大人可以咬咬牙，可儿子怎么办呢？浦青松发现了一个规律：如果连日阴冷，那可真是够受，冷得你缩手缩脚。可是如果大太阳天，在太阳下晒个半天，你又可以暖和得只需穿件毛衣。根据切实的观察和实际体会，浦青松和小茜大胆革新，不在凉飕飕的家里给儿子洗澡，而是选择中午，大太阳天，在门口墙边、避风有太阳的地方，两人搬出小圆桌，放上底部有金鱼的搪瓷大脸盆，倒好大半盆预备好的热水，让儿子坐在里面，两人一起上阵，给儿子洗澡！浦青松负责给他披上热毛巾，并不断用手给他肩上、身上浇热水，不让受凉。石小茜负责擦肥皂、搓洗各处。坐在温度适宜的热水中，儿子特别开心，小手乱拍，两腿乱蹬，水花四溅！水溅得浦青松和石小茜的脸上和身上，小茜故作吃惊，做出一惊一诧的样子，说："哇！"儿子大笑，爸爸妈妈也笑，三口之家沐浴在欢乐的气氛中。十分钟，洗完澡，石小茜赶紧用条大毛巾把他裹起来，抱进房间穿上衣服。浦青松则倒水擦桌子，收拾好一切！儿子冬天洗澡的问题，得到了圆满的解决。

　　放寒假了。寒假时间短，浦青松、石小茜不可能回上海，只能在这儿守着学校。学校里空空如也，就剩下他们这一家三口。三人为"众"，总比去年热闹多了！只要天气好，傍晚时分，他们就抱着孩子到江边去散步。两人轮流抱着小川，漫步在江边，或者是在田间小路上。谁都想多抱一会儿心爱的宝贝。石小茜体质差，儿子也有那么重了，有时手臂太酸了，她就把十指紧紧相扣，也舍不得说声"抱不动了"。白果街上的人没有散步的习惯，大江边长长滩头，通常就是他们一家三口的世界。江边留下他们抱着孩子"逛马路"的足迹，留下他们一家开怀大笑的一串串笑声。

　　但是，一触及到"孩子的未来"这个话题，思想往往就短路了。小茜最焦虑的是儿子未来的教育环境，她说："我们这一辈子待在这儿也就算了，条件差一些，但比起很多同学来，我们还算是幸运的。但儿子今后怎么办？这儿没有幼儿园，白果街上也没有小学，难道还要每天把儿子送到生产大队去，在那里完成他的人生启蒙？"浦青松说："孩子还小，不用考虑那么多。"小茜说："很快的，再过两年，孩子就到进幼儿园的年龄了。这儿街上的孩子，三四岁了，还穿着开裆裤在路边玩泥巴，小川怎么办？"浦青松说："要不就送回上海去上幼儿园？让他跟着奶奶？"石小茜犹豫着："我很矛盾！送回上海吧，不舍得；留在这儿吧，又觉得太亏了孩子。"浦青松说："到时候再说吧，相信船到桥头自然直。现在孩子还不到一岁，还有两年多的时间，谁知道这两年间社会形势会发生怎样的变化？"浦青松始终不相信，现实社会这种乱哄哄的状况，会永远持续下去，农村孩子们的教育，会永远这么杂乱无序。

　　元旦前后寄回上海的照片，老人们看了非常地高兴，却也增加了他们的惦念：孩子好像瘦了？是不是妈妈的奶水不足？没法搞到奶粉，外婆就从上海寄来了两桶"上海麦乳精"，说给孩子补充营养。用开水冲泡好的麦乳精，散发出浓浓的奶香，小茜他们以前在上海时并没有见过。据说这种新产品，在上海也是家境富裕人家待客的尊品，能喝到"麦乳精"也是一

种炫耀。小茜他们自己舍不得喝，每天给儿子泡上一奶瓶。

小茜的大弟从上海寄来一只煤油炉。他听姐姐说，在白果中学是烧柴灶的，估计两个人带着小外甥，煮东西不方便，他就利用下班后的时间，自己手工打制了一只煤油炉，用木盒装了寄过来，为的是给小外甥煮点吃的方便些。那只漆上绿漆的煤油炉，外观很漂亮。有八根芯子，点火后力道很大。还可以转动齿轮增强火势，或减弱火势。他俩看着，觉得就像从商店里买来的，简直无可挑剔！小茜无限感慨：弟弟心灵手巧，要不是"文革"，他也应该考上大学，成为一个合格的理工类大学生的！说起大弟弟，小茜甚为他惋惜。

小茜说，大弟弟聪明善良，就是脾气有点急躁。他是六七届的初中毕业生，这一届毕业生毕业后，仍然留在学校搞了一年的"文革"，与六八届初中生一起分配。不过，六七届学生是可以分在上海工矿的，而六八届分配则是"一片红"，就是说，百分之百要下乡插队，或到农场。大妹妹是六八届的初中毕业生，还差几个月才满十六岁，就要被分配到黑龙江农场。妈妈舍不得，整天发愁。大弟弟看妈妈着急，就对妈妈说："我跟妹妹换，我去黑龙江。让妹妹留在上海工矿。"手心手背都是肉，妈妈也不知道如何处理才好。大弟弟就自己去找学校分配办。分配办的人说：不能换，有政策规定！都换来换去，就乱套了！最后，大弟弟分在了郊区一家酿酒厂烧大炉，大妹妹去了江苏镇江的老家插队。浦青松感叹道："有的人家为了争上海工矿指标，手足之情荡然无存！大弟为了妹妹，竟然愿意让出上海指标，一般人是做不到的！"他对抱在手上的儿子说道："长大了，要学你舅舅，做个好人！"

有了煤油炉，就要有煤油，而煤油要镇上居民凭户口本定量供应，供应的这点煤油也只够停电时照明使用。教师是集体户口，不供应煤油。到哪里去搞煤油呢？后来学生给他们想了个办法，烧柴油！他们帮老师用小塑料桶，从生产队的拖拉机手那里，买来了几斤柴油，代替煤油。这下，烧点开水，煮个面条，给小川蒸个蛋，就方便多了。只是柴油烧起来冒着黑烟，而且房间里会久久飘散着一股浓浓的柴油味儿，但没有煤油，也只好将就了。寒假期间，没有食堂，这煤油炉帮了他们很大的忙！

一九七二年春节过后，小川已经八个月大了，在床上爬起来很快，三两下就到了床尾。也可以颤巍巍地抓住床沿站立起来了。两个人仍然常常傍晚时分抱着小川到江边散步，看晚霞，看日落，看江边的水鸟飞起，一只、二只……看江上的小汽轮、大木船驶过……小川已经能够勉强发音叫"妈妈"了！只是不管谁，只要你说："小川，叫我！"他都高高兴兴地叫"妈妈！"那奶声奶气、稚嫩可掬的样子，逗得大家忍不住地笑。

春季开学了。一天，数学组的陆老师给小茜拿来一只小孩坐的竹椅车。这竹椅车很简陋，但有围栏，幼儿可以在车中坐着，也可以在车中站立，车下有木头轮子，后面有扶手，可以推着走。陆老师说："这是我家邻居的，他们的女儿大了，不坐了，我就借来给你，过几个月孩子走路了，再还给他们！这样你就不必整天抱着孩子，可以脱手做点事情了。"小茜很感激，赶紧说："陆老师，谢谢你哈！"陆老师大大咧咧地说："谢啥子哦！物尽其用！丢在那里也是落灰！"小川刚坐进车里，很开心，在车里转动着身体，一会儿坐，一会儿站，自己玩。可时间一久，他就不耐烦了，在竹椅车里脚一蹬一蹬地表示他的不满意，伸开双臂要妈妈抱。有两个年轻的女老师，还"待阁未嫁"，平时有空，就喜欢过来逗他，小川一见她们，就开心地嘴巴一抿，含糊地轻声叫着"妈妈……妈妈……"，伸手要抱。抱出竹椅车，小川就用手指着外面，身体往前一耸一耸的，示意要出去"兜风"，那可爱天真的憨态常把两个年轻的女老师逗得乐不可支！

浦青松最拿手的杂技表演，就是左手护着小川的腰，右手紧紧捏着小川的双脚，慢慢转着圈玩。小川站在爸爸的手掌心里，一点也不慌张，笑容满面，一脸灿烂，样子就像个无锡瓷娃娃！随着爸爸右手的转动，他也微微张开双臂好像在保持平衡。两人配合默契，父慈子笑，温馨无比！每当小茜看到这一幕，总是又好气又好笑："你当心！不要摔了孩子！"浦青松说："不可能，绝对安全！你没看到小川有多开心啊！"

天气渐渐热起来了，大人已经穿衬衫了。中午，小茜给儿子换上了白底嫩绿横条子的小汗衫，套上背带式开裆浅灰小长裤，显得更加可爱。老师走过，都要逗他一下，夸夸他。小川简直就是在泛爱的环境里逐渐长大的。

六、划粥断齑　读书补课

时间追溯到一九七一年十月过后，成都回来的某老师带来了一个爆炸性的政治传闻。传消息的老师非常地小心谨慎，非常地隐晦，让听的人自己去意会。因为消息太震撼了，谁也不想惹祸上身，但又忍不住口口相传。

当两人听到这个消息时，都目瞪口呆。虽说远在偏僻的山村，他们已经不需要再那么关心国家的政治人物，但这个消息，还是令他们感到震惊！浦青松说："这样一来，中国政坛是否会有一场强烈的地震？整个国家形势是否会发生重大变化？"小茜说："再怎么变，恐怕也改变不了我们的命运！"浦青松说："我们的命运在其次，国家的命运好了，我们自然也会好！"小茜说："大道理我懂，可这么大的一个国家，就像一艘巨大的航空母舰，正在航行中，让它突然掉头？太难了吧？"两人均沉默不语了。学校老师们也逐渐都知道了这个消息，除了少数关系很铁的几个人私下悄悄议论几句，大多数的老师都保持沉默，不加议论。

直到十二月中旬，事情已经过去三个月了，文件才传达下来，证实了确有此事，但传达文件的校领导，一再严肃地正告：不要多议论，不要往外瞎传！学校里骚动了几天，很快就平静了下来。偏僻的乡村，多了几次政治学习，好像也没有多大的震动，生活一切照常。

这个寒假，因为有了煤油炉，不用劈柴、烧柴灶，省出了许多时间。浦青松说："整个寒假，有二十来天的时间，我们计划一下，好好利用这段时间读点书。在大学的这几年里，忙的是写批判稿，东奔西跑搞专案，基本上读的是'社会学'，对现实社会算是有了一点了解。这不能说完全没有收获，但作为中文系的学生，对本专业的课程学得太少，这应该是重大的缺陷！我们的根基太浅，心里总觉得不踏实。"他看着石小茜说，"我脑中常翻腾着岳飞《满江红》中的几句话：'……三十功名尘与土，八千里路云和月。莫等闲，白了少年头，空悲切！'我们必须趁现在年轻，抓紧时间，补上大学这几年的课程内容。"小茜说："这当然好，可这儿没有图书馆，到哪里去借这些书呢？"

"这个没有问题，我带来的几本专业书，已够我们学一阵子的了。"浦青松接过小茜手中的儿子，亲了亲，抱在怀里，胸有成竹地继续说道："其实要说没学过的课程，应该说只有两年，我与高年级的同学曾经核实过，这两年之中所学的课程，最主要的是古代文学、现代文学、外国文学这三大块。外国文学可以稍稍挪后一点，不必过于着急。现代文学作品，我们都有一定的基础，也有一定的分析能力。重点、难点是古代这一块，我们在古代文学作品和古代文学史这两个方面都很欠缺。现在首先集中精力，补学这一块。关键是先要多读作品。我带来的书籍有：汉魏作品选，宋代作品选，古代文论选，唐诗三百首。还有你手抄的宋词，再加上一套不全的文学史——是上两届同学分配走时，可能这套书不全，扔掉不要了的，只有三本——先就手头上的书读起来再说。"

小茜说："好的！下乡劳动时，向同学借了一本宋词选，一有空闲，我就喜欢读读宋词，并把自己喜欢的名家词篇摘抄了五十多首。现在正好可以结合你带来的那本王力的《诗词格律》，再争取努力钻研得深一点。"小茜想了想又说道："其实，外国作品，特别是那些世界名著以及俄罗斯的著名小说我看过不少。学习的重点还是要放在作品分析上。"小茜眨了眨她的大眼睛神秘地说："有些事情想起来也蛮有趣的……"她告诉浦青松，她们寝室里当年曾经有过一个心照不宣的小秘密。同寝室的曾萱，与一个造反派组织的头头是邻居，经常串门，两家关系挺不错。这个造反派头头常从抄家抄来的书籍堆里，偷偷带些小说回来看，看完了再送回去。曾萱串门发现了这个渠道，就常到他家去借书看。抄来的这些书，大多被列为"禁书"，例如法国作家罗曼·罗兰的《约翰·克里斯朵夫》、司汤达的《红与黑》，说这些书"宣扬个人奋斗"，中文系学生也不可以看的。曾萱把这些禁书带到寝室里，被大家发现了，干脆就大家偷偷传着看。有意思的是，白天开会批判"文艺黑线"。夜里就偷偷躲在被窝里看"禁书"。大家规定了看书的时间，一个人看完了要马上传给下一个，还要实行严格的保密制度，绝不能让本寝室以外的人知道，更不能让那些观点不同、思想激进的人发现。

石小茜回忆说，白天不敢读，晚上到点，寝室要熄灯，就只能深更半夜在被子里就着手电筒的光阅读。在那种情况下她们读完的世界名著还真不少，如：法国作家雨果的《悲惨世界》、小仲马的《茶花女》、巴尔扎克的《欧也妮·葛朗台》，英国作家夏洛蒂·勃朗特的《简·爱》、简·奥斯汀的《傲慢与偏见》，爱尔兰作家伏尼契写的《牛虻》，还有俄国作家陀思妥耶夫斯基的《罪与罚》、托尔斯泰的《安娜·卡列尼娜》，苏联肖洛霍夫的《静静的顿河》……这种读书方法，持续了很长一段时间，一直到我们下乡搞教改才结束。浦青松听了羡慕道："这方面我不如你，外国文学没看这么多。我们寝室里外地的、农村的同学多，没有这方面的渠道。"

夜已深，浦青松看看臂弯里睡得很熟的小川，就让小茜把床铺好，他把孩子抱上床，盖好被子，在孩子的肩膀两旁按了按，防备着凉。两个人就在灯下开始拟定读书计划。

要研读古汉语、古诗词，工具书就不可或缺了，浦青松带来的一本分上、下两册的《辞海》语词分册，可派上了大用场了！这本工具书是中华书局辞海编辑所一九六一年九月编辑出版的，当时定价是六元八角五分。说起这本书，还有一个小故事。那是六八年冬天，浦青松因编辑部的事情，去学校的教师新村找人，恰见一个收废品的师傅，站在一辆停在路边的黄鱼车旁，摇着铃收购废品。他的车上堆了一大堆的旧书，浦青松瞄了一下，堆在上面的多是当代小说和一些杂志之类，他没多大兴趣。现在大家都不读书了，家人、小辈们就把这些书清出来，当作废品，二分钱一斤卖给废品收购站。可在杂志上面，躺着一本半旧的软封面的已经卷角的《辞海》，心想：这肯定是哪家老先生的东西。他站在黄鱼车旁，与收旧货的师傅搭上话，说想买这本《辞海》。收废品的人爽快地说，可以，两元钱卖给你！浦青松翻了一下，是分上、下两册的简装《辞海》语词分册，便掏出两元钱，"高价"买下了这本简装《辞海》。来四川时，他想到将来工作时，工具书是缺少不了的，便随身带到了四川。现在两人学习古代文学作品，正好用得着！浦青松得意地对小茜说："怎么样？有眼光吧？文学名著我都没有带，就把这厚重的工具书带上了，否则的话，有钱也没地方买！"小茜点头笑着说："你这是自小养成的童子功——淘旧书的行家！"浦青松说："那是当然的——行李太重，拎不动的。心里虽存遗憾，还是果断地一本小说书都没带，只带了工具书和专业书！"小茜笑着夸他说："选书能力，我不如你！"

整整一个寒假，他们边带儿子，边读书。他俩仍然把一天的时间分成三个单位，上午三小时，下午四小时，晚上三小时。这是他们固定的读书时间。两人舍不得把时间花在烧饭炒菜上，就学习宋代范仲淹早年刻苦读书"划粥断齑"（齑：咸菜。断齑：把咸菜切成碎末），煮一锅粥吃几顿的方法，每天用饭盒蒸两盒饭，吃三顿。中午炒两个蔬菜，量大些，留一半晚上吃。孩子除了吃奶，还搭配点米糕，再给他蒸个鸡蛋羹补充营养。这样就节省出了许多时间来看书。两人轮流带孩子，上午、下午，必须各抽出一节课的时间陪孩子玩，傍晚两人一起抱着孩子去江边散步，其他的时间各自看书，大年初一也不例外。就这样，过了一个十分充实的寒假。

新学期开学之后，他俩仍然坚持着自己的学习计划。在那个小披屋里，物质是匮乏的，但两个人的精神世界是充实的。他们每天除了给学生上课、改作业，就是看自己的书。每天晚上，把儿子哄睡着了，他们按照计划，继续努力读书，扩大视野，互相切磋，深入交流，来丰富自己的内涵。这穷乡僻壤的公社中学，成了他们刻苦学习，努力充实自己的"加油站"！

有些时候，真用得上"踏破铁鞋无觅处，得来全不费工夫"这个精辟的名句！开学之后，浦青松有一次偶然去章老师的宿舍，在他简陋之极的靠墙的书架上看到了一套完整的、游国恩主编的《中国文学史》。

章老师与浦青松年龄相仿，中等身材，清癯的脸庞上一副大眼睛透出他的聪明，初一见面，你就觉得这是一位很厚道的读书人，话不多，与人讲话，总是很腼腆。他原本是这里的小学教师，下放到大队。白果小学升为中学后，需要物理老师，就把他从大队小学抽调上来了。浦青松感到奇怪的是，他一个物理老师，怎么会有一套完整的《中国文学史》？经过一番聊天，才知道，受家庭氛围的影响，他爱读书，喜欢文学作品，家里文学书籍很多，原本想考四川大学中文系的。他的父亲是四川大学物理系的教授，五七年被打成右派。可能受到"政审"的影响，他没能进大学，只进了中等师范学校，做了一名小学教师。原来如此！看到这套完整的文学史，浦青松很是欣喜，便开口向他借来看看，以便和自己的不完整的三本书做一个比较，对缺失的部分做一些笔记。半个多月后，当浦青松去他宿舍，把《中国文学史》还给他时，他竟然很惊讶地问道："这套书你还还给我啊？"浦青松也很惊奇地说："这是你的书呀，当然要还给你啰！"

这位章老师老实憨厚，背上家庭出身的沉重政治包袱，凡事处处小心谨慎，沉默寡言。但他确实是一个非常聪明好学的年轻人，给浦青松他们留下了很深刻的印象。改革开放之后，终于放飞了他迟到的青春，以在职教师的身份，考取了成都一所师院的中文系，实现了他的夙愿。毕业之后，他被分配到金堂县的赵镇中学，成了一名优秀的高中语文老师，深受学生的爱戴。那自然是浦青松和石小茜八十年代离开金堂县的后话了。

七、跑 地 震

很多从上海分配到全国各处边远角落里的人，大多都把孩子送回上海老家，请爷爷奶奶或外公外婆帮着带孩子。一是农村、山区的医疗条件不好，二是考虑到将来孩子受教育的问题。小茜他们也有点动心，因为舍不得，始终就下不了决心。而让小茜他们真正下定决心送孩子回上海的，是成都闹地震。

　　有一段时间，传言四起。有的说，龙门山脉要大震。有的说，四川盆地本来就是海底升上来的，这次大地震，成都要沉下去，变成海，两年后就要到成都来钓鱼了……显然这些传说并非空穴来风，成都有些工厂已经在厂里搭帐篷，让职工晚上不要睡在家中。紧张的气氛笼罩着成都及周边地区，各处人心惶惶，这让小茜他们心里非常恐慌。浦青松说："我们工作在这儿，没有办法，但孩子没必要在这儿冒这个险！"决心一下，就付诸行动，反正没几天就要放暑假了。小茜在家收拾衣物，做些准备工作。暑假一到，两人就可立即动身送孩子回沪，觉得早走一天早安全。

　　这天早上，浦青松去成都买预售票，下午回来特别开心地对小茜说："火车票买好了，两天后动身！"石小茜说："该准备的我都准备好了，这两天就是要注意小川不要感冒受凉。"浦青松略略神秘地对小茜说："小茜，你知道我今天碰到谁啦？"看到浦青松那么兴奋，石小茜打趣地说："碰到谁啦？碰到财神爷了？"浦青松笑着说："那倒没有！我碰到我们班的大李了！""啊！有这样的事？毕业一二年了，都没有他的消息，怎么去买火车票会遇上他？这世界真是太小了！"石小茜也兴奋异常！

　　"我正要进站去排队买票，听到后面有个人大声地讲着话，福建话夹着上海话，怪怪的。我不由得掉头一看，咦，这人匆匆走路的样子，怎么有点像我们班上的大李？定睛一看，还真是大李！只见他提着个大旅行包，边走边大声地与旁边一个人说着话，他离我只几步远了，也马上认出我来。我正要招呼他，他已举起一只手跟我打招呼：'嗨！青松！'并快步过来，紧紧握着我的手，开心地说：'太巧了！太巧了！我隐隐觉得前面走路的人，腰板挺直，浓密的头发微卷着，有点像你，结果还真是你！'"浦青松说："我就告诉他，我是来买火车票，准备送孩子回上海。你呢？回上海吗？"大李说："不是的，我上海丈母娘家邻居来成都出差，今天回去，我托他带点儿东西回上海，顺便来送送他。"浦青松伸手与走过来的大李家的邻居握手，邻居也高兴地对大李说："不容易，碰上老同学了！那你就送到这儿吧。反正你也不能进去,你们聊,我就自己进站了。"大李把旅行包交给邻居,就陪浦青松去排队买票。

大李是福建人,毕业分配时,动作慢了一拍,没能追到心仪的女生,心里很沮丧,但也因为单身,毕业分配反倒沾了光,分到四川省冶金局,到成都报到。在大家都是去农场、去偏僻山区的当口,他竟然分到了省冶金局,这真太幸运了!

更为戏剧性的是,分配到具体单位时,他被耍弄了一次。大李说:"冶金局把我分到重庆的钢厂,是在重庆市区,我当时很满意。上午通知我去重庆报到,我还没来得及走,下午局里又通知我说,'你不要去重庆了,重庆那边单位已经有人先分配去了。'你看看,还有这么倒霉的事!我当时肺都要气炸了,明摆着的是有人开了后门,把我挤掉了!"至今说到此事,大李还愤愤不平!他说:"这下抓瞎了,怎么办?我找局里分配办论理,分配办也很恼火,说这些人怎么这么自说自话,把我们的分配工作都搞乱了!这边已经分配完毕,你突然退回一个人,到哪里去找单位?"大李摇摇头:"话虽这么说,但鞭长莫及,那边人已经进单位了,奈何不得。分配办只得说:'你先等着吧,总要给你一个答复的!'"大李说:"那几天,真烦死人了!天天去问,就怕把我又踢到农场去!局里回答每天都一样:暂时还没单位,正在想办法!我就天天去分配办问消息,躺在招待所里等通知。结果不知怎么的,局里搞到一个名额,让我就留在成都这个军工厂了,这是不是因祸得福了?"大李笑得很开心,说:"天无绝人之路!拿着通知单,这下不敢耽搁,赶紧就去军工厂报到!"

大李说:"有句话怎么说来着?人倒霉了,喝凉水都塞牙;嗨,一旦走运,你想挡都挡不住,从门缝里都会钻进来!报到那天,有三四个人正在办手续,其中一个女生,好面熟!说着带上海口音的普通话,好像在哪里见过。我就问她:'你是哪个学校的?我怎么觉得看到过你!'那女生一下子也认出了我!她说:'我是物理系篮球队的,我们球队训练时,常看到你也在打篮球。我们在学校球场上碰到过好多次的,我也认识你。'他乡遇故知，一个学校的，又分在一个厂的子弟校里，大家谈得来，我们很快就结婚了。"浦青松问他："有孩子了吗？""有，男孩，都半岁了，年初我爱人去上海生的孩子，回来没多久。这儿没人带，我们就把孩子留在上海她妈妈家，没有带回来。"两个人都感慨了一番。浦青松说："大李，真羡慕你。在成都工作，去上海探亲很方便，坐上火车就到上海。不像我们，火车到了成都，还得再转慢车。下了慢车，还得走十多里的山路，交通太不方便了！"大李也说："咦，不是说分你们到温江地委的吗？怎么被丢到那个角落去了？"浦青松说："这事不谈了，可能跟你一样，名额被人开后门拿走了，只能说运气没有你老兄好！"大李说："走走走！买好票，今天中午我请客！"浦青松说，"中午大李非要请客，买好票，我们就在旁边的面馆点了两个菜，吃了一碗面，边吃边聊。从面馆出来，又到路边的花园，坐在台阶上继续聊，一直聊到我要赶火车回来了，他才离开。"

石小茜被浦青松的奇遇感染着，也兴奋了好久，聊起老同学，大家都有说不完的话。聊了一阵，浦青松说："打住，打住！还是说说我们的安排吧。这次我们回上海，抱着孩子，再背着行李从红花塘走，那实在太累了！上次去五凤镇给小川照相，我探到了另外一条路：可以先从我们这儿下午搭船到五凤镇，过一夜，再从五凤镇坐火车到成都。这样虽然绕了一点圈子，路上的时间长了一些，但可以不用走那十五里山路了。"小茜说："行！""我和大李讲好了，我们后天午后到成都，在他家玩一玩。晚上乘10点12分的火车走。他家离火车站不远。大李也很想见见你。"

回上海的那一天，下午三点多钟，浦青松一家找到了军工厂里。大李在厂门口正等着接他们。看到浦青松抱着儿子出现了，大李赶紧快步过来接孩子。小川怕陌生，转过头去不肯让叔叔抱。大李开玩笑说："小家伙警惕性很高嘛！"转身与小茜握手，认真地说："你瘦了很多嘛！生活上不习惯？"边说边接过小茜手中的旅行袋，领着大家往家走。到了厂里的家属区门口，大李的爱人许婕远远看见他们，也热情地跑过来帮着拿行李。看上去，许婕与大李很般配。因为许婕是上海人，又是同一学校，大家见面就像老熟人似的，一下子就聊得很开心了。许婕说："我家孩子比你们宝宝小半岁，生下孩子后，我没奶，这儿又没人带，就放在上海让我妈妈带了。"许婕讲，他们厂子弟校不比乡镇学校，是每天八小时上班制，很正规。孩子没人看管不行，妈妈丢不下上海的家，不能来成都帮忙，他们只得把孩子留在上海让老人帮着带。四个人边走边聊，天南地北，各种消息，毫无条理地抢着说。谈到同学们的各种消息，谈到剧变的国家大事，都无不感慨万端，仿佛隔世！

走过一条转了几个弯的长长的路，来到大李他们的宿舍大楼旁，映入眼帘的，是宿舍大楼旁边的空地上，搭建了一排又一排的帐篷。大李说上面有精神，让大家夜里统统睡帐篷，不要进大楼睡觉。近四点了，有的人家，都已在帐篷门口歇凉了。楼里有人高声喊着孩子的名字，让赶紧回去洗澡。七八岁的小男孩们追逐打闹着，一片浓浓的居民区生活气氛。除了帐篷，并没有其他什么反常现象。大李家的帐篷就在前排，大李带着大家进帐篷，放下行李，大李问："你们饿不饿？要不要先弄点什么吃的？"石小茜说："肚子不饿，下了火车已吃过午饭了。就是儿子身上全是汗，一路风尘仆仆的，上火车前能不能弄点热水给孩子洗个澡？"大李说："这没问题！"就让许婕先去烧点热水。他们钢管厂是军工单位，用的是煤气罐。浦青松说："你小子可以啊！生活比上海都方便，不用生炉子，倒马桶……"没聊几分钟，许婕就在三楼的窗口大声招呼小茜，说水马上烧好，可以给孩子洗澡了。小茜就抱着孩子上楼洗澡，大李就陪着浦青松在帐篷里聊天。

许婕帮忙，在大铝盆里放好热水，用手试了试，又添了些冷水，觉得水温合适了。拿来一条毛巾递给小茜，笑着说，这是大李洗澡用的，都是男子汉，没关系！石小茜就把孩子抱进澡盆里，拿了只小凳子坐在澡盆边，开始给孩子洗澡。孩子身上汗粘着灰尘，肯定很不舒服，小茜先用毛巾把孩子全身用水轻轻抹了一遍，然后让孩子站在澡盆里，给孩子全身擦上肥皂，肥皂泡都有点黑乎乎的。刚搓了没几下，突然楼下大声喊："地震了！——"小茜条件反射似的，抱起孩子就往楼下冲！孩子身上满是肥皂，滑溜溜的，小茜怕抱不住，就把孩子紧紧地贴在胸前，两手使劲搂住，冲到楼下。许婕也紧随其后，从三楼冲了下来。这时，许多人正纷纷冲出大楼，赤膊的，赤脚的，近视眼没戴眼镜儿的……一个个惊慌失措！放下孩子，小茜这才发现，孩子满身的黑污都印在了她的白衬衣上。小茜顾不上这些了，赶紧抱着孩子往帐篷那边走。浦青松与大李正在帐篷里聊得起劲，帐篷里没有感觉，听到外面的喊声，还没有反应过来，就看到一下子那么多人惊慌失措地从大楼里奔出来。大李问："怎么了？"邻居说："地震了！房子微微晃动了一下，吊灯摇晃明显，现在打住了。"大家都像惊弓之鸟，不敢进屋，就在外面等着。等啊等，没有下文。许婕胆子大，上楼去用脸盆端了一盆温热水下来，说让小川在脸盆里洗个澡吧，一身的肥皂多难受！

等了好久，也没见什么动静，有些胆大的又溜进楼去取东西，快进快出，不敢久留。浦青松和大李商量一下，也决定轮流到卫生间简单快速冲洗一下，再来换小茜。也不敢搞什么晚饭了，许婕上楼把早上食堂买的馒头热了一下，赶紧下楼，馒头就着榨菜，简单应付了。

直到晚上九点，也没见有啥大的动静。阿弥陀佛，一场虚惊！不过人们虽然疲乏了，也没人敢回屋去睡觉，都守在帐篷里。九点一过，浦青松和石小茜起身告辞，要去车站了。于是大李夫妇送他们上火车，嘱咐他们下次有空再来玩。

82次快车到上海站时已经天黑了，马路两旁亮着昏黄的路灯。因为没多少行李，他们就没有通知家里人来接站。两个人从火车站叫了一辆三轮车直接回家。

三轮车经过外白渡桥、中山东路，一路上冷冷清清，只有暗淡的路灯形影相吊！石小茜对浦青松说："这儿是我去小舅舅家的必经之路，以前夏天的晚上，这儿马路上到处都是年轻人的笑闹声和木拖鞋的哒哒声，现在马路上怎么这么冷清？你看，一路上几乎没见到几个人，见到的，也是几个老年人。"前面的三轮车夫搭话了："年轻人都走啦！自从六八年'一片红'，搭头搭尾，至今已经五年了。每年上山下乡，要走多少年轻人啊！"

三轮车夫是上海本地人，边蹬着三轮，边大声地搭着话："现在家家小囡初中毕业，就要去新疆建设兵团军垦，去黑龙江农场，去农村插队，除非残疾人。小囡多的人家，要走好几个，身边只能留一个。我家四个孩子，老大、老二前两年就一起去了黑龙江，今年老三也快了，马上要去江西农场了。"三轮车夫说："侬晓得伐？大学生统统分配出去，现在连中专生、技校生也出去了，还有去支内，支援三线建设的，全部是年轻人啊！"石小茜感慨地说："哦，年轻人走多了，一座城市就少了交关（沪语：许多）生气和活力了！"车夫说："哪能不是呢！（沪语：是的）"石小茜困惑地轻声对浦青松："这对上海来说，有点不公平吧？有文化的、年轻的都出去了，以后上海整体的文化水准不就降下来了？每家每户留下的大多是老人和身体残疾的，以后许多社会问题就会慢慢凸显出来，到时候怎么办？"浦青松抱着儿子，儿子在他怀里睡着了。他没有作声，显然是对这个敏感的话题不想在外人面前妄作评论。见浦青松不吭声，石小茜也闭上了嘴。夜上海的安静，让两个人有一种说不出的滋味儿。

回到上海后，首先得考虑，小川放在哪家比较好？尽管多出一个孩子，将增添许多麻烦，但两家都很欢迎。考虑到外婆家人手多一些，奶奶家就只有奶奶和小姑姑两个人，奶奶要上班，小姑姑年龄小，派不上用场，他们商量决定把小川放在外婆家，请外婆家的邻居老婆婆白天帮着照看孩子，每月12元保姆费，外公外婆下班回来，或舅舅、阿姨放学回来，就把小川接回来。奶奶家与外婆家挨得很近，几分钟的路程，周六晚上，奶奶下班，就把小川接过去，在奶奶家过周末。

要把才一岁两个月的宝宝留在上海，两个人的心里都非常舍不得。但想到龙门山脉地震的威胁，同时也因为白果乡医疗条件确实落后，这么大的一个公社，卫生院里居然没有一个正规大学毕业的医生。为了儿子能有一个安全健康的生活环境，暂时也只能如此咬咬牙了。

谁知，这场引而不发的地震，隐藏了三十多年，这三十多年，对地球来说，只是弹指一挥间。二〇〇八年五月十二日，四川龙门山脉爆发了汶川大地震，震级 8.0，强度为 11 度。这次地震造成六万九千多人死亡，三十七万四千六百多人受伤，一万七千九百多人失踪，在中国历史上留下了惨痛的一页！

八、"回炉"与"进修"

一九七二年八月下旬，暑假结束前，两人依依不舍吻别了一岁多的儿子，踏上西去的列车。一路上，小茜不断地流泪，浦青松安慰她："等地震的威胁一过，我们再把儿子接回来！"其实浦青松心里也很失落，只是不同性别的人表现方式不同罢了！

又回到了白果中学。新学期开学后，每天备课、上课、改作业。此外，还要挤出时间读书，每天的时间填得满满的，也就渐渐抚平了小川不在身边的内心纠结。上海的老人也能理解他们的心情，外公外婆以及奶奶隔一段时间，就寄两张小川的照片给他们，以慰藉他们的思念之情。每次拿到儿子的照片，两人总要反复端详，看了又看，看到儿子长胖了，长高了，总要兴奋好一阵子！

国庆节过后，教育界突然传出一个令人振奋的消息。传说教育部决定通过考试，选拔一部分六九、七〇届大学毕业生"回炉"，重新学习两年，然后再分配，以满足国家经济建设和文化教育的紧急需要。浦青松和石小茜听到这个传言，兴奋至极！五年的大学生涯，搞了四年的政治"运动"，多么期盼能重新回到大学，在大学课堂里，在老师的指导下，完成大学里应该完成的学业！也期盼着能够通过这次"回炉"，跳出这偏僻、闭塞的乡村。如果真的能有这个政策，他俩"回炉"的希望是很大的。因此两人更加日夜抓紧学习，等待着好消息的召唤。

过了一阵子，有消息说，北大、清华已经有人被召回去了。两人更是日夜翘首以盼，等待着上海方面的消息，然而一直没有下文。两个月都过去了，也不见音信。"回炉"消息渐渐淡了下去。后来又有消息传来说，上海外国语学院悄悄召回了数量很少的一点人，没有公开。别的学校还得等等。等啊，等啊……之后就"泥牛入海无消息"了！

为什么北京敢于让大学生"回炉"，而上海不敢公开搞"回炉"呢？传说：北京是周总理拍的板，上海不让大学生"回炉"，是有人作梗。他算老账，六七年上海红卫兵曾经"炮打"过他，揭露他的政治历史问题，称他是大叛徒，他怀恨在心，找出理由来阻止上海大学生"回炉"！传说……传说……传来传去，谁知道哪句是真，哪句是假？想想虽然"炮打"与他们无关，但殃及池鱼，鱼有何法？既然无可奈何，那就释然吧，怨天尤人只会徒增烦恼！"回炉"的希望破灭，他们失望、沮丧的心情，仍然延续了很长一段时间。

两人的学习计划按序进行着。很快又要放寒假过年，这将是他们在四川过的第三个春节了。今年儿子不在身边，本地人忙着准备年货、走亲戚，没人会来打搅，他们正可以充分利用这大好的时光，抓紧学习。房间里的15瓦灯泡光线太暗，浦青松特意去供销社买了一只有绿色灯罩的小台灯。这台灯的底座是一块像"扇牌"肥皂大小的铁块，特别重，也就十分稳定。尽管很土，但很实用。两个人整天啃书本，粗茶淡饭，虽然生活过得很简单，但有书读，就觉得日子过得很充实。为了纪念那段读书的日子，之后他们尽管换了好几所学校——从乡中学，到区中学，再到县中学，也辗转了多个地方——从四川，到江西，再到上海，这个最原始的台灯，他们一直带在身边不舍得丢掉。看到它，就会想起那段既辛苦又快乐的时光。

春节刚过，还没开学，叶校长突然光顾，递给他们一张通知，说区上调他们俩去灌县学习，报到时间是二月十五日。报到地点是灌县原来的地区师范专科学校。通知上说，要自带生活费、全国粮票、草席、被褥、蚊帐和所有的盥洗用品。至于学什么，学多长时间，为什么调他们俩，都不知道。叶校长说，他也不知道什么原因，只是接到了这张通知。

两人听到是去"学习"，打心眼里高兴，也不去打听是什么原因，就赶紧整理行装。所有用品都是现成的，是前年毕业分配时带来的，无须多劳神，只要换好全国粮票就行了。冥冥之中，两人似乎感觉到可能要离开这个地方了。所以，能带走的打点成行李全部带走，不能带走的，也就剩下炊具，锁在一个小房间里。他们心中都在暗暗地期盼着，希望通过这次学习，能够争取到一个去高校"回炉"的机会，希望从此"黄鹤一去不复返"！过完年，二月十二日，两个人抱着新的希望，带着他们的行李，前往地区师专报到了。

地区师范专科学校是"文革"前的正规大专学校，主要培养农村初中师资。"文革"中多年不招生，学校空关着。学校规模很小，但环境还不错。学校里有正规的教室、黑板、课桌椅，有教师办公室、厕所、食堂，条件比白果中学强多了。

这次奉命来学习的教师有一百五六十人，语文和数理化各门学科都有。女教师的人数要少些，约占三分之一。奇怪的是，二十多岁的年轻人就小茜他们俩，三十多岁的也不多，大多数都是四五十岁的老教师。从他们的交谈中才知道，他们有的是民办教师，有的是小学老师刚调到中学教书……原来这次到师专来集中学习，是地区教育局为了提高教师的业务水平，每年例行举办的教师进修班。

语文班的学员人数多，分成两个班，石小茜与浦青松分在同一个班。可能为了便于管理，学员们都住在教学大楼的教室里。石小茜住的女学员宿舍，是一间大教室，里面放了十多张上下铺的单人床，女学员都住在这一间大教室里，挤得满满的。大家都是自己带去草席、被褥、蚊帐。草席下垫着的草垫是师范学校提供的，每张床都写着主人的名字。来的第一天，浦青松帮着石小茜铺好床，挂好蚊帐，把装衣服的箱子塞在床底下，一个小天地就建立起来了。浦青松的寝室在楼那边，安排好小茜，浦青松对她说："你不用管我的事了，男同志寝室，你去不方便，你就好好休息一下吧。"说完他就去找自己的床位了。一直到进修完毕，石小茜都没有去过浦青松的寝室，浦青松也再没来过石小茜的寝室，所以大多数人不知道他们是两口子。两人天天在教室里见面，又一次做了同班同学。

记得第一天去食堂打饭，几个窗口都排着长长的队，一百多人挤在这面积不大的饭厅里。石小茜远远看到窗口挂的小黑板上写有菜单，字很大："凉拌凤尾""炒莲花白""糖醋藕丁""红烧鱼块"。小茜指着黑板问浦青松："'凉拌凤尾'是什么菜啊？"浦青松说："不知道，没听到过。"

到了窗口，石小茜说："要一份凉拌凤尾！"炊事员拿起面前的一份凉拌菜倒进石小茜碗里，碧绿的菜叶上撒着星星点点的红色，色相很好看，万绿丛中点点红！小茜很高兴地端着饭菜去找位子。浦青松要了一份红烧鱼块，跟过来了。两人在靠墙边的位子坐下，一荤一素：红烧的鱼块，翠绿的凤尾，色彩特别好看。石小茜用筷子夹起"凤尾"一看，原来这"凤尾"是莴笋尖！"凉拌凤尾"就是"凉拌莴笋尖"！石小茜忍住笑对浦青松："谁起的这名字，这么富有想象力！"她把这"凤尾"送进嘴里，哇！又辣又麻，味觉受到极大的刺激，赶紧扭过头，对着墙壁，克制不住地咳嗽起来。好不容易止住了咳嗽，看着这翠绿的"凤尾"，石小茜心里打鼓：还吃不吃？不吃，倒掉，岂不可惜？"吃！"这也是一种"勇敢者的道路"嘛！几筷子下来，吃得她舌头都快要冒烟了，但还是很开心，就为这道菜名都乐呵了好久。浦青松看她用手使劲扇着舌头，就说："算了，太辣了，剩下的给我吧，你多吃点鱼。"浦青松把剩下的"凤尾"端到自己面前，一会儿，他额头黄豆大的汗珠就冒了出来。小茜看着狼狈的浦青松，忍不住想笑。

没想到的是：食堂菜的品种太少了，几乎天天都是这几道菜，缺油多盐，菜的味道基本就是咸、辣、麻。一周有二三次鱼，但很少见到肉，那种缺少油水的感觉，似乎又回到了十年前！

学校给语文班配备的教师，就是这所师专原来的语文组的教师。师专多年没有招应届生，只是配合地区教育局，给在职的教师进行培训。从公布的进修课程来看，还蛮正规的。有现代汉语、现代文学、古代文选、形式逻辑、写作课等。此外，还要约请四川大学的老师们来校作专题讲座。

上现代汉语课的教师，是位四十多岁的女教师，衣着打扮比白果中学的老师洋气多了。讲课口齿清楚，音色也好听。上课时，民办教师和小学教师们听得很认真，并努力地做着笔记。有两三个五十出头的老教师听得有点吃力，还时不时地举手插话提问题。浦青松他俩虽然觉得讲得太简单、太浅了，只相当于高中文化的普及课，但出于礼貌，还是认真地听课做些笔记。

一次语法课上，讲句子的成分。老师为了引起大家的兴趣，就特地举了一个比较刺激的例子：请大家给"我们不是国民党员"划分主谓宾。结果把主语、谓语、宾语用线条划出来后，成了"我们——是——国民党员"，读出来令人大惊失色！于是有的学员就表示"抗议"了：明明"不是国民党员"，怎么就成了"是——国民党员"了？这不是反动吗？乱哄哄地一闹，讲课的女老师被问得有点尴尬，反倒觉得讲不清楚了。她站在黑板的最角落处，听任大家竭力地争论。在那个政治极其敏感的时代，谁都怕被套上"帽子"。女老师在讲台旁尴尬地听着起哄声，不知所措。这时，一个姓杨的学员站了起来，主动出来给她解围。杨学员中等个子，瘦削的身板，狭长的脸，肤色还算滋润，讲一口扬州普通话，声音尖细，显得有点女性化。杨学员一走上台，可能大家不知所以，一下子就静了下来。杨学员耐心地分析给大家听，"语法"是专门研究语言的组织规则的，他在黑板上写下"组织规则"四个字，并在这四个字下画上粗粗的线条。他说，没有语法，语言就乱了套。就像交通，没有了交通规则，没有了红绿灯，车子就会乱窜，造成的局面就可想而知！……"语法"只研究"组织规则"，它跟句子所要表达的思想内容是两码事……这个句子的谓语部分是"不是"，谓语是"是"，"不"是副词作状语，修饰谓语的……他深入浅出地讲着语法在语言的表达中所起的作用，略带尖细的声音抑扬顿挫，风趣幽默，教室里不时响起一片笑声。刚才起哄的几个人有点尴尬，不过由此弄明白了语法的作用，以后不会因这种低级错误而贻笑大方，还是值得的吧。

有意思的是，从此以后，杨"学员"就转变成了杨"老师"，语法课就由这位杨姓学员来讲课，洋气的女老师改上现代文学课了。大家觉得奇怪，刨根问底：你这么高的水平，怎么也来进修？杨学员告诉大家，他是江苏扬州师范学院中文系六六届的毕业生，不走运，分配时正好遇上"文革"，在学校多待了一年，与六七届一起分配，就分到四川某县中任教。因为他们县每年派来进修的教师大多是民办教师，或者是小学教师，温江专区教育局专管进修的领导就批评了他们县，说他们县送来进修的老师水平太低。这次县教育局就故意派几个老大学生来进修，语文科派他来，数学科派来的是四川大学数学系毕业生！哈哈哈，大家笑着说："这一次你们县教育局要得到表扬了！"——来参加进修班的学员水平，就是如此地参差不齐！

浦青松听他说是六六届的，知道他是读完了四年制的全部课程的，就问他，有没有王力的《古代汉语》？想借来一读。杨同学说有，在家里，下星期回家时给他带来。杨同学已在四川成了家，爱人是同学校的老师，因为他们县就在灌县旁边，交通方便，每到周六，他就晃悠悠地回家了。有几个县像浦青松他们，离得远，隔着龙泉山脉，交通不方便，基本上这三个多月是不可能回家的。杨同学很守信用，星期天返校时，就把四本王力的《古代汉语》放了浦青松的面前。

拿到王力的《古代汉语》，浦青松迅速翻看了一下，略加斟酌，决定手抄这套《古代汉语》的实词解释、通论知识以及文化常识等。但纸张紧张，买不到，只得把学校发给学员用作听课笔记的那种黑黄色的劣质纸张省下来，正面、反面都派上用处，当晚，抄写工作就立即开始了！第二天上课时，浦青松把借到王力《古代汉语》的事告诉了石小茜。

石小茜已从一位四川学员处借到了一本四川师范学院中文系编写的《现代汉语语法》，正在摘录抄写。浦青松说："我们两人要作一个分工。你先抓紧把《现代汉语语法》抄完，我先抄王力《古代汉语》。我昨晚翻看了一下，单单古汉语的实词解释就有 1 086 个，另外还有虚词、通论常识、文化常识。这样，实词以及虚词解释我们各抄一部分，通论常识及文化常识我来抄。"小茜说："好的，那你从《古代汉语》第一、第二本开始，我就从后面两本的实词开始。"

自此，课间、午后、晚自习、临睡觉前，所有能自由支配的时间，都被他们用来"抄书"。当时这些书不出版，买不到，现在居然借到了，赶紧"抄"！如饥似渴地读、争分夺秒地抄！

前几天，浦青松已经抄录了吕叔湘《文言虚字》的169个虚词及释例，计十一页。拿到王力《古代汉语》后，他又连续抄录了王力书中重要实词、虚词及释例十一页，古汉语语法知识十一页，抄录古汉语文化常识三十二页……装订起来，总共计有七十五页，自是一本杂志大小的手抄书啦！

石小茜也抄写完了《现代汉语语法》一整本书，真正的手抄本，并加进了自己认为更能说明问题的典型例句。买不到练习本和纸张，她就抄在学校发的讲义纸的反面，共计六十六页。此外，还抄了吕叔湘《文言虚字》的132个虚字及释例，计十五页。又抄了王力《古代汉语》部分实词及若干重要虚词释例，共二十六页。加起来总共有一百多页。

半个多月之后，浦青松把四册《古代汉语》"完璧归赵"，并表示了真诚的谢意。老杨惊奇地问他："你看完啦？"浦青松笑了笑："没时间细细看，摘抄了一些实用的东西，当作工具书。现在书店里没有这类书卖，只能靠自己手抄了！"老杨竖起拇指夸奖他："真有实干精神！这套书确实很重要，你花了这么多的时间和精力，值！"

星期天休息，学友们各有各的去处。有的回家，有的访友。浦青松两人的"家"就在学校里，本地无亲无友，没有去处。正好充分利用时间抄书，终于完成了这项"重大工程"！两人相约放松一下，去逛逛街，舒缓一下几周来的紧张情绪。

来到灌县街上，看到前面有一家电影院，浦青松说，要不要去看一场电影，调剂一下半个多月来的枯燥单调的教室生活。正在往前走，突然听到身后响起了自行车的铃铛声，两人自觉地避让了一下。没走几步，铃铛声又响了起来，他俩再次避让。没想到，身后的铃铛声接着又响了起来！"咦！这是怎么回事？让道你不走？"浦青松不由得回过头去看了一下，这一看不要紧，浦青松和骑车的人双方都大叫了起来：怎么会是你呀！两个人欣喜若狂地紧紧握着对方的手，惊喜万分。原来，骑车的人竟然是高中同学覃自强的哥哥覃高峰！浦青松看到石小茜愣在一边，赶紧告诉她：这是覃自强的哥哥。石小茜惊喜地叫了起来："真的啊！"

覃高峰激动地说："小松，我在马路对面就看到你了！觉得有点像，但又不敢贸然喊你，心想你怎么可能跑到这个山里头来呢？但是又不甘心，于是就调转车头，跟在你们后面，响着铃铛让你回头，近距离地正面看看你！"浦青松和石小茜同时笑了起来。浦青松说："覃大哥，你真聪明！要不我们就真的失之交臂啦！"

覃自强与浦青松、石小茜三人从初中起就是同班同学，高中还都是同一文学小组的。浦青松与覃自强从初中开始，就是特别要好的好朋友，两人都爱画画，爱文学。并且两人都喜欢经常一起步行到福州路旧书店去买书，志同道合。覃自强常约浦青松去他家看书、画画、吹口琴，所以，浦青松与覃自强哥哥混得很熟。覃高峰中专毕业后分配到沈阳一家飞机配件厂工作，之后就没有再见到他了。这家工厂属于空军的军工单位。一度国际形势紧张，军工单位都要搬迁到西南三线，他们整个厂就都迁到灌县来了。覃高峰热情地邀请两人去他家中玩，说离这儿不远。两人当然非常乐意！

这家工厂名气很大，厂区规模也大，像个小城市。覃高峰是厂里足球队的主力，认识他的人多，进到厂区家属院，一路上很多人与他打招呼。覃哥说，他结婚好几年了，爱人是东北人，现在还没有孩子。

到了覃哥家，见到了"东北嫂嫂"。这"东北嫂嫂"没有一丁点儿东北人的影子，却像个江南女子。秀气、苗条、温婉，嫂子知道他俩是覃大哥弟弟的同学，也热情招待他们，留他们吃午饭。因为是部属工厂，这里的福利、生活条件就像在城市里，甚至比一般小城市强。覃哥说，他们这儿很多生活用品，是直接由飞机从沈阳运过来的。

当知道他俩是到这儿来学习的，学校伙食那么差，覃大哥就说："这样，你们星期天就到我这儿来改善伙食！"两人哪好意思？覃哥说："那有什么？我是看着小松和自强一起长大的，就像自家兄弟，不要见外。说定了，我每个星期天就等你们过来！"覃家嫂嫂也说："我们在灌县这么多年，还是第一次遇到上海来的朋友。你们过来玩，我们也开心啊！"

中午的饭菜非常丰盛，有午餐肉，金枪鱼罐头，还有排骨汤，豆制品，外加两种蔬菜。覃家嫂嫂说："覃哥是厂里足球队主力，经常会发一些营养品，如牛奶、牛肉、罐头等，就我们两个人，吃不完的，欢迎你们来！"秀气温婉的大嫂，还是保留了东北人的豪爽和真诚。浦青松也不便再推辞，答应道："好嘛！"

大家天南海北地聊着，家长里短地说着。都有说不完的话，不知不觉就到傍晚了。浦青松与石小茜站起来告辞，覃哥覃嫂不答应，一定要留他们吃了晚饭再走。盛情难却，他们留下吃晚饭，继续边吃边聊，忘了时间。回到学校，晚自习早就开始了，挨了小班主任（毕业留校的青年助教）的一顿训！虽然心里不爽，但并未浇灭他们心中的喜悦，快乐早就淹没了那一点点的不愉快！

到了四月天，晚饭后散步时发现，离学校大约两里路的乡间，大片的油菜花开得灿烂辉煌！大朵大朵的油菜花，黄澄澄的，一大片一大片，望不到边。油菜花的特殊的清香味儿，沁人心脾。而且这儿的油菜花的秆儿特别高大，几乎是上海油菜秆儿的三倍！浦青松一米七六的个子，站在油菜地里，小茜根本就看不到他！两个人从未见过这么大面积的茂盛、亮丽的油菜花，欣喜无比。顺着田间小路，他们漫步在油菜花的花海中，昂起头，慢慢地作深呼吸，那种惬意的感觉，那种敞开心扉的享受，是没法用语言来表达的。整个人都淹没在花的世界里，周围洋溢着春的气息，真是有如神仙，别有洞天！几十年过去了，灌县的油菜花仍然深深地印刻在他们的脑海里，难以忘怀！小茜说，可惜那个时候买不起照相机，也没有照相留影的意识，竟没有留下一张有纪念意义的照片。

最后一个月，学校陆续请来四川大学中文系的老师们，为语文班的学员们作专题学术讲座。这些老师有赵振铎、经本植、张志烈、梁德曼（女）

等人。他们分别在古代汉语、古代文学和现代汉语方面具有很高的造诣，讲座内容十分扎实而精彩。这才让一批具有高等学历的学员们感到，这次进修还是有收获的！有一次讲座中间休息时，系主任赵振铎教授就在教室里小坐，与学员们聊天。石小茜就趁机问他：教育部究竟有没有想让六九、七〇届大学生"回炉"的事情？他说：确实有这个说法，他所知道的，北大、清华、北京外语学院都已经在着手做这件事了，但川大还没有接到通知。石小茜说："如果川大招收学生'回炉'，我们想来参加考试，可以吗？"赵教授说："非常欢迎！六五级的大学生整体水平不错的。"这让小茜很是高兴了几天。

结果，不知道在哪里出了岔子，这么一件于国于民均为有益的事，"只听楼梯响，不见人下来"，就这么不了了之了。四川大学最后也没能招收"回炉"生。做梦都想"回炉"的两个人，最终没有能够回炉重铸，他们殷殷期盼的梦想就此彻底破灭。

九、都江堰工程之一瞥

四个月的进修生活马上就要结束了，小班主任说，原则上大家都回原来的县里，等待县教育局的安排。石小茜对浦青松说："看来就是要做一颗永不生锈的螺丝钉，牢牢拧在金堂县，做一个金堂县的忠实子民了！"浦青松说："金堂县也不错，有山、有水、有鱼、有米、有蔬菜、有水果，生活条件还是可以的，我甚至觉得比这儿强，就是文化生活差些，离开几个月，都有点儿想她了！"

马上要回金堂了，浦青松对石小茜说："来灌县几个月，平时上课，学校管得紧，也没安排大家外出去参观参观。现在进修结束了，有几天自由安排的时间，明天我们去参观一下都江堰怎么样？机会难得。"石小茜马上附和："好呀！真该去看看！以前是在地理书上知道都江堰的，要不是来灌县学习，想要实地参观都江堰工程也没这个条件！"浦青松高兴地说："那好，我们安排一下时间，去看看这个举世闻名的古代水利工程，领略一下它的伟大之处，也就不虚此行。这或许是我们这次来灌县学习的又一个收获！"

　　他们计划了一下，上午的时间太短，决定早些吃了午饭出发，这样下午就有六七个小时，可以玩得尽兴些。第二天，两人早早地吃了午饭，兴致勃勃地出发了。到了都江堰，天气好，游人也多。周围景色秀丽，树木葱茏。石小茜说："这么大的都江堰工程，该从哪里看起好呢？最好有个游览的'指南'就好了。"浦青松说："找个当地人问问，应该都知道的。"石小茜说："这么多游客，你能辨别出谁是当地人吗？"浦青松说："试试！"他们就边走边物色人选。

　　很快，他们看到迎面过来一位道士，穿着黑色的道士服，个子不高，白净清癯的面容略带红润，稀疏的白发在头顶绾了一个结。石小茜脑子里立马蹦出四个字："鹤发童颜"。这位道士已经上了年纪了，但走路轻捷，用"仙风道骨"一词来形容他，一点都不为过！石小茜跟浦青松几乎同时认定，请教这位道长！两人赶紧过去，浦青松很礼貌地上前打招呼："请问道长，我们想参观一下都江堰工程，从哪里开始比较好？能否指点一下我们？"道长停下脚步，双眸凝视着他俩，轻声、柔和地用四川话问他们："你们不是本地人吧？"浦青松回答："我们不是本地人，是到这儿来进修的。""不是四川人吧？"道长又轻轻地问了一句。"嗯，我们是上海人。"石小茜回答。道长打量着他们，略作停顿，仍然用轻柔的四川话果断地说："我带你们去参观！"两个人真是喜出望外，没想到有这么好的运气，连声说："谢谢！谢谢！"

　　跟着道长，三个人从老街的南门进去，道长走在他们左前方，微微回头说："都江堰工程是非常了不起的水利工程，真正功在千秋啊！它建于秦昭王末年，离现在已经二千多年了。"道长看了他们一眼，"你们都知道秦始皇筑长城吧？"两人点点头："嗯嗯，知道！"道长说："万里长城历史悠久，但是知道吧？都江堰工程比筑长城还要早几十年！秦昭王是秦始皇的曾祖父嘞。"石小茜觉得这道长讲话很新鲜，也风趣，自己从来也没想到考证一下，秦昭王与秦始皇的关系，听他这么一讲，兴趣更浓了。

跟着道长往前走，一眼望去，都江堰的山并不高，但山路清幽静谧。不远处峭壁上，绿树掩映中有座庙宇，风雨侵蚀，看上去比较破旧了。石小茜问："那是什么庙啊？有没有遭到'破四旧'？"道长看了她一眼，很谨慎地说："被砸了一些。"便马上变换话题，指着峭壁上的庙宇说："这是'伏龙观'，又叫'老王庙'。传说以前有一条孽龙，在此兴风作浪，老百姓连年遭受灾害。李冰设计降服了这条孽龙，将它锁于离堆下的伏龙潭中，后人建了这座'老王庙'，来纪念他。到了北宋初期，'老王庙'改名'伏龙观'，也就是源于这个典故嘞。"

来到伏龙观前，激流浩荡，似乎大地都在震颤！石小茜听道长说孽龙被锁于离堆下的伏龙潭中，就问道长："离堆在哪里？"道长说："伏龙观所在的这个山包，就是离堆。李冰开凿宝瓶口时凿出来的石料，堆在那里形成石堆，离堆原本与对岸的山是一体的，李冰为了解决水患，不让岷江水恣意横流，用火烧水浇的土办法，将离堆与山体分离，'离堆'就是取'离山之堆'的意思。开凿宝瓶口，是为了严格掌控内江水流进入成都平原的水量。天气干旱，成都平原缺水，就从宝瓶口引水进入成都平原的灌溉网，整个川西坝子都能得到江水的灌溉，大面积的良田得到水的浸润。如果这年雨量过多，就堵塞水门，不让洪水涌入，这就让成都平原成了旱涝保收的天府之国！"道长语言很有自豪感，但小茜看他，脸部表情却很平静，语言平和，出于自然的流露，完全没有一般导游的眉飞色舞的样子。

道长带着两人走到一条铁索桥前，索桥横江，道长说："这索桥叫安澜桥，横跨在内江和外江的分水处，意为两岸行人可'安渡狂澜'，是我国著名的五大古桥之一，也是都江堰著名景观。"道长停下脚步缓缓地说："这座桥也叫夫妻桥，有一个很感人的故事。"他轻轻地清了清嗓子，接着说："传说这儿有个伏龙渡口，被封建把头霸占着，老百姓每次过江，都要被百般勒索、横遭欺凌，因此人们把这个渡口叫做'霸王渡'！有句话说：'走遍天下路，难过霸王渡'！"道长指了指对面说："伏龙观对岸韩家坝有个私塾先生叫何先德，他听说过，三百多年前，这儿曾经有过一座索桥，就有心想把这座桥再建起来，方便两岸百姓。他认真察看地形水文，查阅历史资料，请教石匠、篾工，同时四处筹集资金，并将建桥计划用公文形式呈报县府衙门。经官府同意后，他就带领大家开始建桥。内江、外江两岸的百姓闻讯后，非常感动，纷纷出钱出力。不久，桥建得差不多了，可以通行了，一下子断了霸王渡那个把头的财路。那把头对何先生恨之入骨，就寻找机会下黑手，将何先生杀害了！当地百姓非常气愤，纷纷说：'桥一定要建！'怎么建？大家一致拥戴何师母继承丈夫遗志，领头继续建桥。桥建成后，为了纪念何先德夫妇，乡里人就将此桥取名为'夫妻桥'。那时的夫妻桥是竹索桥，现在不同了，已经改成铁索桥了！"他们三人走上铁索桥，桥上的铁索有碗口那么粗，桥面铺木板，人走在桥上，桥身摇晃剧烈，下面则是滔滔江水。过桥时，道长走得稳稳的，如履平地。石小茜被晃得心惊肉跳，迈不开步，也不敢向下看。浦青松一手抓住铁索，一手抓住她的胳膊，带着她往前走，才稳住了小茜的惊慌情绪。

再往前走，就是"飞沙堰"，道长说："'飞沙堰'的功能，就是泄洪、排沙和调节水量。当内江的水量超过宝瓶口流量上限时，多余的水便从飞沙堰自行溢出。如遇特大洪水，它还会自行溃堤，让大量江水回归岷江，即外江。"石小茜好奇地问："叫它'飞沙'堰，有什么典故吗？"道长说："叫它'飞沙堰'，是因为它有一种独特而神奇的功能，就是'飞沙'。岷江从万山丛中疾驰而来，就像黄河一样，挟裹着大量泥沙、石块。如果任由这些泥沙、石块顺江而下，就会淤塞宝瓶口和灌区的水网。飞沙堰巧妙地利用了水流的离心作用，使飞沙堤拥有了自行清理泥沙的能力。"浦青松惊叹道："古人真了不起，在两千多年前就懂得了利用物理学的原理，清除这些泥沙和石块了！"道长说："古人不见得是先懂得这个物理学原理，可能也是在治水的实践过程中积累的经验。就凭着水流的这种离心作用，它能处理内河中百分之九十左右的泥沙，在那么多的水利工程中，可以说这里是独树一帜了!"

不知不觉中,就到了"鱼嘴"分水堤。道长说:"这块地方因为形状像鱼嘴而得名。'鱼嘴'是都江堰的分水工程,是都江堰水利工程中最壮观、最值得一看的地方。它的主要作用,是把汹涌的岷江分成内江和外江,外江是岷江的正流,主要用于排洪;内江是人工引水渠道。内江水经过飞沙堰溢洪道,再经过如同咽喉的狭窄的宝瓶口,进入成都平原。宝瓶口、飞沙堰、鱼嘴,这就是都江堰的三大主体工程……"

道长一面走,一面介绍着李冰众人,是如何利用当地的地理条件,因势利导,巧妙地修筑了这个举世闻名的宏大的水利工程的。他边走边聊,还穿插讲了许多书本上没有读到过的历史传说和地理知识。这一路过来,道长渊博的知识令他俩深深敬佩,两人都觉受益匪浅,素昧平生的道长像一位循循善诱的老师,给他们讲解得如此生动,让他们深受感动。石小茜甚至想:"这大概是老天眷佑我们,让我们遇到了这位道长!"确实,如果不是道长的一路讲解,光走马观花似的看上一圈,虽说能有收获,但必定比较肤浅。

参观完毕,两人要走了,怀着深深的敬意向道长告别。道长也似乎依依不舍,仍在稍前几步处,一声不响地把他们送到了一座桥洞下,止步,欲言又止。浦青松与石小茜已经扬起了手向他作道别状,道长此时左右环顾了一下,看看周围没有人,还是轻声地、小心地问了他们一句:"以后这宗教还会要吗?"看到道长这么小心谨慎的神态,小茜内心涌起了一阵怜悯,她能理解道长当时的心情和处境。浦青松赶紧安慰他说:"老人家,宗教文化是中华文化不可或缺的一部分,缺了一角就不完整了!你一定要相信,宗教文化是不会毁灭的,肯定是要一代一代传承下去的。"浦青松看到道长还在疑惑,又轻声而坚定地补上一句:"你别看现在宗教文化受到了冲击,这是暂时的,也是错误的,以后一定会得到纠正的!"道长两眼注视着浦青松,很认真地听着,那眼神就像要从浦青松口中掏出更为确切的信息。浦青松说:"您尽管放心,这种乱哄哄的局面不会太久的。"他想了一下,含蓄地对道长说："您好好静养，耐心等待！"道长若有所思，定定地看着他们，接着弯腰拱手，表示感谢。浦青松、石小茜甚感过意不去，浦青松对道长说："辛苦您了，老人家，您多保重！"石小茜也双手合十，再次表示感谢！

时间不早了，他们跟道长告别离开。当他们再次回头时，见道长还静静地站在那儿，目送着他们走远。石小茜当时心里很不是滋味儿，酸酸的，想落泪。他们没法向道长解释现在的社会现象，只是从心底里替道长暗暗祷告，希望这种现象能够早点结束，希望道长能够有他的信仰自由，更希望祖国优秀的文化遗产能够源远流长！

第七章

难忘淮口镇

古镇的石阶

坡上民居

1975 年淮口大桥

一、走进淮口中学

一九七三年的夏天，浦青松与石小茜结束了在灌县的学习后，被金堂县教育局直接调到了淮口区的"淮口中学"，工作单位由公社初级中学升到了区的重点高中。所处地区也从乡下的白果街升到了淮口镇。

一年没见儿子了，石小茜很是惦念，急着想把儿子从上海接到身边。浦青松要冷静些，他说："刚来到这个新的地方，处处都很陌生，家还没有安好，一切都杂乱无章。学校的工作究竟怎么安排，也还不知道。这么短的时间，回上海来去匆匆，孩子接来了又怎么安排他？我们不妨再忍一下，等把这儿的事情安排好了，工作、生活有了头绪，明年暑假再把儿子接回来。"看小茜还在迟疑，浦青松说："我也很想儿子，等把事情安排好了，明年暑假，我们一定把儿子接过来，你看怎么样？"小茜想想，也只有如此。浦青松的话是有道理的，现在一切都茫然无绪，确实还是需要等一下，把生活、工作安排好了，再去接儿子。

能够解忧的只有照片。他俩经常会拿出外公外婆寄来的照片反复"温习"。这些照片，有坐在藤椅上手举小航模的，有站在公园的菊花旁赏菊大笑的，有抱在外公怀里手拿外公买的云片糕炫耀的，有依着外婆笑嘻嘻地望着镜头的，还有喜滋滋地坐在大舅自行车的前杠回头招手的……张张照片，似乎都永远看不够，这是他们的精神慰藉！

淮口镇依山傍水，是历史上有过浓重一笔的重要渡口，久远的历史文化痕迹处处可见。颇具规模的古建筑群，宽而长的青石板铺成的石阶，显现出当年古镇的气派。沿石阶走上半山腰，可以看到一座保存完好的古老的戏台，戏台周边的房屋建筑还留有商业繁华时期的影子。继续沿着这宽阔的青石板铺就的石阶缓缓上到坡顶，是古商业街——"上正街"。临街一面都是铺板，仍保留了当年商铺的格局。房舍高大宽敞，廊檐伸出，形成宽宽的内走廊。色彩早就剥落了的雕刻着花鸟或瑞兽的屋檐，如今在阳光下显出沉静的古韵。光滑发亮的青石板铺成的街道，令人遥想当年车水马龙的盛况。残存的几处石墩可以想见当年豪门的气派。想象一下，当年此处满街挂着色彩斑斓的招牌和挑着迎风招展的酒旗，是一种怎样的繁华场景？现在这儿已经没有店铺了，统统成了民居，老人们坐在门口的屋檐下悠闲地扇着蒲扇。也有几间属于政府部门的用房，门前挂着牌子。

古镇上街道的名字也很有商业气息，有"牛市巷""羊市巷""盐市巷"……还有一些手工作坊，也留下了一些原来的门面痕迹。不远处的小山上，绿树丛中，眼睛可以望得见的，是一座古老寺庙上翘的屋檐，以及寺庙旁边白色宝塔的尖顶……种种迹象表明：这座古镇在历史上曾经很是热闹过一阵的。

离开商业气息浓重的中心区域，普通民房的质量就比较老旧了。一般的房子，大都是下半截墙体用木板钉上，上半截用竹篾编织，再糊上黄泥，涂上白石灰。较多的民房，因为年代久远失修，墙壁斑驳陆离，给人一种破败之感。因为是依山而建，出门不是很方便，抬脚走路，不是上坡，就是下坡。

淮口镇山坡下，临近大江的正街，相对平坦些，但也不是坦荡如砥，而是一条有着十五至二十度左右坡度缓缓上升且微有起伏的石子路街，所以自行车在这淮口镇是派不上什么用场的。街上偶尔有人推着自行车，却没有人骑自行车。要骑车得把车子先推到江边的机耕道上。

淮口镇虽然古旧，也不如县城的气派，但毕竟是区政府所在地，有了城镇的烟火气。坡下的正街上，大多数是住家，但店铺也不少。有好几家小饭店，有卖抄手、面条的小面馆，有卖卤菜、烤鹅的熟食店，有布店、中药房、五金店、杂货店，当然也有卖农具之类的供销社……麻雀虽小，五脏俱全。让浦青松多看几眼的还是那家新华书店，以后买书，再也不用来回跑上三十里路了。

淮口中学修建在淮口镇正街东入口处的一个小斜坡上。三年前浦青松第一次来区上报到时经过此处。区政府就在经过淮口中学校门口继续向上几百米的半山坡上。淮口中学原本是完中，有初中部和高中部。一九六六年以后，停办了好几年。淮口中学所有的教师也被分散下放到各个公社去。

一九七二年，全县又以区为单位，恢复高中招生。淮口中学按照教育局的安排，招收高中班，学制二年。没有初中部。现在明白，区上调浦青松、石小茜去灌县学习，就是为了抽调他们来区中学高中部任教。

淮口中学的教学区坐东朝西。走进挂着"淮口中学"校牌的教学区，展现在面前的好似一个小盆地。盆地的周边，贴靠山脚的东面、北面、南面，三面是教师住房和男女生宿舍，都是教室改建的。靠近西大门的两边，另有三间教室是教师的办公室，分为文科（语文、外语、政治）办公室，理科（数学、物理、化学）办公室，以及其他的小科目（体育、历史、地理、生物等）办公室。但实际上大多数教师都在家办公，只有作课前准备，或者批改作业，还有就是周六下午教师的政治学习，才会到办公室来。与白果公社中学相同的是，所有办公室的窗户和教室的窗户都是只有窗格没有窗户纸的，更谈不上窗玻璃。

学生上课的教室，一部分在山坡的半山腰，是原来的旧教室。这些教室与白果中学教室基本相似，比较简陋、陈旧。因为是在半山坡，一边的窗子贴近山体，教室里的光线就被山体挡住了，因而教室里比较暗，白天也得开着日光灯。

另一部分教室在山坡顶上，是去年学校要办高中，匆忙新建的砖瓦结构的一排新教室，高大宽敞，光线较好。吊着崭新的日光灯，是给学生上晚自习用的。奇怪的是，这些新建的教室也是只有木窗格，没有窗玻璃。去年秋季新招的高一年级四个班的学生，今年秋季升高二，是毕业班，就被安排在这坡顶上的新教室上课。今年新招的高一新生，就在半山坡的旧教室里上课。

全校上体育课的大操场，就是山坡顶上新教室旁边的人工整出的一块大平地。除了两个简易的篮球架，别的什么设备也没有，学生们下课就会来这儿打篮球、撒欢。

学校只有一位校长，一位党支部书记，也是住在教学区旧教室改建的宿舍里。没有副校长、副书记。校长、书记都教政治，没有他们专门的办公室，也没有各级行政办公室。老师们有事找领导，直接到领导家，领导有事找老师，也同样直接到老师家里。各个大学科教研组有一名教研组长，小学科综合起来有一名教研组长。教研组长的职责就是周末组织大家政治学习。

教师们的主要生活区在教学区对面的禹王宫里，教学区与教师生活区门对门，之间隔着一条三四米宽的上坡的石阶路。禹王宫坐西朝东，规模不大，从房屋结构上看，都是质量上乘的砖木结构以及很粗的木柱子，在历史的旧有痕迹里，人们仍然可以看出，当年的禹王宫，曾经是有过一段香火鼎盛时期的。从前摆放神像的大殿里，早就没有了大禹神像以及观音菩萨等众神的塑像。这些从前摆放神像的屋子高大宽敞，但由于窗户都开在高处，所以房间里的光线都比较暗。

淮口中学的教职员工总共有二三十人，主要住在禹王宫大院里。这些请走了神像的房间，全部都有了主人，有的是原来淮口中学的老师，虽然下放到公社中学去了，但东西没有搬走，加了把锁，现在住回来了。有的是去年恢复高中招生后调来的老师，拖家带口的，需要宽敞一点的房子，也都安排在这些请走了神像的房间里。家中人口多，或者孩子大了要分房间的几位老师，就住在教学区教室改建的房子里。还有几位教师可能是本地人，住在校门外坡上的民房里，距离学校不远，常见他们早上派孩子到学校食堂买早饭。

作为淮口中学教师主要住宿区的禹王宫里，一切都比较简陋，但比起各个公社中学来，生活条件自然要好许多。镇上没有自来水厂，但有自来水，是用抽水机把水从大江里抽上来，注入山坡高处的水塔，然后稍加处理，供镇上全体居民饮用。禹王宫大院里不仅装有自来水管，在大院旧戏台右侧与自来水管之间，还有一口水井。井水的水位很高，用绳子吊个小水桶，晃几下就可以提上水来，不需要专门装一个车轳辘来绞井绳。这样，教师要用自来水或井水，就随意了。自来水也不向教师收费，由学校每年固定向镇上缴一定的费用。井旁，还在砖砌的两个墩子上，搁上半张乒乓台大小的光滑的石板，专给老师们刷洗大件衣物。老师们日常用水、洗衣服，都不用到江边去。这样一来，浦青松和石小茜两人，再也不需要在大冷的冬天，光着脚站在江水中漂洗衣物了。老师们都集体住在学校里，没有城市里上下班挤公交车的烦恼，上完课，走出校门，几步就跨进了禹王宫，回到自己家，省了许多精力！

禹王宫进门的右手边，住着一位姓刘的老师，花白头发，五十出头，胖胖的，看上去人很精明，原本是小学数学老师，现在在学校管财务。他和老伴，一位农村老太太，两个人带着一个小孙儿，住在这儿。在那间高大宽敞但光线有点暗的房间里，放进一张办公桌和一张大床，既是学校的财务办公室，也是刘老师一家的寝室。房间里面靠墙，堆着许多东西，应该是学校的"财产"，他就是理所当然的"保管员"。他还兼着门房的收发和看守大门的工作。晚上九点半他准点关门，有人回来晚了，叫门，他就起来开门，但一般很难得有人在九点半后回校的。

禹王宫门内左手边，住着另外一位三十出头的年轻人，据说是从农村调来的一个复员军人，主要帮学校跑腿搞采购。他的房间里也堆了不少东西，像个库房。他基本上不住在学校，刘老师说，他家里经济困难，妻子有病，三顿饭都要回乡下家里去吃，以便节省开支。

浦青松和石小茜两人来报到时，就只剩下嵌在转弯角落里的一间空房间了。说它是嵌在角落里，是因为它在两墙夹角处有一扇不起眼的低矮的小门。如果不是看到这扇小门，就根本不会知道这里还有一间房间！这间房间很有意思，它正门的这面墙的一小部分，在禹王宫，但整个房间的领地却不在禹王宫的范畴。推开门后，进屋得先下一级台阶，台阶下有零点几平方米的空间，在这迷你的小空间左转，又有一扇小门，打开这扇小门，再下一级台阶，才是房间。也就是说，这房间远低于大殿地面，是凹下去的。房间的地面是木质地板，是一块块又长又厚的五六寸宽的木板钉起来的，木板很粗糙，板与板之间有明显的缝隙。房间朝北有一扇很大的长方形木格窗，窗上糊着白色能透进光的窗纸。窗户从底部朝外推，也是用一根棍子从中间撑起窗子，晚上睡觉，把木棍取下，就关窗了。推开木格窗子往外一看，你却是站在楼上，类似云南的"吊脚楼"。房间下面是镇上另一个单位堆放货物的露天大院子。这大院子的门开在正街上，也就是说，如果从这个窗户跳下去，就可以直接到了淮口镇的正街。但如果从禹王宫大门出去，到这扇露天仓库的大门前，那得绕好大一个圈子。这是依坡建房才可能有的特色。

这间嵌入式的房间有十二三个平方米，倒还方正，因为它低于大殿的地面，又挤在一个角落里，没人要，所以这间房间暂时无人居住，学校就安排给他俩了。虽然这间屋有点奇形怪相，但是优点也很明显：石小茜住惯楼上，所以喜欢房间里的木质地板；而且房间悬空，不会潮湿；房间嵌在角落里，挡风遮阳，冬暖夏凉。这比起白果中学的小披屋来，居住的条件还是得到很大的改善了。

还要特别提到的是，在打开第一道门的那块迷你空间右转，与房间对门，是一间不到四平方米的敞开没门的小房间，真不知道它是派什么用处的，它比地面低，但又比"吊脚楼"的房间高，地上堆了一堆积满灰尘的杂七杂八的废旧报纸、杂志等。因为房间太小，派不了什么用处，又与"吊脚楼"房间合用一扇"大门"，学校管后勤的老师说，这个小房间如果你们要的话，就把这些杂物清出去。浦青松与石小茜当然很高兴，连忙说："好的，好的！"两人立即动手，把废旧杂志、报纸上的灰掸干净，码整齐，堆在这小房间的最里面的角落里。之后，三下五除二，把其他杂物、垃圾统统清除出去，把房间简单打扫了一下，这下，浦青松和石小茜居然又有了自家的小厨房。

二、扁担　家具　手表及其他

派给他们的房间，长时间没人住，虽然学校让工人简单清扫了一下，但墙上贴的墙纸乱七八糟，有报纸，有画报，墙上的钉子也是东一颗西一颗胡乱钉着的。浦青松说："一会儿我去门口刘老师处借点工具来，把那些不需要的钉子拔掉，再把这些墙纸揭掉，想办法换上整洁一点的报纸……"石小茜说："那我来揭墙纸。"浦青松说："多少年的墙纸了，都是灰，你就别管了，我一个人来搞，很快的。今天是赶场天，你去街上转转吧，顺便买点水果回来。房间这点事不需要两个人。"石小茜看看那墙纸到处都翘着，到处是裂缝，一撕就可撕下一大块，浦青松三下五除二，确实用不了多少时间，看看他不要自己插手，就去上街赶场了。

淮口镇赶场比白果场热闹多了，长长的正街，挑子从这头排到那头。也比白果场拥挤得多！白果场赶场，摊位是设在江边的机耕道上和江边的滩地上，空间比较大。淮口镇的集市主要就设在正街的两边，街面本来还算宽，比白果街宽二三倍，但赶场天人多货多，两边菜挑子一摆，买菜的人流涌来，街道就被挤得水泄不通了，赶场的人只能脚跟脚地挨着，随着前面的人群慢慢移动。

整条街两边摆满了各种农产品，应有尽有。瓜果、蔬菜，既丰富又新鲜。看着那些色彩斑斓的果蔬，黄的、红的、紫的、绿的、白的……新鲜欲滴，让人心动，让人眼馋，让人不由自主地产生购买的欲望！

街上满满的都是人，走都走不动。石小茜随着人流慢慢往前挪，左顾右盼，边走边用眼睛扫着两边，把五颜六色的农产品装进眼里。突然，后面传来了大声急切的叫嚷声："让开让开！开水来了！"后面的人就推前面的人，让他快走！但人太多，太拥挤，没法让出一条道！喊声更急："当心！开水来了！开水来了！"后面的人便用力地推着前面的人，想赶紧往前走。前面的人又没法走快，拥挤成一堆。石小茜嵌在人堆里，没法向前挪脚，情急之中，就横向一步，跨出这人流，跨到两个筐子的空隙处，想让担开水的人先过去。结果根本就没有什么开水，是那几个人想过去，挤不动，灵机一动，就大喊起来，想让前面的人让路。前面人挤人，都没办法转身探明虚实！

突然听到有人大吼一声，把石小茜吓了一跳！一个三十来岁的年轻汉子用当地的土话对着她大喊大叫！怎么啦？石小茜感到莫名其妙，心想：我没有碰着你啊！只见那汉子气愤至极，颈部青筋暴出，舞动着手，通红着脸，对着石小茜又吼又叫。石小茜不知道他在说什么！好不容易总算听出点眉目：他说，石小茜是女人家，跨了他的扁担，他要倒霉的！这下石小茜愣住了，怎么这一跨，又跨出事情来了？

看着这个青筋暴起的汉子，说要她赔偿他的损失，石小茜真不知道该怎么办。浦青松又不在身边，她感到很无助，心里懊丧极了："我怎么这么倒霉啊？是不是新到一处，没有拜过地藏菩萨，怎么就又遇上事了！"心里正在琢磨："该赔就赔吧，要赔多少钱呢？不会狠狠敲我一下竹杠吧？……"这时，旁边一个正蹲着拣菜的中年人立起身来，对那年轻汉子说："吼啥子吼！欺负人家外省人啊？你倒啥子霉？你能有她的命就烧高香了！"中年人摆摆手，示意石小茜走。石小茜没敢挪步，中年人又加了一句："她碰到你才倒霉呢！"接着抓起一把菜，对那汉子说："快给我称，我还有事！"那年轻汉子愤愤地转过身去称菜。中年人再次摆摆手，对石小茜说："没得事，你快走吧！"石小茜赶紧怯怯地从屋檐下溜走了。不过，也由此知道了当地的风俗：女人不能跨人家的扁担！

回到家，她把此事告诉给浦青松，浦青松哈哈大笑，说："什么事都让你碰上了！你就规规矩矩跟着人家往前挪不就得了，你跨出来干啥？"浦青松忍住笑说："那位大叔真有智慧，这么巧妙地替你解围了！他怕不是农村人吧？没那么迷信！"小茜说："嗯，不像农村人。看样子应该是某单位的工作人员，他讲话，我能听懂。"浦青松摊开双手说："我手太脏了，不然倒杯开水给你压压惊！"小茜微笑着白了他一眼："去！"

到了淮口高中，住房有了，还配备了一张大床和一张办公桌，两只木凳子。一切都可以正常运转了，浦青松请白果中学负责采购的黄老师帮忙，找了一辆长板车，找了一个农民，付了点报酬，把寄存在白果中学的日常生活用具：水桶、铁锅、砍柴刀等都搬了过来，包括那只可爱的小柴灶，一起放在那间小厨房里。

总务处管财务兼看门的刘老师，看到他们运来的东西没有家具，就说，山坡后街有一家木器社，你们可以去定做点家具。两人想想，也对，是应该添置些家具了。到四川已经三年了，"回炉"不成，也没有别的理由和途径可以离开这儿，那就安安心心地扎根山区吧！

第二天，石小茜和浦青松按照总务处刘老师的指点，去山坡后街上的木器社买家具。到那里一看，不是什么家具店，是做农具的工场间。当然也可以做家具，但要定做。他俩商量了一下，决定先做三样东西。一个大衣柜，可以放衣物、被子。再定做个小碗橱，放碗筷、调羹、瓶瓶罐罐等杂物。另外还定做了一张吃饭用的圆桌，在白果中学用的小圆桌是学校的脸盆架改制的，属于"校产"，就没有带来。

木工师傅说要先付钱。于是会计开好发票，递给浦青松。他一看：大衣柜，95元6角6分。小碗橱，36元6角1分。三足式合页圆桌，20元5角5分。浦青松心想：好家伙，这算得也太精确了！这6分、1分、5分究竟是怎么算出来的？总共加起来是152元8角2分。这是一笔大数字，相当于三个多月的工资。浦青松说身上没带这么多的现金，要回去拿钱。师傅说没得关系，你们把钱送来了就开工。言下之意，钱不到位，不会给你们做的。于是二人先回家去，然后由浦青松独自把钱送过来，并约好两个星期后去取货。

交货的那天，石小茜和浦青松兴致勃勃地去接收家具。见到大衣柜，觉得还行，土一点，还看得过去，生漆的枣红色还挺好看的。小碗橱就不是土的问题了，瘦长瘦长的，柜子下面多出两个抽屉，虽然适用，但严重不成比例，这多难看啊！天哪，怎么会打出这么奇葩的一个碗橱！石小茜心里直犯嘀咕，浦青松看着石小茜满脸尴尬的样子，知道她不喜欢，但有什么办法呢？这是他们自己犯下的一个错误：下单之前，既不问问图样，又不要求找个样品来看看。还以为像上海的家具店那样，下了订单就完事了！

浦青松轻声对石小茜说："先用着再说吧。这儿是打农具的，能搞出这么几件家具来已经不容易了。"石小茜嗯了一声说："知道了。"再看小圆桌，颜色与家具不一致，是黄褐色的。怎么一套家具两种颜色呢？也不说了，按浦青松的说法，"做农具的，能搞出这么几件家具已经不容易了！"搬圆桌时，小茜发现圆桌面两边怎么有点翘起，她对师傅说："这桌面不平啊！"师傅说：桌子下面做横档的木头有点潮湿，现在风吹了一个礼拜，干了，它就翘起来了。石小茜说："那边上翘得太明显了，能改造一下吗？"师傅不高兴了，沉下脸说："没法改！横档干了就平了嘛！"看到师傅有点倔脾气，浦青松只好说："好吧，我们先用着吧。"

三件家具，两件怪怪的，但因为是定做的，钱已经付了，没有选择的余地。师傅开始说，可以找人帮他们把家具搬到学校去。看到石小茜不满意，师傅就懒得搭理他们，自顾自走到门外去抽烟了。浦青松只得赔着笑脸，走到门外，请师傅找人帮忙，把家具搬到学校。木工师傅总算看在浦青松的面子上，找了五个人，帮忙把这三大件搬到坡下街口的淮口中学。按木工师傅说的，给每人 2 角钱，算作搬运费。

客观地说，这几件家具上刷的土漆亮堂堂的，比起其他老师家里色彩暗淡的旧家具来，显得很喜庆。这些家具给这简陋、逼仄的房间，增添了一抹亮色。不过，那张圆桌面，约五分之一的面积永远是微微上翘着的，多年之后也没有放平过。

有了这些家具，总觉得还缺点什么。缺什么？书架！再到木器社去定做个书架，浦青松已没了这个胃口，再不想与那倔脾气的木工师傅打交道了。他想，反正书架很简单，准备自己动手做一个。他瞄上了院子里戏台下有一些散弃的木板扔在角落里，觉得可以凑合做一只简易的书架，就找到学校管后勤的老师，说想买几块戏台下丢在那儿的旧木板做个书架。管后勤的老师说，那些木板是不要了的旧板子，给厨房引火用的，你要就随便选几块，不用付钱。管后勤的老师很客气地说，学校本来就应该给老师发书架的，现在暂时还顾不上，你能自己做就最好了！

浦青松很高兴，选中几块尺寸合适的木板。但光有木板还不行，还得有工具！钉子可以去五金店买，可到哪里去借锯子、榔头、刨子？难度太大，小茜劝他，算了，要不还是到农具作坊去定做一只？浦青松不想去，而且木板已经选好了，不做有点可惜。正在纠结时，以前认识的一位五凤镇的小学老师，家住淮口街上，知道石小茜他们调到淮口中学，就过来看他们。知道此事，就说，她弟弟正在学木工，可以让他来帮忙。

下午，小伙子来了，提着一只木工用的工具箱。小伙子十七八岁，中等个子，长得一表人才，一张和善的脸庞，带着微笑，白白净净，是个很讨人喜欢的年轻人。他话不多，放下工具就开始干活。浦青松给他打下手，边干活边与他聊天。知道他叫"家柱"，家里四个孩子，上面两个姐姐，下面一个妹妹，叫他来的是二姐。他是独子，五五年出生，小学毕业，正赶上了那个特殊的年代，就没读书了。他是街上人，祖上是开中药店的，出身不好，所以招工轮不上他，让他下乡插队，父母又不舍得，就让他待在家里。他年龄大些了，父母觉得总要有点事情做，就叫他学门手艺，作为今后谋生的手段。他笑着说："这个淮口街上，有什么手艺好学的？最后就让我学木工活。"家柱一边锯着木板一边说："我爸比我妈年龄大些，生我有点晚，就是老百姓说的'老来得子'，所以不愿意我下乡，怕我吃苦！"浦青松觉得这小伙子人很不错，朴实厚道，说话有板有眼的，跟他聊着天，干活不累！两人联手，把木板锯成四块一米长的短板，另外再锯两块一米五长的长板。家柱又用刨子把木板刨光，接着两人敲敲打打，又用两块三角铁固定住书架的两只脚，一只蛮像样子的自制书架就成功了！石小茜看着这个书架，也十分满意，赞许地说："有了书架，这才像是我们的家！"

没过几天，上午九点多，小茜在井旁的自来水管前洗衣服，有个老师刚买菜回来，来井边洗菜，随口告诉石小茜一个小道消息说，供销社来了一批手表，好多人拥在柜台前看热闹呢。石小茜一下子听进去了。石小茜和浦青松都有手表。石小茜的手表是解放初期爸爸买给妈妈的三十岁生日礼物，一只英纳格女式小手表。想到小茜去那么远的地方工作了，应该有块表，妈妈就把这块表给了小茜。小茜一直想，等到自己有了积蓄，一定去买一只表，把妈妈的手表还给她。现在听说供销社在卖手表，石小茜赶紧几下把衣服清洗完，回家对浦青松说："供销社有手表卖，我想去看看，合适的话，我准备买一只，把妈妈的手表还给她。"浦青松说："行啊，你去看看嘛!"小茜说:"一起去,帮我参谋参谋!"小茜把盒子里存的三百多元钱全部揣上,叫上浦青松一起去供销社。

走出禹王宫大门向左,是个几十米的小斜坡,走下斜坡,就到了正街。供销社在正街的那一头,两人兴致勃勃地赶过去。果然,供销社门前和柜台前拥了十多个人,两人也挤到柜台前,低头一看,柜台里果然放有几只小盒子,装有三种手表:"上海牌"全钢手表,"上海牌"半钢手表,日本"西铁城"手表。全都崭新漂亮,吸人眼球!

"上海牌"手表,是上海人的骄傲,也是中国人的骄傲。报纸上特地登载过,周总理接见外宾,戴的就是中国人自己制造的"上海牌"手表!让上海人很是兴奋、自豪了一阵子。上海牌手表,在上海也不是随便能买到的,要凭票供应。首先要商业局把购买手表的票证发到各单位,数量有限,除了大工厂,每个单位每次只能发三五张甚至只有一二张。各单位职工,哪些人需要的,先登记在册,购手表的票证来了,按顺序发给。所以有的人想买一只上海牌手表,要等好几个月甚至年把。也有的单位采取抓阄的方式,那就看运气了。当然,马上要结婚的青年可以照顾,享有优先权,插个队,大家都能理解。正因为这个原因,手表票又变成有价证券了。"上海牌"全钢手表票证,明码标价:20元一张。20元,是上海小青工转正前一个多月的工资。拿到了商业局发的购买手表的票证,还要凭上海当地发放的工业券,才能买到表。全钢上海牌手表120元一只,是一般老工人二三个月的工资。所以,在上海,能戴上"上海牌"手表,还是很让人羡慕的。这儿居然什么票证都不要,只要有钱就可以买!

售货员看到两个上海老师也过来看表,就笑着对他们说:"我们内地小镇,购买力低,现在一只表还没有卖出去呢!如果在大城市,早就一抢而光了!"石小茜朝她笑笑,表示认同她的说法。售货员觉得他们有买的可能,就给他们一一作了详细介绍,还特别介绍了进口手表——日本的"西铁城"。她说:这表好,防震!日本人做过试验的,从飞机上把"西铁城"手表扔下来,之后捡起来一看,手表还走得好好的。

石小茜跟浦青松小声商量，买什么牌子好？浦青松说："就买'上海牌'全钢手表吧，这在上海你还不容易买到呢。"石小茜看到日本"西铁城"手表有点动心。她说："'西铁城'的表壳设计较有新意，不像上海牌手表单调的圆形。而且指针带有夜光，晚上没灯也可以看时间。就是价钱有点贵。"西铁城手表标价187元，比上海牌手表贵了60多元，石小茜有点迟疑。浦青松说："你喜欢的话，那就买'西铁城'吧，这种高档消费都是一次性的，贵一点也无所谓。""那你呢？你买哪种？"石小茜问。浦青松说他不买，有一只旧表，能看看时间就行了。石小茜劝浦青松也买一只。她说："我们同时各买一只，也算工作了，给自己的一份礼物，留个纪念。"

　　石小茜劝浦青松买表是有原因的。大学毕业时，小茜得到了妈妈的一只手表，浦青松没有。但他无意间说起，家里有一块解放前他爸爸戴过的旧表，坏了，手表的表面已经泛黄，放在抽屉里许多年，妈妈没舍得丢掉。浦青松是无心一说，石小茜却是有心想起：有一次晚上寝室里聊天，吴苏说过，她爸爸原来是银行的职员，退休了，在家没事，业余爱好，喜欢帮朋友、亲戚修手表，家里有一套修表的工具。石小茜说，要不请吴苏爸爸帮着看看能不能修好？浦青松说，这只旧表扔在抽屉角落里，停摆二十多年了，不可能修好的。石小茜说，试试嘛！结果吴伯伯还真给修好了，能走了！于是浦青松就戴着它来到了四川，平时外出和上课看时间，还很实用。

　　石小茜再三劝浦青松也买一只新表，她说："小松，那时候我们买不起，也搞不到票证。现在这儿不要票证，我们原来借的钱也都还清了，现在有能力，为什么不买一只新的呢？"浦青松还是犹豫，觉得同时买两只手表开销太大了！他说："好不容易攒下这点钱，放假回上海要用的，光买车票，来回就得140元，暑期三人在上海待一个多月，总得给两家付点生活费吧？至少要100元，回一次上海多少总得带点礼物吧，我们自己回到上海总也要买点东西吧，所以还得省着点用！"石小茜说："别的地方可以省着点，这买表就不要省了。你没听营业员说，这是第一次试营销，看看有没有购买力，以后不一定还会再来！再说到明年还有十个月，再慢慢攒嘛!"反复做工作,好说歹说,最后浦青松同意了,但为了省钱,只同意买一只"上海牌"半钢手表,90元。小茜说,干吗呢,你也买"西铁城"吧,或者买全钢的"上海牌"手表,也就120元,要买就买个质量好的,用的时间长久些。但浦青松不肯。石小茜说服不了他,心想他答应买了,已是费了九牛二虎之力了,就由他吧。

手表买来后,戴了几天,石小茜不忍心让浦青松戴那只半钢的"上海牌"手表,就借口说日本"西铁城"表有点重,适合男士戴,还是他戴好一些。最后两人交换了一下,浦青松戴小茜的"西铁城"表,小茜戴浦青松的"上海牌"半钢手表。其实,浦青松也喜欢"西铁城"的,可能考虑经济问题,不想把仅有的一点库存用光。两个人的消费观念不同,各有各的道理。

开学前的一周,全校教师会议上,校长宣布工作安排。浦青松教七三级高一(3)班的语文兼班主任,石小茜教七二级高二年级四个班的政治课,兼高二(4)班的班主任。

石小茜觉得很奇怪:"是不是搞错了?我是中文系毕业的,不是政教系呀!"散会后,石小茜在办公室门口拦住校长,微笑着说:"丁校长,我是中文系的,不是政教系,怎么安排我去教政治了?"丁校长说:"语文老师太多了,缺政治老师。"石小茜心里想:又是语文老师太多了!正想说点什么,校长迟疑了一下,似乎是透露一点信息给石小茜,补充说:"学校缺女干部,准备培养你。领导干部都要教政治的。""是不是上面有什么精神?"石小茜心里想。从上海分配到金堂县区级中学当老师的,还有几个大学生。如:复旦物理系六九届的一位男生,分到下面一个区的中学教物理;江夏师大历史系六七届的一位男生,分在一个区的中学教历史。两三年后,他们都陆续被提拔当上了学校中层领导干部。但石小茜不想当干部,也不喜欢教政治。在白果中学教了二年半的数学,跟自己原来的专业疏远了。兼了两年的历史课,总算没有完全脱离文史,但历史课每周只有一个教案,又是初中一年级的,太浅了。在灌县学习的一个学期,下狠劲抄写了那么多的专业知识,又听了四川大学几位著名教授和实力派讲师的讲座,对中文专业的兴趣更浓了。她不想把自己的专业荒废掉，故而直言说，希望还是教语文。校长原以为石小茜会很感激，没想到石小茜会"不识抬举"，丁校长用怀疑的眼神看着石小茜，摇摇头说："已经安排定了，不能改了！"其实，不想当干部，校长能接受，很多人想当干部，不缺你一个。但缺政治老师，不想教政治，那不行。就这样，石小茜又莫名其妙地"被"改行了！

政治课的内容，除了政治思想教育、时事教育之外，高二年级第一学期要教哲学。石小茜要抛开对文学作品的剖析，抛开对汉语语法、写作技巧的讲解，对学生讲授关于世界观的学问。"哲学的根本问题，是思维和存在、精神和物质的关系问题⋯⋯""意识是存在的反映⋯⋯""唯物辩证法的基本规律和基本范畴⋯⋯"这些较为抽象的理论知识，对农村学生来说，他们能理解吗？开学只有一周了，领到教本后，为了讲好哲学课，她到新华书店去，想找一些有关哲学的书籍，想找艾思奇的有关著作，却一无所获，石小茜只得"闭门造车"，关起门来研究教本，忙着备课，写教案。她要把这些抽象的理论，用深入浅出的具体实例，让学生听得懂，记得住。这一周，她忙得昏天黑地，全副精力都扑在了备课上。

石小茜的努力得到了学生的认可，学生们非常喜欢上她的哲学课。有个学生说，听石老师上课非常开心，很难懂的哲学道理，经她一讲解，我们一下子就接受了。她随手拿一支粉笔做教具，都可以从中让我们明白一个哲理。石小茜也在教学实践中真正体会到了教学相长的道理。

两个月后，语文教研组组长来家里找浦青松，"建议"浦青松给全校学生搞几个文学欣赏讲座，提高学生对文学作品的阅读和欣赏能力。浦青松明白，组长说"建议"，其实是"安排"，从语气听来，似乎由不得你愿意还是不愿意。浦青松意识到，可能也是一次"摸底考试"吧，看看这"文革"期间毕业的大学生，有没有这个能力！浦青松爽快地接受了这个任务。

浦青松心中琢磨，对高一、高二的中学生谈文学，谈文学欣赏，不能只讲理论，要落实到具体作品上。首先要有具体的欣赏内容，在此基础上，再与理论相结合。一九七三年，正是浩然的长篇小说《艳阳天》三大册走红之时。小说上册由人民文学出版社于一九六四年九月出版，中、下册分别出版于一九六六年三月、五月，是"文革"时期仅有的未受到批判的当红小说。作品符合当时的政治要求，反映了华北燕山农村里的两条道路的尖锐斗争，塑造了坚定走社会主义道路的英雄人物肖长春，一时风头正健。浦青松决定选这套书作为范本进行讲课。

小茜听浦青松说要讲《艳阳天》作品欣赏，有点担心："小说这么长，三大本，时间这么短，三周时间就开课，你有把握吗?"他笑笑回答："当然有把握。浩然的这部小说我在六六年就看过了，印象蛮深。今天已把三本书从图书馆借到家里来了。我抓紧时间，设立条目，梳理材料，二十天左右写成发言稿，问题不大。"小茜翻了一下书，惊叹道："三大本，有一百二十五万字！你每天还要备课、上课、改作业。等你看完小说，写完讲稿，二十天就开讲，能行吗?"浦青松笑笑："没事，我心中有数。"接着，他又神秘地告诉小茜："是的，我不但要写成讲座发言稿，还要在发言稿的基础上，把它提炼成一篇论文，一篇我的大学中文系的毕业论文！"

小茜微笑着点点头表示赞许。她知道浦青松就是这么一种性格的人，他决定了的事，一定会努力地去做好。不过她还是说，"毕业论文"就算了，你能把这文学欣赏课讲好了，学生有收获，你自己有收获，就已经是两全其美了，不必对自己过于强求！

浦青松沉吟了一下，对她说道："我们这一辈人，进大学五年，该学的课程没学完，毕业论文没写成，毕业照没有拍，毕业证书没有发，恐怕查遍整个中外教育史，也没有这样的大学毕业生。我有时想想，还真有点惭愧。"他叹了一口气："没拍毕业照我们没办法，不发毕业证书我们也没办法。但课程没学完，我们自己补；没写过毕业论文，虽然没人逼迫，但我觉得必须完成这项任务，自己逼迫自己，不写出一篇像样的毕业论文来，我自己也不承认我是中文系的毕业生！"

于是，浦青松充分利用晚上的时间。第一个星期，每晚忙到深更半夜，边看小说边按论文纲目摘抄材料，编写索引。然后连战十天，一口气写成了近二万字的讲座草稿：《社会主义革命在我国农村的巨大胜利——评长篇小说〈艳阳天〉》。同时，他也把这讲稿当成了自己大学毕业论文的初稿。

三个星期后，学校举办了全校性的《艳阳天》课外阅读讲座。在教学区小盆地办公室前的空地上，坐满了八个班级四百多学生，以及全校的各科老师和校领导，这么宏大的场面有点空前！浦青松坐在麦克风前，按照他拟好的提纲，足足讲了一个半小时，场上的学生和老师全都专注地听着。这场课外阅读讲座结束后，反响很好。有的老师走过来，拍着浦青松的肩说："不愧为重点大学的高才生，讲得好，我们受益匪浅哦！"有的老师说，这样的文学欣赏课，以后应该多举行几次……浦青松完成了讲座，心情很好，跟小茜说："今天晚饭上街吃馄饨！"

后来，几经修改，浦青松把讲稿正式定稿为一万八千字，定题为《社会主义文学高地的一面红旗——评长篇小说〈艳阳天〉》，并请小茜帮忙，逐字逐句誊抄在五百格的绿框标准稿纸上。整整用了三十七张稿纸（其中含一张注释）。完稿之后，他得意地对小茜说道："俺中文系本科生的毕业论文完成了！"小茜说："这篇大作是不是应该寄到某个杂志社去发表？"浦青松说："杂志社现在的任务是配合当前的政治运动，就目前来说，是没有地方可以发表的，就把它作为我的'镇箱之宝'吧！"之后，这篇"毕业论文"就置于箱底，保存起来，以作纪念了。

三、淮口帆布厂的大学生们

淮口中学是属于淮口区的重点高中，也是淮口地区师资最好的高中，全区的优秀学生都想进这所学校。淮口帆布厂虽有子弟校，但到了读高中时，家长们仍然想让孩子进淮口中学。但区上给帆布厂的名额有限，一年只能给几个名额。所以，淮口帆布厂的孩子能进淮口中学读书的，大多是厂里干部子女以及厂里的技术员的孩子。

这年淮口帆布厂的几个干部子弟进入高中，正好都在浦青松的班上。帆布厂的上海大学生们，很快就知道淮口中学来了两个上海的大学生。大概是惺惺相惜吧，没多久，帆布厂的上海大学生就让浦青松班上的学生来联系他们，邀请他们去帆布厂聚会。

一个星期天的上午，按约定时间，两人去淮口帆布厂参加聚会。因为两年前来帆布厂看过电影"地雷战"，有点印象，一会儿就找到了职工宿舍区。帆布厂的职工宿舍，就像上海的工房，一排排整齐的水泥建筑。按照学生给的地址，找到了曹达源的家。据学生介绍，曹达源与爱人小王是上海华东纺织工学院的同班同学，照顾关系，一起分到淮口帆布厂的质检科。因为厂里有政策，未婚的住单人宿舍，结了婚的就可以分两室一厅。他们立刻就扯了张结婚证结婚了，没有仪式，就是请厂部几个知道的人一起吃了顿便饭，曹达源主勺，小王打下手，一桌都没坐满，什么"三转一响"之类的东西都没有（"三转一响"，是指当时上海青年结婚时的标配：自行车、缝纫机、手表，此为"三转"；收音机，则是"一响"）。慢慢地，工资积存起来，才买了手表，添置了家具。因为曹达源家是两室一厅，同学聚会就常常选在他家。

上了楼，进了曹达源家，简直怀疑自己是不是回到了上海！屋子里已经来了七八个人，都在热热闹闹地说着上海话。哇，这么多上海人啊！曹达源介绍说："这些都是我们华东纺织工学院的，这两个是与我们同一年分来的，不同系。这个比我们早一届，是六八届的。"曹达源指着一对中年夫妇说："郑哥、高姐比我们早来好几年，现在郑哥是厂里的资深技术员了，高姐是厂里的中层干部，管着我们呢！"这一对中年夫妇，已经完全脱离了学生气，性情稳重得多，看得出来，大伙对郑哥、高姐俩都很尊重。见到小茜他们，两人微笑着点点头。高姐走过来，拉上小茜的手，亲热地表示欢迎。高姐轻声问："生活上习惯了吗？"石小茜说："基本适应了，就是食堂的菜太辣！"高姐笑着说："我们来时也不习惯，时间长了，觉得川菜味道还不错，反倒觉得上海菜太清淡了，没有味儿！"说完，看着她的丈夫微微一笑，郑哥也点点头，表示赞同。

一会儿又来了四五个人。北方话、上海话、四川话交织着，大家都抢着说话，开着玩笑，好久都没有见到过这么热闹、这么率性的场面了。最后来的一个，瘦高的个子，白净的皮肤，书生气十足，也帅气十足。他朝浦青松他们笑笑，点点头。曹达源介绍：这是北京人，清华大学机械工程系六八届的。石小茜忍不住多看了他几眼，情不自禁问曹达源一句："他就是清华大学机械工程系的？也分到你们这儿？""是啊，他在维修车间。车间里这么多机器要维修，够他忙活的！"曹达源眨了下眼睛，做了个怪相，开玩笑说，"他分到我们这儿就算对口的了，机械系，修机器！你们听说了吗？还有他们清华大学自动控制系的，分到贵州小县城搞马车的'自动'（制动）刹车装置！"他做了个手刹车的动作，大家听了哈哈大笑。清华的这位书生只是微笑，很少说话，显得特别稳重，或者说是有点矜持。

中午在曹达源家聚餐。大家分头从食堂里打来饭菜，荤菜素菜七八个品种，荤菜为主，清炖的、红烧的、煎的、炒的、凉拌的，五颜六色！曹达源的爱人小王烧了一锅番茄蛋汤，八菜一汤，在小茜眼里，这太丰盛了。如此的盛情，让她有点过意不去。

淮口帆布厂属于军工单位，虽然在山坳里，但物资供应远超地方。不仅有部里拨给的充足的供应，单位自己有的是卡车，可以到各处去拉东西，满足职工的生活需求。场部食堂伙食也搞得不错，大家基本都在场部食堂用餐，只有星期天偶尔想改善一下，才自己烧饭。

聊到帆布厂在地方上的优越感，几个人显出得意的神色。听他们讲来，在这淮口镇上，帆布厂是区政府的宠儿。物质匮乏的年代，多多少少从这个军工单位沾到点光。帆布厂也很想与地方政府搞好关系，能够给地方政府出点力的，就尽量出点力。帆布厂在淮口地区的名气很响，厂里不仅工人待遇好，工资也高过地方企业。在那个年代，没有书读，没有中考、高考，这儿年轻人的出路，除了当兵，多少人梦寐以求的，就是进淮口帆布厂当个工人。甚至说到自己是淮口帆布厂的工人，都有点高人一筹的优越感。

下午参观帆布厂的生活区，让石小茜羡慕的，不只是食堂伙食。厂里整天有开水供应，随时需要，拿个热水瓶去开水房打水就行了，不需要自己烧水。厂里有浴室，有理发室，有小卖部，周末可以放电影……帆布厂就像是一个得天独厚的小城市！见识了淮口帆布厂的生活，石小茜有点羡慕他们学工科的人了。一样的大西南，大家都离家很远，但分到大工厂，生活待遇就迥然不同，过的是优裕的城里人生活，比分配到乡村当老师强多了。

四、淮口镇上的那个上海小囡

一九七四年夏天，石小茜班上的学生高中毕业了。这是她送走的第一批高中毕业生。尽管这些学生的学习很努力，学习成绩很好，有些学生不仅个人素质好，还很有工作能力。但那时没有恢复高考，学生毕业了，没有继续深造的渠道，统统回农村务农，包括户口在街上的学生，也去农村生产队插队了。用他们的话说，就是继续修理地球，作为班主任的石小茜很为他们惋惜。可是惋惜归惋惜，现实就是现实，蚂蚁不可能推动大象！石小茜在遗憾中送走了她的第一批高中毕业生。

说来好笑，就像有些人一辈子忘不了他的初恋一样，石小茜心中一直惦念着这批学生，为他们没能走出淮口镇去进一步深造而久久不能释怀！

一年的时间，在忙碌中过去，学校终于放暑假了！七四年的七月，两人赶紧回沪探亲，把儿子接回淮口镇。

小川来到了淮口中学，跟着妈妈到处跑。他微卷的头发，大而精神的黑眼睛，挺直的鼻梁，穿着奶奶买的上海童装，像个小外国人，活泼可爱，人见人爱。有些不认识的人，碰上他了，都要逗上几句。特别是开学以后，学生们知道石老师把儿子接来了，更是喜欢找他玩，逗他开心。一时间，小川成了镇上的新闻人物，街上许多人都知道，淮口中学来了个"上海娃娃"。

小茜日日思念的儿子终于来到自己身边，一家三口其乐融融。但是问题也来了，怎么安排他呢？淮口镇的幼儿园是两年制，小班和大班，孩子要五足岁才能进幼儿园。小川刚满三岁，进不了幼儿园。这学期，浦青松教高二年级一个班的语文课，当班主任。石小茜接手了高二年级四个班的政治课和一个班主任。两人就轮流着看管孩子。

　　记得一次星期六下午教师政治学习，校长要传达上面的指示精神，他俩就自觉地让小川自己在办公室门口的院子里玩。浦青松坐在靠门处，边开会边用眼睛不时地向院子里瞄一眼。看到小川在玩地上的小石子，嘴里嘀咕嘀咕地说着什么，浦青松就放心了，让他玩吧，反正院子里很安全。可是稍不留神，怎么就不见了小川，好大一会儿，都没见小川出来，跑哪儿去了？浦青松有点心不定了，就悄悄走出会场寻找他的宝贝。刚走出教学区的大门，就看见小川手里拿着根小树丫子，低着头一边走，一边在地上画着线，一个人从小斜坡处走上来。浦青松赶紧迎上去，抱起他，故作严肃地问他："怎么一个人跑到学校外面去了？爸爸妈妈叮嘱你不许出校门，你忘啦？"小川天真地说："我不是一个人出去的，是哥哥带我去河坝街看大河了，大河里有'噗噗'船！""什么？你到江边上去了？"浦青松大吃一惊，"哪个哥哥带你去的？""不知道！哥哥带我看了一会儿船，就把我送回来了。"小川说。

　　浦青松瞪着眼睛装着生气的样子说："好孩子不可以随便到江边去玩的，懂吗？掉在江里要淹死的！"小川说："爸爸，我没有到江边，就在大树下面看船。"浦青松语气缓和下来，对小川说："下次要看船，让爸爸带你去，听到没有？"小川睁大了眼睛，不知道爸爸为什么不高兴，但还是乖乖地说："听到了。"

　　吃晚饭时，浦青松又慎重地对小茜说了这事，并叮嘱："要注意，不要让孩子一个人走出校门！"小茜也严肃地对小川说："以后想去江边玩，可以和爸爸妈妈一起去，知道吗？"小川点点头。"没有爸爸妈妈的允许，你不要跟着哥哥姐姐走出校门哦！"小茜严肃的表情，让儿子有点不知所措，他也只是似懂非懂地点点头。

回淮口镇前，外婆就关照过，孩子身体较弱，容易感冒发烧。开始两人还不太相信：不至于吧？不料秋天一到，果不其然。不知是白天跑得一身汗，自己脱衣服，风一吹，着凉了；还是半夜蹬被子，小肚皮露在外面受凉了？反正就那么稍稍一不注意，小川就感冒了。发烧，半夜咳得很厉害，两个人只得抱着他坐起来，又是喂热水，又是拍背，小茜把他捂在胸前，折腾了大半夜，咳嗽才稍稍好些。早上带他去医院，开来的药水，吃了也不顶用，白天仍然咳得厉害，热度也没退尽。浦青松说："要能买到美国大兵战地睡觉用的睡袋就好了！"美国大兵的睡袋是不可能买到的，但受此启发，浦青松想了一个土办法：睡觉之前，用一条小线毯，从夹窝下把他裹起来，再用一根稍宽的带子，绕过后背和前胸扎起来。这样，儿子半夜就是乱蹬腿，也不会把线毯踢掉受凉了。

然而，这土办法没多大的作用，进入深秋，小川动辄感冒咳嗽，两个大人被折腾得够呛。夜里睡不好，白天上课强打精神，时间长了，有点身心疲惫。想来想去，这事还是要从根本上解决问题。浦青松决定：每天下午抽出一定时间来陪孩子体育活动，增强孩子体质！小茜觉得很有道理，于是每天下午放学后，等学生都离开大操场了，一家三口带着皮球，爬坡去到大操场上，浦青松陪他滚球，盘球，踢球；小茜就在旁边助阵，为小川鼓劲！小川跟爸爸抢球，爸爸把球盘来盘去，他就跟着跑前跑后。爸爸盘几下，就故意把球漏给小川，小川"抢"到球了，兴奋不已，又喊又叫，挥舞着手臂，开心极了。浦青松有时故意一脚踢空了，没踢着，球到了小川脚下，小川赢到了球，就高声叫着，嘎嘎大笑；不小心绊倒了，就赶紧自己爬起来，继续追球。浦青松对小茜说："就这样天天练，练他两个月，我就不信他的体质上不去！"玩了一阵，看到宝宝有点累了，小茜捡起球，浦青松背起小川一起下山坡。回到家里，两人合作，马上用热水给儿子擦身，换上干内衣。天天如此。

光靠锻炼还不行，营养也要跟上。有一段时间，中午吃饭，只要把小川一抱上桌子，他的第一句话就是："妈妈，我吃不下！"小茜心想，要让儿子开胃口，多吃饭，多吃菜，不能总是依赖食堂，必须给孩子搞点小灶。两人商定，除了每天给他蒸一个鸡蛋，星期天一定改善伙食，给他开小灶。浦青松专门买来一本烹饪书，依样画葫芦，学着炒菜、炖汤、红烧……慢慢地，儿子终于胃口大起来，有了食欲，再也不会到了吃饭时，就愁眉苦脸地望着妈妈哀求道："我吃不下！"现在爸爸妈妈吃什么，他会跟着吃什么，而且吃得津津有味。两三个月辛苦下来，锻炼加上饮食，儿子的腿部肌肉起来了，感冒咳嗽的情况显著减少。

每天基本上要等儿子睡觉了，他们才能坐下来备课、改作业。就是这样忙碌着，石小茜的身体反倒一点点好起来了。失眠的状态基本得到改善，胃口也好多了。浦青松不无幽默地对小茜说："一石二鸟呀！以前你整天坐着看书备课不运动，现在你陪儿子运动，自己也动了，睡眠得到了改善。以前只吃食堂，伙食比较单调，现在努力为儿子改善伙食，你也增加了营养。儿子的身体强壮了，你的身体也好多了，这真是两全其美啊！"

五、"玉米粉" ＋ "一勺水"

七五年的四月底，春夏之交，浦青松上完课刚回到家，放下书本，还没来得及喝口水，校长来找浦青松，说："浦老师，区上要学校派一名男老师去参加区里的工作组，帮助公社整顿大队的领导班子，学校其他男老师有的拖儿带女的，有的老师的家属身体不好，家务拖累，走不开。我们考虑了一下，浦老师年轻，去锻炼锻炼。区上说，就两个多月的时间，六月底就结束了。时间紧，三天后去区上报到。"浦青松说："我现在正带着班、上着课……"话未讲完，校长说："这个我们已经做好安排了！"

既然学校派到他，也没有理由拒绝，三天后，浦青松就丢下班主任和教学工作，背上背包，去区工作组报到了。

一个月后，浦青松回来休假，吃午饭时，浦青松故弄玄虚，笑着对小茜说："你猜猜，我最近遇到谁了！"石小茜摇摇头说："不知道，谁啊？""猜不到吧？原来白果小学的施祖德校长，就是我们来的那年，跟我们打了个照面就调到和平大队小学去当校长的。两间小披屋还是他拨给我们的呢。"小茜说，"记得啊！你怎么会碰到施校长了呢？""真是太巧了！那天区工作组集体开会，传达上面的精神。四点多钟，会议结束，我和工作组的老廖一起边走边聊，回工作组驻地去。走在小山坡脚下的田埂上，突然听见有人喊：浦老师！浦老师！我转头一看，地里刚才戴着草帽弯腰收菜的人直起身来打招呼！老廖说：'和平大队的施校长跟你打招呼呢！'我在白果搞小学民办教师培训时，跟施校长有过几次接触。看到是施校长，我赶紧举起右手扬了扬，跟施校长打招呼。施校长停下手中的活，热情地走过来跟我握手，与老廖握手，对老廖说：'以前虽然在一个公社，也没时间去看他们，我与浦老师好几年没见面了。'又转头问我：'现在生活上习惯了吗？'我说：'基本上都习惯了，挺好的。'老廖见我们有点'久别重逢'的味道，就在一旁说：'你们慢慢聊吧，我还有点事，先走了。'又对我说：'我与老施是老朋友，我们以后有机会再聊！'施校长说：'好的，好的！你先忙，以后有空到家里来喝两盅！'老廖跟我们摆摆手走了。施校长又问到你，我告诉他，我们一起调到淮口高中了，生活上比白果场方便了不少。施校长说：'那就好！那就好！'"浦青松高兴地说："那天，在田埂上，我们聊得很开心，天南海北地胡侃了一阵。后来施校长硬要拉着我去他家坐坐，说他家就在这山坡脚下。我想，难得见面，这么巧，就去坐坐吧。"施校长去地里提起他装菜的背篓，走在前面带路。

浦青松用调羹喝了两口汤，继续说："施校长的家就在这小山边上。一个大院子，院子里三间房子紧挨着小山坡，山上长满各种杂树，郁郁葱葱的，环境很不错。家里没人，说是老婆带孩子们去外婆家了，吩咐他到地里摘些菜回来，准备明天喂猪、喂兔子的饲料。整个院子打扫得干干净净，整理得井井有条，就连烧火的柴都堆得整整齐齐！我就夸他说：'你家内当家很能干啊！'他笑笑说：'农村妇女，每天就这点事，应付得还可以！'到他家，还没坐下，他就带我走了一遭，参观他的家。我印象深刻的是，他家的厨房后面有个小门，一打开，居然三步路就抵到了小山坡。小山坡脚下，对着厨房门口挖了个地窖，很深。老施说：'这是放红薯的地窖，要蒸红薯了，就下去拿几个，取拿方便。'这太有创意了！既方便又安全。走进房间，没有床，却见到一个大通铺，像北方人家的大炕似的。旁边一张方桌子，桌上放着一盏煤油灯，还有一只扁扁的放针线的筐箩筐，筐里装着线、剪刀、碎布和正在纳的鞋底。我就问他：'你们家还用煤油灯啊？'施校长解释说，生产队里的电不稳定，有时停电了，就得用煤油灯。"

我又笑他说："你爱人又不是北方人，怎么睡炕？"老施说："这不是北方人的那种炕。我有六个孩子，大的不足十岁，小的还在喂奶。晚上要把尿，分开几张床睡不方便，我就自己砌了这么一个通铺。从这头到那头，并排着，睡十个人没问题！"

我觉得有点不可思议："晚上你们这么多孩子都要把尿？"他说："那是当然的，每天半夜都得把尿，不然，床上要发大水的！"他笑笑说："不过，这个不是我的事，晚上都是我老婆把尿。"我说："六个孩子每天晚上都得把尿，这也太辛苦了吧？"他说："农村人，这算不了什么辛苦。睡觉前床边先放一只大尿盆，半夜里，娃儿妈把被子一掀，六个赤膊光腚的孩子，都睡得沉沉的。她拎起一个，把完尿，往床上一丢，再拎起一个，把完尿，往床上一丢……孩子们眼睛都没有睁开，把完尿接着睡。"

说到这儿，浦青松笑了起来，他对小茜说："当时我很好奇，就问施校长，晚上这么一折腾，大人夜里还怎么睡觉啊？老施说：'睡啊，农村妇女，白天累了一整天，除了下地，回家还得喂猪、喂鸡、割草喂兔子、烧饭。到了晚上，头碰着枕头就睡着了！像闹钟定了时似的，到时候她就会醒，迷迷糊糊地一个接一个把孩子端起来，把完尿，扔上床。全部把完了，把被子一拉，给他们盖上，一会儿她自己就进入梦乡了。农村妇女就嫌睡不够，从不会失眠的。'老施笑笑。我当时听得目瞪口呆！"

睡眠不好的小茜露出羡慕的眼神。浦青松说："我很感慨，就对老施说，这么多孩子，养活他们，你真不容易！他说：'我们农村孩子好养，每顿多抓一把玉米粉，多添一勺水就行了。'没想到老施这么乐观，还是个爽快人，他很坦诚地对我说道：'我们家的生活，在这个地方算好的。我拿工资，家中有活钱。我老婆身体好，能干活。那些全靠地里挣工分的人家，孩子多，如果有一个人身体不好，做不动，情况就大不相同啦！'"

"快到吃晚饭的时候了，我告辞要走，老施说：'你现在回去，别人早就吃过晚饭了。你不要嫌弃，我简单下个面条给你吃，吃完了你再走。'我也就不客气，坐下等他下面条。看他挺娴熟地从缸里舀出两瓢水倒入锅中，往灶膛里塞进一把茅草，点上火。差不多水要开了，他从旁边的小水桶里捞出七八条三寸左右长的小鲫鱼，往开水锅里一倒！我大吃一惊：'这鱼还没刮鱼鳞、没破腹就倒进锅里，怎么吃呀！'他笑着说：'今天吃鱼汤面！鱼不要了，喂猪的。'也就十分钟左右吧，只见他用一只汤勺，把雪白的鲫鱼汤舀在汤钵里，再把锅里的鱼渣全捞起，倒在一旁，几下把锅底的小鱼鳞抹干净，再倒入鱼汤，开始下面条。一会儿面条煮好了，端到桌上，撒上葱花，少许盐，说：'吃吧，吃吧！老婆不在家，只能将就了！以后有机会再请你！'我端起碗吃面条，这面条味道真鲜啊！我从来没有吃过这么好吃的面条！"浦青松咂着嘴。

"施校长很健谈，我们边吃边聊，吃完晚饭已经天黑，要回工作队了，他把我送到一条小路上，说：'沿着这条路走二三里地，就看到一条岔路，你往左转，几分钟就到你们工作队了。以后有机会再过来耍哈！'我一路走一路想，如果农村人家都能像施校长家的生活，该多好啊！当然，这美好的生活，有他老婆一半的功劳！中国的农村妇女真的了不起！吃苦耐劳，虽然没有多少文化，但一个女人带六个孩子，家里家外一把手，把家照顾得好好的，不要她老公操心，也真是个能人啊！"

石小茜和儿子两人听得津津有味，石小茜佩服施校长爱人的持家本领，更羡慕她的不受任何干扰的睡眠。小川突然冒出一句："我也要吃鲫鱼汤面！"惹得两人笑了起来！

六、幼儿园的编外生

六月底，浦青松结束了区工作队的工作，回来过暑假。他对小茜说："去年暑假我们一起回上海接小川，来回奔波，一个暑假没做成什么事，今年暑假我们得好好安排一下了。"转身又对小川说："我们小川也应该学习认字，不能再当小"文盲"了！爸爸还要教你画画，教你做算术题：$1+1=\cdots\cdots$"儿子抢着答："等于2!"浦青松夸他："嗯，聪明的!"浦青松说："我们傍晚还要去上面操场踢球，锻炼身体哦!"小川很开心，爸爸陪他干什么他都很乐意。有爸爸陪着他玩，是小川最开心的事情。他兴奋地连连点头说："好的好的!"小茜说："还要搞点好吃的给我们小川补充营养!"浦青松说："对！把伙食搞得好一些!"小川马上说："吃鲫鱼汤面!"把大家逗乐了！他念念不忘那"鲫鱼汤面"，可见浦青松当时的描述给他留下了多么深刻的印象！浦青松刮了一下他的小鼻子说："行！爸爸一定也搞一次味道鲜美的鲫鱼汤面!"大家都对一个快乐的暑假充满期盼。

轻松并有节奏的暑期生活很快就要结束了，小川的收获挺大的，认识了二三十个汉字，能背十首唐诗，画画的技能大有提高。一天，他坐在禹王宫大门的门槛上画画，用几笔线条勾出一部拖拉机的轮廓，经过的老师看到了，都纷纷夸他聪明，画得好！小川好开心，赶紧跑回家，把他的画拿给爸爸妈妈看，爸爸妈妈也很欣喜：寥寥几笔勾出的小拖拉机还真传神！由此，小川更喜欢画画了。

八月底，开学前，教师集中学习，并安排下学期的工作。石小茜仍然接高二年级，上政治课，任高二（4）班的班主任。浦青松接高一两个新班的语文课，没安排班主任。

开学刚一个多月，十月中旬，那天小茜上课回来，浦青松就对她说："十月下旬我可能又要下乡了。"小茜感到莫名其妙，望着他说："什么情况？不是上学期刚下过乡吗？"浦青松皱着眉头说："上次是区上，这次是县里。刚才校长来过了，说：'县里要我们学校派一名男老师，参加县工作

335

组，去农村搞社教，学校决定，还是派你去参加这一轮的社教工作，估计要五六个月。明天你就不要上课了，准备一下，十月底到县里报到，具体哪一天等县里通知。'我还未置可否，校长就急匆匆地走了。"小茜开玩笑说："你怎么成了学校外派搞运动的专业户了？"浦青松说："那倒没什么，我年轻嘛！只是我去搞社教，你一个人，又要上课，又要带孩子，就太辛苦了！"他犹豫道："要不我去找校长说一说，换个别人去？"小茜说："这明摆着的非你莫属了！你扳着手指算一算，谁能丢下一个家跑到几十公里外的乡下去搞社教？上次就两个月，还不是让你去'锻炼锻炼'了？这次要半年，五六个月，派不下去的，只有你最合适，去说了也是自讨没趣！"石小茜也是要强的人，说："算了吧，克服一下，也就几个月，你放心，我能行的！"

两周后，浦青松去县里报到，离开了学校，石小茜带孩子的责任心就加倍了。鉴于上次去河边的事情，小茜不放心孩子一个人在院子里玩，总得想个办法。想到儿子爱看小人书（连环画），爱画画，小茜就跟小川做好工作："妈妈要去上课了，你乖，在家看小人书，写字也行，画画也行，妈妈一会儿就回来。"小川很乖，点点头，就去趴在床边看连环画，小茜就悄悄把门锁上。四十五分钟一下课，立马赶回家。

这一招不能用得太久，石小茜换一招，上课前就先给他读几页小人书的故事，把他引进故事中，然后就让他自己一个人在家看下去。有时就给他一支铅笔、一盒彩色蜡笔、几张白纸，让他趴在家里的桌子上涂鸦。临走，小茜都要许诺他："在家要乖，妈妈一会儿就回来，回来再给你讲故事！"然后锁上门去上课。小川性格安静，有了小人书，又有了纸和笔，消磨个把小时是没有问题的。有时一本连环画，他就能反反复复地看，很长时间都可以不缠人。这似乎成了一种模式：小茜去上课，临走锁上门，小川就一个人安安静静地在家看小人书，画画、涂鸦，等待妈妈回来。

淮口镇的橘子很便宜，红毛橘，又大又甜又新鲜，7分钱一斤。在上海是绝不可能有这么便宜的橘子的，小川特别爱吃。有一次，石小茜到街上买了五角钱橘子，有七斤多，装了小半背篼。她要上课去了，就在背篼旁放了一只小板凳，对儿子说："小川乖，你在家吃橘子，妈妈上课去了，一会儿就回来！"小茜把房门锁上，走了。等她上完课回家，推开门一看，吓了一跳，小川吃的橘子皮，堆了一堆。他整整吃了一节课！妈妈回来了，他还认认真真地坐在背篼前剥橘子。小茜忍不住大声说："你怎么吃这么多橘子？要上火的！"儿子很无辜地望着她，怯怯地说："是你叫我在家里吃橘子的呀。"石小茜一愣：对呀，是自己叫他在家里吃橘子的，又没有规定吃几只。这么小的孩子，他怎么知道橘子吃多了会上火？小茜很歉疚，马上放下手中的课本，抱起儿子说："对对对，是妈妈叫你在家吃橘子的。你真乖！不过，橘子吃多了要上火，嘴巴里长溃疡，会痛！一次只能吃几个，记住了吗？"儿子点点头说："记住了。"

　　一次中午，石小茜下课后，从食堂拿上蒸好的饭，买了菜回来。她开了房门，对儿子说："去洗个手吧，洗完手我们就可以吃饭了。"儿子天真地问妈妈："你为什么老是把我锁在家里？我看到欣欣妈妈去食堂买菜了，我也想去买菜！"石小茜语塞了，不知道如何回答他。不把他锁在家里，上课不安心，怕他乱跑，偌大一个镇，他跑出去了，到哪里去找他？除了正街，镇上到处都是石阶梯，万一摔跤了，磕到了，怎么办？走下斜坡，穿过正街就是大江……这实在是无奈之举，现在听到小川"抗议"了，小茜心里想，老把儿子一个人锁在家里确实也不是办法。

　　"这样，"小茜对儿子说，"你要是不想老被锁在家里，我就带你到对面妈妈上课的地方去，你在教室后面的操场边上坐着，看哥哥姐姐们上体育课，好吗？"小川好高兴，连连点头。小茜再三叮嘱他：不许跑到操场中央去，不能影响哥哥姐姐们上体育课，你只能在边上看！并告诫他说："妈妈上课的时候，你可千万不能来打搅，等妈妈上完课就来找你。"小川说："好的，我不吵妈妈。"于是小茜把他安排坐在操场最顶端的一棵大树下。儿子真的很听话，听到下课的铃声响了，见妈妈从教室那边走过来，就赶紧跑过去"汇报"："妈妈，我没有到操场中间去，哥哥姐姐叫我跟他们一起打球，我都没有去！"小茜抱起他，亲亲他的脸说："小川乖，小川是妈妈的好孩子！"有时候儿子会一个人蹲在操场边的大树下，看蚂蚁搬家，能看很久。妈妈来了，他会好奇地问道："蚂蚁搬东西怎么会排队呢？它们有爸爸妈妈、有老师吗？它们还会爬上树，树上有个洞，那里是它们的家吗？"对这一连串的问题，妈妈还一下子无法回答，只是微笑着表扬他："小川爱动脑筋，是个聪明的好孩子！"给他的奖励，就是在他的小脸颊上亲一亲。

　　小茜要改作业了，就不能把孩子放在操场上了。她就把自己的办公桌挪到办公室的角落处，在自己的椅子边上，放一只方凳。这样好把小川安排在她手边，圈在一个狭小的空间内。然后给张纸，给支铅笔，让他去乱涂乱画。画得不耐烦了，小茜就停下手上的工作，给他讲一段故事哄哄他。办公室里老师很少，常常就一两个人。小茜叮嘱小川不要出声，或尽量小声说话。小川很乖，很听话，有妈妈在旁边陪着，他可以饶有趣味地在纸上涂涂画画，玩上一两节课。

　　浦青松基本一个月会回来休息两天。为了弥补小川老是被"关禁闭"的遗憾，这两天，浦青松就尽量带他出去玩。或者去到江边滩地上看江水，捡几片瓦片打水漂。或者抱着小川坐在江边石头上，看小轮船，看船工装货卸货，回家经过锅盔（一种大饼）摊时，再买两个热锅盔，父子俩合啃一个，再带一个给小茜。或者再走得稍微远一点，到红岩寺那边有芦苇有沙滩的地方，看人家钓鱼；看船工们挖沙，在三脚架上筛沙。回来时，浦青松就牵着儿子的小手，慢慢逛回来。经过小店铺，一人再来碗热抄手，顺便买一包生的抄手带回家。小川很懂事地说："这是妈妈的！"

　　他们父子俩还有一个保留节目：学着电影里的蒙古人摔跤比赛。在房间里对抓肩膀转着摇着摔大跤。转了三五个圈子后，最后的结局必然是：爸爸往后倒在了大床上，大叫一声："啊！我输了！"小川就仰天大笑："啊——我赢啦！我赢啦！"石小茜则坐在桌子旁，幸福地看着他们父子俩，笑个不停。

有一次，爸爸给小川做了一把玩具枪，一把"仿真"的"美制汤姆式冲锋枪"。那年头，这里的孩子们什么玩具都没有。倒不是家长舍不得买，而是店家没有孩子们的玩具卖！浦青松找来一根圆竹管做冲锋枪的枪管，用几块长木块，砍砍削削，做成枪托和弹匣。半天时间，做成了。又在枪管和枪托两头再扎根软布条，可以挂在脖子上，也真像个样子了。这下可让小川开心得不得了。他把"冲锋枪"挂在脖子上，在房间里走来走去，很英武的样子。或者，端着"冲锋枪"作扫射状，对着门板、对着窗外、对着大树，学着解放军叔叔的样子，瞄准、开枪，嘴里发出"突突突！突突突！"的声音。尽管是一个人，他也能玩上半天，有滋有味，兴趣十足。爸爸告诉他："'枪'不能对准小朋友，如果有人来告状，我就要把'枪'缴了！"小川一听，连连答应，保证不把枪口对准别人。他太喜欢这把"冲锋枪"了！

　　爸爸在家，小川就特别活跃，有时太高兴了，就不免会闯个小祸。记得那天晚饭吃面条，家里有点闷热，小茜就在家门口放了条长凳，大家端着碗，在外面吃。面条味道不错，大家都吃得呼啦呼啦的。小川先吃完，他把空碗放在他那双筷子上，托住碗底，保持平衡。碗在小川的筷子上站稳了，妈妈看到了，很惊喜，就对浦青松说："快看！快……"与此同时，小川也高兴地大喊："爸爸，快——"浦青松一口面条含在嘴里说不出话，只是急忙用筷子指着他，示意他赶快用左手扶住碗，可是一切都来不及了，小川一抬头，筷子上的碗失去平衡，五角钱一只的大碗"啪"的一声，在门外的砖头地上摔了个粉碎！此时的小茜一个"看"字还哽在喉咙处，没来得及吐出来，碗就碎了！

　　小川一下子吓傻了，觉得自己闯祸了！浦青松赶紧放下碗，转身去拿扫帚畚箕，来扫碎片。小茜把儿子抱到一边，刚才看"杂技表演"的那份惊喜还没有来得及收起，笑容还挂在嘴角。还是浦青松想到教训他两句："这么好的一只碗打碎了！记住，下次不可以这么玩杂技了！"小川点点头，本来很得意的事给搞砸了，也有点不好意思。

爸爸回来的日子，是小川最开心的日子，爸爸归队没走几天，小川就会问妈妈："爸爸什么时候回来？他回来会带我去江边看钓鱼吗？……"

浦青松在外搞社教，石小茜一人在家，要上课，要当班主任，还要带孩子，确实很辛苦，有人"同情"她了。

与浦青松同组教语文的宋老师和爱人吴老师，就住在教学区山坡下面教室改建的宿舍里。吴老师是镇上幼儿园的园长，每天上下班都要经过文科办公室门口。她大概出于对石小茜具体情况的同情，孩子也好玩，乖乖的，不淘气，就主动跟石小茜说："石老师，我看你当班主任，工作够忙的，孩子一个人在院子里玩也不安全。你看这样好不好，干脆我上班时就把小川带到幼儿园去，放在大班里，让那些大班的孩子们带着他一起玩。下班时，我把他给你带回来。"这天大的好事简直砸晕了石小茜，她愣了一下，赶忙说："那太好了，吴园长！该缴的费用我都缴！"吴园长说："小川不是正式的幼儿园学生，不用缴学费，你只要缴点心费和中午的伙食费就行。等明年正式进幼儿园上小班了，你再缴学费。"解决了石小茜的一个大难题，石小茜感激不尽！于是，浦小川就这样提前进入了镇上的幼儿园，成了幼儿园大班的编外学生！

第二天开始，七点半，在禹王宫的大门口，吴园长就来牵着小川的小手，把他带到幼儿园，放在大班里，让他跟大班的孩子一起上课，一起玩。大班的小哥哥小姐姐们非常喜欢这个小弟弟，带着他一起做游戏，一起画画。大班的班主任更是对他关爱呵护有加。儿子回来的第一句话就是："妈妈，明天我还要跟着吴奶奶去幼儿园！那里有好多小朋友！"

大班的小姐姐们成了他的保护神，放学了常常"护送"他回家，把他宠成了一个甩手掌柜！他在外面玩得热了，就把衣服脱下随处一丢，之后就不再管了，常常是某个小姐姐帮他把衣服捡起来送回家："石老师，你家小川的衣服！"他的衣服都是上海奶奶买的，衣服颜色鲜艳，式样也与这儿孩子的衣服不一样，所以大家都认识小川的衣服。小川也从来不用担心自己的衣服会丢了。小茜批评了他好几次，也没有效果。

因为幼儿园就在正街的那头，不需要走多少路。正街上又没有机动车行驶，所以非常安全。很快的，没过多久，小川就不需要吴园长牵着，自己能够上学了。他说，街上有好多他们幼儿园的小朋友。一上街，就不断有人喊他："浦小川，等等我，一起走！"他们三五成群的小伙伴们就一起邀约着去幼儿园了，石小茜也很放心。

星期天，小川说，图画课要蜡笔，石小茜就带着儿子上街去买蜡笔。没走多远，儿子看到了他们幼儿园的班主任，远远喊道："叶老师！叶老师！"叶老师看到小川，也笑眯眯地快步走过来。叶老师四十多岁，五官端正秀气，说话声音轻柔，是那种对孩子们来说，很有亲和力的人。她走过来抱起小川，亲亲他的脸颊，说了几句表扬他的话，然后放他下来，微笑着向石小茜"告状"："石老师，你儿子很有意思，常常要晃到中午才到学校。你问问他，为什么经常迟到？"说完，叶老师忍不住抿着嘴在一旁笑。

石小茜惊讶地看着儿子说："啊？有这样的事？你每天早上很早就去学校啦，怎么会迟到呢？"叶老师微笑着说："小川，说说看，你为什么经常迟到？"儿子咬着左手食指不吭声。等了一会儿，叶老师代为回答了："他说，街上哪个阿姨带他到家里去吃稀饭了。他告诉阿姨说，我妈妈从来不煮稀饭的。有时是哪个阿婆叫他去吃酸泡菜了，他觉得好吃，第二天一喊，就又去了。我们小川在淮口街上是个小明星哦，大家都认识他，是吧？"叶老师弯下腰，摸着他的头，侧脸问小川。叶老师觉得好玩，当笑话讲给石小茜听。石小茜顿时意识到：自己只顾忙工作，忽略了儿子的生活和需求。她赶紧对叶老师说："对不起，叶老师！你不说，我还真不知道他在街上'混吃混喝'呢！"石小茜自己也忍不住笑了起来，"我不好，觉得吃稀饭太费时间。我应该在食堂打个稀饭，让孩子吃了稀饭再上学的，馒头太干了。明早一定让他吃了稀饭再去上学。"又低下头跟小川说："以后可不许迟到了哈！"小川点点头。叶老师摸摸他的小脸，对妈妈说："对的，最好喝碗稀饭，再加个鸡蛋。"石小茜连连应道："好的好的，谢谢叶老师！"叶老师对小川说："小川是个好孩子，班上的小哥哥小姐姐都很喜欢你，是吧？明天来上学，就不要迟到啦！"小川再次点点头。叶老师摸摸他的头，跟他挥挥手。小川也摇摇他的小手，小声说："老师再见！"

在学生眼中，石小茜是个好老师，好班主任，心里放着的是学生的早自习、晚自习，关心学生的身体健康，天天都要亲自督促住校生晚上按时熄灯，保证睡眠时间。但却忽略了儿子的生活需求，此时心里不免有点歉意。小茜牵着儿子的手，对小川说："以后想吃什么告诉妈妈，吃人家的东西不好，那是馋嘴猫！"小川说："妈妈，我知道了，我以后不吃人家的东西了，那是馋嘴猫！"

石小茜每天一大早要到班上去检查早自习。以往检查完早自习，回家叫起小川，洗完脸，给他一个馒头，打发他去上学。现在要认真对待早饭问题，等早读结束后再来叫醒儿子起床、洗漱、吃早饭，肯定时间来不及。她只得在去检查早读前，先用煤油炉把鸡蛋煮好，再把儿子叫起来，洗漱完毕，递给他一只白煮蛋，牵着他的手，让他边走边吃，跟妈妈一起到对面山坡上的教室里，去检查学生的早读。这样，小川每天都会在教室门口露面，所以学生们戏称他为"副班主任"。早读结束后，小茜再到食堂打个稀饭，买个馒头给儿子，小川往往快速喝完稀饭，抓起馒头边啃边去上学了。他说："妈妈，我现在不再迟到了。"小茜表扬他："乖孩子，爸爸回来一定会高兴的！"

一个星期六的晚上，住校的学生都回家了，学校里一下子就安静了下来。晚饭之后，邻居英语组谢老师家的小女儿，比小川大二三岁，是幼儿园大班学生，来约小川一起玩，身后还跟着两个跟小川差不多大，比小川略小一点，还未进幼儿园的小朋友。在小姐姐的带领下，四个孩子一起在禹王宫中央的院子里玩。石小茜想到还有一点儿作业没改完，就想赶紧去改完它，明天小松回来，一家人可以畅快地聚聚，不用牵挂作业的事了。小茜跟儿子说："妈妈在对面办公室改作业，一会儿就回来，你们好好玩，不能吵架哈。"小姐姐说："石阿姨，我们不会吵架的！"石小茜又叮嘱了一句："小川，不玩了就到对面来找妈妈！"小川答应着："噢！"

办公室里没有人，星期六老师们都休息了。石小茜打开日光灯，一个人静静地批改作业。哲学课的作业，相当于一篇篇小作文，石小茜埋头聚精会神一篇篇认真地批改。大约八点钟，她背对着窗子，听见有人轻声叫："石老师！石老师！"石小茜回头一看，一个女同学站在窗外，借着办公室里灯光，看到学生的背上背着个孩子。女同学说："我把你家小川送回来了。""啊，儿子不是在禹王宫跟小朋友一起玩吗？"小茜赶紧站起身，来到办公室门口。看到小川趴在姐姐背上，急忙问："怎么回事？"

女同学说："是这样的，我打扫完教室，从学校回家，在我们生产队的打谷场上，看到好多人围在那里，好像还有一个小孩子在哭。我扒开人群一看，从衣服上一下子就认出了是小川！怕您着急，我就赶紧给您送回来了。"石小茜看到儿子乖乖地侧着头趴在女同学背上，脸上还留有泪痕，大吃一惊！连忙问小川："你怎么跑到乡下打谷场去了？"小川一脸的委屈，没有作声。小茜又问学生："你们队离这儿有多远啊？""不远，三里多路，就在下街口朝南的寺庙那边。""这孩子！怎么跑到那儿去了？"石小茜赶紧抱过小川，再三谢谢那位女同学。

石小茜似乎没见过这位同学，就问她："你是哪个班的？"女同学说："我是高一彭老师班上的，您不认识我。但我们都知道您，也认识小川。他是上海娃娃，跟这儿的孩子不一样的。我拨开人群，一下子从衣服上就认出他来了！"天已很黑了，来回都跑了六七里路，再往回赶，还得走好几里路，够累的，石小茜就叫她不要走了，回宿舍休息，明天早上再回去。她说："石老师，没关系的，我现在赶回去，也就半个多小时，明天还要帮家里干活呢。"石小茜抱着儿子，把这位女生一直送到街上，再三表示感谢。

学生走了之后，怕吓着孩子，石小茜轻轻地问儿子："你怎么会跑到乡下去了呢？"儿子哽咽着说："张二娃说，到他们家去玩！我们刚走到禹王宫门口，一个哥哥推着自行车出校门，招招手叫我跟他一起走，说他们家有小猫，很好玩，我就跟过去了。下了坡，哥哥走得很快，我都要跟不上了！穿过街，走到下面的一条路上，哥哥就骑上自行车自己走了，还回头看看我。我就追他，再追再追，后来就找不到路了。我就一直走，一直走……天要黑了，我找不到家了，就哭了。"说着，小川忍不住眼泪又掉了下来。

石小茜拍着儿子的后背，贴在他耳边说："不怕了，不怕了，现在姐姐已经把你送回家了。"她自己心里却直发怵：还好碰上学校的学生，把他送回来。否则，现在到哪里去找儿子？还不把人急疯啊！如果不是这个学生认识小川，小川现在还在乡下的打谷场上哭泣？如果……小茜的心怦怦地跳，脸上发烫，她不敢往下想！小川的性格大大咧咧，不管什么人，只要一喊："小川！"他就跟着跑！这次给他一个教训，希望他的小脑袋瓜能够长点记性！这件事更是给石小茜一个教训！住校生跟老师的孩子们都很熟悉，逗孩子玩是常事。一定要再三叮嘱孩子不能随便跟着哥哥姐姐出校门。

给小川洗脸洗脚，灯光下，小茜发现儿子脸色不大好，精神也有点萎靡，不像平时那样要说要动的。她下意识地摸摸小川的额头：不好！有点发烫！再用嘴唇贴了贴：有热度！她知道，小川受了惊吓，又在乡下吹了野风，发烧了！她对儿子说："小川，你发烧了，妈妈给你倒点开水喝。多喝水，多尿尿，就可以把身上的烧退掉！"小川很乖，端起妈妈给的水就"咕咚咕咚"一口气喝了。小茜把小川抱上床，脱去外衣，盖上被子，对小川说："宝贝，闭上眼睛睡一觉就好了。"孩子闭上眼睛乖乖地睡了。半小时后，小川的体温似乎有增无减！小脸烧得红红的。石小茜赶紧用冷毛巾给他敷额头，孩子迷迷糊糊地轻声叫着"妈妈——妈妈——"小茜又喂他喝水，问他"尿尿不"？孩子摇摇头。又过了近半小时，冷敷似乎也不管用！怎么办？去医院！小茜决定带儿子到后山的医院去看医生。小松不在家，已是深更半夜，外面一片漆黑，小茜心里有点害怕。但孩子发烧，不能拖延。小茜果断地给孩子穿好衣服，背着他就出门去。

医院所在地是个坡，有点高，上了坡还得再上十来级台阶。石小茜背着儿子，让儿子用两手箍住妈妈的脖子，自己两手紧紧扣住，托着孩子的屁股，弓着腰努力往上走，终于气喘吁吁地到了医院。在夜间值班室里，女医生给小川量体温，做检查。放下听诊筒说："还好，肺部无杂音，体温有点高。""多少度？""39.2度！"医生开了点药水和药片，关照道："多喝点开水，如果明天上午体温还下不来，再来看看。"医生又补了一句："应该没什么问题，烧退了就好了。"医生的最后一句话让小茜紧张的情绪稍稍放松了些。

回到家里，给儿子喂了药水，吃了药片，让他睡下之后，石小茜心里仍然是七上八下的。她不敢睡，开了个小台灯，坐在桌子前看书，十分钟左右去摸一下儿子的额头，祈祷儿子快快退烧！渐渐地孩子的体温降下来了，脸上的潮红消失了，孩子还轻轻地有了鼾声，小茜悬着的心才渐渐放下了，关灯睡觉，已经下半夜。

当浦青松上午回到家，小川已经基本恢复，见到爸爸，连忙扑过去说："爸爸！我昨天发烧了！"浦青松一把抱起扑过来的儿子，高高举起，大笑道："昨天又吓唬妈妈啦？"接着把他抱在怀里，去亲儿子的脸，胡子扎得儿子哇哇叫，小川边笑边推开爸爸的脸大喊："爸爸的胡子太硬了！爸爸的胡子太硬了！"全然不见昨天的萎靡状！小茜一面笑一面说："孩子是不会装病的，你看，稍好点，就精神焕发了！"小川从爸爸怀里挣扎出来，搬过一张凳子，让爸爸坐，爸爸一坐下，他赶紧小屁股一挪，就坐到爸爸的腿上。浦青松开心地把小川搂在自己的怀里，低下头，对抱在怀里的宝贝说："好了，小朋友，说说看，你是怎么会发烧的？乱脱衣服了？乱踢被子了？"儿子说："不是的！是自己发烧了！"

小茜就把昨天的事情叙述了一遍。浦青松听了大吃一惊，他对小川说："哇！捅这么大的娄子！要不是那个姐姐把你送回来，那我们今天到哪儿去找你呀？要是被坏人抱走了，你就再也见不到爸爸妈妈了！"浦青松真是吓得不轻！转头对石小茜说："你要好好谢谢那位女同学！"小茜说："嗯，知道了！我会的！"又轻声对浦青松说："孩子昨天发烧三十九度多，今天虽然烧退了，体质还较弱，不要再吓着他。他是因为你回来了，才这么兴奋！"小川也跟爸爸说："我记住了，下次我不再跟着大哥哥乱跑了！"浦青

345

松搂着儿子，轻轻拍着他的背，微笑着说："小川乖！爸爸相信你！"他抱着儿子轻轻晃动着，脸颊贴着儿子的额头，思索着什么。

沉默了好久，浦青松说："我想想还是放心不下！这样吧，马上要到元旦了，元旦要放几天假，加上我的正常休假，再请几天假，抓紧时间，把小川送回上海奶奶家。他今年四岁了，在上海可以进幼儿园了。"

小茜不舍得。浦青松说："你这样又要上班又要带孩子，太辛苦，我在外面也不放心！孩子大些了，不可能像以前那样被你乖乖地锁在家里，你也不可能每时每刻都跟着他，我看还是把孩子送回上海吧，放在奶奶家。他也该进幼儿园接受一些正规的幼儿教育了！"思考再三，这次的事情也确实在小茜的心头罩上了阴影，小茜无奈地点头同意了。浦青松说："这次时间短，你坐火车又那么痛苦，我就一个人送他回上海，来去最多十天，你就不要回去了。"

买了十二月三十号的火车票，浦青松一人带着儿子回上海。回到上海后，一切都很顺利，小川插班进了离家很近的幼儿园上小班。正好奶奶家隔开三五家的老邻居，她女儿是这幼儿园的老师，每天可以带着小川一起去上学，放学再把他带回来，这就省了好多事。小川回上海来读书，奶奶、小姑姑都非常高兴！安排好一切，浦青松一月十号的火车，回到淮口，立即赶去了社教工作组。

七、生活中的苦与乐

小川回上海了，石小茜轻松了许多，只是每天惦记着小川，总觉得身边缺了点什么，很不习惯！

没多久，就过年了。小川在上海，浦青松在家休息了五天，就又去工作组了，留下小茜一个人在家。整天看书，也太单调了。想到小松去乡下，穿的还是他老爸当年的那件旧棉袄，她决定自己裁剪，给小松做一件新棉袄。她先去新华书店，买了一本上海出版的裁剪书，内有男子冬天棉袄的剪裁样式,买回家后。她仔细研究一番,裁剪书上讲得很仔细,尺寸标得很清楚,自己有把握做好这件棉衣。她拿上家里的布票、棉花票,去商店选了质量最好的一块灰色卡其布和上等的棉花,向数学老师借了一把尺子,再拿一支粉笔,裁剪工作就此开始。没有缝纫机,她硬是一针一线地缝,想到乡下冷,棉花要铺得厚些。十天时间,棉袄缝好了,是上海当时最时髦的款式。浦青松回家休假,试穿,很满意,夸奖小茜的手艺,说:"石老师可以去开个裁缝铺,肯定生意兴隆!"看到小松喜欢,小茜心里甜滋滋的。

寒假很快结束,开学后,各班班主任即被告知,这学期各班每周要安排半天劳动课。高一年级年龄小些,负责全校的除草工作,主要是半山坡高一教室周围和坡顶高二教室周围,以及操场周围的杂草。这么大的面积,由高一年级自己分配,搞包干区。高二劳动内容是自力更生,修建坡顶学校的围墙。

学校的新教室建好后,始终还没有筑围墙。这本应该是学校或教育局考虑的问题,请建筑工人或请农民工来干,但教育局没钱,学校更没钱,于是就把这修筑围墙的活儿,作为劳动课的内容,分给了高二毕业班。

筑围墙的石料,是离学校几里路的采石场里的废弃的大小石条、石块。因为要运石头,上下坡的路又比较窄,为了安全起见,各个班的劳动课不在同一天,石小茜的班级安排在周六下午。

淮口镇周围几个公社山坡上的石头,都是一种红红的泥砂粒状的岩石,叫红砂石。这种红砂岩比较松软,容易开采,不需要使用火药爆破,随便哪个生产队都可以去申请开采。开采时,采石工只要用榔头、铁锤、大凿子等工具,就可以一块一块地把它们从山体上卸下来。所以常见有小规模的采石场,把需要的石料运走后,零碎的和多余的大小石块就丢弃在山窝里。学校选中了几个离学校较近的采石场,与当地联系好了,就派学生去拉石头。

管劳动课的老师用白粉笔在操场边修围墙的地上,画上两条线,说,从这儿到那儿，这一段属于（1）班；从这儿到那儿，这一段属于（2）班……任务分好，他的工作就完成了。至于如何完成这段围墙，就是各个班级去自显神通了。

作为班主任的石小茜有点不知所措了：这么长的一段围墙，劳动量够大的。虽然高二年级的学生年龄要稍大些，小的十六七岁，大的十八九岁，个别学生二十出头，但毕竟是正在发育成长期的学生，家长舍得吗？采石场离学校有好几里路，把这么重的石块、这么长的石条抬上车，这是重体力劳动，学生能行吗？需要体力且不说，抬，就要扁担、绳子，要从几里地外的采石场去把这些废弃的石块、石条运回来，还需要板车，到哪里去找这一套抬石料的扁担、绳子和板车？学校不管，让各班自己想办法，这下石小茜犯难了！在这关键时刻，浦青松又不在家。小茜觉得一筹莫展，只得去咨询别的班主任，别的班主任似乎都胸有成竹，告诉她："你不用管的，学生们自有办法，你只要选好拉中杠的就行！""真的能行吗？"石小茜心里想。

石小茜找不到人商量，只得赶紧召集班委干部开会讨论，研究如何完成学校交给的劳动任务。首先要解决的问题，是到哪里去借扁担、绳子和板车。其次几里地上坡下坡，一车几百斤重的石料，让谁来拉中杠？这是需要经验的！果然，班长安慰她说："石老师，你别着急，劳动工具我们来想办法，到生产队去借！"班委会上，大家讨论最热烈的是人员安排。商量的结果，劳动委员张军的提议是：年龄太小和身体较弱的男生负责打扫教室和班级负责的公共卫生区，女生一部分负责后勤，从禹王宫厨房抬上温开水送往各个组，再选几个体质较好的女生在操场上帮着搅拌砌墙用的水泥和沙子。另外选出十八个体力较好的男同学分成三个组，六个人一组。采石场负责选石料并把石头抬上车的是一组，在学校把石头抬下车负责砌矮墙的是一组，负责拉板车的是一组。拉板车最累又必须要有一定技术的是中杠，要选身强力壮体力好，并且拉板车有经验的。前面一人拉中杠，两旁各一人帮着推，另外三个人在半路等着，准备替换。剩余的男生，灵活机动，看哪里需要就填补哪里。估计一下午也就拉个三四车，时间就到点了。

分工完毕，班长和劳动委员主动要求拉中杠。这两个干部年龄大些，都二十上下，身体强健，干起活来就是两条汉子。体育委员和团支部书记也争着拉中杠，两人都说，他们拉过板车，有经验。石小茜决定："拉中杠就派四名同学，路上换着拉，别累着，别闪着腰!"整个分工就这么爽快地解决了。听着学生干部头头是道的安排，石小茜悬着的心终于放下了。

星期六早上，石小茜去上课，看到教室外边停着一辆长板车，连同扁担、绳子，一应俱全，工具解决了！午饭后休息，劳动课开始前，班长、劳动委员主持全班开会，按照商量好的分成几个组。名单宣读完毕，同学们欢欣雀跃地准备开始劳动。班长走过来，轻声对石小茜说："石老师，您就不用管了，回去休息吧，劳动课的事交给我和张军。"看到同学们高涨的劳动热情，石小茜很感动。让她没想到的是，平时质朴敦厚，看上去谨于行、讷于言的班长，能有这样的组织能力和指挥魄力，俨然是个独当一面的生产队队长！小茜对班长说：你们劳动，我走开了，我不放心。我虽然干不了什么活，但我在场，可以照看一下安全问题。

高二年级四个班，四个班主任情况各不同。一个是五十出头的男老师，身体本来就不好，肺气肿，常见他激烈咳嗽的时候好像气都喘不上来的样子，人很瘦削，住在校外，放学后就回家了，班上的劳动交由劳动委员和班长负责。一个是女老师，身边有个不满三岁的男孩，丈夫在成都工作，周六傍晚才会回来，家中没人管孩子。平时她上课时，就让孩子自己在操场上玩，下了课，无论备课改作业，或上街买菜，都把孩子带在身边。每周劳动课开始，她就会牵着孩子的小手，在围墙边巡视一圈，再三叮嘱一下。看到学生们的劳动开始了，她就走了。还有一个是家在当地农村的中年男老师，爱人身体不好，据说常年卧床。他上完课就要赶回家，家中喂猪以及自留地的活都得他去干，还得照顾病人。学生们的劳动情况，基本上他是不管的。石小茜是刚走上教师岗位不久的年轻人，女老师，胆子小，生怕劳动中万一哪个学生扭伤了，或发生什么意外，那怎么跟家长交代？考虑到劳动中的安全问题，责任心驱使她不敢懈怠，坚持跟班劳动。

　　三月初的天气还有点儿冷，劳动中的同学们已是汗流浃背了。拉板车的同学过来说：上坡处如能增加两个推车的就好了。几个身体比较好的女同学就说她们去增援，石小茜也跟着一起过去。她想：推车上坡，又没有什么技术要求的，只要用点力气，女同学能行，她一定也行！

　　班长已是在拉第二车石料了，他看到石老师也在帮着推车，车子上了坡，他就停下来，与石老师打招呼。他用毛巾擦着满头的大汗，认真地对石小茜说："石老师，您给我们鼓鼓劲就行，不用推车，您没有做习惯，容易扭伤腰！"小茜说："没关系，我注意点。"这时，石小茜突发奇想：上坡不容易，要体力，下坡时顺着坡往下，不需要用力气，只要稳住中杠就行了，要不我也来试试？

　　于是她跟班长说："等一会儿下坡时，我来替你！反正没有多远了。"班长断然拒绝！他说："不行不行，下坡更难拉！稳不住中杠要出事故的！"看到石老师坚持着，他说，"那么等下了坡，到平地上，你来试一下？"到了平地，石小茜就去试着拉中杠，刚一提，还没来得及压住，板车一下子就把她弹了上去，让她的脚离开了地面！旁边保护她的同学和班长其实早有准备，立马压杠的压杠，扶她的扶她，还好没有出太大的洋相。石小茜有点尴尬，学生们赶紧安慰她说："石老师，压中杠是要技术和臂力的，你没锻炼过，臂力也不行，是肯定压不住车杠的。"脸颊发红的石小茜这下有了自知之明，就老老实实帮着推车子，不再逞能想拉中杠了。

　　有班主任在，同学们劳动的积极性都很高。同学们的劳动热情，反过来也激励着石小茜，她觉得自己就是同学中的一员。尽管同学们很照顾她，她也只是跟在学生后面使劲而已，但三个小时的劳动课，她就帮忙推了几次车，还真累得她直不起腰。好在劳动课是安排在周六，有个星期天可以缓冲一下。虽然备课时周身疼痛，手臂几乎不能弯曲。但她精神上是快乐的，与同学们一起劳动是一种精神享受。两周的劳动，完成的任务，就远远超过别的班!

又到星期六，那天劳动结束，石小茜感到肾区胀痛，直不起腰，与往日的腰酸有点不一样。一个女同学看到石老师脸色不大好，就要陪她回家。石小茜说，没关系，回去休息一下，躺一会儿就好了。女同学不放心，坚持送她回家。到家后，女同学说："石老师，您躺一会儿，我帮您把晚饭打来，再到厨房去装一瓶开水过来，就回家。"小茜说："那好吧，我先躺一会儿。"女生就去打饭。石小茜想小便，腰腿酸胀，腿有点提不起来，就不出门了，用痰盂。起身一看，痰盂罐里一片红色，血尿了! 女同学打饭回来，看到痰盂罐，吓了一跳，赶紧去告诉校长。浦青松搞社教，还在乡下。当天晚上，这位女同学不放心，就留下来照顾她。

校长家就住在禹王宫对面，学校大门左侧的一套房子里。他家人多，七个人。有五个孩子，都上中学和小学了，四男一女，要分房间，禹王宫里没有这么大的房间，所以就安排在教学区。尽管也是教室，极其简陋，但这套房子是全校面积最大的。听到石小茜血尿，校长也赶紧过来看她，善意地批评道："你没有干过这么高强度的体力活，硬挺是不行的!"并安慰她说："不要怕，肯定是累了，休息两天就好了。不过以后不许再去推车了!"临走再三叮嘱她，躺着歇歇，不要多动。并给她两天假，暂不用去上课。石小茜连连点头，也知道确实是累着了。

第二天是星期天，有学生照顾着，石小茜在家躺着，彻底休息。还好，一整天也没有再血尿了。晚饭时，学生从食堂打来晚饭，两人吃完晚饭，学生把碗筷收拾了，把痰盂罐倒了。小茜说："小曼，你累了一天了，现在我也没什么事了，你就回家吧，明天还要上课呢。"学生说："好的，石老师，您多注意休息，明天我再来看您!"

天彻底黑下来了，房间里一片漆黑，小茜开了灯，看表，将近十点了。在床上躺了一天，现在没有一点睡意，想起来坐坐。她用枕头垫着，半靠在床上，周围静静的，整个学校已沉浸在睡意中。正感到有点寂寞，门开了，浦青松突然出现了! 这让石小茜惊喜万分，怎么在她内心最虚空的时候他就出现了呢！问他，你怎么回来啦？浦青松边取下他斜背着的褪色了的军用帆布书包和水壶，边瞪大眼睛看着石小茜："先说说你吧，你怎么啦？说你尿血，是吧？"石小茜讲："不是尿血，是血尿，程度大不同哦！"浦青松说："别贫嘴了，快点告诉我怎么回事！差点把人吓死了！"小茜说："你别紧张，没有多大的事，现在好多了，一天小便都正常了，没有血尿，就是腰部有点酸胀。"转而问，"你怎么知道我生病了？"浦青松看到石小茜精神还蛮好的，放下心来，开始讲他的故事：

"你呀，可是惊动了我们整个社教工作队了！昨晚校长到区政府办公室给县委办公室打了电话，说你生病了，问能不能让我请几天假。县办公室听到校长打电话来给我请假，想你肯定病得不轻，就赶紧给工作队打电话。但我们工作组所在的生产队没有电话，加上已经很晚了，从工作队到我们工作组要走七八里路，都是田埂小道，行走不方便。就算当晚找到我，没有车，我也走不成。所以等到今天一早，工作队派人到工作组来找我，说你病了，让我赶紧回去一趟。我吓了一跳，不知道你怎么了，乡下又没有电话！我赶紧跟组里的几个队员交代了一下工作，抓了几个粗粮馒头，背上水壶，就往火车站跑。上山、下山十来里路，赶到火车站，唯一的一趟火车已经开走了。那里是山区，没有公共汽车，也没法骑自行车，当初我们工作组下乡，车子送到大队部，之后各人自己背着背包走到乡下的。这下怎么办？等明天一早赶火车，我还得再走十来里山路回驻地，明天再来。还有一个办法，就是走几里路，回到大队部，从那儿坐公交车到县城，再从县城设法到淮口，那得绕好大一个圈子，当天也到不了！我真是心急如焚，急的是不知道你究竟怎么了。站在站台上，脑子一片空白！怎么办？突然我脑子里冒出一个念头，这条铁路通往红花塘火车站，就两站路，那我可以沿着这铁轨走回去！我估算了一下，火车两站路，也就二十多公里，五十里不到吧。到了红花塘车站，再走二十多里路，就可以到淮口了。最多也就七八十里路，我每小时走七八里路没问题，那就十个小时左右可以到家。时间拖不得，说走就走，争取晚上九点钟之前到家……"

石小茜忍不住地插话责怪他说："你胆子也太大了！铁路在山里穿行，沿线得穿过几个山洞，荒郊野外，空无一人，你就不害怕？碰到坏人怎么办？天黑了怎么办？"没等浦青松回答，小茜又说："我想想都害怕！走十个小时的路程，是什么概念？你真是'胆大妄为'呀！"浦青松说："我也没考虑那么多，只是急着想看到你，不知道你究竟怎么了！学校这么急着打电话让我回来，绝不是伤风感冒的小事，现在看到你，我就放心了。"浦青松又笑着说："你让我坐下再批评吧，我的腿有点不属于我自己了！"浦青松在床边坐下，接着说："我只能算'胆大'，并没有'妄为'哦。我算好了的，这儿比上海晚两个小时天黑，基本上要七点多，天才会开始暗下来，我走到红花塘车站大约是六点钟，天还大亮，到七点，天还未全黑，我已经快到大江对岸的林家坝子了。到了林家坝子，这一路就都是平路，没什么可怕了！"石小茜不知道说什么好，只是流下了眼泪，告诉他，以后不可以这么冒险的。浦青松像讲别人的故事一样，或许是为了逗小茜开心，告诉小茜路上一件冒险的事："我沿着铁轨，心无旁骛，专心赶路。在枕木上一大步一小步地有节奏地间隔着走，速度蛮快的。四点钟左右，前面又出现一个山洞。这个洞比前面两个洞长得多，里面没有灯，有点暗。但没有别的路可选择，都走到这儿了，只有跟着铁轨进山洞。走着走着，快出洞口时，觉得铁轨有点震动。再走，就似乎听到声音。不对，有火车过来！我赶紧加快几步跳出洞口。刚往山洞口外的水泥墙边一侧身，火车就从我身边呼啸而过，真是吓出一身冷汗！"他笑着诉说他的冒险，可把石小茜吓坏了！她的心都提到了嗓子眼了，浦青松还在边笑边说！他大概为自己的这次壮举感到自豪吧。石小茜可急眼了，提高声音责备说："荒山野岭，踏着枕木赶路，你这也太莽撞，太冒险了吧！万一你没听见火车的声音……万一你还在山洞的中间……你太冒险了！会把我吓死的！"她缓了一下语气说："就晚一天回来有什么关系？"浦青松原本觉得自己很机警，讲给石小茜听，想让小茜夸夸他，没想到小茜发火了，浦青松赶紧转换话题。他理解小茜发火的原因，女生与男生思维方式不一样！

星期一，石小茜还是去上课了。同学们都来围着她，说，正准备放学后来看您的，您身体不好，休息休息，我们可以上自习。石小茜说，没关系，我坐着讲课，不累的。

再到劳动课，同学们说什么都不让她再跟车了，说请老师放心，保证完成任务！

后来不知道什么原因，围墙并未合拢，这砌墙的任务就转给生产队去完成了。

浦青松这次回来，工作队给了他一个星期的假，让他好好照顾石老师。这很不容易了，他是工作组的组长，要管一个大队的工作，没有大事是不可能让他请假的！

自从三月份修围墙血尿之后，石小茜身体一直不好，浑身没有力气，端盆水都困难。稍稍风一吹，就感冒发烧。脸色一直苍白，常常耳鸣。天天拖着疲惫的身子去上课，除了上课，什么事都干不了。去看西医，镇上的医生说不出是什么毛病，只说身体虚弱，要好好调养。去看中医，号脉，医生说："你的身体极度虚弱，脾虚、肾虚、六脉虚弱，要吃中药，慢慢调理。"可是现在浦青松正在乡下工作组，谁来天天熬中药？真是难啊！

终于熬到六月，浦青松结束了在农村的社教工作，回到了学校。小茜憔悴苍白的面色，让浦青松十分地焦虑。他对小茜说："你这体质太差了，我陪你再去看看医生，开点中药，好好调理一下！你这么病恹恹的，拖着不好。"石小茜抱怨说："每次看中医，都是这几句话：脾虚，肾虚，六脉虚弱！我实在不想吃中药。"浦青松劝慰她："你身体实在太差，这是明摆着的事。我不懂中医，但也觉得你是应该吃点中药，慢慢调理调理。我现在有时间给你熬中药，调理一段时间看看，不行再想别的办法。"

在浦青松的再三催促下，石小茜去中医院看中医，配中药，又开始了一天三顿喝中药的"苦"日子。中药真的很苦，开始还坚持，念叨着"良药苦口利于病"。喝药时间久了，连饭都不想吃，看到药就想吐！因此她就拒绝喝药。浦青松像哄孩子似的哄着。看她就是不肯喝药，浦青松说："那这样，我先喝，帮你喝掉几口，你再喝。"他真的开始做示范，帮小茜喝中药了。那怎么行！石小茜不忍心浦青松这般做，只得再乖乖地继续喝药。

其实，喝药难，浦青松熬药更难。他们平时吃饭是在学校食堂蒸饭，食堂打菜。淮口中学师生食堂很正规，每天都有几只菜可供选择，伙食比白果中学好多了。每天早、晚还给老师们烧开水，只要你早上上班前把空水瓶放在厨房，下课后就可以提回家。星期天还为老师们开小灶。因而教师们不用自己生炉子烧水做饭的。但熬药就得生炉子了。浦青松又重操旧业，去集市上买了一小捆柴，劈柴生炉子。小厨房里的废旧报纸杂志派上了用场。废报纸点火，用旧杂志当扇子扇炉火。一天三顿药，每熬一次药就得生一次炉子。这样用在熬药上的时间太多了，浦青松脑筋一转，就集中性地一次解决。把药分三次熬出来放在一起，分成三份，早、中、晚各一小碗。中午、晚上用开水烫热了喝。

一天早上，浦青松又在禹王宫的大殿平台上生炉子。阴雨天，可能木柴有点受潮了，烧不着，一个劲地冒着青烟。他就用一本杂志使劲地扇，蹲下去鼓起嘴巴用劲地吹。吹气后他站起来，可能是突然缺氧，一下子如同失去知觉似的便往后面倒了下去，他下意识地努力想站稳，但后面就是台阶，没能站稳，整个人就咚咚咚地直往后退。好在就几级台阶，不陡，最终退到下一个平台，往后摔倒在地上。石小茜正在房门口看着他生炉子，眼睁睁地看着他从台阶上往后退，退，退！远远地，自己空捏着拳头又使不上劲！等到石小茜跑过去扶他，浦青松自己已经慢慢站起来了，还好没有出什么事。从此石小茜就老老实实每天三顿吃药，不然觉得对不起浦青松。浦青松也得到了一个重要的经验教训，他对小茜说："蹲下去再站起来，动作要慢，不能'噔'的一下站起。不然大脑来不及供氧，要出事情的！"石小茜笑他："还真是实践出真知了！"

有了淮口镇的户口，可以买到蜂窝煤了，浦青松打听哪里可以买到烧蜂窝煤的炉子。厨房师傅告诉他，镇上有一家小作坊，可以手工自制蜂窝煤炉子。浦青松找了一圈，没找到，再一打听，才知道这儿的蜂窝煤炉子，不是像城里那样有专卖店，有许多只，摆在那儿卖，这儿是要事先定制，你付了钱，他就给你做一只。那好办，在镇上学生的带领下，找到了那家小作坊，原来是一家修补铝锅、铁桶之类的修理铺子。浦青松付了钱，定制了一只烧蜂窝煤的炉子，一个星期后取货。

做好的蜂窝煤炉子，没有过夜的功能，只能早上生，晚上灭。虽然还是要每天生炉子，但熬药、炖汤、煮稀饭之类就方便多了。

七六年夏天，又一波政治运动波及这个闭塞的小山区，说"波及"，因为全国各地早就开始了，如同地震，烈度比这儿强得多。淮口区批判的焦点，集中到了原区委黄副书记身上。材料纷至沓来，区革命委员会把相关材料集中起来，送给区文教干事，因为他是文化人，有一定的文化水准，让他审核、鉴别材料并上报。

文教干事，四十岁左右，一米七出头的个子，在四川男人中算是个子比较高的。人很瘦，皮肤黑黑的，颧骨突出，小眼睛，鼻梁挺挺的，一眼看去，就是一个严肃不苟言笑的人。他话不多，好像什么事情到他肚子里就倒不出来了。讲话时眼睛不看对方，好像在思考什么，声音轻，句子短。整个人看上去比较干练。

但文教干事是本地人，跟这位区黄副书记以前一起共事过，关系也不错。现在把材料交到他手上，由他来鉴别审查，他觉得不妥当，怕弄得不好引火烧身，自己也会被卷进去。他就多了一个心眼，推荐淮口中学浦青松老师审核材料。他的理由很充分：浦青松老师是上海重点大学中文系毕业，文化水准高，对党的政策把握得好；浦老师是上海人，根本不认识黄副书记，审查材料不会带有政治偏见和感情色彩。各位领导和相关部门听后，觉得这个建议确实有道理，一致同意把浦青松老师抽调来审核材料。文教干事找到淮口中学校长，转达了区革委意见，抽调浦青松老师去区上审材料。

正是七月暑假里，为了保密，大热天，浦青松一个人被关在区政府大院深处一个小山坡上，那儿只有这一间独特的房子，周围没有第二间房，可能是区革委平时开重要保密会议时的临时会议地点。高高的桉树有三五株，知了在树上拼命地鸣叫。房间虽然高大，但这儿的特点，往往夏天最热时反倒没有风，闷热得很。房间里没有电扇，浦青松热得汗如雨下，沿着脸颊、背脊和胸口直往下淌，汗衫湿透，外裤的裤腰全部浸在汗水里！一把蒲扇，根本解决不了丝毫的问题！浦青松想，反正周围也没有人，就上身赤膊，下面穿一条三角裤，坐在办公桌前，从早到晚抓紧时间看揭发材料。每天只有文教干事来给他送开水和午饭。叮嘱他，这儿的事情不能对任何人说。三天下来，浦青松看完了所有的材料，并整理出鉴别意见。

文教干事悄悄问他，这位副书记到底有没有什么大问题？浦青松告诉他："材料不少，都是一些鸡毛蒜皮的小事。所有的材料，都没有压制、打击造反派的重要事实依据，只是政治帽子开列了一大堆。按照中央精神，这些材料构不成什么实质性的所谓罪行，上不了纲。"文教干事听了以后，表面平静，但在他的那双深邃的小眼睛里，似乎透出一丝轻松和欣慰！浦青松能理解，他在为一位辛苦操劳的老干部摆脱灭顶之灾而暗暗庆幸！

因为叮嘱过浦青松要保密，所以浦青松回到家，也不说什么，只是说区革委让他去审核材料。交割完工作后，因为黄副书记没什么问题，晚上吃晚饭时，浦青松就透露了一句：看了那么多的材料，尽是瞎扯，与这次运动根本扯不上关系！石小茜说："只要上面有一点点风吹草动，下面就拿着鸡毛当令箭！"

几个月后，粉碎了"四人帮"，黄副书记被调到县里去了。一次浦青松有事去县城（这年淮口去县城已有长途车经过了），下了车，旁边一辆车正要开出，后窗有人敲窗玻璃。浦青松一扭头，看到有人跟他摇手，他一愣，马上反应过来了，是黄副书记跟他打招呼！他也赶紧挥挥手以作回答。其实浦青松没见过他，只是在档案材料上看过他的照片，长方的脸型，一双大而有神的眼睛，很有特征。这次奇遇，是浦青松第一次见到他，也是最后一次见到他。车子开走了，浦青松琢磨，可能是文教干事把他审核材料时做的评判透露给他，告诉他没有大事，让他吃了定心丸，这是黄副书记表示对他的感谢吧。看到黄副书记精神饱满的样子，浦青松心里乐滋滋的，那几天的大汗淋漓也值了！

有浦青松在家，连续吃了四个多月的中药，每天一帖，装中药的纸袋在小厨房里堆起很高，熬中药的罐子也烧坏了两个，石小茜的身体终于有了起色。浦青松内心宽慰了许多。

连续下乡搞了两次运动，满以为这下可以安安稳稳地教书、读书，过一段有规律的生活了。可是上课才一个多月，新接的高二两个班级的学生还刚刚认全，区文教干事又来转达县里的指示，要再调浦青松去县里参加县委组织的农村工作队，到农村进行"党的基本路线教育"，为期半年。理由是浦青松政策水平高，县里点名要他，让学校通知他，做好思想准备，也要准备好秋冬的行装，如被子之类。学校立即转达给浦青松，这下两人傻眼了。浦青松自嘲说："来到淮口中学三年，两年都没有好好教过书，真成了下乡搞运动的专业户了！"但是县里钦点的，没有理由推脱。十月底，浦青松又卷起铺盖去县里报到了。

新年将至，小川回上海已有一年，两人盼着上海来信，等着奶奶姑姑告诉他们小川的近况。小茜特别希望能寄一二张小川的照片来，想看看孩子是否长胖啦，长高啦！直到小年夜，上海来信了，是浦青松妹妹写的，信中的字七歪八扭（进小学两三年就闹革命了，没能好好认真读书写字，这怨得了谁呢！），辨认吃力。大体上是说小川下颚淋巴结发炎，化脓了，动了个小手术。这如同晴天霹雳，把小茜吓蒙了！满心喜欢，就等来了这么一封信，打击太大！怎么就化脓了？动了个小手术，怎么个"小"？会破相吗？

本来两人商量好的，小茜现在身体好些了，农村工作组五月底，最晚六月也该结束了，小川来这儿也能上幼儿园了，所以决定等小茜一放暑假，两人就一起回上海探亲并接孩子回来。现在离放暑假还得有好几个月，小茜急得不行，晚上连续失眠。本来体质就差，这下就更加糟糕了。浦青松安慰她说，妹妹小，十多岁的孩子，不懂事，可能夸大实情了。可是小茜精神恍惚，恨不得立马飞回上海，总觉得耳边似乎听到孩子的哭声。

学校马上要开学，浦青松年假将满，马上又要回工作组。看到小茜这种身体和精神状态，再加上不知道孩子那边究竟怎样，浦青松真是心急如焚！他决定去淮口帆布厂问问，有没有回上海探亲的，想把孩子提前带回来。淮口帆布厂的上海老乡们说，你怎么不早一点说？现在年已过，都是刚探亲回来的人，目前肯定没人回上海探亲的。等过段时间，看看有没有去上海出差的，一旦有消息，就告诉你们，找个可靠的人，请他（她）帮忙把孩子带回来。

问题是这几个月怎么熬？小茜这样的精神状态怎么办？浦青松像热锅上的蚂蚁，搓着手，万般无奈！正在"山重水复疑无路"时，突然"柳暗花明又一村"，事情出现了转机。

石小茜在白果中学时，有一个小闺蜜林林。之所以说"小"，因为她是石小茜的学生辈的人。石小茜认识她时，她还是五凤镇中学的一个初中生，学校舞蹈队的队员。有一次，林林跟着她们舞蹈队的教练来白果中学，恰好遇上石小茜。林林活泼可爱，在这个地方能遇见这么一个朝气蓬勃又白皙漂亮的小姑娘，石小茜不免多看了她几眼。小姑娘主动过来跟石小茜打招呼："石老师，我早就知道你了。我妹妹的同学是你的学生。"她天真地笑着说，"我们镇上好多人都知道，白果场来了两位上海老师。"石小茜笑了："消息传得这么远啊！"

自打认识石小茜后，有机会林林就会到白果中学来看望石老师，石小茜也很喜欢这个长相出挑、聪明伶俐的小姑娘。几次见面后，林林告诉石老师，她老家就在离白果场不远的某大队。她妈妈是五凤镇小学的老师，爸爸原先是小学的校长，五七年被打入另类，开除公职，去乡下当了农民。迫于政治压力，也为了孩子们的前途，父母离婚了，她和妹妹小力跟着妈妈，一个弟弟跟着爸爸。知道她的家境后，石小茜非常同情她，这么一个天真可爱的小姑娘，居然也在政治漩涡边上呛了几口水。

更为遗憾的是，林林初中毕业后，没能上高中，原因很奇葩。她们两姊妹年龄相差一岁，同时初中毕业。但根据镇上规定，她们家只能有一个指标上高中。她跟石老师说："我太想上高中了！但是镇上只能给一个指标，妈妈到处求人，最终还是没有办法。"林林说，最后，她把指标让给了妹妹，不读高中了。妹妹比她小一岁，性格比较内向，人也老实。可能相比之下，林林要成熟些。无奈，林林去五凤镇附近的农村插队落户，当了知青。当时石小茜很为她可惜，这么优秀的一个小姑娘，因为硬性的"指标"，失去了读书的机会，但是有什么办法呢？只能叮嘱她，到农村后仍要努力学习，不要放弃，机会是给有准备的人，说不定哪一天，政策放开，你又可以读高中了！除此之外，也想不出别的更好的话来安慰她。之后，石小茜调到淮口中学，离得远了，两人就没见过面了。

突然，一个星期天，林林来淮口中学找小茜。原来，淮口帆布厂要招工，要从淮口地区下乡劳动过两年的男女知青里招收工人。消息传出后，知青们沸腾了，纷纷找熟人，托关系，想进帆布厂。林林说："石老师，听我们公社的妇女主任说，淮口帆布厂要到我们公社去招工，我好想进淮帆厂当工人，但没人会帮我。上次县农具厂招工，我都填过表了，大家都认为我没问题，结果政审不及格，给刷下来了。这次我再不能上调（指从农村出来当工人），以后我可能就走不成了，我实在没有办法，就想到了你！"石小茜看着她晒得黑黑的脸庞有点心疼，但为难地说："林林，你知道的，我的活动范围就是淮口中学，跟外面的人没什么联系，不认识招工办的人，恐怕帮不了你。"林林说："这次来招工的是淮帆厂的人，你有老乡在淮帆厂，帮我问问吧！"看到林林那双恳切的眼神，想到这么一个活泼可爱的小姑娘将在农村一辈子，确实可惜了！不就想当个工人吗？石小茜说："如果真的是淮帆厂的人来招工，那我就去帮你问问。"

林林走后，浦青松提醒小茜："此事宜早不宜迟，你抓紧去一次帆布厂，问问曹达源他们，或许有这方面的消息。"小茜说："那行！今天下午就去问问看。"午饭后，两人抱着儿子，匆匆赶去淮帆厂。到了曹达源家，石小茜直截了当地说明来意，问他："有没有熟人在厂里的招工组？"曹达源说："有啊！高姐就是啊！她是党员，负责这次招工。"小茜一听："真是太巧了！老天有眼，但愿给林林一条出路！"石小茜把林林的情况告诉曹达源。曹达源说："你们别着急，在我这儿吃晚饭，一会儿小王去食堂打饭时，叫上高姐和郑哥，就说你们来了，一起过来聚聚！高姐一定会来的。"

不一会儿，小王同高姐端着饭菜，有说有笑地进来了。寒暄一番之后，小茜把林林的情况作了介绍，问她："像她这样的情况，有无可能被招进来？"高姐很同情这个未曾谋面的小姑娘，说："她初中毕业，劳动满了两年，资格够了。只要公社能出具证明，证明她在插队的两年里表现较好，没有反对意见，是有可能的。当个工人不需要那么严格的政审，主要看个人表现。"她又说："质检科的小冰负责白果乡和五凤镇这两个地方，我跟她说一声，让她去重点考察一下。"石小茜没想到事情会这么顺利，这真是天意，四两拨动了千斤！正说着，郑哥来了，工作服还没有换，说刚处理完科室的事情，知道小浦他们来了，就赶快过来了。大家一边吃饭，一边聊得欢天喜地。高姐喜欢孩子，他们结婚几年了，至今还没有怀上孩子，看到小川，特别喜欢。她说她来喂小川，小川看到高姨碗里的红烧肉，香喷喷的，赶紧靠过去，大口大口地吃饭，惹得大家笑成一团！朋友间的纯洁友情，真是令人快乐无比。回去的时候，郑哥抱着小川，两对夫妻把浦青松他们三个人几乎一直送到了半路。

大概一个月以后，高姐让帆布厂的一个学生给石老师带来一封信。上面只写了二个钢笔字："成了！"小茜一看大喜，她为能帮这个单纯可爱又饱受挫折的小闺蜜，甩掉了知青的头衔当上了工人感到快慰，也为高姐的爽直干练、敢于担责（明知是右派的女儿而敢于伸出援手）深感佩服。元旦之后，林林如愿进了淮帆厂，在织布车间当了一名工人，过上了"三班倒"的生活。

正当小茜他们万般无奈时，林林来看望石老师，知道情况后，说她来想想办法。小茜问："你有什么办法？"林林说："我现在的继父是成都某飞机厂的工人。休息天，去继父家看望妈妈，正听到继父的一个好朋友说要回上海探亲，问继父要不要帮忙带点什么。"林林介绍说：继父的这个好朋友，是上海人，工厂内迁时，想到自己没几年就要退休了，就没把家属迁来内地，每年过年都要回上海探亲。今年过年轮到他值班没回去，现在正准备要回上海探亲。"我去托他试试。"林林说，"这人是一位全国劳模，老党员，人非常好，可以托他把孩子带回来。""真的？这太好了！"石小茜惊喜万分。林林说，她明天是夜班，可以陪石老师浦老师去成都找这位老师傅。

第二天一早，赶往成都，找到这位老师傅。大家见面，直接用上了沪语，都乡音未改，一下子拉近了他们间的距离，聊起来就特别亲切。听说他们是上海大学毕业分到金堂县淮口区，已有同情之心。知道了他们的难处，老师傅一口答应。他笑着说："我们有缘啊！你们再晚一天来就没戏了！"原来他就是明天的火车票！他让浦青松抓紧时间给上海家里发电报，让家里人做好准备，因为他在上海也就只能待十天。浦青松想：果然是一位做事细心稳当之人。

算好老师傅回来的日子，浦青松提前请了两天假。老师傅把孩子给他们带回来的那天，林林从厂里赶来报告消息，两人激动得一晚上没睡好。第二天一早，就去成都接孩子，并真诚地带着礼物去谢谢这位老师傅。没想到，老师傅坚决不肯收礼，怎么做工作都不行。最后，他说："这样吧，你们实在要给的话，我收下孩子在火车上两天的伙食费，总共六毛钱（四个盒饭）。"他们真不知道该说什么好，也不知道该怎么谢他！老师傅、老党员，这样的人品，让他们感动！浦青松紧紧握着老师傅的手说："谢谢你！向你学习！"

见到儿子，石小茜眼睛有点湿润，她捧着儿子的脸，仔细检查他的下颌，看看有没有破相。左看右看，左下颌虽然有个刀痕，但很小，不注意的话，发现不了，这下总算放下心来。

孩子来到身边，事情是多出了许多。但小茜晚上搂着孩子，让他睡在自己的臂弯里，心里踏实多了，睡眠明显得到改善。

八、买书读书　人生"至乐"

宋代苏轼的《石苍舒醉墨堂》诗的第一句是："人生识字忧患始"，被鲁迅翻用成："人生识字糊涂始！"其实诗中另有两句："自言其中有至乐，适意无异逍遥游。"浦青松说："苏轼虽然说的是书法，但也适用于读书和买书。"他在这两句诗的前面添上一句，就成了："人生读书快乐始，自言其中有至乐，适意无异逍遥游。"

浦青松爱读书、爱买书是自小养成的癖好。前几年工作了，有了买书的经济实力，但没什么文艺书籍可买。不过他仍然趁每月一次跑淮口镇给上海家中汇款的机会，去书店逛一下，往返三十里，即使只买到一些基础知识方面的小册子，也感到"不虚此行"。

自 1975 年之后，慢慢地出版社开始出版文学作品了。但"名著"仍然是"封、资、修"的东西，所以必须披上"批判"的外衣。唯独《红楼梦》，是主席欣赏的。据传说，毛泽东劝许世友要读书，要学文，要读读《红楼梦》。他老人家说，《红楼梦》是政治小说，要读五遍才有发言权！此事不知真假，但 1975 年的年初，在新华书店的书架上，出现了人民文学出版社出版的《阶级斗争的形象历史——评〈红楼梦〉》，"红学家"们也纷纷开始发表评《红楼梦》的作品。

说起购买《红楼梦》，还有一个小故事。由于长时间没有文艺书籍出版，人们对文艺书籍的需求达到了如饥似渴的程度。一下子有文艺书籍出版了，特别是一些名著的出版，使镇上的新华书店成了热门场所。可是新华书店的名著每次来货甚少，往往只有两三套，供不应求，成了"紧俏商品"。浦青松原来就是书店的常客，经常会来看书，选书。在与浦青松的交谈中，两个营业员发现他对书籍的版本、出版社、书的质量等比较内行，较有"摆头"（指摆龙门阵，即"交谈"），也就慢慢熟悉，渐渐成了朋友。到后来，年纪稍长的一位营业员老丁，有点"以书识人""以书交友"之意，有好书，就会主动给浦青松留一套。这次《红楼梦》仅配来一套，老丁没加思考，往柜台里一锁，留给了浦青松。没想到另一位营业员老王，也知道书店要来一套《红楼梦》，就许诺给他的朋友了。当老丁把书给浦青松时，老王不高兴了，两人起了争执。浦青松这下有点过意不去了。好在经过协商，说好下次再有好书来，无论如何，先给老王的朋友。这才化解了这个因买书而引发的同事间的小摩擦。

买到了《红楼梦》，两个人特别开心。学生时代，特别是进了大学中文系，两人也买过一些名家著作的，只是囊中羞涩，买得很少。分配到川西，千里迢迢，行李太重，除了必须带的工具书和专业书，文艺方面的书籍只能忍痛割爱了！

翻着新买的《红楼梦》，小茜说："你知道我最早看《红楼梦》是什么时候吗？"浦青松说："初中？""小学四年级！"石小茜说，"不过，是连环画。那时候有了一分钱，就赶紧到小书摊去看小人书，一分钱看两本。拿到书，在书摊角落的一条长板凳上一坐，靠着书摊的木架，就进入了连环画的世界，特别同情林黛玉，觉得她好可怜，寄养在外婆家，常常一个人偷偷落泪……情绪被书里的情节牵着走，就忘掉周围的一切！小书摊的老板瘦高个儿，戴副高度近视的眼镜儿，很喜欢我，看到我就微笑着说'小姑娘，侬来啦？'"想到这儿，小茜情不自禁地嘴角上翘。浦青松略带俏皮地说："你小时候那样子，是蛮讨人喜欢的！"搞得石小茜有点不好意思。她笑着说："什么'你小时候'！你认识我的时候已经初一啦！"接着，赶紧话题一转："你知道我在家最喜欢的家务活是什么吗？就是妈妈炖汤，让我去楼下厨房看着锅，不要让锅里的汤潽出来（即：溢出来），这对我是最好的差事。带本书，在厨房的椅子上坐着，光明正大地看书。"小茜说："记得读初一，妈妈让我学着打毛线，第一次就是给爸爸织毛线围巾，只有'平针'，没有技术性。放学回家，妈妈在厨房做饭，我坐在楼上房间织围巾。那围巾很长，爸爸围在脖子上绕一圈还要在前面打个结。妈妈没时间织，就把任务交给我。妈妈起好头，我就开始接着往下织。没几天，我就学盲打，即把书放在桌子上，手在打毛线，眼睛看小说。看到入神处，手就停下不动。爸爸下班回来，看到我一边打毛线，一边在看书，表扬我说：'茜茜这样好，既打了毛线，又看了书！'其实这样打毛线动作很慢，看到紧张时，根本忘掉了手上的事，听到楼梯响，有人上来了，赶紧手动起来！"小茜说着，自己忍不住笑起来："爸爸妈妈还是好骗！"

说起看连环画，浦青松立马来劲，给小茜讲了一个他小时候第一次买连环画的故事："九岁那年，我升三年级了。爸爸在松江工作，我们一家都跟着爸爸住在上海郊区的松江。不过，每年暑假，妈妈都会送我到市区外婆家住一段时间。这年家里刚添了小妹妹，没人送我。爸爸说我长大了，试着让我一个人回外婆家。爸爸买好车票，送我上火车，说好让外婆在徐家汇车站接我。行前妈妈给我一角钱，说是给我和外婆买点心吃的。火车到了徐家汇站，刚下火车，我一眼瞥到月台上有一个卖书的玻璃橱柜，贴着玻璃醒目地竖着一排连环画，我径直往玻璃橱柜走去，忘掉了外婆来接我的事。橱柜里的连环画深深吸引了我，其中有一本《解放大陈岛》，封面上是两个解放军战士用冲锋枪对着一个海边的石洞口，几个俘虏正举手从洞里走出来。我非常喜欢，就试探性地小声问售货员姐姐，这本书多少钱？姐姐说：'一角钱。'正好我有一角钱，就马上从口袋里掏出钱买下了它，蹲在站台的柱子边看起来。

"其实我一下火车外婆就看到我了，她见我啥也不顾，就朝卖书的地方走，就没有作声，跟在我后面。看我买好书，就蹲在一边看起来，没有要走的意思，就走到我边上说：'只要书，不要外婆了？'我正专注地看连环画上解放军押着俘虏出山洞，冷不防吓了一跳！见是外婆，才想起外婆来接我回家。外婆牵着我的手往车站外走，边走边教育我说：'小书呆子，以后不可以这样！下了火车首先要待在原地，等大人来接，东跑西跑的，被坏人拐走了怎么办？'这个故事外婆跟好几个人讲过，看似责怪我胆子大，下了火车不知道找外婆，被人家骗走的日子都有，其实她是变相夸我爱读书！"

说起买书，浦青松告诉小茜："我一生都很感激爸爸的过房娘——我们兄妹都叫她'亲妈'（即奶奶，'亲妈'是上海本地青浦人的叫法）。老人是我父母成家的介绍人，一位普通工人，她从陆丰纱厂退休。解放初期，纱厂工人虽然辛苦，但工资比一般工厂的工人高许多。老人无子女，非常喜欢孩子，特别是男孩。看到我读书好，又爱画画，更是喜欢。那时我家里穷，父母工资很低，还有两个妹妹，她就自愿每月资助我两元钱，给我买点学习用品或画画的铅画纸。这资助从初一开始，一直延续到我高中毕业。那时的两元钱对我来说，可是一笔大数字，有了这点钱，我就可以经常到福州路旧书店去逛逛了。旧书价钱便宜，一两角钱就可以买到一本心仪的好书。"石小茜说："你真幸运，每月有两元零花钱可以自由支配去买书。我们没有自己自由支配的钱，想看场电影五分钱（学生场），都要跟在妈妈屁股后面哼一阵子：'妈妈好吗？妈妈好吗？就五分钱！'妈妈给钱时还要加上一句：'就这次哈，以后不可以！'我家六姊妹。如果每人都去看一场电影的话，就得三角钱，是全家两三天的菜钱呢！所以妈妈要把好关，娱乐方面的钱不轻易松手。当然，如果学校组织大家看的电影，那妈妈是不会打回票的。"儿时的回忆虽然苦涩，但在此时，已是甜蜜的往事了！

　　话扯远了。后来，浦青松在淮口镇新华书店又陆续买到上海人民出版社的《水浒全传》（不过书中的注释烙有那个革命时代的烙印）、《三国演义》以及姚雪垠的《李自成》、柳青的《创业史》……

　　1976年以后，形势变好，文化出版界走上正轨，各种好书百花齐放，以满足广大人民群众的读书需求。出版的书多了，买书就没那么紧张了。三四年之间，浦青松添购了许多好书：《斯巴达克斯》《安娜·卡列尼娜》《希腊的神话和传说》《莎士比亚戏剧故事集》《〈马恩选集〉中的希腊罗马神话典故》……

　　1978年以后，浦青松开始着重买工具书、专业书：《现代汉语辞典》《英华大辞典》（以前十多年学的是俄语，两国关系紧张，俄语派不上用场，浦青松准备自学英语）、王力《古代汉语》、张相《诗词曲语辞汇释》、杨树达《词诠》、王力《汉语音韵》……

1980 年，《辞海》缩印本出版，22 元 2 角，相当于一个大学生半个月的工资，小青工一个多月的工资，这么高价的工具书，肯定买的人少，书店不敢贸然进货，就先到学校来登记。浦青松立即登记了一套。

他们也没有怠慢浦小川，他的各种连环画已经装了满满一纸箱了，小朋友们来玩，他就把他的纸箱拉到房间中间，打开纸箱，各人选自己喜欢的小人书。常常有三五个小朋友，来小川家，大家围着那只装着连环画的纸箱，席地而坐，安安静静地看书。小茜很喜欢房间里的这一景，尽量地不去打扰他们。

在轰轰烈烈、红极一时的"评法批儒"运动中，浦青松奉命做理论辅导。其中有个问题想查阅郭沫若撰写的《十批判书》。此书是郭沫若对先秦儒家、道家、墨家、法家等的代表人物的思想批判，共计十篇，故称为《十批判书》，这本书对先秦诸子的哲学、政治、伦理等各方面的思想及其源流和演变进行了探讨，并对其中一些重要人物和著作进行了考辨，有许多独到的见解。浦青松很想看到这本书，书店没有卖的，淮口镇上也不可能找到。他突然想起，同班同学江长生毕业后先到江西农场，劳动一年后，很是走运，分到了省广播电台工作。浦青松就写信给他，问他能否帮忙借到郭沫若的这本《十批判书》。小江回信说：台里有，但阅读有期限。最多可以给你二十天的阅读时间。到手二十天之后，必须马上寄回，我好还给台里。于是两人商定好，小江先从邮局用"挂号信"把书寄过来，浦青松花二十天时间阅读后，再用"挂号信"把书给寄回去。这千里迢迢用邮寄的方式借书阅读，也是那个年代不可多得的佳话了！

买书、借书、读书，是他们那段时间最踏实、最放松、最自由自在的日子。他们分配到川西，与现实的物质文明有了一段距离，但精神生活之充实，回想起来，还是令人十分欣慰的。

九、"惠子相梁"的故事

"春江水暖鸭先知"。1975 年，邓小平第二次复出后，根据中央提出的"把国民经济搞上去"的指示，开始全面整顿。全面整顿包括工业整顿、农业、科技、文教整顿等。一部分嗅觉敏锐的教师感觉到，教育界的风向开始有所转变，上面要抓教育了。教育局也不再只管发文件，布置讨论学习，而是开始抓课堂教学质量了。

第一道春风，是派人到各个学校去听课。这在当时是一件稀罕事，好多年都没有提过"教学质量"几个字了。

一天，县教育局派人到淮口中学来听课。听课的结果反馈给了学校：数、理、化组个别教师水平差些，但总体还可以。语文组的情况不大妙：有些人根本不适合当高中语文教师，一节课东拉西扯，不知道讲些什么。有位老师在讲《在马克思墓前的讲话》时，用了近十分钟的时间，大讲"安乐椅"，最后归结到"理发店里的转转椅……"有的老师在讲课时，结构助词搞不清楚，"的、地、得"像绕口令似的……教育局来听课的人，话中有话，婉转批评了淮口中学的语文教学。校长脸上挂不住了，语文组的情况，他心知肚明，当时也是无奈之举，现在不能再任其稀里糊涂下去，决定换将！把不适合教语文的调出语文组，也从下面的学校调进了两名高中语文教师。1976 年的秋季，新学期开始，石小茜从政治组被调回到语文组。

分配到金堂县已经有六个年头，石小茜就像个打杂的人，哪里需要就填到哪里。她在白果乡公社中学两年半时间，教过初中的数学、历史、社会发展史（属于政治课）。调到淮口高中后，教了三年政治，主要是教高中的哲学、政治经济学，就是没教过语文。但不管教哪门课，她都认真钻研，把它当作自己学习新知识的一个好机会。特别是教高中政治，她花了不少时间去钻研教材，就上课的备课笔记都写了整整四本练习本。正当石小茜把政治课教得得心应手的时候，一声令下，让她回归语文组！

那是开学前一周，语文教研组的组长送来一张课程表，说："石老师，下学期你教高二（1）班的语文，兼班主任。""啊？我教语文？"石小茜颇感意外，没人征求过她的意见，怎么说换就换了？教研组长"嗯"了一声，笑了笑，走。石小茜简直是哭笑不得！但是不管怎么说，中文系毕业的人教语文，名正言顺呀！想想也只有苦笑，大学毕业六个年头了，自己才回到了语文组，终于成了一名语文老师。

1977年夏天开始，区里第一次有了统考。各个学科统一考试，统一改卷。1977年五月底，浦青松也结束了社教工作，回归语文组。校长放话给浦青松，下一期再有社教，就换另外的小学科老师，你暂且不再出去搞社教了。

1978年，石小茜教的班级，语文单科考试成绩全区第一，各科总评分全校第一。石小茜一下子从无名小辈，成了淮口中学大家瞩目的人。须知这淮口中学可是集中了下面几个区的"精英"教师于一处的地方，个个厉害。这一来，不服气的，质疑的，甚至妒忌的都有了。有人认为她一个三十岁左右的人，教了两年语文，能比我们还厉害？

特别是，有小道消息传，教育界要整顿，干部要大换班！有些人就开始瞎猜疑了："嗨，昨天看到领导在办公室跟某某人讲话，是不是有提拔他的意思？""某某人看到校长那么热情地打招呼，是不是看中副校长这个职位了？"……于是这个区重点中学的地下暗流开始涌动了。小茜也听到了一些风言风语，个别女教师有时故意用当地土话，话外有话，带点讽刺和挖苦："才教了两年，成绩就那么好？我才不信呢！""人家胡老师，教了一辈子书，还会不如她？是不是学校缺教导主任……"石小茜没经历过这些，就有点受不了，心里特委屈。原来大家客客气气、和睦相处的日子，不知道什么时候悄悄溜走了。

说起来也是一件让人哭笑不得的小事，差点气爆石小茜。一位姓蔡的女教师，不知道什么关系，从外县的农村学校调到淮口中学来。这人看上去就是农村中那种戾气很重的女人，不太好相处，但她是化学组，小茜是语文组，没有什么交集处，所以小茜没觉得有什么威胁。有一次，这位蔡姓老师的五岁多的女儿到小茜家门口来玩，甜甜地叫着："石阿姨好！"石小茜很高兴，就进门拿了两块小糕点给她。孩子蹦蹦跳跳地走了。不一会儿，这个女人气冲冲地拉着孩子的手来到小茜面前，直截了当地说："你不要把我们家的孩子教坏了！我们家的孩子是从来不吃人家东西的！"石小茜莫名其妙地看着她，不知道怎么回她的话。她还振振有词地教训了石小茜几句，拉着孩子的手转身走了。石小茜怔怔地站在原地，看着她气势汹汹地离去，气得胸口发闷——怎么会有这么不懂道理的女人？

"化学组的蔡老师，连个起码的礼貌都不懂！"吃晚饭时，她把下午发生的事告诉浦青松，气呼呼地说："我就这么莫名其妙被她抢白了一顿，心里好窝火！我哪里得罪了她们，她们这么欺负我！我从没想过要在这小地方当什么干部，我只想教我的书，对我的学生负责！有时想想，还是白果中学的老师好，那儿人事单纯，人心淳朴，我真想再回到白果中学去！"浦青松能理解她内心的憋屈，劝慰她："别跟这些人计较，把自己的心情搞坏了。你再怎么努力，也不会人人都说你好。俗话说：'皇帝背后还有人骂昏君呢！'这些人的素质，你知道就好了，离他们远些！"浦青松沉吟了一会儿又说："你的想法是对的，我们只想教好书，教好学生，过好自己的生活。一个中学里的中层干部，算什么'官'呢？谁会去对它感兴趣？"看到小茜气还未消，浦青松又调侃道："'惠子相梁'的故事，你是知道的。惠子怕庄子抢他的宰相位，搜于国中'三日三夜'。你现在大概正处于'三日三夜'之中也！"小茜听了忍不住笑了起来。小川正在旁边玩他的小火车，那是大舅送他的礼物，他爱惜备至，不轻易拿出来玩的。刚才看到妈妈在生气，他不敢作声。突然见妈妈笑了，他仰头问爸爸："什么'三日三夜'啊？"这下轮到浦青松笑了，他抱起小川，让他坐在自己的膝盖上，说："这是一个寓言故事，你还小，不懂的，等你长大些，爸爸再跟你讲。"小川双手捧着爸爸的脸，恳求道："讲嘛，我现在就想听！"浦青松开始给小川讲故事："从前有个人在梁国做宰相，有一天，有个叫庄周的朋友到梁国去看望他，这时有个搅事的人就在这个宰相面前说：'庄周来是想抢你的宰相位！'这个宰相就慌了，在京城搜捕了三天三夜，要抓这个庄周。后来庄周就干脆去见这个宰相，说：'我讲个故事给你听：南方有一只鸟叫鹓鶵，那鹓鶵从南海起飞，要飞到北海去，一路上，不是梧桐树不栖息，不是竹子的果实它不吃，不是甜美的泉水它不喝。这时候，猫头鹰捡到了一只腐臭的死老鼠，正蹲在树上要吃那只死老鼠。鹓鶵从它面前飞过，猫头鹰以为鹓鶵是来抢它的死老鼠了，就对它怒喝一声：吓（hè）！'庄子说，现在你到处搜捕我，是怕我来抢你的宰相位吗？你错了！——庄子的言下之意：你那宰相位，在我心目中，就是一只死老鼠！哈哈哈……"浦青松说完大笑！小川问："那什么是鹓鶵啊？"浦青松答："古代传说中的凤凰鸟，这种鸟品性高洁，不是什么乱七八糟的东西都吃的！"小川点点头说："我知道了！我也不要吃乱七八糟的东西！"说得爸爸妈妈都笑了起来。浦青松回过头来再次叮嘱小茜说："离他们远些，心情开朗、豁达大度些。带好小川，上好你的课，千万别跟这些人置气，不值得！有什么不高兴的事，有什么牢骚，可以跟我说！"听了浦青松的一番话，石小茜心情舒坦了许多。

正在浦青松告诫小茜要努力适应环境之际，教育局来调令，调石小茜到县中——赵镇中学去。据说，原本是调两个人，学校不同意，原因很简单："石小茜教的是高二毕业班，已经毕业，就不再安排她的工作了。浦青松刚社教回来，已安排他教高二毕业班。现在缺高二毕业班的语文老师，所以不能两个人一起走。"石小茜太想离开这个地方了！希望能赶紧脱离这个是非圈！再说，赵镇中学在县政府所在地，各方面条件要好些。但不能两个人同时走，石小茜心里很纠结！

自从来到这大西南，不管是在下面的公社中学，还是到区重点中学，甚至调往外县学习，七八年来，两个人都是在一起的。尽管浦青松先后三次被抽调出校，参加了区、县两级的工作队，但两个人还是在同一个学校。他们本来就是为了两个人能在一起才迢迢千里来到这儿。有浦青松在身边，石小茜觉得精神上有个依靠。这次一下子要让他们分开，相隔 50 里地，一个在龙泉山脉这边，一个在龙泉山脉那边，石小茜很不情愿。

浦青松虽然心里也不乐意，但他还是劝慰小茜："现在各个学校要比成绩了，淮口中学不肯一下子放走两个中文系毕业的语文教师，也是可以理解的。找个理由牵制一下，情有可原。从我们家庭考虑，能走一个也好，儿子要上小学一年级，你到县中去，小川就可以直接进入县城的重点小学读书了！"这一点对石小茜来说，自然是个很大的诱惑。思考再三，石小茜也就咬咬牙接受了。1978 年，石小茜被调往县政府所在地赵镇的赵镇中学。

第八章

在赵镇中学的那些年

八十年代初新建
教工宿舍大楼

毗河上的工农大桥

赵镇中学教学大楼

一、沱江源头第一中

赵镇是金堂县的黄金地块，平坝，又是县政府所在地，老百姓的生活比起山里和丘陵地块来，明显要好得多，全县人的眼睛都羡慕地盯着这块风水宝地，用白果中学申老师的话来说，赵镇的人就像皇城根下的北京人，天生一种优越感，说话都特别有底气！

赵镇中学的校舍不在县城赵镇的大街上，而是在镇的外围，距离镇上有三四里地。听老教师说，原来的赵镇中学是在镇的街上，校舍简陋，格局逼窄。五十年代，有句响亮的口号："向苏联老大哥学习！"为了向苏联老大哥学习，办好教育，有效提高教育质量，县里雄心勃勃，决定舍弃老校区，另选新校址，扩大校舍规模，新建一所高规格的现代化的完中（有初中，有高中）。于是就在赵镇的城外，圈了一大片农田作为校址，并从成都设计院请了专业的设计师来规划、设计，建成了这所在当时来说非常现代化的赵镇中学。新建的校园不仅地方开阔，校舍规格高，据说教师宿舍也是仿照苏联模式建造的。县政府把校址选在这儿，另一个因素是这儿地势高，避免了老校区年年遭水淹的尴尬。

走进学校大门，有一条铺了石子的小路，向内一直通往食堂，这条小路把教工住宿区与教学区分隔开来。小路的右边，一排房舍特别引人注目，那就是"苏式"的教师宿舍。果真名不虚传。

砖瓦结构，高墙黑瓦，粉白的墙面，油漆成墨绿色的门扉和窗框，窗上嵌着明亮的玻璃。虽说是平房，但走进房间，室内层高约有五米，上面是木板隔成的天花板，下面铺设地板，地板距离地面有一尺高。在房门口可以看到，室内地板与地面之间，留有通风口，是为了防止房间内的地板受潮。房间内由厚厚的木板墙隔成内室和外室两间，并安装有小门。房间高大敞亮，显得很气派。一排连体有四间，两排房舍之间，距离较宽，中间种有几棵高大的广玉兰树，枝叶繁茂。清晨阳光下，碧绿亮泽的树叶像是水洗过似的，清新怡人！

小路左边，是学校的操场。操场很大，一条夯实了的小煤屑路，把操场分成大、小两个操场。这条小煤屑路的一边，种了一排樟树，树形美观，使小路更显雅致，还起到了很好的遮荫作用。五十年代建校时种植的樟树，树龄已有二十多年，树的主干已经长得很粗了。"文革"期间被毁坏的几棵树，也补种上了小树，树干也有大人的小腿那么粗了。大操场有四百米的跑道，中间是足球场。顶端是司令台，司令台旁是高高的旗杆。全校开大会，都安排在这足球场上。小操场有乒乓台、两副篮球架、两副双杠、一副单杠、跳远的沙坑。下午放学后，整个大、小操场就是同学们课外活动的场所，同学们把书包往操场边一堆，踢足球的，打篮球的，打乒乓的……一片生机勃勃的场景。

操场另一边，与教师宿舍平行的是教学区，教学区的面积，是住宿区的好几倍。一排排的教室，横向、纵向，整齐地排列着，都是红瓦白墙的平房。教室里全铺设了地板，这真有点"豪华"了！木质的窗框上都嵌有明亮的玻璃。教室里是正规的课桌椅。教室与教室之间的间距很宽，种着两排常年绿叶的冬青树。石小茜心里感叹道：这样的校舍、操场、设备，当年的县政府是下了大决心，花了大本钱的！

赵镇中学也好多年没有招生，也经过一段时间的"教育革命"的折腾，教师也都下放到附近各公社，去补充大队的小学或"戴帽初中"（即在小学加设初中班）的师资。所以整个赵镇中学校园这几年就一直空着。

让人遗憾的是，全体教师下放，这高大上的教师宿舍长年无人居住，老鼠在顶棚上、地板下做窝，加上缺乏维修，房屋漏雨，房间里地板墙壁霉烂，有几间还成了危房！当学校恢复招生，教师返回学校，大多数的宿舍都不能住人了，只能拆掉，只留下一排四间连体的教工宿舍。教师们都不愿意住进这排宿舍，一个原因是晚上老鼠忙碌地在顶棚上穿梭，吵得人睡不着；加上没有厨房，拖家带口的老师觉得不适用。学校就把这原本是套间的四间教工宿舍自然地分隔成前后两间，可以住八个单身汉。石小茜刚调来赵镇中学，就住在这未被拆除的"苏式"教工宿舍里，但没有听到老鼠打架，可能先住进去的老师采取了措施，消灭了鼠害！石小茜非常喜欢这间住房，住了两年半装杂物的简易小披屋，住了半年大教室的集体宿舍，又在废弃的禹王宫里那间嵌在墙角的"吊脚楼"里住了五年。分配到四川已经八年了，现在才真正有了一间正规的像样的房间，干净、高大、敞亮，她很满足了！

时代在进步，教育也要跟上时代的发展。五十年代建造的"苏式"赵镇中学，虽然校舍很有规模，格调也高，但没有现代化的实验室和实验器材。于是县里就在进校门不远处，推平了一些危房，拨款新建了一座四层楼的钢筋水泥教学大楼，里面有化学实验室、物理实验室、图书馆等。刚招的初一、高一两个年级的新生，全都集中在这座大楼里上课。虽然这座钢筋水泥的建筑，与原来的校舍显得很不协调，但在这个县城里，它已经是现代化的代表，完全可以挺起胸膛，傲视周围的一切了！

原来的平房教室都空着，学校就把教师办公室、教导处、总务处、团委办公室、阅览室、广播室、音乐教室、体育用品保管室等，都安排在平房教室里。另外，拆掉的教师宿舍，就不再重建，而是划出一块生活区域，把这里的平房教室改建成拥有套间的教师住房。不但房内宽敞明亮，而且在每排住房的对面，还搭建起一排简易房，给各家老师用作厨房。这样，老师们有了专门的厨房，可以自家开开小灶，还免遭油烟的熏染，大家都非常满意。

到了一个新的环境，每天忙忙碌碌，时间过得飞快。一天晚上，石小茜备完课，改完作业，已是十点多钟。看看小川已经睡得很熟了，自己也在办公桌前坐久了，心情舒坦的她便想出门活动一下腿脚，因为宿舍就在操场旁边。打开房门，室外空气清新凉爽，门外的广玉兰树高大挺拔，石小茜不由得深深吸了一口气。一转身，她惊呆了！无意之中竟然看到了赵镇中学秋夜的极致之美！

薄薄的轻雾弥漫在整个开阔的操场上，如烟似纱的轻雾在大树的树干、树枝之间飘浮着。让人马上联想到晚唐诗人杜牧的名句："烟笼寒水月笼沙"。这里是"烟笼操场纱笼月"啊！淡淡的月色，朦胧的路灯光，加上这薄薄的轻雾，让她仿佛置身于朱自清先生所描写的荷塘月色下。这景色太美了！朦胧、静谧、曼妙，周围还散发出淡淡的树叶的清香……

整个校园静悄悄的。石小茜长这么大，第一次看到，只有电影里才有的，这种如同仙境般的轻轻浮起的薄雾。惊喜之余，整个人仿佛进入了一种空灵之境，进入了一种传统艺术中的美学境界！那么地超凡脱俗，那么地静谧幽深！她忘掉了挪步，独自站在自家的房门口，欣赏着这般独特的景致，内心不由得赞叹起当年选址人的独到的眼光：选了个读书学习的好地方！周围没有商店，没有菜场，没有吃饭的馆子，没有任何嘈杂的声音。夜晚是那么地宁静迷人，学校周围是大片的农田，可以"听取蛙声一片"，真正的诗情画意！她驻足许久，直至微微已觉有点凉意。当她抬起脚步，转身准备回房的时候，再次回头看了一眼，不免遗憾袭来：如果小松现在能够与她一起欣赏这绝美的夜色，该多好啊！

在金堂县，居然能有一所这么正规的学校，校园环境又是如此地美好，这确实是石小茜做梦都没有想到的。

这里不仅教学环境好，学校这两年来新组建的这支教师队伍，也是一个充满活力，务实、勤奋、和谐的群体。

首先从年龄上看，全校任课教师年龄基本是四十岁上下的中年教师，解放后的老大学生。石小茜刚三十出头，是他们中间最年轻的一个。教师中，年纪最大的，是一位四十七八岁的男老师，北京师范大学中文系的调干生。

因为组建新队伍设定了门槛，选择的目标很明确，要"德才兼备"。所以，选调来的教师不仅教学能力强，个人素质也比较高。由于教育局选择教师的条件比较严，故而初选上来的人数不多，工作量就比较大。但没有人为了工作量的多少而斤斤计较。语数外教师，教两个班的，教三个班的，教两个班再当班主任的，工作量相差很大。然而大家都毫无怨言，都很乐意地接受分配。挑重担的老师，更是觉得这是领导对自己能力的认可，还颇有点自豪感呢！

因为这是县里的重点中学，高中部的学生来自各个区，而且大多数来自较远的农村，故而住校生多。晚自习课非常正规。教室明亮的日光灯下，学生们整整齐齐地坐在教室里上晚自习。能够考入县重点高中读书的学生，都是铆足了劲的。他们刻苦学习的劲头，令老师感动。常常有学生在熄灯铃响了之后，还偷偷地到老师的厨房里，借着15瓦的灯光继续学习。

考虑到教师要备课，要照顾家庭，学校没有安排教师们晚自习进教室。但各主课教师都会在备课的间隙，自觉地到教室里去转转。有的老师有孩子，晚上没人照看，她就牵着孩子的小手，悄悄走进教室，看看学生有没有什么问题。若有问题，老师都会耐心详尽地解答。那时既没有班主任津贴，也没有超工作量的补贴，要说这批老大学生，从六六年开始十多年没有加过工资了，停留在月薪53元的台阶上。收入并不高，养家的负担很重，但没有人叹苦经，没有人"向钱看"。虽然大家没有高唱什么"奉献精神"，但全体教师都是实实在在地努力工作着，默默无闻地奉献着。经历过那个荒唐年月的老师们，无比珍惜今天的讲台生涯。大家的工作热情都很高，石小茜似乎又看到了新中国知识分子的风貌。

在学校里，师生之间的感情特别纯真，特别融洽。"尊师爱生"在这儿绝不是一句空洞的口号，石小茜为自己能在这样一个环境中工作感到满足。不得不说，金堂县赵镇中学经过十年"文革"之后，开始了它的真正的黄金时代！

可是有一件事让石小茜心中倍感遗憾。县里要办师范学校（中专），看中了赵镇中学的这块地皮，用围墙一隔，把一半的地皮划为金堂师范学校。好好的一所颇具规模的重点中学，就被切蛋糕似的，切去了一半。面积大大缩小，就像一幅很有价值的古画，把留白给裁去了，大煞风景！

二、鸡 蛋 风 波

一九七九年，"文革"已经结束几年了，但社会上的一些极左思潮仍然存在。石小茜又遇到了一件让人啼笑皆非的事情。

浦小川进了县城的重点小学，上一年级了。学校在赵镇的正街上。赵镇中学有四个教工子女都到了上小学的年龄。校长的女儿、教导主任的女儿、化学教研组长的儿子和石小茜的儿子。这四个孩子分在一个班上。小川有了新的同伴，每天吃了早饭后，四人结伴一起去学校，中午在学校搭一顿伙食，下午一起放学回家。虽然单程走路要有三里多地，不过小家伙们一路叽叽喳喳说着话，三里多路不觉得长。

那天是个下午，小川应该放学了，石小茜怕他与小伙伴们在校门口的小沟渠玩水，就到校门口去接他。看到农民陆陆续续挑着担子从校门口走过，才知道今天是赶场天，卖完菜的农民陆续回家了。学校离镇上比较远，去一次街上买个菜，就得来回走六七里地。石小茜不会骑自行车，所以自从来到赵镇，就没去赶过场，一日三餐全靠食堂，是不是赶场天，已经与她没有关系了。

学校食堂很正规，三餐不用操心。但家里人口多，有老人有小孩的老师，不能光靠学校食堂，自己家里总要开伙的。有自行车的老师好办，一早骑自行车去街上买菜。没有自行车的老师，就请有车的老师帮着带点，或者请厨房买菜师傅帮着代买。厨房的工友们基本都是农民工，他们很朴实，真诚地为老师服务，从不嫌烦，凡是托他们帮买的一个不落下。他们说，老师们没空上街，他们帮这点忙是应该的。小茜一般不麻烦师傅，只有鸡蛋吃完了，会请师傅帮忙买点，每次十个，吃完再买。

这天，正在校门口等孩子的石小茜，看到一个农民小伙子挑着个担子从她身边走过，担子的一头还有半篮子鸡蛋没卖完，石小茜就随口问了一句："这鸡蛋多少钱一个？"小伙子瞥了她一眼，说："一角二分钱一个。"平时食堂师傅帮她买的，一般就一角钱一个，小的九分钱就能买到一个。这人的鸡蛋比集市上贵二三分钱一个，石小茜就没有说下文，因为家里的鸡蛋还没吃完，不着急，仍然翘首望远处，等待孩子们放学回来的身影。那农民小伙子就喊住她问："你买不买啊？"石小茜笑了笑，摇摇头说："不买。""不买你为什么要问啊？"石小茜见他似乎不很友好，但仍对他笑笑说："我就问问价钱。"谁知这小伙子开始耍赖了："不买你问啥子价钱？问了价你就得买啊！"石小茜一看这人不是善茬，心里有点胆怯，就不再搭理他，返身往学校里面走。那青年农民挑着担子抄到她前面，在校门口拦住她，口气很生硬，而且越来越不讲理："哎！你买不买哦！"石小茜平和地对他说："对不起，今天我不想买蛋。""不买你问啥子嘛！"石小茜看他得寸进尺地逼她，也有点生气了，就说："你这人好奇怪，我就问个价格，也没碰过你的鸡蛋，干吗非要我买啊？"小伙子说："你问过了就得买！"石小茜想想，不要跟他纠缠了，就说："那好，我买十个。""不行！你得全买了！"石小茜真生气了，天气这么热，要她买这么多鸡蛋，没吃完就坏了嘛！她也就提高声音对那小伙子说："你讲不讲理啊？""讲什么理？跟你们这些臭老九讲什么理？我们是大老粗，不懂什么理！"小伙子更加蛮横起来，"你要晓得哈，是我们农民养活你这些臭老九的！"这是"文革"初期很流行的"革命"语言，批斗会上听到过骂那些老年知识分子的，说"你们手不能提，肩不能挑，是劳动人民养活了你们"！那时的石小茜还是"革命小将"，当然没有受过这等气。现在"文革"已经结束好几年了，这"文革"的遗毒还没消除！她心里很不服气了：什么臭老九？我们怎么会靠你们来养活？我们的工作就不是劳动？但与眼前的这个人是讲不通道理的，他以"大老粗"、没文化为荣，还沉浸在"文革"的一些谬论中没有醒呢！石小茜不想跟他说什么，决定一个都不买，绕开那农民，准备进校门。那小伙子看她说不出话来，料定她胆怯，是一个可以欺负的人，再次挑着担子横到她前面，就是不让走。那些赶完场回家的农民经过，看到有人争吵，就停下来看热闹，身边一下子就围过来十来个人。有人在议论："是个外省人！""上海来的，这个学校里的老师。"

听说是上海人，还是个妹子（女青年），看上去弱弱的，那些看热闹的就故意起哄："不买问什么价啊？就是要叫她买下来！""叫她买下来！叫她买下来！"真是唯恐天下不乱！人越围越多，都来看热闹。这时，学校的一位男教师赶场回来，问清原委，看到这情景，就大声说："你们欺负人家外省人啊？凭什么非要人家买下来嘛！"这位老师姓吴，三十多岁，平时不大多讲话，今天看到这伙人欺负自己学校的老师，就仗义抱不平了。可能吴老师个子不高，身体单薄，没有多大的威慑力，起哄的人继续帮腔，张口就来："你们这些臭老九！不买问什么价啊！"吴老师很生气，瞪圆了他的大眼睛，对石小茜说："不买不买！太欺负人了！走走走！"青年农民愣了一下，看到石小茜随着青年教师一起进了校门，有点泄气了。那些看热闹的农民继续鼓噪，有的嘻嘻哈哈，嘲笑他："你没得用！"有的故意挑衅："你们臭老九凶什么？欺负我们大老粗啊！"青年农民胆子又壮起来，在一伙农民的簇拥下，也一起跟进学校，来到操场上，拦住石小茜的去处。那伙农民干脆放下担子，坐着看热闹，不断地帮腔，不断地起哄，似乎要闹个天翻地覆似的！

操场的对面就是教师宿舍。一位总务处卖饭菜票的老年教师走过来，站了一二分钟，听明白了，问："你这篮子里的鸡蛋有多少个？""五十多个。"老教师声音平和地说："我全买了。"那青年农民还不买账："就要她买！"老教师拍拍那青年农民的肩："一样的，我买了一样的。天不早了，你卖了好回家。"开始石小茜很生气，怎么碰上这么个不讲理的人！有吴老师给她撑腰，胆子也壮了些，心想："我就不买，看你怎样！"看到老教师要全买了，她就不好意思了，赶紧说："不用，不用，那还是我买吧。"老教师说："你不用买，你吃不了这么多，你也不要管这事了，回去吧，我正好要腌鸡蛋。"老教师按照农民要的价，一文不少地给了他，一场风波就这么平息了。农民们嘻嘻哈哈，得胜回朝。

买下鸡蛋的老教师年近六十岁，快退休了。人很清瘦，原来是成都某学校的高中语文老师，解放前的知识分子。五七年戴上右派帽子后，不让他教书了，下放到金堂老家。"文革"中屡遭批判，但因为是"死老虎"，只是在批斗走资本主义道路当权派时陪斗而已，没有伤筋动骨。不知道什么原因（可能是落实政策，平反了？），这次组建班子，把他招到学校后勤处专卖饭菜票。他平时总是一人默默地独来独往，从不与人交谈，每天有两个小时坐在售饭菜票的窗口卖饭菜票。这次出面帮忙，平息了这场风波。事后石小茜过意不去，就去他家道歉，他说："这不怪你们，你们没有错。"笑笑，不再说什么了。

石小茜知道，他是不愿看到，这些不谙世事的年轻人，凭一时气盛，惹出大祸。细思之后，石小茜也有点后怕，在那动乱的年月，有些流血事件就是一点点小事引发的。这件事在石小茜心里留下阴影，以后好多年，不买东西，她都不敢问价钱。她也在深思，这十年的流毒，究竟什么时候能肃清呢？

三、小川的童年

那天放学回家，放下书包，小川从抽屉里拿出一副乒乓球拍就往外跑。这是一副豆绿色单面反胶的球拍，头一天浦青松从淮口镇回来，刚给他买的。因为小川一直想要一块球拍，说别的小朋友都有，浦青松想着星期天回来也可以陪着小川打打乒乓，让他锻炼锻炼身体，增强体质，就买了两块球拍，一次还没有用过呢。小茜看到了，就喊住他问："小川，哪里去啊？"小川边跑边回头喜滋滋地跟妈妈说："我去打乒乓！"妈妈说："打乒乓拿一块球拍就行了，不需要拿两块板！"小川大声说："小建没有乒乓板！爸爸同意的！"说完人就跑得不见人影了。小茜想，小建没有球拍，小川多带一块也对，就没有再管他了。回来吃晚饭时，小川一头汗，衣服也脏兮兮的。小茜见状就问他："你怎么搞得这么脏啊？"小川高兴地说："我们在比赛跳远，我第一名！"小茜说："哦，去跳远啦？在沙坑里滚的？"见他空着手回来，又问："你的乒乓球拍呢？"他睁大眼睛看着妈妈说："我也不知道，大概在沙坑边上吧？我们打了一会儿乒乓就去跳远了，后来又去捉迷藏，忘了拿了！"小茜让小川赶紧带她到沙坑边寻找，不见了乒乓球拍，再到乒乓台前，也没有！小川一副很无辜的样子说："我以为他们会帮我拿好的!""谁帮你拿好?你雇用了谁给你当管家啦?"刚买来一天的两块新球拍,就这么稀里糊涂地搞丢了,小茜很生气。小川在淮口镇就有这个坏习惯,衣服在哪里脱,就丢哪里,之后就不再管了,总是有小姐姐给他送回来。批评多次,似乎没见改!她对浦青松说:"这孩子这么大大咧咧、什么都不在乎的毛病,什么时候能改一改啊?"浦青松正在盛饭,见儿子垂头丧气的样子,不忍心,赶紧帮他解围说:"会改的!这次他心爱的乒乓球拍搞丢了,肯定会长记性了!小川对吧?"小川可怜兮兮地点点头。小茜仍然气不顺,冲着浦青松说:"你就知道宠着他,惯出他的毛病!这大少爷作风什么时候改得掉呀?"浦青松朝着小川眨眨眼,没有作声。小川偷偷用眼睛瞧了一下妈妈,仍然低头老老实实地站着,见妈妈没有发火了,就轻轻地说:"妈妈,洗手。"石小茜就拉着他去洗脸洗手,准备吃饭。这件事情就这么了结了,小川也不再吵着要买球拍了。

一天放学回来,小川很伤心地对妈妈说:"狗狗死了!"石小茜感到奇怪,就问他:"哪里的狗狗死了?"儿子几乎流出了眼泪:"河边的狗狗死了。"小茜还是没弄明白,河边的狗狗死了,儿子为什么会这么伤心?跟他一起回来的小朋友们,七嘴八舌地抢着告诉石阿姨,去上学的路上,过了大桥,那边人家的一只狗狗死了!"唔?人家狗狗死了,跟你什么关系啊?"小茜摸着他的头,不解地问。

原来,从赵镇中学的前大门出去到赵镇街上去上学,必须要经过中河上的平安大桥。中河很宽,这桥要长达一二百米。走过中河大桥,那边桥头转弯处有一户人家养了一只大黄狗,毛色黄黄的,亮亮的,很可爱。孩子们每天上学欢欢喜喜地经过他家门口,狗狗就会摇头摆尾地迎来送往,一来二去,孩子们跟这条大黄狗混熟了。小川很喜欢这条狗,于是他每天悄悄地瞒着妈妈把他吃的早餐——包子或者馒头,留下一半带给那只黄狗吃。第一次喂狗狗吃馒头时他还有些害怕,远远地扔给它,后来见狗狗对自己很亲热,胆子也就大了,敢贴近狗狗捏着馒头喂狗狗。

大黄狗也通人性,见小川每天都给他带来好吃的,还伸手捋捋它身上的毛，它就跟小川特别亲。每天一早，大黄狗就会主动走到桥头上来，迎候小川。它摇着尾巴热情地迎上来，等候那半只馒头或包子。这样的日子维持了三个多月。小川的这个小秘密石小茜一点都不知道。

今天早上，小川和往常一样，喝过稀饭，吃了半个咸鸭蛋，跟小伙伴们一起，拿着馒头边啃边上学了。岂料和往日不一样，桥头没见大黄狗出来迎接他们，小川手里一直捏着那半个馒头，左顾右盼地等着大黄狗的出现。过了好几分钟，仍不见大黄狗的出现，几个小朋友都有点着急了，就去问坐在门口的阿婆："阿婆，大黄狗呢？"阿婆告诉他们："大黄狗死了。""啊！死啦？怎么死的？"小川一头雾水。阿婆很平静地告诉他："天冷了，要吃狗肉，杀了卖掉啦。""他们把大黄狗杀掉啦！"小伙伴们都很惊讶！听到心爱的大黄狗落了个这么悲惨的下场，小川当场就哭了。小伙伴们见状，拉着小川说，"快走吧，要上课了！"小朋友们告诉石阿姨说："你家小川哭了！今天一天都不高兴，上课走神，一直为狗狗伤心！"

晚上，儿子憋不住了，还是要问妈妈："妈妈，我们能不能自己养只狗狗？"小茜跟儿子说："不能啊，你看妈妈有多忙！要上两个班的语文课，还要当班主任，要改那么多作业。班上那么多住校生，天不亮妈妈就要起来督促他们起床、跑步、做操，晚上还要到班上去，管他们的晚自习。每天晚上，你睡了，妈妈还要继续备课、改作业。知道吗，妈妈太累了，真的没有精力再养一只狗狗了。"儿子很懂事，认真地听着。他知道妈妈太忙太累了，也就不再说要养狗狗的事了。

晚上十点多了，石小茜洗漱完毕，上床准备睡觉。看见儿子上床已经个把小时了，还没睡着，瞪大眼睛看着帐顶，一副若有所思的样子。以往他上床一会儿就呼呼入睡了，今天反常，大概他还在想他的"小伙伴"狗狗吧。小茜侧身背对着儿子，熄了灯，准备睡觉。突然听到儿子怯怯的声音："妈妈，人都会老吗？""那当然了，这是自然规律，每个人都会慢慢变老的！"小茜简单回答他两句，转过身去，拍了拍他说："赶快睡了，这么晚在想什么？明天一早还要起来去上学的。"儿子再问一句："人老了，会死吗？""会的。每个人老了都会死的。"小茜轻轻拍着他，说："睡吧，睡吧。"儿子不作声了，侧过身去，背对着妈妈，睡觉了。

石小茜以为儿子已经睡着了，自己也迷迷糊糊将要入睡时，却突然听到小川强行抑制的抽泣声。小茜一惊，问他："小川，怎么啦？"小川说："妈妈，你死了，我怎么办？"小茜一惊，这孩子今天怎么啦，接着忍不住笑了："小傻瓜！妈妈现在还没有老嘛！几十年之后，等妈妈老了，你已经长大了，有了自己的家庭，自己的孩子。你也会像妈妈一样，忙自己的工作，忙着照顾你自己的孩子……放心吧，妈妈还要等很长很长的时间才会老呢！"

小川似懂非懂地听着，知道妈妈还要等很长很长的时间才会老，情绪渐渐平静下来，在妈妈轻轻的有节奏的抚拍下，慢慢地睡着了。小茜安慰着儿子，其实自己心里酸酸的：这么小的孩子，由于"小伙伴"大黄狗意外地突然死掉，过早地引发他对生命、衰老、死亡的思考！小茜心中暗暗祝祷：希望孩子快快乐乐地健康成长，将来能有一个比父母更好的未来！

知道星期六爸爸要从淮口中学禹王宫的家里骑车回到这儿来，小川这一天就像要过节一样。放学以后回到家，他就不再出去玩了，坐在家里等着妈妈忙完工作，好带他一起去接爸爸。石小茜平时旋风似的忙里忙外，无暇顾及别的。可到了星期六，住校的学生回了，学校一下子空荡荡的，她的心里顿时也是空落落的。她与儿子一样，急切地盼着浦青松早点回家。

七十年代末，从淮口到赵镇，是一条长50里的傍山临江的砂石公路，已经通卡车和长途客车了。但周六下午，学校有政治学习，浦青松有时会赶不上长途客车，让小茜和儿子空等。为了周六一定能够回到赵镇看望妻儿，浦青松特地去买了一辆"永久牌"的自行车，作为专用交通工具。虽有上下坡，骑车很累，但他乐此不疲，学校例行的政治学习一结束，他马上就跨上他的自行车，花两个多小时，来与儿子和小茜团聚。除非刮风下雨，一般晚上7点之前能够骑到县中。然后星期一的一早，再骑自行车回淮口中学上班。

浦青松回来，必定要经过毗河上的长长的工农大桥。小川等妈妈检查完周末的大扫除，就急忙牵着妈妈的手，步行二十分钟，走上二三里路，去到大桥边接爸爸。来到大桥脚下，坐在河边的水泥礅上，眼睛直瞪瞪地注视着桥上从南面过来的自行车，唯恐没能第一时间发现爸爸的到来。有时看得眼睛发涩，揉一揉，再继续注视。有时等的时间长了些，等得不耐烦了，就会不停地追问："爸爸怎么还没来啊？爸爸什么时候到啊？……"小茜只能说："不着急，不着急，爸爸马上到，马上到……"其实，小茜也盼得心焦，她也盯着桥上由南而来的一辆辆自行车，也希望在第一时间发现浦青松的身影！那情景真可谓母子俩"望穿秋水"啊！

　　终于，看到浦青松骑着自行车出现在桥中央了，小川就大叫起来："爸爸来了！爸爸来了！"母子两人小跑着迎了上去。自行车刹那间就到了儿子面前，浦青松喜形于色，一脚从自行车上跨下来，急忙把扑过来的儿子抱上自行车，放在前杠上。浦青松推着车，与小茜并排走着，讲着话。儿子坐在自行车的前杠上，不断地打断他俩的讲话，问着他自己感兴趣的事。浦青松回答慢了，儿子就用小手去轻轻拍拍爸爸的脸，急切地等待着爸爸的回答。浦青松笑着把脸靠近儿子的脸庞，说着悄悄话，回答儿子的提问，这时候的小川不时发出天真爽朗的笑声，这笑声极具感染力，引得爸爸妈妈也忍不住跟着笑起来。

　　一年很快过去了，年度期末考试，小川取得了语文数学双百分的优异成绩。小学的朱校长带着学校十多人的报喜队，敲锣打鼓，举着横幅大标语，走了三里多路，到赵镇中学来报喜。那天浦青松也在家，他已改完期末考试卷回来度假了，正与小茜一起，站在家门口与隔壁邻居——一位体育老师聊天，看到这个敲锣打鼓的队伍朝他们这边走来。正好奇地看着，校长已经带着他的队伍来到了他们家门前。校长五十上下，瘦高个，面带微笑，递上成绩单和证书，既夸奖了小川得了双百分，也夸奖了家长！一番寒暄之后，锣鼓队继续敲锣打鼓热热闹闹地出了校门到别处去报喜了。小茜拿着小川的成绩单，感慨地说："我小时候读书，每次考试基本上全年级第一，老师刚夸了两句，马上又加上一句：'不要骄傲哦！'我就觉得挺没劲的。可这位校长这么大张旗鼓地给一年级的学生家长送喜报，是不是有点超乎寻常啊？不怕学生产生骄傲情绪？"浦青松沉思了一下，说道："你以为他们就是给得双百分的学生送喜报啊？他这是进行社会宣传！'读书无用论'的时代过去了！批判'白专道路'的时代一去不复返了！学生就是要好好读书，要务正业！"浦青松接着说："这位校长很有思想的，他是在用喜庆的形式表示了对过去的极左思潮的否定！你想想，一个小学生，期末考试得了双百分，学校这么重视，孩子这么光荣！一路敲锣打鼓走来，不用说教，这对社会的影响力有多大啊！"体育老师说："浦老师说得对，这十来年学生没有好好读书，整天'闹革命'，荒废了学业，误了一代人哦！现在是要好好抓教育了！"

七九年暑假，教育局的通知来了，浦青松正式调入赵镇中学，"鹊桥相会"的日子结束了，小川又可以每天看到爸爸了。

四、曙光再现

一九七八年一月下旬，安徽的一个同学来信说，今年大学开始招收研究生了！浦青松与石小茜四目相对：这是真的还是假的？六年前，说"六九届、七〇届的大学生可以回炉了"，结果"胎死腹中"！这次又是一个特大的好消息，究竟是真是假？赶紧发信去问，回答："是真的！今年一月十日教育部就已发出《关于高等学校 1978 年研究生招生工作安排意见》！招生安排落实很快，2 月完成报名，3 月发放准考证，5 月 15 日全国统一考试。"同学说："其实去年 10 月，在恢复大学本科招生的同时，教育部也恢复了 1977 级研究生的招生考试。但由于时间过于匆忙，未能实现。今年终于付诸行动了，招生年龄放宽至 40 岁。"

可叹的是，淮口镇这个小山区太闭塞了，没有广播，没有电视，一份《四川日报》也不是每天都能送到。所有的重要消息或"内部传闻"，都靠同学之间的书信相互传递，邮路来去基本上要十天左右，常常新闻变旧闻。

证实了"考研"的消息是真的，激起了浦青松心底的万丈巨澜。他在高中时期就萌发了进入文学殿堂的理想。进入大学中文系，他的目标更明确，将来搞文学研究，即使在"文革"期间，也没有放弃。尽管命运把他配发到这山区教书，但他旧日的理想始终让他无法释怀。

记得进大学的第二年，中文系来了个俄罗斯文学专业的研究生，据说是出国预备生，两年后去苏联深造，研究俄罗斯文学。当时安排他在中文系的外国文学教研组，边任助教边进修俄语，任教的班级就是浦青松班。这位新来的助教一米八左右的个子，不胖不瘦，标准的身材。经常可以看到他在一天的工作学习后，来到宿舍楼前的篮球场，一个人投投篮，放松一下自己。大概是缘分，他很喜欢浦青松，常招呼浦青松跟他一起去打篮球，友好地称呼浦青松为"大高个子"。其实浦青松只有一米七六，不算"大高个"，只是在他们班，因为农村同学多，正在长身体时，碰上了困难时期，大多个子都比较矮小瘦弱，就衬托出浦青松的高大来。浦青松也很喜欢这位比自己年长五六岁的青年教师，他也希望自己能像这位年轻的助教那样，有朝一日，能成为一名中文系的研究生，甚至也能出国深造！当时他心中就有一个目标，本科毕业后去考研究生！遗憾的是"文革"开始了……

石小茜很理解他，怂恿他去报名参加这第一届的研究生考试。但浦青松有顾虑，他对小茜说："离开学校参加工作已有八年了，六六年夏天开始，不再上课，丢下外语也有十二年，还能拿得起来不？现在又有了孩子，我一走，你们怎么办？"小茜说："我和孩子你不用担心，我们会安排好自己。这八年，我们学习没有放松。要说外语，从六六年到七八年，大家都是十二年没学外语了！你俄语基础那么好，高中毕业考试，你俄语 100 分（满分），进大学第一学期就免修俄语，你要是考不好，别人也考不好的。我觉得你应该大胆地去试一试！"浦青松觉得时间太仓促，离报名结束只有两周时间。这么多年没有招过研究生，考些什么，怎么个考法，一头雾水，真的什么都不知道，要不等下一次？石小茜说："不用等！千万不要错过这个机会，我劝你先报了名再说！"石小茜努力说服浦青松。浦青松还是有点迟疑，不过，见小茜这么劝他，自己也觉得好不容易盼来的机会，机不可失，不去试一下是有点可惜，就说："那我就去试试！"

报名时一看，母校中文系招收的专业方向，选择余地不多，只有一个古典文学的词曲专业还算熟悉。但确实钻研不深，第一次考研失败了。但考过一次后，心里有了底，他跟石小茜说："我准备明年再考！"

七八年夏天，石小茜调去赵镇中学，她跟浦青松说："我把孩子带走，你一个人在这儿专心复习，继续抓紧时间备考！"

七九年第二次报考时，不料招生的专业情况发生逆转。中文系因为去年招收过古代文学的专业，这次改为招收现代文学专业了，复习的内容完全对不上路子！这次也没有成功。

值得补充一笔的是：一九八〇年三月中旬，两人突然收到了江夏师大寄来的大学毕业证书！硬纸红封面，小开本，盖有学校的钢印公章。原来是全国各个大学都在执行教育部的命令，要给所有六九、七〇届的大学毕业生补发毕业证书！虽然这份喜悦迟到了十年，但毕竟有了正式的大学毕业生的身份证书了，两人各自捧着自己的红色毕业证，还是激动不已！

一九八〇年，浦青松已经调入赵镇中学，一家三口团聚了。但他还是决定再次报考研究生。因为有传言说，考研的年龄可能会降到三十五岁，这一年，浦青松三十四周岁，他有点紧张了。假如这次再考不上的话，明年可能就没有机会了，他的理想、他的追求，恐怕就会泡汤。于是他集中精力，决定再冲击一次。

这次石小茜也准备一起报考！但赵镇中学领导不同意！校领导也有理由，你们刚刚调来，就要双双考研究生走了？当时有规定，参加考研，要本单位开出证明。单位不给开证明，是不能报名参加考研的。思考再三，小茜说："看来两个人一起去考，不现实，学校不会同意，这也能够理解。这样，你先考吧，考过两回，有点经验了。能考回上海最好，如果考上海大学的研究生有难度，也可以考虑外省的大学。"浦青松说："不，我一定要考回上海去！我不仅要考回上海，还要考回母校，考回师大中文系！"那时候有一种调侃的说法，叫"考户口"，因为考取了哪所大学的研究生，基本上就留本校当老师了。浦青松又深情地说："这不只是一个考研究生的问题。我不是跟你说过吗？是我把你带出上海的，将来还要把你带回去。现在机会来了，我还要再搏一次，我不能随便转移方向！我们都要为此努力。"

两人商量好后，石小茜就去找领导，好说歹说，达成一个折中的办法，就浦青松一个人去考。临考前，给浦青松两周的时间，让他复习备考，浦青松的课由石小茜代上，不给学校添一点麻烦。学校领导还算开明，同意浦青松参加考试并给了他两个星期的假，课由石小茜代上。浦青松立即投入紧张的复习。

这次真是苍天保佑，母校中文系居然增设了一个先秦两汉文学史专业，研究方向是诸子散文。这和浦青松复习的内容虽然不完全对口，但基本上还对路，也就不管喜欢不喜欢这个专业，为了自己心中的文学研究的梦想，也为了户口能够重回老家，先考了再说！三月报名时，他果断地选择了先秦两汉文学史专业。

夏天，通知来了，这一次，皇天不负有心人，浦青松终于考取了母校中文系的研究生！8月11日上午，浦青松和石小茜正在家门口的过道里，坐在小板凳上拣菜，校长亲自送来了研究生的录取通知书，祝贺他考取了上海江夏师大中文系的古典文学研究生。校长扬了扬手中的信封和通知书说："浦老师，你真行！心想事成了！"浦青松立即站起身来，高兴地接过校长递来的录取通知书，连说："谢谢，谢谢！"校长默默看了他俩一眼，没再说什么，转过身走了。

校长一走，两人没心思再拣菜了，小茜急忙从浦青松手里拿过录取通知书就往房间里走，浦青松也跟着进了房间，看到小川刚睡醒，正坐在床上揉眼睛。浦青松三步并作两步跨到床前，两手夹住小川腋下，把他举起来，转起了圈！一边转一边笑着说："我们可以回上海了！我们可以回上海了!"小川还没弄明白怎么回事,一听爸爸这么喊,他也跟着喊:"我们可以回上海了! 我们可以回上海了!"转了两三圈还停不下来。石小茜忍不住笑嗔浦青松:"疯了吗? 还不快停下来! 当心把小川摔了!"

第二天,浦青松高高兴兴地拿着录取通知书,去县教育局有关部门办理调动手续,并同时迁走户口。说巧也真是巧,十年前的8月12日上午,是浦青松和石小茜来到金堂县,到教育局报到的日子,十年后的这一天上午,却又是浦青松得到研究生的录取通知书,迁走户口离开金堂县,去读研的日子! 真是世事难料啊!"文革"误青春,没想枯木又逢春!

在教育局门口,浦青松正好迎面碰上教育局的汪副局长。汪副局长笑嘻嘻地调侃他:"浦老师! 你一箭中的,是不是学校里有啥子关系噢!"浦青松笑了:"我会有啥子关系哟,我离开学校都十年了! 这十年里,只有白天教书、晚上苦读呀!"汪副局长笑笑,点点头。

刚刚团聚一年,一家人又要分开了。但为了能够重回老家,为了实现心中的理想,他们愿意为此而奋斗。再有十多天,浦青松就要回上海报到了,两人商量,小川怎么办? 是留在这儿跟着妈妈,还是跟着爸爸回上海? 浦青松说:"留在这儿,你太辛苦! 再说,上学的路上,大卡车与人同行,心里总有点放心不下,还是带回上海吧,放在奶奶家读书。你一个人留在这儿,教学之余,也抓紧复习,准备明年的考研。"小茜同意了。

八月下旬,浦青松带着儿子返回上海,给小茜来信说:小川凭转学证明,顺利插入了奶奶家附近一所小学的三年级(1)班。学校很近,走路只要五分钟,中午回家吃饭。开学后,浦青松再次来信说,小川很适应上海的学习生活,他自己每到星期天就回家去看望小川,让小茜放心。

一家人分在三个地方生活,生活费用就得重新安排设计了。虽然浦青松是带薪去读研究生,两人的工资已从42.5元调整到53元(大学毕业生的工资是每月51.5元,加上1.5元的粮贴,共计53元),加起来总共有106元。但石小茜想到浦青松在上海开销大:在校读研要交伙食费,读研常常要买书,他又是一个爱买书的人,好书不会放过的。孩子在奶奶家,要给伙食费。奶奶帮着带孩子，也得给老人一些生活补贴……除此之外，每周浦青松都要回家看望孩子和老人，家中一老一小，也不可能空手回家。上海还有小川的外公外婆、亲戚朋友，来往走动都要花钱。石小茜想，不能让浦青松在上海捉襟见肘，决定每月给浦青松寄去 100 元。她努力地节衣缩食，早饭稀饭馒头三分钱，中午三角八分钱一份菜分成两顿吃，有时中午就一把莴笋叶下点面也混过一顿。她要把伙食费控制在平均每天二角钱之内，有时两分钱的酸泡菜也能吃两顿。浦青松来信说，不用寄那么多，再三让她自己多留点。小茜说："我除了每天几毛钱的伙食费，没有别的开支。你在上海，亲戚朋友多，各方面都要用钱的。"小茜希望浦青松在上海能安心读研，不必为生活费用操心。

真是老天有眼，她的"艰苦奋斗"没到两个月，经济上就有了转机。那是赵镇的镇中学（原来只有初中部）增设了高中部，师资力量薄弱，家长有意见。教育局要求赵镇中学给以语、数、外三门主课的师资支持，每门课程派一名教师去兼课。新任校长是赵镇中学的原教导主任。他对赵镇中学的师资力量了如指掌，语文点名要石小茜。这样石小茜每周去镇中上几节语文课。一个月后，发给 20 元的补贴，这是小茜万万没想到的好事！虽然工作量加大了，但经济上帮了小茜的大忙！小茜暗暗庆幸：这么及时，真是神助！这样，小茜每月就有 20 多元的生活费，也算富裕户了！当然还得省着用，因为小茜还得从这 20 多元的生活费中，积攒下一年两次来回上海的车费以及其他开支（其中一次车费是享受探亲待遇，可以报销的）。核算一下，每个月的生活费不能超过 10 元。当时很多分配到外地的同学都感叹：我们的工资一大部分是交给铁道部了。对此，石小茜深有感触。

五、小茜奋击铩羽归

一晃，就到了一九八一年早春。浦青松得到消息，写信告诉石小茜：招考专业已定，古代文学没有，现代文学复习量较大，只有短短几个月，你恐怕一时无法调转方向，只有现代汉语专业可以一试。小茜想想，也只能如此了，就决定报考现代汉语专业。

都说事业的成功，需要三大因素：天时、地利、人和！一九八一年，石小茜似乎很不顺。

第一个预料不到的外界因素，是一九八一年的考研地点突然发生了变化。即不再像以往那样，把考试地点设在考生报考所在地，而是要到报考的学校去参加考试，哪怕是千里迢迢也要上门赶考。这对小茜来说，是个非常不利的因素。她必须在暑假风尘仆仆地赶到上海江夏师大参加考试。两天两夜的火车，四十五个小时的颠簸，车马劳顿，对于晕火车的石小茜来说，精力、体力都备受考验！

第二个预料不到的外界因素，是这一年的 7 月 13 日，赵镇突然遭到了百年不遇的特大洪灾！石小茜成了这场洪灾的亲历者和抗洪救灾的参与者。

高考结束了，接下来是中专技校的统一考试，因为石小茜要回上海参加研究生考试，学校还算照顾，中专监考就只安排了石小茜一场。7 月 13 日下午第一场，石小茜的监考任务完成了，她装订好试卷，从教学大楼里出来。下面虽然还有一场考试，已跟石小茜没有关系了，她要回家整理行装，准备明天动身回上海。

外面的雨有点大，已经下了一天，地面有浅浅的积水，脚踩下去，已经会溅起水花，但还没有到人的脚面。这赵镇是个河水资源极其丰富的地方，从西北方向而来，有北河、中河、毗河三条中型河流穿城而过，在赵镇的南端汇合而成沱江。多少年来，这三条大河，为全县的水上运输和农田灌溉出了不少力，但也给赵镇老百姓的生活带来了诸多麻烦。特别是老县城，地势低，正街几乎每年都要遭到水淹。但赵镇中学的校址，选在城外地势较高处，一般情况下，涨水时节对学校没什么影响，老街被水淹了，这儿基本没有问题。

石小茜撑着雨伞往宿舍大楼走去。去年浦青松调来赵镇中学时，正好两幢四层楼的教工宿舍大楼新建落成，老师们都搬进了楼房。他们三口之家，在四楼分到了一套两居室，房门外侧带一间小厨房，有四个平方米大。厨房不放在房间里，这个理念在当时来说，还是比较科学、比较先进的。一梯四户人家，两家合用一间设在过道里的蹲式简易卫生间。住房条件大为改善。

教学大楼与新建的宿舍大楼之间，有三四百米的距离。雨势加速，越下越大，已经要用瓢泼大雨来形容了！没几分钟，小茜还没走到一半，路面的水就已没过了她的脚踝。眼看这水涨得很快，石小茜就赶紧加快步子疾速赶路，还有二三米的距离就到宿舍大楼的楼梯口了。说时迟那时快，突然不知从哪里冲过来一股大水，"哐"的一下子猛然打过来，水位一下子就涨到了小茜的膝盖上端。她赶紧快速跨出两步，抓住楼梯扶手，登上了楼梯。好险啊！她侧头一看，原来是宿舍大楼旁边的围墙被洪水冲倒了，大股河水正从围墙的缺口处直冲过来，刹那间，楼梯的第三级台阶已被淹了。小茜庆幸自己走得及时跑得快，如果晚几分钟，她就要被洪水阻拦在操场上。好惊险啊！

宿舍大楼的老师们，都还在教学大楼里监考，考场的事务还远远没有结束。然而雨势更大了，好像天被捅了一个巨大的窟窿似的，雨水已经从"瓢泼"大雨发展成"倾盆"大雨了！看着地面的水位快速升高，石小茜简直傻眼了。她从来没见过这样涨的洪水，简直像大水库在放闸！她快速走上四楼，从家里的北面窗户往外看，操场上已经是汪洋一片。只见洪水汹涌而来，从学校的东北方向直往下游冲下去，学校的围墙根本没了影子。

石小茜庆幸教育局的安排：考场全部设在二楼，不然，这考场就不就乱了套？她也没心思整理行装了，就站在窗口，无奈地看着这似乎捅破了天似的如注的大雨，惊恐于这野蛮洪水之吓人气势！"洪水猛兽"，这洪水真是猛兽，狂奔而来，势不可挡！石小茜眼睁睁地看着大楼外奔涌而来的浑浊的洪水，几乎一刻钟爬上一匹砖，甚至以更快的速度往上攀升。雨幕中，可以断断续续地看到被洪水冲下来的大小树枝、各色杂物、破旧的门板……突然，她看到有个东西在水中挣扎，再定睛一看，原来是一头小猪！

哇，肯定是农家的猪圈被冲垮了，小猪被洪水冲出来了……大约过了半个小时，更惊险的一幕突现：一个农村老头，坐在一只大木盆里，一手撑着伞，一手抱着一只大公鸡，被大水从倒塌的围墙处冲进了学校，在激流中快速地直往下游而去。石小茜的心都揪紧了，真替他捏了一把汗——万一这木盆翻了怎么办啊？来不及细想，一转眼，这老人和鸡就都不见了！

水流越来越湍急，冲下来的东西也越来越多。上游可能有一个伐木场，砍伐的又粗又长的整根大树，一根接一根地被大水卷过来。有几根大树冲到宿舍大楼旁边，离开了洪水的中心位置，不能快速往下奔去，却随着洪水的波动，有节奏地撞击着宿舍大楼的墙体。咚——咚——，像古代打仗时，士兵们用又粗又重的长木头冲撞城门似的。沉闷的撞击声，让石小茜担心极了，她真怕这大楼的墙壁会被这大树撞出个窟窿！

考试终于结束了，师生都被困在教学大楼二楼。原先开阔的操场，现在一片汪洋。浑浊的洪水，仍然汹涌而来。宿舍大楼与教学大楼之间，虽然就相隔几百米的距离，平时轻轻松松几分钟就可以走到，现在隔"河"相望，就是没有办法过来。虽然赵镇中学的地势，比县城老街要高，但两个小时以后，洪水毫不留情地把教师宿舍大楼的一楼全给淹了！

大约到下午五点钟，县公安局的小汽艇开过来了，把装订好的考试卷接走。教育局又不知从哪儿搞来了一只小型木船，分批把学生接走，顺便把老师们送回到宿舍大楼。家住底楼的老师们已无家可归，人员全部撤到楼上。此刻洪水已经与二楼的地面平行，差一点点就进入二楼老师的家里了。这洪水来得太突然，太迅疾，太凶猛，大家都没有思想准备。住在一楼的老师，家里的电器、家具、被褥等一切生活用品，统统被浸泡在了洪水里！最令人心疼的，是底楼吴老师家里刚买不久的电视机，也浸在了浑水里。这可是一个重大的损失，当时没有几个家庭能够买得起电视机的，这是从牙缝里省出来的钱哪！

回到宿舍大楼的老师们，并没有马上各自回家，都聚在三楼的过道里，激动地谈论着什么。石小茜听到下面声音那么大，不知道发生了什么事情，赶紧跑下去看个究竟。原来，就在考试结束不久之后，教学大楼处发生了一件惊心动魄的救人事件！

教学大楼北边，靠近厨房，在围墙的角落上，有一间粗粗搭建的简易房，是厨房堆放蒸格、箩筐、煤炭等的一个小仓库。里面放了张单人床，还有桌子、板凳，是给在学校轮流值夜班的几个年轻的临时工休息用的。放暑假了，白天没事，天又下着大雨，四个年轻人就关上门在里面打扑克玩。没在意，突然大水就冲开简易房的房门涌了进去，一下子就没到了他们臀部。水还在拼着劲地往里涌，外面已是汪洋一片，里面水也快速没过了桌面。从门口走出去已经不可能了，情急之下，他们赶紧把凳子搬上桌子，站在凳子上掀开屋顶，从屋顶上爬了出去，好得他们逃得快，一下子洪水就封门了！他们骑在屋脊上大喊救命！

除了在教学楼监考的老师，学校这边已经没有别的人了，围墙外面，本来是一片农田，现在也是汪洋一片。监考完毕的老师们，站在窗口万般无奈地看着这倾盆大雨下个不停。突然，暴雨声中，有人模模糊糊地听到喊"救命"的声音，大家涌向北面窗口一看，大雨中，那四个年轻人顶着油布，骑在屋脊上喊救命。楼上监考的，大多是女老师和几个年纪大点的男老师，都不会游泳。即使会，也不敢下水。大家都知道，这洪水是从雪山上下来的，虽然是夏天，仍然刺骨地冷。水流湍急，打着漩涡，没人敢下水。

学校团委书记万光明老师本是准备第二场考试结束，押送密封试卷去教育局的，看到雨大，就提前过来，在二楼值班室休息。他听到楼内有嘈杂声，就从值班室出来，也到北面窗口来"看热闹"。结果是看到四个年轻人骑在屋脊上喊救命！万老师见状，二话不说，把衬衣、长裤一脱，纵身从二楼的窗户里跳出去，向窝棚游去。

几十米的距离，在平时，对于身体素质不错、曾经教过体育的万老师来说，根本不值一提。第一个来回，就救回了一个，还带回了一个。带回的这个小青年勉强会游水，本来看到这么湍急的洪水，不敢下水，现在有万老师带着，也就大着胆子跟着一起游过来了。放下这两个，又去救了第三个小伙子。两个来回下来，万老师冻得直打哆嗦。大楼值班室的工友拿来一瓶白酒，他咕咚咕咚灌下几口，稍稍缓过一口气来，不听众人劝阻，第三次扎进水里。当第四个人被救上教学楼后，万老师嘴唇发紫，浑身发抖，牙齿"咯咯"地响，坐都坐不住了，只能躺在地上。在场的老师们又赶紧忙着"抢救"他，有的给他擦干身上的水渍，有的给他递过一杯热水，值班室的工友拿来床垫子和床单，让他躺在床垫子上，裹上床单，给他做人工按摩……

大家激动、感叹，敬佩之情溢于言表。石小茜问："现在万老师人呢？"邻居祝老师说："留在值班室呢！现在又没法送医院，老黄说由他来照顾万老师。"石小茜知道，"老黄"就是那个工友，五十开外，单身一人，以校为家，是个非常朴实、肯干的人。他虽是工友，但大家都很尊重他。他的工作主要是负责打扫校园和学校实验室的清洁卫生，晚上住在教学楼二楼实验室旁的值班室里，负责实验室的守护工作。

这位年轻的万光明老师，三十多岁，中师毕业，党员。他教过小学体育，身体健硕，若干年后调到中学教体育课，不久前来到赵镇中学担任团委书记。他平时见到人总是乐呵呵的，是很普通很随和的一个人。没想到，在洪灾面前，他能如此不顾一切地挺身而出，救人于洪水之中。不仅目睹的老师们激动，敬佩，石小茜听了，也被深深地感动了，心里想："这万老师真的了不起！关键时刻方显英雄本色！"

天将黑的时候，两只小木船运来几批学校周围的农民，到学校的教学大楼来避难，因为人太多，分出一小部分到宿舍大楼。因为二楼过道已经有水，于是大多数避难的人都来到三楼和四楼的过道上。

四楼的人已挤到了石小茜的房门口。他们看着操场上滚滚滔滔的洪水，议论纷纷。有人说，岷江发大水了，为了保护成都，炸了飞沙堰！听他们的语气，好像是在说别人家的事，心平气和，听不出有什么怨言和牢骚。有几个老农还很有经验地发表自己的高见：淹了成都，损失太大了，让洪水从农村过，损失要小些。石小茜听了心里想：多好的老百姓啊！多么通情达理的中国老百姓！灾难面前，没有抱怨，没有书上说的"小农经济意识"，一切听从政府的安排，相信政府，相信党，这就是"觉悟"！

已经很晚了，石小茜的精神仍然处于亢奋状态，没有一点儿睡意。她看到几个农家孩子趴在奶奶肩上想睡了，就干脆把房间门和小厨房门都打开，让老人和孩子进屋去休息。另外三位老师得到启发，也把门打开，让那些支撑不住的人进屋休息。石小茜家里两间卧室的地上，整个四楼的过道上，都是躺着睡觉的农民。楼梯上也坐满了打盹的人。大楼早就停水停电了，现在没有自来水，没有电，黑灯瞎火的，也没办法做饭。大家饿着肚子，什么事也干不了。其他三位老师安排好家人休息后，自己也没有睡意。四个老师聚在楼道里，权当执勤吧。教物理的单老师，拿了一只手电筒，过一段时间就用手电筒照一照，看看水位是不是还会往上涨。庆幸的是：水位基本停留在上二楼的楼梯口，再也没有往上涨了！

单老师看了看手表，打了个哈欠说："现在是半夜十二点……"话还未讲完，突然，求救的信号弹划破夜空，一串串，一串串……像战场上发起进攻的信号弹！接着就是一片寂静。单老师说："是不是哪里有险情了？现在黑咕隆咚的，想救也没办法救啊！但愿不要出人命哦。"下半夜，偶尔听见校外有农民的房子在水中泡久了，"哗"的一声倒塌了的声音，令人揪心！好在天黑之前，县政府就把周边地区的农民都转运到各处大楼里去了。

熬过一夜，第二天天蒙蒙亮，看到水情没再往上涨，似乎还下去了一点点，停留在一楼的天花板处，大家见此都松了一口气。

只是大家继续饿着肚子，没有早饭可吃。近中午，已经饿了两顿了。水还是没有退，隔壁楼里的老师从阳台隔墙处传过来一小盆饭，是几家老师凑拢来的，说没办法，先解决一下饥饿问题吧。端过来以后，才发现有点儿馊味。7月里天气闷热，楼道里人又多，那时还没有冰箱这一说，饭不新鲜变馊了，是必然的。昨天就没吃成晚饭，到现在已经饿了近二十多个小时，大家也就管不了那么多了，从家里拿出碗筷，都来分一点吃。问楼道里避难的农民，有没有实在饿得厉害的？也可以来分一点儿。看到这么点儿饭，又微微有点馊味儿，他们摇摇头，没有人要吃。单老师在四川人中算是个大个子，饿得难受，不管三七二十一，舀了一小碗，就吧嗒吧嗒吃起来，他好像不嫌馊。石小茜也"尝"了一口，米饭确实已经变味了，又没有菜，实在难以下咽。

中午时分，石小茜又饿又困，看到避难的农民都回到过道里了，她就回房间关上门去睡觉了。这一睡就是两个多小时。等她出来，已是下午三点多钟了，洪水已经悄悄退去了将近一半。过道里的农民都挤在栏杆边无奈地低头看着下面的洪水，那状态倒有点像杭州人的花港观鱼。过一阵，就有人说："又下去了一匹砖了……"

突然，他们的头顶上响起了飞机的嗡嗡声。人们抬头一看，是直升机在赵镇上空盘旋着。有人说："快看！直升机来空投干粮了，在县政府方向！"大家欢欣鼓舞，纷纷议论："成都市政府来救灾了！""好像是军用飞机，成都军区的直升机！"也有人感动地说："每当救灾，解放军总是冲在最前头的！"

事实上也真是如此！知道金堂县遇到百年一遇的重大洪灾后，成都市组织各单位救灾，许多志愿者，还有周边一些县、区的单位和团体，也纷纷赶来救灾了。只是路阻且长，跑不过飞机！据当年驱车从成都赶往金堂县救灾的志愿者回忆："天还未亮，得到消息，我们几个人马上组织了一些生活必需品，方便面、饼干、矿泉水等，开车就往金堂县赶。开始还算顺利，车子开到临近金堂县时，那洪水之大啊！就没法走了，眼前全是白茫茫洪水一片，分不清哪里是农田，哪里是公路。我们就下车，手持长竹竿探路。软的地方是农田，硬的地方就是公路。就这样，一边探路，一边朝金堂县缓缓行驶。当接近赵镇时，水的深度使汽车再也无法前行，抬头望去，整个赵镇就像一座孤岛。好不容易找到一家公用电话，联系县政府，坐上部队的冲锋舟，才进入到赵镇。"

县政府所在的老街，地势最低。当时县水务局的办公楼是一座三层楼的水泥房，水已经淹过了二楼。当地老百姓调侃说："坐在三楼就可以洗脚了！"老百姓的平房当然就不见顶了。好在政府有经验，大雨中与洪水赛跑，抢先疏散了居民。所以这么大的洪灾，没有一个人在水中遇难！

解放军的冲锋舟就忙坏了，先是要把街上的居民，还有附近农村的农民，赶在天黑之前，统统往高的建筑物里转移。之后，又要给饥肠辘辘的灾民运送食物和饮水……

也有当地老百姓，在这艰难时刻自发出来援救的。第二天雨停之后，石小茜就看见一叶扁舟，在学校围墙外撑着竹竿慢慢在玉米地里划行。她感到非常奇怪：这个天气、这样的水势，还有人划船出来转悠？祝老师是当地人，她说："这是镇上的人，划船出来，看见被围困在洪水中爬到树上避灾的人，或站在屋顶上求救的人，他就划过去接他们上船，把他们送到安全的地方。"人心还是向善的！平时都是普普通通的老百姓，可是在灾难面前，大家互相帮助、互相照顾，纷纷闪现出人性的善与美！当石小茜看着那小船从她前方缓缓划过时，她的眼睛竟然有点湿润了。

第二天下午天黑之前，洪水基本退尽，整个赵镇遍地淤泥，深可没过小腿。因为雨停之后就出大太阳，淹死的牲畜周边，已有苍蝇在飞舞。根据老人们的经验，大水过后必有瘟疫！这一点政府已经考虑在前了，县城已经开来了成都的防疫车，加上本地防疫站的防疫人员，他们不顾天气炎热，马上着手对各处进行消毒处理，防止瘟疫的发生。从成都开来的铲车、洒水车，开始清除淤泥、冲洗地面。消防车则运来饮用水。一切都在忙碌而有序地进行着。街上居民也都卷起裤腿、挽起袖子，自觉地参与进来，帮着一起动手清除淤泥。

赵镇中学的校园里，犹如一片泥塘，积淀了厚厚的一层淤泥。特别是阅览室、总务处、广播室、食堂……都需要大家帮着清理。石小茜原先是与浦青松约好，一放假就回去，抓紧时间复习功课。但在这种情况下，她不好意思说回上海复习考试了，就留下来参加到清除淤泥的行列里。

第三天上午，水和电都恢复供应了，所有在校的教师及部分家属，男女老少，都忙着清洗收拾校园校舍。石小茜被派到阅览室帮助清理图书。到了阅览室一看，面目全非，这哪儿还是昔日的阅览室？简直就是一个抽干了水的烂泥塘！书柜、桌子、椅子、报架，横七竖八地倒在黑色的淤泥里。所有的书报杂志也都浸在淤泥里，没有一本能幸免的。管阅览室的老师给大家分了一下工：力气大的男老师，提水冲洗墙壁和柜子，铲除地面的淤泥，把铲出的淤泥抬出去，抬到倒塌的围墙外面的农田里倒掉，因为这是很好的肥料。派了两位女老师把桌子、凳子、报架搬到水管处清洗。石小茜和另外两个女老师被派去清洗图书。管图书的老师说，价值不大的书以及所有的报纸全部扔了，不去费劲了。工具书和一些比较有价值的图书、杂志，要把它清洗出来。这是个细心的活儿，那么多的书，要一本本地选出来，该扔的扔了，有价值的要一页页地用清水小心地擦洗干净，再搬到教学大楼的楼顶上去晾干。

食堂没法开伙，到了中午，别的老师回家吃饭，就叫上小茜一起去。匆匆吃完午饭，接着再干。一天忙下来，石小茜腰疼得直不起来。看看别的老师，一个个忙得满头大汗，没一个喊累的，石小茜也只有咬咬牙挺住。到傍晚休息了，还有一堆书没清理完。图书馆的馆长过来说，今天大家太累了，歇着吧，明天再干。回到家里，石小茜实在撑不住了，简单洗漱了一下，准备躺下休息。三楼邻居郭老师来敲门，送来一碗面。郭老师说："你一个人，我知道你也懒得搞！我们农村人，挑担子长大的，能吃苦。你们城里人，没干过重活，累得不行了吧？不要蛮干，累了就歇歇，没关系的。"小茜累得话也不想多说，笑着点点头。一碗热面下去，石小茜觉得腰疼也好些了。于是抓紧休息，明天还得继续干活。

三天救灾过后，阅览室彻底清理完毕，学校里也基本恢复了原来面貌。石小茜整理好行装，赶去成都火车站。幸运的是，她赶上了最后一班正在运行的火车，因为车站贴出告示：明天火车停运。据说是秦岭上有一段路基遭大雨冲刷后松动了，需要检修。什么时候通车，到时再通知！

这趟 82 次快车，让石小茜再次惊心动魄了一回。火车爬上秦岭，列车用极其缓慢的速度，侧身缓缓滑行，人坐在座位上，明显地感受到斜着身子。列车员轻声叮嘱大家坐好，不要乱动。她们自己则紧张地站在车门口的踏板上，注视着外面的情况。大家全都凝神屏气，好像灾难随时都会发生。整个车厢的乘客，人人都提心吊胆地凝视着窗外。列车慢慢滑行，慢慢滑行，石小茜几乎感觉不到列车在运行。直到过了这段险区，列车员们才稍稍舒了口气，从车门口的踏板上走了上来。于是全体乘客悬着的心也都放了下来。

一放松，疲倦袭来，石小茜开始有点迷迷糊糊想睡觉了。蒙眬中，好像已经回到上海，儿子迎面扑来，浦青松推着自行车，笑着向她走来……

回到了上海，石小茜好像仍然处于抗洪救灾的状态之中，惊魂未定，精神恍惚。没几天就要考试了，她努力克制住自己，静下心来，抓紧最后几天宝贵的时间，复习功课。

更为倒霉的，是这次俄语试卷，让石小茜撞了个青头包。题卷莫名其妙把文科考生"俄译中"的一道主要翻译题，印在了最后一张试卷纸的反面，却没有注明后面有文科的翻译题！而在正面安排了两道理工科的翻译题。傻乎乎的石小茜，只知道外语考试最后安排两道翻译大题，一道是理科生做的，一道是文科生做的。她居然从考试开始直到考试结束，也没去翻一翻，看一眼试卷的反面，这道翻译题五十分！石小茜当时只是想：为什么文科翻译题会是讲电冰箱的构造？只能自认倒霉，以为自己没有复习好！勉强胡乱地答完题，结果可想而知！

考试结束后，石小茜觉得其他四门课程发挥得还不错，就是俄语没把握。她对浦青松说："俄语的基础知识部分考得还顺手，最后一个大题目，分数很重，五十分，是阅读一篇短文，回答文后的问题以及翻译句子。那篇短文有点难，很多专业名词看不懂。"浦青松说："怎么会有那么多的专业名词呢？文科卷子一般不会有多少专业名词的！"石小茜说："我也不知道，反正那篇文章我没怎么看懂，好像是介绍电冰箱的构造或性能，反正我看得云里雾里，没看懂！"

后来结果出来了，石小茜拿到了考试成绩通知单。她的现代汉语的专业考试、古汉语基础知识考试以及作文考试，成绩都考得不错，都在七十分以上。专业课考了八十多分。浦青松的室友听说小茜的作文考了七十分，竖起大拇指说："不错不错！我去年作文也考了七十分，是高分了！"但俄语考砸了！浦青松觉得奇怪："再怎么说，俄语考个六十分应该是有希望的嘛！"

一打听，石小茜说的没有错。这年第一次给理工科考生两篇短文，任选一道，石小茜误以为是文理科考生任选一题，而文科考生的大题则在卷子的背面，因为一套卷子有好几页纸，最后一页，石小茜根本没反过来看！这好像老天故意跟她开了个大大的玩笑！

这确实也奇怪，以前研究生考试，都是两篇短文，文理科考生任选一篇。可偏偏石小茜考试的这一年，却是给理工科学生安排了两道题，任选一题。石小茜以为就是这两道题目任选一题了。无奈之下，就选了一道介绍电冰箱的短文。结果很多的专有名词看不懂，她也只能认命了。似乎老天爷成心给她设了个迷魂阵，让她铩羽而归！

更让石小茜悔断肠子的是，漏掉了的文科所考的那道大题目，是翻译《攻打冬宫》！而这篇文章以前学过，自己也复习到了，但却因为它印在试卷的反面，她没有发现！事后知道漏掉的是这道大题目，石小茜悔恨至极，多年的愿望毁于一旦，她禁不住发出像项羽垓下被围、陷于绝境时的悲鸣："这是天亡我也！这就是命运！"说得浦青松心里酸酸的。

浦青松强忍遗憾，安慰她："没关系，明年再考吧。"可是，再也没有明年了！因为一九八二年，教育部有了新的规定，满了35周岁就不能报名考研了，而她的生日是 2 月份，3 月想报名时，刚刚超过 35 周岁一个多月！

人生不如意十之八九，这个道理石小茜明白。不过考研这一闷棍打得她有点晕。

六、失之东隅　收之桑榆

来到赵镇中学两年了，生活上，教学条件上，都有了较大的改善，但窝心的事儿也不少。

一九七三年灌县学习后调入淮口中学，石小茜就教高二毕业班，之后连续五年都在高二送毕业班。因为七七年、七八年她回到语文组后，在区统考中语文获得优秀成绩，教育局才把调她到赵镇中学任教的。但一到赵镇中学，学校就给了她一个"下马威"，让她教刚招进来的初一新生。石小茜想："校长对我的教学能力信不过，还是对下面区级中学调来的教师有地区歧视？"不过，这些她也不放在心上，认识一个人总有个过程嘛，从初一开始也不错，陪着学生慢慢成长！

正当她与学生建立起感情了，以为可以跟着他们到初三毕业，结果，只教了一年，一九七九年又让她丢下这个班去教高一（2）班，当班主任。从感情上来说，她很舍不得，但她还是乖乖地答应了。她安慰自己道：这说明学校对她这一年的教学还是认可的嘛！顺带说一句，浦青松从下面调上来了，学校也安排他去教初三，用今天的话来说，可能那就是"试教"吧，骨子里就是对区级中学调上来的教师不放心——也好，男女平等了！

一九八〇年夏天，石小茜在赵镇中学带的第一届高一（2）班要升高二了。这一整年来，由于师生的共同努力，这个班级已经打下了扎实的基础，各科成绩都排在年级的前面。再奋斗一年，学生就考大学了。她信心十足，一定要让学生考出好成绩，满心欢喜地走出金堂县，彻底改变自己的人生轨迹！

正在石小茜做着美梦的时候，校长来找她了。伊校长直言不讳地说："石老师，你这个班级学生成绩不错，有些同学是可以考取大学的……"石小茜心里美滋滋的，觉得自己努力工作，领导还是看到了。"所以学校研究决定，把这个班交给燕老师。他是北师大毕业的，又是老教师，比你有经验。"石小茜如同被一盆冷水迎头泼来！她的脑子还没有转过弯来，伊校长又发话了："我们准备把全年级四个班成绩最差的学生分出来，组成一个文科班。这个班的学生，各方面基础都比较差，由你来带班。我们对你没有任何要求，一个考不取也没有关系！"石小茜望着那位讲话直来直去不绕弯子的伊校长，无言以对！这番话，明确地表示了对石小茜的不信任。但这么直截了当地对当事人说出来，这个伊校长也真够直率的！这个数学系毕业的老大学生，本该是个不错的将才——教好他的数学，带好他的数学组，但不见得是个好的帅才。他这么直来直去，就没考虑过会不会伤害到别人？石小茜当时就有一种唾其面而必须自干的羞辱感（唾面自干：此成语出自于《新唐书·娄师德传》，形容受了侮辱，极度容忍，不加反抗），心里实在堵得慌！

她想不通：让她拱手把自己辛辛苦苦带了一年的班级送给别人，理由竟然是："这个班学生成绩不错，有些同学是可以考取大学的"！更让她吃惊的是，把她的好班拿走，也就算了，再把各个班成绩最差的学生剔出来，组成一个所谓的"文科班"，让她当班主任！这叫怎么回事？这也太糟蹋人了吧？这校长还真会"做工作"，许诺她的条件是："我们对你没有任何要求，一个考不取也没关系！"石小茜的自尊心受到极大的打击！心里堵得闷住了，一句话都说不出来。是啊，面对这么"直率"的领导，她能说什么呢？石小茜不是那种争强好胜的人，她默默地点头同意了。

郁闷了几天之后，石小茜很快也就想通了，她安慰自己：第一，自己是从山区过来的，这里是平坝，从地理位置上讲就矮人一头。小茜刚到白果中学，就有老师说过，赵镇的人有一种莫名其妙的高人一等的感觉，就像皇城根下的北京人，生下来就自带有一种优越感。看来这个学校也不例外，她算领教了！第二，现在赵镇中学的任课教师，基本都是"文革"前的老大学生，自己在这个群体里，是资历最浅的。第三，明年的高考，对学校、对校长来说，都很重要。学校要创牌子，造声势。校长原来是数学教研组的组长，也是第一次任县级重点中学的校长，所以很看重这一届高中毕业生，对自己不放心，也是情有可原的。想到这些，石小茜也就慢慢释然了。

接手了这个奇特的文科班之后，发现这个班并不是她想象的那么糟糕，也有"漏网之鱼"。个别成绩很好的学生，因为爱好文学，不管原来班主任怎么劝阻，学校怎么做工作，他还是来到文科班。虽是凤毛麟角，为数不多，但也给这灰暗的文科班增添了亮色！当然大多数学生成绩确实很差。

责任心驱使她一定要带好这个班！她知道这个偏僻的地区，特别是农村家庭，培养一个高中生很不容易。这是整个家庭的希望，是想通过考大学，来改变孩子自身以及家庭命运的头等大事！石小茜心中也有一个强烈的愿望，希望她的学生能够摆脱这种贫穷落后的生活，脱离这种低层次耕作的偏僻农村，进入高校得到深造，重新塑造自己的人生！

浦青松和儿子已经返回上海，石小茜身无家务牵累，更是把全部精力投入了这届文科班的教学和班主任的工作中。她深入同学中，关注着班上每一位学生的思想动态，了解每一位学生的各科学习情况，给他们以鼓励，增强他们学习的自信心。让他们懂得，机会是给有准备的人。她再三强调：一分耕耘一分收获，只有付出辛勤劳动的人，才能到达胜利的彼岸！对于家庭困难的学生，则给以更多的关心。她与学生成了朋友，彼此之间无距离。

每天起床铃声一响，天还没亮，她就去寝室把学生全部叫起来，与学生一起跑步做操。晚自习时，石小茜抱着一叠作业本，坐在教室后面批改作业。为提高学生的作文水平，每次晚自习，她都会安排几个学生，一个一个地当面批改。有班主任在，教室里似乎就有了定海神针。整个教室里静悄悄的，连住在学校的教工子女，也到教室里来上晚自习。学生们都充分利用学习时间，认真复习功课。这个班的风貌，在年级里悄悄异军突起，各有所长的几个同学，成了石老师的得力助手，黑板报评比，年级第一！清洁卫生评比，年级第一！班风班纪令人刮目相看！有老师在石小茜面前夸奖说："某某原来在班上那么调皮捣蛋，现在跟换了一个人似的，你是什么魔法镇住了他呀?"有的老师夸奖说:"年轻教师有干劲,后生可畏!"石小茜默默无声地埋头做着自己该做的事,同学们的努力,也给了石小茜极大的精神安慰!

不知什么时候起,金堂县脱离了温江专区,被划归为成都市的郊县了。有一天,县教育局来电话通知:明天成都市教育局要派人来县重点中学听课,听一节理科毕业班的物理课,听一节文科毕业班的语文课。赵镇中学只有一个文科班,这当然是听石小茜的语文课了。这是成都市教育局第一次派人来金堂县的县中听课。学校也特地通知她:先打个招呼哈,明天有人来听课。但没有明说是成都市教育局派人来听课,可能担心说了怕吓着她?石小茜以为是学校检查老师工作,点点头,表示知道了。

第二天,石小茜走进教室,看到教室后面已经坐了十多个人。有县教育局副局长、教育科科长,学校的正副校长,教导主任、语文教研组长、组里没有课的语文老师,还有两三个陌生面孔。

那天,石小茜是讲授毛主席的词《卜算子·咏梅》。石小茜先简单介绍了一下诗歌的发展,介绍词的有关常识,讲了词牌的作用,四声与平仄的关系,以及词与诗的不同,强调词是依谱填写的,所以叫填词。同学们认真地做着笔记。

讲完常识,石老师出了一个题目,让同学们讲讲,牡丹与梅花都是人们喜爱之花,她们各自有什么不同的特点。胆大的男同学开始举手。几个同学发言后,石老师简单归纳:同学们讲得好,这两种花各有特色。牡丹是四五月份开花,那时气候舒适宜人。牡丹花以她的雍容华贵,娇艳美丽而取胜,是"贵妇人"的特质。而梅花则是另一种特质的美,花期在二三月份,正是寒冬腊月和春寒料峭之际,生长环境极其恶劣,冰天雪地,百花凋零,她却傲霜斗雪,迎寒怒放!人们欣赏她凌寒不惧的"气节",赞美她是"花中君子"。所以很多文人、士大夫,特别是一些身处逆境的清高文人,喜欢以梅花自喻,表明自己的不媚俗、不屈从权贵的铮铮傲骨。

比较完之后,进入正课,首先向同学们介绍一九六一年毛主席创作这首《卜算子·咏梅》词时国内外的严峻形势。让学生明白，作者是用自然环境中的风、雨、雪、百丈冰，来比喻当时社会环境的恶劣。

接着石老师拿出刚带来的小黑板，上面有南宋诗人陆游的《卜算子·咏梅》。她让学生根据毛主席《卜算子·咏梅》词前的小序"读陆游咏梅词，反其意而用之"，来分析陆游的词与毛主席的词，两者有什么不同，为什么主席说"反其意而用之"？

石老师让同学就在座位上，随意发言，找一找，哪些词语表现出陆游所述梅花的生长环境。同学们纷纷发言：驿外，断桥边，黄昏，风和雨。石老师说，大家想一想这幅画面：驿站外的断桥边，够荒凉的了，冬天的黄昏，再加上风雨侵蚀，阴冷暗淡，给人一种"凄凄惨惨戚戚"的凄凉感。石老师又说，请大家再找一找表达陆游感情色彩的词句。同学们朗声回答：寂寞，独自愁，无意苦争春，一任群芳妒。那么，表现诗人气节的词句有哪些？同学们几乎是集体朗读：零落成泥碾作尘，只有香如故。课堂气氛非常活跃，同学们大概忘掉了后面有那么多听课的人。

石老师说，诗词常常咏物言志，诗词中的景物的描写，实际上是诗人情感的流露。把梅花放在这么一个特定的自然环境中，必然是要反映诗人所处环境的恶劣，以及诗人在这环境中所寄寓的思想情感。下面请同学们对照着阅读，看看毛主席所咏的"梅"，她所处的环境也是非常地恶劣，但主席所要抒发的思想情感，与陆游的"咏梅"所抒发的个人情感有什么不同，分别表现出怎样的一种思想境界？选出对比最强烈的两个词。

在石老师的层层启发下，同学们讨论很热烈，纷纷举手发言。最后石老师根据同学们的发言，进行小结：同学们都看到了，同在恶劣的环境中，对比最强烈的词语是，一个"愁"字和一个"笑"字！为什么会有这样的反差？主席是无产阶级革命家，他所描写的环境，是革命的环境，而不是个人的处境！他胸襟开阔，尽管"冰天雪地"，内外交困，仍然高瞻远瞩，藐视困难，相信革命一定会取得胜利！结尾表达了要与全国人民一起分享胜利果实的美好愿望！一个"笑"字，表现了主席的革命乐观主义精神，给人一种奋发向上的动力。石老师转而说，陆游词中的梅花，是作者自己。他有才华，却无人赏识，还被群芳妒忌。他感到一种无人赏识的愁苦和落寞，是一种怀才不遇的困惑和悲歌。但在逆境中，即使"零落成泥碾作尘"，仍然要"香如故"，抒发的是封建时代文人的洁身自好的高洁品格和节操，令人尊敬，也让人同情。两相对比，格调迥然不同！虽然两首词都是"咏梅"，但一个是体现了革命领袖的胸怀和气魄，一个是失意词人落魄后的自我表白，从他们处世态度比较，境界的高下也就显而易见了！这也就是主席说要"反其意而用之"的原因所在！

石老师语重心长地对同学们说：这节课的教学，是一篇范文的演示，目的是让大家掌握一定的阅读诗词的方法，学以致用，举一反三，去阅读更多的诗词，来提高自己的文化素养。最后要求大家背诵并默写这两首词。

下课铃声响了，同学们起立，目送听课老师从教室后排的一扇门离开教室。后面听课的几位陌生面孔，特地走到前面的讲台边，微笑着与石小茜点头告别。

下午，学校让教导主任向石老师反馈市教育局听课后的意见，主要有三点：

一，这位老师的上课方法很有特色，她不是一词一句作解释，也不是一人讲到底，而是采用启发式，让学生比照着阅读。教师引导，由浅入深，层层深入，这样的教学方法好！

二，整堂课师生互动，课堂气氛很活跃，要提倡！

三，这节课的容量很大，先从《诗经》开始，到唐诗宋词，让学生对诗歌的发展有了大概的了解，再重点讲了词的知识，之后进行对照教学。教师的语言干净，整堂课没有任何废话。这位老师的功底不错！

教导主任笑着说："他们对你的评价很高哦！说'有这样的老师，是学生们的福气'！"

到了一九八一年六月，高考在即，毕业班学生要参加高考了。石小茜这时才知道：参加高考是有预选名额的。为什么呢？因为考生太多，高校

410

招收的人数很少，录取率特别低，为了节省资源吧，是省教育厅还是市教育局？想出一个点子，在基层先筛选掉一批。即把根本没有希望的学生先筛选掉。市教育局根据情况，拨给各个县一定数额的预选指标。

金堂县依样画葫芦，给每个中学也拨了一定的预选指标。赵镇中学文科只有一个班，学校给了三个参加高考的名额，看来校长对文科班的情况根本没有认真了解过，或许校长对文科班确实不抱什么希望，觉得文科班给三个名额也就不错了。当时的文科班有个很难听的别名——"瘟科班"，意思就是成绩特别差的人才去文科班！

石小茜慌了。这一年来师生的共同努力，是非常有成效的。全班三十二个人，她认为都有资格参加高考。现在学校只给三个名额，这也太少了吧！从来不争什么的石小茜，这次为了她的学生，要争一下了。她立即去找校长，希望让文科班的学生都能参加高考。校长说，文科班给三个名额，已经不少了，理科班每个班也就七八个名额！石小茜耐心地跟校长陈述文科班的学习状况，校长还真的对文科班一无所知，听她讲到动情处，校长也被感染了，同意再拨两个名额给她班。石小茜对校长说："两个？给我十个都不够！我班上三十二个人，有把握可以考取百分之九十！预选名额希望给三十个。"校长瞪大眼睛，十分惊讶地看着她："可以考取百分之九十？预选名额要三十个？我全校也没拿到三十个预选名额！"在校长心里，文科班能够考取个一两个，就很满足了，听石小茜这么肯定地说了，他觉得有点不可思议，这与学校预估的数字相差太大！再说，没有人敢打这样的包票！校长怕石老师年轻，做事不知轻重，再三询问："你有这个把握吗？这可开不得玩笑，要负责任的！"得到石小茜肯定的回答，校长也一阵激动，但也为难，说得再好，没有指标也是白搭！想了想说："我没有办法给你那么多的预选名额，要不，你自己去向教育局申请！"好吧，有了校长的这句话，石小茜第二天就去教育局。局长原本就是县中的老校长，他也希望县中出成绩！石小茜十分诚恳地给局长详细分析了他们班级的情况，并再三强调：赵镇中学本来就是县重点中学，学生基础好，高考名额全县各个学校分摊是不合理的。她跟局长说："这么好的学生，如此地刻苦努力，辛辛苦苦两年，结果连进考场的资格都没有，这太伤人感情了！"局长开始并没有认真听她讲述，因为名额已经分配下去了，不可能再有改变。但石小茜不甘心，她觉得就这么空手而归对不起她的学生，她也认为自己是能够说服局长的。经过一个多小时的磨嘴皮子，石小茜从各种角度去分析、阐明她的理由。慢慢地，局长觉得她说的也在理，有点被说动了。想了想，他对石小茜说："你要那么多名额，有把握不？万一搞砸了，我这个局长要担责任的！"石小茜见局长有点松口了，赶紧说："我有把握！"这句话就等于向教育局局长立下了军令状！石小茜那时确实太年轻了，没有考虑到任何的后果，她心里只有一个念头：我要给班上的学生争取到高考的入场券！

教育局原本也没有经验，搞什么预选名额也是头一遭！分配名额上为不招致矛盾，基本上是平均分配，重点中学名额稍多一些，让大家都没意见。听石小茜一番分析后，局长觉得有道理，决定从下面的公社中学里抽调点名额上来。石小茜坐在局长办公室，等他的回音。局长打了几个电话，不是很顺利，就跟石小茜说："石老师，这个工作不好做的，你先回学校，等我的消息。"

局长没有食言，他一一给下面十多个公社中学校长打电话，让他们匀出两三个名额，哪怕一两个也行。最终挖了20个名额给石小茜，说：再多就没有办法了。石小茜为自己能从教育局讨到了这么多的名额而心花怒放！非常感谢局长为她班的学生所作的努力。同时，赵镇中学也同意增加两个名额。这样，石小茜为自己班上总共争取到25个预选名额。局长在电话里对石小茜说："我这是强行要来的名额，你可不要让我失望哦！"

高考终于结束。学校原本寄予厚望的理科班，高考很不理想。倒是文科班，红旗飘飘，全面获胜！班上凡是参加高考的学生，全部考取了！有大学、大专和中专。著名的四川大学就考取了好几个，有新闻系的，有中文系的，有经济系。另外还有华东师范大学中文系，兰州大学中文系，四川师范学院中文系，西南师范学院，西南财经学院，上海外国语学院等，轰动了整个赵镇。成都市的《教育通讯》上还为此发了简讯。

只是当时班上有些没能获得预选资格的学生，非常伤心。有一镇上的男同学，为此躺在床上一天不吃饭，蒙着被子哭，把他父母吓坏了。连忙来找石老师，希望石老师能劝劝他。石老师去到他家，男同学才坐起来，哽咽着说："我就这么倒霉！我是第二十六名，可我平时有时比我前面的几名同学考分还高，我觉得我也是能考取的，为什么不给我名额？这不公平！"石小茜也心疼他。在石老师的心中，也是觉得他能考取学校的，但现在已既成事实，无法挽回了。她只得安慰他，鼓励他复读，重新温习功课，明年再考。石小茜宽慰他说："塞翁失马，焉知非福？说不定明年能考个更好的学校，又何必在乎这一时的得失？"石小茜见他情绪稍好点了，语重心长地对他说："你也已经十七岁了，男子汉要刚毅坚强点，不能遇到不顺心的事就哭鼻子。这么一个小小的挫折，在漫漫人生道路上，算不了什么，要有挑战困难、战胜困难的勇气！"并答应他：有什么搞不懂的地方，尽管来找石老师，石老师愿意继续为他的语文考试保驾护航！

七、再一次辉煌

石小茜努力忘掉八一年夏天考研的失败，也放下学生高考获胜的喜悦，重新接手高一新生，继续她日复一日的教学和班主任工作。一九八二年，高二毕业班，学校仍然设一个文科班，仍然让她带文科班。她仍然那样不辞辛苦地关注着每一位学生。

看到有些农村的学生生活太差，许多人都是带一瓶咸菜吃一个星期，食堂里三分钱一份的素菜都买不起，她心里觉得不好受。一次家长会上，她对家长们说，学习的事家长可以不用管，但高考冲刺，学生的脑力、体力都消耗很大。希望家长们能设法给自家孩子补充点营养，不能总是让他们吃泡菜，咸菜……有家长无奈地表示，也想给孩子补补身体，但家里没有钱……有家长说，家里有鸡生蛋，煮熟的鸡蛋，带多了要坏；每天送，路太远，肯定不现实！这样一说，启发了石小茜！她对家长们说："这样吧，你们让孩子每周日返校带六只鸡蛋来，用纸包好，在纸包上写上学号，一起放在我厨房里。我每天早上给他们煮一个鸡蛋。"一些家长听了喜形于色，有个农村家长作揖道："老师，我没什么谢你的，我给你磕个头！"石小茜连连摆手说："要不得，要不得！他们是你们的儿女，也是我的学生，给孩子们做点事，是我的本分，应该的，你们千万不要放在心上！"这样，石小茜每天早晨除了叫学生起床，与学生一起跑步，做广播操，又多了一件事：给学生煮鸡蛋。煮前她在每个蛋壳上用铅笔写上学号，免得搞混。学生早操后漱洗完毕，就过来领鸡蛋。

从早锻炼、早自习，到晚自习、寝室熄灯，同学们几乎都能看到，石老师就在他们的身边。石小茜的全力以赴，给了班上学生以极大的学习动力，也感动了这些淳朴懂事的大孩子们。他们很想做点事，来表达他们对石老师的感激之情。一个周末大扫除时，几个学生干部悄悄决定，趁机给石老师家里的厨房搞一下卫生。说干就干，他们趁石老师去班上检查大扫除时，就去石老师厨房，把灶膛里的木柴灰掏干净，把灶台和厨房里的锅、碗都洗得干干净净。特别有意思的是小林同学，看到石老师家的铁锅底，因为烧柴，全是黑灰，他用铲刀把锅底灰刮得干干净净，再把锅拿到水龙头上冲洗，想给铁锅一个全新的面貌。

石小茜检查完周末大扫除回来，看到自家厨房门口站着几个学生，正要问有什么事吗？同学们看到石老师回来了，就一窝蜂地嬉笑着跑下楼去了。石小茜走到厨房门口，看到最后一个还没离开的小林同学，正在用抹布把锅底抹干，准备离开。看到石老师，他不好意思地笑笑说："我已经洗完了。"放下铁锅，跟着大家跑下楼去。

一个星期后，锅底锈出两个沙子那么小的小洞眼，煮蛋时漏水。同学们知道后，都嘲笑小林干的蠢事！小林是学习委员，聪明好学，成绩优秀，但性格有点内向，不善言辞。面对同学们的嘲笑，搓着手，很不好意思。看到他的这副窘相，石小茜笑着拍拍他的肩膀说："没关系，以前没干过家务，出点小错正常，实践出真知嘛!"

文科班的学生刻苦努力，石小茜感到非常欣慰! 文科班的几位任课老师也互相配合。数学、英语、地理、历史各科老师都同心协力，把精力扑在班上。

一九八三年夏，高考结束，成绩出来了，文科班学生考得特别好。考取的著名大学有：北京大学、四川大学、南开大学、上海外国语学院、广州外国语学院、四川外国语学院、四川师范学院⋯⋯整个四川省（包括重庆市在内）的文科考生，高考总分超过 500 分的，不到 190 人，而赵镇中学文科班一个班就占有 4 人。一九八三年成都教育局当时曾有一个统计，显示出赵镇中学文科班的高考升学率，超过了成都市的某名牌中学，那可是一所历来以文科升学率高而著称的名校! 一九八三届文科班的这次高考，为赵镇中学赢得了很大的社会声誉。这是石小茜在赵镇中学所带的第二届，也是最后一届文科班。她给金堂县交出了一份优秀的答卷。

八、回家之路跌宕起伏

一九八三年夏季，浦青松研究生毕业。这是上海高校招收研究生以来第三届毕业生了。第一届七八年进校的，八一年分配，不管你从哪个省份考入，基本上是留校任教，家属户口也可以随之迁入上海。这给从上海分配出去的大学生一个美好的愿景：考回上海的大学，等于一只脚已经踏上故乡的土地了! 浦青松以为经过自己三年的辛苦，也可以实现自己的理想和承诺，一是争取留校工作，从事自己专业的教学和研究，二是可以把石小茜带回上海。

然而往往事与愿违! 从八二届开始，市有关部门突然下达一个文件说，外省市考入上海的研究生毕业不再考虑留校，原则上分配回原省市，理由是"不能造成新的两地分居"! 其实，有人说这是上海的户口政策突然收紧，要暂停外地户口进沪。因而研究生的分配去向发生变化，以"不能造成新的两地分居"为由，冠冕堂皇地让不是上海户口的研究生原则上回原省份！

户口，户口！二十世纪七八十年代，上海的户口比黄金还珍贵！黄金有价，户口无价！一张户口就可以把人像螺丝钉一样拧在某地，钉得死死的！浦青松咨询研究生办公室，他有没有机会留在上海？研究生办的回答很婉转，像他这种状况，即使留校，也不能马上解决家属的户口问题。学校里，教师家属要进沪的很多，需要排队，每年只能进几个。研究生办的人笑着对浦青松说："按照现在的排序，你家属要排到八年之后才能解决！"

浦青松陷入无解之地。自己留在学校，继续两地分居，三处生活。虽然寒暑假可以探亲，每年也可以报销一次车旅费，但分三处生活，维持八年，经济上的消耗很大。更让人焦虑的是，今年儿子小学毕业，这三年在上海读书，已经像放野马似的，奶奶没法管他的学习，再放在奶奶家，八年时间，儿子的学业就要荒废了，这显然不行。说心里话，浦青松也不忍心让石小茜那般节衣缩食，再熬八年。看来只有回四川了！

上次浦青松跟导师去四川大学游学，私下聊天时，川大中文系表示很欢迎他，人事处的处长说，他们学校中文系正缺先秦文学专业的教师，希望他能来。并许诺了一些优越的条件：一旦来川大，川大可以派他去国外做交流学者，这在当时是很有吸引力的，多少人希望能出国去看看。另外石小茜马上可以调到川大附近的成都七中，这可是成都一流的重点中学……小茜有点动心，这样一来，可以把儿子带到身边，小家庭可以团圆。浦青松也动过心，小家庭团圆了，专业研究的条件也好了！

但浦青松还有一个难题没法解决。父母年纪大了，都已年过花甲，身体不好，需要照顾。他是家中唯一的儿子，一旦定居四川，父母如果头疼脑热，生病住院，迢迢千里，真正需要他时，赶都赶不及！一次妈妈对邻居不无伤感地说："有时想想，心里闷得慌！家里所有亲戚都在上海，唯独自己这个独子，读了大学，去了外地！"浦青松能理解妈妈的心情。究竟去不去川大？真是左右为难啊！

正当浦青松在踌躇为难、无法决断的时候，东部地区陆军学院来招聘大学课程文化教员，招聘的干部对他说："你入伍，即是营级，作为营级干部，家属可以同时随军。而且，在上海入伍，转业、退休都可以回上海老家。"浦青松很犹豫：去不去？去，搞研究肯定没有上海江夏师大或川大的条件好，自己这么千辛万苦，不就是为了有朝一日能进入自己学术研究的殿堂吗？不去，继续分三处生活，有点对不住孩子和小茜。或者选择川大，那这辈子就得安安心心做个四川人，父母这边就顾不上了！反复思量，最后咬咬牙，去！至于学术研究，只能用一句老话来安慰自己："师傅领进门，修行在自身。"浦青松想，这应该是个折中的好办法，孩子可以带在身边，小茜马上可以随军。江西南昌靠近上海，家中有事，火车十五个小时就可以到家，比去四川的四十五个小时近了三分之二。再过几年，父母年纪再大些，他也可以转业回上海了。两人商量决定：再次"战略大转移"。这样，浦青松就成了陆军学院的一名教官。

第九章

尾声——金堂县的华丽转身

鸟瞰兴建中的淮口工业园区

毗河夜景

小区民居

云顶山慈云寺的银杏树

一、重返金堂县

光阴似箭，十多年的时光，又是一个"弹指一挥间"！浦青松从陆军学院转业回到上海，把石小茜也带回了上海。之后一切按部就班：早出晚归地上班，勤勤恳恳地工作。浦青松教学、研究两不误，出版了多部著作，成了中文系教授。石小茜继续在中学任教，担任高中毕业班的班主任，几年后被评为学校首席语文教师。之后适龄退休，儿子成家，有了孙儿……一眨眼二十年又过去了！到了 2014 年，两人已经年近七十，马上要踏进"古稀"的门槛了！

二十一世纪的上海，已经远不是上世纪七十年代穷得叮当响的年代了！那时候，老百姓手里没有钱，别说走出国门、走出上海去旅游，就是在市内坐公共汽车，也要计划着，能省则省！现在也不是八十年代改革开放初的摸索期，更不是九十年代下岗的阵痛期！一个崭新的时代来到了！老百姓口袋里的钱多了，节假日多了，以往陌生的"旅游"这个词，在人们口中渐渐频繁出现。大家不仅利用节假日到各地去观赏祖国的大好河山，甚至普通老百姓也开始走出国门，去外面看看精彩的世界：新加坡、马来西亚、欧洲六国、俄罗斯……二十一世纪，中国开始雄鹰展翅。

有一次，手机上的一条信息，引起了浦青松的极大兴趣：四川金堂县白果场沱江西岸，建起了一个小型飞机场。浦青松怎么也想象不出，那个丘陵山坡地，那个去红花塘火车站必经的有着崎岖山路的起起伏伏的小山头，怎么可能修建起一个飞机场？这条信息令他百思不得其解！他当年曾经在那儿搞过社教，太熟悉那个地方了。一旦那里建起飞机场，白果乡老百姓的生活必将会有一个极大的改观！他对石小茜说："什么时候有机会我们故地重游，去看看那个我们'空降'的第一个'据点'白果场？"石小茜马上应和说："可以啊！离开那里已经四十多年了，我也很想去看看，那个曾经闭塞落后的白果场，现在究竟怎么样了？当年我们教过的学生也该有五六十岁了吧？那时还没有高考，街上的、农村的学生，走出学校，插队的插队，回乡的回乡，一律务农去了，不知道现在他们生活得怎么样了？"浦青松说："有兴趣的话，找机会去一次，我觉得比一般的游山玩水更有意义！"两人一拍即合，金秋十月，桂花飘香，两人商量着来一次说走就走的旧地重游！

真正让他们下定决心要去故地重游的，还是得益于当年石小茜的学生——赵镇中学文科班的班长梁诚！梁诚四川大学新闻系毕业后，考入上海复旦大学新闻系研究生，之后留在上海工作，开拓出了他的一片崭新的天地。他一直与石老师浦老师保持着联系，几次劝两位老师应该回金堂县去看看，说现在的金堂县，已经完全不是原来的样子，变化很大！当年考进北大中文系的小洋，已是一名活跃在新闻战线的报社记者了，也多次联系石老师，希望她一定回四川、回金堂看看！

这次听说石老师、浦老师真的想去金堂县，想去看看那个报上登载的白果场的小型飞机场，梁诚非常支持，说："好啊，到时候我找两个当年的同学，在赵镇长途汽车站接你们，给你们做向导，否则，你们会摸不着方向的。整个赵镇大改观，面积已扩大了好几倍！"两人欣喜不已，心里充满期待。

正式准备动身了，石小茜问："坐飞机还是坐火车？"浦青松说："当然是坐火车啦！重新体会一下四十五年前去川西的感觉！"

上了火车，才真实地发现，四十五年前的感觉是找不到了。首先，浦青松买了两张硬卧车票，下铺。没有必要考虑省钱而去硬座车厢直直地坐上几十个小时。走进车厢，一眼望去，整个车厢干干净净，一张床铺一个人，没有任何嘈杂与拥挤！当年车厢里闷热、拥挤、又脏、又乱的那种令人窒息的状况完全消失了。

当年小茜严重晕车，呕吐，那种难熬的感觉，至今想来都觉后怕！现在，浦青松与石小茜两人对坐在茶几两边，一人一杯茶，舒适惬意。看着窗外掠过的景物，轻松地聊天。小茜无比感慨地说："当年我们是怎么熬过来的！"浦青松笑她道："不熬怎么办？先别说钱，当时买卧铺票是有级别规定的，刚工作的小年轻，即使有钱也没资格买卧铺票！"他呷了一口茶："说到钱，就有点伤感情了，两张硬座的火车票，一来一去就是我三个月的工资！一年熬到头，省下的几个钱都花在了车轮子上！"小茜也感叹道："所以，许多人分到外地，因为经济拮据，好多年都没回过上海，全靠8分钱的邮票，两地传书。"浦青松说："是啊！你算算，从内地回上海一次去探望父母，两人来去车票就是一百五十多元，新疆、黑龙江更贵。如果带着孩子，还要买张儿童票吧？探望双亲，一年见一次面，总得买点礼物吧？还有亲朋好友，总得意思意思吧？所以走动一次，再节约，至少至少也得二三百元，就得半年的工资，哪里走得起啊！那时，打个电话都是奢侈举动，没有急事，谁往家里打电话？哪像现在，有事没事抓起电话一聊半个多小时！想出去旅游了，找个旅行社，一切都解决了，考虑的是去哪里玩得开心，而不是怎么更省钱。""现在'不差钱'了！"小茜的一句话，引得两个人都笑了起来，这是几年前赵本山小品里的"经典"名言。他们饶有兴趣地聊着天，回忆着四十五年前的往事，十分感慨今天的生活，在不知不觉中，已经跃上了一个新的台阶。

火车的路线也改变了，列车不再绕道陇海线、经西安宝鸡爬秦岭了，而是取道达州南充，从湖北入川直达成都。时间上缩短了三分之一多，从四十四五个小时，甚至五十个小时，缩短成三十个小时。也即上午九点半开车，在火车上睡一个夜晚，第二天下午三点半，就到达了目的地。

到站前，他们心里有准备：现今的成都火车站，肯定不会像从前那样简陋、寒碜，一定会跟上时代的步伐！但下了火车，还是被眼前的景象怔住了。火车站的规模，与沿海大城市的车站差不多。候车大厅宽敞明亮，人头攒动。来来往往的旅客，穿着时髦、现代。不见当年扛着、背着的沉重的包裹和旅行袋，男男女女，拉着轻巧的拉杆箱。已经全然没有一点当年"内地"的影子了。

走出大厅，外面的交通设施，也高度城市化。公交车来来往往，地铁站正在建造中，接送客人的"TAXI"（出租车），一招手就到面前。眼前的这番热闹和繁华，几乎要与一线城市比肩！两个人无限感慨：火车跑了三十个小时，仿佛没有走出上海市！

招手叫了部出租车，很快到了长途汽车站。在买票窗口，浦青松问："到金堂赵镇要多少时间？"售票员回答："一个多小时。""啊？这么快？"两人惊喜地互相对望着！石小茜在上海，每天坐公交车去上班，也得一个多小时！

登上长途汽车，车内不见当年简陋的硬座椅，全都换成了舒适的软座椅，整个车厢干干净净。车子准时出发，一出了成都市区，就上了高速公路，不见当年颠簸不平的黄土公路，也不见当年公路两旁裸露在外的红土壤。想起一九七〇年八月，他俩第一次到金堂县报到，坐在似乎马上要散架的长途车上，行驶在不很平坦的黄土公路上，车身"咔咔"地响，人被左右摇晃着，时不时地身子要往前一冲，有时人还会在座位上弹起来。而现在，汽车几乎悄无声息地快速滑行在现代化的高速公路上。满眼望去，一片葱绿，大地像是铺上了一层嫩绿色的地毯，汽车就在这绿色的地毯间行驶。从繁华热闹的城市，一下子进入到这么广阔、葱绿、宁静的外部世界，顿觉空气格外新鲜，不由得深深地吸了一口气，整个人顿觉心旷神怡！窗外的凉风吹拂着脸庞，远处翠绿的山峦逶迤起伏。石小茜心里就一个感觉："爽！"

二、赵镇，我们回来了！

车子很快在赵镇汽车站停了下来。两个人随众人下了车，石小茜张望了一下，怎么没见到有人来接车？突然看到车站的廊檐下，站了七八个人。他们也看见了石小茜和浦青松，一伙人立即乐呵呵地跑了过来。领头的一位男士，高大帅气，手里捧着一大捧鲜花。大家快乐地喊着："石老师！浦老师！"都过来抢着握着他俩的手。一女生笑着说："石老师，你还那么年轻，简直就没怎么变！"石小茜开心地说："不可能吧？岁月必留痕，老了!"大家几乎齐声说:"没有,没有!石老师一点不显老!"石小茜给他们介绍:"这是浦老师,认识吧?"一个胖墩墩的男同学说:"认识认识,浦老师年轻时好帅哦!"一女生说:"高高的个子,身板挺拔,很有点军人气质!"另一女生抢着说:"浦老师那时戴着一副白边的眼镜儿,白白净净,一头大波浪的卷发,好洋气!"另一瘦高个的男同学说:"浦老师一眼没认出来,主要是头发稀疏了。但仔细看,还是认得出来,气质没变!"石小茜说:"你们应该不认识浦老师的吧?你们进高中,他已经回上海读研了!"胖同学说:"我们那时是初二学生,常看到你们俩带着孩子出门散步!你们不认识我们,我们早就认识你们了!"大家哈哈大笑。胖同学补充说:"那时候,我们这儿外省人很少,因为穷,邻县的人都不愿意到我们金堂县来!所以来了两个外省人,还是上海人,又是两口子,是个大新闻呢!你们几乎谁都不认识,可是大家都认识你们!"大家又哄笑起来,石小茜和浦青松也跟着笑了。

石小茜说:"现在我还没认出你们,自报姓名吧!"领头献花的高个子帅哥说:"我叫魏敏,我们是八一届文科班的,梁诚的同学。"他拿出当年毕业时拍的集体照说:"我怕您不认识我们,就把当年拍的毕业照带来了,后面一排中间的那一个就是我!"石小茜说:"对对对!人与照片对上号了!那时还没这么高、这么帅呢!"引起一阵笑声。旁边的一个女同学说:"我叫李丽,是班上比较调皮的那个女同学,当年上课时,我趁你不注意,拿出小镜子照了照,结果被你发现了,挨了批评的!"石小茜笑着说:"不记得了,不记得了!还有这样的事情?"同学们又大笑。

石小茜问瘦高个:"那你呢?也报下姓名!"瘦高个同学说:"我叫张瑞康,坐在最后排……"石小茜马上回忆起来了,说:"对对!想起来了,坐在最后排,那时候就瘦高瘦高的,头上还零星有点少年白发,大体样子没怎么变!"听到老师还认出他,张瑞康很开心。胖同学说:"老师肯定认不出我了!当年吃红苕、酸泡菜,人很瘦……改革开放后长胖了!"石小茜说:"让我想想,你好像是坐在张瑞康前面,还是当年那么幽默,脸型没怎么变，就是胖了些……""对对对！"同学们忙着说，"就是他，就是他，石伟！老师记性真好！"石伟反倒有点不好意思了。围着石老师和浦老师，同学们似乎有说不完的话。还是魏敏招呼大家说："两位老师旅途劳顿，一定很累，让他们先到宾馆休息一下。我开车送两位老师，你们先去饭店张罗一下，点菜的任务就交给你们了。一小时后，饭店见！"

车站旁的停车场门口，停了两部小轿车，一部红色丰田，一部黑色奥迪，是李丽和魏敏的。两个人都想请石老师、浦老师坐自己的车，石小茜说："这样吧，一人坐一部，聊天方便。"石小茜对浦青松说："那你坐魏敏的奥迪，我坐李丽的丰田。"大家簇拥着两位老师到了轿车旁，魏敏忙打开奥迪车门，等待浦老师上车。浦青松说："你们太客气了！"魏敏说："我们能在家乡看到当年的老师，真是无比激动啊！"车子开动，大家招手说："一会儿饭店见！"

车上，李丽对石小茜说："你们住的酒店三天前就预订好了，来这儿接你们的，都是在金堂县工作的。在成都上班的还有七八个同学，下班后就直接到饭店。"石小茜说："没想到能聚集这么多的同学！"李丽说："同学们听说你要回来，都很激动！有两个正在外面旅游，听说您今天到，正在往回赶呢！马晓慧刚到云南两天，知道你回金堂，就又坐飞机回来了！"石小茜好感动，说："谢谢同学们！这么久了，还记得老师！"接着又急切地问："大家过得都好吗？"李丽说："我们班的同学过得都挺不错的，大学毕业后，去外地大城市工作的人不多，有几个，时间长了，没什么联系了，只知道有在北京某教育出版社的，有在上海文广集团的……留在成都工作的，有在成都工商局的，成都人委督察室的，成都某税务局的，四川省美术馆的，也有自主择业发了财的……还有一些选择回到金堂工作，县交通局，税务局，文广局，审计局……不少人都担任了一定职务。"李丽停了停说："就张瑞康有过点波折。""为什么？"石小茜问。李丽说："张瑞康当年差了几分，没能进大学，被中师录取了，毕业后就在公社小学教书，后来又调到公社中学教书，没几年当上了副校长。他为人厚道又耿直，不免受

426

挤压，他不想受那份闲气，正好也是一次机遇，他就辞职，跟他表弟一起办起了农场，除了种植柑橘、猕猴桃等水果，还种植羊肚菌。据说这羊肚菌很有市场，前景不错！这样一来，精神上自由了，经济上也比当教师好多了，就是人很辛苦，你看到的，还是那么瘦！不过身体还不错。"说话间，李丽的车子停了下来，她说："石老师，酒店到了！"

这酒店够得上"豪华"二字。周围的花圃修剪得很有艺术性。门口宽宽的停车场中央，是一座喷泉。喷泉中央，一位美丽女神的雕塑温婉地望着众人。宾馆楼并不高，是个四层楼的建筑，但底座有十几级的大理石台阶，像古代楼台的石基，非常气派！走上宾馆台阶，宽宽的廊檐下摆着两部高高的游览车，车斗很像英国人的敞篷马车，只不过前面不是用马拉车，而是由一人脚踏骑行，车座很高。石小茜想，骑行的人坐在上面，一定有一种高高在上、威风凛凛的皇家御者的感觉吧！石小茜还没见过这么有气派的游览车，说是供住店的客人使用，可以一家人自驾去前面的花园休闲、游玩。

刚走到酒店大玻璃门的门前，戴着白手套、穿着酒店制服的服务员就殷勤地开门出来，微微点头施礼，接过行李。石小茜一抬头，就见店堂里五六个人正在柜台前商量着什么。见石老师进来了，一下子全围拢来了，像孩子似的摇着石小茜的手说："石老师，我们好想你呀！"石小茜开玩笑说："这不，我把石老师给你们送过来了！"大家一阵欢笑！

石小茜说："先别忙，让我把房间先登记好，大家就可以到房间里坐下来慢慢聊了！"石小茜和浦青松走到柜台前，递上两人的身份证，登记住宿。柜台前的工作人员接过身份证，作了登记，就把身份证递还给了石小茜。石小茜问："定金怎么付？"服务员说："已经付了三天的住宿费了。"石小茜很惊讶，坚决不同意由同学们付费。她说："我是来旅游的，宿费必须由我自己付！"同学们说："石老师，您别管了，赶快去房间把行李放了，我们好聊天，我们太想你们了！"另一位服务员小妹已经拿了钥匙走在他们前面引路。女同学们脚前脚后地拥着石老师，男同学陪着浦老师，一起上了二楼。

边走同学们边纷纷抢着介绍说，"这是金堂县新建的五星级宾馆，专门给来此地开会的贵宾住的。成都市很多重要会议，都安排在这里举行！""大家都说，一定要让石老师、浦老师体验一下我们赵镇的五星级宾馆！""石老师，您刚才下车时有没有注意到，宾馆两边各有一座大楼，左边的那座楼，就是会议大楼；右边的大楼，那是体育馆，里面有温水游泳池，健身房，各种锻炼器械都很先进……""哦，是配套工程！"石小茜笑着说。"老师，你们一定要体验一下我们金堂县五星级宾馆的服务！"一群同学兴奋地抢着告诉石老师这宾馆的高档之处。走进房间，里面宽敞明亮，洁白的床单，崭新的地毯。还有大彩电，衣柜，沙发，小冰箱，宽大落地的穿衣镜。卫生间的浴缸洁白而有光泽……这确实是家名副其实的五星级宾馆，各项设施齐全，服务周到。

大家聚集在宾馆的房间里，就像当年在赵镇中学读书时，聚在石老师那个简陋的房间里一样，有说有笑，无所忌惮。浦青松没有教过他们，坐在一边的沙发上，微笑着看着他们师生的亲热劲！

很快，电话来了，说让老师去饭店吃饭。刚走下楼，几个成都的同学已经开车来到宾馆看老师了。李丽见状，喊着："小军！速度真快哈！"小军说："那当然！风驰电掣，就想赶快看到老师！"边说边过来拥抱石老师，其他几个同学也急着要与老师拥抱，握手，小军放开石老师又忙着跟浦老师握手。李丽说："大家还是先去饭店，那边在等着我们！还是照原来，石老师坐我的车，浦老师坐魏敏的车。"成都的同学不答应，小军说："这样，李丽的红色轿车'美丽动人'，石老师仍坐李丽的车吧！浦老师坐我的车，我们男人坐黑色轿车，有气派！其他同学坐魏敏的车。"魏敏笑笑说："行！"车子启动，居然后面还跟了两部轿车，五部小轿车鱼贯而出，离开宾馆去饭店。

饭店门口有人接，车子一停，两个同学就过来了。见石老师下车，赶紧过来拥抱，浦青松也笑着与他们一一握手！来不及自报姓名，大家前呼后拥地先把两位老师引进饭店。包间很宽敞，一张大圆桌，可以坐二十多人。桌上饮料、白酒已经摆上。石小茜说："嚯！这么大一张圆桌啊！"同学们几乎齐声说："坐一张大桌子，热闹些！"后到的几个人，几乎都问同一个问题："石老师，知道我是谁吗？"分别三十多年，那时是十多岁的中学生，现在都四五十岁了，有的已经是爷爷奶奶辈了。变化太大，一下子认不出来。石小茜说，大家坐定，由一人报名字，我来对号指认！像猜谜语似的，同学们报出一个名字，石小茜努力从记忆中搜寻，基本上都指认对了，同学们很开心，石小茜也得到大家的称赞："石老师没忘了我们，这么多年了，还能认出我们来！"

菜肴之丰盛，不输上海的大饭店！但大家的兴致不在吃上，都忙着讲话。开始时一个一个地讲，不多一会儿，是两个两个抢着讲。再后来，你一句，他一句，争先恐后地讲。包房里热闹非凡，三十多年的离别，同学们每个人都有许许多多的话要跟自己的班主任讲！石小茜这边的话还没听完，那边又在喊石老师，石老师……石小茜顿时觉得自己年轻了许多，似乎回到了三十多年前！重温师生友情，大家都沉浸在幸福之中。

餐桌上，同学介绍说："你们住的宾馆和这儿的饭店，都在赵镇的新城区，整个赵镇在建筑规模和居住人口上，都是老城区的五六倍！特别是流经城区的宽达百多米的毗河，更是被装点一新，成为一个亮眼的旅游景点。每到晚上，河边散步的人很多，非常地热闹！"

晚餐后，夜幕降临，同学们说："石老师，毗河就在前面不远，毗河上的景观灯已经亮了，我们一起河边散散步？"石小茜说："好啊！"大家又簇拥着两位老师一起去河边散步。远远看到毗河，彩灯齐放，河边熙熙攘攘的人流，像赶庙会似的。来到河边，手扶着河边木质的栏杆，听着人们的欢声笑语与喷泉的美妙的音乐声，石小茜真有点醉了，这还是以前的赵镇吗？木板铺成的河边走步道，随着河体的弯曲向前延伸。岸边一长排商店的霓虹灯、广告牌，喜庆、耀眼，勾勒出了一座新兴城市的美丽夜景。石小茜赞叹道："真美啊！"她对身边的浦青松说："上海人喜欢去城隍庙看彩灯，去西湖边看夜喷泉，有谁知道，我们赵镇这儿也是别有洞天呀！这毗河边的彩灯、音乐喷泉，完全可以同上海的夜景、同杭州西湖的夜景相媲美！我甚至觉得，毗河的灯光秀比上海城隍庙的更大气！现代感十足！"

同学们簇拥着两位老师沿着河岸慢慢往前走，大声地给老师作着介绍，讲着两位老师不知道的过往史……河边人太多了，没法交谈；也怕老师太累，魏敏有意识地提醒："时间不早了，今天就到这儿吧，让老师早点休息，我送两位老师回宾馆。两位老师明天还有安排呢！"虽然大家意犹未尽，但觉得魏敏说得对，纷纷与老师握手告别。

车上，魏敏说："你们两位老师重访金堂的消息传得好快哦，八三届的同学已经打电话给我，说明天让两位老师在宾馆等着，有学生代表来接你们。我跟他们说，老师刚到金堂，不能让老师太累了。让老师明天上午在宾馆休息一下，下午再聚会，千万别让老师太累了！"石小茜点头笑着说："不愧是多年的领导，考虑问题就是周到！"

第二天下午两点一过，几个学生就敲门进来了。领头的是外号"鹏大将军"的，他几乎没变，个头、胖瘦都如原来，就是更成熟些。石小茜一下子就认出他了："大鹏，是你啊！没变没变！"大鹏说："石老师，岁月不留痕，您也没怎么变！"大鹏闪过身，后面的几个同学拥过来，自报姓名，一一与石老师拥抱，与浦老师握手。

大鹏说："昨天你们在毗河岸边散步了，今天我们租了毗河上的一艘游船，去游船上晚餐，慢慢航行在毗河上，体会一下古'秦淮河'赏景的感觉：'烟笼寒水月笼沙，夜泊秦淮近酒家'，可能更加诗情画意……"几个同学抢着说："我们先去喝茶聊天。等天黑了，晚餐时，我们边吃边聊，坐着游船在毗河上缓缓航行，听音乐，赏彩灯……"另一位同学说："船上安静，环境特别好，尝'三江渔府'的河鲜，很有味道！"

两部轿车停在宾馆门口，十几分钟，就到了"三江渔府大酒店"的大门前。十多个同学已经等在那里了。同学们前呼后拥，把两位老师送上了游船。石小茜开心地说："我们这是享受哪级首长的待遇啊？"引来一阵大笑！游船房间里的一张大桌子上，摆了很多零食，瓜子、花生、橘子、广柑、西瓜、猕猴桃……服务员用茶盘给大家端上茶水，大家热热闹闹地围着桌子，抢着"汇报"他们的生活和工作。一名身材苗条，戴着一副近视眼镜的女生，跟石小茜说："石老师，我是在临毕业前生病休学的秀琴，那年我没能参加高考，但我就是想当老师，工作两年后，有了机会，就再去报名参加高考，考进了师范学院，终于圆了当老师的梦……"看得出来，她对自己的工作很满意，家庭生活很幸福。大家纷纷自我介绍，互相介绍，在座的有大学图书馆的部门负责人，有本地区农业发展银行副行长，县发改局局长，县政协副主席，有地税局的……一个长发披肩，眉清目秀的女生，微笑着坐在石小茜旁边，她轻轻对石小茜说："我当年的目标，就是想做一个像您那样的老师！""青出于蓝而胜于蓝"，她现在已经是一名特级教师了。在一群人里，一个男生高高胖胖的，始终微笑着坐在一边，没有说话。石小茜没认出他来，就笑着指了指他，对他说："说说你吧。"男生说："老师，我叫邹向明，以前个子小，坐在第一排的。"石小茜惊讶地说："你就是邹向明啊？一点儿也认不出来了！以前的邹向明是个小个子，坐在第一排。白里透红的娃娃脸，像个初中生，整天笑眯眯的。现在怎么这么胖了呢？人也长高了许多，简直判若两人！"旁边男同学介绍说："他读书早，高中毕业后才长个，现在是大老板，身价不菲！"邹向明微笑着坐在一边，仍存有当年的那般腼腆。有同学指着他说："邹向明，你现在是大老板了，也跟石老师汇报汇报！"邹向明苦笑了一下："走到今天，也是逼出来的！"他低下头像在记忆里搜索着什么，接着抬头看着石老师，"当年高考分过了本科线，但体检不合格，说肺上有点小问题，没能去上大学，就回乡务农了……后来组建工程队，各处搞建筑……正好碰上了'猪都要飞起来'的风口上，赚了点钱吧。"说完，又腼腆地笑笑，低下头，没有一点大老板的架势。石小茜笑着对他说："是金子总要发光，找到了适合自己的工作并做出了成绩，很不容易！你们都是我的骄傲！"邹向明说："石老师，那年我们高考完了，你就调走了。我们的开心，我们的苦恼，就找不到人诉说。当时我们多么想你能回来啊，你是我们的精神支柱哦！"他真情流露，代表了大家的心声，大家都连连点头说："真的，真的！我们那时好想老师啊！"

石小茜注意到坐在她对面的一个高个儿男生，似乎有点不苟言笑，只看着别人讲话，没见他插过话。估摸着有一米八的个头，标准身材，肤色微黑，坐姿端正，有点军人气质。小茜眯着眼看着他说："我好像还没认出你来呢！"他挺了挺胸，微笑着说："石老师，我姓粟，是三班的……"话没讲完，大家抢着说，他是我们隔壁班的，现在是我们班的女婿，小蔺的老公！浦青松以他特殊的直觉，说："你很有点军人气质哦！"大家哈哈大笑起来。有个同学大声说："浦老师，你真厉害！"小蔺有点羞涩地点点头说："他是军人！"这下大家又热闹起来。浦青松："哦，真是军人啊？现在还在部队？"一个同学抢着说："他在西部战区，现在已经是大校了！"石小茜感叹道："都是栋梁之才啊！"旁边一个女同学对小茜说："小粟初中跟我是一个班，他是因祸得福！"小茜笑了："此话怎讲啊？"女同学说："那年他初中毕业，成绩好，已经考取了金堂县的中师学校了，结果名额被人挤掉了，无可奈何，只得来读高中。"小茜说："还有这样的事？中专技校比高中还热门？""是啊，那时候，为了减轻家庭负担，我们农村同学，许多人初中毕业就去读中专、技校。考不取中专技校的人才去读高中！""中专技校的分数线比高中分数线高！"大家纷纷抢着说。小蔺说："小粟家在农村，为了减轻家庭负担，就报考师范学校，师范学校吃饭不要钱！没想到，他考分上了中专线，结果名额被人家挤掉了，没有办法，只得来读高中。高中毕业，他考取了军校，去了西安。"一个女生笑着说："还好别人把他挤掉了，不然他现在就是一个小学老师，充其量教个初中呗！"石小茜笑着说："这真是'祸兮福之所倚'，符合辩证法的！……"小粟站起身，端着茶杯绕了半圈，走过来说："浦老师，石老师，我以茶代酒，敬您俩一杯！"

饭点到了，服务员请大家移步旁边的一间大包房，有人提醒：开车的不喝酒哈，有酸奶，有椰奶！石小茜不喝酒，同学们给她倒上酸奶。浦青松的杯子给斟了满满一杯酒，浦青松说："不行不行，我只能少喝一点点，没有酒量的！"同学们劝道："这是好酒，一杯不会醉的，您放心！"开始接连上菜，觥筹交错。

夜幕降临，两岸彩灯亮了，游船上的彩灯也亮了，喷泉的音乐也响起来。欢声笑语中，游船在两岸的彩灯与喷泉之间缓缓行驶，游船上轻盈的乐曲声响起，真让人有一种"如入仙境"之感。毗河两岸，高楼林立，万家灯火。岸边的摩天轮高耸着。石小茜对浦青松说："简直难以置信，这还是三十多年前的赵镇吗？规模扩大了许多倍且不说，单从人们生活的角度讲，大城市有的，这儿也都有。普通百姓的生活，与沿海一线大城市的普通百姓相比较，这儿的生活好像更舒适、更安逸。"浦青松说："是的，这儿慢节奏，不用一大早坐地铁、赶公交，生活不紧张，是要安逸许多。"两人都感慨不已："改革开放后，内地起步比沿海城市晚了些，但建设的速度一点都不逊色！"

游船在欢声笑语中慢慢航行，进餐已近尾声，同学们挽着石老师的手臂，来到船舱外。凉风徐徐吹来，无比地惬意！

尽管不是节日，岸上休闲散步的人群络绎不绝。毗河边上的大商场，里外灯火通明，生活气息浓浓的，一片繁荣景象。石小茜对身边的同学说："我觉得自己简直是在梦中，此情此景，真让人陶醉！过去的穷乡僻壤，三十多年能改变成这样，可以说，这个世界上，中国是独一无二的！"一个同学应声道："这就是'中国速度'！"石小茜说："不到这儿实地考察，做梦也想象不到，这个小县城的普通百姓，能够过上这么幸福美好的生活！"

两位老师享受完本地特有的美食和这眼前的美景，尽兴而归。陆勇同学对大家说："两位老师是你们接来的，现在我送两位老师回酒店。我回成都，正好是顺路！"到了酒店门口，石小茜说："陆勇，就送到这儿吧。"陆勇说："没事，我送你们上楼！"楼梯上，陆勇挽着石老师，有点激动地说："真没想到石老师还惦记着我们，真没想到石老师还惦记着金堂！"

刚回到酒店，浦青松的手机铃声响了，又是一个惊喜！浦青松的学生们也找上门来了。浦青松在赵镇中学只工作了一年，他的学生主要是淮口高中的。电话中说："浦老师，我是淮口中学七五届的学生。那年，您是我们的班主任，教我们语文，石老师教我们政治！多年不见，好想你们哦！你们明天有什么安排吗？我们想约两位老师跟我们一起去爬山。"浦青松说："啊？爬山吗？……"话未说完，电话那头马上又说："你们不用担心，我们车子可以沿着盘山公路一直开到山顶！"浦青松笑着说："我们刚吃完晚饭回来，还没想到明天的事呵。"

打电话的同学立马说："我知道，石老师的学生安排你们今晚在游艇上观赏夜景了。这是我们赵镇第一景！河景很美，但你们一定要去山上看看。现在赵镇周边的丘陵和山坡，是金堂县的又一必看的景点！城市的繁华，黄浦江的轮船，你们见过，但上山观景或许比游船观水更让你们震撼！我们这儿的山坡可有特色了，层层果树林和花卉苗圃，围绕着县城，形成了一圈巨大的森林氧吧。星期天，很多成都市区的人，还有周边平坝地区的人，都喜欢到这儿来登山健身。这儿妥妥的是休闲养生的好地方！嗯……"他停顿了一下，接着说："山上的饭店则另有特色，你们一定要去体验一下的！"浦青松还没来得及回话，电话那头就说："就这么定了，浦老师，明天上午我们来接你们两位老师！"浦青松连忙问道："你是谁啊？"电话那头说："哈哈哈，明天告诉您！"

第二天早上九点，来了三部轿车，八九个学生。见面后，学生一一通报自己的姓名。有的同学变化不大，有的同学则变得完全不认识了！但有一个共同点：在他们身上，都看到了时代的进步！这时，一个高个子走过来，目测明显高过浦青松了。他抱着浦青松的肩膀，问："昨天讲了那么多的话，认出我是谁了吗？"浦青松开心地大笑："是你啊！我的大班长！没变没变，脸相没变，但比原来长高了许多，人也结实了，更帅气了！"大家开心地笑起来。唐晓说："大班长现在是县财政局局长，掌握着金堂的财政大权呢！"高辉说："在这儿，我们不说这些，我们都是浦老师、石老师的学生！两位老师都坐我的车，我给你们做导游！"芳芳开玩笑说："不用不用，那样你太累了！石老师坐我的车，我给石老师做导游！"

三部轿车驶出赵镇城区，一起去赵镇的郊外登山。车子开得很缓慢，迂回绕行在山路上，每一个弯处就有一片天地。浦青松坐在副驾驶位上，高辉指着前面的山坡说："正前方的山坡上是柚子林，你看，黄澄澄的柚子挂在树上，大个大个的，再过半个月就基本采摘完了。由卡车运出金堂县，再分别运往其他省市，基本上大多数都出川了。"浦青松睁大了眼睛，欣喜地说："这么大个大个黄澄澄地挂在树上的柚子还是第一次见哦！"车子转了一个弯，高辉说："前面是广柑林，广柑也叫橙子。我们这儿的橙子是有名的，其中如脐橙、血橙，更是美名远播，各有特色。除了运往各大城市，部分还运往国外。"他又用手往远处一指："那一片是橘林，现在林场工人正在采摘。橘子不易保存，边采摘边装箱，按照订单，直接批发出去。前面还有苹果园……"高辉看了一眼浦老师，自豪地说，"这是秋季，夏季七月水果的品种还更多呢！"浦青松感慨地说："这是名副其实的'花果山'啊！以前这些山峦阻挡交通，老百姓穷就穷在这片山上！现在山山种果树，经济价值不菲啊！"高辉说："是的！国家的经济政策利国利民，现在的果农真的很幸福！他们看护好果园，负责果园的技术活。果子成熟后，交通运输、出省、出国都有人专管！"

石小茜坐在芳芳同学的副驾驶位上，芳芳说："石老师，你们明年三四月来我们这儿，那时漫山遍野真叫一个'美'啊！山上大片大片的杏花开满枝头，玉白色的杏花花瓣略带点儿红晕，那花色娇嫩无比，您肯定喜欢！梨花呢，洁白如雪！'梨花一枝春带雨'，是白居易形容杨贵妃的，美人如梨花！其实，春天，梨花绽放，遇上一场缥缈如纱的春雨，我倒觉得那梨花瓣，简直就像一位古典美人的肤色，洁白温润！"芳芳调皮地问，"石老师，我的这个比喻恰当吗？"石小茜击掌说："你的比喻太妙了！美人如花，花如美人，绝！"芳芳听到石老师的称赞，开心地笑了起来，继续说道："春天，那边坡上大片的油菜花，简直就是金色的海洋，招蜂引蝶……我们赵镇春天的美景远近闻名，你们一定要过来看看!"坐在后排的唐晓同学说:"石老师，我们每年春天都会约着来山上赏花，明年您来，我们陪您上山!这儿除了杏花、梨花、油菜花，还有李花、桃花、樱花……"芳芳抢着说:"大片樱花开的时候，到这儿来赏花的人络绎不绝，这条道上四五月的车流量大到有时不免要堵车!"唐晓说:"石老师，你现在眼前看到的是一片绿色，大片的果林，转过这个山坳，前面马上就会再给你一个惊喜!"几分钟后，一大片红枫林展现在眼前，"哇!霜叶红于二月花!"石小茜惊喜地叫出声来。唐晓说:"石老师你看，红枫林处，许多人在照相呢!那么多鲜艳的衣服，散在林中，像花蝴蝶似的!"芳芳说:"别急，我们把车停到停车场后，也过去捡几片红叶做书签。我们一会儿也在那儿拍照留念，背景色彩很漂亮!等照完相，中午我们就在附近山上的一家饭店午餐，房间已经订好了。"

到了红枫林，唐晓问:"后面黄申达他们的车怎么没跟上?"芳芳说:"讲好的，让黄局他们去买一箱脐橙，回去时给老师送到宾馆房间。石老师，这儿的橙子你们多吃点，味道不同于别处，特别鲜甜!"她又补充了一句:"黄申达还是老样子，话不多，但工作能力很强，很实干，现在是县交通局副局长，他对这儿很熟悉。"

上午主要游览了红枫林，柑橘园，各处拍照留影。中午，好多游客在旁边的草坪上铺上塑料布，开始野餐。大多是年轻的父母带着孩子，也有一家三代人的，其乐融融。石小茜想，此情此景，如果有位摄影记者拍下这场面，发到国际性的画报或者什么刊物上，不知道要羡煞多少人呢!

女同学们挽着石老师，男同学们与浦老师兴致勃勃地边走边聊，不时开怀大笑!饭店已在眼前，那是用熟桐油漆的一排木板房，深黄带点褐色，在一片葱绿的山上，看上去特别的干净亮眼。房屋建造得挺讲究的，大概是山上气候潮湿吧，饭店的地板悬空，离地面一米左右，建筑风格类似云南的吊脚楼。木楼梯上去，是一条有着护栏和宽宽的屋檐的内走廊。屋檐延伸出去，盖过护栏。内走廊的一侧，是五间包房，都关着门，说明已经有人在用餐了。走廊尽头是一间能放下五六张圆桌的大堂，宽大的厨房就在大堂边上。厨房的另一边，有一间小包间，服务员已经双手交叉在胸前，等待客人了。高辉说："这儿没有大饭店的精致和排场，讲究的是原汁原味儿。我已经叫他们准备上菜了。"浦青松说："绿色掩映，很有特色，我喜欢！"

走进小包间，坐下不久，黄申达他们几个人也回来了。大家问："怎么样？"黄申达朝浦老师笑笑说："办好了，放在车上呢！"就挨着浦老师坐下。大家一一落座，不一会儿，菜就一盘接一盘上桌了。服务员小妹揭开一只盖子："这是红烧'寨鸭'（川语）。"小妹甜甜地介绍说，"这种鸭子不生活在水里，而是与鸡一样，在山上竹林里满地走的。肉质很紧，味道很好！"又揭开一只盖子，说："这是'跑猪肉'，是高原上放养的猪，从藏民那儿批发来的。嚼在嘴里，不油腻而且很香，远比普通猪肉好吃！"小妹边揭盖子，边介绍。又有服务员端上来两只盘子，香味儿特别诱人，芳芳说："这是干煸的各类菌菇……"小茜说："难怪这香味儿特别，都是山珍哦！"小妹又指着一只汤钵说：这是山上放养的土鸡与黄芪炖的汤。揭开钵盖，鸡汤和着淡淡的药香，飘散开来，面上漂浮着一层黄澄澄的鸡油，鸡汤面上飘着的红色颗粒，是枸杞。服务员不断送菜进来：竹筒糯米红烧肉，乌鱼豆腐汤，咸烧白，麻辣鱼块……

小妹问："要什么酒？"浦青松说："不喝酒了，下午还要玩呢！"高辉说："因为要开车，浦老师不喝，那我们今天大家都不喝！大家随意选择自己喜欢的饮料。"营业员小妹说："有橙汁，猕猴桃汁，椰奶……"高辉说："就这三种各来一扎吧。"开宴了，先给两位老师斟上果汁饮料，大家举杯，祝福两位老师身体健康！同学们让两位老师先下箸！一圈品尝下来，浦青松夸赞道："这些山珍，味道就是不一样，很有特色！谢谢各位同学！"同学们立即纷纷回应："老师客气了，老师客气了！能招待老师，是我们的荣幸！"

有自驾车就是方便，说下午带老师去北河边转一圈。同学们说，那个地方是一定要去看一看的，金堂县充分利用这儿水城优势，高起点、高标准地规划建设了符合国际一流标准的铁人三项赛场。

半个多小时后，车子停在了一汪碧蓝的湖水边上，这是靠近北河的人工湖。下了车，面对着这微微泛着涟漪的美丽的湖水，石小茜不由得舒展双臂挺了挺腰赞叹道："多美的湖水啊！以前怎么不知道？"芳芳说："石老师，这是为了国际比赛，人工开挖的，以前没有。我们这里是西南地区唯一的符合国际一流标准的'国际铁人三项竞赛'的赛场！"浦青松感到新鲜，他还没听说过"国际铁人三项竞赛"这个新名词。

原来的体育委员郭小冬给两位老师介绍说："铁人三项运动的历史不长，一九七四年才起源于美国。上个世纪八十年代传入中国，一九八九年才被国家体委列为正式的比赛项目，属于新兴的综合性运动。二〇〇〇年被国际体坛接纳，成为奥运会比赛项目。"

高辉说："这项比赛由三个项目组成，依次先是天然水域游泳 1.5 公里，接下来自行车 40 公里，长跑 10 公里，总共 51.5 公里。运动员需要一鼓作气赛完全程。这个运动非常能考验参赛者的体力和毅力！"

郭小冬说："我们这个比赛场地的总面积，占地 1638 亩。政府又利用这儿天然的氡温泉的自然资源，开挖了这个人造湖，占地 500 余亩。这湖是以氡温泉的泉水作为比赛的天然水源，是举办水上运动的最佳选择。与这水上运动配套的自行车赛道和跑步赛道也环湖而建。"郭小冬用手指画了一个大圈说："浦老师，石老师，你们看，除了这些，另外还建有附属体育设施：四个标准篮球场，两个标准羽毛球场和四个乒乓球场！我们这儿常年性开展游泳、自行车、跑步、篮球、羽毛球、乒乓球等体育活动，都是全天免费开放，只需要事先做好登记就行！"

晚饭石小茜提议吃点稀饭，大家一致赞成，说老正街有一家粥铺，很有特色，有鱼粥、肉末皮蛋粥、南瓜粥、小米粥，品种很多。开车过去，店里已经坐满了人。高辉进去问服务员："还有座不？"服务员问："多少位？"芳芳接口说："十位。"服务员用手指了指最里面的一个角落："帐篷里面有一只圆桌。"高辉笑着说："哦，还是雅座嘛!"点了三种稀饭：鱼粥，肉末皮蛋粥，南瓜粥。又点了七八盘菜，荤素都有，以凉拌的冷盘为主。很快，粥上来了。一天的活动后，端着熬得稠稠的稀饭，食欲大开!凉拌菜多麻辣，尽管石小茜觉得舌头麻得厉害，但觉得很过瘾!浦青松吃辣本来就过敏，额头上大颗的汗珠又冒出来，还是忍不住地说："好吃! 标准的川菜味道!"

晚饭后，几位住成都的同学与老师道别，开车走了，赵镇有房的同学说，难得有机会陪陪老师，聊得晚一点儿，就住镇上，明天一早开车回去上班。本地的几位同学约两位老师明天去家中做客，浦青松和石小茜很高兴，说那明天休整一下，就不安排别的，去几位同学家里走走。浦青松问："原先淮口区的同学都住到赵镇来了吗?"芳芳说："除了极个别的，我们大多数同学都住到赵镇或成都了。我们班上的施先民同学，老师你们还记得吧? 他本来也住在赵镇的，后来他老家那里环境得到很大改善，依山傍水的，更适合养老，他就又搬回淮口老家去了。"又聊了一阵，高辉说："今天也够累的了，让老师早点休息吧，我送老师回宾馆。"到了宾馆，高辉搬过一箱脐橙送到房间里，说："这是我们几个同学的一点心意。脐橙是这儿的特产，味道非常好。你们一定要尝尝。每天别忘了吃水果，补充维生素。"放下水果箱，高辉告辞，两人送高辉到楼梯口。

第二天上午，四五个同学陪着两位老师，开始"家访"。两人饶有兴趣地各家走走看看，发现他们的住房条件都很阔气! 有一位同学，一家三口居然是楼上楼下独栋别墅，这在上海可是不敢想象的! 石小茜开玩笑说："哪来的这么多钱? 抵得上一个资本家了!"同学说："老师，早先这儿的房价不贵，我买得早，单位还有补贴，我自己只花了十多万。""哦，这太便宜了!"石小茜赞叹说。走马观花，看了几家，各家的住房面积都挺大的，家中转角沙发、大彩电、立体音响、空调，哪样都不输给上海人! 有两个学生，儿女尚未到成家年龄，但已经为他们准备好了婚房。走了几个小区，小区内都是绿树成荫。从居住的面积、小区环境的绿化程度、空气的清新宜人，都超过了上海普通人家。

来到黄燕清家，黄燕清说："石老师，浦老师，走了几家了，累了吧？今天就不去别的地方了，在我家坐下来喝点茶。我们几个商量好的，十一点半钟，开车去城外吃炖土鸡。这家饭店的炖土鸡很有特色，我家那位已经去订好座了。"在黄燕清家的客厅里，坐下来喝茶，准备了花生、瓜子、水果、小点心。女同学笑着说："石老师，就吃一只猕猴桃吧，别的就不吃了，免得一会儿午饭的鸡汤吃不下！"男同学也附和："有道理！"客厅很大，三个男同学与浦青松坐在小桌边，边喝茶边侃着大山。几个女同学陪着石老师坐在沙发这边，黄燕清用小盘子给石老师端上一只剖开的猕猴桃，递过一只小调羹，说："石老师，你尝尝，这是红心的猕猴桃，特别甜，如蜂蜜般！我再去给浦老师拿一只。你们大家随意哈！"女同学们笑着说："我们，你就不用客气了！你忙你的，我们要跟石老师聊天！"大家围着石小茜纷纷诉说着学生时代自己心底的小秘密。一个女同学说："石老师，我们还记得，你那时穿一件淡淡的浅蓝色的短袖衬衣，配上咖啡色的百褶裙，好漂亮啊！我心里想，什么时候我也能有一条这样的裙子就好了！"另一个女同学说："我记得是初秋，你淡米色的西装外套里，穿一件墨绿色的蝉翼似的有着荷叶边的衬衣，白色的皮鞋，印象太深了！我太羡慕了！你在我心中就是明星！"又一位女生说："看你戴着一块小巧的女式手表，细细的表带，觉得那表太高贵了，我做梦都想，自己什么时候也能有块手表，哪怕是最普通的一款也行！"……大家七嘴八舌，悄悄地地诉说着当年心中的愿望。

石小茜听了大为吃惊："你们当年的小脑袋里装了些什么呀！"说完，她忍不住哈哈哈大笑："难怪你们读书那么努力，原来是有了追求的目标！这大概就是动力吧？——你们看，现在该我羡慕你们了……"大家笑成一团，纷纷说：石老师，你不知道，那时你就是我们心中的偶像！我们班有那么多同学选择了当老师，就是因为心中装着你，也想做一个像你这样的老师！

男同学那边，突然爆发出一阵大笑声，女同学这边赶紧问："你们笑什么？让我们也听听！"陈浩说："小鹿真行，他在描绘那年浦老师在操场坝上讲《艳阳天》，讲农村的两条道路斗争，连浦老师都大为吃惊呢！"浦青松说："可见小鹿当年听得十分专心，印象很深！"女同学也叫起来了："我们也记得！那时，你的普通话太好听了，好有磁性哦！""我们从来就没有听过这样的大型读书会，没人教我们如何读小说，如何欣赏文学作品！……"同学们热烈地谈论着，浦青松感到非常欣慰。女同学悄悄问石老师："小鹿是孤儿，你知道吗？"小茜点点头说："知道！他读书努力，成绩很好，但高中毕业就没书读了，只得回农村，我很为你们这届学生感到惋惜呢！""恢复高考后，他考取了大专，先到商业局工作，后来到省财贸厅，退休前是在非洲一个国家的大使馆当商务参赞！""哦！我们班还出了一个外国使馆的商务参赞，真行！"石小茜满是幸福感。"小鹿旁边的张怀，是县人大法治办公室主任，一直说，他这辈子最感激的人就是浦老师！"一女同学在石老师耳边说。"为什么？"石小茜很好奇。"因为他第一次参加提拔干部的文化考试，就是考语文。他的语文考了第一名，由此他丢下了锄头，走上了干部岗位！之后级级提升，他说，他就是得益于浦老师的语文课！"石小茜也有点激动地说："还有这样的事啊！真是太好了！"

中午，十一点半，黄燕清的爱人打来电话，要大家赶紧下楼，开车去吃午饭。十多分钟，车子进入一个类似公园的地方，一张圆桌摆在凉亭里，亭上的藤蔓像绿色的帷帐几乎包围了这座别致的小凉亭，周围高高低低的绿色植物错落有致，特别是桂花醉人的香气不时袭来，小路对面的小河边高大的杨柳枝条随风飘拂，那般地婀娜多姿……这环境太雅致了！石小茜忍不住说："难怪人人都说四川人会享受！就我们这个小县城，都能有这般的好环境！"十个人坐下，十二点不到，服务员端上来一只又深又大的砂锅，说："炖土鸡来了！"黄燕清说，我们趁热先吃主菜，揭开锅盖，立即一股特殊的香味儿扑鼻而来！黄燕清介绍说："这是白果、当归炖土鸡。"她与爱人开始用筷子和大调羹给两位老师一人分了一截鸡腿。另用小碗给两人各舀了一碗鸡汤，盛上几颗白果，接着说："大家随便哈，各自动手，各取所需！"大家就乐呵呵地开始盛汤，夹上点鸡肉，称赞着鸡汤的鲜美……服务员陆续端来回锅肉、拌凉粉、清蒸鲈鱼……大家都对鸡汤赞不绝口，夸奖黄燕清爱人会办事！聚餐将要结束，石小茜悄悄起身，想去买单，被黄燕清发现了，立即过来拉住石老师："我们订的餐，只能我们买单，你去也是付不了的。再说，怎么也不能让您买单！"在学生的坚持下，石小茜只得作罢。

下午，在同学们的陪同下，去附近杨升庵故居——桂湖公园游玩。杨升庵（名杨慎，号升庵），明代第一才子。石小茜最爱杨升庵的《临江仙·滚滚长江东逝水》，尽管悲壮，但特有气势，给人以深邃的历史感！这首词也因为电视剧《三国演义》而闻名天下。她也喜欢杨升庵的《鹧鸪天·元宵后独酌》中"收灯庭院迟迟月，落索秋千嫋嫋风"的宁静而美好的意境。浦青松笑她，说符合她的小资情调！

来到故居，一进门，就见紫藤搭成的凉棚有几十米长，看介绍，这紫藤已经有260多年了！紫藤前方，沿着荷花池，是一条古色古香的长廊。偌大的荷花池边，大多是穿着时髦、打扮得体的健康老人。三三两两，有的在长廊椅子上坐着聊天，有的围着荷花池散步，有的在拍照留念。荷叶田田，柳树成荫，红红绿绿各种色彩的衣服点缀在飘拂的柳丝间。长廊的另一端，贴着剧照和说明：八三年版的电影《红楼梦》曾在此地取景！同学们边走边给两位老师作介绍。怕老师走累了，找了一处幽静人少的假山背后，坐下来歇歇脚，随意抓拍了几张集体照。因为大家都很放松、很自然，故而照片也很出彩。一个下午，玩得特别轻松愉快。

很快三个多小时就过去了。刚起身准备回城，浦青松的手机响了，是另外几个同学各显身手，每家做了几个特色菜，准备了自己家泡好的桑葚酒，在等老师去共进晚餐！黄燕清几个笑着说："他们怎么知道我们这儿的游园活动结束了？真准时！看来这晚上的快乐只得让给他们了！"

黄燕清开车送两位老师去杨清林同学家。车上，石小茜无限感慨地对浦青松说："不亲自来看看，根本就不会知道，我们学生的生活过得这么滋润！难怪德国总理默克尔首次访问中国，就惊叹于中国的发展速度了！"浦青松说："几天前我还在想，金堂人会有私人轿车？山路崎岖，丘陵起伏，出了赵镇，自行车都派不上多大用场，何况轿车！来了之后，才真实地看到，私人轿车早已进入普通人家，你看，那么多女同学都会开车！以前一直给赵镇酿成水灾的三条大河，如今却为赵镇的绿色生态环境，提供了这么好的水利资源，使这个原先交通不便、闭塞自守的贫困县，变成了中国西部一座美丽而独特的生态水城。"石小茜说："这样才符合中国'天人合一'的哲学思想，达到了人与自然的和谐共生！"黄燕清说："我们这儿是千里沱江第一城，名声越来越响，到我们这儿来旅游的人也越来越多了。"石小茜说："的确值得一游！"

晚餐桌上，聊起来，杨清林建议，明天去云顶山看看。他说："现在的云顶山已经是国家三A级风景区了，是集自然风光、人文景观和历史文化于一体的旅游胜地，也很值得一游！"浦青松说："好啊！估计爬山要多少时间？"杨清林说："我们开车上去，现在有公路直达山顶，不需要爬山的。"小茜说："那行！我在金堂工作了十多年，还真没去过云顶山呢！"钟子浩说："那你们明天睡个懒觉，我们九点来接你们，先去慈云寺参观，在慈云寺午饭，体验一下山上的素食，之后到各个景点逛逛。"大家一致同意。谢春燕说："有钟子浩在，可以玩得更开心些！"坐在一边的陶陶和英子也笑着连连点头。小茜问："为什么？"春燕笑而不答。子浩说："明天参观，我做导游。"杨清林说："子浩在政协，对宗教方面的情况比较熟悉。"

云顶山山势挺拔，主峰海拔高达982米，峭壁入云。盘山公路蜿蜒而上，车子直接开到慈云寺门口。

钟子浩陪着两位老师，认真做起了导游。他说："这座慈云寺，始建于南朝齐梁时期，是一位海外高僧所建，距今已有1800多年的历史了。最早慈云寺叫'天宫寺'，天宝年间，由唐玄宗改名为'慈云寺'，是唐代十大名寺之一，历史底蕴非常深厚。"浦青松抬眼看着这些建筑赞叹说："这慈

443

云寺规模很大呀!"子浩说:"嗯,这里是川内少有的保存完好的古建筑群,包括天王殿、观音殿、藏经楼、送子殿、罗汉堂、文殊楼等,我们下午可以慢慢参观。"小茜说:"真没想到这山里还有这么一座气势恢宏的寺庙!"春燕说:"以前因为云顶山高,寺庙深藏山里,交通又不方便,知道的人少,来的人也少,所以慈云寺历来比较清静。现在可不一样了,慕名而来参观的、登山的、上香的,已络绎不绝了。"大家边走边议论。钟子浩指着上方的廊檐说:"你们看,这些建筑,青瓦红砖,雕梁画栋,一件件雕刻,栩栩如生,充分展现了我国古代工匠高超、精湛的技艺,外国友人来此,也竖起大拇指,啧啧称赞呢!"

来到大雄宝殿,院子里两棵高大的银杏树挺立院中,小茜情不自禁赞叹说:"哇!好高的银杏树啊!"子浩说:"这两株银杏树有些年代了,植于南宋时期,至今已逾千年!咦,那块牌子上有介绍。"大家走过去,牌子上写着:"树高 25—28 米,树径 1.5 米,树围 4.8 米。树龄 900—1054 年"杨清林说:"这两株树,一雄一雌,被誉为夫妻树,偎依千年,颇有灵气,时常有夫妻前来朝拜,祈求婚姻美满,白头偕老!"陶陶说:"据说还很灵验,吸引了不少游客前来参观和祈福。每到深秋,络绎不绝的人开车来此,有的只为一睹这两株'夫妻树'的风采。"杨清林说:"深秋时节,银杏树的叶子黄了,深深浅浅的,在太阳光的照射下,像金子般闪闪发光,简直太美了!我每年都会在这个季节过来看看。"仰头看这两棵银杏树,尽管已是"高龄",仍然枝繁叶茂。院里已经遍地铺上了金黄的树叶,形成了一道非常美丽的景观。踩在这遍地金黄的树叶上,人的心灵也仿佛得到了净化。石小茜高兴地说:"我们来得正是时候!"

钟子浩继续介绍说:"云顶山是一座宗教名山,其中道教文化与佛教文化都有所体现,但佛教文化尤为鼎盛。寺庙里还有许多珍贵的文化遗迹,其中包括:乾隆皇帝、南宋诗人陆游、北宋诗人兼书法大家黄庭坚、唐代第一大画家画圣吴道子、近现代国画大师张大千等历史名人的题字和画作。"

边走边聊，钟子浩说："今天上午我们暂且到这儿，先去午餐。昨天晚上我打电话来订了一桌素餐，就在前面一个小包间。午餐后，我们再继续参观。"

简单朴素的一间房，一张八人座的圆桌，大家坐下，英子给每人斟上一杯大麦茶，等待上菜。钟子浩说："云顶山不仅文化历史非常悠久。地理形势也非常重要。这里是万里长江第一个峡谷的入口处。云顶山石城是整个西南唯一得以保存至今的宋元古战场遗址。扼守这里，就是扼守住了元军进入成都平原的重要一环。十三世纪宋元之战时，留下了将士们浴血奋战，可歌可泣的感人故事。"

一会儿菜就上齐了。小茜看着桌上八菜一汤，红、黄、绿、白，色彩多样的菜肴说："这么丰富啊！我以为寺庙伙食，就是青菜、萝卜、豆腐、土豆什么的，四菜一汤就很不错了。这比我想象中的丰富多了！"浦青松觉得奇怪："现在寺庙也吃荤菜了？还有鸡腿、红烧肉？这红烧肉烧得太有水平了，是五花肉烧的吧？肥瘦层次分明，油光锃亮的，好诱人啊！"引得大家都笑起来了。钟子浩笑着说："浦老师，你上当了！就如石老师说的，这些食材就是些土豆、豆制品之类的，不过多了些三菇六耳罢了！"子浩用筷子拣了一只"鸡腿"给浦老师，说："您尝尝，这就是豆腐皮做的，不过味道确实很好。那红烧肉也是豆制品！"小茜问："什么是'三菇六耳'？"子浩解释说："'三菇六耳'是多种菌菇食材的统称。因为这些菌类多长在山间，所含的营养物质又较蔬菜瓜果类更丰富些，所以庙里的出家人称它为'上素'，是招待贵宾的素斋必备之品。"小茜说："长知识了！虽然知道香菇木耳，但'三菇六耳'这个词第一次听到呢！"饭菜特别可口，大家都称赞庙里厨师的手艺，色香味俱佳！笑声中大家很快吃完饭，准备去看宋元古战场遗址。

拾级而上，古战场的石城墙依旧巍然矗立，条石扣榫的城墙仍是古时模样。站在石城墙边，俯瞰整个山脉和周围的自然风光，高远壮阔！大片绿树丛中，点点金黄和掩映在树丛中的青瓦红砖的墙体，以及山下奔腾湍急的沱江，真的让人无比震撼！小茜心想：如果在这里住上一段时间，再听一听晨钟暮鼓，佛音经文，人的内心世界将是一种怎样的祥和与惬意！正当石小茜沉浸于内心独白时，子浩说："这里曾被誉为'东方小瑞士'。山上不仅树木有110多种！还有瀑布流泉，天然湖泊……"

走着聊着，不觉已是傍晚时分，太阳将要下山，晚霞更是把这秋天的美景渲染得淋漓尽致！清林说："该下山了，找一个清静的地方吃晚饭，早点送老师们回去休息。"小茜说："再去吃一次南瓜稀饭！"浦青松也表示赞成。八个人，两部车子，缓缓下山……

吃稀饭时，杨清林说："舒家湾天主教堂也值得一看。这是一座拥有三百年历史的古老教堂。始建于清朝乾隆年间，后因战乱被毁。光绪二十八年，也即1902年，一个法国人花费了上万两白银重建了这座天主教堂。这个地方不仅有着丰富的文化底蕴，还有着独特的自然风光，离这儿也不远，下周日我们可以开车上山去看看。"浦青松说："好啊！金堂的景点还真不少！"钟子浩说："我继续奉陪。另外看看两位老师还有什么地方想去的，我们可以做一个安排。"浦青松说："很想去一下白果。我们在那儿待的时间不长，只有两年半，但那儿是我们一生中落差最大的地方！四十五年前，从上海，一竿子直接插到白果乡，说句笑话，这跌落的速度，就好比跳伞运动员，直直地从高空掉到地上，掉进了时间隧道，穿越到了百年之前。这段经历终生难忘啊！"

同学们都说，这个简单，小车带你们跑一次，从赵镇到白果，大概就半个多小时吧。"啊？这么快？"小茜非常惊讶，简直不敢相信。她说："一九七〇年我们被分配到金堂县，再从赵镇分配去白果，坐机动船，水路六十多里，需要四五个小时！自从一九七〇年分到白果乡后，直到一九七八年我调到赵镇中学来，八年时间再没来过赵镇，太不方便了！"同学们都笑了起来。英子说："七三年，我还住在淮口镇，当时我们邻居听说淮口中学来了两位上海老师，就冲着我说：'上海人在这个穷地方，待得下去啊，总有一天要跑了！'"哈哈哈……笑声冲出窗外！陶陶说："现在龙泉山脉被打通了，隧道穿过山体，不必沿着山脚绕道，距离大大缩短了！"

石小茜说："那么我们明天就去白果？"很少发声的黄晓宇说："行啊，明天我有空，我负责送两位老师去白果。"陶陶说："这最好了，黄晓宇是白果乡人。"

三、白果乡奇遇

第二天早上，在宾馆吃完早饭，黄晓宇的车子就来了。见两位老师背着背包，黄晓宇说："你们不用带走行李，魏敏说今天他们还会来续订的。"浦青松说："不用了，我们退房了，去白果街看看，那里有旅社的话，就在那儿住一晚上，呼吸呼吸白果街的空气！"黄晓宇说："也好，我们就走那条新建成的高速公路，直接穿过龙泉山脉。"

高速公路修建得非常好，一路上大道平坦，小车在高速公路上滑行。隧道穿过层峦叠嶂的龙泉山脉，隧道里宽敞明亮，小轿车一辆接一辆从他们车旁掠过。石小茜问黄晓宇："晓宇，这方向是直通白果乡的吗？白果乡也有人买轿车了？"因为在她印象中，白果乡是龙泉山脉背后的丘陵，除了江边一条人工开凿出的机耕道，就都是高坡，小丘起起伏伏，小轿车根本用不上！黄晓宇说："白果乡已经不是你们当年看到的状况了，白果中学有些老师，是住在赵镇的，他们每天都是自驾车来去上下班。坐公交车要受时间限制，不方便。现在年轻人大多喜欢自己开车，周末带家人出去旅游也方便。"浦青松说："农村的变化真大啊！当年的白果乡人，连一辆自行车都买不起，现在也买轿车了！周末自驾带上家人出去旅游，这生活简直有点欧化了！"黄晓宇说："以前就是由于这大山的阻挡，把我们一个物产丰富的白果乡挡在了山里边，摁在了贫困线上。现在交通便捷了，老百姓的农产品能及时运出大山。加上党的惠民政策，老百姓的积极性大大提高。套用戏文里的一句话，那就是老百姓的生活真的如'芝麻开花节节高'了！"

快到白果街时，黄晓宇笑着说："今天我要给你们一个惊喜！"浦青松问："什么惊喜？现在解密吗？""我给你们约了两个老朋友，一定是你们很想见的人，到时候你们就知道了！"

轿车停在白果中学门口，就看到校门口站着两个人。浦青松与石小茜走下车，其中一人快步走过来，与浦青松握手！浦青松稍稍愣了一下，立即认出来了：是施校长！施校长先伸出手来，握着浦青松的手，笑着说："如果不是黄晓宇告诉我们，即使对面走过，也或许就错过了！"施校长抬头看看浦青松："你原来一头浓密卷发哪里去了？就剩下了这么薄薄的一层了？"浦青松也笑着说："老校长啊，我都快七十啦，所谓古稀之年，大概首先稀的就是头发吧！"大家哈哈大笑！另一位男士也热情地与浦青松握手，浦青松一下子真没认出他来。黄晓宇立即上前说："这是章老师！""啊！章老师啊？你发福了！"浦青松拍着章老师的手背说。章老师比原先胖多了，年轻时那么瘦削的人，现在已经腆起肚子，胖墩墩的了。有意思的是，施校长年纪最大，七十出头的人了，变化反而很小。当年他三十出头，看上去就像四十好几的中年人。现在已是七十出头了，好像也就五十岁左右，身体很硬朗。

石小茜上前与施校长握手，施校长说："青松老师擦肩而过可能认不出来了，还是石老师变化不大！"石小茜说："不会吧？额角已经有白头发了！怎么看也是个老太太了。"章老师说："哪里哪里，石老师真的变化不大，走在路上，我都能认出你！"大家说笑一阵，情感一下子与四十五年前无缝对接。

看到愣在一旁插不上话的黄晓宇，施校长说："晓宇，你们年轻人事情多，你去忙你的，两个上海老师就交给我们了！下面的事情我会安排。"黄晓宇说："那好，三叔，你们聊，我就不在这儿妨碍你们了。你们有什么需要的，给我打电话！"说完，再次与浦老师、石老师握手告别，开着他的奥迪车走了。施校长说："晓宇是我爱人娘家的侄儿，人很不错，办事稳当！"浦青松说："难怪他不声不响的，就能联系上你，不是黄晓宇，我还不知道到哪儿去找你们呢！"四个人站在校门口就忙不迭地聊起来。

施校长是土生土长白果乡人，当年浦青松搞社教，去过施校长的家。施校长有六个儿女，那时看到施校长一人工作，工资又低，孩子个挨个的，还是些小萝卜头，浦青松担心他怎么把这六个宝贝一个个养大成人，施校长当时的回话，浦青松至今记忆犹新："我们乡坝头（农村），不同于城镇。多一个孩子，就是多加一把玉米粉，多添一勺水罢了！"所以见面没讲几句话，浦青松就问："施校长，孩子们都好吗？"施校长说："都成家立业了。"章老师笑呵呵地说："老施家的孩子个个出息哦！"浦青松说："哦，都在金堂县还是在外省？"施校长答："老大、老二都住在县城赵镇街上。老大、老二当年做药材生意比较早，赚了一些钱，在赵镇买了房子，现在还开着两家药铺。"章老师说："老三也厉害，在淮口镇街上开了家酒店，生意不错！两个女儿嫁出去了。最小的儿子，现在也是政府部门的干部了……"浦青松听了，禁不住地连连夸赞，并开玩笑说"真好！你的玉米粉真管用！"听了浦青松的玩笑话，施校长知道他的意思，笑了起来，接着说："现在我把老屋拆了，在原址上建了六间新房子，是我们那一带最气派的房子，儿子、女儿每人一间。等你们有空，我带你们去看看。"施校长满脸的幸福感。浦青松拍了拍他的肩膀，笑着说："呵！地地道道的老太爷哦，享清福了！难怪你一点都不显老，子女个个有出息，心宽啊！"

正要问章老师情况，施校长已接过话题说："章老师有本事，恢复高考后，考进了成都的师范学院中文系，毕业后调到赵镇中学去教语文了，是赵镇中学语文教研组组长。章老师的两个儿子也很有出息，一个继承父业，在成都一所中学当老师，还有一个儿子是国家公务员，都是铁饭碗。现在章老师全家都搬去成都，与儿子住在一起。我打电话给他，知道你们来了，他特意从成都赶过来的。"章老师微笑着点点头："是的，是的。"仍然像当年那么腼腆。浦青松问："你在成都帮着照看孙儿？"章老师说："我两个孙儿都大了，进小学了。现在我在成都买了房子，就没跟孩子们一起住了，我们老两口平时爱去茶楼喝喝茶，老朋友一起聊聊天。天气好出去搞搞摄影。"施校长说："章老师爱摄影，带着老伴，哪里景美去哪里，潇洒人生。

他的摄影还得了好几个奖项呢!"

今天是星期天,学校里没有人。校门已由原来的木门换成了上端镂空雕花的大铁门。校门旁边墙上挂着的"白果初级中学"六个大字,比原来气派得多。浦青松说想进去看看。走到门卫室,门卫听说是四十多年前的老师回学校来看看,非常地热情,赶紧把门房边的一扇小门打开,大家走进去,第一感觉是:学校的模样已经完全改观了!施校长介绍说,原来的校舍全部拆除了,再把山坡往里推进了几十米,在这基地上重新建了这三层楼的新教学大楼。浦青松问:"学校后面的山坡被推平了?"施校长说:"不可能全部推平,只是把山坡往里推进了一部分,腾出土地来建教学大楼。"浦青松笑着说:"铲掉的那部分,与我最有感情了。我曾经几次抱着儿子爬上后面的坡顶,瞭望东方,告诉儿子,一直往东,快到大海边,那里就是上海,是爸爸妈妈的老家!那时儿子才一岁,什么都不懂,就我自己在那儿抒情!哈哈哈……"章老师含笑说:"那个时候,你们的处境能够理解!我们从成都到这儿,相隔几十里,都不适应,何况你们从上海到这儿!"在院子里扫视了一圈,浦青松问门卫:"以前学校院子里的两口井呢?还在吗?"浦青松忘不了当年打水的经历。门卫指着身旁的花台说,这就是原来学校的一口大井位置,拆除旧教室时把它填了。门卫又迈开脚,带着大家经过一排长长的自行车棚,在自行车棚的左前方,有一块用水泥铺平的圆形地面,门卫说:"这圆形的地面就是以前的另一口小井。"浦青松点点头,看了看周围,说:"除了校门还在原地,其他的都变了!整所学校,已经没有一丁点儿当年的记忆了!"

谢过门卫,大家一起走出校门。浦青松用手指着右边的白果街:"一九七〇年八月,到这儿的第一天,看到的是一条又窄又短、古老破旧的碎石板路。街的两旁是低矮简陋的农舍,寥寥几家小店,店里空荡荡的。一家供销社的店面还算有点大,但货物并不多,而且一切都要凭票证购买,连买个碗都要证明!还算营业员有同情心,卖给我们四个东倒西歪的碗,解决了我们用餐的困境!"说得施校长和章老师都笑了起来。石小茜说:"那几只碗印象太深了！我们用了好几年。有了正规的碗以后，底部摆不平的两只碗，就用它们装盐、装肥皂。看到它们，似乎有一种特别的感情，舍不得丢。后来因为多次搬家，最终还是把它们丢掉了，有点可惜！否则，放到现在，说不定还可以参加个什么展览呢！"说得大家又笑了起来。

现在的白果街，路面大大拓宽，改成了水泥地。街的两边是挤挤挨挨的商店，商店门前，挂着的，堆着的，都是商品。浦青松问："白果街已经全是商铺了，那原来的居民呢？"章老师指了指下游方向，远处楼群拔地而起。施校长说："街上的和周围的农民，都住进了前面的安置房。"从外观看，这个楼群很不错，相当于城市中的居民楼。石小茜说："白果街确实变得繁荣了，但已经没有一点儿过去的影子，不免有点儿失落！"这时，章老师抬手指着几十米开外的一棵大树，问道："还记得这棵黄桷树吗？"望着那棵依然枝繁叶茂、生机盎然的黄桷树，浦青松说："是原先白果街顶头的那棵巨大的黄桷树吗？位置好像有点不对，记得那棵树的主干好像还要更粗壮些，是裂开的，七八个人可能都抱不住它！"章老师说："你记性不错，这不是白果街最大的那棵黄桷树，这是公社院子里的那棵黄桷树。原本这白果街有三棵很大的黄桷树，现在就剩这一棵了，这是白果街上留下的唯一的一点儿印记！"哦，白果街彻底变了，变得很彻底！石小茜记得公社院子里是有一棵较大的黄桷树，去公社领结婚证时，看到过它！石小茜默默地望着它，心中在问："你还记得我吗？你是否会想到，我有一天会来看你？"白果街顶头最大的那棵呢？"浦青松的问话打断了石小茜的思路。施校长不无感慨地回道："这边公路拓宽，它挡在路中央，没办法，让施工队给挖掉了！"浦青松惋惜地叹道："太可惜了！那棵黄桷树得有好几百年的历史了吧？高大、雄伟，树冠如一把巨大的遮阳伞，是白果场的标志啊！要是留到现在，肯定是保护对象了！"其实，浦青松觉得可惜的，还有另外一层意思：那棵黄桷树，是他们两人感情的见证！他们一家三口曾经在那棵大树下拍照留影，现在却因为乡村的发展被砍掉了。这就印证了一句禅语："有得必有舍"！"得"的是乡村的繁荣，"舍"的是历史的见证者！

施校长想起了什么，转头对浦青松道："浦老师，你知道吗，负责这片土地拆迁改造的，是您以前白果的学生汤奕新。"浦青松惊喜道："什么？汤奕新？嗯……有印象！小小的个子……"浦青松努力在记忆里搜索，说："唔……能找到他吗？"施校长说："试一下。"四个人就到小旅社借打电话。旅社的服务员听说这几位是原来白果中学的老师，好奇地看着他们。施校长把电话打到白果乡拆迁办，接电话的正是汤奕新！施校长说："这么巧，你在守电话？"汤奕新说："现在赶进度，今天加班，我必须在现场。施校长，有事吗？"施校长说："白果中学门口有人找你！""谁啊？""你来了就知道了！"

一会儿工夫，汤奕新开着他的黑色桑塔纳轿车赶过来了。看到四位老师，他愣了一下，施校长说："还认识吗？这是浦老师，你当年的班主任！"汤奕新赶紧上前握手，兴奋地说："浦老师，万万没想到今天能在这儿突然见到您！"他激动不已，握着浦青松的手，舍不得放下。看到浦青松旁边微笑着的石小茜，汤奕新赶忙腾出一只手来，握住石小茜的手说："石老师！您是石老师！您没变，您没变！"

没有多少寒暄，几句话就谈到了白果乡的重大建设工程。浦青松单刀直入："说你们这儿要建飞机场？有规划了吗？"汤奕新说："有啊，报纸上已经登了！"汤奕新告诉几位老师："成都市设定了一个宏伟的东进计划，往金堂县方向大发展，我们淮口区沾光啦！政府投资了四个亿，要在白果乡修建一座占地 1800 亩的通用机场。你们看，这么大的区块，都已铲平了。"几个人顺着他手指的方向看去，远处，十多台推土机正在江对面忙碌着，把大江西侧的沿河土丘一一推平。在这广袤空阔的天地之间，推土机渺小得就像儿童玩具。汤奕新很自豪地说，"金堂县还有更大的规划，要以我们白果乡的通用机场为核心，建设一个占地面积为十平方公里的通用航空产业园区。这个现代化的工业园区办公地，就建在淮口镇！"

提起淮口镇，浦青松问："淮口中学还在镇上吗？我们在那儿工作了五六年，印象颇为深刻，这个建在山坡上的学校，上课下课，只见师生们在那条窄窄的石阶梯上忙忙碌碌地跑上跑下，挺有意思。区里一直说要搬到大江对面的林家坝子，但直到我离开金堂县，都没有搬成。"石小茜从旁打趣地说："就是那段时间，一天几节课，在这条斜坡上跑上跑下，锻炼了我的腿劲！"

汤奕新笑着说："那个条件，逼着人锻炼呢！"他又转头对浦青松说："浦老师，搬学校是要钱的，那个时候，到哪里去弄钱啊？淮口中学现在早已迁址到大江对岸的林家坝子了，明天下午我抽空，带你们过去看看。现在我们先去吃饭。"施校长说："不是要你过来请客的，我与章老师已经有地方了。"汤奕新说："施校长，章老师，正好今天不忙，我让助手留心着，有事给我打电话，我就过来陪陪你们！"他看到两位老师背着包，就问："今天晚上你们住哪里？"浦青松还没来得及回答，施校长说："住淮口镇，已经订好酒店了。"汤奕新说："行！吃完饭聊会儿天，我就送你们过去！"石小茜说："那怎么行！你还在上班呢！"汤奕新说："白果街到淮口镇，开车也就十分钟的时间，没问题！"

汤奕新拿起手机，走到一边去给饭店打电话。打完电话过来，浦青松就说："汤奕新，我们主要是来看看我们工作时的第一个驿站，看看你们规划中的飞机场！中午简单点，不必多破费。"汤奕新说："能请老师吃饭是我的荣幸！这个面子要给我的。前面有个湖滨饭店，建在水上，环境很好，乡里接待贵宾都在那儿用餐！我们可以边赏景边吃饭。"

不容推辞，四个人上车。一会儿工夫，好像还没说几句话呢，湖滨饭店就到了。湖滨饭店建在水上，由架在水面的木桥通往餐厅。木桥有点类似上海豫园的九曲桥，在湖面上折了几个弯。看惯了城里的钢筋水泥桥，硬硬的，距离水面远远的；而走在木质的桥面上，软软的，下面近距离手可触及的水柔柔的，心理上有一种格外的舒坦和亲切感。汤奕新去停车了，四位老师在这曲折多拐的木桥上，手扶栏杆，欣赏着这儿山光水色的旖旎风光：不算很远的山，一片葱绿，蓝天白云倒映在水中。阳光下，微风掠过，湖水泛起涟漪，好似有人特意在湖面撒下了一把碎钻石，闪着耀眼的光芒！石小茜忍不住说："太美了！难怪苏东坡咏西湖说：'水光潋滟晴方好'，果真！"章老师开玩笑说："此时此景，也应该有诗人赋诗一首！"浦青松笑着接话说："诗人身临其境，也会被这美景惊得'欲赋新诗已忘言'了！"四个人都呵呵笑了起来。章老师从背包里取出照相机，摄下这美景，左一张，右一张。汤奕新停好车过来，章老师说："小汤，给我们四个人照几张合影！"汤奕新拿过相机，给老师们从不同角度照了好多张，正面的，侧面的，背面的，个人的，三三两两合影的。反正要等午饭，大家在桥上摄影，聊天，兴致勃勃。汤奕新介绍说："这儿将建造一座湖滨公园，特地开挖了这个人造湖，"他指着前方湖对面的小山，"湖的那边，从山脚开始，是规划中的小别墅区。我们白果乡现在正引进外资，建造工厂，很多设施要跟上，包括规划中的这片较有规模的休闲区……"

服务员走过来说："汤总，可以用餐了！"大家在服务员的引领下，向餐厅走去。一进餐厅，跃入眼帘的是满桌的色、香诱人的各色菜肴，非常丰盛。饭店经理过来问："汤总，喝什么酒？"汤奕新说，他要开车，不喝酒，请老师们点。大家也说不喝酒。汤奕新就给老师们点了几罐椰奶，边吃边聊。汤奕新作为此处的总指挥，也很兴奋，滔滔不绝地给老师们介绍现在和未来的白果乡的宏伟蓝图，自信和自豪满满地写在脸上。难以想象，以前上学时，冬天单裤、赤脚、穿着一双破旧布鞋的农村穷孩子，现在能开着自己的轿车，指挥偌大的一个拆迁工程，而且指挥若定，信心满满。这是一个多么大的变化啊！

席间聊起了从前白果中学老同事们的情况，施校长说："你们那时刚分来，是年纪最轻的。大多数人年纪大了，有的在前几年去世了，也有一些人跟着儿女去养老，没什么联系了。这叫风流云散，各有归处！"此言让人感慨。汤奕新赶紧打破这个局面，他端起杯子，以饮料代酒，祝老师们身体健康！他说："老师们一定要吃好，睡好，养好身体，各处走走，看看祖国日新月异的变化，天天有个好心情，这样一定会健康长寿的！"师生其乐融融，聊到下午三点半，汤奕新说："我先开车送你们去淮口酒店，之后再回单位去看一下，每天值班负责人都必须要写备忘录的。"

　　果然，汤奕新开车，十多分钟就到了淮口镇。当年沿江傍山窄窄的机耕道，已变成了宽阔的可供四辆公共汽车并行的沥青大马路！想当年从白果场去淮口镇，就为了看一场朝鲜电影《卖花姑娘》，夜间来回走了30里地，结果《卖花姑娘》没看成，只是再一次复习了《地雷战》，心中不免暗觉好笑！

　　汤奕新在车上突然想起了什么，对石小茜说："石老师，淮口中学的副校长郑树，是你赵镇中学83届的学生哦！""真的啊！"石小茜十分欣喜。汤奕新又说，"石老师，您的学生都很厉害哦！县发改局的局长、县文旅局副局长、县人大副主任、县农行的副行长……还有税务局的，民政局的……都担任着一定职务。"石小茜说："知道，知道！都见面了！"石小茜看了一眼浦青松笑着说："浦老师淮口中学高75届的一批女弟子才厉害呢！有四川省交通厅公路桥梁建筑的总工程师，有大学里的地矿学教授，有国家级的某中药安全性评价中心主任、药学教授，有四川大学美术学院的教授……中学读书时，都是一些娇小腼腆的小姑娘，现在都成了国之栋梁！真可谓'海水不可斗量'。没想到这些小姑娘们内心都有着这么巨大的能量！"说得大家都笑了起来。浦青松笑着说："你们女老师就会惦记着女同学！那天饭桌上，同学们告诉我，他们班的贺建军，曾经是金堂县县中的校长，后来调到教育局任副局长了。贺建军读书时也很腼腆的，像个大姑娘，话也不多，会拉小提琴，现在也是一位很不错的管理型人才了呢！"石小茜说："对对对，同学们说了，建军跟团旅游去了。听同学们说浦老师、石老师来金堂了，他很兴奋，说旅游一结束就来看望两位老师呢！"石小茜继续说："我原以为，学生们考取了大学，跳出农门，远走高飞了，这次回来，能够碰上一两个学生就很不错了。没想到，还有这么多的学生，大学毕业后或留在成都，或回到了金堂，投入家乡的建设，真让我感动！"

　　把他们送到淮口镇新世界大酒店的门口后，汤奕新说："我就不进去了，明天上午还得接待一批来考察的客人，今天回去还要准备一些资料。

明天下午我再过来陪你们！"浦青松说："你忙，你忙，没关系，我们自己各处走走就行。"汤奕新挥挥手，开着他的轿车一溜烟走了。

进了酒店，上下三层楼，还有点规模。章老师说："这儿的老板，就是施校长家的老三！""哇！老爷子赚大了！"浦青松再次打趣说，"你那几把玉米粉真厉害，养出了一个赚大钱的酒店老板。"施校长乐呵呵地笑着说："他的两个哥哥出道早，做得还要好些。"石小茜听了也跟施校长开玩笑说："施校长养子有方，尽是些会赚钱的崽！"施校长憨厚地笑笑，正要说什么，服务员热情地迎过来，满脸微笑，恭恭敬敬地对施校长说："老板今天一早出差去成都了，他说明天回来给大家接风。房间已安排在二楼。你们休息一下，一会儿就可以吃晚饭了。"大家的兴致未减，就继续聚在大堂聊天，服务员端来热茶。老爷子对服务员说："你们忙你们的，我们自己来……"

五点半钟刚过，服务员来请，说吃晚饭的时间到了。走进小包间，桌上一只炖锅，服务员给每人先盛了一小碗菌菇炖鸡汤，说："你们有点累了吧？先喝碗鸡汤，歇一歇。"从旁边柜子里拿出一瓶酒来，说："这是老板给你们准备的五粮液，你们慢慢喝。"与此同时，厨房师傅已经端上了好几道菜。浦青松对施校长说："我们都是老人，晚上不能吃得太多，让厨房不要再做了！"施校长说："好的好的，他们（指厨房师傅）心里有数！我们不管，还是边吃边聊吧。"品着五粮液，吃着厨师精心准备的菜肴，聊着往事，一切似乎都还历历在目，犹如昨天！

不知不觉，已是九点多了，施校长说："今天先休息吧，明天去淮口老街逛逛！"各自回房。浦青松、石小茜两人洗漱一番，上床睡觉时，已近十一点了。

躺在洁白、舒适的床上，两人怎么也睡不着。心中的那个一穷二白、偏僻闭塞的小山镇，已经完全脱胎换骨，而且跨度之大，超出了浦青松、石小茜的想象。四十五年前，一群穿着破旧、赤着脚，端着伙房给他们蒸好的红薯，边啃着红薯边嬉笑打闹的穷孩子，还在眼前晃动。四十五年后，他们不仅过上了衣食无忧的生活，还乘上了时代发展的快车，正用他们自己的双手，描绘家乡的发展蓝图！

第二天早饭后，施校长说："走，去老街，不远，就在前面，我们散散步走过去。"石小茜说："这淮口镇变化这么大，我都辨不清方向了！"章老师说："我好久没来，也有点找不着北了呢。"施校长带着大家走到以前的正街，步行不远，就到了以前淮口老高中的大门口了。章老师指着校门口的牌子说："原来的淮口区高中现在挂上了淮口镇初中的校牌了。"施校长说："是的，区高中早就搬到江对面的林家坝子去了。"

浦青松说先进去看看禹王宫老生活区。禹王宫的大门没了，门的框架还在，就一个敞开的门洞。禹王宫里原来的大殿、厢房、戏台等等，统统荡然无存，成为历史。拆除得如此干净，让这两个远道而来为寻记忆的人，心中不免涌起一股怅然之情。那吊脚楼的位置自然是找不到了，禹王宫的面积已向外扩展了许多，并在此地址上，建起了几排四层楼的房舍，是现在淮口镇初中教师的住房。这些对小茜他们没有多大感觉，只有禹王宫中那棵粗大的黄桷树，四十年不见，仍然那么粗壮高大、枝叶繁茂！浦青松、石小茜像看到老朋友似的，无比亲切！原戏台下的那口井也还在，井口被封了，基本成了遗弃之物。他们请章老师帮忙，两人手牵手，在那棵曾是他们家门口的大黄桷树下拍照留念。黄桷树还在，他俩对禹王宫的情谊也在！失落的感觉略略得到点弥补。

对面的教学区内，山坡、地势依旧，原来的教师办公室和老教室全部被推掉了，平地处建起了三层楼的教学大楼。半山坡上原来的几间旧教室已改建成宿舍，据门卫介绍，这里是较早改建的住宿区，是给淮口中学原高中部那些退休的老教师住的，现在好多老教师都去世了，基本上是他们的下一代在此居住。石小茜点了几个老教师的名字，门卫都不认识。门卫所说的老教师，石小茜他们也不认识，应该是在浦青松调离淮口中学以后调来的。现在淮口高中的教师，大多都住在大江对岸林家坝子的新校区附近的高楼里。四个人聊天，继续沿着半山坡的石阶往上走，上到坡顶，原来的教室没有了，操场大大地扩展了，四百米的塑胶跑道像铺上的红地毯。增添了篮球场和足球场，两人看了内心不免微微有点震动，一所镇一级的初中，能有这样规模的运动场所，很不简单了。石小茜环顾周围，寻找当年她与学生一起运石头修建的围墙。施校长说："围墙没有了，运动场除了上课的时间，平时对外开放，是镇上开放式公共健身场所。"他指了指坡顶上新增添的一条小道说，"这条路直接通往镇上居民区，大家都可以到这儿来打球、跑步，锻炼身体。"石小茜很惊讶地对施校长说："这个理念很前卫啊！这项措施很得民心哦！"施校长说："是的，放学之后，这儿就是年轻人的世界，来跑步、打球的人很多，非常热闹。天黑之后，到了晚上，就是另外一种场景。没人打球了，一些老年人就带着小娃儿到这上面来'放羊'，小娃儿在操场上跑跑跳跳，老年人就聚在一起聊聊天，清闲又安全！"虽然不见当年的围墙，但这项便民措施还是给了石小茜又一次小小的震动。显然镇领导的工作作风有了较大的改善，心中装着老百姓了就好！逛了这么一圈，居然没有碰到一个认识的人，还是稍稍有点遗憾的。

大家顺着坡顶的小道下去，就出了学校，到了居民区。逛了几条居民居住的老街道，街面没多大变化，老房子依旧，但居住的人少了，大多数门锁得紧紧的。看到有一家门开着，一个老奶奶在门前扫地，石小茜就上去与老人搭话，问：为什么街上这么多户人家的门都锁着？老人说，这里卫生设备差，生活设施老旧了，年轻人都买了新房子搬走了，只有少数老人家住习惯了，不想挪窝，还住在这里。石小茜说："能不能进你家看看？"老人说："进嘛，进嘛，欢迎嘞！"进了大门，就是一个较大的天井，摆了许多盆花和盆栽植物。再进去是客堂、厨房。再往里走，才是房间。在外面看不出来这屋子有这么深、这么大。到处打扫得干干净净，整理得井井有条。浦青松问她："这么大的一个家，你一个人住吗？"老奶奶说："两个人，老头儿出去转耍了（出去玩了），星期天娃儿们会回来……"聊了一会儿家常，告辞出来，章老师说："别看这儿没有什么现代化的设施，其实住着还是蛮实惠的，宽敞、清静，莳花弄草，修养身心，其实我还蛮喜欢这样的生活的。"施校长笑着说："文人雅士隐居这儿，倒是一个清静地。平时看看书，喝喝茶，做做学问。闲来邀三两个志同道合的人，一起附近山上走走，或江边散散步，逍遥自在！"浦青松说："你说的不就是现在退休老人的生活吗？"说得大家哈哈大笑起来。施校长忍住笑说："表面上看这里还是老样子，老街、老房子，其实老百姓的生活已经发生了根本性的变化了。年轻人有几个还愿意待在这老街上啊？一代年轻人已经告别了原来的传统，选择新的生活模式去了……"他看着浦青松说："原来淮口街上开药铺的那家，他家小子现在干得可好了，办厂都办到攀枝花了！"浦青松很惊讶："开药铺的那家小子，是家柱吗？""对，你认识家柱？他儿子在美国博士毕业，现在在美国跟人合伙开了家科技公司，好像跟新能源有关，前阵子还回来考察过！"浦青松睁大了眼睛："你怎么知道的？"施校长说："家柱跟我家老大是好朋友，他们有来往！"浦青松说："我认识家柱是上世纪七十年代初，我们调到淮口中学后。那时他还是一个小木匠，一只书架还是他帮忙做的呢！他二姐跟石老师是好朋友。"施校长说："这孩子心灵手巧，木工做得不错。改革开放后，我儿子就去做药材生意了，跑外地，很辛苦。家柱先是承包了街上的一家集体性质的小织布社，由此起家，慢慢生意越做越好了。听我儿子说，他为人不错，也是机遇吧，有贵人相助，现在生意越做越大，跟普通织布行业已经没有关系了，好像是跟军工搭上关系，做军用帆布吧？具体的就不知道了。"章老师说："现在年轻一代眼界开阔了，社会的改革开放，为他们创造了大展拳脚的好时机。这不，'天高任鸟飞'，能飞多高就让他们去飞多高吧！"大家都点点头，表示赞同。四个人各处走走看看，逛完老街，上午的时间也就差不多了。

午饭还是在酒店用餐，老板要下午才能回来。大家走进给他们预订的小包间，一会儿工夫，精致的冷盘和热菜就送进来了。浦青松再三关照不能太多，因为下午还得出去，吃不完浪费了可惜。施校长笑着说："客随主便，由他们去吧！"大家都说简单一点，结果六个冷盘八个热炒一锅炖汤还是上来了。好在每盘的量都不很大，菜品准备得很精致。

午饭刚完，汤奕新的轿车已经在酒店门口等着了。汤奕新问："你们上午已经看过淮中老校区了？老校区已经基本没有老样子了，我们现在去淮口中学新校区看看。"坐上汤奕新的轿车，一会儿就到了淮口高中新校区门口，汤奕新下车跟门卫说："找你们郑副校长，他的老师来了。"门卫看了大家一眼，就拿起电话打到校长室。门卫放下电话，很礼貌地转告他们：郑校长马上过来！

一会儿，就有人跑步过来了。石小茜一看，就是郑树！郑树见到石老师，赶紧上前握着石老师的手激动地说："听同学说，石老师、浦老师回金堂了，正准备把手上的事情放一放，去赵镇看望你们呢！没想到两位老师还惦记着淮口，惦记着我们！"石小茜笑着说："那是当然的！"转头对其他几个老师说，"多年不见，郑树还是当年那个模样，文绉绉的，没多大变化！"郑树笑着说："我师范毕业后，就分回金堂县进淮口中学工作，直到现在。环境没变，大概人也就很难改变了。呵呵……"又赶紧跟浦老师、施校长、章老师一一握手。

汤奕新说："郑校长，我把老师们交给你了，我下午还有个会议。晚上我下班再来接他们。"郑树说："嗨，你是学长，叫什么校长么！行，你去忙吧，老师就交给我了，到时我开车送他们回去，你就不用再过来了。"汤奕新说："好的，那就交给你了！"浦青松握着汤奕新的手说："你那么忙，就不用再管我们了，有施校长、章老师在，我们自己到处随意看看。"汤奕新连连表示歉意，说没能好好陪老师聊聊天！挥手告别后，汤奕新的轿车喷着尾气，一会儿就从眼前消失了。浦青松问郑树："你们有轿车的同学多不多啊？"郑树说："基本上每家都有！现在轿车不贵，桑塔纳轿车几万元就能买到。我们住得远的都有自己的车，上班方便些。"

进了校门，看到眼前的规模，眼睛一亮！浦青松感慨地说："这新校区，比原来老校区大多了！"郑树说："是的，现在学校的规模，是以前老校区的十多倍，占地180亩，在金堂县应该是排在前几位的了。"石小茜说："真不简单！我刚到淮口高中，就听说，县里做了规划，要把这山坡坡上的淮口中学，搬到江对岸的林家坝子去！我们等啊等啊，就盼着学校早日从山坡上搬下来，结果我等了五年，没等到！"浦青松也接口说："虽有规划，没有实力！我等了六年，也没等到！"郑树笑着说："是的是的，那时候县里穷，没有钱，做了规划也白搭。是改革开放后，经济发展了，才考虑到了教育资金的投入。"他笑着对石小茜说："比起老淮口中学，这儿校舍的建筑面积就更是大多了，全校建筑面积有 3 万 5 千多平方米。除了综合教学楼，还有教职工办公楼、学术报告厅、艺体楼……"石小茜说："哇！这面积够大的，我所任教的学校，在市中心，原先只有 2 亩地，直到二〇〇〇年，才扩建，现在占地约 20 亩，就算面积很大了，这儿是它的九倍！"郑树谦和地说："这里占了地缘优势，农村有土地，不像上海地皮金贵，寸土寸金！"浦青松问："现在有多少个班级？多少个教职员工？"郑树说："现有 80 个教学班，在校学生 4 000 多人，教职工 300 多人。"石小茜说："哦，真的没法比！我们学校三个年级 18 个班，学生人数不到一千人！"

边走边说，郑树征求大家意见："先到我办公室坐坐，喝点茶？"石小茜说："不用了吧？刚吃过午饭，喝了不少汤。还是你带我们各处走走，参观参观。"浦青松说："看看施校长、章老师要不要先去办公室坐坐，休息一下，喝点茶？"施校长说："刚放下碗筷，还是先各处走走好。"章老师也说先走走。郑树说："那行，我们就各处走走。"

这时，经过好大一个运动场，场上学生人数不少，在上体育课。这在大城市里，是绝对找不到拥有这么大运动场的中学的。郑树介绍说："这是我们的室外运动区，左边是篮球场、排球场，右边用网在周边高高挡住的是足球场，外面是跑道。另外还有室内运动房，各种运动器械都很齐全，也很现代……要不要过去看看？"大家一致认为，学生正在上课，就不去影响他们了。

经过报告厅、艺体楼，外观的建筑设计都明显融入了现代化的元素，大气，简洁，端庄，具有时代特征。郑树尽量详细地介绍了报告厅的音响设备，艺体楼的功能性，等等，大家围绕着这些建筑物，在外面转转，看看。

稀疏的竹林带挡住了去路。郑树指了指前面说："竹林那边的几排建筑，是学生宿舍，现在没有学生，我们可以过去看看。"郑树对石老师说："我们当年住的宿舍，多简单啊，就是一个大教室。除了十多张上下铺的床，什么都没有。现在的学生宿舍，条件可好了！"

　　他们一行来到女生宿舍，楼道里打扫得干干净净，几乎一尘不染。郑树让管理宿舍的老师帮忙打开几间寝室的房门，让大家参观一下。只见一间寝室两张高低床，上下铺睡四个学生。四张个人小课桌并排放在墙边，每张桌上一盏小台灯。寝室里有上网的网线，学生可以用电脑上网。寝室内就有卫生间，晚上起夜不必到寝室外面去。学生们的被子叠得整整齐齐，没有乱扔的衣物。整个寝室整理得井然有序。

　　参观完宿舍，郑树又带着大家登上宿舍大楼的楼顶，这儿是学校的最高处，像个瞭望台。他轻轻挽着石老师，指着前方说："这里可以看到整个淮口新区的概貌。你看，就正前方，很大的一块建筑工地正在施工。"石小茜问："那是什么工地？"郑树说："那是国家级的重点产业开发区，现在正在建设中。成都市政府规划在此重点发展节能环保、智能制造装备、通用航空这三大主导产业。"郑树又转身对其他几位老师说："你们看，有些厂房和基础设施已基本完成。市政府正以大手笔，加速发展'中国制造2025'呢！"石小茜说："淮口古镇彻底大变样了哎！"郑树说："是的，淮口区不仅要发展工业制造，还要大手笔地发展经济作物，不仅大量拓展水果园林，飞机场那边的小山上，试验种植了大片的油橄榄树。我的一个邻居，叫陈一斌，是您以前白果中学的学生，大学是农学院学园林的。他告诉我：今年山上的油橄榄树已经挂果。第三年，即明年，每株树可产7—9公斤橄榄油。七年后，达到丰产期！哪天约上他，我们去油橄榄园玩。那山上空气新鲜，视野很好。再近距离去飞机场那边看看，飞机跑道已初具规模。我们可以自己准备野餐，在那边玩一天。"

　　除了感叹就是惊讶，浦青松说："我离开淮口中学也就三十多年，真没想到淮口区发展得这么好，变化这么大，真是'翻天覆地'！发展的速度和规模，远远超出我的想象！"石小茜也动情地说："这是一幅'山乡巨变'的真实版啊！"

参观结束后，郑树一再留大家吃完晚饭再走，说学校食堂可以点小锅菜，晚饭后用小车送他们回酒店。大家知道，学生马上下课要放学了，后续的事情很多，不想打扰他的工作，就婉言谢绝了他的好意。施校长说："我家三娃应该出差回来了，说要给浦叔叔他们接风呢！"郑树说："那我开车送你们，要不了多少时间的。"大家都说，不用，不用！想散步走走，看看这新建的淮口大桥。郑树说："那好吧，过几天，我约几个同学一起，再来看望两位老师！"郑树把四位老师送出校门，挥手告别。

几百米的距离，四个人就来到了淮口大桥的引桥边。漫步走在这新建不久的淮口大桥的人行道上，施校长打开话匣子："浦老师，你是哪一年离开淮口的？"浦青松说："一九七九年，我是一九七九年夏天离开淮口中学到赵镇中学的。"施校长说："哦，那时这儿还是一座普普通通的水泥石拱桥。"浦青松说："是的，有印象，那时我每周六骑自行车去赵镇中学，会经过这座桥。那时候的这座桥窄窄的，可供行人、自行车、拖拉机通行，偶尔淮帆厂的卡车也会从这里经过，那也只能单向行驶。其实那时过桥的自行车都很少！"施校长说："浦老师，你知道吧，五十年代这儿没有桥，过江靠船摆渡。六十年代建了桥，就是浦老师你看到的那座桥，窄窄的。当时根本也没人想过，这儿会要通汽车！"施校长呵呵地笑了。"八十年代初，这桥进行了扩建和加固。当时设计，算有了远景规划，桥上可以通汽车了，两车道，7米宽，沥青路面，这在当时，算得很气派了！"施校长竖了竖拇指。章老师说："是的，我印象很深，当时桥上可以通汽车了，大家都很兴奋，口口相传，是件了不得的大事呢！"施校长说："那时候车辆很少，谁也没有预料到汽车的增量会这么迅猛！改革开放后，往来车辆猛增，这桥作为重要的交通枢纽，就显得拥挤了，经常交通堵塞。行人与车辆抢道，事故时有发生。于是县政府决定再拓宽这座大桥！可是谈何容易？这方案拖了好几年！主要就是资金问题。直到二〇〇二年，政府才下大决心，决定投资 198 万元，将桥面拓宽到 12.5 米，改为双向 4 车道，再增设专用人行道，以确保群众的交通安全。二〇〇四年九月十八日，这座大桥竣工，桥长 450 米。据说用了许多吨的钢筋！十多年过去了，到目前为止，这座大桥仍然是沱江上游最美的也是最长的水泥大型石拱桥！"

章老师说："这确实是政府做了一件造福于民的大好事！你看，那么多的大卡车在桥上来来往往，这为淮口镇的经济发展作出了巨大贡献的！"浦青松赞道："处处都是大手笔啊！招商引资，建桥修路，金堂县的领导们，为了老百姓的利益，是费了一番心思的！"

走着逛着聊着，这几位老伙伴对今天的发展，赞誉有加。离酒店还有十来米呢，施家老三就迎了上来，热情招呼，一一握手。施校长介绍："这是我家老三！快叫浦叔叔，石阿姨！"看着眼前这位稳重帅气的小老板，浦青松怎么也没法把他与他爸口中描述的，当年那个睡眼蒙眬、赤条条被他妈从被窝里拎出来端尿的"三娃"联系在一起了！

三娃，不，施老板把大家引进包房，桌子中央精装的"五粮液"名酒很是亮眼。刚坐定，四只带盖的小盅就送上来了。施老板笑着说："都是长辈哈，给你们炖了鸽子汤，先喝点汤垫垫底。一会儿尝尝这儿的红烧海参，是我店大厨的特色菜……"话未说完，章老师笑着打断他，叫着他的小名："三娃，菜不能太多，晚上吃多了不消化！"看来章老师跟他很熟。三娃说："知道知道，浦叔叔他们远道而来，不敢怠慢的，一定要让你们大家吃好、休息好！"施校长说："三娃，小炒不要太辣。"三娃笑着说："知道知道，上海人不大吃辣的，但川菜离了辣就没川味了。"他转向石小茜，"石阿姨，少放一点点哈！"石小茜笑着说："行的，行的！我们能吃辣，毕竟吃过十多年的川菜，有底气的！"说说笑笑，炒菜上来了，红的绿的，黄的白的，色彩诱人！三娃热情地给大家斟酒，石小茜说："我不喝酒的！"施校长说："石老师，来点，来点，难得啊！"石小茜捂着杯子说："少点少点！"斟完酒，三娃又拿公筷给大家夹菜，再三客气地说："欢迎各位长辈来小店！"浦青松称赞道："色香味俱佳，你店厨师的手艺真的不错哦！"三娃客气地说："谢谢谢谢！谢谢夸奖！"

三娃笑眯眯地陪在一旁，施校长说："三娃，你去忙吧，我们自便。"三娃笑着说："好的好的，那叔叔阿姨慢用，一会儿我再来给你们敬酒！"晚上是店里最忙的时候，施家老三还进来敬了两次酒。看到四位长辈聊得非常开心，就不再进来打扰了。四个老人吃着，聊着，回忆着当年白果中学的许多人和事。即使是当年受到的不公，现在说起来也变成了趣事。人的心胸有时确实比天空广阔，比大海深沉。

施校长放下筷子，手指轻轻地在桌面上敲了两三下。"说句肺腑之言，我们很幸运，确实赶上了好时代！"他看了看浦青松和石小茜，"你们今天看到的还只是些皮毛，一些表面的变化。更深层次的变化，更大的手笔，还在后面！我们比起沿海城市，比起你们上海，起步要稍晚些，但听说，国家的宏伟蓝图，是要把重庆、成都也要打造成一流的城市。成都要成为内陆一个重要的交通枢纽，天上的航空，地上的中欧班列都在规划中！"浦青松说："成都将来的变化，真的要赶超其他发达城市了！"章老师笑着说："别看施校长人在家中坐，遍知天下事，知道的消息多着呢！"施校长不好意思地笑笑说："还不是听几个孩子回家摆的。有时跟几个老兄弟一起喝茶，摆起龙门阵，大家都很兴奋，都说，如果能年轻个二十年，我们也会出去干一番事业，才不会坐在家里'冲壳子'（四川话：闲聊）嘞！"石小茜笑着跟他开玩笑说："施校长'老骥伏枥，志在千里'，雄心壮志不减当年养娃！"大家笑成一团。

浦青松也感慨地说："这次故地重游，真是太值了！短短的几天时间，心灵受到极大的震撼！三十年间能发生这样翻天覆地的变化，真是奇迹！"石小茜说："同感，同感！"

施校长说，欢迎你们每年春末夏初或秋冬之季来金堂住上一段时间，这几个月，是这儿最理想的旅游季节，花果满山，各处景色宜人，是颐养天年的好地方！

兜兜转转，又聊起了淮口帆布厂。施校长说："真是风水轮流转！谁都没有料到，改革开放后的形势蒸蒸日上！这批内地的军工厂、钢铁厂，却纷纷地萎缩，停业，乃至倒闭，现在你去淮帆厂那边转转，一片衰败景象，已经转给私人去承包了。"章老师说："跟不上时代发展的脚步，连年亏损！这也是无奈之举！"石小茜说："想到它当年的老大哥风采，今天这般的落魄，让人感慨万千！"浦青松说："大浪淘沙，总有倒在风口下的！不过我相信，吸取教训，总有翻身的一天！上海的那些造船厂，有一段时间，也是极为萧条，工人的工资都发不出来，现在可不一样啦，兼并重组后，不仅起死回生，而且在技术上有了很大突破，造船也迎来了春天！"

时间悄悄从嘴边溜走，不知不觉中，时针指向十点，大家谈兴仍浓。浦青松提醒说："时间不早了，施校长陪我们玩了一天，可见身体是真好！我们得留点精神，明天一定还有新的内容！"施校长说："我已经跟三娃说好了，明天他开车送我们去五凤，那里比赵镇要热闹得多，文化底蕴也更深厚，是一个很有特色的文化古镇。中国现代历史上著名的哲学家贺麟是五凤人，他的故居，也已经修葺一新，对外开放了，来参观的人很多。浦老师、石老师一定要去看一看！"浦青松开心地说："好呀！明天跟着你们一起去逛五凤镇，一定大有收获！"

刚回到房间，石小茜的手机又响起来了，电话那头，一个男生的声音："石老师，你们明天如何安排啊？"小茜说："明天去五凤镇呢！""哦，那后天就不要安排别的了，我们几个旅游刚回来的同学急着想见你们呢！"还没等到石小茜问话，对方已经自我介绍了："石老师，我是叶谦，您还记得我吗？就是四楼你对门的邻居，叶老师的儿子，您文科班83届的学生！""哦！叶谦啊！记得记得！"叶谦说："我们几个约好了，上午定个茶座，向老师汇报一下我们的生活。午饭后，大家陪你们去赵镇中学老校区，看看你们原来的住房，老楼还在，只是不久就要全部拆除了，赶在拆除之前你们去拍几张照片留个纪念，您看怎么样？"没等叶谦讲完，石小茜连连说："好的好的！太想去看看赵镇中学的老校区了！"叶谦说："那就这么定了，后天早晨九点整，我来淮口接你们……看完老校区，我们再去新校区逛逛，这可是金堂县设施最好，教学条件最现代化的学校……"放下电话，小茜激动地对浦青松说："青松，叶谦约我们去赵镇中学老校区看看，我们当年住的老楼还在呢！"浦青松问："叶谦是谁?""对门叶老师的儿子呀，我 83 届文科班的学生。刚才叶谦说，我们当年住的老楼还在，但很快就要被拆除了，叶谦说，后天上午九点陪我们去老楼我们住的房间拍几张照片，留个影，这太有意义了！可能我们在金堂县住过的房子，就只有这儿还可以看到原貌……"浦青松也非常激动，说："这个好，这个好！这些学生想得真周到！他们太了解我们的想法了！"

晚上，夜阑人静，躺在宾馆的床上，两人思潮起伏。浦青松说："四十多年前，我们来到这儿，曾感叹，做梦都没有想到，中国会有这么贫穷落后的地方，待了整整十多年，没有任何起色！改革开放三十年，就能够让这穷乡僻壤，发生这么翻天覆地的变化，这也是我们做梦都没有想到的!"小茜说："青松，我有一个想法：金堂县，有山，有水，有丘陵，还有我们的学生，我们的青春。这儿青山绿水，风光旖旎，都说是个宜居的好地方。我们是不是可以考虑，在这儿购置一套简单的住房，每年春夏或秋冬，来这儿住上一两个月。离开城市的喧嚣，享受享受这大自然的馈赠，给自己的心灵洗洗澡，让我们的晚年生活过得更惬意，更有情趣!"浦青松沉吟了一会儿，侧过头回答小茜："可以考虑。"石小茜惊喜地说："真的啊!"一个美好的愿景似乎已经在她的眼前展开……

定稿于 2024 年 8 月 30 日

跋

小说终于完成了。

退休前，工作太忙，无暇顾及；退休后，有了大把的时间，沉浸下来，就有了创作的萌动。

陆陆续续整理素材，把许多记忆仍旧清晰的东西记录下来。正式准备动手写小说，应该始于2017年，完成小说是2024年，前后也有七八年的时间了。

小说能够写成，首先得感谢陈梁先生的一再鼓励和支持。陈梁先生是金堂县人，本科毕业于四川大学中文系，研究生毕业于上海复旦大学新闻系，曾任上海东方电视台、上海东方广播电台副台长，上海文化广播影视集团艺术总监。在上海从事传媒工作至今。

小说能够出版，还得力于"金堂桑梓办"（县委县政府为更好联络在外金堂籍人士而成立的服务机构）以及上海桑梓服务处的大力支持，更得到金堂（赵镇）中学高七九级（即八一届）众多同学的鼎力相助！

小说中的彩色绘画作品为陈道云先生创作、提供。小说中的照片均为寿涌先生拍摄、提供。在此一并表示感谢！

最后，还要感谢我的母校华东师大和华东师范大学出版社，感谢责任编辑梁慧敏女士！

谢谢你们！

谢谢金堂！

谢谢上海！

2025.3.2